毕业留念

俞礼云 ◎ 著

线装书局

图书在版编目（CIP）数据

毕业留念 / 俞礼云著 .-- 北京：线装书局，2020.12

ISBN 978-7-5120-4275-9

Ⅰ.①毕… Ⅱ.①俞… Ⅲ.①短篇小说 - 小说集 - 中国 - 当代 Ⅳ.① I247.7

中国版本图书馆 CIP 数据核字（2020）第 224639 号

毕业留念

著　　者：俞礼云
责任编辑：于建平
出版发行：线装书局
　　地　址：北京市丰台区方庄日月天地大厦 B 座 17 层（100078）
　　电　话：010-58077126（发行部） 010-58076938（总编室）
　　网　址：www.zgxzsj.com
经　　销：新华书店
印　　制：天津雅泽印刷有限公司
开　　本：710mm × 1000mm　1/16
印　　张：21.5
字　　数：446 千字
版　　次：2021 年 3 月第 1 版第 1 次印刷

线装书局官方微信

定　　价：68.00 元

／序／

许春樵

许多年前，俞礼云内心里对文学肯定有过承诺。

就像忠于一桩签署了契约的老式婚姻，俞礼云死心塌地地追随文学，三十年一如既往。

这是一种忠诚，也是一种信仰。信仰是宗教情怀，精神由此高贵。

“态度决定一切”。俞礼云有了九死不悔的文学态度，才有了《毕业留念》这部品质纯正的小说集；与此同时，俞礼云对人生的理解，对社会的思考，对人性的探索，由他笔下的一个个活蹦乱跳的人物和盘托出。

俞礼云小说清高，不给达官贵人、富商巨贾留下页码，小说中没有什么大官，清一色的小人物，跟“引车卖浆者之流”是难兄难弟。其实，文学中的人物不以官职财富论高低，只以角色功能分大小。《毕业留念》中底层乡村教师和小知识分子扎堆唱主角，生活中的弱势群体，摇身一变，成了小说中的大人物。

大在何处？大在小人物像一面镜子，折射出人性的受伤与挣扎，折射出时代的病象和疼痛。小人物挑起了大社会的担子。

俞礼云笔下的小人物与他乡村中学的教书经历有关，小说中的人物是他的同事、朋友、兄弟，甚至就是他自己。俞礼云的乡村学校系列，信手拈来，随心所欲，驾轻就熟的叙事，强力精准的细节，读着小说，如同几个朋友在无拘无束地喝酒聊天。

文艺心理学中推崇作家与人物之间“零距离”，即“本位性”体验，当作家与小说中人物的思想、情感融为一体时，小说一定是流畅的，是真实的，是有感染力的。小说成败固然与语言、构思、立意相关，而最关键的命门在于，对小说中人物把握的准确到位。

这是俞礼云《毕业留念》留给我们的一个阅读启示。

俞礼云笔下的小人物，捍卫不了自尊，忍受不了贫穷，抗拒不了捉弄，把握不了命运，那些成群结队的乡村教师，十年寒窗，为的是逃离乡村，而背景缺失的他们师范毕业后又被绑回了乡村，他们除了户口和劳动方式被改变，物质层面和政治层面上，还是和父辈们一样，他们在乡村学校里演绎着与父辈们几乎同样的命运：贫穷、挣扎、无助、无奈，被欺凌，受伤害。如《老郎片段》《说的不是老宣》《夏天的愤怒》《月色如水》《流水淙淙》等。

这样的拆解显然是必要的，也是有意义的。

《老师》为了准备公开课，不能回乡下帮老婆插秧，乡村学生主动去帮着干农活，却遭遇举报，惹来县局信访室调查。老师准备公开课是职业的尊严，被调查则又被剥去了人的尊严。所以，《夏天的愤怒》中年轻的语文老师武广，在乡下老婆卖冰棍遭挤兑后，无奈和无助中愤怒地砸了自家的冰柜。《流水淙淙》里的两个年轻乡村教师贫穷、尴尬、寒酸，好不容易请一次客，像打了一次仗，惊心动魄，狼狈不堪，妻子平红的手指在紧张和慌乱中被刀削得鲜血淋漓，他们的日子也是鲜血淋漓的。乡村教师物质和精神的双重挤压贯穿始终，小说中流露出无奈与无助中的伤感。老郎则不一样，他从中国人民大学发配到乡村中学，娶了没工作的农村老婆，清高孤傲的他课堂上当众出费校长洋相，老婆水果摊被学校取缔，食堂临时工没安排，走投无路的老郎抓住校长鸡毛蒜皮的“受贿”要挟校长，甚至跟校长干架，老婆终虽到了食堂上班，老郎自己却是调离教师岗位，改为打铃收发报纸。老郎无奈中的不择手段，是道德瑕疵，也是绝望中的反抗。这样的故事同样出现在老宣身上，一个优秀的语文教师，调动不成，消极怠工，只能改教体育，依然不行，又改做勤杂工，同样也是一塌糊涂，老宣用几乎不职业、非道德的举动实现了自己调动的目的，而怀有同样诉求走不同路线的夏老师却有了和老宣迥然不同的结局，小知识分子的清高与自尊在现实面前土崩瓦解。俞礼云没有回避现实的残酷性，以及人性的扭曲，他的小说在尖锐的现实矛盾背后，洞穿了乡村教师的生活真相，揭示了底层小知识分子的生存挣扎与精神的溃败。其同情和悲悯的写作立场旗帜鲜明。

马克·吐温曾经断言现实比小说更加荒谬，意思是小说家应该把现实的荒谬打回原形。俞礼云小说在悲悯同情之外，是揭露、质疑、反思现实的荒谬与异化。《矩阵的秩》中马杆是一个知识分子，有技术自信，无江湖套路，为了将儿子分到好的班级，该送的钱没送掉，不该送的钱送的却是毫无章法，儿子后来分班如愿，与马杆折腾了一个夏天毫无关系。小人物心理脆弱，无来由地质疑一切，在无助无辜中被世俗肆意捉弄，现实和命运在反秩序非逻辑的荒谬中运营。《宿舍里的啰嗦诗》中的老聂到作家班进修不是因为文学，是为了挣资历当文联主席，这是部长承诺他的，谁知中途被老沈顶了，部长把他支开是为老沈当文联主席扫清障碍的，被耍弄了的老聂还对部长感激涕零，意欲全心全意地开始对他来说毫无前途和出路的小说创作。《宿舍里的啰嗦诗》中弥漫着荒诞的趣味和喜剧色彩，让人忍俊不禁。特立独行的志坚同学在《回头是岸》的字里行间，刚直不阿，我行我素，不受世俗利益诱惑，拒绝同流合污，可在毕业季面临实实在在的现实威胁时，最终还是流着泪走向了自己的反面，掀开床铺抓出一把碎票子，由同学去疏通古文老师。而所谓全班唯一的不及格补考，只是同学们故意设计的一场报复性的恶作剧。这部构思精巧的小说，在反讽与荒诞的书写中揭示了小知识分子的精神异化，多年后，混得最差的还是这位志坚同学，小说的社会反思与批判意志异常坚定。《花的密语》是一篇指向多元，意味深长，甚至可以用完全对立的解读也能读得通的小说。文中的那盆盆景隐喻和象征的是厌恶而丑陋的人，市场部宝玲由对主管盆景的抗拒到接受、到渐渐地看出美丽，可以看作是潜移默化中的自我丧失，人性异化。"鼠尾掌"是情色符号，是权力的符号，是暴力的符号，不是企业文化。"90后"小诗辞职了，宝玲却麻木了。小说在"王顾左右而言他"中对现实生活进行深度反讽与批判；当然，如果换角审视，宝玲自身在与内心和现实的较量中不断有所参悟，直至宽容豁达，放下了执念，那么，那朵盛开的花也便具有了别样的禅意，小说的意趣指向也因此得到了进一步的开掘。

俞礼云小说中的另一个精神内核，是小人物挣扎中的反抗，反抗中的自我保护。鲁迅笔下的孔乙己是不反抗的，他活在精神幻觉中，俞礼云笔下的小知识分子却是活在现实的柴米油盐中。《月色如水》里漂亮女教师冬子，洁身自好，她持续抵抗着古汉语教授、中学校长、同事螃蟹们的侵犯，却一次次陷于暗算、坑害和孤立的困境，她以微不足道的一己之力，捍卫着"精神漂泊者"的独立人格。老郎的反抗是胁迫校长，武广的反抗是砸自家的冰柜，癸永的反抗是对局长软磨硬泡。《书法大师》如淇是个大甩子，癫狂、张扬，好卖弄，虚荣，在民兵持枪胁迫下，于山坡上写醒目的大标语，他在写了"愚公"两个大字后，丢下一串问号，失踪了，这么一个癫狂的甩子以自绝的方式捍卫了"书法大师"的体面和尊严，也用"书法大师"独特的方式对那个时代和囿于其中的众人作出了自己的评判和批判。知识分子的反抗是软弱的，是无力的，但俞礼云小说中不服气知识随意贬值，不甘心小人物被任意欺凌，于是，他指挥着笔下的小人物以战斗和挑衅的姿势站了出来，他们坚守着文人最后的操守，维护着文人不容践踏的尊严。这些设计对小说中人物形象的精神人格的塑造无疑具有重要价值。

俞礼云小说最早是沿着明清笔记体小说路子走过来的，语言空灵，格调清爽；凡人俗事，文人视角；短小精致，气韵生动。笔记体小说发扬光大者汪曾祺先生影响了一个时代的小说叙事，也影响了安徽天长作家群的文学创作，形成过曾在全国颇有影响的"天长文学现象"，并经《人民日报》等媒体的推介，反过来又对天长作家群的创作产生了很大的推动作用。俞礼云的《书法大师》是新笔记体小说的示范之作，小说语言和境界如同一幅国画，或泼墨如水，或惜墨如金；浓淡相宜，气韵缭绕。王国维《人间词话》里把汉语写作的独特魅力挖了个底朝天，"红杏枝头春意闹"着一"闹"字则"境界全出矣"。汉语写作，用准一字，可尽得风流，"枯槁且瘦且小的背影，隐约有咳嗽声不断地传来"、"太阳开始落山，晚霞撒得满天都是。山坡上也落了晕晕的一层，极远处云天阔阔，有小鸟叽叽叫着飞过，叫人涌起一些慨叹。"这里的描写用字简约，却造型生动，境界丰富，极具表现力和感染力。且瘦且小与咳嗽声遥相呼应，一个小老头的形象跃然纸上，晚霞漫天用了一个"撒"字，如同"僧敲月下门”里用了一个“敲”字，把汉语的意韵推向极致。

俞礼云后来尝试着对叙事语言进行改造，近年小说中西化叙事有限度地渗透其中，如《矩阵的秩》中“随着上班人流的逐渐密集，惴惴不安也不断加剧……对走进大门的每一个人都充满了敬重，不住地堆笑，哈腰，点头，打招呼。来上班的人都认真地在指纹机上签到，然后谦逊地等在电梯旁，对像马杆这样打招呼的陌生人也抱以友好、熨贴的微笑，这让马杆强烈感觉到自己所看到的机关作风和所谓官员的做派跟外界口中一无是处的衙门形象大相径庭。”……“马杆见了血液猛一沸腾，一个箭步射过去，没有任何铺垫，毫无章法地逮住庞副局长的手一阵乱握，同时语无伦次地自我介绍。”这里不是白描式叙事，而是用了主观感觉化叙事，长句式，还有通感和异质比喻。俞礼云语言上的努力改变了既有的小说面貌，更凸显了一个作家的不断进取的审美追求。

细节是小说的血肉。小说靠细节塑造人物，靠细节推动情节，没有细节就没有小说。都说好故事能找到，好细节难寻觅。细节不仅决定商业成败，也决定小说成败。俞礼云小说扎实的功力，主要体现在细节能力出色，于日常生活中发掘出非常独特的小说细节。如“老师家有只母鸡不行了，小梅用开水烫了，褪了毛，拿到水池边去扒内脏。这回小梅似乎高人一等，洗得很慢，老师从窗口望见小梅在女人堆里的那种幸福感，心里特别不是滋味。直到该来的女人都来过了，都走了，小梅才拎起洗好的鸡，又到办公室转了一圈，说找老师拿宿舍钥匙。可老师知道她是展览自己篮里的鸡的。老师跟着小梅往家走的时候，发现鸡渐呈酱紫色。老师问：‘这鸡还能吃吗？’小梅说：‘我知道不能吃。我不过是镇她们一下。’鸡的使命完成了，随后用报纸包好，偷偷地扔到女厕所里。这是一只瘟鸡”。瘟鸡、洗得很慢、拎着鸡到办公室找老师要钥匙、瘟鸡在办公室巡回展览一通、回家扔到女厕所里，这密集而出神入化的细节，把死鸡写活了，把小人物的虚荣、寒酸、贫穷的生活也写活了。

语言和细节功能不只是推动情节、完成故事，还有一个重要使命是塑造人物。人物形象的刻画和塑造是中国小说从“话本”开始传承的技术传统，俞礼云小说可以明显看出，在人物出场、人物行动、人物语言上，把人物形象的鲜活生动作为根本目标。俞礼云擅于从琐碎生活中寻找有戏剧性的细节，来塑造人物形象，如《宿舍啰嗦诗》中对“体贴入微”的解释、老聂电炉被查，被学院处分，为生病同学煮面条，插队被食堂打饭的轰到后面，一个粗疏、简单而又热心男人的形象在细节推进中呼之欲出。

“如淇写字的姿势够呛，是如淇特产。嘴里呢喃着，左手指在画幅上量来量去，突然间右手故意一抖，笔落在一处，若锤子砸桩一样实实在在。有人围着看，如淇可得意了。手腕子翻来翻去，有时把身子夸张地一晃动，故意让头发一惊一乍，三绺向左，七绺向右，若公鸡抖毛，簌呐，簌呐，有人看了心里难受，抽身要走。”书法大师如淇的癫狂、虚荣、卖弄的形象出神入化、入木三分。还有诸如《老郎片断》中

“一鸡两送”、《深蓝的天空》中车厢里作家们玩的智力游戏、《围墙谣》中校长偷盖乡长的公章等细节，生动、搞笑且饱含酸楚，让人忍俊不禁却又眼眶湿润。

人物写活了，小说就站稳了。小说讲究的是“以人为本”，所有的故事、情节、细节、语言都是为塑造人物服务的。俞礼云以自己的努力正在实证这一目标。

小说集《毕业留念》是俞礼云三十多年文学创作的一个总结，也是俞礼云三十多年小说实力的集中展示，书中带给读者的是故事、是人生、是社会；是同情、是悲悯、是忧伤；是探索、是反思、是批判。如此丰富的内容在小说中集合，得益于俞礼云用了三十多年时间坚持不懈地跟这个世界对话，并提供了自己发现和判断的生活真相。

许多年后，人们会惊喜地发现，《毕业留念》原来是俞礼云创作的又一个新的起点，因为小人物讲述大社会的故事一直在继续。

是为序！

2020 年 5 月于合肥

/ 目录 /
CONTENTS

/ 矩阵的秩 /

一

最终将马杆脑壳上逼出密密一层细汗来的，是儿子芽尖。

暑假才开始，老婆小茶就开始“搞事”，本是后街女孩一样妖娆的身子突然间像长满了刺，对马杆横挑鼻子竖挑眼，从早到晚絮絮叨叨，喋喋不休，颠来倒去就一个中心思想：马杆必须赶快找到关系，让即将升到市实验中学读初中的儿子芽尖分个好班。早晨讲，中午讲，晚上还讲，脱了衣服上了床继续讲，嗡嗡嘤嘤，在这闷热汗湿的夏日里，马杆感觉整天有一颗红头绿身的胖大苍蝇始终盘旋在耳边，打也打不着，赶也赶不走，弄得马杆的心绪比头发还要乱。小茶开始还只是嘴上说说，马杆口讷，讲不过她，只得“麻”了脸，带听不听，有时看她越说越“脱天”，便蓄力予以一击。马杆说：“成绩的好坏不在于分到什么班，而是取决于自身努力，一个裁缝的一堆学生里为什么能出来个好厨师？自己搞出来的嘛。”这样的话无异于火上浇油，让小茶身上后街女孩的泼辣更加沸腾：“你把一条‘螺蛳’混养到泥浆里，它分分秒秒都在拼命努力，你告诉我，它什么时候能长成大鱼？”马杆认为小茶话说得太极端，完全是不来理，是较劲，便不再理她；这就更是涉及态度的大问题了，是一种严重的蔑视，逼得小茶不得不再次升级，盛饭，端菜，洗碗，动作力度明显加大，马杆耳朵里不断传来碗、筷、铲、勺哗哗啦啦的声音，且一言一行里明显带着不上路子的蛮横，让马杆在炎热的夏季里明显感受到女人发犟后的那种不可理喻，而且升级还在不断地加剧，后遗症日益显露，厨房的水池里开始有成堆未洗的锅、碗、杯、盘发着异味，卫生间里的水盆里泡着的衣服一整天无人问津，沙发上、地板上来历不明的杂物搅得人心火不断往外蹿，茶几上一堆紫葡萄皮上趴着一窝苍蝇集体惬意地搓着细腿，不时发出“嗡嗡”的呻吟……而且，随着局势的恶化，小茶似乎已经关闭了和马杆对话的小门，一整天冷冷地对马杆无一点声音和表情，这很让平时在家里一切都依赖小茶的马杆无所适从。特别是到了晚上上床该“做”的时候，小茶也一反以前后街女孩的如饥似渴，而是从黑暗深处有低低的声音冷冷地传过来：“不把芽尖分班的事落实好，你就不要做这个大头梦！”

小茶的这句话等于把前面多日积聚的一切重新聚拢成了一大团压力，并且明确而不可回避地压在了马杆的肩上。

不过，如果认为这样就“拿”住了马杆，那你小茶可就看错人了。这倒刺激了马杆的“倔”！不让马杆“做”可以，让马杆按照你小茶的安排，“哈”下身子去“找关系”，你小茶应该是拨错了如意算盘珠子。

哀莫大于心死。此后，马杆终于觉得不再亏欠小茶了，索性不管不顾地瘫倒在地，背对小茶，睡得比往常任何一个晚上都香甜而踏实，任小茶在一旁的黑暗里无声地抽泣……

最终，把马杆脑壳上逼出密密一层细汗来的是儿子芽尖。

令马杆没想到的是，第二天一早，他和小茶躺在床上继续进行着谁也不理谁的冷战时刻，暑假里一向神龙见首不见尾的芽尖罕见地出现在他们的床前，对一横一竖斜蜷在大床上的爸爸和妈妈冷眼扫过一遍之后，便翕动着刚冒出茸毛胡的嘴唇，对着半空里空洞地说：“如果分不到好班不勉强你们，我和他们出去打工你们不会拦着我吧？”便不再多说一句话，转身离开，同时他的手机铃声很配合地响起美妙的歌声：“套马杆的汉子，威武雄壮……”

和小茶较劲正酣的马杆下意识猛地坐起，脑壳上忽地冒出一层密密的细汗，并且很快地聚结成珠，沿着马杆瘦削的腮滚落下来。

马杆觉得这个夏天热得实在是有点离谱了。

二

说实话，从马杆来讲，关于芽尖分班的事，他比小茶还要焦虑、着急。在这个家庭，富贵贫穷，生老病死，有什么事能大过芽尖的成长成才？怎样成长成才，得先看成绩！从开始上学那天起，芽尖的成绩一直是整个家庭事务的重中之重，是马杆和小茶生活的中心之中心。对于分班的利害马杆也是想得很细、很深的：这初中分了班，一上就是三年，市实验中学一个年级30个平行班，老师有优劣，学生有好坏，分到好班，为三年以后顺利考上高中打了基础，分到差班，别说考高中，能不能顺利上完初中都难以预料，后果简直是不堪设想！不堪设想啊！而要想真正地分到如意的班，空口无凭，必须得有过硬的关系才行。

对此，同事钩子有炉火纯青的见解。一向喜欢“将传统的底线往下移一寸”的钩子在游戏软件开发上是独树一帜的高手，但对市面上的人情事务同样见解独到。他总是标志性地用一根手指弯成钩子，挠着腮帮子，再正一正头上戴着的一顶绿帽子，从自己最喜欢的高等数学谈起：“还记不记得矩阵中的秩？”

马杆似乎学过，但依稀记得应该是十分久远的事了。钩子显然对此耳熟能详：“线性代数中，矩阵中的任意一个 r 阶子式不为 0，且任意的 r+1 阶子式为 0，则阶数 r 就叫作该矩阵的秩。”见马杆对此现出茫然的神色，钩子喜欢卖弄的馋瘾瞬间膨胀起来，“一个矩阵 A 的列秩是 A 的线性独立的纵列的极大数目。类似地，行秩是 A 的线性无关的横行的极大数目。如果把矩阵看成一个个行向量或者列向量，秩就是这些行向量或者列向量的秩，也就是极大无关组中所含向量的个数。”

“说人话！”见钩子说的离自己越来越远，让自己接近了无地自容，马杆实在忍无可忍，断然喝止。

“对不起，忘了你高考时数学没及格。”奚落完马杆，心满意足的钩子总算说起正经话来：“其实，我们每个人都生活在社会这个矩阵中，每天面对纵横交错的关系，所以必须在行向量和列向量上找到秩的最佳。这说的是一个人在这个社会里对一生的规划和发展。但具体到找关系办事，就比较简单，其最佳状态是双边互换。你帮我调动一个好友，我帮你提拔一名至亲；你帮我承揽一个工程，我帮你拿到一个大标的采购……一句话，你要想通过找关系办成事，首先看你有木有互换的资源和资本？”

马杆当然没有。不过，马杆同时认为，凡事皆有律数。芽尖上市实验中学分什么班，人家学校是有规矩的。那么多学生牵扯着那么多家庭，背后又牵扯了那么多的人，全都在瞪着大眼睛盯着，怎么可能找找关系就改了规矩呢？小城就这么大，人与人之间勾搭连环，要谈找人，谁都能同学、朋友、亲戚、熟人的无限联系起来，弄出错综复杂没完没了的关系，如果这些关系都有用，那市实验中学新生分班这个事不是全没了规矩，全乱了套了？

当然，马杆之所以这样分析，主要是他确实找不到什么关系。马杆大学毕业后，在小城工业园区一家企业上班，虽然在技术部担纲开发，号称工程师，但实质上是小工人一个。龙结天朋，鼠交洞友。马杆这样的层次和他能正常来往的同事、朋友、亲戚、同学、熟人全都生活在穷街陋巷，有点出息的自有他们另外的圈子，不会正眼瞄他一下。就马杆这个市井层面圈子的文化，平时除了凑一块喝杯把小酒，摔两把扑克，没什么可交换的；最常交换的不过是和美女开开玩笑：“我请你吃饭，你请我睡觉……”彼此之间一眼洞穿，知根知底，谁身上都没一点硬茬，拿什么去和人家互换呢？

“谬矣，谬矣。”钩子对马杆的灰心丧气进行了重复的否定之否定之否定，再次用一根手指做成钩子的形状，舒服地挠了挠腮帮子说，“没有双边互换，你可以单边发动哎！火到猪头会烂，功到自然能成噻。”

你以为单边发动是没有条件的？撇开需要坏一些钞票按下不表，你从基地发出一串电波，总得有收音机接收了才能发出声音，现在关于分班的关门过节马杆一概不知，捧着一大砣金锭没地方送啊。

但局势的发展似乎不以马杆的意志而转移。小茶表面上与自己形同陌路，话已经不和他说了，马杆可以忍，可以跟她耗。但马杆的感觉事情远没有那么简单，小茶应该是从台前退到了幕后，做起了“垂帘听政”的勾当，甚至有暗中操纵、指使芽尖的嫌疑。相比于小茶，对付芽尖要复杂很多，开始现出喉结的儿子芽尖对马杆说话越来越赤裸、紧迫且生猛。

这一天，马杆正在网上下棋，局势奇好，自己的小卒已坐进对方九宫，接着只要鼠标牵着小黑马往卧槽里轻轻一跳，“咔嚓”，小卒坐中堂，家破人亡，对方只有等死的份儿了。马杆没有着急，而是慢悠悠地点起一支烟，很享受地深吸两口，然后拈起鼠标，咬着牙，梗了头，用上全身力气……接着应该是酣畅淋漓的“轰隆”一声对方被将死的音效。但马杆没有看到对方老帅被将死，自己电脑却死了。缓缓抬头，儿子芽尖强行关闭电脑开关的手指头还没有缩回去，或者说正挑衅地支楞着。

“你干什么？！”马杆火“腾”地一蹿三丈高。

“还好意思问我干什么？我的事到底怎么办？”芽尖说话从不拖泥带水，直奔主题。

“不知道我正和市长谈着啊！”马杆这次没被芽尖的气势喷住。

这句话不深不浅，居然乱了一下虽楞但还嫩的芽尖的分寸。但话的意思与芽尖所见严重不符。不过，芽尖还是明显地软了下来，“老爸你什么意思？”

什么意思？马杆现在还不能说。芽尖不可能知道，那天马杆脑门上被逼出密密的一层细汗之后，脑壳上就没再干过。马杆思前想后，更觉芽尖分班兹事体重大而紧迫，用寝食难安不足以形容，走路、吃饭、睡觉、上厕所无时不在脑子里回旋，但脑子想碎了，依然束手无策，便想到上网去逛逛，一个网友的建议像一颗晴天霹雳炸开了马杆的“天灵盖”。网友的建议看似简单但也暗藏深意，他让马杆不要被道听途说牵着鼻子走，直接去找市长问个究竟！

找市长马杆没有那个牛B，也没有那个胆。网友的意思马杆知道，是让他用钢笔当枪，给“市长信箱”来那么“一梭子”，把社会上为市实验中学初一新生分班找关系的乌烟瘴气在网上给搅一搅、晒一晒，让市长引起高度重视，把开后门的路子全部堵死，让所有的人都回到讲究规矩的轨道，马杆这边自然就不用找什么关系了，也就是传说中的“围魏救赵”。

市政府网站自开通以来一直办得比较热闹，要闻快递、政策法规、民生联播、基层动态……但马杆一般是不看的，马杆认为自己平头百姓一个，跟那些高大上的东西没有什么关系，但政府网上有个“市长信箱”，不光马杆，大家也是有事没事都会去遛一遛的，上面反映的全是生活里的芝麻绿豆、鸡毛蒜皮，它不但有政府官方纯正血统的色彩，而且非常地接地气，听讲网民们有不少抓耳挠腮的事通过“市长信箱”还真的得到了解决。既然这样，马杆就壮起胆，深吸一口气，抱着试一试的意思“找市长谈谈”。

有关网络的事，马杆从来是轻车熟路，快刀斩乱麻，鼠标轻轻一击，“一梭子”

稳、准、狠地扫进了“市长信箱”。马杆的信是这样写的：

尊敬的市长大人：

你上任后解决了市区初中择校问题，点赞！不过最近又听市面上疯传，今年变择校为择班，有钱有权的家长找关系找门路找人都找“雾”起来了，纷纷想给孩子分好班找好老师，你亲手缔造的市区教育均衡将再次被别有用心的人联手打破，鄙视！望你老人家在日理万机中抽空管一管，否则，我们会将这件事再向上级举报，还要捅给媒体，让他们来看一看，本来让老百姓普大喜奔的教育被这些有权有势有钱的人搞成了什么样子?！翘首亟盼市长抡起大刀斩断搅局的黑手。回复请走快递，电联139××××5240自取。

话虽硬，看出马杆内心其实是虚的，所以未敢留真实姓名、地址，有点“羚羊挂角，无迹可求”的意思。作为资深网民马杆深知，要想搅动网络引起市长高度重视，没有重磅炮弹是不行的，所以，马杆照着网络惯常做法，将一个事实适度放大一下，再将一切背景隐去，让其裸体出镜，将大家的眼球全部吸引过来，这样才有了将事件做大的基础，关于真相大白后怎么收场，那就不是他的事了，那时他的目的已经达到。当然，也似乎没有什么最终玩得无法收拾的网络事件，无论浪潮怎样汹涌，最终总是一切静水东流。

马杆这一切窸窸窣窣的小动作最终没能憋住，全盘告诉了钩子。

“幼稚不堪！”这是钩子晓得事情来龙去脉后脱口而出的评价。

刚换了一顶颜色更绿帽子的钩子说出的话也绿得逼人：“政府向来是哄死人不偿命。只有你马杆这样的呆子才相信‘市长信箱’，你去看一看、访一访，哪个市政府网络上没有‘市长信箱’，但又有哪个市政府网站是自觉自愿设这个‘市长信箱’的？这是上面统一要求的，是被逼的！换句话讲，不过是‘作秀’而已！你真的认为那些个‘市长信箱’‘百姓直通车’‘连心桥’‘热线快递’之类的专栏能成为和普通老百姓沟通的纽带和桥梁吗？更进一步地问问，它们真的能解决实际问题吗？”

“你总不能什么都不相信吧！”马杆实在不能苟同钩子对一切的怀疑，“各级政府天天那么多人做那么多事就是为了糊弄我们，给自己贴金？这也假，那也不真，全都不满意，那我们平头百姓不就是天天生活在走投无路的绝望之中？”

在马杆面前一向掌握话语主动权的钩子简直无法形容马杆的幼稚，只能用长时间摇晃戴着绿帽子的头来表示自己的极端无奈。

不过似乎这次钩子有所失算，人家“市长信箱”并没如钩子所说的那样敷衍和应付，却显出蛮高的办事效率，没出一周，快递就送来了“市长信箱”的答复。

马杆以惯常少有的激动抖索不已地拆开“市长信箱”的回函，一个个打印的宋体字闪着神圣的光刺花了马杆的眼：

马杆同志：

你反映的问题有关部门会认真对待并会慎重妥处，此事有明确规定并已制定了详细的实施细则，届时会见分晓，欢迎监督。另，请你并转告他人，勿偏听偏信甚至传播不实之言，要相信一切都是讲规矩的，愿你我及大家共勉。

市人民政府市长　耿力生

2015年7月21日

市长耿力生的签名下面，还加盖了市人民政府鲜红的大印，说明这封回复不仅是市长个人的意见，更代表了一级政府庄严的态度。这就让马杆更觉得此封回信意义不同凡响。他幅度很大且极脆地弹了弹回复，得意地暗想：就凭市人民政府这颗红彤彤的大印，小茶也得尽快给他低头认错。

有了人民政府撑腰，马杆变得理直气壮。不但进门时一扫多日的小心翼翼，把回复拍在饭桌上的幅度和声音也都有点超出常规。

小茶态度虽然被这张来历不明的纸拍得有些松动，没再像以前那样僵、硬、冷，但也没有马杆想象的那样被大红公章唬住。她伸头瞟了瞟夹在一盘花生米和一碗剁椒鱼中间的回复，歪过头对旁边的芽尖说："得意什么？谁不知道，市长信箱里的信全是政府办的那帮主任、秘书和办事员们替代回复的，跟市长没半毛钱关系，更不可能解决什么问题！"

马杆知道这是激将法，目的是让他能讲出更多的内幕，坐实办好这件事情的可能性。马杆其实没什么更关键的牌打给娘儿俩，只好简单地套用新闻发言人的话说："至于你们信不信，我反正信了。"

小茶居然笑了一下，还顺势给他搛了一块肥肉；一边的芽尖也不易察觉地将自己最喜欢吃的芹菜爆炒肉丝往马杆面前推了推，这就充分说明了马杆之前的努力虽然不得要领，跌跌撞撞，但小茶同志和芽尖同学是一一看在眼里，记在心里的。而且，小茶还比较敬重地捧起桌子上的回复问马杆："我承认大红公章代表了政府的态度，但这个态度对芽尖的分班能起到什么具体而实在的作用呢？"

"有了规定，一碗水端平，分出来的班当然是平行班，老师、学生应该都是均衡的嘛。"

小茶对此不置可否，却换个角度分析这封回复。小茶认为，市长的回信虽然表明了一种公正的态度，规定了基本的原则，但具体到执行上问题就来了。原则是死的，但人是活的，只要是人干的事，难免就有手上手下的分毫之差，到时候你把每一件事情都掰开来看，全都符合规定和原则，但结果与你的预料却差距很大，有的甚至是天壤之别。

"所以"，小茶恢复了一个后街女孩惯有的干练和精明，说，"必须之必须要找个靠谱的关系，把芽尖分班时的分毫之差把握好，不让宝贝吃这个闷亏。”

绕来绕去，似乎又回到了原点。马杆重新变得比较畏难，知道自己找不到过硬的关系，只好再次拔高政府有规定的高调，始终认为“不用找人”。

小茶也不跟他抬杠，晚上上了床，把空调调到25℃，夏天身上本来就不多的两片薄布往下一褪……马杆同志飞秒间骨酥肉麻，意志也紧跟着不出意料地土崩瓦解。很快便完全倒戈，主动地替小茶“必须之必须要找个靠谱的关系”的论点进行了一番严密的论证和深度剖析，接过小茶扔过来的烫手山芋也就毫无争议了。

三

不知道是过度紧张还是格外重视，抑或兼而有之，马杆赶到市教育局的时候，离上班还早得很。

清晨的市教育局机关大院空荡荡的，只有保安一个人在传达室门口伸胳膊动腿，略有一点“太极拳”的意思。马杆讨好地给他哈了哈腰，算是打过招呼，之后在保安傲岸神情的默许下，背着手在市教育局大院里转了一圈，看过党务宣传栏，再看政府信息公开栏，又看了文明创建园地和健康小贴士……洒了很多水的机关大院，凉风习习，也比较润湿清凉，显出溽热夏天的一点柔情，鲜艳的国旗在半空中猎猎飘扬，让机关大院平添了一份庄重和威严。平日里，像马杆这样的平头百姓基本上没和政府机关打过交道，所以心里始终无端地有一丝崇敬感。随着上班人流的逐渐密集，惴惴不安也不断加剧，对走进大门的每一个人都充满了敬重，不住地堆笑，哈腰，点头，打招呼。来上班的人都认真地在指纹机上签到，然后谦逊地等在电梯旁，对像马杆这样打招呼的陌生人也报以友好、熨帖的微笑，这让马杆强烈感觉到自己所看到的机关作风和所谓官员的做派跟外界口中一无是处的衙门形象大相径庭，便无端地有点恨那些歪曲机关和官员形象的人，替这些“猴”在机关里，整天忙得昏天黑地，却对外界负面评价似乎还蒙在鼓里的人感到委屈和愤愤不平。当然，对办好小茶交代的事也信心大增。

夏天的骄阳一大早就显出它的力度，很快变得比较刺目，路上的行人纷纷挤到路边不多的树荫下去匆匆行走。

一切都在按机关的节奏有条不紊地进行。一般的工作人员到得差不多了，局长要到八点才到，那么，这中间自然是副局长老庞拎着公文包迈着方步过来了。马杆见了血液猛一沸腾，一个箭步射过去，没有任何铺垫，毫无章法地逮住庞副局长的手一阵乱握，同时语无伦次地自我介绍。庞副局长没被他夸张变形的声势带到沟里，依然稳重而很有分寸地微笑着说：“我知道，霞子给我打过电话。”霞子就是小茶的初中同学，虽多年没有来往，但小茶还是费尽九牛二虎之力，挖门打洞，用分子裂变的形式，调动电话、短信、微信、微博、E-mail 等一切手段，建立起纵横交错的关系网，把她从茫茫人海里“网”了出来，并且缠着老爸让他答应了几乎在外人看来绝不可能的事：今天上午在办公室里专题接待马杆谈芽尖分班的事情！

钩子听讲这个事情以后，笑得浑身严重颤抖。虽然今天戴着的绿帽子上多了“我很烦，别惹我”六个黄字，但他还是主动惹了上来，说：“死棋。此行你一定空手而归。”

马杆极不以为然：“是他宝贝女儿亲自安排的，而且是放在庄重的办公室见面，你看不出庞副局长的高度重视啊？”

钩子只好按着性子，给马杆来点找人小贴士知识普及：“古往今来，但凡找人办事，地点选择大有讲究，家中为上，茶吧、咖啡馆次之，办公室等而下之也。”停了一下，用手指做成钩子状，让马杆附耳过去，“除非是他精心设计，剑走偏锋，放在办公室既可如愿所获，又有公共场所光明正大的色彩，一箭多雕也。”

“你叽里咕噜说的是什么鸟话！”马杆对他这样“以小人之心度君子之腹”来分析庞副局长实在是必须予以申斥。

“朽木不可雕也。蠢 B 一个！”钩子以他极端的愤怒关闭了和马杆对话的大门。

马杆蠢但小茶明白。一切早就替马杆准备好了，而且充分考虑了办公室里人来人往的特点。想到这儿，马杆禁不住摁了摁裤袋里 5000 元的充值卡，硬硬的，还在，底气顿时又足了不少。

“不能办！”

到了办公室，马杆刚喝上庞副局长亲自倒上的茶，还沉浸在胜利接上头的庆幸和喜悦中，还在斟酌着怎样扯出话头，怎样见机行事，以迅雷不及掩耳盗铃之势将充值卡适时从裤袋里掏出来奉上，进而将儿子分班的压力瞬间一齐转嫁到庞副局长头上的时候，庞副局长的结论像个炸雷从半空里滚了下来。

一切如钩子导演的一样。办公室里的庞副局长态度亲切和蔼，对马杆礼遇有加，让座，倒茶，开空调，一派平易、友善、和气之中，横空出世的“不能办”三个字不但震聋了马杆的耳朵，还让马杆瞬间感受到了雷声背后的严肃和认真。

按照钩子的理论，找人办事，说“不能办”的人，要么对这件事来龙去脉一概不知，人家压根就没让他染指，沾不上边，完全是局外人，想办也办不了，但在外人面前架子不能跌，便公事公办地说：“这样歪风邪气不能长”，所以“不能办”；庞副局长是市教育局分管业务的，显然不在此列。见马杆被他的三个字一闷棍似的砸蒙了，显出了可怜兮兮的样子，庞副局长缓了一缓，把空调调到 25℃，又给马杆添了一回茶，斟酌着语气，说：“市实验中学新生分班是全市人眼睛都盯着的事，是严格按规矩进行的，必须将一碗水端平；此事由我直接分管，你想一想，我能不能带头坏这个规矩？”

马杆显然没有领会庞副局长的深意，站在自己的角度幼稚而又迫切地说：“你个大局长，弄个把伢子破个例，天又塌不下来。”

“一切都在按规矩办理，怎么破例？”面对马杆一直的高度怀疑，庞副局长差点要怒吼起来。

不过，庞副局长显然已感觉到了马杆不是故意的，是在他角度上的一种合理认知，便掉转话头，顺着马杆以退为进地说：“好，就按你说的，我帮你破个例，对我来讲也确实是小事一桩，天也不可能塌下来，”他喝了一口茶，把误入嘴里的一片茶叶坚决地吐到垃圾桶里，接着一连用了若干个疑问句：“但你想到了后果没有？想过给你破这个例造成的连锁反应没有？我给你的孩子做特例处理，其他家长都来攀比怎么办？尤其特别的是，我让下级帮我办了，下级会怎么看我，怎么看这件事？”

讲到这儿，庞副局长突然笑了起来，拍拍马杆的肩膀说：“我们可以假设一下，如果你是具体办这个事的人，你怎么想？”

“领导让办，那肯定照办。”老实讲，真要将这个权力交给马杆，那他肯定先把芽尖的事办了再说，便对庞副局长迫不及待地说道。

“那问题又来了”，庞副局长没肯定也没否定马杆的话，“既然领导可以这样办一个，那下级照样也可以办一个，其他人当然也可以办，他办一个，你办一个，那些个规矩怎么办？原则还要不要？”庞副局长提出了问题，顿了一顿，但并没等马杆回答，接着说，“由此可见，给你马杆同志办一个天是塌不下来，但市实验中学新学期分班的多米诺骨牌就此会全部坍塌，而你的儿子芽尖，就是这副牌的第一张，我这个直接分管领导，就是推倒第一张牌的发力者。你说，这个例能不能破？”

不知是空调效果不佳，还是马杆着实被事情的严重程度吓着了，此时马杆浑身大汗淋漓，头发湿漉漉地趴在脑壳上，汗透了的T恤衫尴尬地映出乳头清晰的形状。

但庞副局长似乎还没说完。针眼大的洞斗大的风，千里长堤溃于蚁穴啊。他从芽尖分班的事推展开去，开始评价人们对待这个社会的态度：“现在的人真是看不懂了，要办一件事，首先想到的不是去了解办这个事有哪些手续，需要准备什么材料，走什么样的程序，要遵守哪些规定，而是搜肠刮肚首先想到的是找人！人人都骂世风日下，个个都恨道德沦丧，社会礼崩乐坏，面目全非，但我们每个人想过没有，在这里面扮演了什么角色，推波助澜没有……”

其间，不断有下属进来给庞副局长送材料，请示工作，听见庞副局长的谈论，也会接上几句，各种观点便竞相交汇，乒乒乓乓搅成一团，但所有的矛头却都有意无意地指向了歪坐在一旁椅子上的马杆。其中有个大概是秘书什么的，虽然眼镜摘在了手上，但依然掩不住一脸浓重的书生气，讲起话来全都闪烁着极端愤世嫉俗的怒气和针砭时弊的锋芒，话题发挥得也比较有深度，痛批起什么现代社会目睹之怪现状，说大家都要求政府办事讲法治、讲规矩、讲程序，稍有一点瑕疵，紧抓不放，甚至据此能将整个事件推翻，让政府输理，赔钱；而轮到政府要求大家讲规矩的时候，大家却集体耍起无赖，自如运用“闹、搅、蛮”的手段，尽管不少做法上不得台盘，蛮横无理，还满不在乎地说：“我们平头百姓一个，别给我们讲什么大道理。”然后心安理得地得出荒唐的逻辑：政府和老百姓打交道，你总不能一是一，二是二地斤斤计较，叫老百姓吃亏吧，不然，你还是人民的政府吗？这些话马杆虽然没有说过，但确实似曾相识，跟他所在的市井阶层十分匹配，经眼镜秘书这么血淋淋地撕开，马杆不禁感到战战惶惶，汗出如浆，全身透湿如泼。

他已完全记不起自己是怎样逃出庞副局长办公室的了。

事情没办成，还被上了一堂政治课，让庞副局长扭住身上的劣根性数说得体无完肤，马杆觉得十分窝火，责怪小茶办事太离谱，挖了这么大一个坑让自己跳。小茶显然知错了，顾不得责怪同学霞子，对马杆极尽安抚慰劳之能事，晚上上床，空调调到25℃，身上本来不多的几片薄布一褪，后街女孩丰满的胸脯主动贴到马杆的嘴边，妖娆妩媚的身子如饥似渴地一扭、二扭、三扭……马杆便觉得，白天受到的所有困厄和屈辱瞬间灰飞烟灭。

一切过后，小茶才详细了解马杆找人的过程，得知他充值卡居然没有掏出来，认为事情办得太腌臜。马杆便如实复述了一遍在庞副局长办公室的情形，指出，在那种环境和气氛的威压之下，握卡之手是无法也是不敢抽出来的。虽说送一张卡也就三五秒钟的事，但人员不断在进出，更不知庞副局长的深浅，万一拿出来，他不要，再被他“搡”一家伙，又恰巧被进来的人看到，你想想那样的情形怎样收拾？

可能是小茶已想象到了危险性，便对马杆没能送出充值卡表示了充分的理解，同时，把责任归咎于现在的形势。要是放在以前，办个事情，钱有数量，物有规格，只要找对人，东西一送，办件事简单、直接，灵光。现在搞得太紧，把那些个位高权重的大官或掌握实权的小吏都弄得噤若寒蝉，虽不敢乱作为，却也不作为了，无论谁找人办事，礼物是一概不收，事情也不办，把老百姓方便快捷的办事门路堵死了，遇到事像盲人骑瞎马，到处乱撞。

马杆和小茶便无限怀念那些可以心照不宣地送钱送物快速办成事情的日子。

四

儿子芽尖和他的小伙伴们不知从哪里知道了事情的来龙去脉，觉得有马杆这样一个无能的家长太窝囊，只知道呆子一样一天到晚替公司写程序，芝麻大的小事都办不好，受到小伙伴们无尽的讥笑，大家还举出同学中谁谁家长举重若轻，虾不动水不跳地就把事情办得妥妥帖帖。受了恶气的芽尖回来直接将气撒在马杆头上：“像你这样就不配做什么爸爸！”芽尖咬着牙齿，用手指一下两下三下地点着马杆，说。

旁边的小茶听了，二话没说伸手甩了芽尖一冲头，让他上点规矩：“把事情弄弄清楚再嚼舌头！”

芽尖虽然被打得流下了眼泪，但胸中的戾气依然直冲脑门，转而又指责小茶也是“窝囊废”一个，没一个硬茬靠山，遇到事情找不到一点头路，揪着头发恨自己“生在这样的家庭是倒了八辈子的霉！”字字句句直插夫妻两人心尖，小茶气得直抖，踉跄着到处找棍子要打死这个“杂种”，马杆咬着牙无声地攥住了她的胳膊。

马杆想到的是：芽尖一席胡言乱语背后难以预料的指向。

万一这个活宝狗急跳墙，真的不去上学，甚至离家出走，怎么办?！

冷静下来的小茶也觉得这“小狗日的”真的能说得出做得出，便心事重重地不敢再往下想。好在芽尖并没出走，只是愤怒地关死了房门。马杆踅到阳台上适当的位置，从窗子里能看到他从床下拽出了那只每年外出旅行用的红色小旅行箱，怒气冲冲地往里面扔着什么东西，动作夸张而变形。马杆稍缓的心一下子又吊了起来……

心力交瘁的马杆一夜无眠。想来想去，实在没有可托之人，只能回过头来再找钩子。可打听来打听去，都说有一阵子没看到过这小子了，还有人开玩笑说小伙可能被“双规”了。“双规”是党员干部才能享受的“待遇”，钩子还没那个福分，几番转弯抹角，狗日的原来是躲起来写新码去了。由于任务特别特别紧，公司逼迫得太急太急，只得躲在自己的狗窝里。

超负荷工作中的钩子甩掉了绿帽子，现出烁亮的光头。虽然忙得焦头烂额，电脑两边堆满了方便面盒子，脸瘦成了一片菠菜叶，但精神奇好，两眼始终烁烁放光，谈起马杆的事来，同样是滔滔不绝

“办好事办成事，必须找到典型环境下的典型人物。”钩子认为，马杆之所以把事情办砸，是因为人没找对路，方法有欠缺，火候没掌握好。我们找人办事，无非会遇到三种人，一种是直接且坚决回绝的，针刺不进，水泼不进，这种人真不能办事，原因各异，他也不想和你拉扯，趁早离得越远越好；还有一种是找到他来者不拒，满口答应，和他打交道无障碍，零距离，直截了当，轻松愉快，但有不确定的风险存在，胜算有不小折扣；还有一种是介于两者之间，不回绝你，但答应得也不干脆，这样的人责任感强，态度认真，很在乎办成办不成事，没把握的事不会答应，但一旦答应了，你尽管放心好了，事情一准办得妥妥帖帖。

“那你就给我找个这样的人！”马杆急不可耐地说。

“没有！”钩子回答得简捷而干脆。

但钩子毕竟是钩子，鉴于马杆所处的困境，不但显出了救人于危难的侠义，还真是动用了一些关系，想方设法联系上了小城名人老戚。

说老戚是小城名人，只是听说而已，马杆并不认识他，更没打过交道，但一直以来留在小城人印象里的老戚嗜酒如命，整天昏昏沉沉被酒气所包裹，经典的传说是：有一次喝多了，头昏眼花，到了家门口却找不到家门，便去询问站在一旁看他出

洋相的老婆："大嫂子，请问老戚家在什么地方？"不用说，老头子肯定是喝得不知南北东西了，不但认不得老婆，还自己找起了自己，便逗他说："你不就是老戚吗？"老戚笨拙地拎了拎已经严重下滑的裤子，又往半空里划了划手说："我不找他人，我找他的家……"老婆哭笑不得，用手往邻居家一指说："那不是他家吗？"老戚竟歪歪趔趔地真往邻居家走了，临了还没忘记说声"谢谢"……像这样一个整天昏头六冲的人还能指望他办事，不误事就算烧高香了。

"不要看现象，要看本质。"钩子以少有的坚定语气否定了马杆的质疑。小老头虽然喝了酒迷迷麻麻，但清醒的时候办事能量还是比较大的，很多人通过他办成了很多事，而且，最重要的一点是，人非常好服侍，从不拿腔作势。

最后一句话有点打动马杆。纵观找人办事，最难受的是人家对你不理不睬，不咸不淡，猫戏老鼠似的，让你难堪，让你身心和人格受到双重的煎熬甚至是污辱。死马就活马医吧，马杆当即决定，将没送到庞副局长手里的充值卡换成一箱"五粮液"，直接扛给老戚。

"不急，不急。"钩子居然一改素来说干就干的急性子，让马杆先和老戚接触接触，等有了把握再说。

安排和老戚的见面显示出了钩子不拖泥带水的风格，地点是一家茶社。老戚不喝酒的时候果然快速、高效，马杆和钩子赶到的时候，老戚已先行一步，并且反客为主，自作主张地替马杆点好了吃的、喝的，还点了些啤酒，而且选了个光线阴暗的角落，灯光朦胧暧昧如妓院，事虽小，但马杆有一丝不怎么靠谱的不祥预感。

听了马杆要给芽尖分个好班的事，老戚答应得嘎巴嘣脆，让马杆直接放心，"百分之一千包在我身上。"庞副局长死咬着不松口，让马杆无奈，但像这样轻易就把胸脯拍得"咚咚响"的，同样让马杆心里没底。许是为了打消马杆的疑虑，老戚还现场列举了他托人情走关系办成的多宗典型案例，最得意的无疑是26个人争市政府传达室一个看门的位置，"最终还不是被托我的那个人拿下了！"

"不看广告，看疗效。"钩子发现局面有点走偏，便及时发挥自己的宏观调控手段，问，"戚老，马杆这个事你打算怎么办？"

"找人啊。"老戚打开一个盒子，先戴了一个大眼镜，又套上一个小眼镜，然后举起放在桌上的手机朝两人晃了晃，"这里面全是资源，随便调一个就能搞定。"

"那就来个现场直播？"钩子说出了马杆心里想说的话。

不愧是传说中的老戚，没有二话，随即选了一个有权的硬茬。不知是真的自信，还是为了炫耀，老戚按了免提通话。但电话响了两声后被对话掐断了。这多少有点让老戚尴尬，自言自语道："他怎么挂我电话？不该嘛。"正疑惑间，短信铃响，让颇为失落难堪的老戚精神大振："噢，原来在开会。人家说了，等下回电。我说嘛，不该挂我电话，否则，哪天见了要罚他三大杯。"算是将现场氛围重新调节正常。

等待，是无期徒刑。一壶茶见底，钩子去尿了一泡；回来后续了一壶，就着啤酒咕咚咕咚又喝完了，三人跨过一地的啤酒瓶子，组团去又尿了一泡。茶社里人来人往，应该过去了很长时间，“等下回电”始终未回，老戚就批评说，当官有点权就忙开会，一开就是长会，耽误我们老百姓办正事。我们可不能指望他们，山不转水转，换个人试试。

这回联系的是个有钱的老板，电话很快接通，对方十分热情。嚷嚷着要和老戚“搞两瓶”，分个高低，老戚让他先别谈酒，跟他谈一件正事。对方立马封了老戚的口说：“今天只跟你谈酒，不谈什么正事。只想着拼个你死我活。”对方说话如大河奔腾，言语原始而又豪迈，气氛热烈友好，看得出和老戚不是一两天的感情，但最终是老戚缴械投降，匆匆几句主动掐了对方电话：“太热情了，让你受不了。这些人钱太多，接触的全是大官，一般像这样的小事，他们不好意思向人家开口，算了，不在他这一棵树上吊死。”

这回钩子和马杆都没再说什么，老戚自己有点急了，把手机拿在近前，把小眼镜翻到脑壳上方，在手机电话簿里翻来倒去几个来回，边翻边自言自语：“现在人太浮躁，靠谱的人不多了，讲感情的更是少之又少了。”马杆和钩子开始没懂老戚这话的意思，等他拨通又一个电话，似乎才略有所悟。

老戚这回关了免提，但很奇怪，这时马杆和钩子的耳朵特别灵，和没关免提听的声音一样清晰可闻。电话里是一女人悦耳的声音，结合两人对话，已大致猜出应该是市教育局具体办事人员的太太，开始的对话热情而又愉快，等老戚讲了给芽尖分班的事，“太太”便一连问了几遍“你说什么？再讲一遍”。老戚又再讲一遍，“太太”还是说：“什么，什么分担，分担什么？你说大声一点。”其实，连马杆和钩子都能听清的话，“太太”却还要老戚再大声点。老戚没法，只好又加大声音，引起很多顾客侧目，茶社的服务员都过来制止了，电话还是“信号不好”，让老戚重拨一通。重拨了一遍，通话效果虽然十分清晰，但对方依然感觉“信号不好”……最终无奈，只好约定“改日再聊”。

这时老戚已完全没有了刚来时手眼通灵，八面玲珑；三个电话如三记闷棍砸在他只有稀疏几根头发的脑壳上，让老戚显出些不太容易察觉的萎顿和疲惫。

马杆这才真正领略钩子先前让他“不要急不要急”的真义，真将充值卡换成酒扛给了老戚，事情办不成，东西带不走，“抓鸡不成蚀了米”，不是将钩子带到沟里去了吗？

不过一杯清茶也没白喝，他至少证实了马杆先前的耳闻。世面上很多像老戚这类中间人，长年累月游离于官员、老板和一些无职无钱但真正掌握点小实权的人中间，靠着当掮客拉皮条吃点“浮头食”，不管人头熟不熟，关系近不近，见到人就存电话号码，靠着手机电话簿里人数的简单扩张编织所谓的关系网，关键时刻拿出来“帮人办事”。其实所谓办事，他们只在接受别人“拜托”后，打探些消息，并不起到实质作用。政策、规定允许，事情自然成功，毫无疑问成为他的功劳；规章无法逾越，事情办不成，一句“今年特别紧”就打发了，请托的人也不好怪他。其实不是“今年特别紧”，一直就是“特别紧”，从来就没松过，因此，无论怎样，他们既不失面，也能得利；有时为了凸显他们的能耐，故意做些搅浑水的动作，抓不着头寻不着根地放出些虚虚实实的信息，闹得大家都人心惶惶，他们便在当中上下其手，浑水摸鱼。

想到这儿，马杆便果断地让服务员结账，给老戚留了个“再联系”的话，散伙走人。

其实，从走出茶社那一秒间，马杆知道不会和老戚“再联系”了。

此事显然对钩子的打击是致命的，回公司的路上一直愤愤不平地说个不停，终于悟得这个社会比“矩阵的秩”复杂深邃得多，仅仅“将传统的底线往下移一寸”是难以撼动的。

“水太深，我们个子太矮，探不到底的。”钩子在护城河桥上说了这句话，还将头上的绿帽子恶狠狠地扔进了桥下静静东流的水中。至此，钩子深隐，不再掺和马杆的事，一心一意做他的“码衣”去了。

五

七月流火，九月授衣。八月的小城前所未有的酷热难当，很多单位已经调整作息时间，还有不少实行错时上班，也有的忙着发仁丹、藿香正气水之类的防暑降温用品，用人类幼稚而有限的力量同强大的老天爷做着坚决又徒劳的抗争。

“农人心中似汤煮，公子王孙把扇摇”。所有避暑的举措未能降下马杆、小茶他们心中的狂躁，其实小城很多家长为小孩新学期升入初中的分班问题纠结、焦虑到了极限，而且有不断蔓延之势。小茶每天下班总要带回一些乱七八糟的消息，其中最刺激马杆的无疑是说邻居、同事们的小孩都找好了关系！根据马杆的经验应该不会这么容易，拦着邻居打听，多年的老邻居们或笑而不答，或不深不浅地让马杆“别听人瞎说”，也有被逼急了的只好说：“这么大的事，不花钱找人怎么行？”不问还好，一问，更弄得小茶如热锅上的蚂蚁。

不光是小茶急的事，这些真真假假的传闻显然对芽尖构成的刺激更深。不知道从什么时候起，小东西开始整日一声不吭，不知道他在想什么，一开口说话都是枪子儿。据小茶掌握，这小狗日的东西收拾得可能差不多了，几次看见他把那只红色小旅行箱放在床上看着它出神。小茶曾彻底放下身段，带着十分巴结的态度问过他，虽话腔子像石头样的硬，基本算没怎么理她，但还是传达出一些信息：分不到好班的日子，就是他开路的日子！

这就更让马杆神思恍惚起来，上班时老出差错，有一天一向严谨细致的马杆居然把一个设计数据的小数点位置点错了，单子下到车间，数控车床抽出来一批废品，这让公司头儿木壶十分恼火，有着一头风驰电掣发型的头儿木壶把马杆喊到办公室，声嘶力竭地训得狗血喷头，老板桌上一盆女秘书精心养护的绿植被他超大幅地抹到了地上，碎了。从来恬淡乐观的马杆那天当着头儿木壶的面哭了起来。男儿有泪不轻弹。倒让一向偏爱马杆的头儿木壶手足无措。这个在公司里一向强调“不相信任何理由”的强硬派居然破天荒地让马杆给他一个理由……待弄清事情原委，刚才劈头盖脸变成指责加责备：“这么大的事为什么不早点问我？！”

正在抽泣着的马杆一听，头一抬，用右胳膊扫帚样地横抹了眼泪连着的鼻涕，问：“你说什么？”

就是这个有夏蝉嘶叫的闷热上午，从头儿木壶的办公室开始，让马杆为芽尖分班的事看到了无限的希望却又陷入了极度煎熬的旋涡之中。

据头儿木壶讲，这回他托的是他中学的邓老师，现在的市实验中学邓校长，中学毕业以后，他每年都要去隆重地给老师认真拜年的，从没差池过，弄个把学生分个中意的班小事一桩。但人家校长说了，需要的话这个忙是一定会帮的，但根据目前对整个政策环境和一些操作细节来看，应该不需要找什么人，顺其自然的就行，让马杆不要着急。

这不是马杆急不急的问题，而是小茶、芽尖几乎到了疯狂得急不可耐的地步，特别是在外面听到的越多，传说的越花，对马杆倒逼得越紧。马杆每天上班比以前提早了一些，除了努力工作，还有一件重要的事，就是观察和解读头儿木壶的神情，希望能得到一个“已办妥”的肯定，但头儿木壶和马杆每天对视时总是不易察觉地摇一下头。

据马杆观察，头儿木壶的焦急似乎犹胜自己，且一天比一天加剧，足见此事在老师那儿进展的艰难。好在这么多天过去，虽没大的突破和进展，但一直没有传来“没法办”的负面信息，这应该符合钩子所说的：这个人办事沉稳靠谱，责任感特强，也从不忽悠人，没把握的事绝不轻易松口，只要他答应的事，绝对有绝对的把握。

“好饭不怕等。”头儿木壶看马杆实在搂不住了，安慰马杆，马杆只好又原话传给小茶。

不过，先崩溃的却是头儿木壶。这天下班前，他告诉马杆，晚上要去找初中老师邓校长，马杆一听，血液往脑子上直冲，问他是不是你老师邓校长已经同意了？

头儿木壶没告诉马杆缘由，只说：“你将那个带着，再买点水果，晚上跟我去就行了。”马杆没再多问，按照头儿木壶的吩咐一一办好。

但最终还是比较出乎马杆意料的。没想到马杆头儿这次是直接将马杆带到了邓校长的家里，而不是咖啡馆或是办公室，特别是根据一家人的反应，头儿木壶居然属于不请自到。

他向老师邓校长的解释是：“您太忙，不想怎么打扰您，所以就没打电话。”按马杆的理解，这就有点“拿”着人做事，属于“强人所难”吧。

但邓校长明显没有怪罪头儿木壶，不知是老师习惯了这些办企业的人一贯的行事风格，还是对头儿木壶这个学生偏爱有加，坐下来后自然就扯到芽尖他们分班的事。

据邓校长讲，关于新生分班的事，市里早就制订了详细的操作方案，只等秋季开学前实施，“而且”，邓校长说，方案“细致严密，无懈可击”。

头儿木壶不愧是头儿，在这个问题上的考虑显然胜过马杆。头儿木壶说：“再严密的方案只要是人为操作就有变通的办法。我可听说了，要想分到想去的班，可以将这个学生单独“摘”出来，等大家分好班了再将他放到想去的那个班。这就叫体外循环。

不知是为社会智慧叫绝，还是觉得学生头儿木壶直截了当的可爱，邓校长哈哈笑了起来，笑过之后讲了一句不深不浅的话：“公开透明不够，信息不对称，难免让社会上疑惑不断啊。你们一定要相信分班是有一套规矩的。有没有治住体外循环的办法，你等着看就是了。”

近一个小时的见面，邓校长并没有做出什么承诺，但马杆感觉比较舒服，既没有正人君子的严肃说教，也没有社会油子的满嘴跑火车，分析了大环境，又剖析了具体操作，反正马杆是被彻底说服了。以至于马杆不知不觉和邓校长站到一起，倒过来劝说头儿木壶，要他相信官方的庄严承诺，不要相信传言，放心等着“芽尖分到该去的班级”。

头儿木壶自始至终没像马杆那样被老师说服，说无论如何，一定请老师邓校长帮忙盯着，班一天不分完，这事一天不算完，并且起身告辞时，示意马杆将那张5000元的充值卡留在茶几上。老师邓校长当然是极力推让，头儿木壶说：“如果你不收着，说明马杆小孩分班的事你不帮忙！”

邓校长平和地笑笑，说：“这么严重？那暂且这样吧。”

回去的路上，马杆特别高兴，盛赞头儿木壶的老师邓校长“超级好”，家里和小城普通人家不是一样吗？外面都说他当了多年校长，捞足了，家里金碧辉煌，富丽奢华，看样子是“望人生义”了。

头儿木壶没怎么附和马杆，只是最后愤怒地说了一句没头没脑的话：“都是扯他妈的蛋！”

人类一思索，上帝就发笑。没想到让他们痛苦了一个暑假的大事，最终的结局却大大出乎所有人的意料。

六

时近八月将尽，酷暑依然强劲难耐。为芽尖上学分班的事，马杆的精神更是濒近崩溃边缘。也有更为奇葩的消息不时传来，说其实学校的班级早已分好了，也有的说正在分，也有说近几天就分，真真假假，都有鼻子有眼。马杆他们住在工业园区里，离城远，也没个可以准确打听的路子，转弯抹角地打听来打听去，也没个准信。

邓校长那边迟迟没有消息，让马杆渐渐有一些不祥预感，便顾不得规矩，三天两头去叮头儿木壶，头儿木壶也是被逼无奈，三天两头去叮老师邓校长。邓校长不愧是邓校长，毫无急遽黧黑之色，一派的大将风度，每次都说："不要急，不要急嘛，结果一定让你满意的。"说多了，小茶不但没放心，反而更是不安起来，认为邓校长拖延、搪塞的意思比较明显。

这天晚上，两人比较早地就上了床，但没有"做"，只是翻来覆去地商讨，觉得"药"下得不够猛，"药效"后劲跟不上，明天再续一张充值卡，再去找一找头儿木壶，再加大些力度，再做一下最后的冲刺。儿子芽尖突然在房间里大叫了起来，让他们赶快看小城新闻。

他们赶紧将电视调到本地小城台，不看则已，一看，让他们俩傻在了床上。

本地电视台的一名美女记者，长发披肩，胸部饱满，雪白飘逸的长裙被微风撩到恰好的高度，站在人头攒动、男女老少穿梭来往的市实验中学广场上，正在做现场报道：

本台消息：新学期即将开始，备受市民瞩目的市实验中学初一新生分班工作今天上午在该校活动广场举行，市纪委、监察局、市教育局、市公证处均派员参加，活动还邀请部分市人大代表、政协委员，市广播、电视、网络、报纸等媒体记者以及部分家长代表现场参加监督。

随后镜头扫过市实验中学初一新生分班火爆的现场和每个环节，整个过程也就十来分钟，但却是相当的扣人心弦。

镜头显示，旁边有一面展板，上面按顺序贴着从七年级（1）班—七年级（30）班学生名单，据记者讲这是学校提前根据小学毕业检测等级高低用电脑随机编排而成的，这个马杆听懂了，也就是说30个班级全是平衡班，没有好坏、优劣、强弱、快慢之分；30个班的任课教师由班主任和老师根据"双向选择"也已一一敲定，名单一同公布在展板上。所谓分班，实际就是将每个任教老师团队与每个班级学生之间由无机联系建立起一对一的明确关联。

具体分班采取的是原始的抓阄方式。30个班主任有序地站在一旁，共分两轮，第一轮先拈抓阄顺序，主持人将一副扑克牌大小的黄色卡片写上1—30数字摊在桌上，30个班主任随机抓取后，按照抓到的数字由1—30排成一列纵队，主持人挨个进行核对，确认顺序无误后，又拿出一副同样写着1—30数字的绿色卡片，像魔术师一样潇洒而又流畅地洗透，再一一将背面朝上摊在桌上，让班主任凭着手中的黄色卡片对好数字顺序来正式抓好取班级号，每抓到一张卡片，用5秒钟的时间展示给大家，再径直走到展板旁，由专人记录后，将相应的任课教师名单揭下来，贴到拈到的号码旁边，班级和任课教师团队就算建立了不可分割的联系。

此时，记者好像洞悉了马杆的心思似的，补充了一段话：

为防止抓阄后可能出现有私自调换班级或某个学生行为，该名单早已一式若干份印发给市纪检、监察、公证、教育和人大代表、政协委员、家长代表们的手中，只要有质疑或举报，立即和大家手里的名单对照，若有不符，要严肃追责；同时，如果之后出现转学过来或发现有其他原因没有参加统一分班的，同样要履行抓阄的方法，1—30个阄，抓着哪个号就去哪个班，且抓阄的过程要有相关人员参与监督，并且要全程录像，以供方方面面随时审看。

整个过程给马杆的感觉公开、透明、有序，虽然观众多，班级多，老师多，场面大，但从画面看，忙而不乱，井然有序。

“绝了！”马杆一巴掌拍在凉席上说，“难怪邓校长那么有把握说，一定能让芽尖分到该去的班级呢。”并咂着嘴扭头问小茶，“你想到会是这样吗？”

小茶显然是被惊呆了，说：“我一个平头百姓，哪能想到会是这样！”随口又补充一句，“这就是说，之前我们的关系白找了？”

马杆正不知怎样回答，邓校长的电话适时打过来了，问马杆看到新闻没有？马杆连说：“看到了，看到了，谢谢邓校长，太谢谢了。”边讲话边把头直点，好像邓校长正在手机屏上看着他似的。但邓校长没理这些，而是说：“这下放心了，明天一定要来拿回你的东西哟。”

一切让马杆如在梦中，恍惚间只听“嘀”的一声，小茶已经将空调调到25℃。

窗外，田野里蛙声清脆有力，星光灿烂，马杆实实在在地感觉到，夏天里原来也可以如此地恬淡、舒适。

（原载《安徽文学》2016年第2期）

/ 二号站牌 /

我说一个我们的故事。

这个故事挺无聊。故事的开头从略。

彤红的太阳把我们的影子拉得瘦长。我们几个一身大汗，把单车停在二号站牌下，点起一支烟等候老大，旁边一个小孩撅着屁股在马路上乱画。我们因为等得有些无聊，便喊小孩过来过来。

小孩显然是吃了一惊。他老老实实地走了过来，浑身提着气，一副很警惕的样子。

我们说："你画个画给叔叔们瞧瞧！"

小孩松懈了许多。他研究似的挨个看过我们，仰着小脸庄重地说："我画个大圆圈给你们看看。"

我们说："随便"。

我心里很着急。因为时间毕竟太久了。老大还没见来。

马元把烟蒂弹出去老远，说我去看看。一偏腿，拱着单车顺原路一溜烟就没了。

我们都回过头来，又点了一支烟，但忽然都有些吃惊。小孩把圆圈错画成了一个很好看的三角形，他望着我们很自信地笑着，似在等待夸赞。

我们不动声色。我们说："画个三角形怎么样？"

小孩很高兴。又撅起小屁股趴在地上画起来，画得挺专注。一只蚂蚁在他的脚边很悠闲地爬着。

我们一支烟又吸完了。彤红的太阳淡泊了许多。我把一颗石子从左脚踢到右脚，又从右脚踢回左脚。

大成把眼光从远处收回来，说："这马元，啧啧，我去看看。"说时，单车已跐出去老远了。

我们继续看小孩画画。我们有一种恍惚的感觉。

这一回，小孩把三角形画成了一个方框，我们边笑边对小孩说："抽支烟玩玩吧。"

小孩站了起来，把眼光投向远方，一副认真思索的样子。然后，有点不高兴地说："我再画一个方框就不画了。"

我们说："行！"

小孩又开始画。这一回画得挺慢，很庄重。头始终没有抬一下。夕阳把他小小的影子投在他面前的图画上。

我有点茫然地看着马路的尽头。陈康已耗尽了最后一点耐心说：“你再等一会儿，我去看看他们。到底是怎么一回事嘛。”单车箭似的射了出去。

彤红的太阳已无力地倒在郊外的山坡上。似风烛残年的老人，卧在那儿睁着一对泪汪汪的眼睛。

手表的指针像虫子样咬着我的手脖。小孩已经走了。我低头看了看。他把方框画成了一个扁扁的椭圆留在马路上，有几个匆匆走过的行人还低头看了看，又昂起头走了。

这一回让我陷入了沉思。对着画，拾起粉笔头想添点儿什么，但始终无法下笔，最后只是把几个图案用一根粗粗的线条从中间串起来。

我蓦然想到了人的一生。

二号站牌站在那儿，满天都是夕阳释稀成的胭红的晚霞。

（原载吉林《小说报》1989 年第 3 期）

/ 宿舍的啰唆诗 /

到作家班，第一件事就是搞卫生。老聂说："环境卫生是人的素质的具体表现，务必务必要弄好。"说得几个人手脚直痒。大刘"咚咚咚"地冲下楼去找扫帚和簸箕，小金从洗手间拽来拖把就往地板上刷。老聂按住他的手连叫几声"错了错了错了"，话落，一张纸飘进小金怀中：是老聂刚拟好的《关于打扫宿舍卫生的步骤十三条》。老聂用一根手指捣了捣那张带红头的纸说："第一乃刷天花而非拖地者也。"大刘说声"我来"，站到桌上抡起扫帚在天花板上划起来，灰尘立即扑扑下落。老聂让小金用小刀一根一根地撬巴在墙上的订书针，自己则一手捂住鼻子，另只手用一张牛皮纸刮窗台上的老鼠屎。几个人边搞卫生边忙着排座次。老聂年已五十，是宿舍当然的"老大"；小金二十刚冒头，据老聂说，跟他儿子一样大，只能屈居老三，大刘虽然像个农民，但年龄已是三十一岁到四十九岁之间，当仁不让地做了老二。然后老聂又问来作家班之前的职务。大刘有点不好意思地说：是个小科长，一直搞计划生育工作。又问小金。小金说："我吊毛干部也不是。"老聂皱了皱眉毛，说："很好。"小金有点不高兴，便问老聂。老聂高兴地说："在文联是个负责的。"小金说："想不到你竟能当文联主席！"老聂谦虚地说："副的，副的。"小金说："应该称你聂副主席。"老聂赶忙说："其实，我们文联没有正主席，副主席实际上也是正主席。"说话间房顶墙壁已经弄好，大刘开始扫地板。老聂告诫说："扫地要跟女同志洗澡一样，要细细地弄。"大刘就做得格外小心。扫到床跟前，一头扎进床肚里，用扫帚认真地掏。老聂用手拍拍大刘撅在外面的屁股，说："大刘是头老黄牛！"小金撇了撇嘴，把墙角的一堆空酒瓶一个一个地扔到楼下炸掉。楼道里乱哄哄的，各个宿舍都在搞卫生，有位女同胞在楼道间拿着公用电话边讲边笑着。老聂到各个宿舍转了一圈，说他们搞的卫生是"小鬼出操，乱七八糟"，没有他们宿舍搞得干净、彻底、有秩序。边说边掏烟来散。大刘便有些激动，双手去接烟。老聂忽然改变了主意说："先别忙。我们宿舍在作家班大小也算个单位，得选个舍长。"大刘盯着老聂手里的烟说："不用选，就你吧。"小金没说话。小金正在歪着头，看班长刚送来的《宿舍公约》《关于严禁使用电炉的通告》等一叠"狗皮膏"。看着看着便"哧"地笑一声，把一叠纸揉成一大团扔到了废纸篓里。老聂咳嗽一声说："我认为我们三个人都能当舍长，要通过选举来定。”边说，边飞快地裁了白纸条作选票。小金有心开个玩笑，填了个“弃权”，大刘选的是老聂，老聂把三个人的名字都写在了票上，这样，老聂得两票，当选为舍长，便重把烟掏出来散。大刘慌忙去接。老聂咳嗽一声，又改变了主意。他让大刘去找订书机，自己则郑重地走到废纸篓前，小心地把小金揉成一团的“狗皮膏”从废纸篓里掏出来，细细展平，端端正正地在墙上贴成一排。这才掏出烟来点上。

老聂说：“我们要把宿舍弄得跟个小家一样。”

三个人就这样弄到了一块。

老实讲，让老聂做学生，有点作孽。老聂五十岁的人了，在家里大小也是个副主席，生活是蛮好的。现在一下子变成学生，不习惯。每到吃饭，头就疼。食堂的菜味道很差，花样又少。像炒白菜、爆土豆丝、烧豆腐，同学们都说可以买张月票，天天有。所以到食堂买饭，有好心的女孩子看老聂一把年纪，让老聂到前头买，买点好菜。老聂被熬急了，也顾不得礼仪，厚着脸皮把碗往窗口里揣。炊事员看看他，却粗暴地把他的碗和一小捆饭菜票往旁边一扒，说：“下一个！”把老聂的老花镜带下来，“叭——”在地上摔碎了。眼前的人立刻变得模糊不清，很遥远。老聂愤怒地说：“你——”炊事员把勺子往盘沿上一磕，“叭——”：“我什么？排队去！”老聂很难堪，只得灰溜溜地站到队伍的尾巴上。最烦人的要数换衣服。老聂已有三十多年没洗过衣服了，老婆一直是他的贴身保姆，但现在是鞭长莫及。脱下衣服，只得端着盆，站到水池边上，一双手在一堆泡沫里吭哧吭哧地搓。洗过的衣服穿上身，油斑依然是油斑，汗渍照旧是汗渍，一股浓烈的肥皂味呛得前排座位的女孩子老是用手帕捂住鼻子，那眼光如细韧的刮胡刀，轻蔑地在老聂身上乱刮。大刘看他实在是笨手笨脚，便耐心地教他：要先把衣服泡一泡，把灰揉掉，再在领口、袖口、口袋口这些重灾区撒上洗衣粉狠搓。小金说：“老聂，你一把年纪，不该到作家班来活受罪！”老聂叹一口气，说：“也不是我要来，是宣传部部长的意思。部长说，文联要配个正主席，要老聂到作家班镀镀金，免得老沈猖狂。老沈仗着在文学院混过几天，老想当文联主席，部长很为难。”小金便感慨：“原来是形势逼得老聂抛妻别子。”这一讲，老聂便心里发酸，想家，想头发开始发白的老伴。晚上缩在被窝里，一颗头在枕头上滚过来滚过去，枕巾上落了白白一层头皮屑。小金便讲笑话给老聂听。小金说，他们学校有个女生解释成语“体贴入微”。体贴者，身体相贴也；入微……女学生说，因为我是女生，羞于启齿……大刘听得在床上笑成一团，铁床被揉得咯吱咯吱直叫。老聂只是简单地笑了一下。小金便问：“老聂，你老实交代，你在单位和女秘书两个，有没有‘体贴入微’？”从年龄上讲，老聂可以做小金的爸爸，小金却和他开这种玩笑，这充分说明了大家弄在一块，什么儿子、爸爸也不是，大家都是弟兄。见老聂无声，大刘便说：“小金，你说话要注意分寸。从年龄上讲，你可以做老聂的儿子！”小金一听就跳了起来，拉开灯，指着大刘说：“算了吧大刘，你要是注意分寸，就不会卖掉自己的人格，像巴儿狗一样去炮制那些下三烂的黄色小说到刊物上去骗钱！”

大刘一下子泄了气，像只麻袋摊在床上没了声。

你看看，这像什么作家班，简直是一团糟。老聂伸手拉灭了灯，扪心自问：这步棋自己是否走错了？

作家班最糟糕的时候是早上。一层楼面的男同胞都来上厕所。厕所只有两个蹲位，所以每天早上厕所门口免不了甩上一支雄壮的队伍。有一天早上，两位老兄为一个蹲位争起来，拎着裤子在蹲位上撞过来撞过去。老聂严肃地拉开了他们。有人便乱骂，骂院长只晓得坐小轿车，却常常忽略了不是细节的细节问题，“人生自古谁无‘屎’”？老聂便耐心地做工作，说要体谅领导，头头也不是好当的。有人便又把火向老聂喷，喷了老聂一脸唾沫星子。老聂哭笑不得。不过老聂经过观察，发现女生全住在一楼，四楼的女厕所就别墅似的空关着。老聂当场提出个方案：让女生把四楼的女厕所借给男生用！主意一出，大家纷纷拍老聂的肩膀，说老聂思维方式到底改变了。老聂却严肃地说：“也不能乱来，要有手续！”随后就起草了一份《关于男生借用四楼女厕所的申请》，让大家签字，然后呈给总务处。老聂说：“我也无其他意思，只是想把事情闹大一点，让女生知道，免得有个别女生稀里糊涂撞进来当了个别男生的‘靶子’。”无论老聂怎么说得有理有据，却没有一个愿意做这种啰唆事。小金潇洒惯了，煽动几个行家里手把紧闭的女厕所的锁撬开，大家便一哄而入。有的解小便，有的只是瞧个新鲜，说长这么大，还没到女厕所里逛过呢。老聂的申请还没递上去，女厕所那边则早已像开发区一样热闹了。老聂想了想，便写了张大红对开的《告全体女同胞书》贴在一楼女生出入的关口，以正视听。

虽然老聂这么做有点迂腐，但大家不得不承认，老聂的用心是好的。不像个别同志，在心里打小算盘，上厕所时外面套件黄色军用大衣，里面只穿条三角裤，希望撞到个把女生。而且，如果上纲上线，私自撬锁可是犯罪的。老聂写一个报告，诸多的麻烦便一了百了。所以有些事，还需要老同志把关。

老聂把一缸烟灰磕进簸箕里说：“对生活的把握，并不需要停留在嘴唇上的廉价感受，重要的是扼住命运的咽喉，而不是被生活打垮！”大家相互对望一眼。想不到老聂行动上绝对的古典，而思想却青春勃发。小金说：“老聂的可塑性很强，要在作家班好好地吮吸乳汁，为回家当主席奠基！”

老聂听这话有点别扭，但并不影响他的高兴：“我也这么一把年纪了，创作上已经日薄西山。但我想把自己好好充充气，回去给年轻人搭梯子。”

大刘和小金便疯狂地给老聂鼓掌。不过老聂心里却掠过一丝悲凉：这不等于是肯定了我创作的前途一片烟雾迷茫？

不过老聂毕竟是副主席出身，无论好坏，很快就适应了嘈嘈杂杂的宿舍的啰唆，有个舍长的样子。吃过饭，必定要泡上一杯热茶，茶叶用一只信封装着，一杯水只泡三次，三次以后，用清水涮一涮，把残茶倒在窗台上的一盆海棠里。不像大刘，一杯水从早饭后泡上，便一遍一遍地往里面兑开水，一直喝到晚上洗脚才把它们倒掉。老聂抽烟很讲文明，烟灰绝不乱弹，总是小心地把它抖到烟缸里。有一次，老聂忽然发现有粒烟灰竟漏到桌上，便弓下身子，把头歪在桌面上一阵猛吹，那烟灰便悠悠荡荡，落到了床上，老聂又耐心地躬下身子，把头歪在毯子上又一阵猛吹，把烟灰吹到半空中，然后伸手将它一把抓住，一路小跑到水龙头下哗哗地冲掉它。老聂认为，自己大小也是个舍长，而且将要升为正主席，一定要有个主席的样子，并把这种风范带给别人，一个小小的宿舍才能永远地保持干净、舒适，有家庭气息。果然不久，大刘也开始用信封装茶叶，残茶倒在那盆海棠里。烟灰也不乱弹，弹在一只易拉罐里。小金长得瘦，肚里油水少，怕经不住茶叶刷，只喝白开水。但烟抽得凶，一口就咬掉半截，烟雾全吞进肚子里，不冒出一丝一缕。烟灰弹在一只碗里。这没有什么，弹就好好地弹呗，可没过多久，小金开始嫌碗太小，几个哥们来聊天，不一会儿就把碗塞满了，烟杂碎炸到桌上来，而且，每天早上倒烟杂碎，挺麻烦。后来潇洒起来，到招待所偷了一破脸盆来，烟灰、烟蒂、空烟壳就扔在脸盆里。几个人围着盆边侃边抽，慢慢地便有了小半盆。盆就搁在窗台上，像一个黄脸的寡妇蹲在海棠旁边。老聂感到挺别扭，当着小金的面把盆踢到床底下。但没多久，那盆又爬上了窗台，严重影响了宿舍的整体形象。老聂便真的有点不高兴了，对大刘讲，大刘也有同感，说小金不自觉，几个人一宿舍住着，开水炉就在旁边，却不见他打过一回开水，茶缸子倒不小，一家伙就能倒掉半瓶开水，弄得夜里多次起来解小便，把门搞得“呼突呼突”响，影响大家睡觉。吃过的饭盒不立即洗掉，也放在窗台上，引得苍蝇在窗纱上乱飞。而且，喜欢把其他人引到宿舍来聊天。聊什么？……反正老金、大刘认为说都说不出口。乌七八糟的，传出去，便有人对老聂说：“你们宿舍是‘床上戏研究所’。”老聂听了直刮耳朵。最烦人的是那双皮鞋，走起路来，一副马蹄掌在身后乱响，咛～哒，咛～哒……大刘跟他开玩笑，说是像“打电报”，小金竟说：“是给你老婆打电报。”大刘把脸掼下来，让他说话注意分寸。小金竟没大没小地用手抹大刘的头发毛，嬉皮笑脸地说：“瞧你这个农民样，娶个老婆不容易。你放心，她就是脱光衣服睡在我床上，我也不会上去的……”大刘讲着讲着就气得哆嗦起来。老聂赶忙过来安慰他。老聂说：“小金年轻，不成熟，我要给他好好地上一课。”

要给小金上课，不容易。上好了，一笑了之；上不好，会在心上留下暗影，像地板上的痰迹，擦也擦不掉。老聂便有意同小金套近乎。瓦解他的斗志。小金早上喜欢睡懒觉，老聂便主动地给他买早饭。买回来，放暖气片上热着。弄得小金很不自在，一个劲地给老聂射香烟。久而久之，早饭就完全依赖了老聂。老聂也就觉得有一股做父亲的温情涌动，完全把小金看成需要父亲照顾的儿子。俗话说：“多年父子如兄弟”，原来还有“多日同窗如父子”的。有一回，小金病了，躺在床上不想吃饭。老聂很着急，便赶忙到隔壁同学那儿借电炉为小金煮面条。隔壁同学说：“要小心，被电工抓住，要扒你的皮。”老聂有点自信：“我年纪和院长差不多，不至于吧。”但老聂并未放松警戒。插上电头，就站在窗口瞭望。窗台上的海棠嫩嫩地红着。月光轻轻地洒在上面，像文联的女秘书馨馨的笑声。隔壁同学这时突然闯进来，把老聂吓了一大跳。那同学说：“我主要试试你的警惕性如何。”老聂递给他一支烟，问：“怎么样，还可以吧？”那同学翘起大拇指，“OK”还未说出口，有两个电工旋风般窜入，用老虎钳指着老聂厉喝一声：“不要动！”

那同学吓得老鼠见了猫似的一下就不见了，老聂的老花镜也被喝得往下一滑。那个长着小胡子的电工恨不得把老聂给吃了。他边捋袖子边说：“害得我们几乎当孙子。捉了几次，像耗子一样滑。这回还有什么可说？！”老聂说：“也不是存心要烧，是这位同学病了，倒胃。”小胡子说：“既然是抓烧电炉，我们是不相信任何理由的！”另一位中年人一直没有说话，背着手在屋里转了好几个来回，认真地搜查了每个角落，还歪着头把墙上贴着的那排“狗皮膏”看了看，说：“也望同学们体谅我们，我们两个连续俩月奖金被扣得一分不剩。总务主任还骂我们是草包！”老聂看这个中年人倒面善，这才想起向他递香烟。小胡子也吸了一支。中年人说：“你这么大年纪还来读书，不容易。”又问老聂年龄、籍贯、民族。老聂心里一热，觉着世上多数人还是心心相通的。又赶忙递香烟。中年人说：“在家里是人家给你递烟，现在你这样，怎么叫我们好意思。”老聂说：“别那样讲，落毛的凤凰不如鸡。”中年人说：“下完面条，立即把电炉毁掉。”这时那同学不知什么时候又冒了出来，听罢这话，拎起电炉就从窗口撂到楼下去了。

老聂很感激中年人，要不是他斡旋，今晚不晓得怎样才能收场呢。可是，他们万没想到，第二天下午，食堂门口就贴出一张对开白纸通告：《院办公室关于对聂文中同学予以记过处分的通告》。

作家班立刻就炸了。小金拽开门，就要去把通告给撕下来。大刘马上拉住他说：“小金，不要冲动，这样只能火上浇油！”

小金用力把大刘推到床上，骂：“去你妈的。你除了给你老婆写写情书，还有什么本事？”

但大刘还是坚韧地抱住小金，任他怎么辱骂。旁边有人不甘心地问：“难道就这样算了？”

不算了又怎样？你想静坐？示威？绝食？当时的国际国内形势，大家都是作家，不说，谁心里都亮堂堂的。老聂呆呆地坐在床边上抽闷烟。五十来岁了，弄到这么个处分，告诉旁人也不会相信，但却是那么血淋淋地在墙上贴着。同学们能做的，也就是陪着喝喝茶，抽抽烟，连安慰都是多余的。小金还在骂：“老聂，你本没有错，是他妈的生活瞎了眼！你叫我怎么能咽下这口窝囊气！”

大刘说：“算了，说再多也无用，一切顺其自然。”

作家班热闹了一阵子，又复归于平静。一切照常轨运行。老聂沉默了几天，想想这事情的来龙去脉，不禁自嘲地笑了笑。既是生活荒谬不经，自己又何必和自己过不去？去他妈的，放下包袱，开动机器。冷也好，热也好，活着就好。想开了，觉得那窗台上的脸盆也不那么刺眼了。放那儿本来也不坏。后来老聂自己也偶尔地往里面扔扔烟蒂和火柴梗。既然一切都有其逻辑，那么就顺其自然吧。

每天中午，楼道里总要乱一阵子。这正是电话铃疯狂炸响的时候，不时地有人大声地传呼长途或什么编辑部找哪一位。水房、厕所、锅炉房到处都是水龙头哗哗的声响。十二点整，班长会准时地到楼道上来分邮件。先是一声一声地叫喊一长串名字，接着大喝一声："出来！"各个门洞里的作家便耗子似的钻出来找自己的邮件。宿舍三个人中，小金的信少，所以一到分邮件总要骂："又要发羊癫疯了！"大刘的信也不多，但大刘每收到一封信，都异常激动，脱掉鞋，盘在床的一角默默地读。大刘平时不大看杂志上的小说以及世界名著，写不下去了就把收到的信展开来一遍又一遍地读，有时能读得眼泪从脸颊上滚下来，打到枕头上。小金觉得他太没出息，问他，他也不多说。不像老聂，透明度很高。每次老聂收到信，小金总要禁不住问一句："老聂，部长又有什么新指示？"老聂总是声音很脆地说："让我安心学习！"小金总要评价一下，说："老聂，你们的部长是个好部长。"

可是这天中午，老聂声音不但不脆，脸色也菜菜的，整个一个下午就坐在床边发呆。大刘则是一如既往地缩在墙角看信，看过了，就趴在桌上写回信，写着写着，眼睛就有点发潮。小金有点受不了宿舍的这种压抑，到其他寝室去坐，却又更不习惯那种乱七八糟的宿舍摆设和陌生气息，便到大街上乱转了一个下午。

天黑回来，宿舍一切又恢复了那种亲切融和。小金舒了一口气。照常坐在桌边喝茶。这时老聂扔过来一支烟，说："今天收到我家老伴一封信，把我气了个半死！"大刘和小金吓得一愣，便都把茶杯顿到老聂桌上，围过来听他讲。

老聂的儿子小聂，年龄跟小金一样大，在文化馆舞厅打爵士鼓，那个头发，像一堆乱稻草堆在头上。打起鼓来，一摆一甩，弄得像一把火炬。老聂老伴一看就来气，逼他去剪，他竟说："你自己头上长不出这么好的头发才逼我去剪！"气得老伴拎起扫帚就跟在他后面追。老聂在家时还能镇住小聂，现在却和老伴远隔千山万水，整天挂在心上的就是老伴和小聂的"双边关系"。好了，据老伴来信讲，小聂的头发又披到肩膀上了，还没有去剪的意思。

这时大刘插话说："应该写个信给小聂，命令他立即去剪头发！"

不提写信还好，一提写信，老聂禁不住一拳砸在桌子上，把大刘和小金的两只茶杯震得蹦起老高。老聂写过好几封信，低三下四地求小聂去把头发削一削。谁知信上砸了几个邮戳后又原样退回老聂手中，退条上批注：查无此人！每讲到这儿，老聂的手便乱抖："现在的年轻人还了得的？连老子的信都不愿拆了！"大刘也说："小聂太过分！"小金望了望近乎秃顶的老聂，却在一团烟雾后面叽叽地笑。老聂便有点乱了方寸，他害怕的就是小金这么不深不浅的笑。小金说："老聂，你们不该在小聂的头发上做文章！”老聂长叹一口气：“也不是我要在他头发上做文章，是老沈他们在他头发上做文章！”老聂起身弓腰给每人递了一支烟，说：“我大小也是个文联副主席，又处在关键时刻，老沈他们扳不倒我，就在小聂头发上做文章！连宣传部部长也说，小聂的头发不弄掉，你老聂的戏没法往下演！”小金见老聂说得啰里啰唆，晓得他果然气得够呛，便说：“也不要耸人听闻，一堆长发就影响你当正主席！”老聂说：“官场的逻辑说滑稽也很滑稽，连自己的儿子也镇不住，怎么能干好革命工作？”听到这儿，小金便拍案而起，大骂这个社会荒谬。老聂说：“也不荒谬，人要诚心为人，他就脱不了社会性。”他指指墙上一排规章制度说：“比如我们三个人住一块，虽然你俩无权干涉我的自由，但我一举一动都要考虑一下对你们有无不良影响，符不符合《宿舍公约》。”恰巧这时小金正把烟蒂往盆里扔，听到这话，就说：“宿舍本是让人精神和肉体彻底松坦的地方，何必被几页条条框框绊住手脚？”老聂晓得自己嘴上功夫远远比不过年轻人，便求援地看着大刘。可大刘一会儿同意老聂观点，一会儿又赞成小金观点，弄得老聂有点生气。大刘结结巴巴地辩解说：“其实，我们作为人，不就是永无休止地生活在这种时对时错的荒谬之中吗？”

几个人一时无语，宿舍霎时寂静下来，只听见地铁隆隆地从地下驶过。远处的市声隐隐地从纱窗漏进来，叫人觉着家乡的遥远。小金打破沉寂，说：“老聂，你也不必太在意，小聂的事包在我身上。”老聂不相信地瞟了他一眼，以为小金是甩大话。但不久以后，小聂却真的给他寄来一张彩照，一颗头剃得油光锃亮，照片背面写着一行半路出家的正楷字：一切从零开始！老聂一喜，又把照片翻过来看：小聂的头果真像个大零蛋哩！

这件事使老聂感触颇深：年轻人的世界确实不可理喻。桀骜不驯的小聂连老子的信都不愿拆，却从剪头发开始，频繁地与小金通信！有时高兴起来，会在小金信尾挂上一句：请代我向爸爸问好！弄得老聂哭笑不得。后来老伴来信时也说：小聂果然如浪子回头，不打爵士鼓的晚上居然开始读书！老聂怀疑自己看错了，戴上老花镜再看，没错。连部长也肯定说：小聂应该这样为老聂争光。

老聂便有点想部长，当晚就写了封长信向部长汇报学习情况。

后来闲谈，老聂便套小金，用了什么法术使小聂改邪归正？小金马上反驳说：“其实生活本来无所谓正道或邪道，只不过是方式上的差异。怎么能谈得上改邪归正？”老聂不同意这个观点，老聂说：“有社会规范存在，就必然有正道或邪道。”小金对这个问题却没大兴趣。拎起两本稿纸到图书馆找座位写小说去了，把老聂尴尬地晾在宿舍里。但这并未影响老聂同一帮年轻人处成铁哥们儿。老聂五十岁生日的时候，大刘、小金和几个玩得铁的年轻人帮他搞了个小宴会，并送了一双“青春牌”健身拖鞋。说明书上说，这种鞋是根据对人体穴位按摩而达到健身的原理制造的。比如脚拇指与中枢神经相通，脚弓与胆肠相连，脚后跟则与睾丸、卵巢的分泌有重大关系。几个年轻人的险恶用心老聂明白。小金就一直笑笑地看着老聂。老聂一咬牙，当场甩掉凉鞋换上健身拖鞋，而且，故意把重量往脚后跟上压了压，说：“只觉得‘传家宝’一阵阵酥麻。”几个年轻人“噢”一声，纷纷来试，都把重量压在脚后跟上来回走，“传家宝”并不酥麻。老聂说：“心诚才灵。你们这架势，同强奸拖鞋没有二致，功利性太强，又怎么能体验到心之深处的东西？”一伙年轻人便大笑，笑老聂人老志坚，纷纷向老聂射香烟。老聂则拼命地往他们的茶杯里兑开水。小金便得意地宣布：“老聂正在被年轻人的生活浸濡。”老聂则挥挥手说：“也许以前我试图和你们的生活刻意建立起本质上的联系，但生活教育了我。我现在所感兴趣的是我们各自就按照自己的性格生活在一处，看看这个小世界会变成什么样子！”

到这时大家算彻底清楚了一个最浅显的道理：人性是最顽强的东西。谁想改变谁，永远是徒劳！

那就如老聂所提倡，各种性格相安无事，好好地当作家，做学生。

老聂是作家班最规矩的一名学生，始终以中学生的标准要求自己。早上早早起床，跟学院的几位老评论家去练“鹤翔桩”。听课时，总是坐在最前排，两眼定定地盯着老师如飞的嘴皮。天天拎一只茶瓶上班，动不动就往老师茶杯里冲开水。老师眼光扫到他时，老聂便肯定地点点头，渐渐习惯了，老师不望老聂时，只要他觉着合理的，也把头乱点。以前在单位，大会、小会，老聂都是主角。女秘书弯下腰，用手指拍拍话筒：“请聂老师作报告。”“哗——”老聂总是在一片掌声中走上讲台，把话筒往远处推一推。作家班上课也配话筒，老聂常常觉着听得不过瘾，总是不停地欠起身子把话筒往老师嘴里塞一塞。以前在文联开会，看到别人如飞地记笔记，老聂觉得这些人一定是媚骨。但现在老聂自己也成了一个“笔记快手”。整个一个作家班，就数老聂的笔记正宗，原汁原味，被同学们誉为“吉尼斯世界大全”。缺课的弟兄喜欢找老聂补笔记。有时手忙酸了，老聂便有点怪老师废话太多，告诫自己以后文联开会，千万不要学那些上了年纪的老教授，拖拖拉拉，牵连不断；要有中青年教师的风格，删繁就简，快刀斩乱麻，不说空话、官话、套话。同学中有一小撮人不自觉，经常缺席，老师在家上课，他们跑到军艺去给人家上课，拿的讲课费比作家班老师还多。偌大一个教室就靠剩下的人撑着。老聂每天上课前，都要挨门逐户地把寝室的门敲一遍，招呼大家上课。有的人说没劲，不想去。老聂说：“去吧，捧捧场。在家里作报告，底下没人听，你心里是什么滋味？”所以教室里虽然不满勤，但还算挺够意思。当然一小撮人在外面挣了钱也不独吞，常常带回条把烟甩给老聂，请他慰劳在家“受苦受难”的弟兄。老聂也不客气，又挨门挨户给大家散烟。小金说：“你这个副主席，不官僚！”老聂便美美地说：“给年轻人搭梯子，如果官僚，还怎么搭？”

两个人谈得比较投机，大刘却又缩在床的一角发呆，把几张信纸颠来倒去地看。小金看不顺眼，便说：“大刘，你他妈不要弄得老是像一本悲剧，既然陷得那么深，你不如回去一趟！”

大刘说：“我既然卖了家当挤进作家班来，当然是不能回去的！”

老聂也说：“好不容易能来深造，就得忍受一切苦难。要知道，挤进作家班多么不容易，开学都几个月了，还有不少人住在附近旅馆里等着补缺呢。”

这么一打气，大刘果然振作了许多。接到信，除了默默而贪婪地读，不再有什么发呆发愣的事情发生。倒是小金有一天接到一封信，弄得有点目瞪口呆。

谁也想不到，宣传部部长把老聂支到作家班念书，却把老沈推上了正主席的座位！

小金看完信立即把信烧了，再见到老聂，表情就有点不自然。可老聂却一无所知，一如既往地戴着老花镜，一摞一摞地研读世界名著，而且居然精神焕发，开始动笔写小说。小金便开玩笑：“老聂，万年的枯藤要发芽啦？”老聂说：“人多一点本事，总是没害处。”一杯茶，一支烟，一叠稿纸，几支钢笔，有时一上午也不动窝，写得极苦，常常一包烟咂完，一张纸上却一个字没写下。肩膀上落了一层白花花的头皮屑。小金便旁敲侧击：“老聂，写小说并不是你的初衷。”老聂说：“玩玩的，玩玩的。”

小说写出来，一字一句誊好，小金便是他的第一读者。从把小说给小金的那一刻起，老聂就显得有点不自在。一会儿拎起瓶朝小金茶杯冲开水，一会儿又向他怀里扔根烟，并擦亮火，弯着腰给他点上，弄得小金挺不自在，常常走神。到吃饭时间，让小金坐着别动，老聂收拾好饭盒、缸子去排队买饭。吃过饭又让小金别动，老聂颠颠地到水龙头下去帮他刷碗。一切忙清了，又给小金冲开水，射香烟。然后坐在床边偷看小金表情，注意他翻稿子的节奏。如果很慢，老聂便释然，说明稿子还有点味道；如果很快，眉毛还皱一皱，老聂便有点紧张，赶忙起身冲开水，射香烟，表情也有点不自然。小金说：“我们都是同学，老聂，不要这样。”老聂说：“写小说你们是我的老师，你们不能有所保守！”小金把稿子看完，总要再传给大刘看，大刘看过，把意见集中到小金这里，让小金统一给老聂谈。

可是一天一天地过去了，小金却不和老聂谈，看老聂的眼光也是闪闪的，和老聂说话结结巴巴，待在宿舍里的时间也不多。这叫老聂实在受不了。老聂便私下里问大刘，大刘也躲躲闪闪：“让小金谈，让小金谈。”那几天让老聂真是寝食难安。一天晚饭后，老聂拦住就要外出的小金说：“小金，今晚给我谈稿子！”

小金愣了一下。说：“好，你等我一下！”说完便走了。老聂便冲好开水，备好香烟，然后规规矩矩地坐在床边，紧张得有点像等待判刑的犯人。这时楼道里有人大叫：“老聂，长途！”

老聂慌忙跑出去，哪是什么长途，是小金从传达室打来的，小金连呼三声“老聂！老聂！老聂！”老聂连着答应三次，声音却有点哽咽，连忙用右手掏手绢。

小金沉默了好久。又呼老聂。老聂又答应一声。老聂说：“小金，我知道你要告诉我什么。你什么也不要说了，不就一个正主席吗？现在你给我谈稿子！”小金愣住了，一时无声，电话里只有电流嗡嗡地响。小金却不谈稿子，小金问：“老聂，能挺住吗？”

老聂用两只手把话筒稳在耳朵上，说："有你和大刘，我能挺住。挺不住，我就不会去写小说了。"

不知什么时候，大刘已默默地站在了老聂身边，老聂把另一只手握住大刘。小金似乎在一个晚上变得成熟了，又喊老聂，老聂应了一声，小金说："我对不起大刘，我不知道他的家庭早已破裂。我不该一次又一次地提到他的妻子。"

虽然小金声音不大，但大刘听清了，他更是紧紧握住老聂。他想告诉小金。妻子没有错，因为她不能深切理解弄文学必定付出的巨大代价，离开他是必然的。但大刘嘴笨，说不出来，他只是站在那儿，他似乎一如既往地看见已不再属于他的女儿在背着她的妈妈，把课本扔在一边，在一笔一画地偷着给他写信，眼角还挂着一颗瓜子大的泪珠子。

这时小金已扔下电话跑过来，六只手紧紧地叠在一起。当读者们捧着一本本小说亦喜亦愁的时候，他们晓得这些也食人间烟火的作家们的日常生活的啰啰唆唆的喜、怒、哀、乐吗？

晚上的楼道异常平静。他们看见，淡淡的月光依然那么轻轻地洒在窗台的那盆海棠上。

海棠依然是嫩嫩地红着。

（原载《大时代文学》1993 年第 3 期）

/ 花的密语 /

一搬到新的办公室，宝玲就无以言表的迷上了朝南的一段飘窗。办公室里看过来，这里窗台宽大，玻璃透亮，初夏的阳光细白如雪；而且极目远眺窗外，远山如黛，高楼大厦鳞次栉比，纵横交错的街道车水马龙，沸腾的城市生活尽收眼底，城市特有的嘈杂喧嚣却又隐隐的十分遥远；尤其特别的是，宝玲的办公单元就紧挨着窗台，枣红的办公桌面和仿古原木窗台心照不宣地浑然一体，厚实低调却又掩不住奢靡张扬。对面的主管毛根对此显然也是满意的一塌，隔着低低的单元格板，边整理着东西，嘴里边一直含混不清地哼着“对面的女孩看过来……”，声调虽被吐出的香烟拽得屡屡跑偏，宝玲居然可以容忍。而且，宝玲进一步地想到，如果再在窗台上很考究地摆上一盆青花瓷盆的腾冲红花油茶，绿叶肥厚，花朵硕大，红艳如烈火烹油，一定能把办公室里的人美得齐声痛哭！

这么想着，宝玲忽然浑身涌过一阵深度战栗，譬如男友小锤肮脏的小黑手触摸到身上某个最敏感的部位，不由自主地，宝玲掏出手机，一阵嘁里咔嚓，几张角度不一且靓丽调皮的自拍照拍着翅膀向男友小锤的手机冉冉飞去。宝玲相信，凭着男友小锤反应快如闪电的脑袋瓜子和千年练就的对宝玲绝对的哈巴谄媚，一定能在第一时间透彻领会宝玲的深意和强烈暗示：窗台上“必须·立即”摆上一盆青花瓷盆的腾冲红花油茶，而且，此神圣使命非你小锤莫属！

按照惯例，对于这么重要的事情，小锤会立即回发表示已经领会并一定遵命的“嗻！”，外加一个表示已经奉命出发的“蹬着滑板的卡通小人儿”图片，从未有过差错。

可这回，一向脑快、眼快、手脚更快的小锤似乎“把简单的生活弄丢了”，不但丝毫没有领会宝玲的表示，短信、图片、声音全掉了链子。考虑到此事关乎营造舒适工作环境之切要，对自己来说比较重大，宝玲顾不得计较，赶紧主动与小锤联系，手机、座机、微信、QQ 什么的天罗地网般地好一番折腾，生气、着急、担忧、煎熬，直至急火攻心，等到最终将小锤在一家公司闪烁着刀光剑影的谈判桌上锁定，其实一切的寻找已没有了任何的意义。

因为，新办公室的整理已经结束，那段美妙的飘窗上已被人抢先一步，摆上了一盆瓦罐“鼠尾掌”。

就像沐浴在蓝天、碧水、沙滩和轻柔的海风中，身穿比基尼的宝玲正惬意地享受着阳光暖昧的抚摸，“呱，呱，呱……”胸脯上突然爬上来一只胖嘟嘟的癞蛤蟆，令人惊悚且恶心——这是宝玲面对瓦罐“鼠尾掌”的直接感受。粗劣瓦罐的俗不可耐姑且不论，丑陋的“鼠尾掌”的名字也可强忍不呕，其“流氓的形状”无论如何都令人难以容忍！正如它的俗名“仙人棍”一样，其长三十多厘米，头顶略呈球状，上部稍细，下面略粗，粗硕的柱体上支楞着根根尖刺，整体威猛挺拔，却又说不出口的怪异、丑陋。宝玲只斜乜了一眼，细白嫩红的脸兀自红热起来，无来由地生出一股湿漉漉的羞耻感。

大家显然也都注意到了这根最能令人“邪想”的“棍子”，笑的、骂的、叽叽喳喳议论的什么都有。男同胞们都兴奋得有点豁了边，一个个笑得嘴像咧开的拉链，露出一嘴的黄牙、白牙、黑牙；女同胞一律潮红着脸，怒斥“缺德，缺德，缺德……”这么新，这么好，这么明亮清新的公共场所弄来这么个货色，太糟蹋了，个个揎腕捋袖，要将这货直接从十六楼上推下去。一向想到什么就说什么更敢做什么的“90后”美女小诗边说边真的伸手去拉窗子的把手。

“想干什么，想干什么，啊？！”

一旁一直似笑非笑地看着报表的市场部主管毛根咬着半截香烟“嗖”地站了起来，挟裹起的一阵风里也满是浓重的烟味，刀条脸上两粒绿豆似的小眼珠子透过支离破碎的烟雾，射出冷冷的光，重复了两遍的厉声责问更是闪着锋利的寒光，让一旁正欲开窗掀下“仙人棍”的“90后”美女小诗虽羞愤得有点手脚发抖，但还是没敢轻举妄动。

大家这才知道，这盆瓦罐“鼠尾掌”是主管毛根弄来的。

看看镇住了场子，毛根把目光从小诗那儿收回来，将双手高举过头顶用力拍了拍，让办公室全体同事马上集合，声音嘶哑但丝毫不失威严地宣布：“这盆‘鼠尾掌’是我经过深思熟虑精心挑选的，它象征着我们市场部‘威武雄壮，巍然屹立’的团队形象，拔高一点讲，是我们市场部的图腾，所有人都要善待它！”

例行的稀稀拉拉的掌声中，耳尖的毛根还是听到了有女同胞小声抗议毛根不顾女同胞的感受，存心让大家遭受视觉污染之类的叽咕。毛根顿了一顿，将话锋一转，有点避实就虚地说：“当然，看待事物的角度非常重要。你看到的是擎天一柱，顶天立地；还是浑身带刺，桀骜不驯；甚至是庸俗的器具勃起，纲举目张？”大概知道这个地方会有笑声，毛根故意停了一下，等大家像风吹麦浪，压抑着兴奋低低地笑过之后，接着说：“有一千个观众，就有一千个哈姆雷特，一部《红楼梦》，为什么经学家看见《易》，道学家看见淫，才子看见缠绵，政治家看见排满，流言家看见宫闱秘事？一切皆由你自身的地位、修养、文化、素质和心理上光与影面积的大小所决定，我奉劝诸君，如果……”说到这里，用他那著名的鼠目寸光冷漠地扫视了一下全场的帅男靓女们，咬着牙继续说：“我丑话说在前头，我们市场部只强调两个字，‘业绩’，所有的精力都要放在这个上面，有了‘业绩’才可任性，才有你说话的本钱，否则，请你一边凉快去！如果有谁不务正业，老是和一个盆景过不去，别怪我和他过不去，轻的，整理东西走人，重的，你看着办！”

不愧是市场部主管，三寸不烂之舌的简单摇动，上不着天下不着地的，无论语言、动作都牛逼闪闪，不但牢牢地镇住了场子，而且传达的信息非常的强烈：市场部是有规矩的，谁说了算，谁说了不能算，请你搞搞清楚！

随着大家的散去，一盆瓦罐“鼠尾掌”引发的办公室风波似乎已渐渐地平复下去了。

开始宝玲也是这么认为的。宝玲和小锤谈了近两年的恋爱，虽然宝玲一向传统，没有和小锤做出格之事，但对有些事的心理适应能力自认为还是比较强大的。一盆瓦罐“鼠尾掌”，不过是形状有些特别罢了。宝玲进一步认为，即使它再特别，但也特别不过有血、有肉、有思想感情、更有强大心理调节能力的人吧？

所以，她趁去拿快递走过小诗身边时抚了抚她一头的披肩黑发，以示安慰。

不过，后来的事实证明，事情远不是宝玲认为的那么简单。

其他同事转过身去，聚精会神于案头堆积如山的工作，飘窗上的景象便从大家的视野中渐渐淡去直至消失，而作为紧邻的宝玲，无论起身抬头，远眺近看，抑或耽思傍讯，伏案疾书，每一时每一刻，那根“丑陋的棍子”总是顽强地竖立在她的面前，说是视觉暴力可能有些夸张，但感觉总是有点怪怪的。每天的开始，宝玲非常在乎有一个健康饱满的情绪，这是她一天不竭智力和良好心境的动力与源泉。自从有了这盆瓦罐“鼠尾掌”，宝玲觉得自己原本逻辑清晰的生活变得支离破碎、杂乱无章。一坐到办公室桌前，在透过玻璃的炫目光线的交织下，丑陋的棍体上尖锐的细刺一根根真切地扎进自己的眼睛里，阳光的情绪、清晰的思维、蔚蓝的心境、不拘一格的想象力……一切工作所必需的要素都被弄乱直至摧毁。而且，这居然还不是最致命的，更可怕的却是它像一个有巨大隐患的放射性污染源，层出不穷的引出的话题时不时让宝玲陷于无奈、尴尬甚至是难堪的境地。

市场部分三个组，宝玲是一组组长，小律和莽村分别负责二组和三组，三个组在一起办公，但各自都有相对独立的工作单元。三个组的主管就是毛根，以前和总部同在大厦十层的时候，几个部门挤在一起，工作纪律就比较严格；现在市场部扩容，单独搬到大厦第十六层，空间扩大，规矩也相对的宽松自由了不少，所以，小律和莽村他们每次向毛根请示汇报完工作，免不了闲谈几句，有时甚至会挑战一下公共场所禁烟的规定，相互扔一两支香烟，就着香烟说些雾气腾腾的话。以前的时候只要看到宝玲顾盼生姿的样子，莽村时不时地会来一句“玲姐更加妩媚性感了”，小律也会嘻嘻地接上一句“让人欲罢不能了”之类无伤大雅的玩笑，宝玲都能忍受；让她尴尬和折磨的是，他们现在的扯闲全是围绕瓦罐“鼠尾掌”，而且牵出的话题花样百出，让人防不胜防。

而且，每次的谈闲总是从不怀好意的笑声开始的。

小律总是眨巴眨巴眼睛，斜瞄一下宝玲的胸脯。夏天到了，宝玲的衣服穿的本来就比较简约，掩不住的丰满就更加的耸立，这让小律似乎受了更强的刺激，说起话来就有点肆无忌惮："主管，你这个好像又'长'了不少哎！"而且说到"长"字，还用手配合着"验"一个适当的长度。毛根哈哈笑了起来，也有意无意似的瞄一眼宝玲的胸脯，说："长短倒没什么，我非常满意它的刚劲挺拔！"然后深吸一口烟，又长又慢地吐出，一本正经似的说道："而且，我一直在想，如果能探究出它刚劲挺拔的奥秘，然后让我们市场部的每一个人分享，让大家都深得其义并汲取其精髓，我们市场部'威武雄壮，巍然屹立'的形象不就牢不可破地树立起来了？"

似乎是受到主管毛根的暗示抑或是怂恿，小律拿过毛根乌黑的茶杯深喝了一口，说："这个你怎么不问我嘿？我全知道吔。要剖析它刚劲挺拔的奥秘，一看它祖籍，二看它出生，三看它所处的环境。据《中国植物志》记载，此物件原产于美洲热带及亚热带、西印度群岛、非洲、马达加斯加及斯里兰卡，所以它具有美洲、非洲、亚洲热带的血统，刚劲挺拔的底子十分雄厚；说到它的出生就比较的传奇，其种子除水上长距离漂迁和人类媒介的传播，最主要是黏附在鸟类的脚上而携往世界各地，因此！"说到这里，小律再次眨巴眨巴两个不怀好意的眼睛，时间稍长地迷迷离离地斜瞄着正埋头写着文案的宝玲……一边的毛根会意地接过话头，波浪起伏似的长长地"噢～～～"了一声，说："怪不得呢，原来这货从小就和'鸟'有不解之缘啊？"

"然也！"

两个人活像一对说相声的做足包袱，然后"咔嚓"一声抖开，心满意足之后，小律这才抱起一摞资料起身离开。一直神经紧绷，不敢抬头，更不敢说话的宝玲这才长长地舒了一口气，庆幸一切终于结束了，谁料小律却又折了回来，用少有的一本正经的语气说："主管，刚才还有个生长环境没说呢，因为我们市场部美女如云，讲起来有点小'黄'，所以不能说，请你谅解哦。"

这次小律的声音并不大，但相信大家都听到了，而且蓄积已久且浓到要爆炸的想象力被简单地激发，男同胞的笑声从各个角落此起彼伏，女同胞红脸的、捂耳朵的、嗔骂的……离得最近的宝玲站也不是，走也不是，坐也不是，只能用一些多余的动作来掩饰自己的尴尬和难堪。她知道，四面八方有无数条意味深长的眼光如一束束交叉的追光在射向她，各怀意图地看着市场部这个一向骄矜的美女在这些个言语暗示下的反应，从而能寻得自己想要的一些蛛丝马迹。

工间休息的时候，市场部的不少女同胞都聚到宝玲跟前，让宝玲拿个主意，是不是向上级报告一下这些"异常情况"。宝玲虽然刚从被各种意味不明的眼光交织成的网里中逃离出来，但对向上反映情况，是犹豫的："你怎么反映，人家没讲流氓话，没讲黄色的话，也没有那个啥骚扰的话，人家讲的全是企业文化！""90后"美女小诗快言快语地说："我怎么听来好像句句都能让耳朵怀孕的话咪？"倒逗得女同胞们叽叽笑成了一团。宝玲也跟着笑了一阵，劝大家别太在意，菩提本无树，明镜亦非台，本来无一物……天塌不下来，改变需要改变的，不改变不能改变的，有时候我们没有选择的权利，适应就显得特别重要。

不过，宝玲的劝解并没消除大家心里的那股怪味和不适。女同胞们普遍认为事情没有这么简单，她们都从一瓦罐子盆景上，嗅出了别样的气味。就说玲姐你吧，一直以来你哪一样不如别人？不让你当主管也就算了，为什么年度、季度、月度和旬度的业绩、奖金、评优……总是和我们知道的有那么一些出入呢？可别小看了一瓦罐子的盆景……太欺负人了吧？！

谢谢大家的好意了。宝玲内心虽有所涌动，但还是让大家散了。

重新入座的宝玲一时内心有点难以平静，先前市场部一切复杂的人事变动幻灯片一样从脑子里一一闪过，内心里一时似有无数杂乱的碎片在乱割。不过也只是一闪而过而已。过去就过去了，更不必以此来过分地解读一棵无辜的盆栽。

按说一瓦罐子相貌丑陋的盆景，兀自地放在那儿，你不要理睬，它自会自生自灭。宝玲始终觉得，既然自己没有选择环境的权利，但总能学会适应吧。所以，并没有多长的日子，宝玲觉得慢慢地习惯了下来。

不过，树欲静而风不止。正如小律说的，盆栽本身虽然简单，但它放在美女如云的市场部，就显出它生物的勃发力和话题的生命力。

不久后的一天早晨，宝玲刚坐到办公桌前，在大家的指指点点、叽叽咕咕声中，一抬眼，看见“仙人棍”柱头的前头部分被人用记号笔恶意地画了一个粗粗的黑圈！如果先前躲躲闪闪地说它长短粗细形似什么，那么现在毫无争议应该是“形神兼备了”。

在这个艳阳灿烂、室内凉爽的初夏的早晨，宝玲觉得，各种意味不明的眼光交织成的网重新兜头往自己罩了下来，已经慢慢平复的情绪再次地纷乱了起来。她站起来对着窗外，用力抬抬眼，使劲甩甩头，极力想割断对“仙人棍”的感觉，让窗外沸腾的城市生活带走那种被纠缠、揉搓甚至被湮没的窒息感，但不管怎样努力，当一切静止，自己的眼、耳、脑和全身的每一个细胞全又被它紧紧羁绊，似乎被强大的“白熊效应”的漩涡牢牢控制。

那种一直蛰伏在身体深处暗自涌动的呕吐感终于憋压不住地汹涌起来。

同样被弄得有点憔悴甚至恍惚了的女同胞们再次被激聒了起来，虽慑于毛根的威严不敢公开大声议论什么，但私下里对“仙人棍”的诅咒却变得认真而又麻辣，特别是“90后”美女小诗，只要见毛根不在，总要来到飘窗跟前，对着瓦罐子盆景一阵的叽叽咕咕，怒斥这个“垃圾、渣土、地沟油、屎尿不如的东西……”看她一本正经的样子，宝玲禁不住要问个究竟。小诗的回答带着她这个年龄不相配的杀气：“无法弄死它，我就骂死它！我们邻居大妈就是这样一直骂她那个又赌又嫖的丈夫的，结果前几天真的把丈夫骂死了！”

看看小诗的可爱，宝玲很流氓地捏了一下她浑圆的屁股，倒把小诗弄得有点忸伲着跑了。

“垃圾、渣土、地沟油、屎尿不如的东西……”工作中有时有所思地无意抬头，“仙人棍”硬硬地撞上视线来，宝玲会禁不住默念“90后”美女小诗的叽叽咕咕。不过，宝玲发现，瓦罐盆栽似乎没心没肺似的未受到什么影响，却是讨好似的成长得越发的生机勃勃、威武雄壮。

也太逗逼了吧。是不是一棵植物的力量真的坚韧到一个人难以想象得透的逆天的程度？

男友小锤敏锐地发现了宝玲的勉强。一向阳光灿烂、碧海云天的宝玲一时间总是给人强打精神的感觉，头发时有零乱，神情掩不住的萎靡，问她原因，只是一个劲地说：“没什么！没什么！”宝玲知道，小锤一向简单、纯净，他不会想得那么深，更不会想到因为自己的一个小迟缓，让购买两个盆景的时间差造成如此严重的后果，更不想让小锤纠缠到这团似有似无的乱麻中。

她相信，自己能处理好一切。

直到有一天，小锤看宝玲一直状态不佳，不请自到来接宝玲下班，偶然间看见传说中的那段飘窗，更看到那盆丑陋变态的瓦罐“鼠尾掌”，小锤当即火冒三丈，小锤觉得让这样奇葩出格的盆景对着清丽丰润的宝玲无异于“露阴癖”的恶行！

年轻气盛的小锤干事从不拖泥带水，捋起袖子就来搬动瓦罐“仙人棍”，一旁耳朵上架着一根红蓝铅笔正在做报表的毛根反应似乎更快，瘦小的身板“唰”地过来挡住了小锤高大的身躯，两个奔涌着热血的青春而冲动的身体瞬间硬硬地杠上了……宝玲赶忙起身来拉小锤，身材魁伟的莽村一个箭步射过来死死抱着毛根，其他人也七手八脚地推推左边，拉拉右边，一时硝烟弥漫，火药味十足，场面好一阵混乱，最终大厦保安气喘吁吁地交叉着鸭子步跑上来，将连蹦带跳的小锤架了下去……

而且，一切并没因小锤的离去而息事宁人。毛根正一正自己带虎皮纹的黄色领带说：“所有人给我听好，我再强调一遍，这盆‘鼠尾掌’，是市场部的图腾，是我们的旗帜。它若有个三长两短，轻者收拾东西滚蛋，重者，你等着瞧！”

说完，眼睛虚妄地往半空里翻了翻，指向不明地扫过全场，临了时不易察觉地勾了一眼宝玲。

小诗不知什么时候默默来到宝玲的身边，无声地陪着她，射向瓦罐“仙人棍”的目光宝玲感到很陌生，嘴里还一直不停地嗫嗫噜噜地叽咕着什么。

这件事对宝玲的刺激无疑是相当大的。她怎么也忘不了，几个保安架走小锤时，又蹦又跳的小锤被捋起的上衣下露出的又大又黑的肚脐子。这是一个为了自己可以不顾一切的人！毛根似乎也感觉到了，小锤的爆发让他敏锐地嗅到了办公室里那股对瓦罐“仙人棍”更浓、更强烈的敌意，因此，护理得更精心，或者说看护得更加严密，浇水、施肥、吹风、晒太阳一律亲力亲为，不让任何人染指，更加不必要的是，还找人制作了一个特别的铁笼，下部分连同花托一起密封，上半部分是栅栏的形状，只留出浇水的空隙。

“这样，企图拔掉我们亲爱的‘鼠尾掌’，或阴谋用刀插断它的根都是妄想了。”有一次，他这样对来送报表的小律说。

日子就这么过着。

这期间，一向干得好好的“90后”美女小诗毫无征兆地辞职了，谁也弄不清原因。大家认为小诗平时比较黏宝玲，对宝玲一向无话不说，宝玲肯定知道其中的缘由，但宝玲确实不知道。只是小诗离开公司那天来向宝玲告别的时候，见毛根不在，便指着瓦罐“仙人棍”小声对着宝玲的耳朵说：“玲姐，你等着，它不会有多长时间了。”

宝玲不懂她的意思，小诗也没明说，两个人还都沉浸在即将离别的一点愁绪里面。是后来一天私下闲谈的时候莽村告诉宝玲的。这个一直对宝玲有点异样的帅哥说起小诗心里的那个宝玲居然如数家珍，充满了掩饰不住的羡慕忌妒恨，接着告诉宝玲，瓦罐“仙人棍”带给宝玲的苦恼，小诗是一直急在眼里，煎熬在心里。

“你可能不知道吧，小诗其实还有更生猛的”，莽村顿了一顿，眼光再次有点飘忽不定地看看宝玲，“每次毛根浇花后，瞅他不在，小诗总会神不知鬼不觉得跟上半杯开水，浇在毛根刚浇过的地方，这么长的时间，居然没有一个人觉察，哈哈。”

宝玲瞬时有一种被什么兜头击中的感觉，一种从未有过的震撼尖锐地从后脑上呼啸而过，愣了很长很长时间，也没弄清是为小诗充满杀气的举动，还是为不会哭不会笑更不会说什么的“仙人棍”跟着有戾气的人所遭受的一切伤害和委屈？！

小诗，至于吗？瓦罐“仙人棍”，对不起了，替小诗给你道歉了！

时间总会荡涤和抚平一切。渐渐地，宝玲觉得一切都过去了；大家也明显地觉察到，宝玲看瓦罐“仙人棍”的眼神已没有了怪异和不适，甚至还不断地柔和、迷离起来，对养护“仙人棍”的知识似乎也懂得更多了，还时不时地给毛根提些小小的建议。有一天，还真诚地建议毛根给它去掉铁笼，让它自由生长：“它和人一样，是有感情的，喜怒哀乐，全有的。”

当然，弄不清宝玲真实意图的毛根并没什么特别的表示，只是在一阵腾起的烟雾后面含义不明地看了看她，依然用一种变态的甚至是摧残的形式表达着自认为对盆栽无微不至的关爱。

夏天将尽的一天早晨，出了一趟远差的宝玲刚到办公室就担心地去看飘窗，发现瓦罐“仙人棍”并没如预料中的萎顿下去，更没有死亡，不但依然讨好似的长得生机勃勃、威武雄壮，而且在瓦罐“鼠尾掌”粗硕的柱体上画过黑圈的地方，竟然开出了一朵喇叭形的黄色的花，在夏末刺目阳光的斜射下，花蕊金黄，花瓣也黄得鲜嫩。

宝玲不知为什么就那么时间长长地待在了那儿，一切均在瞬间急遽地飘过。

宝玲觉得，“鼠尾掌”的花其实也绝不逊于腾冲红油茶花的美丽妖娆。

（原载《安徽文学》2017年第9期）

/月色如水/

灾难是从风撩起裙子的瞬间，悄悄逼近冬子的。

那是个不平常的下午，我在成人教学院学习。因为是《古代汉语》的最后一节辅导课，上完新课老先生要把王力先生厚厚的四大本《古代汉语》浓缩成几张纸，再画一个圆做学分考试的范围。这无疑是给临考前在书的汪洋中挣扎得手足无措的弟子们一只救生圈。大家都十分谦卑，想方设法让老先生心情舒畅，从而瓦解他的意志，把圆画得小一些，再小一些。老先生也显得悠闲自得，冬子来时他正站在讲台上慢吞吞地服下下午的第一片胃药，立即有同学尊敬而又掩不住讨好地给他续上一杯热茶。我则习惯性地将目光笃定地射向窗外渐渐走近的冬子。不知从哪一天开始，也说不清到底是什么原由，我开始了对她的研究。当她抱着一摞本从教师办公楼那边拐过来，我的心又一次“格支格支”地跳起来，血直往脸部涌动。柔蓝的连衣裙，白的发卡，衬得一张脸如带了露水的梨花片，白。柔。嫩。一双大眼睛媚而清冽，让人回想起曾经咀嚼过的几行小诗：七十年前／湘西／秋水涨满了宽阔的湖面。特别让我心旌摇荡的是她那丰隆的胸部，撩得裙子荡起一行行的蓝波。我浑身发燥，浮想联翩，可是——然而——却……

这就是冬子。

那天该着有事。冬子一如往常地走进教室，拎起水瓶，往手里那只红盖子的茶杯里添点开水，也没有什么。拧塞，倒水，轻轻地将水瓶放回原处，留一片美轮美奂的背影让你独自去做浪漫的遐想。整个过程无懈可击。可是，当她迈着高挑挑的步子，挟着一缕缕淡的清香离开的时候，调皮的风竟把她的裙子旋成一朵大浪花，裸出了她那圆润白皙而女性味特浓的两条修长的腿!

老先生就是在这幅美妙的风景中翻开他那本发黄的讲义的。那节课讲的是古代格律诗的“拗救”问题，古奥，艰深，生涩，学员们一个个却有股做作的孜孜不倦。尽管“三九胃泰”就冷漠地站在麦克风旁边逼视着老头子，年迈的老先生却依然显得异常的容光焕发，大家晓得有戏，今天老先生的“圆”不会超过二分钱硬币那样大，都感激地转头望冬子，在桌子底下会心地跷起大拇指。老先生显然被那朵大浪花蛊惑了，老花镜扔在桌子拐角上，信马由缰，口若悬河，“牛皮”滔滔。由平平仄仄平平仄，十分潇洒地岔到了对人体美的研究。老先生有感而发，说前人对美的发现真是精妙绝伦，“三分容貌，七分身材”，毕达哥拉斯的“黄金分割”更是把人体的美具体到触手可摸。和身体相比，脚到膝盖占百分之二十三点六，膝盖到肚脐占百分之三十八点一，肚脐到锁骨占百分之二十三点六，锁骨以上占百分之十四点五，头发厚度占百分之零点二。美国歌星麦当娜之所以价值连城，不就靠她那和黄金分割相差无几的身材吗？你们说，外国人能长成这么样的巧夺天工，我们中国就没有一个长成这样的吗？说到这里，老先生苍老干涩地已没有多少水分的声音立即变得圆润动听起来，引得下面如一阵疾风刷过，哗哗地响起一阵掌声。女同学为自己粗陋而又比例失调的身段有些不自在起来，男同学则幸灾乐祸地讲几句过头话把女同胞们奚落一番。全教室只有冬子一人抬着眼，美丽而又平静地看着老先生。老先生兴奋得连喝了几口开水，一时兴之所至，以他这个年纪少有的矫健有力的手势用力一指冬子，接着他刚才的话说：“我看这位同学的身段就符合黄金分割，比麦当娜还要令人惊叹。”

像是扔了团火到一堆炸药上，笑声哄得一家伙像要掀翻屋顶。老先生有所不知，前不久，班里一位绰号“火柴”的男生刚刚给大家推荐过一篇文章，内容就是与黄金分割有关的。说现在不少有钱的老板暗地里“包养”成风，大把大把的票子把一个个国色天香的女孩子捂入风尘。如果你有像麦当娜那样符合黄金分割的身段，更是寸土寸金。当时那位长瘦型的学兄站在讲台上，细长的身子顶着一颗圆溜溜的光头，恰是根不折不扣的火柴！现在老先生竟迂腐到敢直直地当面指着冬子说她符合“黄金分割”，比麦当娜还要标准，岂不把大家牙笑掉了砸得脚疼？老先生不知道这些关节，依然和大家一块笑得牙齿发亮。他当然料不到，美丽的冬子在一片欢笑夹着口哨的起哄中冷冷地站起来，用她这个年纪少有的严肃直直地一指老先生说：“请您学会尊重别人！”一推椅子，愤然离开教室。

整个教室尴尬得只听见从窗外吹进的风哗哗翻动书页的声音。老先生一泻千里的思维被冬子如此的横空一截，顿时短路。从未见过的惭色从老先生的脸上慢慢洇濡开来，大滴大滴的汗珠汹涌而出。

大概就是从那时起我才真正深入地注意到冬子的。

我即使知道冬子明明是对的，但当放到生活流中横向一看，我却又不得不怀疑冬子——现实真是顽强而又令人无奈，以至于我一边告诫自己“冬子是对的”，一面又顽固地认为冬子是做给别人看的。难道她真的没有家常女人们所有的那些七情六欲？

有天读闲书，看到孟德斯鸠讲的“衡量一个人真正的品格，是看他在知道没人看见的时候干些什么”的名言，觉得妙绝，内心深处的某根神经被刺激得火爆欲裂！我倒要看看冬子到底是肉做的凡胎还是铁铸的机器。我晓得冬子闲下来没什么特别的爱好，最喜欢沉到书的清净世界里，便把手边一堆内部发行研究专用的小说选出一本特那个的，把细致展现那个啥场景的紧要处均用胶水不易察觉地粘了一下，用白纸把封面包好，写下《百年孤独》的假书名，有意在冬子面前翻得刺啦刺啦响。果然冬子没能抗得住书名的诱惑，要我借给她读一读。我装出爱不释手的样子说："只能给你过过小瘾。"她边说"不把书页子读飞了你别想要"边把书抢了过去。可第二天一早，她就将书带给了我，还说："谢谢你！"我很得意。她刚一转过身，我便哗哗地将书一一翻开查验，胶水粘接的地方竟都原封未动过。我的汗唰唰地就下来了，仰头看见冬子袅袅离去的身影，感觉同当年鲁迅先生是一模一样的，"她的后影愈来愈高大，渐渐地又几乎变成一种威压，甚而至于榨出我T恤衫下面藏着的'小'来。"

和大家一样，冬子在一所中学教语文。每回期中期末的校际对抗赛，冬子所任教班级总是拿得同年级同科均分第一。如果写作文《我的老师》，只要听过冬子讲课的学生，无一例外地都写冬子种种过人之处。说她耐心、细致、温和、迷人，课本吃得透，课讲得如潺潺流水，不像有的老师，动辄揪学生的小耳朵，摔学生书包，在调皮猴子脸上用圆珠笔写下"作业拖拉""上课乱讲话""经常迟到"等刺目的字，如古代黥刑，让你下课走不出教室一步，有时还骂人，"我操……"冬子老师绝不这样，学生犯了错，让你在她对面椅子上坐下来，用她那只红盖子的小茶杯给你一遍又一遍地倒茶，弄得你无地自容……除了必要的休息，冬子老师一心扑在工作上，像饥饿的人扑在面包上一样，到今天还是单身呢。

学校知识分子成堆，就难免有奇葩。面对天生丽质的冬子，大家的反应和男人的通病一样，短暂的审美之后，无一例外地想到的是那方面的享受。自古红颜薄命，冬子刚分到学校的时候，走到哪里，哪里就是一片阳光灿烂。即使面对的都是些还特别讲究含蓄内秀的老师，冬子也是能感觉到股股浓烈的渴求。和她同来的"玉米"可惨了，当初因为她长着副上窄下的"由"型脸，脑后拖着束不长不短的黄发，酷似一穗玉米在则被同事们嗤之以鼻，宽说天下女孩子都长成这样，男人们就没有什么活头了。很快，冬子在新的工作岗位上又一次脱颖而出，做了语文组的教研组长，又成了党组织的培养对象。可冬子不识相，对领导的扶植栽培没有什么特别的表示，对自身个人的奋斗倒有点沾沾自喜。每逢年轻的校长到她宿舍想和她促膝谈心，她就把门窗全部打开，电灯拉亮，弄得大家都晓得，没了一点点组织的秘密可言。冬天也这样，让校长好几回得了重感冒。见她如此感觉迟钝，不晓得利用自己得天独厚的条件，校长真替她可惜，不得来点"启发式"。有天晚上，校长喝了些酒，就端着杯子到冬子宿舍借点茶喝，见冬子刚刚洗完澡，脸色妩媚，衣服穿得又不多，校长就顺便坐下来谈谈心。校长先从当初做老师时的一则笑话讲起，说有个男生翻译《卖油翁》中"吾射不亦精乎"（我射箭的技艺不也是很精湛吗？）一句，竟译成了……哈哈哈哈……"说完校长不顾冬子羞得满脸胭红，兀自咧嘴大笑，两排牙齿像拉链。冬子实在别扭，只好打他的话头，说要休息了，明天要早起带学生跑步做操。校长却借酒撒泼，言语恣睢，话越来越不上台盘，边说还边来拉冬子的手。冬子见校长醉得如此地没了人伦，拽开门就跑，一时内心的委屈伴着泪水喷涌而出。凭什么我一个未婚姑娘该受到如此的骚扰？漂亮难道真是罪孽？冬子忽然从内心里真诚地羡慕相貌平庸的“玉米”来，最起码的可以拥有一份平静如水的正常人的日子。

酒醒后的校长丝毫也没有点点歉意，反而比醉酒更加变本加厉。每逢开会，总要留点时间不点名地刮一刮冬子，说有些老师衣服穿得妖娆，往讲台上一站，学生不是看黑板上的字，而是看胸脯上的花；说某些老师一年四季都搽香水，把学生熏得心绪迷乱，这哪里是老师，简直是三等旅馆里的某种人；说某些老师晚自习结束时喜欢把初三的男生约到宿舍里去谈心，门窗也不敞开，对学生的身心健康，难道没有影响吗？……话说得不痛不痒，也不点明是冬子，但大家的眼光却乌溜溜地偷觑她。冬子也不好发作，只能一个人生闷气，又一次想要变得像“玉米”那样暗淡就好了。如果嘴上刮刮也就拉倒了，后来上级组织部门要求学校物色一位女同志参加学校领导班子，符合条件的只有冬子和“玉米”，但冬子的教学实绩比“玉米”强出许多。为了突出“玉米”，校长颇费了番心思，新学期重新分课的时候，让教学业务尖子全撤到冬子的平行班上来，让那些老弱病残做“玉米”的竞争对手，“玉米”当然地每次都取得佳绩，而且均分遥遥领先。冬子可惨了，几虎相争，必有死伤，以骨干们多年丰富的教学经验和高度的责任感衡量，冬子的处境无异于孤羊投群狼。但冬子毕竟是冬子，她看准自己精力充沛是最可信赖的本钱，几番较量之后，终于不但没有被打垮，反而卓然出群，成了学校新一代教学业务骨干。这样，“玉米”金牌的价值大跌，舆论慢慢地又倒向了冬子一边。校长不易察觉地微笑一声，一反常态地对冬子的成绩做充分肯定，大会小会上又不厌其烦地表扬冬子，说冬子有个性，教学上过得硬，这么多的教学骨干都不是她的对手，愧杀男人的脸皮呀！同样是女同志，其他人又如何呢？上班糊糊塌塌，三个一丛，五个一堆，家长里短，鸡毛蒜皮，讲究“舌干”，不讲究实干，涉及教学上的正事全缩到一边做孬种！校长的声音越来越严厉，明明看到大家满脸愠色，露出不屑，还特别加上一句：“你们不服还不行，不如人家，你就得乖乖地低头向人家学习！”

果然未出校长所料，后来民主测评结果出来，同意冬子进入领导组的得票为零。校长重又露出不易察觉的微笑，他又一次想起参加校长培训班时一位心理学老师说过的话：要想孤立一个人，就得用他做镜子，照照众人身上的疮疤！

“玉米”微笑着坐到了学校领导班子中间，这对冬子的打击是空前沉重的。冬子并不是什么官迷，但在这件事情上，当不当官已成了衡量社会需要什么样的人的标准。“玉米”从各方面讲明显不如冬子，现在却进了班子来领导冬子，有什么还有比强者被弱者领导更让人难受呢？那几天冬子觉得真不是人过的日子，自然界所有的一切声响似乎都含着对自己的讥讽。在办公室里自己都感觉自己是个多余人，和大家不是一个族类，只盼望早早听到下班的铃声，快快地逃离办公室。

可是，当时那个喧闹浮躁的世界哪里还有清净的地方？想买本好书到没人的地方读读，书摊上却满是女人酥胸毕露，玉腿横陈，从第一页到最后一页少不了是些撕裙拉裤，搂抱啃嘴的玩意儿，结过婚的看了都觉得肉麻下流，况她还是个没谈恋爱的姑娘？有时想到影视厅里坐坐，那更是肮脏不堪，不怕不全露，就怕露不全……以冬子幼稚的想法，别说国家在严禁这种垃圾艺术，作为稍有点正义感的人至少该有些斥责之声，可大家并不似她这么如临大敌，“小孩看了又蹦又跳，痴情倩女看了连赞其妙，老头老太看了青春返少……”倒是她冬子活脱成了只从汉代坟墓里刨出来的瓦罐子，又笨，又老，又土。没办法，只能在大街上瞎遛遛。但时间一长，立即会有淫邪的眼光来称她量她，只差上来同她搭讪，询问包一宿需多少钱了。有回坐公共汽车，一个手戴钻戒的“小开”故意将抓在扶杆上的胳膊横在冬子的胸脯上，冬子避让了几回，“戒指”反而认为冬子柔顺好欺，得寸进尺。冬子实在忍无可忍，毅然伸手将那只胳膊捋了下去。“戒指”比她还凶，一迭声地问她：“干什么干什么？！”冬子厉声说：“你放尊重点！”“戒指”说：“想贞洁坐‘尼桑’去，别来车上找刺激又要做假正经。”旁边人见“戒指”凶狠，占着上风，便纷纷做帮凶，说车上人多，磕磕碰碰自然难免。冬子一针见血地指出：“他是故意的。”“戒指”来劲了，说：“你觉得你挺招人爱是不是？老子有的是钱，直往我身上扑的我都应付不过来，就你这样，老子还觉得没有浪味呢！”听了这种当该掌嘴的话，一车的男女却哄堂大笑。冬子当时恨不能立即发生车祸，和一车麻木的看客同归于尽方解心头恶气。

只要出门，像这样的肉体猥亵总能碰到，日常里同事间的语言骚扰就不用说了，而且每说个带荤的笑话大家总要不自觉地歪头来看看冬子，这个美丽绝伦又还是未婚姑娘的反应如何。早上一进办公室，头皮就发麻，整个地处于二级战备状态。回来了，要是有个知心的人谈一谈，倒一倒，也能得到些安慰。可是你又能跟谁说去？只要一提这话头，大家马上一迭声地冲你讲：男男女女不就是那么回事吗？又何必遮遮掩掩。我们的母辈们受那种禁锢的教训还不够触目惊心吗？冬子痛切地感到：只能躲在自己的那间十一二平方米的单身宿舍里，求得暂时的宁静！插上门，拉上窗帘，脱光衣服洗个澡，什么也不穿，无拘无束，无遮羞羁绊，坦荡，舒适，宽松，自然，在宽大的床上布成个“大”字，四脚踏实地尽量伸展，暂时忘却女人举止的一切规范，床真大真大，时间好长好长，能足足地消释一天的身心疲惫，再生女人的元气。

可开了门，阳光依然是苍白的，即使元气再足，也总会被新到来的一天消磨殆尽。不禁让人回想那浪漫纯真的学生时代，现在大概也只剩下学生那里是一片净土了。也是为了怄口气吧，冬子就报名来成人教育学院读“专升本”了。

可是，这苦苦的努力不但没寻到真正的解脱，却又套上圈新的精神枷锁。这次公开顶撞老先生，如果弄个考试不及格，如果校方真按规定那样把补考通知单往冬子原单位一寄，让校长和“玉米”们督促冬子好好搞好学习之类，不是让那些等着看冬子笑话的人兴奋得吱吱发笑吗？

此后好长一段时间，都没见冬子笑过。

冬子恋爱了。

以前在大学上《心理学》，老师讲过一个“苦橘子定律”：路边的橘子，只要没被吃光，就一定是苦的。基于这样的逻辑，一般人经常做出一些自鸣得意的结论：看来富丽堂皇的饭店，物价一定昂贵；没有人排队的柜台，一定是清账盘点；条件好的女孩子，如果不是名花有主，一定是个性上有问题。当时底下的男生笑得像皮鞋炸线，说把这个定律套在我们这一代摇滚青年身人，绝对是诬蔑！冬子当时也觉得“苦橘子定律”的滑稽可笑，现在的青年人，敢干的就是邪乎事，当时班里年轻貌美、家庭背景十分了得的女孩子们入学不久就很快被男生们抢个精光，冬子隔三岔五也不断受到二十半小纸条子的狂轰滥炸，幸亏冬子头脑清醒，发誓毕业后走上社会再细细体味恋爱滋味，才没有落入小男生们的圈套。到了新单位，打打基础，稳稳情绪，眨眨眼睛两三年就过去了，冬子忽然发现，“苦橘子定律”真是生活淬炼出来的哲学精髓，这么长的时间就真的没有人敢来和她谈些恋爱方面的事情，应了那位老师的话：“很多合适的人选都丧失了难得一见的良机。”到头来却便宜了一些敢于尝试的傻瓜。

所以，当“螃蟹”一头撞进她的房间来向她求爱的时候，冬子还真的从心里佩服他的那股丝毫也不瞻前顾后的痞性。“螃蟹”得知冬子真的还没有男朋友，得意得竟有些发抖，说自己又一次成了第一个敢吃螃蟹的人。冬子边体贴地让他坐在椅子上边回敬他：“你才是螃蟹呢。”“螃蟹”便更正说自己是第一个敢吃人的螃蟹。

当单身汉们知道了这事，一个个后悔得捶胸顿足。天天看到花在圃里美丽地开放，却没想到把它采回家让陋室芬芳，只是畏畏葸葸地想着“不许攀折，违者罚款”的木牌。不过，看着“螃蟹”和冬子这么一个美丽绝伦的女孩子在一起有说有笑地漫步，虽然始终觉得是真正的一朵鲜花插在了牛粪上，但也服了“螃蟹”，觉得他该着这样的好事。可是，“螃蟹”却没能把握好分寸，刚谈不久就急呼呼地离开椅子，坐到冬子的床边上，搂紧冬子要和她亲吻。

冬子断然地说：“不行！”

冬子曾无数次构想过一生里献出“初吻”这个庄严庄重而又纯洁圣洁的时刻“碧草青青，月色如水，清风徐来，水波不兴，一两点野花暗香浮动……”那是人生赞美诗里最令人销魂蚀骨的一章。可“螃蟹”这个肮脏泼材，动辄抬脚伸腿，接触短短时间就直奔主题，哪里还有点“谈”恋爱的样子？“螃蟹”哭丧着脸委屈地说：“在这个讲性和及时行乐的开放时代，只有‘搞’恋爱，哪还有什么‘谈’恋爱？君子慎于言而敏于行，靠嘴巴上过过干瘾哪能恋出什么‘爱’来？”冬子嘴角泛出一丝嘲讽的涟漪，事情自然就到此为止了。

有了第一只螃蟹的启示，胆比人大的螃蟹就自然不缺了。倒下一只、两只，第七只、第八只螃蟹前赴后继。大概典型的环境的确能塑出典型人物，他们连从椅子到床边这样的铺垫都觉得多余，删繁就简，一上来就巴不得和冬子拱到被窝里去谈才过瘾，无一不开放现代使得冬子目瞪口呆。巨大的冷落寂寞在短暂的灿烂之后又一下子把冬子结结实实地围困起来。她一次又一次地反问自己：难道我对男性抚爱的渴求只能永远浮现在梦的深处了吗？

有时我不得不用一些事来开导她。听说上海外滩一到晚上便成了男男女女的极乐世界，连五六十岁的老头老太也不矫情，树影里铺张报纸就能当一张浪漫的婚床，青年男女更是如鱼得水，一对对也就隔那么三五米远，谁也不在乎谁。冬子嗫嚅着说：那是因为大上海住房特挤，逼良为娼。我便反问：那上海从前住房不是也狭小得解个小便也声如黄河奔腾？观念，关键是观念变了！我试图用上海这一东方第一都市来打动冬子，可她不但没有吸收到什么，却更增添了一层焦灼与不安！

此时已是我们学习的最后一个学期，大多数同学都已成了老油子，一副见怪不惊的样子。初入学的那点神圣、辉煌和崇高早已成了锈迹斑斑的历史。为严正视听，校方采取更铁硬的手段来收拢大家即将散乱的心和崩溃的神经。校方专门派人督察纪律，几乎每节课都要点名，一次不到堂在考分中扣去二分，五次不到者算本门科修业不合格，并提前反年来需参加总补考的名单用对开白纸抄成大字报，贴在宿舍、食堂等闹市区以儆效尤。冬子已经补考过一次的《古代汉语》，依然需要补考！大家都知道疾症不在考卷上。正好老先生这次也同来给下届学生面授《古代汉语》，背着冬子，我帮她写了份措辞恳切的悔过书之类并四大盒高档“三九胃泰”偷偷送给老先生，假称冬子愧于来见，恳求在今后的学习中请先生多多指教则个。老先生喝了口茶很舒坦地问：“你说的这个同学叫什么名字？”

我把冬子大名写在纸上，老头子戴上老花镜，对着花名册从头到尾细细捏过，颇带歉意地说：“对不起，名册上没有这个同学。”我说，您再看看是不是混到上届或下届学生名单里去了。老头子又耐心地翻上届或下届学生的名字，说也没有。我感到很奇怪，回头来找冬子，要告诉她问题的严重性，可就是不见她的芳影。问班上其他同学，问女生，他们无一例外地问我：“你说的这个同学叫什么名字？”“冬子呀。”我说。他们摇摇头，说：“对不起，好像没有这个同学。”连辅导员也说：“没有她这个同学。”这就怪了，我便向她原单位挂电话，电话里永远是嘟嘟的忙音。像是某根神经突然间被刺激得火爆起来，几乎是想也未想，我就去了冬子的那所中学。

我很容易就找到印象中最熟悉的“玉米”。“玉米”让我坐定，喝水，小心地试探性地问：“你说的这个同学叫什么名字？”我说：“冬子。”“玉米”抱歉地一笑，笑得像玉米一样金黄，然后说：“对不起，我们单位从没有她这个人。”我把冬子写给我的信掏出来，地址、电话号码、单位名称、邮编一字不差，可“玉米”还是一脸真诚地说：“我校真的没有你的这个同学，我更没有和她同过事。”暗访其他老师，回答都是一样的斩钉截铁：“真的没有过这样一位美丽的同事！”

我走出屋子，心绪如麻。明明是冬子曾让我幡然回头，她却一直在做精神的漂泊者，怎么说没有就没有了呢？我漫无目的地走着，香烟一次又一次烧疼了我的手指，呛得我坐在石头上不能起身。不知过了多久，夜深了，周围一片恬静，我奇迹地发现我正融于一片天境之中：碧草青青，月色如水，清风徐来，水波不兴，一两点野花暗香浮动……

（原载《边疆文学》1996年第9期）

/夏天的愤怒/

矛盾是在星期一的例会上激化的。

当时，刚传达完市教委《关于对教师实行量化考核的实施细则》，陆校长便问起教导处对教师各科教案的检查情况。教导主任老宋呜呜噜噜地汇报说：大多数老师都达到学校规定标准，只有个别人有点不像话。陆校长不高兴地说："不要老是和稀泥，讲'个别人'，把名字说给大家听听！"看校长这回要来真家伙，会场气氛陡然紧张。老宋手捧《教案检查登记表》做痛苦状。但最终还是架不住陆校长的一再逼问，只好交代出是语文组的武广，并补充说，武老师迄今为止，教案连一个字也没拿出来过，还侮辱检查教案的同志是校长的二狗腿子！武广冷笑一声，缩在墙角的椅子上继续咯吱咯吱地剪脚指甲。陆校长立即厉声责问："你冷笑什么，啊，难道诬陷你了，啊？"

武广不紧不慢地说："你不要激动嘛，如果学校认为我'必须'把教案拿出来接受检查，我保证每学期都跪奉一套'教案三部曲'！"陆校长说："那倒不必，学校只望武老师敬业尽职，不要光顾卖冷饮给学生降温，把成绩也给降得只剩下十九分。"不提冷饮也就罢了，一扯这个，武广两只眼立刻冒出了火星子，他把臭脚丫子套到拖鞋里激动地说："我就晓得你绕来绕去还是为了你自己，我武某再强调一遍，陆芬芬语文考一十九分的责任在你而绝不在我！"边说边失去控制地把一把刚剪下来的指甲屑撒在校长面前的办公桌上。校长开始以为是瓜子壳儿，待闻到一股刺鼻的脚汗臭，再也撑不住了，撒手把桌上的《工作日记》本狠狠地回掷过来。这下子了不得了，正好是把划着的火柴扔到了汽油桶子上，武广"噌"的一家伙蹿过来，伸手就来薅陆校长的领脖子。经过短暂呆愣的老师们又忽然间全跳起来，七手八脚来把两个人吱吱呀呀剥开，之后又迅捷组成一道厚厚的人墙护住一定要跟武广拼命的陆校长。教体育的马龙则死死挟住武广往外拖。武广哪能咽得下这口窝囊气，又赖又跳，衣服被马龙一直捋到肩膀上，露出又黑又大的肚脐子。老宋想过去帮忙又怕遭到武广袭击，站在那儿一个劲地跺脚自责："都怪我，都怪我，都怪我……"后来，还是武广的老婆小兰闻讯赶来把他拉走了。武广边往回走边丢下话说："姓陆的你听着，从今天起，我家的冰棒每化掉一根，陆芬芬的语文成绩就要下降一分！"小兰厉声斥责:“武广，你还有没有王法!”这才没让趴在教室窗口猎奇的学生们看到更为触目惊心的离奇镜头。

“陆武事件”的影响无疑是恶劣的。当天全校学生的日记中差不多都对此进行了细致的描述和辛辣评判。家长们也一传十，十传百，使老师的形象大受污损，它也成了各位老师当天晚饭桌上一道最具刺激的佳肴。究其原因，千头万绪，无从说起，但有一点大家的认识是共同的：它确实和武广家的冰柜里的冷饮们有着直接的关系。当初买冰柜的时候，大家就规劝过武广要慎重从事，但终究是迫不得已。小兰曾是学校的代课教师，也在三尺讲台上展示过她的飒爽英姿。后来全市对学校里的“民代临”人员实行“关停并转裁”，小兰第一个被学校裁到了留用线以下。按理小兰属“模糊对象”，可裁可不裁，武广便去找陆校长，恳请学校能从实际出发，留碗饭给小兰吃吃。陆校长翻开《工作日记》，耐心地把市教委的会议精神向武广重申一遍，并说学校是按原则办事，实在是身不由己，找镇教委的倪主任兴许能有点办法。陆校长和倪主任多年不睦，大家也不是不晓得，用不用人的关键在学校这儿，找倪主任是丢开和尚求庙，爬上树去抓鱼。武广便明白了裁掉小兰是“神仙打架，凡人遭殃”，并不单是什么原则，再讲也是白费唾沫。也罢，哪有活人嘴里长青草的？武广把气憋在心里，看看夏天到了，便筹钱买了这台“冰熊”冷柜。

站柜台和站讲台的感觉完全不一样，小兰每天都觉得是芒刺在背，抹不去脸上的一酡羞涩。倒是学生反比她有出息。落落大方地出钱，买冷饮，有时还讨价还价，更没有因为她下了岗而另眼相看，局面这才慢慢打开，生意也渐渐地做出了头绪。小兰倒觉得卖冷饮比站讲台还要来得充实。

小兰的生计解决了，武广的心情也渐渐地好了起来，小兰被裁的那股怨气也慢慢平复，武广的精力也重新聚集到了教学工作上，大家也重新目睹到武广在讲台上的那股倜傥风流。武广是市教委教研室教改工作室最年轻的成员之一，曾在全市力主推行“中学语文单元教学法”，给本市多年来沉寂乏味的模式化语文教学吹进了一股湿润清新的空气，市教委主任每次见到他总要用他那宽厚的手掌边拍武广的头边说：“很好，很好!”后来，因为小兰的事拖腿，弄得武广没了那份心情，轰轰烈烈的教改实验活动在蚂蚁湾中学便慢慢停滞，但骨子里却始终有种颓废的自责。好了，现在可以重新开始了，有什么能比自己以毫无负担的精神状态投入自己所钟爱的事那样愉快呢？所以，当教研室的小毕电话追来索要“单元教学实验”的总结性论文时，武广高兴得骂他一声“狗日的”，然后一字一顿地表态说：“你就把头枕在你老婆的胸脯上放心地困觉吧，我不会误你鸟事的。”小毕也欣喜地回骂他“狗日的”，让武广最迟在月底带着论文跑步去见他，误了《教学研究》的发稿是要杀头的！其实，武广的论文半个字也没写，但论点论据都完完整整地装在自己的腹中，武广有理由相信，只要心境清静，即使再来部《资本论》续篇也是小菜一碟，况短短一教学论文乎？

当然，要想完全超然物外也不是那么容易的。生活在蚂蚁湾中学的冷饮们总是让人操心，有时天凉阴雨，冷饮们销不动，滞留在冰柜里得用电养着它们，农村电费一块多一度，时间一长，利润跟电费扯平，还白赔一场忙碌。一家人心里就觉得窝囊，看什么人做什么事都觉得又歪又斜点不连点线不成线，不顺气，不舒服。这还是好的，如果再遇上停电，可就麻烦了。好像故意跟武广作对似的，家里没有冷饮，电工小王屁股上别着老虎钳子趿着拖鞋在学校里夸呱嗒呱嗒地绕来绕去；如果“冰熊”肚里有满满一家伙冷饮，小王却不知缩到哪个旮旯里去了。有时可着劲在牌桌上找到他了。烟递上去，照抽，但问到发电，他则干巴嘣脆地说：“这得问校长！”问校长，百分之一千是泡汤：该做什么事不该做什么事。陆校长喜欢把关系理顺，你武广很尊敬镇教委的倪主任，跟陆校长自然就不再是一条线上的人。如此，怎么能让学校贴心贴肺地为你一个人保养冷饮把发电机开起来耗柴油呢？这是原则所不允许的嘛！这可就苦了那些冷饮们，它们躺在棺材样漆黑的冰柜里，悲惨地起着“还原反应”，武广怕的就是停电后的第二天甲晨，打开冰柜，看到那一摊不干不水黏黏糊糊的东西，活像酒鬼醉后呕吐的垢物。小兰要么是骂，要么是哭。这新的一天就这样被这失败的开头弄得一塌糟，一连几天也难恢复元气。所以每天下班回家，武广不是坐到沙发上喘口气，喝杯水，而是忐忑不安地去拉电灯，亮了，心里一片灿烂，做事虎虎有生气；暗着，不用说，心里一团漆黑，接下来就有连锁反应，胸闷，胃疼，反应迟钝，心里始终有个大疙瘩堵着，晚饭后不是咄咄逼人地坐在书桌前翻翻教学杂志，写写论文或研读教改信息，而是心神飘忽，从这间屋走到那间屋，为那些小小的冷饮担惊受怕，弄得一家人也跟着忧心忡忡。后来，还是班上的学生看武广太难，便给他出点子，让他停电后把冰柜推到正常发电的镇自来水厂去保养。可武广又不认识水厂的厂长。学生激动地说：“老师，只要你同意就行，用不着你认识厂长。”这个学生倒是很热心，在班上密切关注供电情况，下课的第一件事就是伸手拉电灯开关，有时上课也“的笃的笃”地拉几下子，弄得老师的思路老是卡壳。如果遇到停电，学生们便十分兴奋，一窝蜂地涌到武广家里，一路小跑着把冰柜吱吱嘎嘎地推向水厂；电到了，又一窝蜂地涌到水厂，一路小跑着把冰柜吱吱嘎嘎地推向学校。这哪里是在卖冷饮，简直是在卖祖宗八代的二寸小脸！而且，一群学生老是这么推着冰柜在街上吱吱嘎嘎地跑过来跑过去，社会影响何其恶劣！

很快，学校便找武广谈了话。武广嘴讷，一肚子理由讲不出来，回到家里呆坐在翻了簧的沙发上生闷气。小兰却不管这些，准时开门，正常营业。每天冰柜前依然是熙熙攘攘、川流不息，校园里纸屑、棒扦、冰激凌盒子是一片狼藉。老宋只好硬着头皮来找武广。小兰把刚找来的废纸篓子高高地亮给老宋看，并承诺今后绝不让一张废纸从手中溜走。老宋呜呜噜噜地说：“那棒扦呢？”小兰撇嘴抢白：“学校只想到我的棒扦影响环境脏了你们的脸，可又有谁想得到你们这样做砸了我们的饭碗、堵了我们的口？”老宋狡不过伶牙俐齿的小兰，只好说这是陆校长的意思，谁也没办法。小兰小手一挥说：“那你回去，让陆校长来找我好了！”

陆校长没有来找小兰，而去找了各位班主任开会。当时也有头脑比较周全的班主任提出异议，说作为学校这个集体，也该站在职工立场上考虑些实际的困难，更要面对面地把工作做得细致些、透彻些，让大家感到集体这个后盾的存在和强力支撑，不能意气用事。陆校长把钢笔朝桌子上一扔说："你这是什么话？我们历来是主张个人利益服从集体利益，总不能让我们上级服从下级吧？"大家无言以对。于是转身上班里用劲一煞，小兰的冷饮生意立即由牛市跌入熊市。武广安慰说："学校是育人场所，我们也要学会体谅学校难处，顾全大局。"小兰说："可我当初连只泥饭碗也被打碎的时候，谁又体谅我们的难处？"武广辩不过她，任她一如既往地推着冰柜去折腾。陆校长碰见她，也不说什么，小兰有时倒想主动跟他搭两句话，陆校长却扭头装着没看见，快步走开。搞来搞去，冷饮却是一点也卖不动。武广班上的学生有心帮帮武老师，偷偷裹了些同学来买，但消息走漏，被学校查出，开校会时挨个在台上站好，脖子上都挂上写有"吃零食可耻"字样的纸板骨子，让全校师生观赏。此举虽很过分，但效果奇佳。杀鸡骇猴，惩一儆百，学生再也不敢轻举妄动。武广眼看着小兰在校园里东奔西突一天，却卖不掉一根冰棒，气恨交织，课上得是一点章法也没有，学生也从内心里替老师干着急。小兰更是气得失去理智，冲进办公室，把正趴在桌子上改本子的武广往家里拖，还顺带着把他办公桌上的作业本子全抹到了地上。

大家也无计可施，呆呆地看着小兰把武广揪回家，武广只是一个劲地重复一句话："你拽我有什么用？你拽我有什么用？"小兰说："我拽你当然有用！他家陆芬芬不是在你班上吗？他姓陆的如此不仁，你为何不能不义？你，就不能弄双玻璃鞋给他宝贝女儿穿穿？看看到底他当官的来劲，还是我平头百姓厉害！"

武广被小兰的想法吓了一跳。陆芬芬的成绩虽说不稳定（有时也考个九十分），但总的来说是在不断进步，学习上一直十分勤勉。武广始终认为，学生最最重要的学习品质就是炽热的学习热情而不是其他，如果真照小兰说的那样，不断用冷水给陆芬芬兜头泼一泼，这个学生很可能从此心理上罩上层自卑的阴影，别说学习，以后干什么工作都将是一大障碍。可是，看看小兰脸上那曾经无数次令武广怦然心动的酒窝盛满的不再是美丽而是愤怒，看看"冰熊"肚子里猪下水似的冷饮们，武广又禁不住把一记瘦拳砸在翻了簧的沙发上，扑出腾腾的灰尘。这可就不能怪谁了，大鱼吃小鱼，小鱼吃虾米，虾米，你就等着去啃泥巴吧。

第二天一上班，武广就私下里找有关老师把自己的语文课全调到每天的第一节，根据自己家卖冷饮的体会，只要每天的开头都给陆芬芬来个下马威，她这一天不完蛋也得完蛋。正处在长身体、长知识、长自尊心的重要关口，能有几个这样的一天经得起折腾？武广心里冷冷一笑，武广就是这样冷笑着开始他的语文课的。

照惯例，上课的第一件事是检查前一天的家庭作业。武广有意先检查了几个成绩极差的学生，无论好坏——怎么可能好呢——都一律给予严厉的斥责，老火蹿得有一丈多高，课堂上充满了阴森恐怖的杀气，在所有学生都感到巨大精神压力的情况下开始抽查陆芬芬的作业。

查陆芬芬的作业，当然不是第一次，当初学校分年级平行班时，陆校长把女儿放到武广班里，就是冲着武广语文教得好这块王牌来的，也很让武广在一阵受宠若惊后感到了股强烈的责任。所以，在平时的教学中，有意无意间对陆芬芬格外关照。陆芬芬有一点点失误或小小的进步，都能在武广心的温度计上引起冷缩抑或热胀。渐渐地，陆芬芬的自信慢慢地被培植起来，武广的循循善诱就像一泓潺潺清水洒在已经发蔫了的小苗上，陆芬芬现出了她的清新、碧绿和勃勃生机，为各科成绩的提高蓄积了足够的内力。这一切，在武广抓起陆芬芬的作业本子时就迅捷地在他的脑子里一幕幕地迭现。他翻得很慢很慢，像往常一样想要抓住每一个可能出现的差错。

教室里静极了，初夏的蝉在窗外高大的杜仲树上发出稚嫩的叫声。武广的脸色十分严峻、冷漠，目光犀利，学生们都仰着一张张纯洁无邪的脸注视着武老师的一举一动。不知过了多久多久，武广的眼眶湿润了。他实在下不了这个手啊！陆芬芬的作业一如她这个只有十六岁的女生，整洁，一丝不苟，虽有这样那样细微的不足，但却掩饰不住这个孩子学习上的努力、执着和细腻。武广似乎在字里行间看见，陆校长在繁重的工作之余，弓着腰给陆芬芬一字一句辅导的苍老背影。武广再也翻不下去了，一个老师宵衣旰食、苦心经营，不就是为了教出、教好这样的学生？倒是陆芬芬下意识地被吓得站起来，怯怯地问：“老师，我有什么错误吗？”武广习惯性地伸手拍拍她的头，说：“没有，你没有错，很好，请坐下！”并很慈爱地把本子还给了陆芬芬。

这节课，武广上得很认真，课堂提问又额外地多给了陆芬芬两个机会。下课的时候，他特意叫住了陆芬芬，说：“你是一个好学生，要好好地干，不要辜负了老师的期望！”弄得陆芬芬也觉出了老师的反常。

所以，武广和陆校长吵架时说要让陆芬芬成绩下降的话，正如小兰所说，是有这个贼胆却生不出那个贼心。当然，也曾让陆校长着实惊恐了一阵，几次找老宋让他把陆芬芬调出初三（1）班。最终因陆芬芬本人拒不愿意而作罢。小兰得知这一切，真是哭笑不得，半真半假地说武广可能是被陆芬芬的姿色所迷想做陆校长的乘龙快婿。武广正色小兰开玩笑要注意分寸，切不可拿师生关系乱开玩笑。笑闹之后小兰说，确实也不能瞎来，要斗，大人跟大人斗，孩子是无辜的。干脆，不忍心来硬的，就来点软的，武广便问怎么个软法。小兰说，你和陆芬芬有那么深的师生感情，何不利用利用，让她回去跟她爸说说，在不影响大局的前提下给那些可怜而又渺小的冷饮们一条生路呢？

见小兰又出馊主意，武广立即截住小兰的话头说：“小兰，师生关系是教育关系而不是利用关系，我武广再怎么样，也还是一位堂堂正正的老师，怎么可以将大人间的芝麻谷子撒到孩子的头上去呢？”

小兰见武广老给她来正规的，立即也上了火，她狠狠地踢了一脚“冰熊”，说：“那你就等着有一天把它砸成一堆废料吧！”

好在陆校长为了能从副股级上磨成正股，主动跟倪主任缓和关系，倪主任出面打了招呼，学校便睁只眼闭只眼，禁止学生吃零食的事便不了了之。而且也是形势所逼，面对汹涌澎湃的市场大潮，很多老师也开始学着做点小生意赚些小钱给饭菜增点小油水，教体育的马龙也乘势买了台“澳柯玛”回来，让他的老母亲也做冷饮生意。马龙性格豪放，打得一手好篮球，人缘好，路子广，校内校外都吃得开，跟陆校长私交很好，有他撑着，什么风吹草动也不必担心，假如再有停电之类的小事发生，小王不主动跑去把发电机摇得震人耳膜那才是怪事。“澳柯玛”拖回来的那天，武广还主动跑去帮助马龙往家里抬，还详细地告诉马龙使用冰柜注意事项，冷饮批发门路和保存诀窍等。马龙边爽朗大笑边给帮忙的同志撒烟。

就这样经过一场曲折之后，冷饮生意重又拨乱反正。一个小家庭随着冰柜这个心脏部位的正常运作而重又焕发生机。小兰也不再说“你爱学校，学校不爱你”之类的牢骚怪话了。每天晚上闩上门，两人细心地把一小包零零碎碎的票子仔仔细细叠齐，过数，看见本钱之外，又多出一小堆利润，总有种心花怒放般的畅快。武广不禁想：像他们这些蚂蚁样的小人物真是可怜，他们一个小家庭的命运乃至一生的荣辱得失等看来惊天动地的大事在别人那里往往只是很随便的一句话或短暂的心境状态，叫你损你不得不损，让你高兴你想哭也挤不出一滴泪水，越想越是从内心里感激倪主任。武广便提出是否送点礼物给倪主任或请他来家撮一顿，又怕这样搞让倪主任误解，玷污了他们之间淡如水的君子之交。小兰说，他们当领导的最想看到的还是你在工作上的成绩，这才是你报答他的最好的方式。

这有什么难的呢？对于武广来说，这正是他的拿手好戏。忙完一天的工作，武广便重又把先前列好的论文提纲从一堆废纸中捡出来，磕磕灰，把早已收集好的一大堆教学实际中鲜活有力的佐证材料整理得当，开始了细致严密的成文工作。慢慢地，便深深地忘我地浸入其中，他写得很顺手，只几个晚上，初稿便拉了出来。小毕的电话也隔三岔五地追过来，每次都少不得高兴地对骂几句“狗日的”，然后让武广扳手指头算算《教学研究》发稿的最后期限。小毕说，也不劳驾你来送了，过几天我亲自去拿，如果没有论文，我就扳你的头。小毕这人做事比较稳，到期限后又有意往后拖了几天，才蛮有把握地来拿论文，可到底还是扑了个空。小毕这回是真的生气了，一定要武广把原因说清楚。武广眼睛有点失神，连说的兴趣也没有了。

当初帮助马龙，实指望他能够带来福荫，到头来却变成引狼入室、养虎成患。学校里的顾客无疑是学生，而学生选择哪台冰柜买冷饮完全看哪位老师“蛮”。武广只带初三（1）的语文，活动范围小，且一向宽厚待人，而马龙则把卖冰棒当着一项事业来做。马龙一个人专代学校所有班级的体育。原先上课只是带着学生挨时间，扔两个球让学生们乱抢一气。自从买了“澳柯玛”，每堂课便较起真来，太阳越毒，越是加大学生运动量，跑步由五圈加到十圈、十五圈、二十圈，直到把学生累得大汗淋漓、口干舌燥才放松休息。这个时间，学生们便疯狂地涌向操场边树荫下的冰柜那儿买冷饮系列克火，马龙也不吱声，衔支烟蹲在一旁任学生哄闹。如果学生买的是自家的冷饮，马龙便给以和蔼的、鼓励的甚至是纵容的目光；如果是买了小兰的，他也不动声色，再上课时便一个一个收拾，做操时弓箭步的后腿没有绷成一根铁棍，便一脚卷出队列。可怜有些老实的学生吃了很多苦头却不知事出何因。心里清楚的学生再想买冷饮，就不敢草率从事了。买马老师家的，对不住厚道的武老师；买武老师家的，难逃马老师那四十三码的“天龙鞋”。一点小小的冷饮，竟把学生们弄得如此的左右为难。好些学生谁家的也不买，干脆跑到学校食堂去舀点冷水喝喝了事。

渐渐地，两家的冷饮大战成了学校里公开的秘密，把学生们弄得做鬼不像，做人不成。几欲爆发小兰和马龙老母亲之间的肉搏。看看实在没法收拾，武广再次想到了组织，满怀希望去找陆校长。

陆校长当然是晓得的，但他还是耐心地听武广说完，并打开《工作日记》，一脸严肃地记下了武广的意见，还让陆芬芬给武广倒了一杯茶，然后咂咂嘴说：“这件事还得靠你们自己协商解决，学校出面似乎不妥。”武广说：“我们都是学校职工，我们有权力要求单位出面帮我们平衡平衡。如果学校真的甩手不管，那么出了后果就不好说了。”陆校长愣了愣说：“那你先回去，我们开个会研究研究。但目前双方都要保持冷静、理智、克制，秩序切不可乱来。”武广说：“这是当然的。”

但等了很久，也不见学校有什么研究的迹象，却落得马龙明里暗里地嗤之以鼻。据武广班上学生传过来的信息说，马龙曾对买冷饮的学生讲，别梦想学校给他撑什么腰，耐心地等着做“林家铺子”吧！

武广气得大骂马龙小人。重又要去找陆校长，恰逢市教委一位副主任带着一班人来学校检查落实《关于对教师实行量化考核的实施细则》的落实情况，见到武广，便亲切地握住武广的手问长问短，还捎来小毕催要论文的口信。武广只好如实谈自己为什么近一个学期时间连一篇教学论文也没有整好的原因。武广说，我也没什么过分要求，只希望在单位里有个单位的样子，搞平等竞争，不搞小动作，作为学校，更不能偏谁倚谁。

市教委副主任很重视，指示陆校长要妥善处理此事。他说：“小武老师的这个要求是合理的，我们毕竟是个有组织性、纪律性、原则性的单位，对自己的职工们有很多不可推卸的义务，更不允许让老师的事情在学生中造成不良影响。”陆校长被说得不尴不尬，但也没忘了机械地点点头。

市教委副主任的话随着他的离去而汽化成为空气的分子了。陆校长不但没有采取什么切实的缓和措施，却对武广显得更冷漠、疏远。因为“头羊效应”，也惹得其他老师跟着奚落武广。笑武广真是个书呆子，都什么时代了，还想谈要什么集体关怀，拉倒吧。物竞天择，适者生存，市场经济玩的就是自由运作中的策略、竞争，生意做不过人家，自己收摊子好了，谁也没法帮助。马龙也乘势积极活动，把列位班主任请到家中，款待一番，心照不宣，一切尽在烟酒之中。班主任们便乘班级晨会时间启发加暗示，再次发挥“头羊效应”，除了武广自己班上的学生，全校所有的冷饮生意全跑到马龙一边去了。生意好，利润高，牛皮便足，于是马龙适当地采取些降价措施，明里暗里的舆论也偏过去了。马龙家的冷饮不够卖，武广家的却是卖不走，再有停电，马龙欢呼雀跃，武广家的冷饮们却依然逃不过“坐化”的命运。武广没法，只能把气出在电话索稿的小毕身上。小毕说武广是江郎才尽，一个学期连一篇论文也弄不山来了。武广对电话一连骂了十几句“去你妈的，去你妈的，去你妈的……”（这回是真骂），回来后也不知哪来的一股蛮力，想都没想，拎起一只小板凳照准冰柜兜头砸下去，一边砸了十几下。顷刻间，一头好好的“冰熊”当场毙命，成了一堆垃圾……

日子重又回到先前那种平淡如水的状态。小兰闲在家里，做做饭，带带小孩。一家人就靠着武广的四百多元工资过日子。武广有时也写点论文寄出去，有稿酬来了，加点菜，咪两杯小酒，更多的时候则是沉默寡言。马龙则把生意越做越大，已率先脱贫致富。武广似乎也认了。所以后来学校出了事故谁也没有想到武广竟有出人意料的表演。

暑假快到的时候，学校电房频频发生保险丝烧断事件，弄得大家怨声载道，纷纷骂电工小王只晓得天天坐在牌桌上敲麻将，不晓得把老化皲裂的电路整修整修。红了眼的小王在众人辱骂中竟用铜丝代替保险丝，造成电线走火，刹那间配电房火光冲天，学校顿时狼奔豕突，一片混乱。

当时武广正撅着屁股拱在床底下找资料，见此情景，心中一股久郁的恶气奔涌而出，他站在自家门口，叉开腿，放开喉咙，大喊：“烧得好，烧得好，烧得好啊！”小兰斜睨着眼说：“这回公平了，学校不爱你，你也不爱学校了！”武广好久没吱声。透过月光，小兰发现，两行细细的泪无声地从武广双颊上流下来。小兰心中一涌，伸手准备替他擦一擦，武广却以少有的迅捷，转身拿起一只脸盆，急急忙忙地融入扑火的人群中……

（原载《醉翁亭文学》1997 年秋之卷）

/谈话/

几瓶开水咕嘟咕嘟地喝完了，两颗头都挠成了鸡窝，局长和组干股长两个还是没有想出谈话的切入口。

当然，也不是真的没有切入口，而是实在张不了口。多年来，人家项目办的孙主任一言一行全都符合上级文件规定，经得起任何形式的反复推敲，套用大家那句有点极端的话，就是人家项目办孙主任唯一的缺点就是没有缺点。但人家上级领导的意思也很明确：无论如何，要从招商引资的大局出发，按人家投资商的意思，腾出项目办主任的位置，以供能招商引资的人更好地招商引资。

想不出主意，组干股长就比较地上火，本来就自来旧的长相越发地有点扭曲和猥琐，而且声调还比较高地说："说不定是上级领导借招商引资的大帽子来以权谋私呢。"

局长没料到貌不惊人的组干股长竟敢讲出这样的话来，赶忙跑去掩上办公室的门，掉转身立即严肃地批评了他："作为一名管干部的干部，怎能说出这样没有原则性的话呢？"

看人家局长真的被自己吓得脸变了色，组干股长赶忙打来盆凉水请局长洗脸，并及时地做了深刻的自我批评。局长没再对组干股长予以追究，顺着自己的思路说："人家组织上的指示也很明确，不当项目办主任，可以到其他部门担任同级别的职务嘛。这里的关键是要和孙主任谈好话，让人家平稳地让出项目办。"边说边不易察觉地斜窥了组干股长一眼，稍稍提高了些声调说："作为一名组干股长，可别让组织上在关键时刻怀疑你的能力啊。"

刚刚才有点放松的组干股长再次感到了一股巨大的压力。

"妈的，只好豁出去了！"组干股长喝光了最后一口茶，把那只豁了口的茶杯重重地顿在局长的办公桌上，狠狠地说。

局长意味深长地看了组干股长一眼，组干股长对局长会意地笑了笑。

听说组干股长有请，正在和人家争论项目图纸的项目办孙主任立马扔掉了手里的一把红红绿绿的铅笔。考虑到人家组干股长一贯反对别人抽烟，趁去洗手间方便的机会，顺便到办公室秘书小瓦那里借了一包口香糖，一路小跑来到组干股长办公室，很周到地剥开口香糖的锡纸丢进组干股长的嘴里。

组干股长表现得异常客气，让座，烫茶杯，从抽屉深处掏出一包上好的草庙山明前绿芽，一股散发着山间野气的清香立即在办公室里弥漫开来。

这让孙主任隐隐感到有点不妙。一般来说，凡是有上等的好事，组干股长习惯先熊人几句，让你时刻摆正自己的位置；一般的好事，他的态度就显得相对的平淡；如果是这样的眉开眼笑，十有八九不是什么好消息。果然，人家组干股长一开口，不啻在孙主任的耳边轰了一颗炸雷："孙主任同志啊，组织上来电话说，据群众反映……"

孙主任是个年轻的老机关油子，深谙无底宦海的深邃，其中有几宗"最"让人看不见，摸不着，却一定能让你很受伤：最神秘的机构——组织上；最难找的地方——有关部门；最让人害怕的理由——据群众反映……这些于自己应该是很遥远的概念，今天怎么如雨点打香头，这么巧地落到自己的头上呢？

人家组干股长根本没注意到孙主任瞬间被气得乱了套的神情，兀自看着面前摊开的《工作日记》，继续说："据群众反映呢……"不长时间就呱呱啦啦地说了好几条，终于把孙主任说得跳了起来："一派胡言，一派胡言！"

组干股长对孙主任这样评价自己的谈话显然很生气，严肃了口气说："孙主任同志，你这个态度很有问题嘛，我代表组织上和你谈话怎么是'一派胡言'呢？"

组干股长对自己上述评价的误读更让孙主任倍觉有口难辩。况且人家组干股长也没有给他说话的缝隙，而是加重了语气继续说："作为一名在职的党员干部，人民群众有对你监督的权力，人家通过正常渠道给你提几条意见，你就有点炸，你敢说在项目办经手了那么多的项目，说的每一句话，做的每一件事，接触的每一个人都已达到了完美无瑕的崇高境界了吗？"

人家组干股长用的是一个很长的反问句，属于语气较重的类型，再次地强调说明了他是以局党组成员的身份代表着局党组，而不是你孙主任简单理解的组干股长，这样谈话的档次就高了一格。孙主任尽管觉得简直被"莫须有"还要"莫须有"，但还是努力压住自己直往外蹿的老火，尽量地一软再软了语气，说："谁能保证自己时时处处十全十美呢？但说话总得有点依据吧。"

显然，组干股长的情绪也有所缓和，说："能及时认识到自己的不足，说明你还没有糊涂到一定的程度。"之后，却长时间地不说一句话，只是翻来覆去地翻看手中的《工作日记》。憋得孙主任心里直起毛，但他还是进一步地放缓了语气问："请问组织上对这个事怎么看呢？"

组干股长把嘴里的口香糖吐到垃圾篓子里，说："你是年轻的老机关，应该知道这种事情处理起来很刺手啊！"

孙主任的心猛地往下一突，顾不上计较人家组干股长对"棘"字的误读，说："对这样的事，组织上总不能偏听偏信吧？"

组干股长不置可否地笑了笑。孙主任却并没觉得事态的严重性，更谈不上对组干股长谈话深意的理解，像是对组干股长又像是自言自语道："我相信组织上一定会查清事实真相的。"

看看事情转了一个大圈又回到原点，组干股长倒有点沉不住气了，看来……想到这儿，便说："孙主任同志，我也不想瞒你，你要有个被一捋到底的思想准备啊。"

见组干股长这样说，孙主任想不崩溃也不可能了，连一句完整的话也说不出来了，翻来覆去地只是问："凭什么？凭什……么？"

两个人的谈话是怎样结束的，组干股长和孙主任都记不清楚了。该说的话，组干股长终于明确地说出去了，但他一点也没有完成了领导交办任务后的轻松和坦然，一个人关在办公室里用那只豁了口的杯子一口接一口地喝茶。孙主任离开组干股长那副异常孤独而无助的身影，让组干股长心里很不是滋味。

组干股长当然不知道，孙主任从他那出来后并没直接回项目办，而是去找了局长，得知局长去了省里开会，还颤抖着双手给局长打过手机，但局长没和他讲话，倒是躲在局长手机里的小姑娘满怀歉意但很甜美地告诉他："对不起，你所拨打的手机暂时无法接通，请用其他方式联系。"

那一瞬间，孙主任只觉得有什么突然轰然倒塌，透彻体味到了什么是震耳欲聋的孤独和寂静。

孙主任是三天以后见到局长的。这三天究竟发生了什么，谁也不知道。但孙主任顶着康师傅凉拌面一样头发的丑陋形象足以把镜子照裂倒也是不争的事实。

局长没摆出平时的威严与"一把手"的霸气，他的亲和与贴近让孙主任的泪水再也控制不住。

局长不可能知道，在等待局长回来的这几天里，孙主任想了很多很多……人生代代无穷已，江月年年只相似。……今人不见古时月，今月曾经照古人……甚至连立案、查办、牢狱……这些离心理底线很遥远的元素竟也时时在脑中浮现。

人家局长倒也没有孙主任预想中的山崩地裂，看着这个一向行事明快果敢，自己一直比较偏爱的下属变得如此的喋喋不休，局长禁不住一阵难受。他很体贴地给孙主任添了一遍茶，安慰说："这个事呢我是知道一些的，但要到撤职查办的程度我看还值得商榷。"

站在崩溃悬崖边上的孙主任怀疑自己听错了。但他看到局长平淡却十分真实的表情，竟霍地一下子站了起来，逮住局长的手一阵乱握，颤抖着双唇说："我坚信我是对的，无论如何，我始终相信，领导的眼睛是雪亮的，组织是公正的！"

"当然……"局长让孙主任别激动，先坐下，"这个事呢，既然摊上了，就有点棘手。当然，大不了咱们避开项目办这个风口浪尖，满目青山，局里有那么多的股室，偏要在一棵树上吊死啊？"

局长的话像一只胖嘟嘟的小手，摸得孙主任心里又痒又酥，他差点说出"一切请局长为我做主”这样俗不可耐的话来。和自己这么多天以来所有的推想相比，人家局长说出的这样带有强烈组织色彩的话，已大大地超出了自己的心理预期。

人家局长没有像孙主任这样的激动。看着桌上孙主任走后留下的那杯袅袅热气幻化成各种图形的茶，无奈而又长长地叹息了一声。

后来，上级领导听了局长的情况汇报，对局里能以招商引资大局为重的做法给予了充分的肯定，但对谈话所采取的方式却给予了严厉的批评。总之，连局长这样的老机关也很难判断出人家上级领导究竟是满意还是不满意。

一切随他去吧。局长感到庆幸和欣慰的是，人家孙主任并未受到谈话的影响，离开项目办后，在新的岗位上一如既往地干得很出色。

（原载《醉翁亭文学》2009 年第 2 期）

/ 回头是岸 /

那天，我们几个人买了晚饭往回走，半空里突然有个足球飞来。差点打翻了我端着的馒头。一阵惊悸过后，在院刊做记者的王进问："假如馒头真的被打到地上，诸位将怎么办？"个头高大的陈飞瓮声瓮气地说："那有什么值得犹豫？我一脚将馒头踢飞。"哲学系的二果反对说："一脚踢飞固然潇洒，但我觉得可惜。"他边说边点点手里的馒头说："瞧，这么白，这么软，摸在那个啥上面似的。"我们几个边笑边骂二果。我接着说："所以，馒头掉到地上，如果没人看见，我将迅速地将馒头捡起；当然，如果有人看见，我就毫不可惜地走开。"几个人便又批评我凡事脱不了"中庸"。这时，王进手里真的有个馒头滚到了地上，我们一时愣住了。说话时都喜欢无边无际地往痛快的地方侃，但这关口却你望我我望你谁也没动。王进笑了笑说："算了吧同志们，还是等着看志坚的态度吧。"

我们回过头。只见志坚甩着一个空饭盒，正一晃一晃地从饭厅那边拐过来——大概又是没买到晚饭。王进用脚将馒头往路中央踢了踢，招呼我们快点走开。

当时开饭高峰已过，校园里三个一丛五个一堆到处都是散步的人。我们边走边用眼光瞟那馒头。先是一个推着小车的工友急匆匆地走过，那馒头被他用脚拐了一下；再就是一群穿裙子的女同胞你推我拉地走过来，看见馒头都小心地跨了一脚，风把裙子旋成一朵大浪花。我们拐过阅报栏的时候，志坚正到馒头跟前。志坚先是有点诧异，然后扶扶眼镜，蹲下来将馒头细细研究了一番，确信是刚出笼的新鲜货，这才小心地把它捡起来，剥掉外面的一层碱皮，边走边消受起来。

王进不禁感慨万千，说这可是大学生中的新鲜人。扔掉饭碗就钻到广播站写稿子去了。很快，一篇随感在广播上播出：《从一个馒头谈起》。人生，信仰，友谊，爱情，生活态度……扯藤拉瓜，尽情发挥，弄得满校风雨。有不耐烦的老几就骂："他妈的，这小子一定是穷得卵蛋当铃铛敲了才去捡馒头的！"

我们一时觉得心里五味杂陈。

其实，要从钞票论，志坚称得上是本校的"小开"。志坚的爸爸是当地外贸局下属一家公司的承包经理，前不久，仿里根总统在圣塔巴巴拉别墅式样新建了一幢私人洋楼。每月四号，一张壹佰捌拾元的汇款单像只候鸟准时地飞到志坚手中。不过谁也不晓得这些钞票被志坚弄到哪里去了。平时看他总穿一件皱巴稀松的低档西服，一副黑框眼镜牢牢地圈住双眼。我们怀疑这些钱的去向与经贸系的万丽有关。“系花”万丽与志坚这么个老夫子一直那么好着，没有钞票做纽带行吗？审问志坚，志坚只淡淡一笑，便什么事也没有似的拱到书本里钻研去了。

有一回，陈飞刚买的一条纯羊毛围巾突然失踪，便在我们的床铺上乱翻。我们都挥挥手：爱翻就翻呗。但到志坚，可不行。陈飞有点尴尬地说：“我也没有其他意思，只恐怕有人和我开玩笑，藏到谁的铺下去了。”志坚说：“有则故事讲：惠子在梁国为相，庄子前往。有人对惠子说：‘庄子来，是要取代你的！’惠子很害怕，到处搜捕庄子。庄子去见他说：‘南方有种鹓鶵鸟你知道吗？它从南海起飞到北海去，途中非梧桐不栖，非练实不食，非醴不饮。一次，鸱鸟得到一只腐鼠，鹓鶵恰好从空中飞过。鸱鸟便大喝它：‘吓！’现在，你是用你的梁国向我大喝吗？”陈飞和二果好过一阵子，对庄子略知一些，当然品得出志坚话里的锋芒。但陈飞到底是不甘心。确信志坚又拱到图书馆用功去了，便冷笑一声，豁然掀开志坚的床铺，那笑竟一时硬在脸上：只见志坚垫被下面乱七八糟地铺着大大小小的钞票，还有几张没有兑付的汇款单。陈飞一时乱了方寸，抖抖索索地将床铺原样理好。事后提起这事，陈飞总是用鄙薄的口气说：“志坚啊，怪人啊！”

没办法，说到底是志坚天生如此。记得刚来那阵，我们还沉浸在初进大学的新鲜和自豪中。舞会，郊游，生日派对，结伴到海边去发疯发癫……一浪接着一浪。志坚则早已夹着一摞厚书，行色匆匆地在校园里奔走。拱图书馆，听讲座，参加征文，溜到高年级的教室旁听，像条地道的书虫到处钻。那副圈在眼睛上的黑框眼镜，叫很多人摸不准他的来头。有一回下课，经贸系的万丽忍不住问他：“你究竟是大二还是大四？”志坚有点不好意思地说：“我既想读大二，也想读大四，当然还要读大一和大三的。”弄得哄堂大笑。据讲美丽的万丽就是那时候在心里埋下了对志坚一往情深的种子的。

有时我们也反对说：“志坚，你整日像根上紧的发条，弄得我们也跟着头皮阵阵发麻。儒家并非不主张在可能的情况下来点物质享受嘛。”

志坚说：“我并不是你们所认为的殉道者。我主要是没有兴趣追求书本之外的一切。”

我说：“《诗经》上是讲，‘深则厉，浅则揭。’过河时水深就脱光衣服，水浅就卷起裤脚，说的就是凡事要讲灵活，不要一个心思地逃遁物质世界。而且，这也是为了维持信仰。”

志坚把正看的一页书角折起来说：“子曰：食求无饱，居求无安，敏于事而慎于言。这样才能成就大事呀。”

我激动起来，伸手把他手里的书打到地上：“算了吧，志坚，孔子当初是为了重建人间政治秩序和文化秩序。你所说的大事是什么？不就是往脑子里揣几本破书？”

志坚把书从地上拾起来说：“我说个故事给你听听：扁鹊年轻时做舍长，因感舍客长桑君很奇特，所以和他交往十分恭谨。两人处了十多年，有一天，长桑君把扁鹊叫到家里对他说：‘我有禁方，年老矣，欲传于公……’乃取出怀中的药方给扁鹊说：‘用上等的池水服用它，三十天后你就知其一切……’扁鹊如法炮制，三十日后竟能看见墙外之人。以此给人看病，尽见五脏症结。”志坚停了一下，见我沉默，便有点得意地说：“你现在该晓得我为什么要玩命地读书了吧？”

老实讲，志坚志不在小。但我还是给了他兜头一盆凉水：“志坚，读书只能使你的视力从1.5降到0.5，不会像秘方那样让你看透墙壁，洞察世事，更不会让你看穿现代人的五脏六腑的。你自己照照镜子，整个一个中文系，就你弄得跟‘司母戊大方鼎’似的。”

志坚有点不好意思地笑了笑，摘下眼镜用蚊帐乱擦。摘掉眼镜的志坚显得可爱得多。我指指寝室里堆得高高的食品周转箱说：“陈飞跟你就完全不同。垫在你身下的钱到了他手里却成倍地往上翻……一个人重要的是适应现实，而不是逃避现实，否则，将来吃亏的是自己。”

志坚把眼镜重新戴上说：“说到底书是为自己念的。现在在书里多捞一点，正是为以后走出去不致被现实踩扁。”

还不错，志坚还没给我高呼“为四化而读书”的口号，否则，相信我一定会给他来记左勾拳的。

当然，志坚是这样讲的，做得也极其出色，每回考试或做论文设计总是优等，男女同胞无不臣服。期末评优秀生，大家都潇洒地挥挥手，说：“不用评，是志坚的。”所以志坚的床铺下同样压了厚厚的一叠奖状：团委的、教务处的、学联的、女生委员会的……来历甚至都有点莫名其妙。志坚仅有的一句“黄色名言”也成了本校男女同胞的口头禅：“我扑在书上，就像扑在女孩子身上一样。”

大概正是受了志坚的影响，大一下学期，班上开始热闹了起来，诸多学派竞相登台呐喊。“超人哲学派”“存在主义”“社会达尔文主义”，也包括中国的老庄学派，王进创办的“蝎子文学社”曾经风流一时。那可真比蝎子要毒。成员个个阴险刻毒，几支刁笔无处不钻：食堂炒菜里的死苍蝇，男生床底下有劣迹的三角裤，女厕所边随风飘荡的卫生纸血迹斑斑，门卫祝师傅的痔疮脱肛有一寸多长……无一不在其油印刊物《蝎子》上出现。后来，王进竟莫须有地把笔伸向院办副主任和一位女打字员的被窝里去了。这可捅了黄蜂窝，校方一竿子追查下来，“蝎子们”纷纷钻入地缝，其他学派也一并地烟消云散。王进摇身一变成了院刊的记者。初入大学的灿烂和狂热渐渐地过去了，信仰和主义很快成了明日黄花，生活走上了高中一样的刻板和单调。陈飞向志坚借了100元钱，开始做生意赚钱。每天晚上，楼上楼下几位铁哥们背着书包，一幢楼一幢楼地跑，卖面包，卖榨菜，卖香烟。当然少不了让王进弄篇稿子到广播上吹一吹，美其名曰：勤工俭学。

唯有志坚，被我们戏称的“老儒学派”，开始是一个人，到这时依然默默地是一个人，整天有啃不完的书。而且，和陈飞住一寝室，简直如“秦砖汉瓦”与“空调彩电”同处。有一回下大雨，我们抽着陈飞的好烟在寝室里听他侃生意经。志坚从图书馆回来，赤着双脚，左脚大拇指被划了个口子，血汩汩地流在水泥地上，皮鞋却干干地拎在志坚手上。我惊叫：“志坚，这是干什么？”志坚说：“雨太大，我怕湿了鞋，就脱了呗！”陈飞感慨万千：“衣帽鞋袜本是为了保护肉体，好了，志坚却让肉体服从于皮鞋。你垫那么多钞票在身下究竟有何大用？”当即宣布，要把自己那双七成新的“哈里森”皮鞋送给志坚。为防止志坚反悔，陈飞当时就把志坚那两只乌龟样的皮鞋扔到了楼下的臭水沟里。

可是第二天早上，这双皮鞋却又重新穿到志坚的脚上。志坚边往皮鞋上挤牙膏当油刷边说：“一个人即使走路万千，终究也走不出自己的鞋子。”

尽管如此，可谁又能想到，志坚竟越滑越远，弄到去捡馒头当晚餐的地步呢？

大家都灰灰的，一时觉得晚饭味同嚼蜡。

我替志坚开脱：“这不能怪志坚。从理论上讲，儒家的时间信仰是直线形的，这便压抑了中国读书人‘顿悟’后及时行乐的可能。孔夫子一声‘逝者如斯夫’的慨叹，使多少读书人倍感时光短暂难再，这自然构成他们独特的生活方式了。”

王进说：“看样子要使志坚回头，最根本的是要摧毁他的精神支柱。否则，志坚苦海无边。”

几个人七嘴八舌，都以救世主的身份要对志坚来次彻底的挽救。王进格外激动。王进是个十分情绪化的人，他很快否定了刚刚在广播上播出的那篇稿子，把我们拢一拢，小声吩咐如此这般。为了加强实力，到晚上“卧谈”时间，王进又跑到阳台上，沙着嗓子把四楼的二果喊了下来。

二果原是我们“卧谈会”的常客，曾热心地和我们一道办过一张油印小报《卧谈会》。当然，后来这张小报因王进《蝎子》的牵连一同被查封。但二果至此成了中文系的铁哥们儿。听说我们又有新行动，这小子拎着裤子就从四楼上飘了下来。当然，照例没忘记把他那把印着古希腊哲学家泰勒士头像的紫砂茶杯端在手上。

几个人刚刚抽上 KNET，志坚夹着一摞书进来了。大概晚饭后忙着到图书馆抢位置，一粒馒头屑还沾在嘴边上。王进笑了笑问：“志坚，今晚馒头味道如何？”

志坚傻乎乎地说：“挺不错呀。”

王进说：“告诉你志坚，那是从好几个女同胞的裤裆里滚过去的骚馒头，你没品出点什么来吗？”

我们几个便笑。志坚有点不好意思地说：“今晚去食堂没买到饭，凑合了一下。”

我接上话说：“今晚没买到饭？你从进校以来，有几天晚饭是买到的？志坚啊志坚，你知道那捡起来的馒头上有多少细菌吗？”

陈飞又给大家散了一圈烟，把志坚抓到他跟前站好："听着志坚，"然后翻开一本《论语》念道，"'子在齐闻《韶》，三月不知肉味……'听清了吧，孔子让志坚把大把的钞票垫在身下睡觉，自己却在齐国三个月天天吃肉，这不把志坚卖了志坚还帮他数钱吗？"

志坚连忙摆摆手："这不怪孔子，是我自己怕浪费光阴，自讨苦吃。况且，肉者，非指猪肉，而指欲望者也……"

二果深深地喝了一口茶说："儒家认为时间如流水，一去不还，这很小家子气，没有道家潇洒。道家历来信奉一种具有无限恢复之可能性的圆形时间信仰。生也死之徒，死也生之始。又何必自己与自己过不去呢？"二果果然好深的城府，没愧对他几年来对道学孜孜不倦地探求，再激烈的话题也能说得心平气和。他不动声色地又拿了陈飞的一支烟接上，接着说："从古希腊的斯多噶学派开始就已认识到：宇宙是一定周期以后的几个感量，排列于固定的位置上所构成。然后宇宙一场灾害以后，所有的东西都被破坏，经过破坏以后的宇宙，必须经过再度重建的过程，而恢复原来的排列秩序。所以，几千年前的古人都能达到这种超脱之境界，况我们处于这样一座现代化学府的大学生呢？"

我相信二果的话很有打击力量。志坚愣愣地站在那儿听他讲。我们几个也极力响应二果，像几台大音量的收音机，开足马力对志坚轮番宣传鼓动。当然，在发表自己观点的过程中，彼此之间难免有冲突，于是相互又争吵一番，再统一意见，一致指向志坚。志坚开始还站着听，后来渐渐地坐到床边，明显地有点力不可支了。

看看火候差不多了，我示意大家住口。我缓缓语气对志坚说："志坚，如果你认为我们说的还有点道理，你就勇敢地从床边上站起来向大家致谢！"

我话刚说完，志坚"呼"地从床边站了起来，头还在上铺的横梁上重重地磕了一家伙。气氛一时轻松了起来。

陈飞适时地走过来，握住志坚的手说："志坚，我们的勤工俭学小组正要扩大规模，欢迎你参加进来。你在书中学到万千，最终要拿到实践中去证明。怎么样，如果你同意，现在就重新坐下来，我们给你发第一笔酬金。"说完，掏出一个鼓鼓囊囊的红纸包。

几个人都眼巴巴地盯着志坚。志坚却一言不发，越过陈飞，夹起一本书，头也不回地下楼到花坊那儿的路灯下做夜客去了。

陈飞尴尬地站在那儿。那红纸包在灯光下闪着暗淡的光泽。事后志坚说："我当然向往陈飞的那种新潮生活，但我现在的天职是读书。至于其他，以后有的是机会。"

争吵归争吵，第二天醒来，阳光依然明媚：一切还是按既定法则往前发展。王进让广播站把他否定的那篇随感又重播了一遍。陈飞的生意也越做越大。后来，不知怎么同招商商场一个叫老猫的混上了，做起了服装生意，弄来了一箱一箱的服装堆在宿舍里，整日地在校园内外忙着推销。当然忘不了揣包好烟给王进，让他弄篇广告性质的新闻稿到广播上播一播。每天很晚，几个人疲惫地回到寝室。但都极其兴奋，相聚着把一大堆碎钱数清，分红，吃夜宵，然后各自蹿进被窝睡觉。自然，第二天无论专业课、公共课、选修课一律地旷掉，课本掉在床底下无暇问津，时间一长，落了厚厚的一层灰尘。

此时已是深夜。外面的风狂狂地从一楼卷到四楼。只有志坚私接的一盏灯在蚊帐里亮着。十二点，一点，二点……夜是这样的静谧，志坚喜欢泡一杯热茶，坐在被窝里，啃着他从图书馆抱回来的一大堆厚书。外面的风息了，又起了，吹得久了，反而觉得安宁。半夜我起床小解，常常见志坚歪在床边，已睡熟，一本书翻开着趴在地上。我帮他拾起书，披件衣裳，志坚却醒了，又继续干。眼睛从三百度换到五百度，又增到八百度。医生说，再不注意用眼卫生，快上一千度了，就是说，摘了眼镜，跟挖了眼珠子差不多。可志坚依然是一如既往地啃书，写稿子，大三上学期，四个月就发表了七篇论文，境界越来越高，观点越来越新奇，性格越来越孤独。有一天在课堂上，竟和古典文学教授谈先生别扭了起来。

该着那节课有事。

志坚上课一般是一个人坐在最前排听。万丽正攻双学位，所以也来听古文课。万丽坐在志坚后面叽叽咕咕和他说话，但志坚一直表情淡淡，带理不理的。

当时正值历史非常时期，国家外交备受挫折，人们普遍地"精神疲软"。谈先生在阐释道家的遁世思想时，极力推崇飘然出世，复归婴孩，回到个人内心世界的人生态度。他说："这个世道丑陋不堪，价值混乱，我们不值得为它卖命。"谈先生极力否定"苦读"，主张乘这时间多学点生存手段，多赚点票子，以后到那个畸形的社会上才不致被别人踩扁。大概谈先生的一席话正说到陈飞的心坎上了，他带头鼓起掌来，底下立刻一片狂热。谈先生用手往下压了几次，掌声还是经久不息，而且，很多人都用含义复杂的眼光时不时地瞟一瞟志坚。谈先生只好停下课，悠悠地掏出一支烟来抽。但火还没点上，万丽霍地从人群中站了起来。

看得出万丽有点冲动，透过薄薄的乔其纱短袖裙，看得见胸罩的小挂钩被挣脱了。这时满场像被停了电似的"唰"地一静。万丽望了望端坐着的志坚的后背，说："谈先生，照你这么讲，我们可就没有活头了！"

谈先生没料到会有这样的事情发生，一时无措，划着的火柴举在那差点烧着了胡子。但他还是潇洒地挥挥手："你讲下去，你讲下去。"

万丽说："不能一味地怪政治、历史和社会。问题往往出在作为个体的每个人身上。比方我们的大学教育，一直缺乏除弊革新的勇气，老师把知识从教科书上抄到讲稿上，从讲稿上抄到黑板上，学生从黑板上抄到笔记本上，再从笔记本上抄到试卷上……难道这就是教育的本义吗？"

谈先生几口烟下肚，情绪稳定了下来。他把吸了一半的烟扔到粉笔盒里，采取避实就虚的方法说："改革教育体制兹事体大，乃肉食者谋，我等粗鄙者无力间也！"

“不，谈先生，”万丽指指谈先生手里那本发黄的讲稿说，“我把我的笔记同大四同学以前听你课的笔记对照了一下，发现竟一字不差！四年前你讲庄子生活在前693年—前286年。活了407岁，今天你依然这样讲。其实只要稍一翻，就晓得庄子生活在前369年—前286年，活了83岁。”

谈先生脑门上有微汗渗出，抖抖地又从粉笔盒里把半支烟捏出来，吸了两口。底下有尖嘴的小子奚落说：“别发酸了，抓住这么点小误差来做文章，实在无聊。”

万丽已变得相当激动，她说：“讲稿停留在四年前的水准，是小误差吗？这至少反映了我们现代人责任感很差！”

“算了吧，这个时代还谈什么责任感？听起来叫人浑身起鸡皮疙瘩！”

有这么多人给撑着，谈先生轻松了许多。他在桌角刮了刮烟蒂的灰烬说：“有不同见解是正常的。但我相信多数同学理解并支持我的观点，是吧？”

大家热烈鼓掌，表示理解。万丽很尴尬地站在那儿不知所措。谈先生受到掌声的鼓舞，已经完全缓过劲来。他说：“此情此景，倒使我想起了一个典故：有一回，南郭惠子问子贡曰：‘夫子之门，何其杂也？’子贡曰：‘君子正身以俟，欲来者不拒，欲去者不止。且夫良医之门多病人。檃括之侧多枉木，是以杂也。’”

这回许多人都没懂谈先生的意思，反应有点漠然，志坚听懂了，而且，谈先生把万丽比喻成患者和木匠身边的歪木头，这态度就有点不友好了。谈先生挖苦了一通，又说：“我的课只能这样上，你是走是留，悉听尊便！”说完用严厉的目光扫视全场。古典文学是中文系的必修课，谁也没潇洒到敢用文凭来和教授硬撑。万丽用手拈了拈胸前被汗湿的乔其纱，沮丧地坐了下来。倒是前面的志坚忽然间愤怒地站起来，一甩阶梯教室的弹簧门，昂然地离开了教室。

全场愕然。

我想这一幕对谈先生的刺激一定不小。他再也无颜把课讲下去，胡乱地收拾好讲稿，宣布下课。走出门时，强烈的太阳把他刺了个踉跄，差点从高高的台阶上摔下来。

我坐在那儿，脑子里怎么也抹不掉志坚出门时那张坚决却又极其孤独的影子。整个阶梯教室一阵乱响后变得空旷起来，只余下弹簧门在那儿“呼嗒呼嗒”地响，关上，开开；开开，又关上。

四年大学的最后一学期令人难忘。刚进三月，同学们便陷入毕业考试和分配的恐慌与混乱中。连一向大大咧咧的陈飞他们也收回心，翻出落满灰尘的课本，开始从第一页啃起。大家都弄得疲惫不堪。如果最后这一仗打不好，毕业分配可就砸了。有一天，我们几个人伏在阳台的栏杆上闲谈，陈飞提议我们每人筹点钱，早点到老师那儿“通通关节”，让老师批卷时高抬贵手。我们明知道陈飞对考试一窍不通，送礼是打自己的小算盘，但谁也摆脱不掉这种裸女似的诱惑。

陈飞的才华立刻就显示出来，当即组织了一个“筹委会”，陈飞自任组长，配了副组长、会计以及成员什么的，当晚就开始收钱。大家很悲壮地从口袋里把一张又一张的钞票抠出来，扔在陈飞床上的一只纸盒子里，然后到“会计”那儿在自己的名字上画个钩。

就剩志坚的时候，志坚冷冷地说：“我没兴趣。”陈飞说：“大家也没其他意思，从礼仪上讲，老师培育我们四年，总不能一走了之。”志坚较起真来，他摘掉眼镜，用眼镜腿指着陈飞说：“这分明是想用堂皇的手段达到最卑劣的目的！”陈飞有点尴尬地说：“算了志坚，别说得这么难听。只需你在名字上画个钩，钱不用你交。”陈飞有隐衷，他怕志坚不参加，反把这事捅到学校去，那就麻烦了。但志坚说：“对老师我一向敬重，但参加这个活动，我没兴趣。”我在一旁有点急了，我说：“志坚，大家都交了，就你一个不交，名单送到老师那里没有事也会出事。”说完夺过会计手里的笔，三画两绕替志坚签上名。志坚说：“你们不要逼良为娼，当心辜负大伙的期望！”

得了，惹不起就躲呗。陈飞唰唰两笔又把志坚的名字画掉。

就剩我们俩的时候，我劝志坚：“大伙也没恶意，只是担心毕业关难过，影响一生前途。”志坚却对我激愤地拍起桌子来：“平时都他妈的装风流倜傥，现在都成灰孙子了！”我一看来势不对，赶忙夹起书灰溜溜地跑了。

送了礼，如同参加了人身保险，考试大概没什么问题了。很多同学开始将精力投入分配的活动上去了。根据小道消息，我们这届分配不错，大多数人可以进党政群机关，孬一点的也可以到报社、杂志编辑部。同学们重又兴奋起来。周末舞会依然是乐曲绵绵，灯红酒绿。唯有少数几个，像志坚、万丽，还在吃力地守住那一方孤独的净土苦读。

可是，当急不可耐的陈飞将分数从老师那摸来告诉我们时。大家都呆了：全班除志坚一人全部通过外，其余的人全得补考！

立刻，很多人像从云端里栽到了地上，两腿都软了。有人开始骂这个世道荒诞不经，先生们良莠不分；也有人大骂陈飞弄巧成拙，害了弟兄们。陈飞坐在那儿只顾抽烟，浓浓的烟雾遮住了他的脸。当然，更多人已开始翻出束之高阁的课本复习，准备补考。

这时，陈飞把烟蒂弹到窗外，伸开懒腰得意地笑着说：“同志们，给你们开了个小玩笑！告诉你们吧，全班除志坚一人古文是五十九分需要补考外，其余全部通过！”

“真的吗？”

“骗你们我他妈是狗日的！”陈飞甩了个榧子，说。

得了，这回大家又像从地上飞到了云端里，激动得纷纷用拳头揍陈飞。有狂热的小子发羊癫疯，一个个地往下扔水瓶当鞭炮炸，抑或击盆而歌曰：“大风起兮云飞扬。威加海内兮归故乡……”

大家把志坚忘了。志坚在狂欢的人群里低低地骂了句：“卑鄙！”躲进蚊帐里再也没声了。

陈飞说："志坚，乘现在分数还没送到教务处，努力还来得及。"想了想，又补充说："其实，依照你与老谈的关系，你早该防着这一手！"

这回志坚被激得从帐子里跳了出来。把一本书用力地摔在桌子上说："我要让全院师生都要晓得老谈的这种小人行径。"陈飞连连摆手："差矣差矣。志坚你想一想，估量估量。老谈可以一句话就能将任何人打发：你志坚卷子答得再好，老谈有老谈的判卷标准！"他踱了两步，又说："坦率地讲，你现在的对手远不是老谈一个人，更有我们这些送了礼的所谓行贿者。大家一人一口唾沫就能把你淹死，还谈什么揭露不揭露？众人皆醉唯你独醒，你说有意义吗？"

旁边立即有人附和说："志坚，你要慎重地找个两全其美的办法。否则，你或许可以痛快地出一口恶气，但让大家受苦受难。你愿意踩着大家的头来弄倒老谈？"

也有人胁迫说："你这样做，没有一个人为你做人证——法律讲究的是人证、物证。说得极端一点，把大家逼急了，再倒打你一耙，你再有能力也别想爬起来了。"

志坚慢慢地软了，眼睛失神地望着我们。我拉拉他的手说："志坚啊，人，有时不得不低下高贵的头。"

王进、二果也来苦劝。二果说："畸形的现代社会必定有其畸形的价值观，这是历史规律，道家讲究'随物而形'，说白了就是适应自然规律的发展。志坚，一味赌气只能让你头破血流，你必须走出你的'鞋子'。"

王进轻轻掸去志坚肩上的头皮屑说："志坚，苦读四年，如果毕业证也拿不到，又怎么谈得上在社会里发挥你的作用？这个社会能容纳你吗？"

万丽一句话也没有。暗地里流了不知多少眼泪。为志坚的倔强，也为一切荒唐。

志坚已经完全没有了主意，他仰着头怪怪地看着我们问："即使我去找谈先生，他敢接待我吗？"

陈飞立即说："又差矣又差矣，这就要做得在似与不似之间啦。这样，只要你愿意，一切交给我来办。"

那是一个有雨的黄昏。南国的雨把玻璃窗打得一片模糊。当志坚悲壮地掀开他尘封四年的床铺，抓出一堆乱七八糟的票子的时候，我们都看见两行泪顺着他瘦削的双颊淌了下来。

几年以后，我在北京采访"国际经贸洽谈会"，意外地碰到陈飞，人家现在可是大老板了。我们又回到书生意气的当年。我们盘腿坐在长安街边的一块草坪上，谈起志坚，感慨万千。据陈飞讲，毕业那天，他和志坚最后离开学校。走时志坚只带了一只书箱，奖状、被褥、蚊帐以及那些垫在身下四年的钞票，被志坚抱出去一把火全烧了！我们这一届，唯有志坚，现在在一所学校教书，追寻孔子的脚尘去了。

"其实，"陈飞兴奋地告诉我，"当年所谓志坚古文五十九分的事全是假的！实际上那一届毕业考，志坚仍然是门门课优秀。我只想开个小玩笑出出被他羞辱的恶气，谁知他竟那么不堪一击。唉，志坚啊，怪人啊！”

我呆呆地坐在那儿。我们面前的长安街上车流如潮。陈飞的笑声便融进一片喧嚣之中……

（原载北京《解放军文艺》1992年第6期）

/教育诗/

走多近是体贴，离多远是对自由的理解，起风的季节，反而更坚决。

——录小寒词为题记

让格仔考入“北京大学”的想法在格爸心里已窖藏多年，到今年全市中考成绩出炉，这个念头变得咆哮起来。

格妈对此却不以为然，认为格爸总是大话满天，不知天高地厚地把孩子的前途和未来设计得绚丽高远。知子莫若母。格仔打小起就一直木了吧唧的，笑得迟，会走路慢，两岁多才开始冒话，基本看不出“行为特立，语出惊人”的异秉，更看不到与“北京大学”半毛钱的关联。但格爸一向对格妈总是否定格仔的粗鄙之见恨不得“用刀来剁”！他用力点了点格妈趴了一只粉红发夹的额头说：“你头发短，见识更是巨短！看问题从没空维概念，扁平、杂乱且肤浅。”格爸坚定地认为，格仔看似呆萌，其实脑洞巨大，平时的一些蛛丝马迹就已侧漏出“三磅小宇宙”的不同凡响，其言谈举止更是有那么一点点掩饰不住的惊世骇俗。有一次，爷俩在街头买西瓜，付钱的时候，遇到麻烦了。卖瓜的“寸头”阴阴地提出让格爸换一张。“换什么？假钱啊？”格爸开始没当回事，还给“寸头”开玩笑。“我只说是换一张，没说是假钱。”“寸头”用闪着寒光的西瓜刀刮了刮脸上的汗珠，眼皮抬也不抬地说。“那总得说个要换的理由噻！”格爸是个市文化馆的小干部，与社会交道不多，平时就喜欢辩个理，在众目睽睽之下被人说成用假钱，格爸认为就是对人格和尊严的践踏！“非要说理由，那面子就难看了！”“寸头”话语里明显揶揄格爸不识相。“你这话什么意思？”“连这个意思都不懂，你有资格吃瓜吗？！”说完粗暴地夺过了格爸拎在手里的西瓜。

一吵一闹，引来很多路人围观，更是引起了掺在路人里面的邻居、朋友包括亲戚们含义复杂的眼光的猜忌。“寸头”见舆论偏向自己，言语更加恣肆，准备用“钱不多，但很能看出一个人的品行”来对此做一个有点深度的总结。这让一向视个人尊严高于生命的格爸羞惭满面，无地自容，气得手脚乱抖。不料在一旁一直似乎在独自玩耍的格仔这时却秃头秃脑来了一句：“这张钱不是我们的那一张。”正在忙乱的人们被这稚嫩的声音刀样地齐齐一“切”，抖了一抖，“寸头”更是不易察觉地打了个冷战。格仔一概并未理会，依然自顾自地说："这个钱上的拼音和号码与我们的那一张不一样，我们那张是 DC6Q744698。"

格仔的声音不大，但掀起的冲击波显然超过人们的想象。围观的人突然间明白了什么似的，变得空前一致，异口同声地让"寸头""掏出来！""掏出来！"……后来，"以假换真"的"寸头"被市公安局带走后，有好事者将当街上的情形写在《小城日报》的"社会聚焦"上，让人们深切体会到"智力成就知识，知识就是力量"的真义，且将对这种力量的认识提升到了"比长长的西瓜刀还要锋利"的高度。

格爸更是有一种智力完胜蛮力的荡气回肠。

格仔似乎就是这样以一声"惊雷"的陡峭姿态进入了公众视野，"自其时，里人皆异之焉"。这也让格爸有理有据地觉得，让格仔考入"北京大学"的时间表和路线图开始变得现实而又清晰起来。

自然行动比心动更加重要。几乎所有知道"格仔传奇"的人都给格爸下过压力，认为这么样的一棵好苗，如果培养不成人才，你格爸就是千古罪人！格爸也乐于接受来自方方面面的建议，开始马不停蹄地张罗。清晰明确的目标，切实可行的方案，具体可操作的措施，一切均落实到讲究实效的具体行动上。一切紧紧围绕格仔展开，但恰恰似乎一切又与格仔无关。格仔一如既往地陶醉在自己的小世界里，对格爸花钱托人帮他报的"兴趣班"，一律不感兴趣。倒是格仔自己报了一个在格爸看来没什么大用的"笛子"班，黑天白夜学得有滋有味，唇与口风、手指弹性、气息控制什么的练得很像一回事。可惜小城太小，很快没了再能将他教下去的老师。

纵观格仔，平时最贪恋的，恰是我等"泯然众人"觉得了无趣味的游戏，"华容道""诸葛锁""百变魔尺""三阶魔方"，这些与灵异、聪慧紧紧联系在一起的新鲜玩意儿太"烧脑"，我等吃瓜群众常常刚刚上手，就哈气连天；格仔却一有时间便沉浸其中，将它们玩得风生水起，让人眼花缭乱，特别是让人一头雾水的"九连环"，小小年纪的格仔更是显露出耐心、细腻和缜密的逻辑思维能力，将 341 步解法玩得丝丝入扣，分毫不差。格爸认为他肯定背着家人，看过什么《解环秘籍》，或有什么高人指点，但格仔睁着本来就很大的眼睛亮闪闪地反问他："自己试一试就会，要人指点干什么？"

那时候，格妈似乎并未深悟其中的特别和不同凡响，认为格仔不过是和其他孩子一样，玩具玩得出色一点罢了。对于小孩来说，真正能体现一个人聪明和智慧的，应该是学习成绩突出。

一反平时的不理不睬，这回格仔虽然还是埋着头捣鼓他的那些玩意儿，但很快回应了格妈一句很狂妄的话说："真要是去忙学习，我们学校有教得了我的老师吗？"便再也无声，依然兀自埋头继续叮叮当当地追赶拆解"九连环"的"秒"速度去了。

面对格妈近乎无知的看法，格爸觉得情有可原。作为一名医院急诊科的护士，每天的工作忙得无法见到日月沉浮，说透了，所见所闻无非是鲜血、哀号、急救床和总是疾走如飞与死神争跑的脚步，对于孩子优劣评判单纯地看成绩的高低，不足为奇。

格爸觉得有必要给她“科普科普”。他乘机端出架势让格妈帮他泡杯好茶，一阵细细品鉴之后开始上课：“对学生来讲，成绩固然重要，但也要分清有效成绩和无效成绩。”幼儿园、小学阶段的成绩不是关键时间的关键环节，对未来中考、高考甚至今后学习的专业、就业无任何影响，属无效成绩，只有能决定未来、前途和命运的成绩才是真正的有效成绩。

这样一讲，格妈似乎理解了格爸对格仔这次中考成绩这么看重的原因了。

但格妈同时认为，格仔这次在全市的中考成绩并不突出。总分、每门课平均分都不是特别高，这怎么让格爸敢对“北京大学”想入非非了呢？

格爸对此自然有他独到见解。格爸认为，不但要会考成绩，更要会分析成绩，总分、平均分都是无效指标，“名次”才是最具含金量的王道。格仔虽然是全市第十名，但相比于其他人，格爸知道，这个第十名并不是格仔的真正实力。换句话说，这个第十名，应该是他“边玩边学”的名次，甚至可以说是他“玩而没学”的成绩。

“你不知道的东西太多了！”格爸丝毫不给格妈留有情面地说。

其实在整个初中三年，格仔的班主任老饶不止一次地打过电话给格爸，直呼“你们的宝贝儿子老师们没法教了！”一方面说格仔的智商太高，以饶主任们现在的水平没法做他的老师；当然，饶主任重点说的是另一方面，高智商的小孩捣蛋起来直接让我们这些个凡夫俗子束手无策，无法跟得上他们那些捉摸不定的新奇想法。什么都怀疑，一切都要验证，总之是从来没有安分守已过，什么东西都感到新鲜，只要好奇就想试一试，而且你越是禁止什么，他们就越给你招呼什么！一度甚至还和校运动队的几个孩子学起了“叼草”！

格爸开始只是“嗯嗯”地答应，觉得饶主任确实有点被格仔们甩下几条街的节奏。青春万岁！喜欢尝试新鲜不是年青小孩最可珍贵的品质吗？但当饶主任告诉他“叼草”就是“抽烟”时，格爸的脑袋“嗡”的一声，刚送到嘴边的茶杯“咔嚓”碎在了地上。可饶主任强调的却还不是“叼草”，这孩子精得很，“叼草”也只是简单尝试一下，很快得出了结论说“这东西有百害而无一益”，不再沾了。离奇的是一段时间上课一本书也没有。格爸问饶主任他的书哪里去了？饶主任说，不光是书，资料、作业什么的也没了！

不知不觉地，饶主任夹叙夹议的语速、节奏、转换不断加快，信息量太大，完全是格仔们的风格，足见饶主任被伤害的程度，格爸觉得自己反正有点跟不上趟了。

从饶主任又气又恨但更多是爱的长吁短叹中，格爸终于知道，背着他们的格仔真正是“玩蚂蚱把大腿玩掉得了”。原来格仔班上有个同学叫王小电，也是个厉害角色，但老是听别人暗地里用近乎崇拜的语气议论格仔在江湖上的奇闻逸事就有点不服气，总想找机会和格仔比个高下。格仔居然笑了，说，好啊好啊，欢迎来“比”，而且，一步到位，要比就“硬比”！于是，两个“愣小子”居然相约，从此上学不允许看书，不允许做作业，只带两个耳朵听老师讲课，看到时候谁考的成绩“硬”！在全班同学的“嗷嗷”尖叫声中，当场两个人将书包里的书、资料、作业全部撕成碎片扔进了教室的垃圾篓里。淋漓尽致的青春狂野再次表明“年青真是可以用来‘作’”的……两个人就这样“裸学”了有大半个学期，一个班的学生居然瞒住了所有的老师。直到后来饶主任偶然间发现原先常常跻身年级前五名的王小电好像后劲不足，有往十名外滑去的趋势，也没敢直接问王小电原因，从侧面打听才知道这两个活宝的“奇葩之举”。当然，饶主任也是晓得其中利害关系的，也没敢有大的声张，特事特办，从教务处给他们领来新的课本资料，背着全班同学，悄无声息地中止了两个人“荒唐之举”。此后王小电的成绩很快像沸腾的开水一样，重又热气腾腾地在年级第一名和第五名之间上下翻滚，格仔却还是一副漫不经心、不急不躁的样子。

这些格妈以前是从没听说过的，居然发生在自己的宝贝儿子身上。格爸说，教育的玄妙太深了，以你咋咋呼呼的性格，是绝对不能跟你讲的，据讲王小电的父亲知道这件事之后，气得把饶主任的关照忘得一干二净，不问青红皂白，活活甩了王小电三个大冲头，把他抽得眼泪直淌；格仔享受的待遇可就不一样了，格爸把饶主任的吩咐记在了心尖尖上，在他面前从没敢问起过，就当从没有发生一样。

但据此说格仔三年后的目标是“北京大学”，有什么充分的依据吗？

“这才是我要说的重点！”格爸胸有成竹地说。心理学上有个“第十名现象”，说的是一个班级里最有出息的学生，往往不是成绩最好的前几名，而是班上处于中上游的第十名左右的学生。他们有优秀生的基因，却没优秀生的“想赢怕输”的负担，也没有差生的自卑心理，敢闯敢拼，具备一切出色的基础……

格爸正说得投入，却不知什么时候格仔出现在他们身后，并且以少有的恼怒打断格爸说：“老爸你瞎分析什么家伙？怎么相信那些半吊子专家的荒唐理论？真让人受不了你了！”撂下一句话后，便又如突然出现一样又突然消失，让格爸连辩解一下的机会也没有。

被儿子挫伤了一下子的格爸反而心里相当的舒坦，情绪格外地高涨起来。并且以低得不能再低的声音对格妈说：“格仔中考正好是全市第十名！”

当然，格爸更觉得，实际的行动远比理论上的辩论要重要得多。鉴于格仔到市一中上学，当即和格妈商定下“用空间换时间”战略，以确保格仔高中三年的学习、生活和休息达到最佳状态。新学期开始前，让格妈立即从家庭财政上追加预算，到市一中附近租了一套三居室，配齐了生活设备，给格仔房间装了空调，一家人从城西搬到了城东，进入了“家有考生”的特殊时期。

站在租房的南阳台上，眺望不远处掩映在绿树中的市一中校园，格爸不禁感慨万千：从这时起，高考的列车算是正式起动。起点是市一中，终点会是“北京大学”吗？

时间的飞逝总是带给人值得慢慢品鉴的回味。

虽然格爸觉得高中的生活总体是杂乱、紧张、枯燥甚至充满变数，让家长整天心事重重，提心吊胆。但格仔每天是情绪饱满，眼光烁亮。虽然遇事漫不经心的总体风格没有大的改变，但节奏明显快了许多。特别是每天午饭时间，虽然时间很紧，但格仔总能抓住有限的间隙说出不少学校里的新鲜事。断断续续的叙述里，让格爸格妈知道了市一中这个小城最高学府里很多的秘密，特别是格仔所在的“实验班”更是一点“碎屑”也不拉下，格仔每一点点的讲述都让格爸格妈听得津津有味，心怀激荡。

格仔总是从“我们家”开始讲起。格仔讲，没人明确要说“我们家”，始终端着紫砂茶壶的老班一直这样讲，我们也肯定这样说了。“我们家”貌似宽松、随意，但我感觉规矩无处不在。“我们家”的座位开始是凭大家随机抢占的，都以为抢到一个好座位可以安享三年。但“我们家”敬爱的老班自有他的一套。班会的第一个议题就是宣布座位的调整方案，规定一个礼拜分别从纵、横两个方向整体位移一次，第一列的切换到第二列，第八列移到第一列，第一行退到第二行，第七行进到第一行，依次类推；打碎了很多人心里“既得即安”的小九九，老班自己也笑得十分奸诈，深深地喝了一口紫砂茶壶里的热茶。当然，大家对“我们家”老班的这个决定是从双手双脚到心底里都是完全赞成的，几个人抢着往老班的紫砂茶壶里冲开水；“我们家”老班的花招多得很呢。针对实验班的列位臣工只想好好学习，不想当班干部的现实，“我们家”老班将“联合国安理会主席轮值机制”引进班级，每人当值一个月，谁也跑不掉。但值得表扬的是，“我们家”第一任班长刀片在他的任上，充分行使了“联合国安理会轮值主席”的权力，通过的第一项动议就是主动将他这个主席的任期由“一月轮值”延长到一个学期，定位于“为大家服务”，赢得大家一致好评，“我们家”顿时沸反盈天，所有同学站起来为他长时间鼓掌，尖叫声和口哨声震动了整个教学楼，应该是影响了其他班上课的，但学校居然没有追究，“我们家”老班似乎也是持相当肯定态度的，因为格仔特别补充了一句，“其时分明又一次看到了老班不易察觉的奸笑”，大有“你们这些瓜娃永远也逃不出我的手掌心”的快意；“我们家”的任课老师也是奇人无比，“目睹之怪现状”层出不穷，特别是有个地理老师，据讲是清华毕业的，人称“地球仪”，地球上任何一个国家首都的经纬度张口就来，世界上 195 个国家、35 个地区轮廓随手就画，特别是能把我国北起丹东鸭绿江口，南至东兴北仑河入海口的1.8万千米的大陆海岸线画得和地图上的一模一样！“Oh my god！不要这么烧脑吧！”

在格仔的叙述里，自然少不了他的那些异乎常人的同学。“我们家”能人太多了。很多自认为高智商的同学能在不怎么起眼的同学那里翻船。其中有个家伙叫多尔滚的，两个眼睛小得还没油菜籽大，进班成绩也排在班尾，但对“外太空”的事似乎无所不知，对国际天文学联合会将“冥王星”逐出行星行列强烈不满；声称如果有个24年的长假，他将带上保暖服和双筒望远镜去海王星走一趟，中途先与“天王星”

美丽绝伦的“行星环”合影留念，然后前往“海王星”，彻底搞清楚海卫Ⅰ被海王星捕获的那一段“粗暴历史”；对人世间的事也是了如指掌，让很多人栽过跟头。说到这里，格仔突然停顿了下来，若有所思，但只是稍停了一下，突然对正准备喝汤的格爸说：“我自己设计的一个脑筋急转弯，他居然很快答了出来。不妨也考老爸你一下。四个人打麻将，警察抓走的为什么是5个人？”格爸猜了几种情况都没猜出来，被格仔及时止住，感慨说：“你如果能想到‘麻将是一个人’的话你也比得上我的那些同学了！”还没等格爸完全反应过来，格仔重点抛出了让他栽了跟头的题目：“老爸，你总是口口声声说对博大精深的汉语言颇有研究，考你个简单的，常用汉字里只有一笔且能够应用的字有几个？”格爸脱口而出“‘一’和‘乙’”，但随即想到这个问题应该比较刁钻，不会这么简单，不然也不会让格仔跌面。便让格仔别急，我肯定能想起来。但格仔没有理会他，而是说你不用想，我就是告诉你还有个“〇”你会相信吗？我查了《新华字典》才真正彻底相信的，要不你都被我厉害了！说完却并没等格爸回答，就坚决地将饭碗一推，用手背粗糙地搓搓嘴唇，瞬间没了影子。

“洛阳亲友如相问，就说我要写作业”。临了格仔还没忘娱乐一下。

格爸显然没有跟上格仔的节奏，莫名地蒙在了那儿好一阵子，“〇”怎么会是汉字呢？过了好久才想起今晚最重要的话还没和格仔说，就赶忙跟过去推开房门，关照格仔说：“你看看，你有这么好的学校、班级、老师和同学，学习你可要一定可劲地干！”

格仔一改刚才和格爸无话不谈的亲热劲儿，没说话，但从格爸还没离开他就“嘭”地关上了门的姿态来看，表示了不需要格爸太操心的意思。

这个熊孩子，总是阴晴不定，难以捉摸。

当然，格爸不光这样严格要求格仔，重要的是格爸一切都是从自己做起。格爸认为，既然“家有考生”，无非常之举便无非常之功。他让格妈将所有白班调成夜班，虽然辛苦程度成倍增加，但这样可以保证有充足的时间安排格仔的饮食起居，为了子女，天下哪个父母不是“粉身碎骨浑不怕”，况小小调个夜班乎？格仔每天的餐饮安排像阅读古文一样一个字一个字地“抠”，要坚决对“供给侧”进行大刀阔斧的改革，重点解决格仔对营养的刚性需求与饭菜营养供应不平衡、不充分之间的矛盾，营养配比全部量化，每周一早晨六点钟准时张榜公布在厨房的门上，荤啊素的、山野水间、陆上空中的不断变换；租房里一律不配电视电脑，所有人在家里的活动要轻轻走，慢慢移，不说话，小喘气；租房与学校虽然近在咫尺，但每天晚自习下，尽管格仔竭力反对，但格爸雷打不动地都要去接格仔放学。既是确保安全，也能和校门前乌泱泱的家长们相互交流杂七杂八的情况，更有严防格仔松松垮垮、开小差甚至溜号的意思。这样来看，虽然格爸格妈的日子被弄得支离破碎、面目全非，但确保了格仔学习和生活的科学、协调、绿色和可持续。

“格仔高考是家里最大的政治！”这是在住进租房的第一天就明确的新时期家庭指导思想；

“全家思想要高度统一到紧紧围绕格仔为核心的高考上来！”是家庭的大政方针；

“举全家之力服务于格仔的高考”是强有力的措施；

……

所以，当格仔提出要代表学校参加全市中学生文艺会演比赛时，格爸毫无疑问直接成了蒙圈的立方！

格仔宣布这个消息时那天的午饭刚刚端上桌来。而且，格仔也不是以庄重严肃的口气说的。格仔说：“通知你们一声啊，我要代表学校参加全市中学生文艺会演去了，笛子手哦。”随意，轻松，似乎是有点搞笑。格爸开始并未理会。因为一直以来，全家生活的重心非常明确、非常专一，那就是一切的指向唯有格仔冲刺“北京大学”这个具体、实在、唯一的目标！尤其格仔作为市一中实验班之优秀生，应是重点之重点，确保之确保，严之又严，慎之又慎，不能有一丝一毫的杂念，怎么中途忽然出来个与学习无关的文艺会演的“岔头官司”来呢？！

格爸本来想弄清一下事情的来龙去脉，是学校的意思，还是格仔自己所为，班主任同意这样干吗？但考虑处理这样的问题不能拖泥带水，更不能给格仔传达错误的信号，必须斩钉截铁。于是将筷子“咔嚓”往桌上重重一放，断然说：“坚决不行！”

“参加个文艺会演，又不是杀头拿命，这么如临大敌干什么？”格仔并没真正看出格爸汹涌而愤怒的内心，还是有点淡淡地说道。

看格仔一点也没意识到问题的严重性，格爸内心的烈焰不断蒸腾，挑衅似的一下又一下地舔舐着自己的底线。格爸认为，这至少说明有几个问题还没搞清楚：一是市一中的办学方向问题，你这么一所省级示范高中，华东名校，应该只管出重点大学生，掺和什么文艺会演？二是班主任有没有把格仔当成重点生培养？如果知道他的目标是冲刺“北京大学”，还能由着他这样折腾吗？三是格仔同学到现在还没认识到，这不是简单的参不参加文艺会演的小问题，而是直至今天并未完全将全部心事和精力投放到学习上来，心有旁骛，对家庭制定的大政方针依然置若罔闻！

“坚决不行，让班主任换人！”想到这儿，格爸更感到问题的严重性，加重了语气，又将桌上的筷子重又拿起来，重重地拍向桌子，说。

“不行也不行了，因为班上其他人没办法参加！”许是事关重大，格仔一反常态，说得有点啰里啰唆，但大致情况格爸格妈还是听清了。原来是学校组团参赛，乐队是以艺体生为班底，但独差一个“笛子手”。而这个笛子手，非格仔莫属。

已经久远而模糊的画面从眼前湿润地飘过。当年格仔自己报“笛子”班的情形清晰浮现。谁也没有想到，当时中央电视台播送的一场“笛子演奏家陆春龄专场演出”录像，竟把格仔这么一个顽劣异常的少年深深地吸引，他实在无法弄清一根竹管上面挖几个小孔，用手指按上，放开，再按上，再放开，开合之间，竟能发出那样的天籁之音，一个多小时的录像看得格仔眼睛一眨不眨，之后就下了学吹笛子的决心。凭格仔的天赋，学到一定程度，小城没了能教他的老师后，每个周末、假日，格爸就带着他到附近的扬州、南京拜师，上海、杭州也去过，就差去北京了……所吃的苦罄竹难书！后来因为备战中考才强行停下。这么多年过去，格爸格妈已经完全忘记了这事，专心一意于格仔的学习和考试，没想到格仔却似乎从未断过念头，他的同学也没忘记，经王小电的推荐，班长刀片来和他一商量，他就答应了。

格妈似乎也看出问题的严重性，她委婉地提醒格仔要想深、想透，准备参加文艺会演将浪费掉大量的时间，对准备高考有很不良的影响。

格仔说，已经想到了，没什么大不了的，本来吹笛子和备战高考就不是一对矛盾，不是水火不容的你死我活，应该是相得益彰的水乳交融，我心里有数的，是你们自己想多了，所以，我就答应班长刀片了。而且，刀片也已经向“我们家”老班汇报过，老班也是同意的。

格爸就是这时候“炸毛”的。班上其他人都知道其中的利害关系，不愿意浪费一丝一毫的时间，就你格仔一个“二槽”置高考大业不顾，去参加毫无意义的什么文艺会演。不说王小电格爸可能还可容忍一些，一提王小电，两熊孩子撕书的一幕重又在心里泛起，这个王小电，原来就一直没安好心，现在到了高中，又开始给格仔挖坑；但他也怪格仔幼稚，考虑问题不周，这么大的事情居然擅自做主！现在弄成这个样子，局面怎么收拾？便又气又急地说：“我来给班主任打电话！”

听说格爸居然要打电话给老班，格仔表现出异乎寻常的反应，他提高了声调问：“你想干什么，咹？”然后小声，但十分冷冽地警告格爸，“你只要敢打这个电话，后果自负！”

虽然格仔没说具体的后果，但格爸知道，在他的这个年龄，既能讲出这样的话，那一定是碰不得的后果，轻则以后可能不会再听进格爸格妈的任何意见，重则有可能自此开始对高考说“不！”那种灾难的后果，格爸是不敢想的。所以尽管格爸已经气得手脚乱抖，但给班主任的电话还是没敢拨出去。

事情一时就僵在了那儿，谁也说服不了谁，饭自然是吃不成了。格仔已经蜷缩进小房间的床上，身子微微地一耸一耸，似在绝望而又无助地抽泣；格爸僵在客厅破沙发的一隅，木头一样失神失色；格妈劝了儿子劝老子，纵有天大的事先吃了饭再说，但什么效果也没有，只能边淌眼泪，边一遍接着一遍地热饭热菜。而且，每天雷打不动给下午蓄力的午觉没睡成，下午上课的时间也很快到了，争吵的次生灾害眼看就要扩大且加重，冷战下去的后果谁也难以预料。

不敢再往下想。一个激灵之后，格爸便起身，以离家的姿态表示了暂时的妥协。格妈则细细地用右手拇指轻轻拂去格仔腮上泪珠的方式表明了自己现在只能同儿子站在一起的明确立场。

“无关乎强弱。天下父母同子女的战争，最终失败的似乎永远是貌似强大的父母一方。”事后，约略回想一下那个不堪的中午，格爸脑子里无来由地蹦出这么一句莫名其妙的话来。

格爸觉得，个中蕴含的文化值得好好研究。

如同拳击场上的第一个回合，双方都向对方伸出了拳头，虽没用力击出，但都试探出了对方的一些底细。格爸明显感觉到，格仔并不是自己从前感觉的那个纯真、活泼、开朗、对一切充满好奇并且有那么一点点遇事漫不经心的少年，而实际上是一个时时处处令人有点头痛的家伙。

虽然在家里大家不再提文艺会演的事，但格爸知道自己无论如何是过不去这个坎的。这是个关乎高考成败大局的事，怎么可能轻易地置之不理呢？

所以，格爸还是背着格仔，打听到带领格仔他们乐队排练的老师，正是自己的初中同学“披头士”。这家伙从小学开始就立志一定要成为“贝多芬”，并宣布从“长发披肩”开始学起，经过多年努力，终于成为小城靠音乐吃饭的名人。据讲，曾经因为名气太大，又是学校老师，拥有有形的学生和教师同事资源，很多校外培训机构盯上了他，想高薪聘请他坐镇。开始“披头士”没想太多，觉得能有这样的平台让自己将平生所学教给更多的人，也算为音乐做一回布道者，这是每一个正宗音乐人之“心向往也”。但真正到了这些培训机构后才发现，为了挣钱，这些家伙无所不用其极，辅导学生说白了就是用“作业帮”帮助学生抄作业，学生作业做得又快又好，不明就里的家长十分满意；每次学校考试前，他们与不法书商勾结，想方设法将书商卖给学校的试卷弄到手，以讲课答疑的形式提前教给参加培训的学生，学生考高分，家长更加高兴，便自发地到处宣传培训机构的神奇，既为自己和小孩挣来面子，客观上更为不法培训机构带来滚滚财源；等到中、高考快要露馅的时候，培训机构一句“关键时刻孩子没发挥好”推托了平时弄虚作假的一切责任，家长打掉牙往肚子里咽，为保全先前挣得的虚无脸面，不得不配合用“没有发挥好”来为自己不争气的孩子向友邻亲朋交代，客观上又帮助培训机构洗脱了罪名……这些本是文化课辅导班上的事，与音乐无关，但被欺骗了的家长的盲目，特别是被耽误、戕害了的无辜的孩子，深深刺痛了“披头士”，他以一个教师的良知和底线愤然拍案而起，主动联系《小城日报》和小城电视台，将这些内幕血淋淋地撕给家长和社会看，相关部门迅捷刮起一股整治的暴风骤雨，被逼上绝路的培训机构恼羞成怒，在一个月黑风高之夜打瘸了“披头士”的左腿……

就冲着这样的秉性，格爸找到了“披头士”。格爸对老同学的要求简单明确：请“披头士”用自己的方式让格仔知难而退，回到专心致志准备高考的正确轨道上来。这小子果然仗义，听了格爸的要求，虽然批评了格爸几句，认为格爸是不是神经过敏，怎么用这样的眼光来看待自己视为生命的音乐呢。格爸告诉他，格仔的生命是“北京大学”，而不是什么音乐。“披头士”笑得十分的颤抖，通过电话把胸脯拍得“咚咚”作响，让格爸放心吧，训化学生，他有的是方法。

尽管有“披头士”的话垫底，但格爸每天还是无声地生活在煎熬之中，当然，这些格仔是不知道的。每天晚自习下，是学校乐队排练时间，格爸都要想方设法爬到学校排练室对面天文台楼的顶上，在那里可以把位于四楼排练室的情况看得一清二楚，也能将整个校园看得一清二楚。楼是学校的最高建筑，头顶是星光灿烂的夜空，晚风习习，正值放学，校园里全是行色匆匆的学生和老师，每个人都在抓紧每一秒的时间急急赶路。

每天这个时候，格爸在心里几乎是用秒表掐算被格仔浪费掉的做题时间，随着时间一分一秒白白流逝，格爸心头真的刀割一样地在一滴一滴地流血。而且，从排练的情况看，格仔担任的并不是整个为整个乐队服务的普通“笛子手”，而是整个乐队为他一个人服务的“笛子独奏”。这样，格仔的训练量有多大可想而知。格爸说不出心里的滋味，只是看到格仔的班长刀片每次排练时都陪着格仔，帮他提书包，抱衣服，给他递水，把空调的风叶打向格仔，多少让格爸感受到一丝温情。他所能做的，只能祈祷他妈的什么文艺会演早早结束，尽快将格仔解放出来。

好在“披头士”果然说到做到。训练时要求极其严格，每天大声咆哮得最多的一句话就是“这样能拿到第一吗？”而且只要格仔的笛子一吹响，“披头士”就将长发甩过来盖到脸上，然后不停地摇头、唉声叹气、咂嘴、把座椅摇得“格支格支”地响，似乎格仔的笛子吹得一无是处，等格仔停下来准备聆听“披头士”的教诲时，他又掠开头发，示意格仔继续；格仔继续，他又就将长发甩过来盖到脸上，不停地摇头、唉声叹气、咂嘴、把座椅摇得“格支格支”地响。格仔大概应该没有见过这样的“奇葩”老师，自信心似乎是受到了相当的摧残，一度甚至有点手足无措。

但格爸注意到，格仔就是格仔，这些情绪随着排练的结束，都统统地留在了原地。回到家里的格仔很快进入房间写题，丝毫也看不出被“披头士”肆虐的迹象，而且“披头士”似乎也没有停止的节奏，到了下一次的排练，格仔笛子一响，他依然重复将长发甩过来盖到脸上，不停地摇头、唉声叹气、咂嘴、把座椅摇得“格支格支”地响，如此反复。渐渐格爸发现，格仔居然不再理会“披头士”近乎变态的虐待，自顾自地将笛子吹得婉转流畅、清亮动听，而且整个人仿佛也渐渐沉浸在高远曼妙的旋律之中，似入“物我皆忘”之境；同时，格爸还看到，“披头士”居然不再不停地摇头、唉声叹气、咂嘴、把座椅摇得“格支格支”地响，更多的是微微颔首，现出满意的微笑，有几次，甚至还不易察觉地在裤缝那儿将代表“OK”的拳头攥得紧紧的。

格爸的眼睛禁不住湿润起来，内心受到强烈的震撼。到这时他这才意识到，这一切只是“披头士”独特打磨格仔心理承受和情绪控制的别样手段，根本就不是和自己约定的为了让格仔“知难而退”。

这所学校的这些老师，真的不是一般人所能看得透的。

好在全市中学生文艺会演很快过去了，格仔以一曲经过改编的《起风的季节》深深打动了场上的每一个人，当仁不让地为市一中捧回个“器乐”一等奖，让这一所多年来一直以出“书呆子”闻名的省示范高中引起了不小的轰动。“披头士”给格爸打来电话时，盛赞格仔的优秀，“孺子真可教也！”甚至提出，如果格仔愿意考中央音乐学院笛子专业，我会联系国乐系的主任张维良教授亲自指导，笃定将格仔培养成中国新一代一流的笛子演奏家！吓得格爸赶紧挂了电话。

那天格仔非常高兴，完全显露出了青春年少的透亮和纯真，兴奋地给格爸格妈讲比赛的细枝末节，格妈嗯嗯呀呀地还能做出听得兴趣盎然的样子，格爸却完全不在状态，只想他快速从音乐里走出来，回到备战高考里去。

但格爸知道，要想准确传达内心所想，必须能与格仔展开对话，而对话的基础，必须先修复双边关系，因为毕竟有过尴尬的前科，所以总感到些许的微妙。于是便趁他心情大好时故意将微妙淡化，把气氛搅动起来，说：“比赛取得这么好的名次，高考的时候加不加分？”连格妈都听出格爸的幼稚来了，但格仔居然没有剧烈的反应，而是先宕开一笔说：“大师不是早就说过嘛，‘科学和艺术总是在山顶相遇’，所以我感觉参加这次文艺会演能加不少分呢！”

不知是无意还是故意，格爸迫切地追问道：“真能加分吗，加多少？”

格仔忍不住笑了起来，奢侈地表现出不急不躁的平和，还少有地当面评论了一下格爸，说：“老爸你真是一个很有意思的人！”

气氛似乎渐渐呈现出当初的融合。格爸还真的适时表现出了自己的“有意思”，真心地问格仔：“这次为了会演，你浪费了不少时间，我想了很久，准备不惜血本，请个‘超猛’的家教帮你强化一下？”

“老爸真的蛮会搞笑。外面的一套，我看快被你全搬到家里来了。但你好像忘了还有‘求人不如求己’这句话吧。格局有异，勿相为谋。不和你们啰唆，做题去喽！”瞬间没了影子。

“外面哪个家长不在帮小孩找家教，为什么我单单就成搞笑了？”格爸想了半天也没弄出头绪，倒觉得自己的严肃认真在格仔这里确实有点搞笑的效果了。

生活重新走上了正轨。

每天天不亮，格妈麻利地伺候好格仔洗漱吃喝，目送格仔迎着晨风，踏着薄霜去学校上早自习；中午留给格仔的时间虽然很紧，但租房这个“用空间换时间”的得力而实用的举措能让格仔美美地睡一个高质量的午觉，为下午半天蓄积上足够的能量；最要紧的是晚饭时间，学校留给学生们不足半个小时，学校食堂人多，窗口少，饭硬菜凉，营养单薄，格妈和无数在学校周边陪读的家长们一样，每天掐着点做好饭菜，用保温桶装好，一到下课铃响，就早早地在学校后门口等候。一身英俊之气的格仔挟裹着一股青春的风远远跑过来，从铁门格挡接过饭菜，听着格仔呼啦呼啦地吃，是格妈难得的享受时光。有时忍不住和他开开玩笑说：“谢谢你成绩这么好还吃我做的饭。”格仔似还沉浸在课本的氛围里，但接话倒也自然：“仆未尝闻汝能持如此之佳看，恐拾得寒山再世亦难却之也！”（亵渎圣僧，罪过，罪过）。这样的对话也经常逗得周围的人捧腹不已。

但格妈更多的时候是带着格爸的任务在身的。格爸经常给格妈布置任务，让趁着和格仔在一起的机会，不断敲打敲打他，拉拉袖子，扯扯耳朵，其中最核心的就是要摸清他内心真实的情况，不断提醒格仔念念不忘“初心”，格妈总要想方设法将话题引向这个中心思想。只要格仔夸她饭菜做得好，格妈就会套着他的耳朵小声地说：“只有最好的饭菜，才能喂出正宗的‘北大’学子！”多数时候对话可能就到此为止，要么格仔不再接话，更多的时候是时间已经到了。但也有格仔心情格外好的时候，就会问格妈：“那我要简单地问一句了，为什么非‘北京大学’不可呢？”格妈尽量将话题轻松化，便说：“你长得这么好看，不考北京大学可惜了。”格仔便调皮地说：“我虽然长得帅呆，但国内顶尖名校很多，可以随便考一个啊。”气氛一好，格妈就把格爸提出的要求夹在其中，及时推送给格仔，让他时刻牢记：只有“北京大学”，才是真正的顶尖名校，只有“她”的头衔与光辉，才是一个学子一生最巅峰的荣耀。因为时运不济，你爸已经和“她”擦肩而过；你现在是天时、地利、人和，怎么能轻易地放弃呢？

这时的格仔多数是笑笑：“其实大家都知道，‘北京大学’不是考上去的，而是撞上去的。”而这时的格妈却再也掩饰不住内心的急切，像格爸那样赤裸裸地提出“让他一定要撞一个给大家看一看”！

格仔虽然对格妈这种不同于以往的急切风格感到惊诧，但表现出的依旧是“漫不经心”的平静基调，没有格爸格妈最希望看到的那种“时不我待，舍我其谁！”的杀气。

回家以后，格爸总要详细了解格妈任务完成情况。多数时候格妈的汇报有所取舍，总的原则是“报喜不报忧”吧。但终于有一天，格妈似乎是不得不豁出去了似的说：“我觉得我们可能要调低期望值。以我多角度的感觉，‘北京大学’对现在的格仔来说，可能已成为跳起来也摘不到的‘桃子’了。”

出人意料的，格爸并没格妈想象那样的过激反应，只是长叹了一口气地说，还要你说吗？我已有心理准备了，但真到你说出来的时候，还真的不甘心呢。

格妈安慰说，我们国家 GDP 的增长预期都能下调，我们有什么不甘心的呢？如果格仔最终能考个“一流重点”也是蛮不错的。

合理的调整似乎让生活慢慢平静了下来，也可以让大家的心态暂时平和，让格爸有时间将混乱的思绪理一理。不过，有一点让格爸怎么也想不通，作为父亲，自己的姿态一再放低，也一直将角色定位在参谋和服务上，小东西怎么总是认为对他“干扰太多”呢？

这个问题像夏日夜晚一只盘旋在头顶的蚊子，始终挥之不去，却也抓不住它。

沤在心中数日也不得要领，便在一次等候格仔们下晚自习时，向学校大门外似曾相识的人群抛出了自己的苦恼。每天学校大门外等候的人群会随机、自发地形成很多个小圈子，叽叽嗡嗡地议论些平时和小孩们较量的家长里短。格爸的问题一出，似乎戳中所有家长的痛点，很快引起一阵小小的骚动，像水波一样从一个小圈子迅速扩散到无数个圈子，大家便七嘴八舌地说，但似乎也都没说到点子上。

在众多的声音中，有一个人引起了格爸的格外注意，就是一直在学校大门外马路边上摆鸡蛋灌饼摊的“胖姐”，隐约听人议论过，说她是个有“从摆小摊到饮食连锁再到摆小摊”复杂故事的人，为了“陪读”，不得不丢下了外地的“饮食连锁”，回来又客串起了老本行。因为要做生意，她讲话也是有半句没半句的。但她只要讲话，却从不转弯抹角，直接而陡峭。她先是望了一下格爸，又继续看着铛子上的鸡蛋灌饼，居然说了一段比较完整的话：“你看似放低了身段，其实是姿态软，心态硬。放低的是形式，骨子里对孩子控制的想法并没有真正地改变！”

犹如醍醐灌顶，又似一针直接刺向了自己的心尖，让格爸愣怔在了那儿。“胖姐”倒不理他了，继续边做生意，边和旁边的人有一搭没一搭地说着。但从她断断续续的叙述里，格爸有一种“复行数十步，豁然开朗”之感。据“胖姐”说，她本来是为了“陪读”才重操旧业做点小生意，谁承想一忙起生意来倒没了一点空闲，活生生地把“陪读”给耽误了，用普通话讲应该算“本末倒置”吧。不过世事难料，就是这个“本末倒置”，却倒逼出了“无为而治”的效果。现在在家里，我们忙我们的，小孩自己管自己，敲锣卖糖，各干一行。倒使我反思，其实本来并不需要什么“陪读”，是我们自己给自己找的，目前正考虑结束“陪读”，继续干自己的“连锁”去呢。

这天晚上，格爸几乎折腾到一夜也没睡着。想想自己的所想所做，似乎远远抵不上一个路边摊饼的女人。从波谷到巅峰再到波谷，大起大落，人家能做到泰然自若，波澜不惊，而自己总是急功近利，穷追猛打，一有点风吹草动，便相煎太急，几乎快让格仔变得无所适从。他不知道“胖姐”更多的底细，但有一条，日常生活淬炼出来的智慧是任何经典也难以企及的。

放开手，也许才是最正确的关心！天快亮的时候，这个念头终于从格爸一团乱糟糟的思绪里像野草的芽尖一样顽强地钻了出来。

此后一段时间，格爸开始故意淡化对格仔的关注。无论学习、生活、课余安排一应大小事务，在承认“家长权威”的原则下，让格仔“高度自治”。倒让格仔奇怪了起来。趁格妈送晚饭时让她“给一个合理的解释”，格妈一如既往地难掩对宝贝儿子的疼爱，说：“不干涉你的事情本来就是最合理的。”绕口令样的解释倒让格仔对护士老妈的水平有点刮目相看了。

不过格仔觉得，没格爸当参谋，地球照样由东转西，太阳也没有从“东南西北”一块出来。格仔又恢复了走路哼歌的节奏，丝毫也看不出高考生身上或多或少的紧张与焦虑。

但他可能忽视了一点，“高度自治”还有“家长权威”的监督呢。

其实，格爸虽然没有时时事事点点滴滴问细问实，但并不是对他不闻不问，而是一刻也没放松对他的研究。越研究，越觉得问题不小。格爸发现，无论做什么事，格仔永远改不了漫不经心的老样子，从不是干净利落，快刀斩乱麻。进门换了鞋，毫无必要地码放整齐，将鞋带理到鞋碗里；上个洗手间，先将马桶盖轻轻掀起，上完冲水，一定要看着将水冲得干干净净了，听到水流“嚯”声响过，再将马桶盖放下才离开；洗脸时对着镜子，一定是左照右照，上照下照，将眼睛四角、鼻翼两端、唇之两侧细细擦过才挂起毛巾，而且要把毛巾整理得两边长短一致；如果发现头发有点乱，那不可不得了，先用梳子打理，实在不行，还要抿点水，总之，一定要让头发一丝不乱；好不容易等他坐到书桌前了，掏书，拿文具，翻作业，拧笔套，每个程序都要细细查看……总之，在格爸看来，多余的动作太多，白白浪费很多时间，格爸先是不断地说服自己，息怒，息怒，但渐渐地还是忍不住替他心急如焚；最后是越看越来气，帮他计算多出的每一个动作所浪费的时间，而这些时间，完全可以多背一个外语单词，多解一道数学题，多复习一个物理公式，多记一个有机物的结构简式，说不定在高考时就能多出 1 分，而仅仅就 1 分，一下子就能压下去多少人？提高多少个名次？

本来已经讲好不再具体过问格仔的事，但一段时间过去，格爸实在是有话要说，不吐不快。但又因有过教训，不能当面指正，只能背后向格妈抱怨。格妈看格爸气得讲话严重失态，不像一个文化馆干部的风度，在表示了同感的同时，还是带了点征询的语气说：“我们是不是也要站在格仔的角度换位思考一下这里深层的原因，许是在学校压力太大，可怜的他们不过是通过这样的方式暂时舒解一下吧？”

“那也得掌握好一个度吧？再这样放松下去，恐怕什么‘一流重点’也要泡汤了！”格爸最气的是，这个样子，已经很难看到“一流重点”的气象了。

格妈说：“别讲那些丧气的话！我倒要疑问你一下，要考‘一流重点’究竟应该是什么样子。每天神情严肃，如临大敌，走路裹着大风，时时刻刻都是忙得团团转的样子吗？”

听格妈这样讲，格爸嘴唇嚅动了几下，没说出子丑寅卯来，但格爸感觉，时间能让一切明朗，你能打败一切，但你一定不能战胜时间！

终于，在一次月考之后，该来的，以它固有的节奏，势不可当地到来了。

这次月考无论是单科成绩、总分，还是在年级所占的名次，格仔自己是比较满意的，格妈也觉得不容易。格妈经常趁格仔上学，替他收拾过房间，也不止一次地翻看过格仔的书啊资料什么的，无论外语、数学，还是化学、物理，还有生物啊地理啊什么的，格妈看到的全是奇形怪状的符号，无不像天书一样，想到格仔他们不但能将这些天书读懂，还能考出六七百分实实在在的成绩出来，就觉得他们太了不起，所以她格外尊重格仔考到的每一分，不论格仔考多少分，只要格仔满意，她肯定就满意；但格爸看过分数以后，还是觉得有话要说。

为让格仔能听得进自己的看法，格爸尽量说得心平气和、举重若轻，而且坚持“就事论事”原则，不拉瓜扯藤，也不举一反三。

格爸先是帮助格仔一科一科地分析应该考多少分，事实考了多少分，少考了多少分，因而让总名次上跌了多少名；然后分析造成的原因：老师教的没问题，格仔的学习能力没问题，其他同学的发挥也没问题，没有异军突起的分数和名次，那么核心问题只有一个：格仔的学习态度有问题！直接的表现是总是那么的漫不经心。听讲你们班长刀片在学校看起来很多时间在忙班务，为大家服务，但在家里做的题堆起来和他1.85米的个子差不多高；还有王小电，从不放过一个疑惑，经常用难题将老师问得东躲西藏，最终举手投降，老师还到处夸赞他；就连进班时的最后一名多尔滚同学也将目光从浩渺的“外太空”收回到备战高考上来了，这次也进入了前30名！特别是，前不久他的妈妈真的就结束了“陪读”，继续忙自己的“连锁”去了，住到学校里学生宿舍的多尔滚成绩不降反升……格爸按捺不住地越说越激动，所有人的学习态度都极其端正，无论什么时候，总是以奔跑的姿态存在……格爸将在学校大门前闲谈时交流得来的一切一股脑儿地倾倒出来，然后将格仔放在这个坐标系中，同“隔壁”家的小孩一比较，更是感觉到格仔的“一无是处”：你的杂念太多，没有将目标定在高位，然后全身心地、纯粹地投入备战，所有人的想法是怎么样能多抠出点时间多做几道题，而你却总是在最需要抓紧的周六、周日能挤出点时间去球场上搞两下子；放假的日子人家小孩子想方设法早点起床，倒饬倒饬赶快做作业；你呢，太阳晒得屁股冒油了也不见动静，我们每天都纠缠在“非愁即躁，念头纷飞”的泥淖，在客厅里替你干着急啊！一直到今天，你还是将自己定位在小富即安，说得过去就行，对我们内心的期望从没有当回事！

就像松开制动全速向前飞驰的高铁，格仔无数日日夜夜的行状从格爸的脑海里纷至沓来，指责和抱怨也势不可当地喷薄而出。但这一切，似乎要被格仔的愤然离开而中止。

但这一次，格爸显然是有备而来。他毅然伸手拽住格仔，似乎有点歇斯底里地问：“你说一说，你的事究竟要不要我们管？！”

“我让你管过吗？！”格仔平静地将格爸攥着自己肩头的手拿开，冷冷地说。

格爸只觉得瞬间有什么轰然坍塌。

一切似乎在炮火纷飞、硝烟弥漫之后归于平淡，这里的黎明静悄悄。

这次之后，格爸似乎已经彻底的心灰意冷，真的不再过问格仔，真正地要做回自己去了，自顾自地把属于自己的小日子过得风生水起。每天下了班，有牌场赶场打牌，有饭局参加饭局；逢了节假日，还经常缩着螳螂一样瘦长的身子，骑了一辆二手自行车，到小城的滨湖公园沿着曲折的河岸一转就是大半天；更多的时候把自己关在房间里长久长久地翻看手机；不久，打破出租屋当初定下的规矩，花了50元钱，从旧货市场淘来一台灰拓拓的旧电视机，架起枝形天线，把几个地方上的小台看得津津有味。有一天，还和格妈嘀咕，萌生出要搬回城东家里去住的想法。

格妈什么也没说，只是默默地流泪。想想这样长久下去，格仔可能真的要被毁了，实在没办法，想起自己在市教育局信访室做调解工作的哥哥，想让他来做个"中人"，缓和一下各方关系。

许是长期接待访民的缘故，格舅一听让他做调解，十分热情，声音洪亮而豪放，语速飞快，告诉老妹这段时间秋冬季节轮换，人的情绪波动大，带着问题和矛盾来访的离退休的老头老太特别多，也十分难缠，实在没有时间。但谈到外甥的事，格舅的态度倒也十分明确、笃定："没什么大不了的，天塌不下来！"

天暂时应该是塌不下来。但明显的家里连正常的运转都难以保持，而且，父子俩对峙的姿态无声而倔强地进行着。一天中午放学回来，格仔将一张粉红色的纸扔在客厅格爸曾经蜷曲过的那张破沙发上，什么话也没说，格爸毫无疑问表现出更硬的姿态，对那张粉红色的纸看也没看一下。

其实，从格仔扔下那张粉红色的纸格妈就已经看清了，那是学校的一纸通知，是让派人到学校参加家长会的。

万山磅礴必有主峰。本来，家中分工十分明确，格仔的一切事务由格爸负责，格爸夜大本科毕业，文化程度高，当过知青，做过代课老师，要不是时局动荡，北大、清华应该是随便考一个的，目前在小城文化部门工作，还自学过《教育学》《心理学》，虽然被格舅戏谑为"酸文假醋""一知半解""人云亦云"，但从小到大，对格仔的培养教育上费脑筋的事全交给他，到学校参加家长会、协调事情、找老师开个小后门什么的，格爸做得游刃有余；格妈护士出身，服侍人有一套，格仔的一切家务由她操心，一日三餐，起居洗漱，虽然十分辛苦而琐碎，每天累得腰酸腿麻，但劳力不费心，一直做得乐此不疲。现在风云突变，平衡的格局被打破，应有的角色缺位，很多事情被拖了下来，像参加家长会这样紧迫的事情，按以前在家中的定位，重大而神圣，不但不能拖，而且还要做好充分的准备，着装整齐，步履矫健，神色庄重，一切都是以参加"典礼"的规格做好充分准备的。

但这次格爸丝毫也没表现出以前看到通知时的那种兴奋和异常，虽然在格仔到房间休息后还是用眼睛不易察觉地偷瞄了一下沙发角落里的那张粉红色的通知，但也只是仅此而已，没了进一步举动。尤其过分的是，到了开会的周六下午，他居然骑了那辆破自行车，后座上斜插了一根自制的渔竿，无声而又决绝地到护城河边钓鱼去了。

格仔从窗户里应该是看见格爸自行车蹿出小区的，但他并没说话，而是冷笑了一声，倔强而又平静地回到书桌前兀自做起了习题。

格妈一刹那真有那种山崩地裂、万念俱灰的感觉，觉得极其孤单而无助，还是知冷知热一直疼着自己的哥哥了解妹妹，电话及时地打了过来。格舅告诉她，家长会的事不用她操心，会有人去的。

格妈还在被格舅的电话弄得有点蒙圈，倒是在房间里写作业的格仔明白了，一个箭步蹿过来紧紧抱住了格妈。格仔虽然没有说话，但他还是在一刹那被深沉的父爱震撼了。

都以为一切雨过天晴，前嫌尽释。谁知道这个家长会几乎成了压垮格爸的最后一根稻草。

那天家长会后是怎样回的家，格爸无论如何是想不起来了。但家长间嘤嘤嗡嗡的窃窃私语，像一根根尖细的篾刺，扎进格爸的耳朵。他万没想到，自己的宝贝儿子格仔脱了约束，信马由缰，已经走得太远太远，居然和“作弊”这个对学生来讲不亚于洪水猛兽的词语搅到一起去了。

如果不是有很多冥冥之中的偶然，格爸不敢想象，那天晚上，自己那对挟裹了怒火的老拳会将格仔捶到什么样难以预料的程度。

这次没有谁出面邀请，拎着黑皮包的格舅像是一切在预料之中似的在准确的时间出现在了准确的地点。许是跟他的职业有关，一切举重若轻，态度十分亲切、和蔼，有很强的感染力，让有些清冷、沉寂甚至比较僵硬的出租屋出现了些许的暖意。格舅不愧是见过世面的，并没有被“作弊”这个滋滋冒着青烟的炸弹吓住，依然是笑眯眯的，甚至还和格仔开玩笑说：“像我的外甥，江湖上总是少不了你的传说！”

当然，格舅还是表现出了一个职业机关人员应有的工作节奏和效率，没与格爸格妈过多纠缠，一来就一头扎进格仔的房间，房门关得死死的，好长一段时间的无声无息。

紧张、疑惑、猜测，夹杂着虚实纠缠的幻灭感，格爸格妈觉得时间走得很慢很慢，客厅挂钟上尖锐的秒针像一下一下扎在心上，扎进去，拔出来，再扎进去，再拔出来，一颗一颗的血珠也随之而出。身心疲惫，身心疲惫！

好在格仔房门开处，拎着黑皮包的格舅高大的身影重新出现，依然笑眯眯的，似又着急忙慌地说要赶快回到局里，又有一批带着问题和矛盾的离退休的老头老太来访了，和格仔的谈话竟一字未露，只是安慰格爸格妈说：“没什么大不了的，天塌不下来！”

不知道格舅到底是怎样处理的，反正这件事似乎就那么波澜不惊地过去了。但格爸格妈后来还是从坊间的一些片言只语、点点滴滴间，知道了事情的一鳞半爪。

说的是这次物理考试的事。学校大考一般都是将所有“自然班”的所有学生打散重组，随机编排“考试班”。格仔的实验班也化整为零地编进了年级所在的20个考试班。晓得格仔是“实验班”的，考试时很多人盯上了他。不是偷偷地瞄他的试卷，就是用脚从后面踢他的屁股，也有使劲把他的衣服拽得像蝙蝠的翅膀一样伸展，还有漂亮的女生考前考后不断很杀伤地给他放“电”，格仔一律依然活在自己的世界，不为所动；但在“物理”这个几乎令所有高中生都头疼的科目考试时，居然有一个纸条飞向了格仔，字虽不多，但强烈地传达出这位同学的无助和渴求：“SOS：第十一题会不会？”格仔正答题，时间很紧，但还是表现出了青春年少的“义”字当先，忙里偷闲急速回复：“急急如律令：会！”并将纸条原路掷回。

格仔用自己独特的方式中止了一场可能沦为“作弊”的事件，很负责任地让自己的一个小兄弟“犯错未遂”，应该是具有挽救性质的“义举”。但后来在成绩排名时，有普通班的班主任为了让自己班的一个学生能排进年级前50名，认为格仔同学的行为已经开启“作弊”模式，应该取消考试成绩。市一中的老师都知道，有没有学生进年级前50名，不光是班级名誉，全班老师和班主任的成绩，现实的奖金也是丰厚了得的。自己不好说得太白，便撺掇有利害关系的家长到年级组长那里去闹。哪个家长为自己孩子的排名含糊过？可别小看前进一个名次，也许能对孩子产生的刺激不是一个名次的事，是“秤砣虽小，能压千斤”效应和强有力刺激。

不疯魔不成活。再小的事情如果加进了别样的成分，搅起的效应可能谁也难料。也许家长都懂“多米诺骨牌效应”，前面只要能移动一人，后面的人都能有移动的机会吧，居然很容易地自发集结了一批人出来讲话，认为按照规定，格仔同学应该算“作弊”，要取消所有科目的成绩；说破了天，至少是违纪，“物理”科的成绩肯定要取消！因为似有“看不见的手”的操纵，“事情”渐渐向“事件”演变，从年级组闹到教导处，又到了分管校长那儿，分管校长被吵得头晕眼花，只能求救于校长。

到了校长这里，家长们谈论的已经不是名次问题了，一顶又一顶的“大帽子”从天而降：这关乎学校的“规定”能否执行，对“实验班”的学生能不能法外开恩？是要让社会秩序杂乱无章，还是规整俨然？我们办教育到底为了什么？“初心”到底能不能改？历史的经验早已证明，满腹经纶的校长肯定是说不过如潮水一般七嘴八舌的家长，解铃还须系铃人，只能火急火燎找来“实验班”的老班。

手掌托着紫砂茶壶的老班以少有的速度很快赶到现场，还自作主张地带来了“他们家”的头发乱得冲天的物理老师。老班听校长说了这事，露出满是茶垢的黑牙大笑一阵，并没看众人，只是对着头发乱得冲天的物理老师讲了那句一言九鼎的话：“如果他们非要取消‘我们家’格仔同学的成绩，‘我们家’所有同学就不参与这次考试排名了！”也没让物理老师讲任何话，拉了他就走了。看还有人在背后叽叽咕咕地说什么，老班没忘回头用紫砂茶壶指着众人加了一句，“如果你们还是不信，拜托你们可以问一问‘我们家’的每一位老师是不是这个意思！”

头发乱得冲天的物理老师在老班的拖拽中，顽强地找了个空，代表“他们家”全体老师表态说：“不用问，肯定支持！”并且好像才想起似的举起了手上的一本《试卷汇编》，封面上有毛笔写的一行红字：“人生犯罪作弊始！——格仔”并大声强调：“这是‘我们家’格仔参加过的所有考试的试卷自己装订成册的《试卷汇编》，更是他一直奉为圭臬级的箴言，他会‘作弊’吗？咹？都给我滚，滚！”还把手做出了利剑的形状斜插向空中。

这个姿势，有力而又彻底地粉碎了所有人的幻想，毕竟是自己孩子的嫡亲老师出面干预，家长很快做鸟兽散去。

“不要相信谣言，要相信自己的孩子。”后来格舅专门打了电话过来，强调说，“你们别忘了，格仔可是被‘披头士’碾压和蹂躏过的，没那么脆弱。”

据讲，那次以后，经研究，学校做出决定，取消每次考试后按分排名的做法。

事情虽然最终是有惊无险，但格爸显然是气愤难平。名次去不去掉，甚而名次是多少名，已经不重要了。格爸气的是，这个小东西，一点防范意识也没有，从不看看自己的身边、周围、整个的环境，看似平静，实是凶险无处不在。如果这次不是“实验班”老班端着紫砂茶壶强势出场，被家长乌泱泱地闹下去，格仔将会受到怎样的对待还真是难料，这对于一个走在高考这条荆棘之路上的格仔又会产生怎样的影响呢？

格爸惊出一身冷汗！

请格仔老师们“聚一聚”的想法就是在这时产生的。

虽然产生于灵光一闪，但迅速在格爸头脑中发酵膨胀，同格妈一商量，一拍即合，很快确定下来。而且格爸格妈一致认为，他们请老师“聚一聚”，完全不同于其他人的请客。全中国从幼儿园到大学，每天都有无数的家长在请老师“聚一聚”，他们请客的功利性极强，指向单一、直接、赤裸，就是希望老师对自己的孩子好一点，在各方面予以倾斜；而这次请“实验班”的老师们玩玩，完全是出于内心的尊敬，对他们为“实验班”付出的辛苦表示由衷的感谢。请客的时间、地点、人员很快初步拟定，只等他们家老班最后决定；请客的细节也一一敲定，其中“档次”是重点，当然是小城最好的酒楼、最好的饭菜、最好的烟酒，寓意着老师们教给格仔们的是最好的知识、最好的品行、最好的修养，格仔高考时能考个最好的大学。

根据别人家的经验，此事在实施前必须高度保密，不然，会让格仔对老师产生误解，或可能认为吃了饭的老师应该受制于人，在学习上让老师偏袒自己，更有可能会节外生枝，让他搅黄了这件事；还有就是要必须找个硬茬陪客，这个人当然非格舅莫属。格妈二话没说，一个电话就搂了过去。之于陪客，格舅没有异议，但他提出一连串的疑惑：一是这个客请的是不是有必要？二是与现在的形势合适吗？三是老师们会答应吗？格爸抢过格妈手里的电话说：“我说哥啊，你在机关是不是把胆子待瘦了吧，请小孩的老师吃个饭弄出‘十万个为什么’来，如果让你当个国家元首，这样畏畏葸葸、瞻前顾后，全国人民什么时候能盼来过上幸福美好生活的重大决策呢？”一顿杂七杂八，弄得格舅放下了所有的武器，但有一条是坚持到底的，那就是：这个事情必须征求格仔的意见！

尊师重教是我泱泱中华五千年亘古不变的传统之美德，走遍天下每一寸土地都信这个理，还要问什么格仔？

“你不知道学生和老师之间的玄妙，必须要问，毋庸置疑！”格舅没说理由，生硬地告诫。

“好好好，听你的就是了。”格爸对格舅只能满口答应。但对格妈交代的却是：等请了客再说。

但事情并没有等到请了客再说。当天晚上放学回家，格仔放下书包后的第一句话就是：“我警告你们俩，不要背地里搞什么小动作。”直接而生猛。

看看纸里终究包不住火，格妈便耐心来做工作：“我们没有其他任何意思，只想对老师们表示深深的崇敬！他们为你们付出太多。”

“我再说一遍，请一个科目的老师，下一次考试这个科肯定少考1分，请多少科目的老师，按人头数，麻烦你们自己算一下，总分我该少考多少分，名次该降多少，告诉我一声，我不会打一点折扣。没时间再啰唆，我还要写作业！”

看看这事闹的！格妈看看待在一旁的格爸，格爸只能无语，主观地肯定是格舅走漏了风声，从而深切理解上级为什么一再强调保密工作的重要。不过，格爸最担心的是格仔对这件事的态度，应该不是忌讳同学嘲笑什么的那么简单，从头到尾，格爸看到的是不谙世事，不懂人情，接不上一点人间的烟火气，是个完全活在自己世界里的怪里怪气的人，甚至还自以为是地认为：自己的老师他最清楚，他们只知道一心教书，从来“不需要什么人感恩”！

像这样的格仔今后到了社会上怎样才能立足，世俗怎么能容忍“这样的存在”？越想越觉得事态严重，既气且恨，便怪罪格妈平时只顾一味溺爱格仔，忽视了对他情商培育与养成，弄得跟冷血动物一样，没一点点俗世人情应有的温度。

面对危急患者都没慌过手脚的格妈被这么一顶大帽子重重地往头上一扣，顿时觉得头晕眼花，眼泪直流。但她还是表现出了一个经历过许多生死的护士的坚韧、执着和永不放弃：“我们家格仔是你说的那样不堪吗？”

“那你就等着瞧吧！”格爸用一切尽在掌握中的口吻说。

复杂的事情一开始其实表现出的并不复杂，甚至是简单的。

此后好一段时间，一切风平浪静。日月轮回，昼夜更替，工人上班，农民种田，学生读书，商人做生意，一切看上去均是“岁月静好”。格爸虽然感觉有时活得脱不了提心吊胆，是被动地似乎在“受着什么的影响”，但总体上一口气总算渐渐地平复下来了，深切体会到了什么才叫真正的“平安即福”。所以，有一天当真有事发生，尽管有了充分准备，但还是觉得远远超出预期。

正应了“蔫巴儿最易捅大娄子”的民谚，格爸怎么也想不到，格仔这次“戗”上的，竟是他一直十分崇拜的数学国老师。

这个国老师，格仔在家里不止一次地表露出过佩服——能让他真正折服的还真的不多。说这位“脑袋巨大”的数学老师解题能力超强，课也上得火爆，“自带共鸣”的讲课声煞是有味，最喜欢搞“一题多解”，常在解到得意处，请“他们家”的同学稍等片刻，他要赋诗一首：两个黄鹂鸣翠柳，一行白鹭上青天，雄兔雌兔傍地走，一题多解妙无边！经常这样把课堂气氛弄得火爆的一塌。格仔在家里经常回味国老师的一题多解，看到妙处，忍不住击桌叫好，称他是“数学狂人”，是“神一样的存在”，厉害到判处“有期徒刑”都不为过；知道他的人都说他专为数学而生，对数字超级敏锐，一碗米饭端来，眼一扫就能知道有多少粒白米，一顶蚊帐张开，瞄一眼便知有多少个网眼，明知有夸张的成分，但格仔们从来就没有怀疑过，也问过国老师，江湖上的传说真耶假耶？“脑袋巨大”的国老师用自带共鸣的声音回答他们：“假作真来真亦假，真作假来假亦真。”信则有，不信则无的意思。但“他们家”的学生无一例外地都“信则有”。

同这样的老师闹翻，应当不是简单的事。开始格爸毫无所知，只感觉到格妈有点魂不守舍的。别看格妈在急诊科经历过无数的生死，但格妈简单、纯净，心里藏不住事，因为此次事关重大，格妈在没有想妥之前，是准备先不告诉格爸的。但格爸对付格妈有的是办法，几句话问下来，格妈竟然哭了起来，说，看样子是真的完了，不要说考什么“一流重点”大学了，“一般本科”能不能考上都是问题了！

格爸一听，头“轰隆”一下变得不知有多大，虽然他已准备有事，但没想到是这么大的事！因为接近垮塌，格妈连句子都不能讲完整，格爸连蒙带猜地将事情弄了个大概轮廓。

也是一次在学校后大门吃晚饭时，格妈偶然间听旁边一个长得很像关晓彤的女同学说的。她用手幅度很小地戳了一下在她旁边的格仔，隐约听见她压抑着声音告诉她妈，说这个同学“牛”得很，数学已经放弃不学了，这次测验他就没有参加。

眼看就要高考，怎么能出现一门课放弃不学呢？这还了得吗？格妈没压住火，立马向格仔证实。格仔竟然没有否定！这让格妈实在难以苟同，严厉责问格仔到底怎么回事？格仔居然说得随意又无所谓，说不过就是“一次正常的战略性的调整，不想学就不学了呗”。

犹如一枪击中要害，格妈只觉得天旋地转、山崩地裂，格仔怎么离开自己回教室的，自己已经没有一点印象了。

希望的彻底破灭，要么让人崩溃，要么让人很残忍地面对现实。真是到了这种地步，格爸反而冷静了下来。他问格妈这事有多长时间了？格妈说不太清楚，但应该不是一两天的事。

“那这么长时间了，怎么没有一个老师让家长到学校去好好地谈一谈呢？”格爸觉得问题可能比自己想象的还要糟糕。

从幼儿园到小学，直到中学，只要孩子在学校有什么出格的事，学校肯定要和家长联系，通报学生情况，研究共同教育小孩的方案和办法，总之只要是小孩没有到犯罪坐牢的程度，学校都是要想方设法进行挽救，名曰“一个都不能少”。格仔面临高考，出现数学不学，考试不参加，竟没有一个人告诉他们，说明什么？难道学校早就已经放弃格仔了？

听格爸越说越像，格妈哭得更厉害了，直呼“这怎么得了，这怎么得了，这不是天都塌下来了吗？”额头上粉红发夹的旁边与年龄不相称的几根白发或隐或显地颤抖着。

格爸觉得刻不容缓，必须要和格仔认真地长谈一次。想到此事关系重大，便顾不得一切，等他快要下晚自习时，便又一次去学校门口等他。

看到格爸中断多日后居然又一次重启来接自己的模式，格仔颇觉讶异，但也没有表现出怎样的抵触。不过当格爸单刀直入地问到正题时，格仔便变得有点桀骜不驯起来，反问格爸：“有什么不妥吗？”格爸一时被他“呛”住了，格爸觉得，格仔完全没有理解自己的意思，这么大的事，不是简单的“妥不妥”的问题，必须要向家人有个庄重、合理、详尽、非常负责任的解释，让家人理解前因后果，要说清楚为什么和“数学狂人”国老师闹翻？不能这么不明不白地让父母生活在担惊受怕之中。但格仔似乎没有说得详细的意思，并且纠正说“没有和国老师闹翻”。其间不断有熟人和他们打招呼，断断续续地便很快到了家。格仔这次倒是没有一点的拖泥带水，房门“哐啷”一关，里面再无声息。

双边对话机制显然已经关闭。格爸觉得自己老火的浓度绝对超过了100%。但他知道，面对格仔这样的对手，又是处在现在这样一个特殊时期，处理问题光靠“气”是没用的，对话不成，用武力吗？先说未必是这个“小牯牛”的对手，将事情弄成尴尬；即使拿出吃奶的力气，勉强将他征服，代价会是什么？那是想都不敢想的。

后来，格爸还是自己到学校去了一趟。格爸想要问清楚，你们老师的天职是什么？你们有什么资格对我家格仔不闻不问？

可恨的是，新换上岗的学校保安对外来人员十分警惕，连学校大门都没让进，说一定要有领导或老师打招呼才行；打老师电话，全打不通，保安说，我们市一中是小城的最高学府，相当于我们市里的“北京大学”，纪律很严的，哪能允许老师来上课带手机的？即使不小心将手机带到学校来了，也不可能开机，更不可能带到课堂上的，就不要白费那个劲了。

没进到校门，还无意间又横遭保安“北京大学”四个字刺激了一下，心力交瘁的格爸拖着沉重的脚步回到家，心气也渐渐地淡了下来。想想算了，等有合适的时候再作计较吧。

恰在这个时候，发生了一起后来震惊全市的事件，一个学生实在承受不住家长近乎苛刻的指责和希冀，在又一次和家长大吵后，身心崩溃，在一个周日下了晚自习，乘着夜色，恍恍惚惚间，从学校天文台楼顶跳了下去……

这个学生不是别人，就是格仔他们班的王小电。

这个消息开始是严密封锁的，可能知道消息的人也许更知道这个事的非同小可和极端严肃性，所以即使是最易惹是生非的“微信圈”也没敢有半点的风声外露。格爸格妈最先是从格舅那里嗅到点影影绰绰的端倪，极度震惊之余，又有格仔总算平安的深深庆幸，唯有一遍又一遍地为格仔祈祷：千万不要有什么意外发生，平安即福吧。

好在日子过得飞快。高考的气氛越来越浓。学校高考誓师100天大会开过不久，“一模、二模、三模”考试也一场接一场地进行下来了。因为学校取消了排名，格爸也不知道格仔的成绩到底处在一个什么样的位次。不过，格爸的心态已平静了许多，他现在所想的，格仔能正常参加高考就行了。

但似乎真有“想做奴隶而不得的时代”，格爸没有想到，即使这样提心吊胆的日子也没能安稳地过下去。

教室后边的高考倒计时牌还剩个位数的时候，很多家长开始自发地到小城西边的“护国寺”烧香祈愿，祈求自己的孩子金榜题名；有不少班级的同学开始撕书、撕资料、撕作业，纸屑如雪花飞舞的场景不时在各个楼层上演；一直到有一天上午，实验班的老班给54位学生每人发了一块“糕”和“粽子”，标志着今年的高考真正地到来了。望着班里每个学生小心翼翼地吃着“糕”和“粽子”，呆呆地端着紫砂茶壶的老班眼泪止不住地流了下来。

想想还真是有点畸形吧，这么一群正值狂野的热血青春们，却不惜付出近2000个日日夜夜的宵衣旰食、寤寐思服，准备一场似乎是决定未来命运的庄严的仪式。成堆的书，如山的习题，最后只化成考场上几张薄薄的试卷，又都心甘情愿地将自己的命运交给这几张纸，一旦“高·中”，惠风和畅，春暖花开；否则，则是朔寒凛冽，冰天雪地吧。每个同学虔诚地吃着“糕”“粽”，想着三年来老班如父如母般的贴心贴肺，大家都禁不住眼泪汹涌。

这期间，不知哪个环节出了问题，王小电的事终于在小城铺天盖地地传开，不但让全市震惊，市一中全校同学也都经历了一场难以言说的痛楚，处在旋涡中心的实验班的同学全哭了，但经过方方面面立体全方位的抚慰，孩子们渐渐从事情的阴影中走出来，毕竟沸腾的生活还要继续，每天还庄重地把王小电那张堆满书籍资料的课桌擦得干干净净，默契而又坚定地带着他一步一步走向高考考场。

但唯有格仔，似乎很难再回到现实，不知从哪一天开始，变得有点茕茕孑立、形影相吊。终于在快要高考的最关键时刻，决定不再去学校上学，整日地把自己关在了西边的小房间里。

这回“天是彻底地塌了下来”，看样子连最后的一点希望也要彻底破灭。如果不能参加高考，一切可能均不复存在。哀莫大于心死。想想一家人彻底颠覆了自己的生活，陪着他一路走过来，从最初无限希冀的“北京大学”，调整到备选“一流重点”，进而降格到以前根本没想过的“一般本科”，现在只想他能参加一场高考，芝麻西瓜随便捡一个到篮子里就行，可即使这样居然也不得！格爸只觉得脑子“猛”的一热，似乎再也忍无可忍，只想来个“以毒攻毒”！即使结果是“鱼死网破”，说不定怎么也说不清的道理能让生硬的拳头“一捶定音”。

这时的格妈倒没了一滴眼泪，表现出异常的理智和清醒。她只认准一条，任何问题都有解决的办法，只不过是没有在准确的时间——找到正确的人——拿出精确的方法罢了。

在一个有着微风的夜晚，格妈再一次拨通了格舅的电话。

似乎一切早就在预料之中，格舅依然是声若洪钟，说话比以前哪一次都响，炸得格妈耳鸣失聪，说怎么到现在才打电话，市一中实验班“老班”已端着紫砂茶壶等候你们多时云云，看样子完全不知道他们沉重的忧虑。

不过，令格爸格妈他们怎么也想不到的是，在这里他们所了解到的格仔，完全是他们没见过的“陌生人”。

不用相约，格爸知道在哪里能找到老班。

初夏小城的夜晚碧空纯净、星光灿烂，坐在天文台楼顶上所感受到的四野浩渺深远，隐隐有笛声远远传来。老班的手上没有那只紫砂茶壶，经过很长很长一段时间的沉默，老班站了起来，他不易察觉地抹了一下眼睛，开始了缓慢而低沉的讲述。

老班说，都知道“北京大学”这样的名校可遇而不可求，但只要是正确的人走在正确的路上就一定能遇到。可是，很多自以为是的人总是用自以为是的外力，强行逼着正在正常行进的人改变方向，因而白白错失了与既定目标相遇的良机。而“我们家”的格仔，在这三年里始终如一地“咬定”目标从没放松过；我们也不能不以敬重的心情向“我们家”的老师们致敬，他们都默契地达成一致：“真的爱他，就不要打扰他。”让他走在自己的节奏里；特别像国老师，你们想一想，一个将名节和声誉看得至高无上的名师，居然有学生翘他的课，还要罢考，这样传出去是不好交代的！但格仔提出，想在最后冲刺阶段用一定量的时间将稍弱些的科目强化一下，国老师表现出博大的情怀，用近乎溺爱的大爱，表示了支持——要想考顶尖名校，可以说，任何环节、任何细节都要精之又精，准之又准，密之又密，不能有一丁点的瑕疵。

校园里灯火通明，却万籁俱寂，阑珊夜色静谧而深邃。老班喝了口格妈递给他的纯净水，用更加湿润的声音说，你们可能不会知道，在我们所任教的学生当中，格仔是唯一一个历次考试成绩是全部进步的人，从进校时的第十名，所有考试没有一次是退步的，进到全校第一名以后，就没有谁再超过他；而且，奇迹不断被刷新，三次“模考”每次都要将第二名的分数不断拉下。最有含金量的“二模”，比去年“北京大学”在我们省的录取线还高20多分！究其原因，格仔同学自己有一套良好的习惯和深厚的素养，玩则玩，学则学，近2000个日日夜夜始终如一地坚持了下来，这是一个能干成大事的人的必备的素质；“我们家”所有老师都有约定，在高考之前，在他面前都不提这些事，以免拂乱其所为；最后几天，格仔不再来学校，也没有一个人去打扰他。因为我们知道，格仔需要平静，我们不能打破这个上天赐予他的内心的平静。孩子们最需求什么我们就给他什么，这才是一个真正的教育家的自觉啊！

说到这儿，他想起了什么似的停顿了一下，毫不掩饰地抹了抹湿润的眼睛说："再次谢谢你们，没有让那些别样的色彩污染了孩子！真的谢谢你们了。"之后，望着天文台楼下无边而深邃的空洞的夜色似是再次沉浸在什么之中长久而不能自拔……

"在雪面前，整个人类都是黑的。"格爸脑中闪过诗人朋友应文浩曾经的感慨。整个过程，格妈几被无声而恣肆的眼泪淹没，格爸觉得自己无地自容，自责、后悔、尴尬、汗颜……为自己的急功近利，为自己的自以为是，为自己的颐指气使……和圣洁纯粹的老师们比起来，自己的所做的一切像个小丑一样……格仔一生里最重要的时刻能遇到这样的老师，一定会永生难以忘怀，今后他无论走多远，一定能从这里找到他不断前行的精神力量和现实支撑。

格爸猛然觉得，虽然还是这个平常的校园，但因为有了他刚刚知道底细的这些老师，一下子变得前所未有的温暖、亲切和厚重起来。

教育，你究竟还有多少玄妙不为我们这些芸芸众生所知呢？

夜色渐浓，群星在遥远而深邃的天宇中竞相闪烁。一声铃响，又一个晚自习结束了。校园里一下子鼎沸起来，或浓或淡的花草树影之间，一下子涌满了无数的老师和学生，他们步履匆匆，方向明朗而坚定。

他们也自然汇入了一群杂沓而又零乱的脚步中，很快被浓浓的夜色淹没。

（2020年1月最新创作）

/ 老师 /

从校长室出来，已是课间操时间，躲在白杨树上的那只大喇叭卖力地奏起了《运动员进行曲》。各班学生排好队，端着拳头跑向操场。办公室前的空地上，骆红和体育教师在嘻嘻哈哈地打羽毛球，汗湿的衣服把她的胸脯弄得异常丰满。老师弯腰把卷到膝盖的裤脚子往下抹到脚踝骨上。校长叹一口气说："也不要太紧张，主要精力还是要放在准备公开课上。"

几颗亮晶晶的汗珠从脑门上冒出来，老师赶忙用袖子抹去。能不紧张吗？有学生家长把控告信捅到县教育局信访室去了，说老师利用班主任的职权，竟在上课时间把班上的全体女生弄到老师家里帮助自己的老婆栽秧！"教育局"立刻火冒三丈，一个电话直挂下来：今天下午立即派人来学校查处！校长急得在办公室里来回乱走，赶忙派人把老师从课堂上叫出来核实这件事。老师自己莫名其妙，十根手指把头皮屑抓得乱飞。他想痛骂一句"卑鄙"，校长用手掌劈断了他。校长帮助老师掸掉肩膀上的头皮屑，又摸摸自己下巴上的胡子说："下午放学把全体女生留下来。这个问题一定要弄个水落石出，免得大家身上背黑锅！"

班上的学生都眼巴巴地坐在位置上等着老师。黑板上还残留着讲了一半的例题。老师捏起一支粉笔，带着学生继续收拾这盘残局。声音干涩而嘶哑，像在用力撕一张牛皮纸。五月的阳光从窗口斜射进来，看得见飘浮的粉笔灰一个劲地往老师的鼻孔里乱钻。班上的五十四颗头伸得老长，随着老师的粉笔尖一块飞速转动，嘴微微张着，像要把教师讲的每一个字都要吃到肚子里。老师才接这个班的时候，一个一个像刚从花果山上下来的猴子，天天闹得班上像锅粥。转眼间一个一个却又都变得一本正经起来。男生说话粗粗拉拉，像弹棉花；女生开始有了自己的小秘密，做事情开始遮遮掩掩，引得有些皮厚的男生眼光在她们身上跳来跳去。且开始敢和老师耍脾气，顶嘴。有一天，体育委员告发，有好几个女生课间操躲在厕所里叫也叫不出。老师便严肃地追查原因。几个女生围成一团，只顾窃窃地笑。老师很生气。倒是快言快语的金花见老师这么不开窍，便没好声气地说："特殊情况！"一下子就把教师击蒙了。他有点不相信地问："难道都是特殊情况？"得了，可没把女生羞死。以后见着老师，再不把老师当一回事，昂着头，噘着小嘴，故意把胸脯挺一挺，那股勃发的青春气息差点没把老师熏倒。从此，老师做女生工作，就有点放不开手脚。如果依老师以往的性格，是一定要把她们一个一个收拾得漫天抹泪的。

老师才来蚂蚁湾中学的时候，正是风华正茂。一见面总喜欢和人拼命握手，把所有的人都看成自己最好的朋友。书更是教得呱呱地叫。从他手里升入市一中高中部的学生，数学成绩很快震动全校。老师很快被提为教研组长，带着数理组教师把数学、物理、化学教研活动弄得热火朝天。初中四本《代数》、两本《几何》课本老师都能从头到尾地背下来！上课晃着两只手，提起一支粉笔从黑板的左上角开场，直讲到右下角画上句号，满满一黑板，不用教科书，不用教案，老师可以挥洒自如地指挥学生用钢笔把某页某行的一句话杠下来，然后高声朗读一遍，作业做某页某大题的第四五六七八共五小题，家庭作业，把今天讲的例题重做一遍等。几年下来，老师得了很多奖状。老师不像其他青年教师玩世不恭，把奖状揉成软软的一团去蹲厕所。老师说："这是我在讲台上口干舌燥，一声一声地喊来的荣誉，当然要珍惜！"每得一张奖状，老师都要去宿舍的墙上正正贴好——贴了热热闹闹半片墙板！县教育局局长每回开会，都要弯着螳螂似的身子强调说："蚂蚁湾中学有个数学老师，他是个小青年啊——"一拨一拨兄弟学校的老师不断地来老师手下取经。这个礼拜六，邻省江苏有个十六校数学教师联合代表团来请老师搞公开课呢。

爸爸却泼老师的冷水："奖状再多又有什么用？如果有这么多姑娘到你房间来坐，才值得高兴！"

并不是老师不想姑娘到房间来坐。有好几个姑娘先后到老师房间坐过，有一个已经坐到了老师的床边上，一见人就笑眯眯的。但最终都默默离开老师飘然而去。什么原因？没有原因。那个坐在床边的姑娘倒真的和老师好过一阵。处得如火如荼的时候，带给老师密密麻麻的一张清单：《结婚用品一览表》。那些个工笔小楷把老师看得脑袋上冒汗，腿便有点打软。老师不怪她。生活永远是讲究实际的。老师小心地征求意见说："你等我两三年，让我喘喘气，我保证一项一项地照章办好。"姑娘脸色酡红，问："干吗要等两三年呀，青春可不等人噢！"依然是笑眯眯的。老师抹抹汗，他不想让她知道当教师的只是精神上的大老板，而物质上是瘪三，这点自尊老师还是有的。日子来来去去，姑娘们便一个接着一个地跟着别人进了洞房，肚子日益地显山露水了。老师还是一个人东钻西窜，看到陌生人再也不一个劲地握手，而是冷漠地打量着人家。老师的胡子开始变得又黑又密，青春的浪漫和自信在现实里慢慢地沉溺了。没意思，一点意思也没有。就由校长介绍，和湾里的小梅结了婚。结婚的时候，老师给班上的每个学生发了一包喜糖。老师说："你们吃了我的喜糖，要好好念书，争取到城里去，永远地离开蚂蚁湾。"

同学们"噢"叫一声吃糖。老师站在讲台上，耳听到一片咂咂声中，恍惚看见学习委员林小芸把喜糖一粒一粒地在课桌上排成一个大"？"号。老师脑门上又冒出了汗，用手一抹，五道白粉笔印子便掩在额头上，女生们便嘻嘻地笑。这时，几何题讲完了，学生便把伸着的脑袋缩回原位，把张着的嘴合上，舒一口气。老师伸伸站得发麻的双腿，愣了愣，说："下午放学，全体女生留下开会吧。"

一般地讲，学校安排每个教师一周十二节主课，两节副课。精力充沛的还要做班主任。老师常年在初三把关，是台柱子。今年分科，老师跟校长讲，小梅在家里的农活实在磨不开，想调到初一休整一两年。学校领导班子经研究是答应了的。但后来人员大幅流动，老师不但没有下到初一，一下子又让他带两个初三班的数学，几何和代数合计每周十八节课。校长实在有点不过意，一个劲地向老师致歉，解释。老师说："没什么，上吧。"每天三节课，基本是上午两节，下午一节，或者是上午一节，下午两节。有时也三节课全在上午，就惨了，刚出这个教室，又去赶另一个教室，连转不停。半天下来，像参加了一场马拉松，累成软塌塌的一只空瘪的麻袋。空下的时间，便加紧查资料、备课、写教案，批改一堆又一堆如山的作业。几何、代数分开，四个作业本轮流转。长期的粉笔生涯，弄得所有的教师都成畸形：嗓如沙锣，腰像虾米。一坐下来，什么也不想说。办公室里静悄悄的，对面的物理老师老吕正在用天平称几个粉笔头，眼睛出神地贴近天平横梁，然后记下一组又一组的数据。斜对面的骆红站在那儿在放大一张《酒精灯制取氧气》的实验图，连衣裙勾出的身段非常撩人。老师的办公桌靠着窗户，推开窗，远远的是那条东流不歇的蚂蚁湾。两岸是肥润宽阔的田畴。极远处缥缥缈缈，老师似乎看见小梅像一只小蚂蚁似的蹲在地里辛勤地劳作着。

当初结婚时，就有人在背后议论老师："好不容易逃出了农村，却去找个农村老婆。生了小孩，是农业户口，好了，自己又被拖回农村去了。"翻开历史看看，当初找了农村对象的知青，现在可惨啦。难道别人提供给我们的教训还不够触目惊心吗？老师晓得了，回来就对小梅讲："你要争口气，叫别人看看，我娶了个农村老婆，照样过着幸福的日子。"开始小梅是住在学校的。一间房，十四平方，既是房间，也放煤炉。时间一长，煤烟恶毒地腐蚀了房间里的电镀椅、电视机、电风扇以及灯泡插口。电线上又是油烟又是灰尘，一碰，便裸出铜丝，那是极其危险的。夏天，汗水沥在席子上，一夜到天亮，两人就那么汪在汗水里，老师和小梅也不吭一声。校长看不过去，便在民主生活会上提议："像这样的骨干教师，我们应予以特殊照顾！"但会议刚散，便有其他教师一个接着一个地像马蜂一样来叮校长，也要求把房间和厨房分开。房子历来是学校的紧俏货，牵一发而动全身，为一间房子闹得全体教师罢教的事也是有过的。校长只好苦着脸来对老师说声"对不起"。老师说不出话，逮住校长的手一阵乱握。校长摸摸胡子说："你们先给我熬着，等食堂罗师傅退休，一定让小梅来食堂做事。"小两口便连声感激，盼望罗师傅早点退休或者干脆立即死掉算了。但罗师傅才四十七岁，一顿能吃三海碗大米饭。没办法，每个月只得数着老师的七十六元钱过日子。饭桌上难免有些羞涩。双职工的家庭隔三岔五都来只鸡或弄条把鱼，孬点的也割点肉打打牙祭。只有小梅的菜篮子，从礼拜一拎到礼拜天，天天是一些粗菜，扁豆、芹菜、苋菜、莴苣，千篇一律。弄得小梅实在不好意思去水池边洗菜了。小梅虽是农村人，但也读到过高中毕业，自尊心也是蛮强的。每次洗菜前都要站在窗子后面看好多次，确信水池边再没人洗洗汰汰了，才以极快的速度拎着米和菜篮子去水池边。三把两把，像做贼。如果被人撞见，难免要被议论一番。“又吃青菜啊？”“哎呀，这芹菜还能吃啊？老得跟柴枝子似的了！”精神备受磨砺。小梅这女人不错，这些事一般不给老师讲，晓得老师自尊心强，受不住。有一回，老师家有只母鸡不行了，小梅用开水烫了，煺了毛，拿到水池边去扒内脏。这回小梅似乎高人一等，洗得很慢，老师从窗口望见小梅在女人堆里的那种幸福感，心里特别不是滋味。直到该来的女人都来过了，都走了，小梅才拎起洗好的鸡，又到办公室转了一圈，说找老师拿宿舍钥匙。可老师知道她是展览自己篮里的鸡的。老师跟着小梅往家走的时候，发现鸡渐呈酱紫色。老师问：“这鸡还能吃吗？”小梅说：“我知道不能吃。我不过是镇她们一下。”鸡的使命完成了，随后用报纸包好，偷偷地扔到女厕所里。这是一只瘟鸡。

晚上，小梅就主动向老师提出，想住回蚂蚁湾家里去。老师说：“爸爸不在了，你一个人住家里有什么意义？”小梅说：“我们不要再自己欺骗自己。人，最最重要的是敢于承认窘迫的处境，然后鼓起勇气正视它。”第二天就住回家中。养了几个猪、几十只麻鸭和鸡，责任田也伺候得绿油油的。学校后面那个新开的小菜园，也就慢慢地荒废，杂草长得有三尺多高。

虽然两个人不能恩恩爱爱地每天住一起了，但日子确实宽绰多了。小梅常常让隔壁的金花带好吃的给老师。菜是烧熟了的，盛在大白瓷缸子里，用网兜络着。但金花有点缺心眼，每一回总是把茶缸子拎到班上，等老师早读课上班时交给他。老师接过缸子时，学生都用书捂着嘴窃窃地笑。老师便有点不好意思，抱着缸子穷寇一般逃出教室。其实老师没来时，缸子早已被学生揭开盖子看过了。要么是鱼，要么是咸菜炒毛豆米，或者是萝卜片炖两只鸭大腿。有老机头的学生还敢用手指捡两片肉尝一尝。当然，不方便的时候是相当多的，特别是信息难以相通。小梅有什么事情，只好让金花捎来口信：“老师，让你今天早一点回家割麦子。”金花常常就这么在班上大声大气地把话传给老师，弄得老师很猥琐，恨不能用钳子把金花的嘴夹住。回去就跟小梅讲：“以后不要让金花给我捎口信。”小梅很委屈，身子一扭，甩一个文弱的肩膀给老师。老师扳过她的肩膀说：“因为我是老师。”小梅便理解了他。再有什么事，便写在纸上，还叠成蝴蝶状，让金花带给老师。但这并不影响学生截获秘密。于是，常常有小道消息在班上掀起阵阵波浪：“老师今天要提前回家买小猪，第三节课可能要改上自习课啦。”奔走相告，沸沸扬扬。有的学生信以为真，第二节课一下就跑到街上逛商店去了。等第三节课老师来上课，教室像刚刚遭过鬼子的一场洗劫，稀稀拉拉几个人：一群女生搬开讲桌。在讲台的空地上比赛踢毽子，闹得尘土飞扬。事情闹到社会上，便不断有家长到学校来责问校长：怎么老是没有老师上课，弄得学生天天像散兵游勇，到处乱逛？校长气得揪胡子，逮老师一顿乱骂。老师用袖子拖拖被骂得昏沉沉的脑门，找来金花，怪她弄乱了班级秩序。嘻嘻哈哈的金花小嘴一噘，不高兴啦，嘟嘟囔囔地说："辛辛苦苦帮你们家传信，倒传出毛病来了！"身子一扭，只顾写作业去了，干干地把老师晾在一边。老师先自矮了半截，便没趣地走开。渐渐地，每天的愿望变得越来越小，越来越简单，浓缩成早读课上班，金花不要给他捎纸条子。如果没有纸条子，这一天相对要奋发得多，就能和别人平起平坐，暂时忘却家的累赘和啰唆；如果刚上班，就有张小梅的纸条子塞到他怀里，老师这一天就垮了，精神萎顿。有不知好歹的学生在作文里写道："我们老师娶了个农村老婆，老是带纸条子让他回家干这干那，弄得老师心神不宁，我们好恨她哟……"慢慢地，皱纹爬上了老师年轻的额头，便常常这样坐在办公桌前发愣。这时，骆红轻轻地说："有些事你也不要太往心里去，活得潇洒些。"

老师一惊，发现办公室里只有他们俩，便有点发慌。窗外的阳光异常明丽，骆红就那么远远地望着老师。骆红刚分配下来一年多，喜欢吃榨菜，老师帮她买过几回。她也给过老师几盒烟，那是她从家里爸爸那儿偷拿来的好烟。学校便风传老师和她关系暧昧。有人甚至还稀里糊涂地来撮合他们俩。结果，反使他们俩离得越来越远。骆红能偷空和老师说两句话，也总是偷偷摸摸的。多少个日子，相处一间办公室，俩人只能保持着那么一种美丽却又无奈的默契。骆红还想说点什么，却被嘈杂的下课铃淹没了。下课的老师立刻鱼贯而入，洗过手，倒一杯开水捧着，便围到老师桌子前，问："组长，又是谁他妈的把小报告打到上面去了？""哎呀呀，这几个女生是怎么搞的嘛——"语文组也有人跑过来慷慨陈词："这些家长的脾气比我们还冲。动辄把事情弄到上面去，叫我们在下面还怎么开展工作！"

老师颇为感动，赶忙掏出皱巴巴的香烟来散。更深刻的牢骚便伴着腾起的烟雾一齐爆溢开来。按讲有些教师确实不自觉，老是找学生做事情。让学生上街买酱油、挂面，擦玻璃窗子，或在冬天里洗裤子，洗厚厚的棉毯子，学生的小手常常在水里泡得浮肿。但凭良心讲，老师爱生如子，从不叫他们帮自己家里做事。午季是农村忙得脱皮的时节，割了麦，要立即把地犁过来，泡上水，撒上肥，晚上拔秧，白天栽秧，同时，还要把割下的麦子脱下，晒干。别说小梅一个人，十个小梅也弄不过来。就这样，老师也不吭一声。白天一本正经地在讲台上讲课，下了课，才换上结婚前穿过的旧衣服，向住校的教师借辆自行车往家赶。这时，正是学校双职工家庭最悠闲的时候，忙乱了一天的教师们聚在路灯下下棋或是摔扑克，也有追求点浪漫情调的夫妻俩在草坪上一圈连着一圈散步。老师回家，小梅已经把麦子割下，一铺一铺地抱到场上来了。老师赶忙帮着把它们摊开，去邻居家借牛来拖石磙子轧麦。老师拿教鞭行，拿牛鞭可就外行了。老牛在场上要么乱跑，要么站下来，像个哲学家似的深沉地望着老师。这还算比较客气的，遇上耙田，可就惨了。老牛拖着一张木耙，老师双脚压在耙上，老牛却不愿意走。老师吆喝不动，一耙杖甩过去。老牛疼得猛跑几步，老师

“叭”地在水田里跌个仰八叉，满身泥水淋漓，眼镜也不知栽到哪里去了。最后还是老师教过的一个学生晓得了，把拖拉机开过来，帮老师弄了两天。老师要给工钱，学生不要。老师又颠颠地给学生递烟，划火柴，脸上簇着一堆感激涕零的笑。学生看见曾经风流倜傥的老师弄到了这个地步，眼睛里禁不住潮润润的。

有时老师苦得实在受不了了，便劝小梅：“你也不要太要强，慢慢弄就是。”小梅说：“人可以慢慢弄，但秧不及时插下去，秋后只能收几捆稻草。”老师说：“少收一点粮食不要紧，命不能不要。”小梅说：“你可以靠着一点工资活下去。收不到口粮，我和孩子有命也保不住。”没办法，必须拼死地干。老师不晓得是干下去为活命重要，还是不顾命地干下去重要。夜里近一点钟睡下，早上五点左右起床，天天如此。再站到讲台上，双眼血丝如网，眼皮往一起粘，看学生都分不清是男生还是女生。有一天，趁学生板演的间隙，老师趴在学生的空位上竟呼呼大睡，呼噜声扯得每个学生都心情沉重。全班鸦雀无声。林小芸还示意男生对着窗口给老师放哨，防止被学校领导知道。老师甜甜地一直睡到下课铃拉响。

一觉睡醒了，老师也就明白了。人被放到生活中，就像你不慎溺水。生活永远没有错，如水那样不动声色。它不会用手把你拽往底层，使你丧生；如果你死了，是因为你自己下沉。主要是看你怎样把握。正确的态度应当是：你落了水，你要抓住一切可能使你生还的东西，即使只是一根稻草，你也要紧紧抓住不放。所以老师不怪那些曾经连招呼也不打一声就离他而去的姑娘，她们是对的。他永远不可能让她们出门时睡卧铺，坐飞机，或者乘“TAXI”。她们如果发善心而嫁给他，那么，当生活惩罚她们的时候，又有谁来同情她们呢？一次，骆红看老师时眼神有点失控，老师就对她说：“骆红，我不适合你。”骆红说：“你没有试过，怎么知道不适合？”老师说：“如果现在我们大学时代的同窗再聚在一起，一定有同学坐着自己的轿车来，而我，却一辆自行车也无力买回。”所以老师从来不谴责姑娘们攀高枝，反倒看不起那些不攀高枝的人。就在下午报到上班的时候，老师还冲一个学生发了脾气。

签到上班，是学校历来的规矩。上午七点半，下午一点半，每次签到十分钟，迟到一次，扣考勤奖两元，迟到两次，六元全扣，三次以上扣奖励工资，极其冷漠无情。所以能天天正点签到，是非常幸福的事。老师每次在签名册上写自己的名字，不亚于首长在下级递上来的申请报告上签“同意”时的快感。

老师刚签完名，政治老师就把老师班上的一个调皮猴子扭着耳朵揪到办公室，老师十分尴尬。学生见到老师如见父亲，眼泪哗就下来了。政治老师气得唾沫直飞：“胆子真比碗大啦！让他中午留下来写检讨，他竟跑了！”政治老师火了一通，拎起一本书上课去了。老师让学生讲讲情况，学生不讲，两只脚在水泥地上擦过来擦过去，一副扶不起来的空麻袋相。老师不由得也火了，走上前用力把学生推了个大趔趄，差点撞到了门框上。骆红一把拽住学生，手上的一摞本子“哗”地撒了。骆红用美丽的眼睛狠狠地瞪了一眼老师，学生赶忙弯腰去拾本子。老师则满身口袋地乱摸香烟。骆红让学生坐在对面的椅子上。学生说："这两天家里农活忙，回家顿顿要做饭，晚上还要拔秧，瞌睡，在班上扯呼噜，影响了政治老师讲课。"骆红说："你应该写好检讨再回家，政治老师是为你好。"学生说："我不回家，家里没人烧饭，妈妈在地里还等着我送中饭给她吃呢。"

老师再也不忍卒听，眼睛里已是一片潮湿。他明白了学生为什么在他面前不说这些，原来他们师生的遭遇是一致的。为了准备公开课，他已经好几天没有回家了。小梅托金花带过好几张十万火急的纸条子让他回去帮忙，都被老师当堂撕碎了。老师知道小梅实在是无法了才接连捎纸条子给他。但他还有自己的工作。可是谁知道这些事被班上的女生知道了，自发地跑到老师家里帮忙去拔秧。上午改林小芸本子时，里边夹了一张纸条：老师：我们女生做的事与你无关。我们负责向信访室的人解释！老师无奈。同学们，你们知道这样做不但没减轻老师负担，相反造成的影响是多么恶劣吗？

一股五味俱全的温情在老师心里荡漾开来。他走到学生跟前，帮他揉揉被揪得通红的耳朵说："你要听老师的话，好好念书，念出出息，摆脱你爸爸妈妈的这种生活，懂吗？"

学生不懂，只懵懂地望着老师，和老师刚来蚂蚁湾中学时一样稚气和单纯。不要紧，让生活慢慢地教育他吧。

下午第三节课，老师刚上完初三（2）班的几何，教务员小宋又来追他要公开课的教案去打印。老师说："我已被你追得焦头烂额，不能缓一下吗？哪怕是一个晚上。"小宋也很歉意："因为明天我要出差，不赶着弄出来，怕来不及了。"老师想想也是。教案不弄出来，课讲得再好，也是不符合教学原则的。科学，永远苛刻地讲究有理有据有证，正如你从泥泞的地上走过必须留下脚印一样。两人正说着，却远远看见县教育局信访室的同志拎着黑皮包，正朝校长室走去。老师一下子像被抽干了全身的血液，脑门上冒出了一层虚汗。夕阳从窗外射进来，把老师的皮肤抹上亮亮的一层。老师的腿便有些打飘。

校长远远地招手让老师过去，老师两眼失神地望着校长，并不过去。手上的一叠教案雪片似的飘到了地上。骆红快步走过去拾起教案，说："学生那边我们已做过调查，没你的责任。你别害怕。"老师这才回过神来，用袖子拖了拖脑门上的汗，向校长室走去。

校长把信访室的同志让进屋里，立刻有食堂罗师傅送上几瓶茶来。校长手抖抖地给每个茶杯沏上。信访室的同志说："本来这事不算很严重，但因为目前各个学校老师差使学生做事成风，局长吩咐要抓典型严肃查处！"校长赶忙给他们射香烟，因为手抖得厉害，有一支香烟被他射到了信访室同志的茶杯里。信访室同志的手像一片树叶在空中摇了摇说："不必了。那位同志来了吗？"

校长赶忙把老师推到前面说："老师正忙公开课的事，有些事确实顾不过来。"

信访室的同志从头发梢到脚指头把老师打量一遍。老师两只手都是白粉笔灰，衣服的第三颗纽扣以下也全是白粉笔灰，晓得老师刚从讲台上下来，便说："也不要紧张，先去洗一把手。"老师用手抹了下脑门上的汗说："习惯了。"脸上也是乌哇哇五道粉笔印子。信访室的同志也不坚持，打开《工作日记》，拧开黑管子钢笔，对老师说："请你谈谈具体情况。"老师望望校长，校长说："具体情况我们已做了调查，还是让学生自己谈，行吗？"

信访室的同志深深地喝了一口茶，然后套上钢笔帽子说："那更好。学生都留下来了吧？"

可是，当一干人来到班上时，班上空空如也，刚打扫过的教室，空中还悠悠荡荡地悬浮着一缕缕灰尘。夕阳透过玻璃窗照到黑板上，黑板上奇怪地画着一行字夹着符号：

学校→出门→向东→老师家

一干人你望我，我望你，气氛一时极其尴尬。他们当然不会知道，全体女生此时正站在老师家的责任田里，已经拉开了阵势。双手边飞速地拔秧，边叽叽喳喳吵着：

"哎，你们说，他们会到老师家来调查吗？"

"不来？来了，我还不一定理他们。"

"他们会原谅老师吗？"

"如果他们晓得了我们的老师是天下最好的老师，说不定会通报表彰呢。"

"嘻嘻……"

宽阔的蚂蚁湾依然东流，蚂蚁湾的田畴宽阔无边。这些女生，只不过是上面一个小小的标点。

（原载《大时代文学》1992年第6期）

/ 老郎片断 /

老郎早年就读于人民大学，学的是经济管理，有一颗精确度极高的脑子，办事误差均低于万分之一，是高才生中的高才生。据老郎的一个同学不带一点儿夸张的回忆说，老郎有一回在宿舍里聊天，听一个很有来头的同学透露国家新年财政预算案，马上指出哪里哪里不合理，并激动得拍翻了桌子。同学很快将此报告给了参加财政部预算专家组人民大学的教授，据讲，后来国务院讨论通过的决策与老郎的意见完全一致！所以，应当说老郎是比较牛皮的。而且听讲老郎毕业后被财政部率先抢走，前程确实辉煌。可不晓得怎么弄来弄去弄到如今，老郎流落到皖东的蚂蚁湾中学，成了一名寒巴巴的语文老师。虽说他在北京依然有一个很来劲的“圈子”，老郎在办公室拍拍胸脯也能震动北京，但严格来说，是不折不扣的明珠投暗了。

其实，老郎有很多地方不符合人们的一贯认知。比如有这么好的脑子，做什么事情一定左右逢源，但很多晓得老郎的人都知道老郎为调换所任教的科目的事同学校领导一直闹得合不来；比如老郎是从北京下来的，修养肯定是不错的，可谁人不晓得老郎上厕所总是一路小跑，总是边从厕所出来，手边在裤门襟那儿不慌不忙地扣扣子；比如说老郎这么高的个子、这么宽宽的肩膀，一定有个高干的“千金”做“孩子他妈”。说起来不免让老郎有些惭愧。老郎的老婆是个土得掉渣子的湾里的娘们，没有工作就不说了，单她那张大屁股，据老郎保守估计，也占了身体的三分之二。夏天时候，喜欢穿一条大花裤衩在学校里晃来晃去，不但老师私下里议论她影响校容校貌，连学生也对着她的背影说“这是一张强大的屁股”。不过老郎挺爱她。常常在老师面前开玩笑说：“我家的‘大方块’要是再苗条一点，足可以当里根总统的老婆了。”

让老郎做语文老师，客观地说属专业不对口，但老郎的书教得还是很不错的，这全赖他有一副好脑壳，鬼点子多。学期大考时，为严厉打击学生作弊的恶劣风气，学校规定老师要严格把关，如谁的考场出了问题被教务处查获，监考老师的名单连同学生名单一齐公布，但作弊现象还是禁而不绝。用老师的话说，即使调动荷枪实弹的警察来监考怕也无济于事。可老郎一改学校几十年来试卷考试的规矩，把一本书大大小小的问题全写成小纸条，装在一个脸盆里——装了大半脸盆！考试时按号让学生抓阄，抓到什么问题回答什么问题。一次不行，站在座位上；两次不行，站在教室后面：三次不行，站到门外去；再不行，回家把家长喊来帮助你考试。学生看看实在无机可乘，便把解小便的工夫也用在了语文上。学生自学语文的空气浓得不得了。

这样老郎就省事多了，平时工作就显得有点吊儿郎当。作业批改这次推到下次，下次推到下下次，三五次才批改一回。讲课蜻蜓点水式的只讲半堂课，然后拿出一张八开的讲义和一支粉笔，让学习委员抄习题，自己袖着手站在走廊上晒晒太阳，吸点香烟，看远处操场上学生做广播操。有时也跑到办公室和老师杀象棋。领导碰见了，其他老师兔子似的缩到旮旯里办公去了。老郎则潇洒地指着棋盘对领导说："请，请。"

老郎说："不答应我调换科目的要求，就不能怪我不客气啦。"

因此，平时看老郎，多少有点狂妄。中学里时兴听课，新学期开始了，校长啦主任啦教研组长啦老师啦都要上堂听听课，以便掌握第一手资料，而且素来无情。有一回，教导主任通知听小孟老师的数学课。年轻人对听课是最有对立情绪了，先什么也不说，等校长、主任等在教室后面齐刷刷坐好了，他把书往讲台上一撂说："本节课请认真自学'二次函数的图像及其性质'。"然后围着座位转来转去给学生做辅导。弄得大家尴尬死了。费校长气得当堂把老花眼镜的一只腿折断了。小孟老师的这种吊儿郎当的做法通过县局老局长的嘴不胫而走，好端端的一个小伙子弄得声名狼藉，快三十岁了连个对象也讨不到。

到老郎可就不一样了。老郎听说要听他的语文课，老郎哈哈大笑，那笑叫你浑身起毛。青年老师都说老郎的一个笑就是一篇不错的杂文。老郎笑过之后，很有礼貌地让领导和老师入座，然后开始喊起立。按照惯例，费校长是不起立的。老郎就没头没脑地问："还有哪位没有站起来？"学生、老师唰地把头全转过来盯着校长看，有几个学生捂着嘴窃窃地笑。僵持了足有一分钟，校长只好站起来。

老郎这才严肃地命令："全体坐下！"

老郎那天讲的是《滥竽充数》。老郎讲课信马由缰，很不讲究规范，但听起来倒也颇有味道，引得课堂上发出一阵一阵的大笑。费校长是个很内行的老教育工作者，素以严谨无情著称。老郎这么讲课，存在的漏洞自然一条也逃不脱校长的眼睛。费校长阴着脸，在《工作日记》上记了十几条意见，准备课后和老郎通气。

新课讲完后，老郎开始复习总结。请同学们考虑一下："本篇寓言说的是哪个朝代的事，出自何处？"学生纷纷举起巴掌，蹿着身子要求回答。老郎不动声色地踱了两圈说："这个问题请费国清同志回答。"

满堂都愣啦。教导主任在下面给老郎打手势，让他别胡来。老郎依然不动声色地说："回答问题请站起来。"鬼使神差，费校长竟站了起来。老郎态度诚恳地要求费国清同志大胆地说，说错了没关系。费校长的脸色变得跟裤子一样，但尽量文雅地说："对不起，没听懂。"

老郎也不让他坐下，随手指了一个闻名全校的差生回答。那学生瞟着书上的注解很流利地说出了答案。老郎说："有学生能回答出来，说明我的课讲得没有问题。"这才让费校长和学生一同坐下，又补充说："有不懂的同志课后可以问我。"

事后，不少人指责老郎太过分。一个人怎么能这样做人？且不说费校长年龄上比你老郎大一圈，单说他抽出时间来听课，真的是工作上的需要，并不是戳谁的蹩脚。记得那一回查作业的事吧，费校长女儿任教的那个班的外语本子被费校长严格检查之后，开教务会时拿到会上一本一本地亮相。他的女儿是一个没有谈过恋爱的姑娘，羞惭得当时就趴在桌上抽泣起来。要不是老师们拦着，费校长不是要甩她的巴掌了？

老郎不听这些。他骂老师是见到当官的生来的奴隶性便作祟。他说："坐在课堂上听我的课都是我的学生，当然得听我的调遣。"有老师便好心地劝他说："老郎啊，当心这事挂到局里，给你一双十二码的小鞋穿。"

老郎仰起脸哈哈大笑："让他去好了嘛。首先是他们不能人尽其才嘛。我怕谁？告诉你向来只有我脚撑破鞋子，没有鞋子能夹住我脚的！""咚"地一拍胸脯，吓飞了树上一阵正在开会的麻雀子。

究其原因，有人说是整个时代的价值混淆混乱使老郎变成了这个样子。一棵经济学家的好苗子被栽到蚂蚁湾这块贫瘠的土地上，干的又是老师这一行，难免使人的心理有点变态；又有人说，是老郎家庭经济压力太重的原因。你想"大方块"是农业户口，没有工作，整日闲在家里，老郎纵然是天才也能被拖垮嘛。有人就说，费校长的爱人不也是农业户口？蚂蚁湾中小学有几个老师的爱人不是农业户口？推而广之，东面的小山中学全都是民办代课老师呢！一家人不都是靠那寒巴巴的六十九块钱过日子？

一连几个反问句把在场的老师都问得唉声叹气。

不管别人怎么说，老郎依然是那一副老样子：衣衫不拘小节，里面的白衬衫长出西服好长一节，在下摆那儿弄成白花花的一圈。老郎平时喜欢拎一只鬼头鬼脑的黑皮包。黑皮包里一边装着课本、作业本、粉笔，一边装着计算器和弹簧秤。到街上买菜，用弹簧秤较秤，往手里一提，卖菜小贩的心全被他提得一伸一缩。有他的课，课堂便成了他的广阔天地。教本往旁边一扔。从波音七五七讲到计划生育，从第四次中东战争讲到美洲森林，从欧洲经济共同体谈到市场物价上涨指数。老郎总是用自己切身的尴尬境况和学生侃侃而谈。老郎说，从某种意义上来讲，我们的教育首先要教给学生谋生的本领，第二才是教给知识。人家日本帝国主义第二次大战后到现在始终奉行一个口号："要让日本的商品成为世界第一流的商品，要让日本人的物质生活成为世界第一流的生活。"我们首先要把自己的物质生活从奴隶地位上解放出来。只有物质生活和教学实践两个轮子一齐滚动，教育这挂车方能向前跑。可我们学校某些领导人呀……老郎斜眼望了一下窗外。窗外旗杆上的红旗索索地飘动，隔壁一个班的学生正在哇里哇啦地朗读英语。

老郎谈了一些自己和领导斗争的故事，话锋一转，一会儿否定商品经济，一会儿又大力肯定商品经济。老郎说，对于我们来讲，不能等待，不能袖手旁观。业余时间，可以开开荒地，栽点泡桐，点二亩芝麻，种一点薄荷，到四川贩一个大闺女就是千把块哎……说到这里，老郎顿了一顿，水到渠成地宣布，今天放晚学，家庭作业没有做的同学留下来劳动。

老郎不是班主任，但他和“大方块”在后山上开了一片荒地。平时学生犯了错误，他也不熊不训，罚到荒地上去干活。曾有一个女生上课看“爱情”小说，也没有要老郎指点，自动跑到荒地上和“大方块”两个栽了半天青菜。既犯错误又不认罚的学生，老郎便在课堂上一个一个地收拾，弄得你一学期总不会有好日子过，学期大考答得再漂亮，他总能找到雀疤只给你五十九分。学生晓得郎老师的手段，每逢犯了错误，便自动相约，你带水桶，我带铁锹，他带扁担。下午帮郎老师弄地去。

没有课的日子，自然成了老郎的天下，明明看见他拎着黑皮包来签名上班，却土拨鼠似的眨眼就没了。老郎课余假日倒腾过木材，贩卖过水泥，养过鹌鹑，有一段时间做过蚂蚁湾“麻油集团”的经纪人。大多数时间为把日子撑下去而蹦跶。

有一天，我到蚂蚁湾镇上给女朋友寄信，远远见老郎背着个黑皮包直往一辆卡车上蹿。双手扒着车帮，两只脚在半空里乱蹬。老郎班上的几个女学生看见了指指戳戳，笑得弯下了腰。我跑过去从他的屁股底下托了他一把。他回过头对我说：“这一托，将我送上新的征程，具有历史之意义。”我只是笑笑。我为老郎的做法又羞又同情。老郎可是毫不在乎。他高兴地告诉我，他找班上的一个学生帮忙在银行弄了一笔低息贷款，托人从山东弄了一车苹果来，回去想让“大方块”摆个水果摊子，以严正对付一个劲往上涨的物价。讲到这儿，老郎忽然想起来似的，赶忙掏出一大捧“小国光”，让我先尝尝味道如何。

那一段时间，“大方块”就在学校大门口摆了一个水果摊子。开始颇觉丢人，说什么也不去。老郎便床上床下地给她打气。滴自己的汗，吃自己的饭，自己的事情自己干，这有什么丢人的！又找了红纸来，刷刷写下了几张龙凤飞舞的广告，分别贴在食堂、黑板报、办公室、厕所等“闹市”区。学生一边解小便一边念广告。顷刻间都晓得老郎是苹果老板了，议论纷纷。在课堂上，老郎为了加强效果，特意安排了两节作文课。要求学生写一篇说明文：《苹果》。

学生要写好苹果颜色、气味、形状、味道，自然要买苹果细细品尝。有偷懒的学生问：“郎老师，写抒情散文行吗？”老郎怒目圆睁，学生不敢吱声，乖乖巧巧地去买苹果写说明文。一个、两个、五个、八个，每个学生桌上都放了好多苹果对照、揣摩，是蚂蚁湾课堂上绝无仅有的奇观。老郎上课时眼睛无意地瞟到窗外，见“大方块”坐在那儿兴奋地数着票子，老郎心里很舒坦。

那几天老郎心情很好，课讲得很顺畅，作业批得认真，“√”字没有连笔现象，上下班也踩着钟点，口袋里破天荒地揣一包好烟，见人就扔一支过去。有时来了兴趣，下了课顾不上擦掉满手白粉笔灰，很体贴地帮“大方块”的忙。倒吓得很多害羞的学生躲得老远，砸了生意。

我们青年老师脑子规矩少，同情心也重，虽然我们也很清贫，但都信奉“君子成人之美”的古训，见老郎这样，无意地就撺掇学生去做“大方块”的顾客。当老师的谁没有一本难念的经呢？

第一批苹果很快卖完。老郎大赚。又风风火火地组织了第二批来。蚂蚁湾中学整日飘荡着一股苹果的香气。

校领导看这事越闹越不像话，便找老郎谈话。老郎有点巴结地递上好烟。费校长把烟放在桌上，心平气和地谈了在学校卖苹果的恶劣影响。能不能弄到镇上去卖？老郎说，在学校卖“大方块”已经是硬撑着脸面子了，我更没有那个勇气。费校长沉默不言。老郎手抖抖索索划了火柴请校长抽烟抽烟。费校长挥挥手。费校长说，我们当老师的物质生活艰苦一点，这是事实，但因为我们是老师，所以必须最大限度地认可和克服这种艰苦的精神。老郎同志，我们丑话说在前头……

老郎看看没有什么头绪，暗暗地为花了一支好烟而后悔。他站起身准备走的时候，又一次把烟从桌上拿起来请费校长抽一支，费校长说不抽不抽。老郎便把那支烟重新装到口袋里，傲岸地走出校长室。

可以想象，老郎的这种对立情绪是一点也没有收敛。苹果摊子照常营业。不但下课摊前聚拢了一簇簇男生、女生，连自习课“大方块”也拎着竹篮子在窗口同学生流动贸易。有时怕领导看见，索性把篮子拎到教室里放在讲台上卖。

你看看，这成了什么样子！这还是学校吗？费校长找教导主任交换意见以后，决定来个釜底抽薪。乘课间操的时间给学生开了一个大会，会上严肃宣布严禁学生买零食吃零食。一旦逮到哪一个，请他把家长喊来，带着他到各班巡回亮相，直到把馋皮筋抽掉！行政主任又在会后找到老郎，希望郎老师能体谅领导，注意自己形象。

这一招果然奏效。“大方块”的生意明显看跌。即使再嘴馋的学生也只能捏着票子，远远地望着“大方块”独自把唾沫咽得咕咕作响。“大方块”只能把苹果拎到离校很远的地方堵住路口，单等学生放学在路上做一点生意。常弄到很晚很晚才拎着只卖掉很少的一篮子苹果很疲惫地回来。

如此折腾，苹果开始烂疤。先是一个两个，而后是五个八个，水果传染，后来半筐一筐地烂死。老郎家的住房小，苹果是堆在床底下的，房间整日充斥着一股像酱又不像酱的那种甜酸的怪味。几天工夫，就用簸箕扒着往垃圾堆里戽了。“大方块”一边倒烂苹果一边站在垃圾堆上撩起衣襟擦眼泪。

那一段日子是老郎的“灰色岁月”。家里的伙食明显地回到食堂的水平。衣衫不整，坐在那儿，裤门襟咧开大嘴，露出里面灰黄的军用短裤。看到学校领导恨不能拎块砖头上去对他的脑袋来一下。费校长找他谈话，他也不去。费校长便来到语文组办公室跟他谈。费校长说：“你的损失我们记在心里，年终给你多评点福利吧。”

老郎的脸上松动了一下——足见老郎还是比较注重实惠的，情绪慢慢地缓和了下来。终于有一天，把小孟老师约到家里，准备和他合伙搞一份《中考快速复习指北》。开始小孟有点犹豫，架不住老郎嘴皮飞快地游说。加上胸脯又拍得咚咚如敲鼓，终于答应了由他找本钱，负责推销；老郎担负摘编资料并联系印刷，装订。会谈结束，老郎和小孟还象征性地签订了合约。

谁知老郎送走小孟刚回到房间，“大方块”把裤带子解下来递给老郎说：“老郎，你先把我勒死吧。”老郎莫名其妙。“大方块”便扑到老郎的怀里，说什么也不让老郎再折腾。老郎说：“自己不救自己，难道还要等别人来救你？”

“大方块”说：“你能不能找领导说说，哪怕在学校里给我找一个扫地的工作让我做做，发个生活费，我也愿去。”

老郎说：“你是在给我说神话吧？”

“大方块”便哭，说老郎你真不知好歹，你混到如今混成了什么样子？

老郎便火了，说：“你嫌我不成样子，你可以跟我离婚，省得互相拖累。”

“大方块”看老郎真火了，便不敢再说。等老郎上了床，用加倍的温存体贴老郎。老郎的雄心便在一个晚上（确切地说不到三十分钟）便化为乌有。老郎本质上是非常善良的。

“他妈的！商品经济的介入把人与人的关系弄得面目全非！”老郎撕毁合约后对小孟老师说。

后来，原先食堂烧饭的罗师傅因病去世，食堂空下一个名额。家属在农村的老师之间来了一场剑拔弩张的明争暗斗。夜色里不断有老师鬼鬼祟祟地拎着烟、酒、鲤鱼、麻鸭什么的拜访校长、教导主任、总务主任。有的老师为防止鸡们鸭们夜间乱叫暴露秘密，事先用胶布把鸡子或鸭子的嘴绕上两圈，再用口袋装着别在身后送给有关校领导。

那几天老师们都变得神神道道的。用一句当时在办公室流行的话说叫“特高课在行动”。

“大方块”瞒着老郎，到湾里的娘家抓了一只鸡婆来，偷偷地给费校长送了去。有老师告诉了老郎，老郎气得差点没把“大方块”骂扁。指着她的鼻子让她把鸡婆要回来。“大方块”便淌着眼泪，说老郎对她的事从来不闻不问。盼了这么多年，食堂才死掉一个人，空出一个名额来，这次机会捞不着，不知还得等多少年，你还要我等到老太太吗？

老郎气得双手卡着腰，我不管，你卖我的人格，我就要你去把鸡婆要回来！

两个人是嘴来嘴去吵得比较严重。

那几天老郎特别注意校长家的伙食，斜着眼瞟去水边淘米洗菜的小费老师篮子里可有鸡婆。发现校长家并没有杀鸡婆吃。每顿除了青菜、扁豆、豇豆，就是一些土豆片、冬瓜块之类的家常素菜，有时也有点豆腐、百叶什么的。老郎便有些狐疑：校长家平时伙食就这样吗，鸡婆呢？

恰有一天，“大方块”忽然认出那只鸡婆正悠闲地在老郎家门前散步。腿上还拴着一根细绳子。老郎便用一把米把它引回家，抓着绳子把它拴了起来。“大方块”比老郎要朴素得多，一定要把鸡解下来给校长送去。这回老郎笑着说：“你已给校长送过一回了嘛。这回应该送给总务主任。”“大方块”竟傻乎乎地听了老郎的话，乘着夜色把鸡婆抱到总务主任家里。

老郎见“大方块”这么执着，便对她说：“这事我不插手，就看你的本领怎么样啦。”

“大方块”开玩笑说：“我去跟校长睡觉你也不问啦？”

老郎便揄揶她：“瞧你那张强大的屁股！”

老郎对这事果然不闻不问。其他老师暗地里频繁活动，走小费老师路线，或不辞辛苦摸到费校长老家走费校长爱人的路线。下了班还抽空到食堂挑挑水，摘摘菜，和师傅们套近乎。老郎下了班搬一张藤椅悠闲地躺在门口，闭目养神，纵有十二级的台风也没他的事。倒是“大方块”像个探子似的除了做饭，就是收集情报。每天都要带回一些真真假假的马路消息。直到有一天。“大方块”跌跌撞撞带回一个内部消息说，人选已经定下来而不是“大方块”，老郎才幸灾乐祸地说：“怎么样，鸡婆白扔给人家了。”

“大方块”饭也不烧了，衣服也懒得洗了，躺在床上生闷气。老郎这才从藤椅上站起来拍拍衣衫说：“这样重大的事情，不是你们娘们想得那样简单的，还得看老郎的手段。”

那时正是傍晚时分，老师们一家一家正在门口就着桌子吃晚饭，风把旗杆上值周生忘了收回去的旗子吹得索索地响，谁家的录音机正轻轻吟唱，诉说着黄昏的和平。老师辛苦一天，每天的这一段时间却滋味酽酽，吃着，笑着，隔着桌子说话。老郎一晃一晃去费校长家时，大家都看见了，正悄悄地有些议论，猛听见费校长家里传来“救命”的呼喊。

老师们都赶忙“呼隆”一下跑过去。门前是一簇冬青丛。一只收音机落在树丛里，还在不紧不慢地播送“新华社布宜诺斯艾利斯消息”，都很纳闷，再一听，房里乒乓乒乓有干架的声音。就赶忙都进去。

老师们进去时，只见费校长和老郎扭在一起，费校长已经借着桌子腿的力量把老郎按在了地上。老郎用尽力气往上翻，身子一挺一挺地挺了好几下也没有把费校长挺下去，于是便夸张地喊“救命”。

老师们赶忙上去把两个人剥开。

慢慢地大家才晓得了事情的来龙去脉。原来是老郎进了校长房间，直言提出“大方块”想当炊事员的请求。大概是鸡婆捣的鬼，校长眼也没有抬一下。老郎并不计较，自己在校长面前的椅子上坐下，掏出笔记本。历数了费校长当政以来所收的部分贿赂：三月七日，某某为小孩转学，送来麻鸭一只（公的）；四月十四日，姚某为给小孩开假毕业证书送广柑二斤；二月二十三日，某某老师为代课一事，送茶叶一斤（两个半斤袋装）；七月十五日，食堂罗师傅送西瓜一个（十五斤左右）；八月建军节，打铃的小锤送烟一条；八月二十九日，在食堂买饭时没有给饭票……条条款款，时间、地点、人物、事件、为什么五个W清清爽爽。

其实严格来说，和某些收受冰箱、彩电、摩托之类的真正贿赂相比，费校长得到的算些什么玩意儿？但费校长是个正牌知识分子，哪能容得这种有辱声名的龌龊事？当时就气得手脚在桌边乱抖。

老郎边把笔记本插进口袋边说："你在今年九月二十七日还收了我家'大方块'一只鸡婆！"

费校长说："郎老师，你原来就是这样做人的？承你家'大方块'心善，体贴小费她妈长年身体不好送来只鸡婆，准备让小费礼拜六送回去给她补补，没到礼拜六走失了。当时我给'大方块'钱她坚决不要。喏。这只鸡我算你二十块钱！"

费校长掏了一气没掏够二十块钱，便用五元国库券凑上摔到老郎面前的桌子上。老郎不愧是老郎，见校长这样便哈哈大笑："让'大方块'当炊事员。我们之间什么也没有；要不，我可先君子后小人，我已经把这个本子上的账用笔抄好了几张广告，准备明天贴出来给大家看看，也可以让学生看一看嘛。"

费校长气愤得失去了理智，抓起桌子上的收音机就朝老郎撂过去了……

这种恶性事件，自然惊动了县教育局的头头。用老郎的话说他们是"不见棺材不落泪"！费校长气得病在床上。学校已乱成一锅汤。教导主任捂了东面，炸了西面，老师们都兴致勃勃地看这件事怎样收场。

县局一班人拎着黑皮包来到了蚂蚁湾初中。看到要把头勾到最大限度才能进门的教师宿舍，不禁感慨万千。费校长见到这些从没到过蚂蚁湾中学的上级领导，混浊的眼泪禁不住掉在了被单上。老局长看着这个在他手下干了几十年的老校长弄成了这个样子，握着费校长的手久久没有松开。

局领导认真听取了教导主任公正而又客观的汇报，找部分老师核实后，又找到老郎谈话。老郎这回收敛了许多，问一句，答一句，不问，则不答。但当领导问他应该怎么处理时，便又怒目而问："凭什么要处理我？"

一个副局长说："就凭你打领导。"

老郎说："难道领导没有打我吗？"

人事股长说："之所以处理你，是因为你捏造事实诬陷费国清同志，比较严重地触犯了法律……"

老郎挥挥手："好了好了。我看这事最好到法庭上去解决，这种非程序化处理必没有好结果。对不起，我还要上课。如果你们已经起诉了，让法院早点送传票传我。"便走了。

此后一连几天便不见了老郎的影子。问"大方块"。"大方块"说："他向来就是这么个神神道道的人，我怎么晓得呢？”

局领导班子听了情绪颇不对头。老局长气得一拳砸在桌上，吓得茶杯蹦起老高：“这还了得，这样胡闹，还是社会主义的学校吗？把老郎同志的工作先吊起来再说。”

其他同志赶忙来安慰这位“三八式”的老局长。请局长注意身体。这个老郎嘛，本质上还是好的，只是近来受了世俗的侵蚀，开始蜕化变质……边说边给老局长点上烟。这件事我们再议一议，再议一议……

大家情绪平定以后，便都过来做费校长的工作。你是一位党久经考验的老同志，这件事希望你大度一点，大度一点，老郎这种人你比我们清楚，唼，比我们清楚……

费校长说：“请领导别说了，你们就接受我的辞职申请吧……”

有一个副局长看看实在没法收拾，便说：“干脆把老郎调到小山中学去。”

小山中学在蚂蚁湾中学的北边，要翻两道山梁，不通汽车，要走五六十里山路。那里的老师历来是自产自销，外地去的老师明里是工作需要，其实历来都带有一点发配的味道。

这事局里还没形成决议，老郎这时又急急火火地出现了。他并不与局长们论理，暗地里送了信给小山中学的蒋校长。大意是：蒋校长，你若接收我到小山中学，我就把小山中学闹得翻两番。你纵有蒋介石的本领。我也要叫你哭着辞职。信末一句是文言文：“犬之急。犹可逾墙，况人乎？”

话不多，很简单，吓得蒋校长当天就骑着自行车跌跌撞撞赶到县局，死活也不接收老郎。蒋校长话说得很可怜，希望局长让我还有一碗饭混混，别逼我在干了一辈子的行当上栽跟头。

你看看你看看，这成了什么样子？老局长又一拳砸在桌子上，吓得茶杯再次蹦起老高：“这还了得，这还是社会主义的学校吗？”

一个副局长气愤地说：“把老郎开除掉算了。”

发火归发火，真要动真家伙开除老郎，却又无人不起怜悯之心。想想老郎挣扎着在教育岗位上干了这么多年，没混出什么名堂不论，又荒废了自己的专业，难免有些情绪。这很正常。但在这一件事上老郎实在太恶劣，不处理好，今后还让下面的同志怎样开展工作？

局领导经过慎重、冷静、多方面地征求意见，奔着以教育为主，惩前毖后，治病救人的原则，形成决议：

鉴于老郎同志本人不适合担任语文教学的实际情况，将其调出课堂，由学校另行安排工作；为缓解其家庭困难，同意让王翠兰同志到食堂当炊事员（王翠兰同志即指“大方块”）。

一页盖着大红公章的纸头发下来，便是代表了上级组织庄严的意图，学校照章执行。收回了老郎的教本，发给他一把小锤和一个小闹钟，让他管打铃，并兼收发报纸信件的工作。

老郎这一次没有闹，他知道再闹下去的严重后果。好似一匹烈马经过长途跋涉，疲惫得一点力气也没有了。

一切都恢复了平静。

老郎离开了热热闹闹的办公室，一个人坐到了学校大门边的传达室里。传达室的窗口正对着一排年轻的广玉兰，阳光在广玉兰蜡质的叶片上跳动，摇摇地有一种恍惚的情调，若是下雨，雨打在叶片上，沙沙有声，如在娓娓叙述一段漫长的忧伤的故事。

老郎呆呆地坐在那儿，痴痴地看着“大方块”在食堂忙碌的影子，如在梦中。

（原载上海《萌芽》1990 年第 2 期）

/规定/

最后，癸永的事很棘手地报到了局长老庄这里。

一般的事也不会闹出这么大的动静。局长老庄让办公室立即通知开个办公会。正眯着一只眼挖着耳朵的主任大老王一听局长要开会，立即调整状态，扔掉耳扒子，拎起电话，瞬间表现出强大的协调能力，一阵哇里哇啦，将男副局王泰、女副局锐平和纪检组赖书记全部请到了三楼会议室。人事科科长马丁也来列席会议。局长老庄就让马丁先说说情况。马丁一向小心翼翼，说话做事向来抓不住要领，今天会开得急，情况又有点特殊，更是不知道从何说起，索性将这次局里招聘工作人员的事从头到尾不分巨细地一一道来，听得本来就心急如焚的局长老庄老火直冒，让他直接说癸永的事。关键时刻，马丁表现出了一个人事科长的顽强，依然顺着自己的思路说了好一阵子，才渐渐过渡到癸永的事。马丁说："在各位领导的悉心指导下，在人事科全体人员的共同努力下，这次局里招聘工作总体平稳有序，就是癸永的事让我们百思不得其解。"

原来，这次局里招录工作人员工作虽然十分繁杂，但到现在为止，一切总体均十分平稳有序，申报指标、出招聘公告、报名、审核材料等，一切就像跑在高铁上的动车，无论怎样的风驰电掣，却尽在掌控之中。但到现场资格审核结束，问题来了：有一个叫癸永的报考人员年龄与报考《规定》有点不符。《规定》曰："报考人员年龄须在30周岁以下（1989年6月30日以后出生）。"但癸永的身份证显示该同志出生于1989年6月29日，看似差了一天；但癸永同时还拿来了自己的《出生证》，表明其准确的出生时间为"1989年6月29日23时59分"，也就是说与实际报考规定时间相差只有短短的1分钟。说不符合规定却有点符合，说符合规定也有点不符合。癸永便纠缠不放，这两天不分白天黑夜地打电话、发短信，把马丁的头发弄得像一支燃烧的火炬。

兴许话题的确有点意思，没等局长老庄动员，大家情不自禁地就杠起来了。急性子的女副局锐平说话像劈刀一样："说得倒蛮玄！《规定》所讲的有效证件是身份证，出生证在这个环节属无效证件。再说，相差一分钟、一小时、一天、一个月有什么区别吗？跟《规定》有一点走样的就不能报考，这有什么好说的！"纪检组赖书记在局里一直兼管信访工作，接触的人和事既多且杂，立即接上锐平的话说："哪有那么简单？就差一天，你不让他考试，要是你，你会怎么办？"男副局王泰斜乜了一眼赖书记，慢悠悠地问："不让他考，固然有一串麻烦跟着，但有《规定》在那儿，他能翻得了天吗？让他考，万一考上了，年龄条件又经不起反复推敲，那么，考试分数正好紧跟在他后面的那个人闹起来怎么办？那将会是一串又一串的麻烦！"

似乎每个人的话都说到了人事科科长马丁的心尖上，马丁有点激动了，适时地总结了大家的发言说："所以我们十分苦恼，实在拿不准到底是'行'还是'不行'？"

激烈的争辩被马丁这么一捋，似乎一下子又回到了原点。负责记录的大老王有点急了，停下笔似请示局长老庄又似对各位领导说，每个人是不是必须要明确表态"行"还是"不行"，不然会议记录就没法写了。大家就又都态度模糊不清起来，纷纷对大老王说，只相差一天就不让参加考试，虽符合《规定》，但于情于理确实也有点说不通，所以我们没法给你准确答案，你就如实记录我们说过的话。关键时刻个个都有点油盐不进，甚至还有点耍无赖，大老王拿他们肯定是没办法。一阵嘻嘻哈哈之后，大家便自然将目光集中到了局长老庄身上。

大家争得热火朝天的时候，局长老庄看似一直在咕噜咕噜地喝茶，其实已经走神了。瞬间看到大家突然将目光齐刷刷射向自己，居然有点短暂的慌乱。但一局之长的定力很快让他镇定下来。老庄说："大家都在讨论这个叫癸永的人能不能参加考试，而我想的却是他这样的情况到底应该有多少？"马丁没理解老庄的意思，赶忙接上话说："目前为止，只发现他一个。"老庄笑了笑，说："来报名的确实只有一个，但没来的呢？"大家一时没理解局长老庄的话，便都疑惑地望着他。老庄说："我认为，表面看来只是简单地相差一天能不能参加考试，其实这后面有着非常复杂的牵连！我说的意思是：因为类似情况的人敬畏规定，没来报名，所以只出现癸永一个而已。"

大家便都纷纷咂嘴，事情又有点陷入僵局。最后还是局长老庄说，既然有《规定》，那就严格按《规定》办吧。

看看研究出的是这么一个结果，人事科科长马丁急了，一个劲地问："那癸永肯定会不依不饶！怎么办？"

马丁的话又一次激起大家心里慌慌的感觉，当然，更多的是隐隐地担忧。

这天早上，局长老庄一上班，见一瘦高年轻人背着身站在离办公室不远的地方独自叽叽咕咕地说着微信语音。听到老庄开门的声音，像蚂蚱一样急速地跳进局长室，并自我介绍说名叫癸永，来找局长只是希望能有一个参加招聘考试的机会。

短暂的莫名其妙之后，局长老庄让他坐下，准备慢慢地和他讲一讲道理。但癸永并不坐，按照自己的节奏重复了一遍自己的要求。局长老庄凭着自己的感觉，这应该是一个难缠的硬茬，便迅速调整话头，单刀直入地问他符不符合参加考试条件。癸永果然被老庄的话拽了回来，说自己其他条件全部符合，就是报考年龄差了一天。老庄便以守为攻，问："如果差一天可以报考，那么，比你只差一天的人能不能报考？""当然可以。"癸永并不知道老庄的意思，回答得很认真。老庄又问："那比这个人只差一天的人可不可以？""应该也可以。""那比下一个人只差一天的人呢？""应该也可以吧……"那再下一个差一天的呢？"……"癸永支支吾吾地答不上来了，而且明显地有汗流了下来。老庄于是说："如果如你所说，报考规定就会被洞穿得七零八落，上至黄发寿星，下到垂髫稚童都可以参加招考，还要设定年龄杠子干什么呢？"

癸永只才发现钻进了老庄下的套子，便又迅速地调整到自己的频率，不再接老庄的任何话题，自始至终只说一句话："不管怎么样，只希望局长给自己一个参与考试的机会。"

见说不到一处，老庄便想让他先冷静冷静，忙着处理各项事务。老庄以为这样缓冲一下，癸永会理智一些。但癸永始终静静地坐在一边，看着局长老庄接待来人，有条不紊地处理工作，也不打扰。但老庄一有点闲暇，便恳求局长"给自己一个参与考试的机会"。再有人来汇报工作，便又厢在一边不声不响。让人感到别扭不说，还影响人谈事情。有人就很不客气地让他回避一下。癸永也配合，起身站到门外；但来人一走，便进屋来让局长"给自己一个参与考试的机会"。说他正常，实在不好说；说他不正常，却始终神情自若，言语有条不紊。

老庄实在无奈，便打电话让纪检组赖书记将癸永领去，交代他一定要好好做好政策解释工作，把《规定》的规定和他说说清楚。

老庄认为这样处理宽严适当，分寸感强，但没想到的是癸永和老赖两个人很快谈崩了，只一小会儿的工夫，两个人都气愤地又都激烈争辩着闹进了局长室。老赖看样子被气得不轻，大声地谴责说，你是一个想当国家工作人员的人，像这样不讲规矩、不守规范，说话做事都显得乱七八糟，如果让你考成了国家工作人员，权力到了你手里，"地球"都能被你卖了！依我看，要不了多长时间，纪检监察部门就会立案侦查你！这无疑引燃了火药桶子，癸永眼看着浓烟直冒，有点爆炸的节奏，被老庄好不容易劝住了。

但被老赖定性过的癸永索性撕开脸面，直接变得有点皮糙肉厚了，就坐在局长室沙发上不走了，来谈事的人只得尴尬地冷在那里，癸永却是一副漠然的样子。一向强调大局，不拘泥细节的女副局锐平也强烈地感到了别扭，每次来向老庄汇报工作，都能看到癸永像狗皮膏样地贴在那儿，这叫什么事？便帮着做些工作，后来看看实在无效，只得私下里来跟局长老庄商量，是不是算了，能不能做个特例处理呢？

老庄一向高看这个精明能干的女下属，锐平在老庄面前说话也一向是被相当认可的。但这次老庄却是坚决地摇了摇头。老庄说，《规定》明摆在那儿，而且已公告给每个考生，我个人有这个权力吗？

可癸永并不知道这些。癸永认为，相差一天的时间，就不能参加考试？耗一耗，火候到了，局长老庄肯定有扛不住的时候，那时自然会格外开恩。于是更是风雨无阻地每天来陪着老庄。尤其过分的是，老庄要去市里开会，他也拎着包跟着他一道走。有一次，在公共单车车棚那儿，还拽着老庄的自行车，求求老庄“一定要给自己一个参与考试的机会”。

办公室主任大老王远远看见，让办公室工勤小举立即报警，自己则以最快的速度冲过去，用尽力气来掰癸永紧攥自行车车把的双手，终因力气有点小，没有剥开，气得老庄扔了自行车走路去开会。癸永本来是要紧跟上去的，大老王死死地拽住了他，让他等派出所的警察来了说清楚。

等局长开完会回到办公室，局里已恢复了平静。大老王适时过来汇报工作，关于癸永谈得不多，倒是有关辖区派出所来人处理问题的情况说了一大段。说围了好多人在看热闹，几乎所有在场的人都帮癸永说话，中心意思只有一个：认为就差那么一天时间，应该让人家报考。老庄先是厉声斥责围观者的荒唐；更是狠狠地将大老王和他领导下的办公室工作进行了一番严厉的点评，门卫怎么管理的，连一个人都看不住，力气也没有人家的大，面对面较起劲来没有一点抵抗力，全处在下风，不但严重影响工作，还有损机关形象。大老王为自己和下属的孱弱而沮丧，表示应该让保安公司加强专技训练。

一连数日，局长老庄的上班全部是第一天的复制和粘贴，尽管局长老庄对癸永或是动之以情，晓之以理，或是冷处理，不闻不问，癸永依然不疾不徐，彬彬有礼，只是一个劲地请求局长网开一面，给自己有个考试的机会。

此事在机关也造成很坏的影响，癸永本人也引来很多人的侧目。当然，背地里也让机关的同志在这件事情上形成了不小的争论。

局长老庄的头发毫无疑问也被癸永弄成了一支燃烧的火炬。但也不能拿枪把癸永直接毙掉，只好调整方式，让癸永和他两个换位思考：如果你是局长，你会怎么办？癸永说：“如果我是局长，我肯定让他参加考试。”老庄见他说得吼索索的，禁不住笑了起来：“那年龄不符合规定的人都要来参加考试怎么办？”癸永倒显得举重若轻：“不是没有出现这种情况吗？那只是一种担心的臆想和推测而已。”

乘着有点对话的气氛和基础，老庄便再次耐心地给癸永讲起了道理：表面看确实没有那么多特殊情况，那是因为人家对照了《规定》，发现自己不符合条件，就没有再来；人家敬畏《规定》，我们更要帮助人家坚守《规定》不走样！如果有了明确的《规定》，大家却不坚守，参军身高差个1厘米，放行；高考迟到个分把钟，不计较；体育比赛分级别时体重多个斤啊两的，算了……你想过没有，在短跑比赛中差个0.1秒，就有可能成为百年难破的世界纪录，相对你这个1分钟、1天，那将是个什么概念？

但癸永精得很，一看老庄往深处讲，便耍起无赖说：“反正我没有你大局长的视野，我只求你给我一次参加考试的机会。”

老庄感觉自己给他的解释已经达到 $N \geqslant 100$ 遍了，终于忍不住要爆发。但局长老庄晓得对癸永是发不了火的，否则很可能会成为媒体上的头条视频，当然也是工作纪律所不允许的，只能把办公室主任大老王叫来，对办公室近来的工作再次进行了严厉的点评。大老王只好苦着脸对癸永说，你看，局长都对我发了这么大的火，求求你走吧。任凭大老王姿态怎样地一再放低，癸永依然故我。

大老王只好再次选择报警。

想不到这次接警的是大老王的小学同学胖子，两人打小交情一直就好得很，这次为单位火急火燎的事居然弄到了一起，气氛自然也不差。胖子声音洪亮有力，说老同学打电话话来肯定有好事。大老王说当然有好事，坏事从来不找你胖胖，话就这么说开了。但谈到出警，胖子便实话实说。胖子说，按讲我们是有警必接，你老同学打电话撞上我更是责无旁贷，但跟你说句良心话，你说的这个人没砸没抢、没打没闹，只是表达自己的诉求，我们去了，也只能按有关规定办！但要想最终将问题解决得 Very good，必须想个办法把问题解决好，让人家认可。

被老庄和癸永双重压力搞得又急又气的大老王禁不住笑了起来，笑胖子干了大半辈子革命工作，还是那么幼稚不已，如果有好办法能解决好，会弄到打电话给辖区派出所的地步吗？

胖子并不同意大老王的看法，坚持说，办法肯定有，但大家就是还没想出来而已。我问你，“大海捞针”难不难？大家都知道难，但如果发动起群众这个汪洋大海，让“针”跟前的那条鱼给我们打个电话，这根针不是很容易就找到了？具体到你们这件事，要深悟“一把钥匙开一把锁”的真义，找到了对的那把钥匙，再锈再死的锁也能打开来。

看看胖子越说越深、越讲越远，必须面对现实的大老王只能跟他相约“改天再谈”，想想也实在无计可施，便临时安排了一处偏僻的办公室，权且让局长老庄办公。堪称“渡尽劫波”的局长老庄能享受这样没有打扰的工作空间，这才深深体味到和平安宁的弥足珍贵，更加深刻地理解了“稳定压倒一切”的要义。

但老庄的好心情只保持到了下班回家。

当老庄拎着公文包哼着小曲走到自己的单元楼下时，远远看见癸永正坐在自家门前等着他呢。看见老庄下班回家，癸永表现出终于找到了的激动和欣喜。当然，人家癸永也依然做地有礼有节，虽对老庄再次的规劝无动于衷，但也没有纠缠老庄。老庄开门进家时，他也没有跟进去。

家门口无端多出个把门的，放在谁身上也难以承受。不一会儿，老庄的老伴出来让癸永离开，癸永讨好地向老伴笑了笑，但也只是起了下身子，并没离开，看样子还有蹲守的意思。老伴很生气，端来一盆冷水，浇湿了门前的空地。此举可能引起了老庄异议，屋里隐隐传来老庄和老伴争论的声音，而且老庄还开门出来看了一下，见癸永已不在门前才原谅了老伴。

但当下午开门出来上班时，发现癸永并没有走远，而是坐在不远的楼梯上，看样子中午饭也没吃。

老庄虽然气得够呛，但还是压着火边走路上班边打电话让老伴给他送了一个大馍。

令老庄没想到的是，就是这个馍，似乎让局面有了些许的改变。

第二天上了班，老庄居然没有看见癸永！老庄心里一阵轻松，立即打了电话给一直替自己担忧着的老伴。“正义终于战胜了邪恶！”替老庄高兴的老伴惊喜之余还说了一句文不对题的话。

局长老庄觉得，没有来访纠缠的日子真是神仙一样的轻松与快活。见上午没什么大事，老庄约了几个股室的负责人到下属单位去做些有针对性的调研，这也是上级早就要求了的，但因为太忙，一直未能完成。

令他没想到的是，从他一出城区，电话就没消停过。而且全部是市信访局来的，从办公室主任到接访室、副局长直至局长，都在叙述同一个话题：说有一个中年妇女，长得还可以，但一撒起泼来，不得了了，整个市信访局，今天上班的人听到的全是她的号叫，控诉你个庄大局长不讲人性，卡住她的儿子，不让他参加招聘考试，那么好看的脸，一会儿是鼻涕，一会儿是眼水，一会儿是鼻涕眼水一把抓，任大家怎么劝也劝不住，女的衣服穿的也不是很多，一哭，胸脯那儿的纽扣也炸开了一两颗，我们拽也不方便拽；女的好像还有病，情绪激动时手脚痉挛了好几次，我们只得找了两个人，一人拽着一只手为她搓揉；刚才稍稍稳定了些，我们这才有工夫打电话给你，赶紧想个辙。人家讲得很清楚，先礼后兵，把你个面子，先到信访局来讲，讲不通，下一站就是去市委大楼找市长书记去了。

老庄头皮麻了一下，晓得意料中的麻烦以其固有的节奏不可阻挡地到来了。信访局代表的就是市委市政府，他们出面的压力比癸永个人的要大很多。但老庄还是坚持认为，凡事情总有规矩，不能因为闹一闹，事情就走样了！便选择紧要的将情况简要地给信访局作了报告，叙述和言语虽然略显琐碎和委婉，但意思和态度人家听得十分真切：即使她闹到中央去，不能参加考试的结果也是不能改变的！

信访局的人好像笑了一下，说，我不太清楚你们《规定》里面的具体细节，但我们都来认真地想一下，能不能不把这个事解决得这么生硬？

老庄正色道：“这可不是‘差一天不能参加考试’这么简单，这可牵扯到招考的《规定》能不能执行的大是大非的问题！”不得不又把“差一天可以，那么再差一天也可以”的逻辑严密地推演了一遍……还没等老庄说完，就听得信访局那边的电话好像被什么人闹哄哄地抢了过去，老庄还隐隐听到里面嘈杂怒骂的声音，一个尖细的声音说，贼上梁了火上房了，你们当官的还在这慢悠悠地打什么电话，别他妈的废话，快给我解决问题……接着是一串尖锐的骂声和长长的号啕声，最后是“咔嚓”电话被狠狠摔落的响声。

老庄第一次被这个电话现场直播震撼了，真切地感受到了人家信访局的无奈。

所有这一切，不得不让一向自信的老庄有点犹豫起来。难道我们这样真是有什么问题吗？便急急找来一向比较沉稳的男副局王泰，让他再帮助细细地评估一下“癸永能否参加考试的利与弊……”

男副局王泰一向没缺过鬼点子，看看舆情鼎沸，把老庄弄得焦头烂额、面目全非，就站在另外的角度，想帮着从《规定》的字里行间细细地抠一抠，看能不能给老庄抠出点让事情转机的说法。但最终只能无奈地对局长老庄说：“《规定》很严谨，跟古文一样，每句话、每个字、每个标点符号都有用，无缝可钻，无法帮癸永弄出个能参加考试的特别理由。”

老庄望了望他，叹了一口气，没有纠正他关于古文还有标点符号的说法。

后来癸永的母亲去没去市委大楼找大领导老庄就不知道了，也没人再告诉他。当然，也已经不重要了，因为更猛的“料”出现了。

当天傍晚，小城市民论坛网发出了一则帖子：“千古奇闻：相差一天，即将毁掉一生！”网贴以一个朋友的遭遇为线索，叙述了“朋友一生的理想就想当一名国家工作人员，可是这样的理想因为就早出生了一天，而将一去不复返！”的故事，言辞偏激，语气夸张，很快吸引了无数的眼球，跟帖量瞬间爆仓，一晚上就拉出了几十页，而且很快从网站扩散至微信朋友圈，其更是呈原子裂变式的发酵，小城几乎所有人都知道了这件事，而且，从小城的微信朋友圈发散开去，迅速波及市外、省外直至全国和外国。在外地的小城人纷纷打电话回来，询问家乡人有关这件事的来龙去脉，美国、加拿大好多在外国的家乡人也把电话打来。观点不一，异彩纷呈：不要说得太夸张吔，差个天把天参加一下招聘考试能出什么事，太较真了吧？是不是滥用权力，制度设计合不合理啊，为什么冒出个年龄限制呢？难怪中央反复强调要将权力关进制度的笼子，依我看，光关进笼子还不够，还要将笼子加上一把锁，锁匙还要交给靠得住的人手里，才能保证公正、公开、公平……反正说什么的都有。

但压倒性的观点就是：就应该让这个人参加招聘考试！

伴随着网络的浪潮，老庄的手机响个不停，市政办，市委办的，市长书记信箱的，分管市长的，分管书记的，最后市长、书记的电话在意料的时间来了……局长老庄的头“轰”的一下变得有“巴斗”那么大。

局长办公会是连夜召开的。距上次也仅隔一个礼拜之后，但大家都觉得经过了长途跋涉，时隔千年，男副局王泰、女副局锐平、纪检组赖书记，还有列席会议的人事科科长马丁，人人脸上露出极度的疲惫，局长老庄的头发更是从一支燃烧的火炬，变成了一坨倒扣的方便面，软塌塌地“瓜”在头上，但一开口说话两颗眼珠子灼亮。老庄说：“事情不用细讲了，各方的舆情已逼得我们没有退路，现在我们必须做出正确的选择来平息舆情。请大家明确表明自己的态度！王主任注意，对每一个人的每一句话，要一字不漏地记下来，这是要装进档案，成为历史的！”大老王庄重地点了点头。

会议时间不长，但大家揪断了好多根头发，不太确定地提出一条既能坚持《规定》又能回应舆情关切的思路：为充分了解网友的真实想法，有效平息舆情，就这件事就势进行一次网络大调研，将部分自由裁量权交给网友，根据网络调查结果，由局里提出具体处理意见，然后按程序逐级上报审批！

老庄更是有点不确定地问："这样能行吗？有没有越过《规定》的红线？"

"市招聘领导组应该有这个权限吧。"不知谁小声地说了一声。

局长老庄一字一句细细看过大老王的会议记录，平静了一下"咚咚"直跳的心，在会场上立即将会议决定向市委市政府分管领导和主要领导作了报告。

大概也没有什么更好的办法了，市里很快同意了局里的想法。

让网友投票表达自己想法的"投票项"也很快连夜在网站上设置好，同意癸永同志参加招考的点"赞成"，不同意的点"反对"，其他意见可填写不超过一定字数的意见和建议，设定投票时间为即日晚22：00至次日晚21：00，计24小时。

调研一开始，人事科科长马丁泡了大碗面，就一直坐在电脑前盯着投票结果。

"台上执政"和"在野监督"的想法完全不一样。出乎所有人的意料，开水锅一样翻滚的舆情与网络调研的结果竟是大相径庭！

只是虚拟地将决定权交给网友的调研一开始就十分理性起来，手中有了权力的网友们同时感到了一份沉甸甸的责任，原来一边倒"让癸永参考"的呼声并没有等量代换为"赞成"，倒是"反对"人数的高居不下更客观地显现出了网友的真实想法，这从网友提出的中肯意见里也得到了印证，很多网友在留言中表露出深刻的担忧：如果突破《规定》，让癸永参加考试，所带来的"后遗症"将是连锁的、一系列的，甚至对整个招聘工作是颠覆性的！而且对其他考生也是不公平的，甚至是粗暴的！对《规定》也是一种践踏！当然，最多的自然还是建设性的意见："恳切希望在明年招考时，一定要综合多方意见，并组织专家论证，将报考年龄设置得更合理，将《规定》修改得更加科学、完善、人性化……"

…………

再热点的事件也有了结的时候。

都以为事情过去也就过去了，毕竟新闻每天都在发生。但有点意思的是，不久后的一天早晨，职务已经"改非"的老庄悠闲地在街头公园散步的时候，居然和拖着拉杆箱似是要外出打工的癸永不期而遇。但他们都没有说话，只是相互一笑，有没有"明年再见"的意思，不得而知；只是匆匆间似乎又远远地相互点了一下头，便各自赶路去了。

（原载广西《红豆》2020年第8期）

/ 说的不是老宣 /

老宣不老。顶多二十五岁，也可能有五十多岁，总之不超过三十岁，是一名老师。

老宣很讲认真。头发既厚且亮，油足，板板刷刷，风吹不动；咔叽布的中山服的纽子直扣到脖子底下。一到开学生大会，他两手往后一背，在台上踱来踱去，常常叫人误以为他是教导主任，而旁边又黑又矮尖着嗓子强调《中学生守则》的毫不掺假的真正的教导主任倒是一个正在做检讨的调皮学生。

其实老宣只是一名老师，教初一语文。

老宣讲课的嗓门很大——好像老师们的嗓门都不小。学生说，听宣老师讲课，不须多，只一嗓子，就足以称得上"驴一鸣，虎大骇"了。

宣老师水平有时高，有时低。

有次讲道"轻风徐拂，旭日东升……"一词，老宣转着眼珠想了半天，也找不出一个恰当的词来描绘那朝阳冉冉上升的景观。老宣想含糊着蒙混过去，可学生都噘着嘴等他讲个明白。老宜急中生智，撂了书，身子在讲台边"嗖"地缩了下去。在桌子底下他喊道："都看好了，看我的头。"果然不久，那颗既油且亮的头一点一点地从桌边露出来，恰是冉冉升起的一颗旭日。和他以往那认真劲儿一比，这真是……

老宣很能说，一张嘴像鸭子，呱呱啦啦的。再有理由的学生站在他面前，用不了五句话，则都叫你吃瘪。老宣看起来穿挂整齐，板书却很马虎。一支粉笔东捣西戳，像画麻叉。而且极其喜欢用省略号。他说："我这是为了，多腾出时间来，多讲几句，乱嘛，是乱点儿，……"底下学生叽叽咕咕，男生和男生说："……"女生和女生说："……"男生和女生用眼睛说："……"老宣不管，转身依然是乌七八糟画了几个字，后面疯狂地跟了一串省略号。然后，又哇啦哇啦地讲起来："蚊子战胜了狮子，得意地吹着喇叭……"

不好！老宣正讲得畅快，有个男学生笔直地举起了拳头，一脸严肃。老宣赶紧把话讲完，示意那学生发表意见。

"宣老师，我们书上省略号都是六个点，黑板上省略号是二十一个点，究竟……"学生问。

这一说，底下立刻有学生小声地数起来。老宣转身数了一遍，又数了一遍，果然不多不少二十一个点，心里便有些发虚。但他却泰然自若地转过身来，把脸一沉说："我说你有这么高的水平，咹，考试怎么，咹，全是不及格的？咹……咹……？"

那男学生脸"腾"的一下通红。底下学生议论的声音大了起来。老宣把黑板擦抓过来，使劲地在桌子上拍得山响："这样的学生在你们班上，不止一个，都给我考虑考虑……"

那学生懊悔莫及，真叫是"悔不该……"底下学生渐渐小了声儿，怕老师找到自己回答这个查《辞海》也未必能翻得到的高深莫测的问题。

"考虑考虑……"便是老宣的专用语汇，不好不坏，不上不下，不左不右，不前不后，他眼儿一瞪，让你"考虑考虑"，天知道考虑什么。

学生一个个缩起了头。晓得老宣的烟瘾来了——每回来了烟瘾，老宣必是如此——果然，老宣见学生一个个都瘪了，气也就粗了起来，先前的窘态荡然无存，背起双手，慢悠悠地踱到教室外面。

掏烟，点火。那烟雾蓝幽幽的，升腾着，被风吹着，从窗外透过来。学生便都晓得了。自然少不了一番叽叽咕咕的议论。

老宣教语文有两个特点：一是重点多。这个是重点，那个也是重点。弄得学生不知哪一个到底是重点，于是就没有了重点。复习时把书翻过来翻过去，老虎吃天，无从下口；二是他非常注意打基础。每回布置作业，总是先强调又强调基础之重要性，不厌其烦地反反复复地讲一个叫"空中楼阁"的故事，之后，说："今天的家庭作业是：（一）把解词抄写十遍；（二）把写作特色背熟；（三）查有关资料回答：蚊子有多少只牙齿；狮子为什么要和蚊子作战？"

学生纷纷嚷说，初一（二）班夏老师不是这样教的，夏老师从来不要学生背写作特点。那个胆大的男学生在座位上哈下腰，把下巴搁在课桌上转动着对左右说，语文课这样教下去，真……

老宣把书往桌上一撂，方寸也乱了。他把中山服的扣子一只只都解了，头上微微冒着热气说："我看谁嚷得最凶，我倒要看看，谁的头上长了角？"

果然这一嗓子——"驴一鸣，虎大骇"，没有学生再说话了。老宣的气消了一些，踱了两步用右手指的中指和食指钉着桌子说，作为一个学生现在只有如何如何，日后才能如何如何……；那男学生憋着嗓子，小声地跟同位的同学说，作为一个老师只有如何如何，学生才能如何如何……

同位的同学小声地笑了起来，便引起老宣的注意——这场合老宣耳朵特别管用——几步踱过去，揪起他的耳朵，站好，必须写深刻检讨，贴在班上。

学生对老宣很有意见。

差不多的学生见到老宣都不打招呼。

见他来了，远远地让了过去，或是脸对着太阳，做出准备打喷嚏的样子。老宣狠狠地瞪学生，学生偏偏假装没看见。偶尔，非常偶尔地有一回，有一个小个子的学生见了他，很恭敬地喊："宣老师早！"老宣觉得十分舒坦，忍不住地又回头看了那可爱的学生一眼，那学生正把右手的拇指和食指做成手枪的模样，对他瞄准呢。

第一学期期考，老宣带的这个班的学生语文总分在几个初一班中倒数第一，而且分数差距有……（嘘，保密！）老宣用黑板擦叭叭叭地拍着桌子说："这充分说明了你们功夫还没有下到家，咹，平时你们一门心思就知道……"

自尊心强的学生气得哭了，觉得无脸见别的班的同学。有胆大的把胆子又壮了一壮，写信给教导处说，我们要初一（二）班的夏老师教我们语文。现在不是兴改革吗，把宣老师革掉吧……

夏老师大专毕业，讲课像说大鼓书样吸引人，书教的是没得话说。

老宣以前不是这样的嘛，以前不是像夏老师一样带劲儿嘛，怎么现在……学校领导就都摆着脸，严肃地研究了老宣的问题。

"我他妈的还怕少了一根毫毛？！咹，我老宣老早就想开路了，是他们领导扣着我不放嘛！"老宣晓得了，脖子一梗，很不在乎的样子。

老宣老早就想调到老家去和老婆在一起。磨了好长时间，学校领导都没有同意。他对夏老师说："不同意就跟他软泡，糟到一定时候，看他……"

夏老师笑笑。夏老师也是做梦都想着调回老家新婚的妻子身边去。请调报告是和老宣一同送上去的。

原来如此。

老宣好几天没有一点笑声，中山服一点也不挺括了，扣子不知什么时候脱了一只，风把一边底襟吹得一掀一掀的，走路默默着，谈不上有风度。

教导主任望着他的背影，不安地对校长说："校长，你看……"

校长说："这不像话嘛，课堂上乱得像鸭澡堂子！"

新学期开始便调整了课程，老宣被分教六个班的体育课。他原任的初一（一）班的语文让夏老师拎去了。夏老师带两个班语文。

"你……"老宣上厕所的时候，小声地问夏老师，"你……答应了？"

"我……"夏老师看看左右没人，亦小声地说，"我……也是有苦说不出。想调走不吃一番闷苦怎么行？"

老宣笑了一笑，在夏老师肩上拍了重重一记。

上体育课他很严厉，板着脸，哨子吹得嘟嘟响。他看不顺眼的调皮猴子被他一一训过。那个从背后用"手枪"向他瞄准的学生立正时两脚没有分成倒八字形，老宣的翻毛牛皮鞋上去"叭"的就是一脚，踢得学生哭了。回去喊来家长，家长找到校长，校长找到老宣，老宣一言不发——他现在讲话也用省略号了。

再上体育课的时候，先站个队，然后老宣让学生去抱两个皮球来，说："男生一个球，女生一个球，别抢得像一锅开水！"学生便"轰"地一散都去抢球，再也没有人告状。

老宣就站在那儿，悠闲地一支接一支地吸烟。那烟一阵一阵地腾起，把他罩在中间，模模糊糊的。教室里不断传来老师十分认真地教课的声音：“唉咳嘶加哇唉括弧的平方……”

当那些老师喊得喉咙发干，满手白粉笔灰地走出教室时，老宣不知不觉地把胸脯挺了一挺，衬得夏老师等老师更瘦、更驼。体育课不用备课，不批作业，也不用扯起大喉咙喊得脖子一伸一伸、手指一划一划、腰一弯一弯的。

体育只要两个球，老师、学生都自由。

可能是因为太自由——人不能太自由了——太自由了——抢不到球的学生开始瞅机会溜号。先是像兔子，眼睛眨巴眨巴，看见老宣回家去了，就一个接一个地溜了。到下课老宣去集合，每个队伍都短了小半截儿。

教导主任告诉校长，校长找到老宣：“老宣啊，体育课‘放羊’可不行哇，这样下去……”

老宣说：“其他学校都是这么上的嘛！我就这么高的水平，你另请高明好了。”“话不能这么说，改革改革嘛，现在到处都在谈改革。如果你能像夏老师那样，我相信……”

“你把我改革掉好了，就这样……”老宣用力地朝地上吐了一口。

“老宣……”校长尽量把语气放平缓一些。

“我说了，我就这样了，吊儿郎当惯了，无可救药了。”老宣斩钉截铁地说。

“哼，如果你就这么扣着我不放，我就和你……”老宣走出校长办公室的时候，气咻咻地自言自语道。“看到底谁谁谁……”

老宣真的吊儿郎当起来了。上课铃敲过了，他还睡在床上。学生散散漫漫，抢球也没有了兴趣，分成几派，在操场上哇哇地追逐着打仗玩，真乱。

教导主任去找他，老宣待理不理地把一张病假条铺在毯子上，说：“我的主任呀，医生嘱咐，不能再上班上课啦，要休养两个月……”

校长晓得了这事，好半天没有说话。教导主任站在一旁，把医生证明仔细看了一遍，好像……

校长好半天没有说话。

“依我看，算了吧，校长，这尊菩萨就让他请吧，反正也……”教导主任怯怯地试探着说。

校长有点不高兴地挥了挥手：“那事情先放放再说。既然不能上班上课，那好，明天起，让他去替小黄。我看他还要不要脸面……”

小黄是学校勤杂工，打打铃子，还兼管学校的一间“活动室”。活动室里有书报杂志、乒乓球、康乐棋、篮球、排球、网球、足球、羽毛球、铅球，有好多好玩的东西。

教导主任有点为难地往外走。校长叫住了他说：“你就说是我的意见，看他有没有意见。”

老宣想了想，没有意见，于是就说："没有意见。"

于是，老宣就成了小黄。

打铃这事不错。每天，老宣一手拎着一个铁锤，一手拎着闹钟，按时打铃。预备：当，当当；当，当当；当，当当；当，当当……；下课：当，当，当……；上课：当当；当当；当当……；集合：当当当当当当……敲得有力，震人耳膜。

打过铃子，他就泡上一杯茶，翻翻报纸，看看头版头条新闻，四版尾条征婚启事，三版杂七杂八、鸡零狗碎，二版长短消息。有时也翻翻小画书。小钟放在桌上，嘀嗒嘀嗒地响着。过一会儿，就抓过杯子，"咕噜"，咽一口茶。后来，他不知从哪儿找来厚厚的一叠书，专心致志地参加了自学考试。期考时很多老师印讲义、刻卷子，一个个忙得鼻子不像鼻子，眼睛不像眼睛，屁股上的裤缝都扭到一边去了。平常情绪蛮好的夏老师他们也烦躁得直抓头发，小便也没有工夫送到厕所上去。

而且夏天到了，太阳毒辣辣的。

老宣哼着小调，把活动室的电扇开开，认认真真地自学，已经通过了好几科。

课余的时间。附近单位上有不少小青年到学校来找老宣，想蹭蹭活动室的光。老宣的周围便常常地围了一圈高挑个子的小青年，米厂的、肉厂的、农机厂的、采石厂的、水泥厂的、石灰厂的等，纷纷找老宣借个皮球玩玩，借副康乐棋赛赛，借本书带回去睡不着觉时翻翻。老宣一手拎着小锤，一手拎着闹钟，步子迈得很规矩，用待理不理的姿态同人说话："我还要去打铃的——"

早已有小青年殷勤地夺过锤，帮老宣把铃敲了，敲的是乱七八糟。

小青年气喘吁吁地跑过来，套近乎地笑着。老宣拖着官腔说："学校有严格规定的——不能外借的——"

小青年纷纷地献上香烟给老宣抽，请宣老师通融通融，高抬贵手。老宣不慌不忙。给他高级的香烟，他慢慢地衔到嘴上，立刻有小青年哈着腰替他点上；没有过滤嘴，也没有锡纸的孬烟，老宣一般是随手夹在耳朵上。那支烟不一会儿就从耳朵上掉下来，在地上跳了两跳。敬烟的见了，想去弯腰拾起来，又觉得有点那个，便很着急地看看老宣。老宣可是没看见，那翻毛牛皮鞋一动，烟就很悲惨地被踩扁了。

如此这般老宣十分自在。他上街去不带一分钱，从街西头到东头，可以买到很紧俏的东西，也因此不知多少回误了钟点。每一次都是夏老师帮他敲的铃。

后来，学校清点"活动室"，光是图书，就遗失了不止三分之一。

……

看来，正如教导主任说的，这尊菩萨不请开路，怕是谁人也供奉不起的。

校长无可奈何地，却又是无限感慨地说："如果每一个老师都像夏老师这样，那可就省心啦。心头的肉啊，剜也剜不去的！"

这话不错的，说得很在理的。

上课的铃子又敲响了。夏老师端着粉笔盒和作业本，咳嗽着往课堂上走，远远地见老宣提着时髦的小拎包，敞着派头的全毛西装，气宇轩昂地开路了。拖着家具行李的汽车隆隆地扬起大片的灰尘，蒙得老宣也模模糊糊了。

夏老师怔怔地看着老宣一步一步地走向尘土深处，想想自己那份请调报告，想想妻子那温柔的、哀怨的眼光，不禁又看了看烟尘深处的老宣。

老宣似乎回头笑了一笑。

（原载《希望》1988年第2期）

/ 选调进城 /

孔德名老师决定参加今年的全市农村教师选调进城，完全是为了宝贝儿子孔夫子。

孔夫子今年6周岁，学前班刚刚上完，秋季开学该是小学一年级的新生了。照孔德名老师看来，孔夫子绝对是棵世界级大科学家的好苗子。当然，这里有个前提，就是这棵人参苗绝不能栽到胡萝卜地里去。

早在孔夫子上幼儿园的时候，孔德名老师就开始收集孔夫子即将去就读的乡中心小学的资料。今年暑假，专门拿出了半天时间，把几年里收集到的资料用“图表法”来了个综合分析，结果让孔德名老师当时就火冒三丈。什么中心小学，咹？简直连个村级小学也比不上。硬件不硬，软件巨软，学生的考试成绩一塌糟，教育现代化必备的网络设备更是无从谈起。特别是那些个老师，一个个灰头鼠脸，猥琐酸腐，上课讲的全是当地的土话，学历低就不谈了，水平也都极低。据资料记载，有一回，一个学生问老师一道智力测试题：“一桌四角，锯之一，尚有角几许？”老师毫不犹豫地说：“尚余三角。”学生说：“好像……”老师自信地说：“别‘好像’，老师教了这么多年的书，要相信老师的智力一定是超过你的！”学生只好亮出书后的答案“五个角”给老师看，老师下不来台，说：“书上的答案是错的。”见学生有点不服，竟训学生说“有意找个怪题来出老师的洋相，长大了即使成才也肯定是歪才”之类，这样的老师据讲在中心小学还不止一人。而且“学为人师，行为世范”在他们身上连影子都难以看到，很多人身上不同程度地存在着令人难以忍受的恶习，喜欢在教室的窗户边迎着风把头皮屑抓得乱飞，在讲台上用前排学生的三角尺的尖角掏耳朵，当众用右手的五根手指狠劲地搓脖颈上乌黑的灰垢；特别是经常讲课讲到得意处却突然停下来，歪过头来用左手小指甲挖鼻孔，边挖嘴里边咝咝地吸气，待挖到一定程度，连珠炮似的喷嚏冲天而起，“啊切，啊切，啊——切……”唾沫星子大面积地喷洒在前二排学生茫然而又稚气的脸上。明丽的阳光透过玻璃窗照过来，孩子们花朵样的小脸上似有颗颗晶莹碧亮的露珠。让这样的老师来教自己的宝贝儿子，还不如直接把孔夫子灭了来得干脆。

给孔夫子找个好学校读书，成了孔德名老师参加今年全市农村教师选调进城最强大的动力。

但一所偏远农村学校的教师想要被选调进城，谈何容易！

从市教育局第一年选调农村优秀教师进城至今，已连续进行七八年了，这也成了在农村工作的教师进城的唯一途径。刚开始时大家热情万丈，都摩拳擦掌地参加过，全市也确实有不少在农村工作的老师通过这条路解决了困扰自己多年的进城问题。但在孔德名老师他们学校，至今连一个人也没被选调过。所以大家每年到这时总被弄得心力交瘁，参加吧，选调不上去；不参加吧，心里又被挠得直痒，总有点不甘心。最终也只能发一顿牢骚，对选调进城渐渐地灰心了，市教育局关于选调农村教师进城的文件被随便扔在办公室的桌子上无人问津，这倒为孔德名老师细细研究提供了方便。

按文件要求，农村教师选调进城除了学历、年龄、教龄、身体健康状况、科目和在农村任教年限等方面基本条件限制外，还必须具有一项必要条件，文件曰：选调农村教师进城，一方面充实城里学校的教师缺额，另一方面主要解决夫妻分居、赡养老人、照顾军婚、方便直系亲属病残治疗之类的实际困难。并且无论适合哪一条，都要有相关部门出具原始证明。

孔德名老师屏住呼吸，在文件的字缝里来回钻了好几个回合，也没找到适合自己的必要条件。必要条件就是资格，没有必要条件，连参加选调的边都沾不上，只能靠边站。如此便有些泄气。最后还是经在学校食堂做杂工的老婆小环点拨，几经周折，把守寡多年的老母亲户口办进了城里，租了间民房，买了些生活用品，再把一直靠着他们生活的老母亲支过去，到有关部门办了手续，从正规渠道开来证明，算是勉强符合“父母独居，身边无子女照顾”一条。

照孔德名老师的理解，选调进城这样的大事肯定是要花大钱的，每个环节都是要用钱润滑润滑才能顺溜，所以先让老婆小环拿了个预算。小环以少有的气魄和胆识，造了个3000元钱的预算，被孔德名老师一顿狂训，最后自己大笔一挥，让小环从家庭财政上先拨10000元钱过来。这才安下心来，开始写《关于请求参加农村教师选调进城的申请》。

为求稳起见，在向丁校长送阅报告之前，先让小环去买些烟酒。小环提出直接送钱算了。孔德名老师很有经验地说：“这是一般环节里的一般人物，用烟酒意思一下就差不多了。”小环无异议，照孔德名老师的意思买来了烟酒，并保证绝对是真货，不会坏孔德名老师的大事，言语间免不了有点摆功的意思。孔德名老师没有跟她计较。

听说孔德名老师要参加全市农村教师选调进城，丁校长毫不掩饰地做讥讽状：“你要能被选调进城，中心小学的所有老师都能免试进城！”

孔德名老师见丁校长直接把自己等同于中心小学的那些老师，自尊心比较受伤，便摆出了与丁校长论理的架势。丁校长用眼镜腿指着孔德名老师说：“你别不服！你把选调进城看得也太幼稚了。你孔德名有什么，咹？是市里有手握铜铸大印的靠山，还是家里用麻袋装钱，或者是你自己有联合国领导人的堂堂仪表？没有吧，一样也没有。唯一能称得上本钱的，就是堂把小课上得还可以，但靠这个就能选调进城？嘁！别把我的裤带子笑断了让裤子直接滑到脚面上被人嗤笑哟！”

孔德名老师着实被他打击得不算轻，但还是擦了擦顺耳朵根淌下来的热汗，等门外一群狂叫的狗停了声后，说：“文件上写得很清楚，阳光操作，公正公平，择优录用，我就不信市教育局不选调优秀的教书人才，还会是去选权、选钱、选色？”

听了这话，丁校长差点没喷出饭来，晓得跟他不是一个层次的，没有共同语言，便又有气无力地挫伤了他几句，在报告上签上“同意参加选调进城”的意见，但对放在门后的烟酒们没有“同意选调”，硬让孔德名老师吭哧吭哧地拎了回来。

这么顺利就签到了字，而且没花一分钱，让孔德名老师很高兴又有点疑惑不解。经过综合分析，孔德名老师估计是丁校长认为他肯定选调不上，最终跑不掉人，落个顺水人情做做，所以字就签得十分容易。但对居然不收烟酒却一时找不到站得住脚的解释。

小环听他这样分析，就比较来气，带了点指令性的意思说：“也太伤自尊了。这次你一定要给我争口气，开我校普通教师被选调进城之先河！”

话说得跟小环这个在食堂做杂工的身份有点不相符，听来还稍嫌别扭，但孔德名老师着实有一种被打足了气的感觉。

8 月 2 日，离市教育局规定的报名截止日期虽只剩了最后一天，但孔德名老师还是没急着去报名。这次城里共有 6 所学校选调各科教师 43 名，按说数量也不少了，但一分科目再分到每所学校就不多了。根据文件规定，每人只能填报一所学校的一个科目，有点像上大学填报志愿的意思。你能力再强，如果情况不清，填报学校和科目不慎重，几个强手往一个学校涌，相互撞车，很可能不如填报其他学校冷门专业的实力不算很强的老师。所以，一直到规定报名截止的最后一天下午快下班了，估计大家的名报得差不多了，孔德名老师才急匆匆地赶到市教育局人事股，意思是能把整个报名的情况摸一摸以后，自己有目的地填报学校和科目。

哪知到人事股一看，大家全想到一块去了。原本应该下班走人的人事股办公室里全是黑压压的人头，个个热汗淋漓，有些女教师汗湿得衣服紧贴在身上，弄出些窈窕的意韵。孔德名老师碰到好几个在师大时的同学也来报名，大家免不了要叙一叙，交流交流心得。他在师大时的恋人念铃也来了，望着以前像朵嫩荷花上洒几滴水珠样的念铃在乡村中学才待了几年，弄得脸黄发枯、满身土气，看孔德名老师的眼神也没了当初的湿润和灵气，大家坚定了赶快从农村学校逃出来的决心。

负责报名的是人事股副股长老邴，大胖脸，一直笑眯眯的，态度和蔼极了，对大家的提问讲得非常细致，对前来咨询的女老师毫无疑问是耐心又耐心。面前的桌子上躺着一大片大家敬上来的各种牌子的香烟，他就不紧不慢地边抽烟边给大家讲，气氛十分和谐，但当孔德名老师他们提出要看一看每一个学校每个科目的填报情况时，邴副股长立马警觉起来，用一只胳膊紧紧摁住一摞表格说：“直接是瞎说！这相当于高考志愿的填报情况，属‘绝密’级的东西，能随便给你们看吗，咹？我跟你们讲，我们人事股的东西没有一样是不重要的，干部人事方面的档案，根据我们教育局办公室要求的秘密具体范围和密级划分……”说到这里他愣了一下，挠了挠头说，“估计不是‘绝密’就是‘机密’，低到不能再低也是‘秘密’级，总之是不能擅自公开！”

见邴副股长说得这么言之凿凿，态度十分坚决，大家就比较放心，认为越严格越好，对邴副股长的敬佩又添了几分，纷纷站起来再次向他散烟。

但孔德名老师没有盲目乐观。他想，如果有个把老师同邴副股长处得特铁，等到大家走光了，再来根据情况把填报表一改，不是等于先把一只脚迈进了城里学校了？所以大家对邴副股长露出幼稚的信任表情时，孔德名老师脸色淡淡的，甚至接近于有点冷。但自己又实在找不到挨得上的关系，他们唯一一个在市教育局纪检组上班的同学志标恰巧到省城开会去了。时间不等人，看看实在无缝可钻，又无法跟别人商量，就把自己看中的市二中、市三中和市六中做了几个阄，合起掌来幅度很大地颠了几下，撒在桌子上，闭起眼睛快速地抓了一个，一看是市六中，便听天由命，填报了市六中的语文科目。

全市农村教师选调进城的成绩构成主要由教育能力、教学能力、教研能力和附加分，具体包括近五年来工作获上级表彰、上一堂公开课、教研论文发表或获奖和学历、工龄以及其他事项的加分，其中最重要的是课堂教学，光这一项就占了总成绩的60%。所以，孔德名老师那天按通知到市教育局人事股抓阄，确定了公开课的课题、开课时间和地点、班级后，又专程去市教育局的纪检组找老同学志标。

一看老同学志标已经回来了，十分激动，掏香烟的手便十分地抖，掏了半天也没掏出一支烟来，让志标过早地伸出来接烟的手在半空中虚停了好久，最后只好摇了摇说：“不抽，不抽。”又顺势把因严重谢顶而所剩无几的几绺头发全部扒到前面来把脑袋盖好，还亲手给孔德名老师倒了一杯茶。

虽然是同学，孔德名老师还是把自己定位在下级的角色上，详详细细地把自己参加全市农村教师选调进城的情况向志标做了汇报后，提出了几点要求：一是请志标了解一下市六中语文学科的填报情况；二是帮助把公开课的评委们约出来到市里最好的饭店“天然居”聚一聚；三是志标要用好、用足自己这么多年来在市局处下的所有关系，全程关注和帮助孔德名老师的这次选调工作。

听了孔德名老师的汇报，志标很有城府地喝了一口茶，说：“关于第一个问题，目前已经解密，各校各科填报情况都差不多，平均都达到四五个人竞争一个岗的比例，像语文、数学、英语这些大科还要略高一些，要达到八比一左右的样子。当然，再难最终总有脱颖而出者的，我看你孔德名就有这个实力嘛。”

见老同学不拿架子，和颜悦色，孔德名老师心里特别舒服。进一步提出请公开课评委到“天然居”聚一聚的事。说到这儿，他停了一下，自作主张地去掩上纪检组的门，压低声音说：“我这里准备了几张一千元钱一张的卡，到时候两杯小酒一喝，一张小卡一送，效果肯定明显……”

孔德名还没说完，志标脸上的和颜悦色很快归于平淡，很坚决地站起身，把纪检组的门重新打开，比较不客气地批评了孔德名老师一通，并正告他说，自己本身就是搞纪检工作的，明显违反纪律的事能做吗，咹？

孔德名老师一看事情有点走样，便有点发慌，赶紧说：“你没有理解我话里的深刻含义。我并不需要他们给我多打分，只希望混个脸熟，到时候别把我该得的分数弄低了。”边说边用一本书幅度很大地往解开了纽扣的胸脯上扇风，把志标刚刚顺好的头发又弄乱了。害得志标费了好大的事才把头发重新扒过来盖住脑袋。

见孔德名老师说得这么可怜巴巴的，志标放缓了语气说：“不让你请客是这个客不需要请，也不能请，更没办法请！”因为评委的组成很复杂，既有市教科所的教研员，也有选调学校的行家，还有从邻省友好学校请来的专家和市人社局、编办、监察局以及纪检部门的同志，而且几堂课同时开，哪些人组成一堂课的评委全在上课前临时抽签决定，总不能把几十个人都请到场吧？

听志标一说，孔德名老师才知道是这么一回事，便及时评价说，这样做谁也没法搞小动作，蛮好，蛮好。但回头一想，不表示一下总之心里不踏实。志标说了很长时间的道理也没能打消他的顾虑，他只抱着一条死理：只要是人为操作，就一定有漏洞可钻！

最后，志标只好主动表态说，一定全程关注孔德名老师选调进城的事，这才让他半信半疑地离开纪检组回到母亲的出租屋。

正式上公开课的那天，孔德名老师早早地来到市六中，先是通过熟人引荐，找到上课班级的临时班主任，给班主任揣了一包好烟。总体风格有点像“幸运52”主持人李咏一样的班主任只抽出一支，其余的又还给了孔德名老师。孔德名老师赶忙给他打火点上，并请他到班上去给学生下些劲，到时积极配合好上课。

墨镜始终趴在鼻翼上的临时班主任两个大眼珠子在眼镜的横梁上骨碌骨碌地一连转了好几个来回，一边大口大口地抽着烟，一边滔滔不绝地狂夸自己的班级文化积淀如何丰厚和独特，盛赞自己的学生们是如何如何聪明伶俐，个个是精品，绝对让孔德名老师的课达到意想不到的奇佳效果云云。过度的自信反而给人一种不太放心的感觉。风把他的头发吹得像一把火炬。

他就这样顶着一头乱七八糟的头发把孔德名老师带到班上，先用一大堆美得要淌出油来的成语把孔德名老师隆重无比地推荐给了学生，然后，用中央台“幸运52”主持人李咏特有的动作，把一只拳头从斜刺里冲向半空中，说：“让我们支持他！”

同学们也一齐疯狂地从斜刺里把拳头冲向半空中，齐声说："耶！"气氛像直播现场一样地火爆。

孔德名老师暗想，这大概就是所谓的班级文化了。

等临时班主任走后，孔德名老师和学生们闲聊了几句，无非是请他们到上课的时候，要密切配合老师，把课堂气氛弄得热烈些，到时千万不能掉链子，出老师的洋相，并发给学生每人一只鲜红的中国结，下面还缀着一只小巧精致的黄穗子，对外说是上课要用，跟学生说其实就是送给他们的小礼物。同学们显然是见过大世面的，对小礼物显出漫不经心的样子，但心理上倒是比对其他人更接受了孔德名老师。

但是，当孔德名老师准备进一步将一些写有问题和答案的小纸片发给学生，让他们提前预习一下将在公开课上可能出现的提问时，受到了众多学子们的抵制，更有一个没戴眼镜、长着单眼皮的女生站起来一针见血地指出："老师这是在弄虚作假！"把孔德名老师闹了个大红脸，这才领略到城里学生的厉害，收起小纸片，灰溜溜地跑了。

学校大门外聚着很多人，已经开过课的，等着开课的，来给开课的人壮胆的，三三两两地团成一簇，神神秘秘的样子。

孔德名老师的课安排在上午的最后一节。好像有神助似的，自我感觉好极了，比以往在自己那个偏僻的乡村中学的任何一节课上得都要好。开完课，刚走出教室，评委中一位相貌奇古，长得非常像蒋介石的邻省来的专家还要去了他的联系方式，说孔德名老师的讲课风格十分接近他正在主持的一个国家级教研课题，以后可能会有所联系什么的。引得很多开课老师羡慕却又掩饰不住妒忌的眼神。

公开课的分数采取及时公布的方法。每个人课一上完，评委们齐集办公室，当场亮分，然后去掉一个最高分，去掉一个最低分，再由专人统计完毕，随时就公布在教室外面宣传栏的橱窗里。

和预感的一样，同前面已开过课的老师们相比，孔德名老师的分数排在了第一，把公开课开始以来，一直占据着第一位置的一个外号叫"唐结巴子"的唐生海老师压了下去。虽然比紧跟后面的人也只高了三五分，百分之六十一乘，也就二三分的事，但对于这个比高考竞争还要激烈的选调来说，一分就能压下去很多人，当时就有点轰动了。很多认识或不认识的人，羡慕之余，都来由衷地向他表示祝贺，连"唐结巴子"老师也冲他友好地笑了一笑。

一直焦急地等在市六中传达室里的小环也急不可耐地带着孔夫子赶来了。老远看见宣传栏的橱窗里公布的花花绿绿的分数，却不知是高是低。

孔德名老师差点就要直接告诉她自己是第一名，但考虑到小环的承受力，还是低调处理了一下，只说还可以，可能在前五名之列吧。然后就带着孔夫子来到学校操场一角的围墙旁，看一群蜜蜂在一大丛紫荆花里出出进进地采蜜。

天又高又蓝，小股小股的凉风穿过这个城市的一幢又一幢高楼吹过来，身上隐隐有阵阵凉爽，远远似有城市特有的市声传过来，让人感到生活在城市中的一种别样的优越感。想到宝贝儿子孔夫子即将在这个城市中一所老师全部用普通话上课的优质学校里开始他一生的航程，孔德名老师禁不住一阵浑身战栗。

小环从别人的啧啧议论中，才知道孔德名老师得的是高分，便十分担心别人随意乱改分数。也没和孔德名老师商量，自作主张地去找到担任选调监督工作的志标，提出了自己的看法。

志标不知道她就是孔德名老师的爱人，耐心告诉她分数的登记表一式三份，分别放在市教育局、选调学校和监督部门的人手中，要想作弊，除非三个部门的人一块改动一个人的分数；而按规定，有改动的地方，必须加盖市教育局的公章，而市教育局的公章天天挂在市教育局办公室查主任的裤腰上，怎么可能出现分数被改动的事呢，是不是？

小环这才把心放回肚子里。心想搞选招的人的脑袋瓜子真是不得了，想得这么细、这么严、这么绝。

三天公开课开完，所有科目和所有参加选调老师公开课的分数全部出来了。孔德名老师的分数在全市语文公开课分数中排到了第十七位，足见公开选调竞争的激烈和艰难。但具体到孔德名老师所填报的市六中，优势一下子凸现出来了：市六中一共招三个语文教师，孔德名老师的公开课成绩在填报市六中的语文老师中排名第三，依然压着最有力的竞争对手"唐结巴子"老师。

受好奇心的驱使，他又把自己的分数分别往市二中和市三中摆了一下，结果让他出了一身冷汗。按照那两个学校所选调的教师名额和填报人数，孔德名老师被几个高分一下子撞出去好远，根本就没沾上边，便暗自庆幸那天填报市六中是有神力相助，预感这次肯定有戏。

孔德名老师几个师大的同学这次公开课成绩也都还可以，所以都比较高兴，相互间免不了开开玩笑，掏出烟扔过来、扔过去地相互祝贺了起来。笑声也此起彼伏，相继露出嘴里的一批黑牙、白牙和黄牙。

倒是念铃比较冷静地提醒大家说："'八'字刚见一撇，现在祝贺未免为时太早了！"

不错，公开课的分数只占整个选调成绩的百分之六十，还要加上百分之十的教育能力、百分之十的教研能力和百分之二十的附加分才能得出总成绩。而这总共百分之四十的分数是最让孔德名老师他们担心的。

按他们的理解，这个加分环节里最容易玩猫腻：如果有谁弄个假的国家、省或市级一等奖证书往材料袋里一揣，再用张把充值卡重点地打点一下关键环节里的关键人物，被打点得晕头转向的有关同志在审核加分时再睁只眼闭只眼……而且，这里还有个根据教龄年限加分，如果有关同志加分时两只眼睛全闭了起来，悄悄地给关系户多加一点谁能说得清……啊呀呀，实在不敢再往下想，越想就越觉得问题十分严重。觉得十分有必要跟参与监督的志标他们先提个醒，免得他们外行不知内行里的事。

一伙人一下子全涌到志标的办公室，七嘴八舌地对着志标说开了，虽然有点乱，但意思志标还是听清楚了，也不知他们怎么就这么肯定，就有点迟疑地问：“不至于吧？”完了，一听志标的语气也不很肯定，不像以前不管说什么事，都是斩钉截铁的干脆，说明这个环节确实存在不严密性，肯定要出事。便进一步商量要去找局长，让他老人家预先给参与审核加分的同志严肃地打支预防针，防患于未然。

一看事情越闹越离谱，志标便顾不得同学情面，严肃起来说：“大家要有一个良好的心态，不要整天胡乱捉摸，这也不相信，那也不放心，你们把选招看成什么了？以为真是儿戏？如果让你们来搞，难道就是这样随心所欲地翻手为云，覆手为雨地乱来吗，咹？我就不信这世上除了你自己是诚实的人，其他人全不可靠，全值得怀疑！趁早都回去等候通知，别没事找事地瞎折腾。”

毫无心理准备地被老同学志标这么一批评，大家都有点悻悻的。恰在这时，隔壁不远处的局长室隐隐传来局长老关轻轻的咳嗽声，淡淡的，却掩饰不住一股挡不住的威严，吓得大家齐齐地噤了声，都不由自主地伸了伸舌头，先自矮了半截，最终还真的没敢去找局长老关。相互招呼一番，散散啦啦地回家去了。

孔德名老师留了个心眼，等大家都走远了，他又绕了个弯折回了纪检组。见只有志标一个人在，非常高兴，虽然没有把门掩起来，但一开口说话还是忍不住有点神秘兮兮的，而且低得几乎难以听见。

费了好大的劲，志标总算弄明白了，原来他是想提前到市六中去拜访一下校长，送张把充值卡，提前挂个钩，免得最终自己虽被选调上了，校长一看是“生脸”，随便找个理由不要他孔德名。

志标问：“能有这样的事？这是由市里统一组织选调的教师，他一个校长有什么权力不要？”

孔德名老师说：“是听其他人说的，前面参加选调的人好像都是这么做的。”

志标有点哭笑不得地说：“凡事自己要多往正道上想一想，而不是总是听人乱传。其实你之所以相信真真假假的消息，主要是这些消息与你不正常的心理有合拍的地方，是不是？”志标显然是比较生气，对已经弄乱了的头发没有像往常那样把它捋上去，而是任它就那么“中间溜冰场，四周蜘蛛网”似的耷拉着。

毫无疑问，孔德名老师最终是被志标不轻不重地说了一通，将信将疑地回家去了。

在等待选调结果公布的那几天里，孔德名老师把自己的总分反反复复地加了一遍又一遍，结果应该说是比较理想的。因为所有能加分的小项目他一样也不缺，根据以往的经验，这种情况比较罕见。

学校里很多人都听到小环提前大张旗鼓地宣传了，晓得孔德名老师这次估计要改写本校选调教师一直是“光头”的尴尬历史了，带着很复杂的心情纷纷来向他祝贺。都纷纷向孔德铭老师打听花了多少钱，找的哪个后台，走的是哪条路之类。听孔德铭老师讲到目前为止还没花一分钱，也没找任何人，更没走什么超近的小路什么的，直接没得一个人相信，这跟大家的想象实在相去甚远。也有在以前参加全市农村教师选调进城中栽过跟头，自认为经验十分丰富的老师主动来帮助孔德名老师分析情况，让他把各种复杂的因素多考虑一些。孔德名老师说，虽然我的公开课成绩比后面的几个人也就高个三五分，但在附加分上，他们如果没有什么奇招，要想压住我的概率几乎是微乎其微。

可是，越是怕事偏偏越是有事，问题恰恰就出现在了这个“微乎其微”上。

志标电话通知孔德名老师看初选入围人员的“公示名单”时没告诉他确切的结果，只说你先上网看看。孔德名以为这家伙跟自己玩噱头，让自己给自己来个惊喜。母亲住处没有网络，孔德名直接胸有成竹地穿戴整齐，用油把头发上足，从母亲的出租房出来，打了个的，踌躇满志地赶到市教育局，先看到了局公示栏里的纸质公布的初选入围人员名单和分数，却来了个惊呆：公开课成绩排在孔德名老师后面的“唐结巴子”老师最终总分却以0.1分的微弱优势，一下子翻到前面去了！使孔德名老师原来的第三变成了第四！

也就是说，他被淘汰出局了！

毫无心理准备的孔德名老师像被一下子抽干了全身的血液，呆呆地站在那儿，脑袋里一片空白，差点被烈得发白的太阳光刺倒。

据老同学志标掌握的情况，“唐结巴子”老师是个标准的高才生，公开课上得比孔德名老师还要有品位，只是说话有点磕绊，影响了他的得分。而且那位相貌奇古，长得非常像蒋介石的邻省专家不但要去了他的联系方式，还把自己的联系方式也给了“唐结巴子”老师，并说以后一定会联系。光这一点，跟对孔德名老师就有所区别。至于教育能力一项，更是没得话说，人家各项加分项目也是一样不缺，还拿出了国家人社部和教育部在第三十个教师节期间表彰的“全国优秀教师”奖项，正经的大红烫金获奖证书和红头文件，光这“巨无霸”级别的一项，分数就被孔德名老师那几个轻飘飘的县市级奖项高了好几个头。

“所以……”志标总结说，“人家一下子翻到你前面去，纯属情理之中，你不服也不行！”

已经进入初选入围“公示名单”的念铃他们几个同学也来安慰他说，你今年只是牛刀小试，一试就试出无比的锋芒，弄出这么大的动静来，夯实了明年再来一搏的基础。哪像我们跟范进中举似的参加了不知多少年，好不容易熬到把那些出类拔萃的人全拱进了城，才轮到我们这些二流选手勉强达线。

孔德名老师一直埋着头，任凭大家怎么劝说也不说话。在他的眼里，念铃他们经过选调过程的淬炼和洗礼，不再是那些土得掉渣的乡村教师了，而是摇身一变，羽化而登仙，一下子升坐到云端，成了自己可望而不可即的人物了。

浓重的自卑感像潮水一样从四周袭来，且以高压的态势紧紧地包围了他。

不知过了多久，大家劝累了，已经没人吱声了，他却突然站起来，像经过了漫长的深思熟虑一般，什么也没说，在众人无声的注目下，狠狠地将手中的烟蒂在烟缸中摁成十分扭曲的形状，大踏步地走出门去。

他的眉毛凝成两页弯弯的刀片，眼光中露出一股让人很陌生的杀气。

在选调入围初步人选公示的这几天里，孔德名老师到“唐结巴子”老师学校所在的那个乡镇走访了一趟。

一般人认为，所谓的“公示期间，有专人值班，接受来电、来信、来访，并负责复查核实举报内容……”之类，不过是个必走的程序和形式而已，能进入初选“公示名单”人员选调进城应当是铁板钉钉的事了，以往也没听说过在这方面有过什么反常。

孔德名老师不这样认为。他只认准一条：既有这么一道程序，就一定有其存在的合理性和强烈的必要性。因此，可以设想，像已经进入初选“公示名单”的“唐结巴子”他们，参加这次选调“极有可能”存有瑕疵的地方。那么，这样的瑕疵靠谁来真正地发现呢？答案是不言而喻的。孔德名老师认为，无论什么事情，细节的一点一滴，必须经过反复锤炼，最终才能经得起推敲。

“唐结巴子”老师所在的学校是一所比孔德名老师他们那儿还要偏僻的山村初级中学。崇山峻岭之间，和镇子还隔着相当一段弯弯曲曲山路的学校，十几间房子孤零零地散落在半山腰上。虽说正值万物生命力最旺盛的夏季，却是草稀、石瘦，略呈病态的树木过早地显出换季的疲惫，间或有不知名的野虫振翅嘶鸣，叫声也有气无力，唯有一条溪涧稍有些灵气，绕着慵懒的小街潺潺流过，在学校脚下甩了一个弯，静静向东流去。

几天的走访，孔德名老师这才晓得了“唐结巴子”老师的确是个不一般的人。一个标准的穷乡僻壤，居然能冒出这样一位让那么多朴实的山民无比景仰的教师，可以想见，“唐结巴子”老师是付出了怎样的令常人难以想象的努力！

几乎每一个被接触到的人都说，学生家长们其实是不希望唐老师被选调进城的，每年都让校长想办法留住他。留了好几年，这次不忍心再“卡”他，果然他一飞冲天，第一次参加选调就一矢中的。

别人娓娓地讲述，使孔德名老师时时被感动着、震撼着，不时强烈地怀疑自己的所作所为，他几乎不忍心再做下去，他一次又一次地想到了放弃，但又一次又一次地想到了自己的宝贝儿子孔夫子，想到参加全市农村教师选调进城以来每一个细节的艰难和无数个不眠之夜中，神经被一寸一寸地油炸般的煎熬，以及现在在家庭、学校、同学、朋友、熟人、亲戚中所处的一种“骑虎难下”的尴尬境地，最终还是狠了狠心，找了每一个能找的关系，终于证实了自己的怀疑：“唐结巴子”老师参加农村教师选调进城的必要条件果然经不起反复推敲！

有人告诉孔德名老师，“唐结巴子”的父亲确实长年患有肺部方面的慢性病，但在今年选调工作刚要开始时就去世了。那么，报名时所用的“方便父亲的慢性病诊治”就有一定的模糊性。

孔德名老师当时就愣在了那儿，好长时间不知说什么才好。

回到家里，孔德名老师显得很疲惫，想不明白自己究竟做了什么，一句话也不想说。

但小环却显出少有的兴奋，说，就凭这一条，他“唐结巴子”是死定了，并指示孔德名老师说，为确保成功率，防止主持复查工作的有关人员态度暧昧，要把事情弄大些，把真实情况分别向市委、市人大、市政府、市政协、市纪委和市监察局以及市教育主管部门反映，把事情捅大点，谁也别想盖住。言语间已不知不觉地沉浸在经市教育局对“‘唐结巴子’老师复查不合格，孔德名老师顺次顶上去”的事实之中了。

孔德名老师厉声斥责了小环，让她不要胡言乱语，这样瞎闹，是一个有着老师身份的人所能为的吗，咹？既是事实，心平气和地通过正常渠道反映就足够了。弄那么些动静，还怕别人不知道你的所作所为吗，咹？

他兀自长叹一声。

他现在能做的，只能在心里对“唐结巴子”老师真诚地说一声“对不起”，然后再衷心地祝愿他：“来年好运！”

……

历时近一个月的全市农村教师选调进城终于尘埃落定。

新学期开始，孔德名老师接到市教育局人事股让他去开调令的通知时，刚从一场重感冒的高烧中勉强恢复过来。放下电话后什么也没说，坐在椅子上愣怔。

小环说：“天大的事你立即放下，赶快去把调令拿到手再说。”

孔德名老师淡淡地说：“大风大浪都过来了，还在乎这一张纸？”

小环说：“忘了你们常说的‘命如薄纸’吗？你可别小看这张纸，你的命这时在这张薄薄的纸上写着呢。你要在第一时间内把它开出来，交到市六中校长的手里，才能真正保证万无一失。否则，笑到最后的还不一定是谁呢。”

被小环一吓，孔德名老师真的没敢有丝毫马虎，打起精神，火急火燎地赶到市教育局，从邴副科长手中把调令拿到手，又马不停蹄地往市六中赶。

走过市教育局公示牌前，他停了一下，愣愣地看着被风吹得快要从墙上脱落的初选入围“公示名单”，想想真的就被一张薄薄的纸片留在了山村初中的“唐结巴子”老师，心里涌起一股说不出的滋味。

他没敢再待下去，低着头快步离开了公示牌走上了大街，很快被淹没在了这个城市密密的人流中。

（原载《醉翁亭文学》2006年第1期）

/流水淙淙/

他们第一次拥有自己的小家是在平红的爸爸调离蚂蚁湾中学以后。

热热闹闹在一起过得好好的，一下子要分开，他们并没觉得有什么忧愁爬到脸上。倒是妈妈说什么也想要少林和平红跟他们一块走。妈妈说："爸爸不在这里做校长了，你们会碰到很多麻烦的。"平红说："我和少林两个都是二十多的人了。"妈妈说："十几年的书把你们读得跟两只呆鹅一样，二十多岁了还像个小孩子。"平红噘起嘴说："要充分相信单位的领导和老师。"妈妈忍不住用手指扒眼泪。妈妈说："大道理我讲不过你，我主要是怕你们俩在这里吃苦。"这时少林从书房里迈着学生步走出来，推推鼻梁上宽大的钢边眼镜说："妈妈，我不会让平红吃苦的。"

当时爸爸一句话也没说，但看得出他心潮难平。虽然他晓得少林这种书呆子的保证历来不足为信，但还是安慰妈妈说："孩子自有孩子的生活，不要强求他们。"爸爸这样讲，妈妈就不好再坚持下去。妈妈说："也只好随便你们。但这回要听妈妈一句话，这里的东西全留给你们，你们把自己的房间好好地布置布置，不要再乱折腾。"

还是那个老话题，平红调皮地向少林看了一眼。从结婚那天起，妈妈就没有停止过对他们小房间的批判。没有组合家具，没有彩电，没有转角沙发，算什么房间呢？说归说，少林和平红的房间一如既往地保持那种特别的格调。

一张写字台，一个衣橱，一只书架。只有床比较考究。因为在读大学的时候，平红就和女生们谈过不止一回，人一生有三分之一的时光是在床上度过的，而且，人一生里最值得留恋的故事总是从床上开始的。从床上来到这个世界，又是在床上和这个世界告别。所以一个人可以穷到裤子穿不起，床务必是要弄得温馨一些的。妈妈好几回赖着爸爸把他们那套老式家具抬进他们童话一样的卧室里，又几次被平红和少林两个偷偷地抬回原处。妈妈用眼睛狠狠地挖平红。平红笑嘻嘻地说："别让这些个古董破坏房间整个的格调。"

妈妈转过来又好心地劝少林，你们两个过日子和有我们在这里不是一个样子的。我晓得我们留下来的东西式样老一点，但对付过日子还是很来事的。

少林说："妈妈说得对，老式的家具其实是别有一番古色古香的调子的。"

妈妈很满意少林的话，用一种胜利的得意看平红。但到了整理行李装车时，少林却和几个青年小伙子一起，抢先将家具什么的全搬上卡车。妈妈见他们真的小孩子气，一点不知好歹，都急得有点蒙了。爸爸说："还是照孩子的意思办吧。"平红也站在车下仰着脸调皮地说："我们如果需要，一定会主动去把它们再拉回来的。"

看到少林和平红他们这样，妈妈心里真正不晓得是什么滋味。她对前来送行的老师拜托又拜托：平红和少林虽然是大学毕业，其实过日子连幼儿园的水平也不如的……老师都七嘴八舌地说，师母你大胆地往前走，至于平红他们，被煤烟熏熏就成厨师了。爸爸坐在袅袅升腾的烟雾里默默不语。少林傻里傻气地说："妈妈，你再见到我们的时候，我和平红一定是衣锦还乡的。"

妈妈哽咽着点点头。汽车"呼"地扬起一阵烟尘，很快消失在路的尽头。爸爸始终没有说一句话。一切的骨肉之情全在默默无语之中。平红回来倚着少林肩膀哭了一下，他们就这样有了自己独立的小家了。

两个人过日子，开始觉得是有点寡寡落落的。在整个学校大院沸沸腾腾的生活中，他们的小家像鲁滨逊的"安菲南德岛"一样孤单。每一回下厨房，平红就有一种走向刑场般的悲壮。以前妈妈是从没让平红下过厨房的，所以平红连即使下面条这种"厨房 ABC"也是半懂不懂的。面对一堆乱七八糟的油盐酱醋，平红像第一回接到求爱信的女孩子一样不知所措。先放水，还是先放酱？面条什么时候投到水里？平红哪留心过这些事情？平时只晓得快快乐乐地上课，做作业，打羽毛球，和少林两个关在房间里读又厚又古的小说。或者站在阳台上拉小提琴。平红的小提琴拉得很棒的，在大学里比艺术系的高才生也不差的。艺术系的教授讲，主要是平红有十根天赋罕见的长手指。有一位在国内艺术界占有相当一块地盘的教授说，有这么好的手指条件进中文系可惜了，应当是进艺术系的。想进艺术系吗？平红歪头想了一下说："想！但我更喜欢中文系。"教授写过几封信征求过爸爸妈妈的意见。却被妈妈左右耽搁了。毕业的时候学校想把平红留下来的，平红说："我要问妈妈。"妈妈说："我舍不得这么一个女儿放在外面。"教授有点可惜地说："要懂得有这么一双富有艺术灵气的优质手指是多么罕见。你记住，有一天它们一定会使你前程辉煌的。"一直到平红离校，教授还是有点不死心。他说："我的大门永远向你开着，什么时候想来，卷了铺盖来就是。不过，你要永远保持你手指的优秀。"

平红把十根手指撑开，一股淡淡的音乐在耳边轻轻响起。手指的确饱浸欲滴的艺术乳汁。但到眼前，对付一锅面条却一筹莫展。平红顾不得多想，把面条调料油盐等一起放到锅里，添上一锅冷水，坐到炉子上。她心怦怦地乱跳。炉子是蛮快的，很快嗡嗡地响起来。平红赶忙去催少林起床。为他准备好脸巾、口杯，把牙膏挤到牙刷上。等他们快快乐乐地来盛面时，却见面条死死地绞成一团，很难过地缩在锅的一角。平红有点尴尬地说："对不起，第一次弄有点手足无措。"少林内行地说："是水放少了点，没关系，再添点水吧。"

于是添水再烧。那面条的味道可想而知。平红赶紧去把门关上，两个人偷偷摸摸地把面条吸得呼啦呼啦响。至于书上讲的饭菜要讲究色香味之类，他们现在才知道，那原来是一种神话。

日子就这样不伦不类地过了起来。他们慢慢晓得了真正的日子远远不是简简单单地下一锅面条。开门七件事：柴米油盐酱醋茶，简简单单七个汉字，却像七座大山一样阴着脸拦在他们面前。他们用的还是妈妈他们留下来的那只煤炉，不但式样像个怀孕的婆娘，而且天天生，天天灭，天天狼烟四起，总呛得少林弯着腰趴在阳台的栏杆上咳嗽出一串省略号。楼上的邻居也老是被烟熏得老鼠样地从家里跑出来。在医院做护士的陆大姐见他们这样，便耐心地告诉他们生炉子的技巧：等底下一块煤烧得还剩百分之二十火力的时候，接上一块新煤。接新煤时先蘸点水，然后粘上些煤灰，这样可以使上下两块连在一起。少林赶忙掏山一支笔在手心里记着。等上面的新煤有火了，就把炉门封好。不能封得太死，那样会闷灭的；也不能封得太松，否则是很浪费煤的。他们回来依样做了，第二天早晨起来移开茶壶看，炉膛里有点暗红，拽开炉门，一会儿，煤火便蹿起来了。平红有点激动，一定要把少林从床上拉下来亲眼看一看，少林用脚踢了踢炉子说："样子鬼头鬼脑，倒比小孩子还要娇气。"

但是陆大姐交给他们的是四口人家用煤的方法，而他们只有两个人，饭做好了，水瓶全部装满了，煤火还是旺旺的。依少林的意思，后来又添了两只水瓶——可灌那么多的开水又有什么用呢？平红索性就让茶壶坐在炉子上被烧得独自叽叽咕咕叫唤，不加理会，时间一长，渐渐地对茶壶生出了一种刻骨的仇恨，自欺欺人地远远躲避开去。但毕竟摆脱不掉，她走到哪里，茶壶咕嘟咕嘟的水开的呼叫声就跟到哪里，像一只红头绿翼的大苍蝇一直在耳边胡搅蛮缠，而且有一回还把一只茶壶的底子烧了一个大洞！少林见炉子这么不知好歹，就给平红出了一个主意：吃过早饭，就开始做中饭；吃过中饭，便开始做晚饭。平红觉得少林一个书呆子，出的主意倒也颇妙。煤也的确节省下来了。但这是很麻烦的。饭碗刚离手就忙新的饭菜，哪有那样的胃口？而且，到下顿吃时，饭菜的味道懒洋洋的。没出两天，平红就不干了。小脸一如既往地被炉子弄得很消极。所以每要开炉子，平红总有点恐惧，总要拦住少林要慎重考虑考虑。少林见她这样，便露出怜爱的微笑由了她去。少林说，怕开就不要开吧，但要保证它不要熄火了。吃饭嘛就拿饭菜票到学校食堂去吃好了。平红一下子轻松起来，好像少林既然这样讲了不开炉子就不是自己的责任了，高高兴兴地从食堂买来饭菜，两人埋了头呼噜呼噜地吃。

炉子就这样很奇怪地一天一天接下去，并不烧饭烧菜。

有一天在办公室里，少林破例地和老师聊起了炉子的苦恼——少林平时在办公室里是很少讲话的。老师们便兴致勃勃地谈起来——居家过日子的话题总是很叫人感兴趣的。有个老齐老师，听少林这样讲，便教给他一个经验，就是用钢锯条子把一块煤拦腰锯断，半块半块地烧，又方便又符合节省原则的。少林颤着手把这个经验记在一张纸上，那半天就一直很激动，上课时在教室里莫名其妙地来回乱走。下班回来迫不及待地一试，果然十分管用。真是个高招！妙招！绝招！平红也精神焕发，一定要少林吻吻她——长时间地吻她。少林一鼓作气，用钢锯条子腰断了几十块蜂窝煤，弄得脸也黑手也黑整个自己成了一块大煤球。从此他们的炉子才真正算是走上了社会主义的康庄大道。

这件事情给他们的教训是比较深刻的。那么土了吧唧的老齐，混到五十多岁了还是一个代课教师，如果不是炉子的问题，少林也许永远不会和他有什么来往的。谁能料到一身粗布衣服包着的身坯里还藏着这样一手绝招呢？人真正是不可貌相的。所以少林以后就经常性地在办公室里和老齐探讨“生活小常识”，慢慢地懂得了一招两式。比如炒菜时先把油放在锅里炼一炼，起锅时再放点油，菜的味道就不会哆里哆气的；比如，在抹布上挤点牙膏，很容易擦去玻璃上或桌子上碳铅或是蜡笔的污迹；再比如，吃海带如果将海带放在蒸笼里蒸半小时，然后捞起来放在清水里，再放些食醋，这样弄出来的海带有一种非常特别的味道；洗茶杯时如果有残茶就放点食盐水便手到污除……就连程序弯弯绕绕颇为复杂的海参也会做了。天天讨论，天天都有新的收获，晓得了就生怕忘记了。少林回家从书架上抽出一个笔记本，把前面抄录的十几页“名人名言”“嚓嚓”撕掉，变成了“生活小常识”的备忘录。日积月累，很快就有了大半本了。老齐似乎能被少林这么重视而有点受宠若惊，毫无保留地把他过日子的经验和盘托出。有一回他在厕所上“登东”，见少林进来小解，便鬼鬼祟祟地叫少林附耳过来。少林半倾了身子把耳朵递给他，老齐便小声地告诉他小两口过日子“流水账”是少不了的。大到买一台四星级的冰箱，小到人家借你一分钱，都是要入账的。两个人说得入港，少林迷得很深。直到下了课的学生像野马一样冲进来，老齐才揉揉手里的草纸做总结。少林发现，老齐带来四张草纸，只用了三张。那一张被他很小心地放到中山装的口袋里。老齐笑笑说：“下次还是可以再用的。”

少林摸着下巴对老齐的这个主意考虑了半天。少林他们用钱从来都是稀里哗啦的。他把这个经验说给平红听，因为消息是这么个来源，所以平红有点恶心。但这个主意的确很诱人。于是他们翻出一只饼干听子，裁了很多的白纸条放在里边，钱也放在里面，旁边放一支签字笔。拿钱时便顺手签一张纸条扔到盒子里，月底结账，收入支出，来也有影去也有踪，是比较符合科学管理学的。

有一回结完了账，收入和支出有五分钱的差错。少林便启发平红好好想想，什么时候拿钱忘了签字。平红想来想去也没有，倒是少林一下子猛然想起来，原来那五分钱是有一次在街上口渴，买了杯水喝了。两个人便松了一口气，少林做自我批评说：“其实这五分钱是额外的浪费，以后我一定注意厉行节约。”

话说完以后，他们两人同时吓了一大跳：他们什么时候变成了这个样子？

两个人一时待在那儿相对无言。真是时光如贼。这才有多久，不声不响地就把他们两个偷成了这个样子！整日的烟熏火燎，少林一个书生下巴上也有硬扎扎的胡子钻出来了。有爸爸妈妈在的时候，平红天天围一条红丝巾，一跑起来，又青春又浪漫，可是现在，下了班就围了围腰在厨房里忙得没头没脑。一天下来，两个人钻进小房间，平红就那么疲惫地歪在床边，衣服也不想脱，只想深睡二百年！在书里寻取另一种浪漫人生，对于他们似乎已成了鸦片战争以前的事了。而且，两个大人就被日子撵得如穷寇般四下逃散，假如再有个小毛头呢？

真是不堪回首。后来还是少林打破沉默说："拉一段提琴听听吧。"

琴搁在了平红的肩胛间，淡淡的音乐遥遥地响起。往日漫漫的时光似流水般自自然然地舒卷过来。少林只觉得自己从一片混沌的黄沙、漫漫的荒漠一步一步地向前向前向前，慢慢地眼前展现出一片宽阔的辽无际涯的雪原，强劲的塞外风正穿过一望无边的夏季牧场遥遥而来。平红的眼泪顺着脸颊淌下来了。少林走过去，像初恋那样，强有力地把她搂在怀里。

一连几天，两个人都变得默默的。家里的空气淡忧忧的，平红的饭量明显地少了。有一天早上，少林起床时发现枕头上有泪痕。少林吃惊地问："你怎么了，平红？"

平红抹抹眼睛说："我梦见爸爸妈妈了。"

一股酸楚狂风暴雨般蹿进少林的心里。平红说，妈妈见了我们，不晓得怎么高兴才好。爸爸和你两个在客厅里讲话，我就和妈妈两个下了厨房。妈妈说："什么时候变成了巧媳妇啦？"

平红好高兴，努力想把本领抖给妈妈看。妈妈不晓得怎么样喜欢自己的女儿了。妈妈说："怪不得你爸爸讲，一旦你们把读书的本领用到厨房里，那是很来事的。果然就很来事呢！"平红被夸得有点不好意思了，倒把碱面当味精放到了锅里。妈妈说："少林对你还好吧？"

平红嘟起嘴说："少林这个人你又不是不晓得。告诉你吧，现在拿一百个国家主席来换，我也不走的。"

妈妈骂了她一句："二百五"，又说："你就是手变得有点粗了。"

平红说："天天又洗碗又洗衣服的，是水把它咬成这个样子的。"

平红故事说完了，双手攀着少林的肩膀呆呆地发愣。少林拿过平红的手看了看，这才发现两只小手变得有点粗俗了，两个人的日月的艰辛全浓缩到了十根手指的皱纹里了。他用两只手把平红的两只小手盖住说："以后洗衣服的事情我来干。"

少林说到做到，一到换洗衣服的日子就抢先把脏衣服按到盆里呼哧呼哧地洗。平红不干，平红说："在一个家里，如果妻子不能帮助丈夫洗衣服，这个妻子是很差劲的。"

少林说："你应该记住教授的话，你的手之所以优秀，并不在于手指长，而是它天生有一股艺术灵气。你要知道，这种粗笨的家务，会把手指的灵气泡得一点不存的。如果手指变僵了，对于艺术来讲，就太可惜了。"

平红说："可是你这样做，让别人瞧见成什么啦。一点男人气概全叫水盆泡完了。对于生活来讲，你的男人气概是咱家的支柱。"

少林很惊讶地问："还有这么封建的大学生，洗洗衣服就没有男人气概了吗？"

平红说："告诉你，生活的法则就是这个样子的。"

两人一句来一句去地吵着。少林依然故我，很笨拙地把衣服搓叽叽地响。平红有点急了，她说："少林，你忍心叫我明天走出去让别的女人对着我的脊梁指指戳戳吗？"

少林没办法。少林怕的就是平红这种娇缠。他说："那以后我们把洗衣服放在晚上，把门关上，行了吧？"

平红说："那还叫过日子吗？鬼鬼祟祟的。而且，即使别人不知道，我心里也不好受。"

这时恰巧有一个青年教师敲门来借扑克，见少林像个妇人样地坐在盆边，便意味深长地笑笑。少林一时如芒刺在背。平红关了门回来，说什么也不让少林干了。

少林就说："干脆我们买个洗衣机吧。"

平红没料到少林这样说，一时不知如何是好。因为就是为了过另一种不同的日子。他们结婚时才让爸爸妈妈什么也没置办的。难道时间一长，少林变了？

少林洗了洗手说："平红，我们要实际一点。不但要买洗衣机，我还想买彩电、冰箱、照相机、电饭煲，……当理想与现实发生冲突的时候，一是改变现实，让它理想化；另一是放弃理想，让它屈从于现实。无论取哪一种，我的理解是：得让我们基本上能在这个世界上生存下去。你说是吗？"

楼上楼下一家家温馨的家庭气息顽强地袭来。平红有点害怕地说："少林，我担心这种日子总有一天会给我们以惩罚的。"

他们俩人的工资加起来二百多一点，这些钱对付过日子，像两个胖子并排穿过只有二尺宽的巷子，相让着勉强能走到底。现在忽然挤进一台洗衣机的计划，一下子才强烈地感受到这钱原来是这样地没有立场。一张很严肃的十元票，从口袋里掏出来，便哗啦一下散开来，一张一张小鸟似的飞了，飞得无影无踪。他们重又建立了流水账制度，用钱是加倍的小心。少林说："流水账只是一种意念上的束缚，主要是看行动，老一辈的人说：'积钱如针挑土，花钱如浪淘沙'……"

所以他们开始打破旧有的生活秩序。以前他们用牙膏是大手大脚的，一天三顿，每一次挤到牙刷上的牙膏有五厘米长。现在把中午的一顿省去了，挤到牙刷上的牙膏也变成了一个小小的逗号。每条牙膏用到最后，一定要抵着桌角用力地挤得确实挤不出什么的时候才罢休。牙膏皮子是不能扔掉的，积攒起来，十个是可以换一包卫生纸的。少林这样做，平红也不好意思搞铺张浪费，化妆品的档次一落千丈。告别了香水们奥琪们国际Ⅱ号们，买一种很便宜的雪花膏应应场景；除了来月经时用一两刀卫生纸，平时就用旧报纸和学生的废作业本子上厕所。虽然这些很不符合卫生标准，但既要想打狼又舍不得孩子，是没有这么好的事情的。

中午的饭菜他们历来是不少于一荤一素一汤的。既然要往小康迈进，当然是要打破这个传统的。果然不久，就变成了两素一汤，后来终于取消了一汤。吃完饭倒点开水在碗里夹点菜搅和就当汤喝。撒一粒饭在桌上也是要用手拈起来放到嘴里吃掉的。他们边吃边算，即使两个素菜，比如炒个毛豆米，烧个豆腐，一顿也要花去两元多钱的。如果不吃饭，这两元多不是省下来了吗？一天两块多，一个月就是六十多元钱，一年就可节余五六百元，一台洗衣机就从嘴里掏出来了。这个账把他们俩算得心惊肉跳，也为以前那么大吃大喝而后悔不已。

少林说："从明天起，中午饭我回家去吃吧。"

少林家住农村，以后只要上午课少或空课，少林就把头缩在一顶草帽里往家奔。平红一个人也不开伙了，在食堂里随便买一点将就将就。当时正是农忙，家里的午饭根本没个钟点。他们放学是十一点，家里吃饭常常是一两点，那么中间少林必须扛一根扁担去地里挑稻穗。硬杠杠的一条杂木扁担咬牙切齿地啃在少林瘦弱的肩膀上，两头是拖泥带水的稻把，头上是烈得发白的毒日头。少林是学生出身，两个肩膀只背过书包。哪能干得了这个？担子一上肩膀，嘴就咧成了瓢。直到担子落地，嘴才能恢复原状。肩膀上有了深深的红痕，太阳一曝，皮就脱去一层，露出鲜嫩的肉来。汗从嫩嫩的肉上滤过，如花针对着心乱刺。爸爸说："这层皮蜕了。肩膀就硬了。"但为了一顿中午饭，少林不吭一声。吃了饭又缩在草帽里往学校奔。未到学校，上课铃子便炸着头皮地拉响了，少林回家舀起一碗凉水灌下肚子，又去赶课堂。经常是到了讲台上，两只裤管还像在稻田里一样高高地卷着。脱了绊子的凉鞋溅满泥巴。和他曾经鄙夷过的老齐老师的形象成了一个模子脱出来的坯子。脸很快地瘦成了一片瓦。

有一回礼拜六，是他们俩法定的"那个"的日子。少林没有像往常那样蛇似的和平红绞在一处，把她弄成一汪温柔的水，却疲惫不堪地瘫在那儿，像一张牛皮纸贴在席子上。平红这才发现少林已经心力交瘁。一股强烈的自责使她的眼泪决了堤。她觉得自己太不是一个好妻子了，自己对少林的体贴远远不如当初妈妈对少林一半的疼爱。她就那么揽着少林，把他的胸前哭得一片潮湿。第二天一早便去了菜市场，买来鸡、鸭、鱼、蛋，做了很多的菜大补少林。

仅仅一顿饭，把他们一个多月辛辛苦苦节余下来的钱一下子就拉了个干干净净。

于是，少林像一只飞倦了的青鸟又重飞回了他们的小家，又开始心疼地吃起自己的中午饭。

"干脆求爸爸妈妈他们支援吧。"平红有点动摇了。

少林停了筷子，有点陌生地望着平红："是不是你对以前做的事也后悔了。"

一句话把平红问得满脸通红。少林对她从来没用过这种陌生的表情说过话。这样子便晓得自己伤了少林的自尊心了，她赶忙承认错误说："对不起，我不是故意的。我主要是觉得我们在追求一种生活的同时，却失去了另一种很美的生活，我……"

少林见她这么认真，把她手拿过来，无声地放在自己的掌心里摩挲了好久。

后来。在食堂罗师傅的帮助下，他们自己开了一畦菜地。种上了青菜、莴苣、雪里蕻、苋菜、扁豆等，什么时鲜就种什么。菜们是比较懂事的，值日的学生都晓这是老师的菜地，做值日时就顺手帮着浇点水。有大块头的学生劳动课时主动帮助施点肥儿，所以菜们长得鲜鲜嫩嫩的。平红和少林两个吃不完。罗师傅就挑着菜篮子来采。每采一次，就追着少林交给他一张收据，让他去伙食会计那儿拿钱。开始少林还挺腼腆，后来纸条越积越多，月底伙食会计又来追少林结账。他们便把一叠收据全摔到会计那儿。天呐！乱七八糟的白纸条子眨眨眼睛就变成了花花绿绿的票子了！平红有一种罪恶感。她对少林讲："如果爸爸晓得他的宝贝女儿女婿在这儿种菜卖给食堂，该是怎样的恨铁不成钢啊！"少林说："是罗师傅自己来采的，不是我们主动卖的。"

平红这才心安理得地把钱收好。以后种菜是更加精心起来。书架上多了好几本《怎样种好蔬菜》《大白菜的越冬管理》之类的小册子，地盘不声不响地向四周扩展开来。业余时间，平红差不多都泡在菜地里，像一个地道的农妇那样，弯着腰，撅着屁股，聚精会神地忙碌。

蚂蚁湾温柔的水带子似的远远地往东流去，通红的夕阳斜斜地射在蚂蚁湾宽阔的大地上，三三两两下学的学生从他们身边匆匆走过。他们就那么聚精会神地忙着，一直到温柔的傍晚来临了，他们才扛着锄头，走回自己的小家。

苦，的确是有点苦的。但钱是一点一点地多起来了。他们的钱依然是随随便便地扔在那只饼干听子里的。本着"厉行节约"的原则，渐渐地就要装满了。他们便开始打听市场行情，价格是多少，什么牌子最响，哪一种较现代化一点。行家便一一告诉他们，而且还顺带得到一个消息，学校工会主席那儿有好几张县教委发下来的"家用电器优惠券"，一张券可以随便买一样电器，无论贵贱，均优惠百分之十五。

少林回来把这事告诉平红，平红也听人讲了。少林便有点激动，要立即去问工会主席。平红说你等一下。她去学校小店买了一包好烟交给少林，并嘱咐他要不卑不亢，注意你的风度。

工会主席见少林来，头皮麻了一家伙。但毕竟是工会主席，当抽上了少林的好烟之后，就开始打哈哈。少林羞答答地讲明来意之后，工会主席抓了抓秃了顶的头皮说："僧多粥少，僧多粥少，个个像蚂蟥一样叮我。"

少林说："这么多年了。我和平红才想起来买一样电器。"

工会主席说："我晓得，我晓得，但是个个像蚂蟥一样叮我。"

少林便开始耍赖皮，看见优惠券就夹在工会主席的《工作日记》里，想动硬地抓一张过来。工会主席贼精，赶忙把《工作日记》抓到手里，说："明天到办公室抓阄决定，只能看你的运气怎么样了。实在对不住，实在对不住噢。"

少林有点沮丧，他忽然觉得这个龟孙的世道忒是冷酷无情。想想吧，那么多为人师表的人类灵魂工程师为几张小小的优惠券，把头伸得鸭子样围成一圈抓阄，这个世界不摧毁它还留着干什么？

但少林终于没有死心，他撺掇平红去摸。平红又漂亮又善良，真主一定会保佑她摸中的。平红把少林拉到一边说："少林，我不会去摸，你也别去出这个洋相，我们本来就不指望靠谁来帮助的，你说是吗？"

少林说："平红，这一段日子使我懂得了一个道理，这个世界上并不单单是理想、青春和爱难以得到，而更有一种就是钱更难得。从某种意义上来讲，有时牺牲了一分理想、一分青春，抑或一分爱，却换不来一分钱。你说是吗？"

千万种苦楚一起涌上平红的心头。她曾被这些苦压得泪流满面，但她确实还有自己最尊重的东西。她觉得自己太柔弱，她拉不住少林，心便随了少林而去。望着少林伸向纸盒的手，她心如一只皮球上下乱蹦。不错，这轻轻一抓，也许可以轻而易举地使他们平白地多出几十元钱，使他们少去几十个艰苦劳作的日夜。现在平红算明白了：物质才是万恶之源。

但是真主没有保佑少林，倒是老齐老师呆有呆福摸到一张。他见少林对这事倾注了这么多的认真，就把优惠券让给了少林。他说："我有了优惠券也买不起电器的，惭愧，惭愧。"

这天晚上，他们到很晚也没睡着。两个人像初恋的一样叽叽咕咕地说了好多的话。他们惊奇地发现这个小家很快就要走进现代化的行列了，他们有信心、有能力把它打扮得具有"四化"的水平。到那时候，他们要把爸爸妈妈请来，一定要问一问妈妈：这回像不像一个家了？

两个说得很高兴。想想从前的日子真是不堪回首，总是小孩子似的评判这个世界，甚至有老师请爸爸吃一顿饭，我们还笑他是"巴儿狗"呢。为这事，爸爸还训过我们，让我们注意搞好同事关系。我们就问他：什么叫同事关系啊？要不是妈妈催着吃饭，我们少不了和爸爸有一场辩论的。两个人就这么有一句没一句地越说越多，越说越远。忽然少林有点神秘兮兮地降低声音说："平红，我们也请一次客人吃饭吧。"平红也赶忙降低声音，更加神秘兮兮地问："为什么？"

少林告诉她，这是老齐的建议。老齐讲，在一个单位上混日子，是不能永远地像鲁滨逊那样在"安菲南德岛"上过日子。再说，我们也不能光是伸嘴吃人家的，礼尚往来，对吧？

平红点点头。于是趁热打铁，两人商定了日子，要办的菜肴和邀请的客人。等一切细枝末节都商量好了，他们才忽然发现所请的客人当中，领导竟占了三分之二。

平红有点着急地说："不行，老齐是不能不请的。"

少林说："老齐自己说的，他是不在乎的。而且……"

平红带了点情绪说："你是认为老齐是个代课老师，无足轻重是不是？"

少林只觉得心被挖了一下，但赶忙说："我不是这个意思。既是联络感情，老齐已经和我们关系很不错了，而且，很多老师与我们的关系和老齐的情况差不多，请他一个是不好讲的。"

平红没有再坚持，她晓得少林的自尊心是很强的，揭破了大家难免都有点尴尬。平红有点感慨地说："日子已把我们弄得面目全非了。少林，你不觉得我们在一天一天地失掉我们自己吗？"

少林"啪"地关掉壁灯，黑暗"哗啦"一下罩下来。少林躺好了身子说："我只要让你过得幸福，又何必去讲什么失掉不失掉呢？"

从第二天开始，他们就着手准备起来。每天平红早早地起来，拎着篮子上街采购。比如鱼，务必是要活的；比如鸡，是要年轻一些的；比如老鳖，那是比秦代的铠甲还稀罕的。水生的东西在蚂蚁湾应当是不缺的，但因为改革开放，像出国大潮一样，就这么一种时代之风尚，鱼们鳖们鳝们全涌到外面攀高枝去了。那段时间，整个的蚂蚁湾菜市场显得异常的丑陋不堪。第三天的早上，平红为买一只野兔子，和一个操着娘娘腔的中年男人争了起来。平红觉得为了一只兔子弄成这个样子，有点无地自容，那个"娘娘腔"还喷着唾沫星子挖苦她。这时老齐老师也来买菜。老齐老师毕竟是个老教师，教过的学生多，面子大，认识的学生家长也自然不少。卖主就很慷慨地把兔子让给平红了。那个"娘娘腔"有点急了，说给双倍的价钱。卖主说："孩子老师的面子是无价之宝，钱是买不去的哟。"

这件事平红回来就对少林讲了，并且说："你看看，不请老齐老师道理上实在是说不过去的。"

少林想来想去，说："也是。过这龟孙的日子怎么到处充满讲究？"抒情一通之后，又安慰平红说："下次请客，把老齐老师排在第一位，好吧？"

平红说："这件事叫我实在是良心不安。"

少林说："以后找个机会跟他说明一下吧。你也不要闹情绪了。"

请客那天，他们是做了分工的。平红主持厨房工作，少林负责请人。所以一天里少林变得十分的鬼鬼祟祟。既要把意思传达给有关人员，又不能让无关人员晓得一丁点的风声。这就不得不使少林变得像个"克格勃"般四下活动。他发现老齐那天特别的碍眼，老是在他眼前撞来撞去。少林好几次都机智地躲开了他，但是也出了几次的汗。偏偏有个老席，是行政主任，坐在办公室里怎么也不出来，平时说话的声音也大，后来为谈一件什么事和老齐两个人从办公室谈到操场，而且一同到街上去了，好像十分的投机。少林绞尽脑汁也瞅不准机会跟老席透露请客的事。真叫少林为难死了。

平红说："反正他是住在学校里的，放学时再请他也不迟的。"

于是少林就拿刀来剥兔子。兔子刚挂好，老席忽然从楼下走过，少林欣喜若狂，赶忙用刀指着老席"请留步"。老席吓了一跳，拔腿就跑。少林就几步蹿下楼撵上他，一把揪住他的领子，豪放派的老席转了好几圈神色才恢复正常。他听了这事后表示同意又朗朗大笑了几声。偏偏这时老齐正从冬青那边绕过来，见是这样，便问："是什么事情使席主任这么高兴哇？"平红慌忙地把身子缩到了窗子后面。少林有点尴尬。好在老齐并未深究，大家说说闲话就散开了。刚走几步老齐又突然回过身来对少林说："刚才我在'电器行'见新到了一批洗衣机，我细心地看过了，你们要买就赶快买吧，质量是很好的。"

这一切平红全看在眼里。她感到心里很不是滋味，心怦怦地乱蹦，撞得胸口有点发紧。这样子做明天再碰到老齐还怎么说话，以后还好不好意思和老齐处了，其他老师会怎么看他们。越想越不是滋味，那刀也就一偏，她左手中指被菜刀削去了半边！

顿时血流如注，一股钻心的疼袭遍全身。她只微弱地喊出一声"少林——"，就顺着桌子腿缩了下去。

少林简单地帮她止了血。就把她抱上自行车后座，推向医院。

……

路上的风是比较硬的，少林让平红把手指搭在他的肩膀上。少林还没有从惊悸里缓过来。平红慢慢地平静了下来。

少林说："平红，我对不起你爸爸妈妈，我没有把你照顾好。"

平红说："这不能怪你的，我早有预感，日子早晚会给我们狠狠惩罚的。"

少林说："明天我带你回家看看爸爸妈妈吧。"

平红点点头。平红说："你答应我这件事不告诉爸爸妈妈，好吗？"

几滴眼泪顺着少林消瘦的脸颊滚了下来。他没有让平红看他的脸。他只顾低着头，用力把车子往前蹬。

（原载甘肃《飞天》1991年第5期）

/潮起远方/

事后回想，一切其实从遇到小学同学那一刻就如火如荼地开始了。

那是早春一个的下午，彤红的夕阳静静地斜照在一所城区小学的门牌上，让人感到几千人的校园有一种震耳欲聋的寂静。新任县教育局局长的老邝和一干人正陪同分管教育的美女副县长在城区各中小学调研。这时，蜷缩在学校墙拐角的一排摊贩中，一个卖甘蔗的面目模糊的女子一边向老邝急切地招手，一边用沙哑的喉咙大声大气地喊："大局长，老同学，老同学，大局长哎！"其低档的声、形、容、态、言同雪白衬衫、黑亮皮鞋的局长老邝极不匹配的无机联系，让一行人忍俊不禁，其制造的难堪和尴尬的氛围，很能乱人的方寸。

但老邝很沉着。确定"面目模糊"真的是在叫他，便慢慢地停了下来。

"面目模糊"晓得老邝是大局长，忙得很，毫不拐弯地自报家门是老邝的小学同学，并开玩笑说，让老邝当了大局长不要忘记初恋情人！其口无遮拦，快言快语对当时场景的彻底颠覆，再次让跟前的摊贩和不远处的大家哄堂大笑。

老邝一直没有乱，表现出了一个讲究职业素养的官员很深的功底，他很冷静地将这个自称是小学同学的胖女人在一口气里喷薄而出的话仔细捋清，很快明白了：这个小学同学这么不拘一格地招呼他，目的是早点和他挂个钩，今年秋天小孙女到县实验学校读书的事全指望他这个大局长了。

看到"面目模糊"在一阵咋咋呼呼之后突然沉寂，用一种让老邝无法言说的企盼眼光望着他，再看看她一高一低卷着的两只裤管，老邝全身提着的气一松，心里莫名地动了一下，向"面目模糊"露出了一丝小学同学才能理解含义的微笑。

同样全身松了口气的"面目模糊"赶忙欲去拿甘蔗给老邝吃。老邝却已转身离去，但没忘记叮嘱"面目模糊"到时候打电话给他。

身后留下一片摊贩们对"面目模糊"动作不当的善意嘲笑。

按理讲，为官这么多年，老邝对大小事情一般不会轻易表态。倒不是老邝人品抑或官德有什么，实在是官场就是战场，所有的事情基本没有大小之分：看似不得了的大事，最终往往能举重若轻，易如反掌；有时看似芝麻大的小事，关键时候却让你

"生命不能承受之轻"。一句话，无论大事小事，往往总是深浅难测，反复无常。但作为县教育局的一局之长，老邝认为，小学同学的孙女儿小学毕业了，弄到县实验学校上个初中，其透明、纯粹、简单、一眼见底，是大不过芝麻的一件小事，可以拍板。所以老邝当时虽然觉得场合不是很合适，还是爽快地给"面目模糊"交了底。

邝局长怎么也不会想到，风往往起于青萍之末。南美洲一只蝴蝶翅膀的微微振动，真的会引起美国加州一场百年一遇的特大飓风。

回局后，老邝是将此次同"面目模糊"的戏剧性相遇当成笑话讲给副局长老江听的，还带了句评论说："你想到北京上清华、北大我无能为力，在县里上个把实验学校用不着这么咋呼吧？"

一反常态，这一回，一向为人谦顺的江副没有积极附和，而是毫不含糊地否定了老邝说："邝局，此事还真不是小事，而且非常棘手！"

"什么？"老邝不相信自己的耳朵，更不相信江副对自己说话的那种一本正经，"有这么夸张吗？"

"一言难尽，一言难尽啊。"江副言语和动作都表现得似急还乱，"等你有时间了我详细向你汇报。"

但事情的发展永远出乎人的意料。似乎已经等不及江副向邝局长汇报详细情况了，像被施了魔法一般，从遇到小学同学那一天起，老邝开始无休止地陷入电话、短信、字条的狂轰滥炸之中，亲戚、同学、朋友、街坊、邻居、友邻科局的同僚、老乡、老领导……很多年已没有联系过的人跟搞恶作剧似的，扎着堆地来找老邝，或畏畏葸葸，或阿谀谄媚，或作萌卖乖，或软硬兼施，甚至颐指气使……话题只有一个，就是让老邝帮助自己解决小孩到县实验学校读初中的事情。记名单，收条子，做解释，直至同弄不清出处的来人弄得不欢而散，成了遇到小学女同学后那段时间每天工作必有的内容。短短几天，公文包里莫名其妙地收到一大把杂七杂八的条子。弄得老邝心烦意乱，精力俱疲。

这是他在来教育局之前怎么想也不会想到的。

来县教育局之前，老邝从县党史办、档案局、宗教局、统计局一路走过，当的全是"一把手"，别人眼里，这些科局都属于"冷"局，如在"深宫"，同社会少有接触。但老邝硬是凭着自身的一股劲，把每一条"冷板凳"都焐得滚烫，每一个岗位都干得风生水起，让大家刮目相看。今年两会以后，县里从几大班子到各部委办局来了个重新洗牌，老邝从统计局调任县教育局局长、党组书记。想想自己已年过五十，多少有点意料之外；但回头再想想，自己已经年过五十了，也在意料之中。总之一点，在老邝看来，这不过是又一次正常的人事调整，不管到哪里，都是吃共产党的饭，替老百姓干。但大家不这么看，大家一致认为，虽说你老邝调来调去还是一个正科，但那是裤衩改胸罩，虽大小一样，可岗位重要。

玩笑归玩笑，但感受却是真有天壤之别了。这才一个月不到，自己这大半生处过的人几乎都来同他见过面了。

老邝实在受不了了，让江副立即放下手头的一切事，赶紧到他办公室来。

正值中年的江副倒是没有了上一次的似急还乱，很从容地将局长室的门关好，两扇窗子都打开，把邝局长的茶杯筛满，搁掉桌上的座机，还象征性地把沙发细细地掸过才坐下来。

老邝顾不上评价他的书卷气，等不及地问："到底是怎么回事？怎么每天有那么多的人来谈到实验学校上初中的事？你看看，我的公文包装的全是这玩意儿。"

江副深不可测地低声一笑说："邝局，你这还只是刚起浪花，大潮还在后头。而且局里很多人的手里都有一把名单，少则三五个，多则十来个，班子成员在外工作联系多，数字就难说了，年年都这样。这一定要从长细细谈起。"

虽然没带工作笔记，没有书面材料，也没有让他事先准备，但一扯开话题，一向精细严密的江副话锋像他的单眼皮一样丝丝入扣，锐利如篾。

城区一共有三所初中，分别是实验学校、县二中和县三中，三校大小差不多，每校可容纳1300人上下，足可以供城区所有适龄学儿就读初中，还稍有富余，用来接纳进城务工、经商、创业和居住地迁移等外来转学入城的学生就读。三所学校布局均匀，基本呈等边三角形，硬件设施相差不大；从历史上看，三所学校教学质量和办学效益也帮七帮八，实验学校略略占先，不过是较早一点启动了改革，也才有一点点效果的时候，却被高度重视子女教育且嗅觉灵敏的家长捕捉到并大肆渲染，很快，不管真实情况如何，社会上很快形成了简单而又无情的共识：实验学校是好学校，县二中和县三中是差学校。

三人成虎。民间本是畸形的共识竟慢慢成了真正的事实：实验学校越干越有劲，良性循环，各方面突飞猛进，真的成了好学校；县二中和县三中被众口铄金，恶性循环，学校领导愁得面黄肌瘦，没学生可教的老师们个个心灰意冷，闲得无事生非，钩心斗角，弄得是一团糟。

至此，每年的小学生毕业升入初中，大家全然不顾什么规定，稍有些门路的个个挖空心思，钻门打洞把小孩塞进实验学校，造成实验学校招生年年爆满，班额达到前阻黑板，后堵山墙，连多放一张课桌的地方都没有——真的没有！而对县二中和县三中这对难兄难弟视如地狱，唯恐避之不及，最后县二中和县三中只能收容些毫无门路，每天还在为生计发愁的家长们根本无暇顾及的孩子。

"那三个学校不是明确划分了招生区域吗？"虽然听懂了大概，但老邝还是明知故问。

说是这样说，最初也是这样做的。每到秋季的小学升初中入学，县教育局综合考虑学生户籍住房等因素，靠近哪个学校就用电脑分派到哪个学校就读。但城区就这么大，区域内的分界线本来就不像秤称斗量那么精准，马路左边的孩子上实验学校，右边的上县二中或县三中，这让家长怎么能想得通？小县城里的人本来就不怎么上规矩，他要么来武的，直接上县教育局大一声小一声地跟你扳死理；要么来文的，几层关系一托，找到局里来的全是硬茬，再好的规矩也没办法地执行。

终于有一天，局里准备来对当年小学升初中的学生进行分校的时候，吃惊地发现：托人打招呼到实验学校就读的学生数已远远超出县实验学校当年的招生数，县教育局不要说用电脑派位，光照顾“条子生”也弄不圆了！

搞得简直太不像话了！

当年，正值前前任老关到从县监察局副局长调任县教育局局长，老关在县监察局的时候一直是按原则办事的，想不到县教育局小学升初中这个事被社会上方方面面的插手，弄得这么离谱，非常生气。新官上任，第一把火就烧这个。

关局长让江副将原先划定的区域绘成地图，召开党组会，将图挂在墙上对照着，一一敲定无误，在局机关全体工作人员大会上定下一条铁规：当年小学升初中分校，一律严格按规定区域，天王老子打招呼也不行，请局里所有人不要多管闲事，否则后果自负！

瘦小且黑脸的老关声调不高，却透出冰冷刺骨的寒气。

现在想起来，单从小学升初中分校来看，那一年是江副从县纪委纠风办任上到县教育局任副局长做得最爽的一次，也是记忆中在自己手里小学升初中分校唯一一次最公正的。按照定下的规矩，那天晚上，不长时间就分完了，江副记得做完后还和基教科的几个人到门外的烧烤摊上喝了几瓶啤酒。

谁料到开学前分校结果一公布，可不得了了。无论是到县委县政府大楼的各办公室，还是友邻科局同僚处，抑或在朋友圈子相聚的酒桌上，还是走在家门口的街坊邻居间，谈及县教育局的小学升初中分校，无一不骂县教育局简直是狗B，纷纷诘问县教育局搞什么名堂！

江副开始还幼稚地一一解释，说是严格按划定区域分校的，一个后门都没开。却引来更猛烈的痛批：什么鸟区域？是怎样划出来的？科学论证过没有啊？群众不满意，你那区域就不合理，你就没有办人民满意的教育！杂七杂八，直骂得分管分校工作的江副头脑直炸。

江副就纳闷了：以前不按规矩划校，社会风平浪静，好评如潮；今年严格按规定办事，后门连一条小缝都没牙，怎么弄来这么多的责难？脑壳想成了两半个，也没想出个名堂。

看江副从县纪委出来好几年了还这么可爱，被大家公认为县教育局理论家的党组副书记老丁忍不住要点拨点拨了。丁副党一出口就是严密的逻辑推理：“从理论上讲，你满耳所闻，全是你所置身的阶层发出，而这个阶层不管办什么事最喜欢讲究个运作；为什么要运作？非此中而偏要跻身其中也。所以，你听到的谴责全是因为上了规矩，他们的后门没开成，坏了他们的好事；但，昨天在街上听我的小姨子讲，民间却是盛赞局里今年小学升初中分校工作，说县教育局今年小学升初中分校大家都能看得懂，肯定是人干的，不是神干的！不过这些声音来自修锁、拉煤、引车、卖浆者流，和你我等不是一路，说得再好听你能听得见吗？”

经理论家丁副党这么一点拨，江副这才恍然大悟。

但理论家丁副党只能分析问题，却不能解决问题。关局长和江副他们没有料到县教育局这次小学升初中的分校后果的严重程度。只感觉从那一年秋季开始，无论是局长老关还是他们几个班子成员，甚至是各科室的同志到县委县政府各办公室还是友邻科局去，办事变得异常艰难。人家也没有有意刁难，甚至还相当客气，笑眯眯的，全是公事公办。但是，在一个小县城，办事有各种各样的潜规则，可以毫不夸张地说，有不少事情公事公办就意味着办不成。县教育局本来就是个全求人的单位，全系统的经费、人员、工资、收费、基建、项目、安全、卫生、考核等，无一不是卡在相对应的每一个科局手里，那段时间，似乎总有一只无形的手无处不在，让县教育局什么事都办得拖拖拉拉、不伦不类。县里领导批评，上级主管部门要求查找原因，老百姓议论纷纷，学校老师怨声载道，局机关的工作人员到处碰壁，屡屡受挫，个个弄得垂头丧气；特别是年终评估时，多年来一直在县里第一方阵的县教育局竟沦落到“基本合格”的层次里，受到友邻科局们无声的嗤笑。

老关没想到事情弄到这个样子，感到十分窝囊和窝火，未干满一年，愤然称病辞职，躲到上海带小孙子去了。

事后，民间人士对老关做出述评曰：新官上任一把火，火苗无情舔屁股。古今兴亡多少事，唯留局座空悠悠。

当又一年秋季小学升初中招生的时候，被大家誉为“看守政府”的前任局长老齐特别关照过江副：一切从实际出发吧，马克思主义的普遍真理只有同中国革命的实际相结合，才能走出宽阔的路子。

有了开头，却见不到结尾。就像戒过毒的人复吸，这之后城区小学升初中变得越发畸形和疯狂，最后竟出现了在一幢楼里同一个单元居住的两个学生，一个分到实验学校，一个分到了县二中的奇葩。头发乱糟糟的家长实在没法跟儿子解释，就带着头发同样乱糟糟的儿子到县教育局来问基教科。基教科明白，这其中一个肯定是找了人，另一个没找人，但也无法跟家长明说，让他们直接去找江副。

江副怎么能解释得清楚呢？最后，只好说，你住的那个地方情况复杂，没办法明确划分给哪个学校，属公共区域，由电脑随机派位，分到哪儿是哪儿。

头发乱糟糟的家长一点也没有怀疑江副的话，终于明白了似的将答案转述给同来的儿子，让儿子不要乱想，不管到什么地方都要好好学习。

爷俩走的时候，头发乱糟糟的孩子还郑重地对江副行了个少先队队礼，并脆生生地说："谢谢叔叔！"

这让江副心里非常难过。暗暗发誓，虽无力改变现状，也要尽量凭良心办事，少弄条子生。因此，每到招生季节，见到熟人躲着走，座机不敢接，手机临时换号，晚上不敢待在家里，到外面乱逛，即使雨天在家里也不敢开灯，电视开到静音，只能看画面和字幕。有人敲门吓得夫妻两个呈静止状，生怕弄出一点响声。气急了亲戚、朋友、同学、老乡对他这样直接鄙夷不屑，风凉话不断，说他当了个破局长，还是个副的，就这副酸样，要是当了国家主席，全国人民想在新闻联播上看他，恐怕要排队买票呢。

"哎，讲起来大小还是个副局长，可活得窝囊啊。"江副半真半谑地说。

老邝心里也有股说不出的滋味涌动。

"这么说，那天我对小学同学的表态是草率了？"老邝半是自问半是征询似的说。

"这就是人家不分场合必须在第一时间把事情粘到你身上的真正原因。"江副文不对题地答道。

老邝没有计较江副的文不对题，起身在屋里乱走了一阵，问道："事情弄成这个样子，难道大家就从没想过解决的办法吗？"

怎么没想过呢？年年活受罪，年年想办法，好几任局长都真正地动过心思。但要想彻底解决问题，必须有大动作，这就牵涉到很多非常复杂的问题，且每一项必定伤筋动骨，就是局里铁了心干，方方面面也不同意，每一次刚有个风吹草动，社会反响就如潮水般地袭来，吓得大领导们赶忙下令禁止。最终只允许县教育局就事论事，搞些皮毛的东西，即使这样，也还要看着方方面面的眼色行事，不能有一点出格。有一年，已将公开摇号分流学生的方案提交县领导那里，征求意见的时候，遭到拟请为监督实施工作的人大代表、政协委员和县公证处的一致反对，方案便胎死腹中。

"如果当时我在场，也不会支持这种治标不治本的方案。"老邝没问方案的具体内容，却突兀地来了这么一句，又补充说，"它不能从根本上解决问题，还会招致各方的怀疑和议论，甚至引发新的矛盾。"

一席话，说得江副是连连唉声摇头叹气。

这时，老邝的手机很霸气地响起《新闻联播》的音乐……又是一个托老邝将小孩办到实验学校上初中的。让江副感到不解的是，老邝不但没推，还满口答应："一定让小孩到实验学校读书。"江副猜想一定是个有来头的重量级人物。

似乎洞察了江副的心思，老邝自揭谜底："不是什么大人物，就是在校门口卖甘蔗的那个小学女同学。"

这就让江副对老邝很是刮目相看了。

江副后来才知道，就在他汇报多年来小学升初中的全部情况时，老邝被深深地刺痛了。那种把"冷板凳"焐得"滚烫"的折腾劲被强烈刺激，也冷静地分析出问题症结所在：小学升初中之所以走进目前这样的死胡同，关键不在于你怎么分，而是学生愿意去哪里的问题。简而言之，优质资源太少，是导致家长打破头的根本。要想真正走出目前城区小学升初中的怪圈，唯一出路除了扩大优质资源，还是扩大优质资源！

这时的老邝开始进入状态，端起空空的茶杯很响地喝了一口空气，江副赶忙起身帮他筛上茶。

喝上热茶，老邝更是思如泉涌。老邝认为，治疑难杂症，必要下猛药！要想把小学升初中分校从怪圈里彻底解放出来，必须对城区的教育布局进行彻底的调整：将城区三所初中全部合并为实验学校，将原三个学校作为新实验学校的三个校区，原县二中为初一校区，原县三中为初二校区，实验学校为初三校区，三校的所有教师全部打散重组。

江副似乎没跟上老邝的节奏，一手拿着水瓶，一手拿着瓶塞，愣在半空，水瓶口慢慢析出袅袅的热气。

晚上，老邝是带了些炫耀把城区布局调整设想说给老婆，请她帮着参考参考的，并且说："如果这个事情办好了，我退而无憾。"

谁知已是退休教师的老婆话锋一点也没退化，稍听了点来龙去脉后，不但没有像以前那样露出崇拜的意思，还给了老邝兜头一盆冷水："就怕你这个事情还没办，就让你有憾而退了。"老婆对全县教育不熟悉，也做不出具体的分析，只是从一个曾经的高中政治老师的角度分析说："这样的事要容易办，小学升初中也不至于受了这么多年的活罪，把功劳让给你来显摆逞能！"

老邝说："这正是我最不能容忍的！这么多年的小学升初中分校，无论是学生、家长、学校、县教育局，还包括社会，可以说全陷在一汪泥潭里，老百姓年年在背后骂，怎么就没人出头来立这个事呢？"

"这也就是我警告你不能逞能的原因！"老婆丝毫没有支持老邝的意思，"要想平安当好这一任的教育局局长，你一定要透彻理解县领导的意图，全县人民都看得很清楚，你是还有一两年就要到二线的人，把你放在这个位置，不过是猴子看瓜，让教育稳定稳定，厘清头绪后你风风光光退到二线，让后任来励精图治。而不是让你来折腾的！"

老婆犀利的话老实讲对老邝多少还是有点打击。但不管县领导的真实意思如何，老邝自己反正不这么看。老邝说："既坐在县教育局局长的位置上，看见了这么荒唐的事贻害家长和学生，我老邝的态度很明确，一定要管要问！"

看到老邝一把年龄，还是那样的倔强和决绝，老婆简直无语："你看着吧，你老邝将在这个事上弄得身败名裂，成为全城人的笑柄！"

老婆显然气得不轻，当天晚上很例外地没有帮他倒洗脚水，独自睡觉去了。

开弓没有回头箭。

为稳妥起见，这期间，老邝找机会去了县里，先向领导汇报自己的粗略设想。

书记和县长的态度难以捉摸，虽不主张，但也没表示反对，都说让老邝先拿个方案再看。老邝认为这种态度对他来讲已经不错了，总算没有将门关死。

但一反常态，在向分管教育的美女副县长详细报告后，满有把握的老邝没有听到她往常那样干而脆之的肯定，却反问老邝对县里主要领导态度的看法。

老邝少有地长考了一下，斟词酌句地分析说："如果我是县领导，搞这么大的动作，最怕的就是稳定。"说完小心地看了看美女副县长，美女副县长示意他继续。

"这就要看我们的方案是否科学可行，获得认可，同时能平稳地把握住社会舆论。"说完依然再看了看美女副县长。

美女副县长笑了，她没让老邝再说下去，只是要求老邝把各种因素考虑得多一些、广一些、深一些，把方案做得细致细致再细致、周密周密再周密，这是堵住一切口舌的基础，绝对不能让人找出任何的瑕疵，拿出来一定要一炮打响。

"至于对社会舆论的把握，才是重中之重、关键之关键。不用我多说，你懂的。"最后还香喷喷地握了老邝的手。

这让老邝信心满满，回来的路上，把美女副县长握过的右手甩出很大的幅度。

但这大好的心情，却在局内部的讨论会上被戳得七零八落。

一听说讨论三校合并，会场上马上炸开了。好一阵此起彼伏，哇里哇啦的嘈杂之后，一边倒地摇头否定，让会场上弥漫起浓重的质疑和畏难情绪。

等大家都说完了，老邝深深地喝了一口茶。他没讲什么大道理，只简明扼要地讲了每年城区小学升初中不为大家所知的内幕以及不规范操作所造成的荒唐，让与会者或震惊不已，或嗟叹唏嘘，气氛也随之悄然发生了扭转。正当大家听得津津有味的时候，老邝突然刹住话，反问道："治大病不动大手术，行吗？"

当然不行。随着老邝丝丝入扣的剖析，大家的头脑里都经历了一场看不见的风暴，表现在看得见的会场，是不知不觉地过渡到了"不是讨论三校并不并的问题，而是怎样并的"阶段。

江副拿出的方案一如他的行事风格，很细、很具体、很周密、很有可操作性，是个好方案：城区教育资源整合的理论基础是什么、有无政策依据、上级态度如何、群众意见怎样、教师会有什么反应，人、财、物的重组与归并可能出现的矛盾、交通压力有多大、会不会降低教育教学质量等，事无巨细，芝麻西瓜一样不少。但大家还是各自开动脑筋，七七八八地提出了这样那样的疑问。

这时老邝坐在那儿一言未发，只顾喝茶，心里很高兴，他要的就是这个效果。大家提出的问题越多，对今后工作越有利。对一个又一个提出的疑问，江副一一作答，大家七嘴八舌地又相互补充，帮着拓展、完善。

三校合并的方案渐渐成形、成熟。

其实，正如美女副县长所指，老邝最担心的并不是方案，方案的制订和执行都在县教育局，是可控因素；在对整个事情的深入思考多个轮回后，老邝认为这件事成败的关键，在于由各种因素构成的整个社会的认可度，是舆论，这是不可控因素。舆论把握得好、引导得顺、解释得透，这个事情才有实施的可能；如果控制不住社会舆论，这个事有可能一发而不可收，最终必将流产。

所以，座谈会结束时，邝局长又特别关照：在方案没向社会公布之前，这件事属绝密，绝不允许跑风漏气。

此后相当一段时间，方案进行了反复修改完善。

看看时机渐近成熟，老邝特请美女副县长出面，邀请部分县人大代表、政协委员和城区相关学校的校长在县政府那边开了个座谈会，一方面是听听各方面的意见，另一方面主要的是想通过这样的方式，在比较特殊的小范畴内有意地放点风，看看各方面的反应。

果不其然。三校合并的话题一在会上抛出，所有的人都有话要讲。原来民间一直戏说，人大是老板俱乐部，政协是美女集中营，但在老邝感觉，这次讨论起三校合并的事来，完全不是那么回事，无论是代表还是委员，提出的问题不但有相当的深度，而且直击要害，一个比一个尖锐，一个比一个麻辣：这么大的动作会不会引起社会的动乱？因三校合并造成的交通压力怎么样解决？三个学校近五百名教师重组一系列的尖锐矛盾怎样协调？校级的、中层的、年级的那么多干部怎样分流？三校并一校，没有校际间的竞争，是否会降低教育教学质量？……

会上是好一阵的你来我往，唇枪舌剑。

老邝和江副认真倾听，详细记录，再按代表和委员提出的每一个疑问一一做出细致的分析、解答。严密的操作方案榫卯相吻，丝丝入扣。

最终虽被追问得浑身大汗淋漓，但总算赢得了代表委员的认可和支持。

谁知一波刚平，一波又起。

正当老邝还在细细品味座谈会的效果时，局办乔主任火急火燎地报告：本县小城生活网上出现了“城区三所初中将合并的帖子”。

这可不得了。此帖一出，网上很快掀起了轩然大波，一时舆情沸腾，跟帖快速拉长，只半天时间，已达到了二百多条，纷纷指责县教育局好大喜功，为了出风头，拿老百姓的切身利益开玩笑；人家外国全都在搞小班化教学，你把一个学校搞这么大，这不是哗众取宠是什么？小孩上个初中，三年跑三个地方，这不是有意折磨人吗？而且，网帖由三校合并一事生发开去，指责现在的领导就喜欢瞎折腾，搞形象工程，好为自己的升迁谋取政治资本；有的网帖甚至还别有用心地把网友往“九五之尊”“房叔”“表哥”事件上引导，让大家来晒晒自己所知道的奇葩领导。

这就比较严重了。

老邝办公室的电话不停地炸响起来，县里主要领导先后打来电话，简短一句

"怎么搞的？！"让老邝如泰山压顶；市里也接到了举报，市长办公室转来了市长信箱的人民来信，要求尽快平息舆情；省教育厅也发来传真，要求立即书面回答相关情况，并做好善后事宜；有大大小小的媒体真假难辨的电话、传真，要求来采访；搞不清身份的市民责问的电话更是怒气冲冲地一个接着一个地搂进来。特别是被老邝一向视为县教育局娘家小妹的美女副市长这次再没了小妹的温婉和文雅，她用一句粗话转达了大楼上领导们对老邝的不满：这个老邝，搞什么名堂！

一向以"淡定哥"自称的办公室乔主任此时已完全乱了方寸，一路小跑到局长办公室直接推门而入，上气不接下气地报告说又有人打电话来，说如果县教育局不赶快撤销三校合并的错误决定，要组织家长到县里、市里和省里去上访！

老邝抬起头一句话也不说，只静静地看着急急慌慌的乔主任，看得他汗不淌了，气喘匀了，说话不结巴了，才让他坐下。

老邝知道，传说中的"四面楚歌"不可避免地提前到来了。

老邝没让乔主任啰里啰唆地说下去，只淡淡地告诉他这些事已经知道了。现在乔主任要赶紧做的，就是将网帖内容归归类，整理好了交给他。还特别关照说："大事当前，不要这么毛手毛脚，一定要泰山崩于前而面不改色！"

这样分量的话对乔主任不啻是醍醐灌顶。

乔主任毕竟是在办公室修炼多年的老狐狸，迅速调整好状态，麻利地将收集来的网帖按要求整理得清清爽爽交给老邝，还发挥一下说："从涉及的问题来看，大致能判断出三个学校的教师网民占了相当一部分。"

"这么大的事与他们息息攸关，他们不关注就不正常了。"老邝评价道。

老邝将乔主任整理的网帖资料交给了丁副党，让他牵头成立一个宣传小组，认真结合县局制订的三校合并工作方案，详细妥帖地按照网民热议话题一问一答，弄好了交给他。

丁副党迟疑地接过资料，慎重地斟词酌句地说："邝局，据讲这网民里面很大一部分是三个学校的老师，你看是不是分别到三个学校去开个会，和教师们当面谈一谈？"

老邝一点也没迟疑地说："现在时机尚不成熟。不能打破这个过程的固有规律，这就与和面蒸馒头一样，必须经过'酿、发、醒、熟'的过程！要大胆放手让它去'发'，到一定时候自然会'熟'。这是考验我们智慧的关键时候，谁不掌握好火候，谁就先陷入被动境地！"

从理论上讲，丁副党认为哪里情况紧急，应该出现在哪里，不该畏首畏尾，回避矛盾。

老邝显然经过了深思熟虑，说："现在这个时候，每一个反对三校合并的老师就是一个火药桶，如果这当口前去对话，没想通的教师肯定是群起而攻之，不但讲不出道理，很可能因闹场将事情煮成夹生饭，传出去不但误了你我等的名声，三校合并的事说不定就此被搅黄，再想拾起来做，你说，这个冷饭能炒得熟吗”？

“说是这样说，但总不能放任教师的激烈情绪发酵，万一酿成后果怎么办？”丁副党对自己的观点也毫不隐瞒。

“不要紧。”老邝一副成竹在胸的镇定，“仔细分析教师情绪爆发点，说来说去是用大道理挟裹了私心里的那一点小九九，无非是担心职称、职务、福利待遇和现有的生活状态被动摇和打破，特别是三校合并后以前的所有成绩在新校归零，一切要重新开始，存在对新的竞争的恐惧！之所以谈私利还这么理直气壮，甚至还能造成点影响，一方面教师自拉自唱，一有人说话，立即有一批人帮腔；另一方面，主要是借了网络的翅膀，混淆视听，绑架了很多不明真相的网友，利用他们激浊扬清的真诚和激进，借他人之口说自己想说的话而已。”

说到这里，老邝话锋一转，更是出人意料地说：“为什么让你们将问答做好？因为我要召开网友座谈会！”

丁副党脑袋一时没转过弯来：连教育内部的教师会都不能开，怎么能开构成更为复杂的网友座谈会呢？

“这就是治标须治本，斩草必除根！”老邝的手势像一页刀片从半空中劈下来，还“嗖嗖”地挟着一股冷风。

网友座谈会是在全社会高度关注下召开的。

此前通过网络征集，设定的二十多个名额瞬间被网友秒杀。没报上名的要么强烈要求增加名额，要么要求做好现场录像，以便事后传到网上让大家欣赏欣赏，要么直接要求县教育局干脆开新闻发布会。用丁副党的话说，反正会还没开，其势已经造得足的一塌。

自愿报名的二十多名网友和县委宣传部、网管办的同志准时齐聚县教育局会议室的那天，老邝悄悄地让人事科科长对所有来人摸了下底，发现果然没有一名教师网友！

老邝露出一丝意料之中的微笑，更加证实了：教师们本就知道对三校合并是没理由反对的，自己借网络大肆炒作的那些目的，是不敢当面摆到桌面上来讲的。至于今天敢来的网友，老邝认为，一切已经准备好了。

会场上的交锋不过是网络的再版。但因为有了新闻主管部门官方的出场，气氛显得规矩了不少。

小城生活网不但来了人，还对座谈会进行了实时转播，一根网线把唇枪舌剑的会场同外界分布在各个角落的网友紧紧联系在一起，一条又一条由会场发布的毫不掺水的真实消息通过直播快速地发布出去，又带着网民一条又一条想知道真相的询问传进会场，得到及时解答后，又立即发送出去。场上的一问一答，场外发问和场内的回答来往穿梭，场内场外的互动使座谈会的气氛达到前所未有的热烈。

老邝渐渐发现，先前网上热炒的那些来路不明的马路消息纷纷土崩瓦解，不攻自破，那些挟裹了怨气的网络情绪渐渐消散，负面评价三校合并的议论失去了煽动力，话题更多地集中在了合并后大家关心的实际问题上。根据已经基本确定的方案，虽还未经县里批准，但江副还是从征询意见的角度，进行了现场选择性的公布，并做了详细说明，有些地方解答得还很精彩幽默，会场上不时由衷地鼓起掌来，此花絮立即被网友直播出去："此处有热烈掌声……""此时全场大笑，掌声……"

老邝呆呆地坐在那儿，一句话没说，第一次体会到什么才是真正的"闹中取静"的境界。他知道，三校合并工作至此扫除了最大的拦路虎。

按讲，接下来的事情应该是简单而明了的。县委县政府召开联席会议的时候，老邝是信心满满地拎着他的黑皮包上会汇报的。老邝认为，小城里出现这么一件大事，涉及千家万户，又经过了那么多的曲折艰难，也不乏惊心动魄，这个议题肯定会成为联席会议的亮点。

有点出乎意料的是，当老邝汇报完毕，场上竟出现了长时间的静寂。没人说好，也没人说不好，个个都讳莫如深似的。胶着了很长时间，还是主持人例行公事地宣布：既然大家没有异议，就算通过吧。

会后，和江副说起这一幕，老邝比较费解，也让江副很是惊诧了。但冷静下来后，江副没有就事论事，往前推演到前前任老关，往后联想到网络卷起过的狂浪，似有所悟。不过，凡事谨慎的江副没有和老邝深谈这些自己无根据的推测，但他耳边似乎隐隐地有一股冷硬的风在深秋里从苍凉的塞外动地而来……

好在老邝没有纠缠于此。老邝说："不管那么多，只要认准了是对的事，干！"

随后，方案立即在市教育局官网全文正式公布，有好事者很快将它贴到小城生活网上，在又一轮持续的热议中，三校合并很快进入实施阶段：人员调整、资产合并、账目移交……老邝感觉接下来的事情就像一个大学生高手做一份简单的小学试卷，一题一题地就这么做下来，没遇到任何的阻碍。直到新的实验学校成立大会上让他宣布时，出乎大家意料，老邝的声音不是一如既往的铿锵洪亮，而是沙哑中还带了些许的颤抖。

但大家还是听出了十足的底气和穿透一切的力道。

又一个夕阳彤红的深秋的下午，江副陪省教育厅来基层调研的领导到城区学校去，又见到了缩在校园一角一片甘蔗摊上的"面目模糊"们。"面目模糊"却没有了一点先前的大声大气，像是犹豫了很久似的，怯怯地紧赶几步，拉拉走在人群最后的江副的衣角问："我想请问领导，怎么这么多次我一次都没看见过我那个邝局长同学啊？"

江副似乎犹豫了很长时间，但最终还是没有告诉她邝局长已提前赋闲到二线的事。因为在他看来，其间的复杂性是“面目模糊”们无论如何也是无法理解得清的。江副只是告诉他：“邝局长很忙，没工夫出来啊。”

“面目模糊”立刻全身解了套子似的，又大声大气地说：“麻烦你带个信给他，我们很感谢他哎，今年我们街坊的孩子全上了实验学校，大家一定要我代表他们谢谢邝局长同学噢。”

江副一瞬间只觉得心里有一股东西往上涌，也不知自己的眼睛的湿润了没有。他紧走几步，赶上快要进入校门的调研队伍，将一群摊贩远远地抛在了身后。

（原载《醉翁亭文学》2013年第4期）

/哲学家马元/

大学四年，马元一直睡在我的上铺。他常把一双臭脚吊在上铺上晃荡。袜子底下漏洞百出，前头卖生姜，后头卖鸡蛋。我多次建议马元对袜子来个“吐故纳新”。马元严肃地说：哲学反对用衣衫遮掩。

马元自称是天才的哲学家。他的研究课题，其实属于社会人类学范畴，但马元却强调是“马元哲学”。他为什么进了中文系，连他自己也莫名其妙。他反对我写小说，让我和他一起探讨哲学。他说，哲学家深厚，最终主宰世界的必定是哲学。我笑笑，讲了一个笑话：

有一个地方新建了一个仓库，需要一名警察看守。为了给警察发薪水，配了一名会计。有了会计和警察，又配了一名科长来领导他们。后来要裁员，三个人中警察被裁掉了。哲学能诠释为什么吗？

马元听完愣了一下，然后骂：妈的！

几年大学，马元一直入迷地研究他的“性格哲学”。马元开始信奉的是叔本华的唯意志论和萨特的存在主义，天天叫喊“人生痛苦不堪”“人生所受束缚和虐待太多太多”，并不断用柏格森的直觉主义来做旁证。有一段时间，马元又疯狂地迷恋上斯宾塞的社会达尔文主义，竭力推崇优生学。当时班里有一小股人特别崇拜尼采，天天鼓吹“超人哲学”，自称“超人”，要统治劣等世界。马元就跟他们诡辩，天天吵，天天闹，谁也不让谁。后来才弄清楚斯宾塞和尼采原来还是一家人呢。马元有点不好意思，马元此后沉默了好长一段时间，到大二下学期，他就综合了各家学派，始创“马元哲学”。

马元哲学的基本问题：母性精神世界才是性格形成的最良温床，分四条八款；四条中最基本的是性格产生精神，计三条十一款；三条中最基本的是性格形成，随物而形。性格怎么能随物而形？这就牵出“马元哲学”的根本之根本：人是液体。

中文系有的是才子。有个女生就歪着头问：人怎么是液体呢？别是马元闹主观主义吧？马元竭力掩饰住自己的兴奋，说：“无论研究什么，都要切入根本之根本。就人最初的状态来说，无论是猴子，是鱼，是微生物时期，在父亲那里，人就是一股液体。”

学中文的同学的想象力得到激发，马上哄堂大笑，那个女生羞得两颊煊红，小声地骂男性真不是个东西。

由此可以想象，马元是比较流氓的。同学们都是这么说。不过，我总认为这样讲不地道。我晓得马元。马元除了暗地里有个相好的女孩，其余十分的“马克思列宁主义”。而他之所以这样，完全是用事实宣告他同柏拉图是两股道上跑的车，走的不是一条道。马元说，只有首先把自己看成一个血肉之躯，才能有资格来谈哲学。

马元的口才很好，马元常把他的研究成果带到班上，下了课或没有老师来上课，马元就跑上讲台，兜售他的“水渍货”。马元认为：水盛在盒子里是长方体，盛在碗里是圆台，盛在长江里是条长长的水带。就水的本身来讲，其形状完全取决于容器；人的性格也是一样。马元彻底否定性格形成的后天教育因素。他认为对于一个人来讲，最最重要的莫过于性格因素。人为液体，性格亦然。这个世界即为“性格容器”。马元把现实世界说得黑暗不堪，那么所有人的性格也就都为畸形。理想的性格形成应该是“随物而形”。其“物”者，国家、阶级、社会乃至家庭均不能充伍，唯有“母性精神世界”，而“母性精神”的根本是宽容。一个人的性格只有永远地产生、成长、定型于母性世界，才能依它天然的形态发展起来……其实说到底，马元这种谬论，不过是极端无政府主义和尼采个性绝对解放哲学的变种，但却蛊惑了一大批追求自由和民主的同学，由本校波及他校，甚至扩散到社会上去了。

因此，马元大学期间被他的哲学命题压得“嘎吱、嘎吱”作响。高低床常常被扭得痛苦地呻吟。特别是到了大三，很多同学终于看透了“马元哲学”的那点把戏，都纷纷从他的魔窟里拱了出来，掸掸身上的“灰尘”，重塑金身。而且，大学有大学的轨道，一切总是循规蹈矩地往前发展。马元更加痛苦不堪，大骂全体师生是“群体痴呆”，一个有血有肉的人竟被几条校规校纪约束得动弹不得，发誓总有一天他要走出这充满锁链的校园，去寻找真正自由解放的人生。

有一天晚上，外面大雨如注，每个门都成了一个水帘洞。当时马元睡在床上，其他人也已上床，准备睡觉了。这时马元突然问我：外面是不是有人叫他？我侧耳听了听，满耳都是风声、雨声，就说没有。但马元说，有！是一个女性的声音。我们都侧过耳朵来听，都说没有没有。马元偏说有，让我去开门看看。大家马上表示反对，说，“冷”，雨又那么大。

后来马元自己跳下床开了门。一阵雨声直扑进门来。马元随即转过身从我被子上拿了我的一件夹克披上说：有人叫我。

马元就是那天晚上失踪的。

后来学校组织过很仔细的寻找，报了案，并在好几家报纸上发了《寻人启事》；也怀疑过这事与那个女孩有关。可那女孩说那晚上她根本没离开过女生楼呀。同室的女生也证明说，那几天女孩正“倒霉”，痛经痛得在床上呈半死不活状呢。不过，对于马元的失踪，女孩一点也不悲伤。

学校热闹了几天，也就一切如常。马元渐渐被人淡忘了。待心情稍稍平静，我开始认真研究马元遗留下来的一切关于“性格哲学”的手稿。我发现马元长期以来忽略了一点，就是“母性精神”也是一种社会精神。悟出了这一点，我更加怀念马元。有一回梦中，竟梦见马元经过长期的远行奔波碰壁又回来了。马元蓬头垢面，菠菜叶大的小脸瘦得像刀条，我紧紧抱住他。

我问：“你回来了？”

他坚定地点点头说：“现在我知道了，回来，是我唯一的出路！”

我更加有力地紧紧地抱住他。

第二天醒来，我简直惊呆了：在我的上铺，真的躺着一个实实在在的马元。他安详地打着鼾声，手里还捏着那张登有《寻人启事》的报纸。

两行热泪顺着我的脸颊慢慢地淌了下来。

（原载安徽《大时代文学》1991年第7期）

/ 说不清明天的风 /

知道谭局长想考驾照是在一天下午快下班的时候。当时在他的办公室里，我将“全市供给侧改革年度工作会议”的会务安排向他做了详细汇报后，谭局长罕见地没了机关主要领导的那种居高临下和盛气凌人，更没有一如既往地“补充两点”，而是笑眯眯地甚至还带了点羞涩地放低声音说，等会议开过后他要去考个驾照。没等我有所反应，他再次将声音放低一个档次，特别关照我说：“在小县城，像我这样级别的干部，一言一行人民群众都相当关注，所以这个事务必要保密！”

作为局办公室主任，对领导的一切公事、私事都要注意保密是职责和常识，但把业余时间考个驾照还要加上“密级”，我这个十几年的资深“老办”就有点满腹狐疑和似懂非懂了。

但让人更没料到的是，我刚从局长室出来，机关里几乎所有的人都已经知道了谭局长年度会议后要去考驾照的事，而且个个都显出与机关不相匹配的兴奋。这我就不得不批评一下了。我说：“谭局长利用业余时间考个驾照，完全是私得不能再私的事情，你们跟着高兴什么？”大家纷纷说反正说不清原因，知道一向高高在上的领导居然也要去考驾照，就是比较高兴！而且这种兴奋几乎“寨卡病毒”样地传染了所有人，当天正好是周末前的下班，大家都没急着回家，说不清明确理由地在机关大院里渐渐地聚拢成了炒菜盘子样的一个扁扁的圆，这个圆随着中间那个人即兴闲谈的随意走动一会儿飘到东，一会儿飘到西。大家纷纷晒出自己当年考驾照的那些个酸甜苦辣和不堪回首的往事，进而一致认为，谭局长年近六旬，考驾照的前景堪忧。说话一向比较夯头的保卫科的二汉说得更为直接。二汉说：“像我这么高智商的人当年都考得艰难曲折、反反复复，谭局长这么大年龄，每科不考个三五趟无论如何都是说不过去的。”

大家还没来得及评论二汉的话，只见谭局长稳健地迈着方步从打开的电梯里走了出来。一眼看见这么多人下了班不像以往那样溜得无影无踪，却还这么热气腾腾地聚在一起讨论工作，以为自己大会小会一次又一次的整顿终于把大家的作风整好了，就无来由地有点佩服自己对机关全局的掌控能力，因此也一改平时与大家保持距离，不怒而威的霸气，站下来想参与大家讨论一番。就在大家有点不知所措，出现短暂冷场的时刻，保卫科的二汉再次显出“将夯头进行到底”的本色，直通通地问站立甫定的谭局长说：“谭局，刚从‘美国之音’上听说，年度会议以后你要去考驾照啊？”

一反常态，闻听此言的谭局长没有像以前那样立即冷了脸，显出对于工作中出现“跑风漏气”现象的恼火和必须严查的震怒，只是淡淡地说了一句“我们局的保密工作还要进一步加强”的话后，居然正面、肯定地回答了二汉的疑问，并且自降身段，主动地向大家询问考证的注意事项。这无疑再次在大家燃烧正旺的忆旧之火上泼了瓢汽油。遥想当年的考证简直是字字血、声声泪啊，有被教练骂得狗血喷头的，有为了巴结讨好给教练送过小公鸡的，更有看见夏天里本来衣不蔽体、妖娆性感的女学员从手到胸脯被教练有意无意地怎样怎样了却有苦难言的……一句话，无论什么“牛人”一到鱼龙混杂的驾校必是尊严丧尽、威风扫地！说得谭局长不尴不尬，情绪明显低落，都有点显出打退堂鼓的意思了。而且二汉再次摆错了自己的位置，开始越俎代庖对谭局长进行技术指导，像布置工作一样，要求谭局长考驾照必须“事先要有周详的计划，中间要有缜密的安排，过程还要有精心的设计”云云，有几个二货也跟着指手画脚，这不是明显的恃才越级吗？我感到他们说得越来越“脱天”了，赶紧显出对复杂场面全面有力的掌控能力：“都胡扯什么东西，咹？败坏人家教练形象，咹，散伙！散伙！”大家居然没有像以前那样显出对我这个领导近臣一贯的、本能的对抗心理，而是认同地觉察到了自身的不妥，加上天色已晚，便一哄而散。

静下来再次细细盘点，我一直就比较疑惑，一向暗流涌动、波谲云诡的机关怎么会因为谭局长考个驾照让人觉出了那么明显的热度和温情呢？想来想去，此题深不可测，无解。但也看出，谭局长考驾照的事将在今后一段或更长历史时期，有可能改变机关的走向，很值得细细体味和潜心研究，所以我必须对我的工作风格做些相应的调整，不能以公夹私，但绝不能不闻不问。因此，只要有机会，我总会找个下午快下班的时间去找谭局长汇报工作，签署文件。等一切都忙好了，下班时间也快到了，也正好到了他第一次跟我讲要考驾照的那个时间段，属于公私无法分清的垃圾时间。我就会适时提醒道：“书看得怎样了？”

谭局长没有一点领导高高在上的架子，实打实地回答：“一遍快下来了！”

“一遍肯定不行，至少要看三遍！”我深有体会且实事求是地说，“第一遍，细细研读；第二遍，重点研读；第三遍，强化研读。考清华与考三本区别的核心其实只在于复习遍数的多少。”谭局长一直沉浸在浓浓的复习迎考的氛围内，对于我如此偏激的认知，居然没有提出纠正。而且回家后真是老老实实地将书实实在在地从头到尾研读了三遍，自信已经滚瓜烂熟。有一天，快下班时我送文件去他办公室，居然主动提出让我考一考他。那我也毫不客气，请听题——“欻欻欻……”，一连串射出了几个关于超速罚款罚分的题目让他答。你要知道哥哥我当初考证时就在这样的题型上栽了一连串的跟头。但谭局长居然对答如流，分毫不差。以这样厚实的底子去参加科目一的考试，不用说绝对是毫无悬念。考过后谭局长人还没到单位，但大家都已知道他科目一过了，一刷齐地忍着辘辘饥肠，个个刹住刚刚起步的自行车、摩托车和小汽车，等在机关大院里，迎接他回来并表示热烈祝贺。谭局长显然被初战告捷弄得有点晕晕乎乎，一个劲遗憾地说："要不是把一个题目看错了，就能考个满分！"

夯头二汉对此不以为然，拙头拙脑地提醒谭局长："稍微正常的人科目一都能轻松考过，真正的挑战从科目二才开始！"

其实，我们都知道，真正的考验并不在科目二们的考试本身，而在于科目二们的训练。按正常情况，别看谭局长年近六旬，但一坐上车就显出驾轻就熟的闪闪才华，调座位、正镜子、系安全带、踩离合、挂挡、打转向灯、看后视镜、鸣笛、松离合、放手刹、轻轻给油……每一回都是严丝合缝，一气呵成。

但问题的关键是谭局长能捞到这样展现的机会并不多，而且，随着其他学员同始终头戴一顶鸭舌帽的教练关系的不断融洽，这样的机会越来越少。满满一车学员，一次每人10分钟，轮到一次要1个多小时，如果公平公正，谭局长也没什么可说，主要是谭局长渐渐发现虽然有规矩，但这个规矩一让人来执行就有点走样，更直接地说，所谓执行规矩往往全凭教练随心所欲，有的人练的时间长，能搞个一二十分钟，轮到有些人，像没有背景的毛头小伙子，搞个几分钟就让他待一边去了。这样的做法要是放在我们局里，谭局长肯定是边拍桌子边厉声要求：立即纠正！但毕竟在人家驾校，再大的官到这里就是一个普通学员。虽然"鸭舌帽"教练也可能晓得谭局长是我们局的"一把手"，但却没有给谭局长额外落实局长待遇，而是把他视同一般学员，轮到谭局长，不闻不问地让他随意搞几下，态度是不咸不淡、不冷不热，甚至有时谭局长偶尔有一点小失误，比如挂错挡、低头看挡、压实线、车身抖动、没打转向灯，当然也有比较严重的熄火什么的，他也像对待其他人一样，破口大骂，让他立即滚一边去，然后就有一个穿"抹胸裙"的小丫头来，小屁股一撅，就把谭局长顶到一边去了。

受到这么粗暴的训斥，与在机关的地位待遇简直是如同天壤之别，开始谭局长没好意思讲出来，只是偶尔隐晦地提起说驾校做事情直接不上规矩，我们也没太在意。有一次开局党组会，在讨论对供给侧改革培训人员进行评比表彰的标准时，谭局长用很少有的情绪激动地说："标准一定要从严，特别是对学员的态度"，他让我在《会议记录》上要一个字一个字地写清楚，"'亲切、和蔼、耐心、细致'，这是硬标准，铁杠子，一票否决，任何人任何情况任何时候都不能突破！"然后进一步举例说，"驾校有个教练，整天头戴一顶鸭舌帽，帽檐很长，脸也看不清，对学员的态度特别差，像这样的人能评成先进吗，咹？"说到这里，他停了下来，用刀片子样的眼光扫过全场，接着说，"如果这样的人评成了先进，天理不容！"此时谭局长似乎气愤难平，面前的桌子被拍得咚咚直响，我们才知道他在驾校受到的伤害简直难以想象。

缓过一段时间后，我们旁敲侧击地问他：“是不是以前‘鸭舌帽’教练找你办事你回绝过人家？”他说：“应该没有，我以前并不认识他。这跟学车有什么关系？”我只好说：“虽然没有关系，但是也有点关系。”并且以自己的经验安慰他：“学车考照就这样，任何人到了驾校那种地方，秀才遇到兵，有理难说清，别太在意。”

但事情的走向有时是出人意料的。长此以往，如此再三，细节渐渐凝结成了过节，“鸭舌帽”教练的随心所欲终于惹得一车学员牢骚满腹、怨气熏天，再也难以容忍。晓得谭局长是领导，纷纷在背后向谭局长反映情况，撺掇他出个头，向“鸭舌帽”教练正规地反映一下大家的意见。

“你当领导的不替我们做这个主，我们平头老百姓就没法过日子了。”来反映情况的人最后总是这样说。

谭局长也觉得自己毕竟是个干部，而且人民群众正规地反映问题，当然责无旁贷，二话没说就应承下来，终于在一个星期六的上午同“鸭舌帽”教练闹翻了。

据讲那天开始还是比较温和的。为了做到有理有据、有礼有节，谭局长不动声色地用手机秒表如实记录了几个学员的训练时间，然后在“抹胸裙”又一次用小屁股将谭局长顶到一边去的时候，谭局长就向“鸭舌帽”教练问起训练时间安排的标准。“鸭舌帽”对一个学员敢来这样质问他显然是意料之外的，而且显然也是极其排斥的。他将长长的帽檐往下压了压，低声言道：“标准只有一个，公平。”谭局长也不说话，将手机记录的时间亮给教练，问他“公平”何在！教练竟然说：“时间有差别不是分配不均，要么是手机有病，记录有误，要么是人有病，操作失误！”这话就比较蛮横了，谭局长将眼光扫过一车学员，让他们说一说：“到底是手机有病，还是人有病？”

一车学员竟无一人吱声。

“鸭舌帽”教练见此，将“鸭舌帽”用力地摔在驾驶室前台上：“想要用自己的权力在我这里谋私利，妄想！”

作为一个局的“一把手”，我们绝对体会到谭局长遭受此辱后的刻骨感受。“像这样信口雌黄、肆意践踏规则的人就不配活在这个世界上！”后来在机关的大会小会上谈到一切工作必须要按规操作时，谭局长总会反复举出这个例子，足见此次事件对谭局长的伤害是何等尖锐和刺痛。

当然，这都是后来我们才弄清的。那个周六后，一连几天，谭局长都没去驾校参训。在一天下午快下班的时候，他第一次给我详细讲了事情的经过，然后半是自言自语，又半是征询意见似的说：“对这样的浑蛋，我们就没有办法了吗？”没等我答话，又接着说：“像我这样层次和地位的人学个车都这么难，足见社会风气沦丧到何等地步！不行，一定要让有关部门的‘直学直考’政策抓紧出台！”顿了一顿，大概考虑到“直学直考”我们可能说了不算，就又转了口气说：“现行条件下，一定要把这个事向他的上级反映！并且按照规定，他的领导必须‘签字背书’！”谭局长批完一摞文件后，气愤地对我说。

想到一局之长为了学个车同教练闹到这么水火不容的地步，可见这个社会真是充满了许多的出人意料！我们也不好直接批评谭局长对这个社会认识的偏颇和单纯，只好说："放心，这个事交给我，让他吃不了兜着走。"我拍着胸脯对谭局长说。

作为这个社会里尘埃似的一员，我无论如何对很多现象也是无可奈何的，惹不起咱躲得起吧。没过到周末，我就让办公室秘书小灯运作了一下。个头不高，但满身都透着灵气的小灯让我"放心擎好"。很快，小灯不声不响地运作成功，为谭局长办了一张 VIP 卡，离开了"鸭舌帽"的教练车。

不过，咱话可说清楚，办卡的钱绝不是公款。

当然，我必须认为，不要以为有了 VIP 卡就敢"牛"，因为 VIP 学员学习时间虽有保证，但什么时候来，什么时候去，周六、周日还是两天都来，时间长还是短，提前还是延后，要人家教练不撂脸，不说难听话，不摔摔打打，就得未雨绸缪，防患于未然。考虑到谭局长向来说一不二的"一把手"脾气，还有同"鸭舌帽"教练的前科，我让小灯索性再加一把火，趁早把猪头烀烂！提出以谭局长的名义请剃着板寸头的 VIP 教练撮一顿。

"你说什么？！"

许是因为"鸭舌帽"带给谭局长的伤害太深，彻底败坏了驾校的教练在谭局长心目中的形象，在一个礼拜五的下午，当我小声地向谭局长提出这个建议时，谭局长以为剃着板寸头的 VIP 教练主动"索吃"，和"索贿"一样严重，两个眼珠子轮得圆而又圆，"我交了钱学车就是'上帝'，凭什么还要请他吃饭？他该请我还差不多！"顿了一顿，又气愤地加了一句说，"这样的社会风气如果再不整顿，任其蔓延，最终亡党亡国绝不是危言耸听！"

因为他一向是掌管全局的局长，对具体办事的流程不熟悉，甚至看法比较幼稚，我肯定能理解，做他的思想工作，不能大水漫浇，必须精准滴灌，所以我就采取了"迂回包抄，碎步快走"的方法。

我说，不能这样理解社会，在这个社会里面，很多事情往往合情却不合理，合理却不合法，合法了却不合情、不合理，所以我们遇到事情不能简单化。

旁边的小灯认为此法迂腐呆滞，不得要领，便适时过来帮腔。小灯说："谭局长，我认为这不是请谁吃一顿饭的问题，而是表明一个学员对教练、徒弟对师傅、更是学生对老师的崇高的敬意和尊重！"

真有小灯这小子的，个子虽然不高，但说出的话不但有高度，更有深度和广度，一家伙就点痒了谭局长的穴位。请客的事就这样定了下来。但当去请剃着板寸头的 VIP 教练时，遇到了比谭局长还要强烈的抵抗："现在是什么形势，咹？你们局长还敢这样大张旗鼓地用公款请客，咹？这不是对我表示敬意，这不是要把我往大牢里送吗！咹？"一直到最后，听我们一再保证一定是自己掏腰包，现金结账，不要发票，他才勉强答应到时再说。

剃着板寸头的VIP教练到底同“鸭舌帽”的层次有所区别，那天他来是来了，但端杯前还是很谨慎地进一步确认：“是否是公款？”说得谭局长当面从口袋里抠出一卷钱交给小灯；剃着板寸头的VIP教练进而又进一步强调，驾校规定很严，不允许教练喝学员的酒。小灯乘机将一叠钱退回给谭局长，说：“学员不允许请客，我不是学员总可以了吧？”说完很快地掏出一叠钱，乘机像上级布置工作一样，让我等会去“结账”。

剃着板寸头的VIP教练这才端起酒杯说：“最后强调一下，像我这种档次的教练，技术和人品一向都有口皆碑，整天和车打交道，按理是不能喝酒的，也希望谭局长考取驾照后，切记‘动车不动杯，动杯不动车’。”谭局长连连点头，我和小灯馋馋地望着晃动的酒杯，咽了好几口吐沫，也忙不迭地保证“一定一定”，场面这才真正热闹起来。

毫无疑问，这个开始强调了这样还要强调那样，一直剃着板寸头的VIP教练那天喝得烂醉如泥，最后“刺溜”到了桌子底下，还将酒杯一下一下地拍在地毯上，可着劲地喊：“倒上倒上，再喝一个满杯！”

不过，感情就这样喝出来了。此后，谭局长的训练十分顺利，技术飞速进步。而且，看问题的角度也有了很大的变化。谭局长深有体会地认为，这个社会像部又老又旧的机器，到处千疮百孔、锈迹斑斑，没法大拆大修，更不能摧而毁之，对卡壳坏死了的环节只能用油去“润一润”，让它起死回生。所以，后来局里工作中如果在什么地方卡着了，谭局长就会悄悄地暗示我去“润一润”，很多难题、偏题、怪题就能被“润”得迎刃而解。谭局长因而屡次真正品尝到工作中“原则性和灵活性相结合”的妙处，在临尽“收关”时将工作干得风生水起，干出了一连串让大家啧啧称赞的业绩。

“这在以前是敢想而不敢做的。”谭局长有时会深有体会地感叹。

如此这般，大家普遍认为谭局长驾照已有大半攥到手掌心里了。纵观整个驾考，科目二是四个科目里最难的，倒车入库、曲线行驶、直角拐弯、坡道定点停车、侧方位停车什么的，不但项目多，而且全是红外线测控，精准而无情，很多人因心理颤抖、手脚出汗而考试失控，前赴后继地垂着头，被主持考试的“大喇叭”赶下车；但谭局长却是波澜不惊，自己都没什么感觉就轻松通过了。

至于剩下的科目三考试，全由裁判掌控，“找个人透一下，随便搞一搞就能过了”，大家都这么认为。

可事实却让大家大跌眼镜，谭局长在“阴沟里翻了大船”，小小的科目三考了三趟都没有通过。

据谭局长讲，主持科目三的考官是个戴着大墨镜的家伙，一副又宽又黑的墨镜压住了大半脸，也“鸭舌帽”似的看不清长相，就更弄不清他的底细了，所以考试就比较紧张，总是不知怎么的就稀里糊涂地被“判处死刑”了。

大家认为谭局长的真实情况应该是技术绝对没问题，只是心里太杂，想得太多。当然，换个角度来看，这也未必是坏事，考砸的次数越多，越逼着谭局长下功夫好好练习，将技术搞得炉火纯青，这对以后独自上路反而是件好事。但我没有这样简单化地来看。我认为，科目二是电子桩，看似无情、呆板，没办法运作，反倒不用担心，只要你技术过硬，有人想不让你过都不行；而恰恰是人为控制的科目三，除了控制好技术，还必须控制好人，否则，科目三考试能否通过就难以控制。

大家均不以为然，集体一致地显出不屑，认为我迂腐呆滞的老毛病又犯了。

第四次考试前，我让小灯去探一探，之前的问题究竟出在哪里。真有小灯的，信息很快反馈过来。一说是考官认为谭局长这么大年龄，让他一次就过了，面子上、情理上都说不过去，外界会认为驾校把关不严，应该让他多些个曲折，显出驾考的严肃性；另一说是“大墨镜”认识谭局长，有一次找谭局长办事碰了一鼻子灰，这次谭局长正好撞到了考官手上，有点挟私报复的意思；更有一说就有点出乎我们的意料了，说是路考时候，谭局长听信了学员们暗地里叮嘱的话：让每个参考的学员依照惯例给考官揣两包好烟，说这是全国普遍的“约定俗成”，是自古以来的“驾考文化”。但真正考试那天，只有谭局长按照惯例将烟搁在了驾驶台上，被“大墨镜”考官好一番严厉训斥，说本来风清气正的驾考被社会上以讹传讹，把考官的形象搞得乌烟瘴气，严重扭曲，像这样投机取巧、败坏社会风气的学员怎么能轻易让他通过呢？！

不管是真是假，我觉得谭局长应该是尽力了，这么一把年纪也真够不容易的。之前我们大意就大意在认为路考是“小事一桩”，犯了轻敌和不尊重人的错误。为确保谭局长不再不明不白地被“耍”，应该有所行动。小灯考虑得很细，首先通过关系将谭局长的考试安排在第一个。小灯认为，考试“伸头是一刀，缩头也是一刀”，不如让“这一刀”来得快些，让他没有胡思乱想的机会；同时，让谭局长把两包香烟换成一张购物卡，届时神不知鬼不觉地“捂”在考官手里。

上车前夕，我进一步地检查问：“那个准备好了吗？”他会意地拍拍口袋：“早就准备好了！”我再三说：“到时，一定要给得神不知鬼不觉。”

不出所料，这一次就顺利通过了，反而和他一车的很多人都“挂”掉了，我分析可能是他们没有运作的原因，便盛叹运作的魔力，谭局长当时也是激动得直点头，对我的看法表示严重赞同。但令人哭笑不得的是，等考试结束我们回程的路上，谭局长忽然大叫一声“不好！”让我们立即回头，吓得我将车猛刹在路边，差点撞在一棵山毛榉树上。待弄清原委，真是让人无语得不能再无语了，原来谭局长过于紧张，忘了将卡交给“大墨镜”考官了。按谭局长做事的规矩，要我们回头将卡送给考官。

我和小灯联合起来，肆无忌惮地将他“讥笑”了一番。

总之，不管怎样，整个驾考虽然是曲折多舛、好事多磨，驾照最终是顺利地拿到了手中，我们也长长地松了一口气。

就在我们认为这一页应该彻底翻过去的时候，谁也没有想到，谭局长拿到驾证后引出的动静，远远超出了他考证的强度。

那天驾照拿到手的时候正赶上一个“小长假”前的下班，轻松的机关大院可热闹了，大家像第一次那样故意地又聚在了一起，挨个地拿过谭局长的驾照翻过来倒过去地欣赏一番，再传给下一个人翻过来倒过去地欣赏。虽然只有10多厘米长，不到7厘米宽的塑料封皮夹着两张薄薄的纸片，但闪烁在谭局长脑海里的却满是刀光剑影、酸甜苦辣，所以他比别人更觉得其弥足珍贵。活跃指数一向偏高的二汉大概没想到谭局长拿到驾照的时间和速度远远超出了自己的预期，居然没有说出一句惊天动地的话，而是比较关切但也掩不住佩服地告诉谭局长，像他这么大年龄驾照年审需要注意的事项。

自始至终，谭局长小孩似的沉浸在喜悦之中，咧开的嘴巴笑得始终没有合起来。他从考驾照以来，真切地体会到，机关在印象中的等级森严之外的另一种温情，而且这种温情，润物无声地影响了谭局长以后的工作风格；同时，这种感觉，蔓延到他此后很长一段时期里生活的整个过程，只要机会合适，总要扯一扯学车的事，然后很宝贝地把驾照拿出来给人看一看，不断地不厌其烦地笑谈他考证时的“趣闻逸事”，感叹现在的社会风气真是转变太大了，驾校跟大家的想象完全不同，谴责社会上对很多事情的主观臆想。当然，至于曾经让他很受伤的“鸭舌帽”那是绝口不提的。

说者无心，听者有意。谭局长公开场合讲，私下场合讲，一般场合也讲，不但让大家感到津津乐道，也引起有关部门的兴趣，认为出现这样风清气正的局面，跟大家的努力绝对是分不开的，这样的典型不挖掘行不行，这样的事迹不宣传行不行？肯定不行！宣传别人的先进等于是间接地宣传本部门的工作成绩哎。

所以顺理成章地有了有关部门去驾校挖掘材料，树立典型的事。

但再丰富的想象力都赶不上生活的戏剧性。有关部门最终得到的情况居然和谭局长所说完全相反。据传说，有关部门兴冲冲地到驾校一“锹”下去，挖到的不是什么“先进事迹”，却是一大窝肥硕的“老鼠”。唯有那个被谭局长一直“封杀”的“鸭舌帽”恰恰没什么故事。

自此以后，谭局长再也闭口不谈有关他学车的事了。

但人们却普遍认为，谭局长玩的是“欲擒故纵”之术，是“高明得不能再高明”的惊世骇俗之手段；也有人客观地认为不要把谭局长想得太那个，人家是从心底里赞颂驾校的，至多是好心办了坏事；更多的人议论说，你老谭同志真是的，好好地替人家宣传什么家伙，本来人家驾校山高皇帝远，自生自灭，你有事没事地用搅屎棍子去一搂，把人家从大家的视线之外推到风口浪尖，这不，出事了！要谈责任，你老谭是主要责任！合理与荒唐，是对还是错，都如洪水猛兽一般铺天盖地向谭局长泼来，让他不得安生。

这一次，我们想，无论如何，谭局长是无法说得清了。

因为大家都说错，你一个人对了也是错的；如果你说大家都错了，那你一个人怎么可能是对的呢？

（原载《皖韵文学》2016 年第 2 期）

/书法大师/

如淇是个大甩子。

晓得如淇的人好像都有这种感觉，原先有人就看出这个人簸嬉簸嬉的，自从他开始学习书法，就真正地甩起来了。

学校里亦有几个年轻人，他们差不多是很稳重的，且都不是庸常之辈。何如的身子本来就很壮实，天天清早起来，还是跑，还是跳，玩石锁，玩单吊，再玩钢簧。之后，三股钢簧展成一股，耍起鞭子来。一套功夫，搅得地上尘土飞扬，叫人眼花；袁因个子不高，但脑子极好。一盘子儿码下来，不出五步，即可见他棋锋锐利，且脉络清晰，线路娴熟，能同时与五个人下盲棋玩；许正是位弄文学的，下了班就埋在一堆一堆书里，眼镜一圈套着一圈，激动，狂热，感情的泪水流得难计其数——是一位诗家。

如淇不行。如淇除了教教书，鸟本事也没有一个。

几个铁杆到人家聊天，招呼茶水，招呼凳子，主人老是忽略了如淇。或只是淡淡地一抖香烟："抽一支？"如淇正要去拿，主人则已转过身去，同几个很有才华的伙伴聊起来，由始而终，眼睛瞟也不瞟如淇一下。

窝囊啊。

如淇就练了书法了。

"你的祖上一定是一位书家。"有人用揶揄的口气对如淇说。

"不懂就莫要乱讲。"如淇把右腿架在左腿上，夸张地抖了一抖，说。

其实呢，大家都是晓得的。如淇算是他家祖宗八代第一位识字的大能人。父亲给他起的乳名是"四十子"，到学校也这么叫，"张四十"，算是父亲和母亲四十岁时的产品。之后，是他自己改成了如淇。春节时候，他气派昂昂地回到山里的家乡去，乡人们欢喜，来找如淇，写帧对子贴贴，无论好坏，只要红纸上有几个黑字就行。别看如淇架子端得圆，心里可真是没有把握，他在读小学时写毛笔字一向吊儿郎当。终于被逼着写了，非但有了黑字，还有"开门大吉，对我生财""四方招钱，八面来宝"一类，乡人们便快活得要命，纷纷地替他扬名，说如淇的字盖了帽了。

如此，如淇——先前那个蔫了吧唧的如淇竟有些洋乎洋乎的了，自我感觉变得特别的好，经常有手痒的感觉，于是，到处题字也就在所难免。有一回他上厕所去，嫌上面的“男”字写得不好，就用粉笔帮着改了一改。写了“男”字，又试着写“女”字，想想，又写“男”字，男男女女，鱼目混珠。害得一个过路的人费了好大工夫寻着的一个痛快所在，却不知是男是女，急得好没办法。直到有个小学生蹦蹦跳跳地进去了，他才大叫一声“快哉！”边飞速跑路边解裤门襟，喘着粗气撂了负担。其时已脸色煞白。

如淇言行一致，能做会讲。他说所以选书法作为业余爱好，是颇费了一番深思熟虑的：“当然，玩棋，吟诗……不错，都是高雅的，可人总有老朽的时候。棋嘛，老了，脑筋迟钝，一招病，就玩不成了；诗嘛，年龄一大，思想落后，点子玩不出新花样，逞能不过年轻人，讨嫌；武术就莫用讲了。独是书法，越老可是越精，越老，字就越是值价。国民党元老于右任晚年有次看见院角里老是有人解小便，就写了‘不可随处小便’的字条，让人去贴。这个人却拿回去裁了，重新裱成‘小处不可随便’的条幅，作为自己的座右铭。啧啧，晚年的字恁是金贵呢。”

别人哄笑。如淇停了一会儿说：“练武的，年终将死之时，据讲是极难受的，正是人们说的‘不得好死’也！”

有人把这些话递给何如、袁因、许正他们，他们很不是滋味。许正说，他妈的，如淇是一只苍蝇。

为什么如淇是一只苍蝇呢？人们不大奇怪这种说法。如淇是不大好嘛。这个人日鬼得怪。他的习惯是中午和早晨练习书法，不吸烟，而且也不睡觉。美妙的晚间，他串门子。别人正忙着吃饭或是已经办公，他摇着一把扇子，沓里沓啦地趿着鞋子，逛哉游哉，笑眯眯地在你的门口出现。你招呼：“进来坐坐呀，抽一支‘飞马’？”他就来了。

坐下，烟并不一定抽。这一点你不必担心如淇。却跟着长叹一口气：“乖乖……”别人的心里陡地紧张起来，晓得下面一定是如淇谈论他刚刚在书上看到的一点点体会……如淇欢喜卖弄卖弄，吹吹玩玩。“乖乖”是发语词，如同古汉语里的“夫”“嗟夫”一类。

“张旭他妈的太厉害了。回回喝酒酩酊大醉，如癫子一般，呼叫狂奔急走。这时候下笔，草字奇怪百出。抑或头发濡墨狂书，世称‘癫草’，但他的字却有严谨的楷体基础，每一字每一画虽是如神如鬼，却没有一笔不合格，是为‘张癫不癫’，后人评起草书来，对欧阳询、虞世南、褚遂良、薛稷都有非议，唯有张旭，没有人说他的短处的。做书家就得做个张旭这样子的。还有狂草怀素……”

忽然，他发现人家并没有听他的故事，专心忙于赶制班级总结。他很不愉快，很响地咂了一下嘴，说：“你这个人是很不懂礼貌的，客人说话，你怎么……瞧瞧，我嘛，是熟人，无所谓，若是换了旁人……哎！”人家经他这么一讲，抬头，有点脸红地看着他。如淇愉快了，继续谈“文徵明绝不写草书”“李阳冰是位自吹大王”，

“《葛府君碑》是书法史上第一片用楷书书写的石碑”“王羲之……”

说李阳冰自吹，听的人眼睛一亮，正要重重地和如淇讨论一下以正视听，给他一场深刻的教育。如淇则已经发现人家桌子上的一卷年历画。这是年底的时候，学校各个班主任买了一点年历画卷，准备给老师们恭贺新春。如淇对此兴趣盎然，问：“你们年历什么时候送啊？”

班主任说：“不急的，不急的。要等字写好了，才送。”

过了不长时间，如淇又问这件事。同一个馋孩子常常问大人一样：“什么时候才杀鸡呀？中秋节。中秋节还有几天呀？”

一回两回，如淇的认真关注，班主任猛地听出一点意思来了。就故意用商量的口气说：“如淇老师，我们年历画想请你划几个字。”

看得明白，如淇的眼睛出现了异彩，灿烂一脸惊喜！嘴里却说：“莫开玩笑，莫开玩笑。”

笔、砚拿来了，年历摊在他的面前。对着精致的年历条幅，任何一个人都会升起一种不得了的感觉。如淇则故意摆出一种丑得不能再丑的架势。班主任惊愕得差点忘记如淇的姓名——世界上还有第二个像如淇这么样的一个大甩子吗？

如淇写字的姿势够呛，是如淇特产。嘴里呢喃着，左手指在画幅上量来量去，突然间右手故意一抖，笔落在一处，若锤子砸桩一样实实在在。有人围着看，如淇可得意了。手腕子翻来翻去，有时把身子夸张地一晃动，故意让头发一惊一乍，三绺向左，七绺向右，若公鸡抖毛，簸，簸，有人看了心里难受，抽身要走。

如淇说话了。说这支笔不好。如果是“诸葛紫毫”，可以变出千万种花样。说了，手就离开画幅，扯过一张报纸，做点技巧给人看。“这叫悬腕，悬腕要相当功夫。这样是润笔，这样是枯笔……”

一人说，当初以为枯笔是毛笔没有了墨汁造成的败笔的，原来是故意为之。

如淇就快活起来：“那当然啦。书家是最能玩出花样了。子昂云：‘用笔千古不易，结字因时而异。’譬方说……”

他迅速地从一摞作业本子中的一本上撕下一张纸，说要写“风神高迈，容仪俊爽”。竟是浓墨重笔一个“风”字，正楷，如一点乌，栖落在石头上。却把笔就洗了。看的人正诧异，如淇则用鲜红的舌头舔舔笔尖，蘸了点点刚刚洗笔的水，于“风”字旁边写出一个淡淡的‘神’来，且是草书，若有若无，恰是缥缈神仙。两个字写完，便把手夸张地一抬，笔一倾，两边嘴角向下撇去，两眼盯着字好一会儿工夫。看的人心里有数儿，这是在欣赏呢——每个人心里仍然像吞了一颗苍蝇，上不上下不下的，毛茸茸地贴在喉管上很不舒服。但还是暗暗佩服他有点歪才。

一回两回，如淇真的红起来了。教室里、办公室里少不了有个制度、公约，附近单位上少不了有欢迎领导莅临的标语，连汽车站的票价里程表，《旅客同志注意事项十条》统统在内，都请他动笔，有些简直是如淇不屑一顾的角色也来找他，这叫如淇真苦恼啊。如淇真有点不耐烦了，他觉得别人并非把他当成一位书法大师，倒像是把他当成随叫随到的小二似的，自尊颇有被伤害的感觉。就有些愤愤不平地说："没有工夫！"

来的人则苦苦相求："如淇老师，你晓得的，现在书法人才奇缺。学校里只有你的字才能拿得出去的。来，只要是你的字，随便划两笔，是猫是狗也成。"

如淇咧开嘴笑了，心里痒酥酥的。于是装着被缠得没办法的样子："哎，那只好献丑。看笔，看纸，还有墨条、砚台。"

望着别人讨好一般地忙得趺趺转转，如淇心里那个舒坦，哎呀呀，哎呀呀，不可语予他人也。

有一回，袁因也来找如淇写字，写班级的"学习园地"。就凭袁因那么矮的个子，如淇觉得和自己的规格颇不对等。于是就没好气地说："这四个字也要我动手？随便划划就是啦。横两笔，竖两笔，去自己学学嘛。"

袁因没有缠他。两句话不投机，就卷了纸而去。袁因这个人其实是很傲的。

第二日，袁因带来好几张"学习园地"，说是请他认识的一个朋友写的。人家的字写得真叫上乘，又不骄傲卖弄，一请他就欣然同意，谦虚呢。

如淇有点尴尬，也有点儿后悔。

袁因很炫耀地把字摊在台球桌子上，是为了气气如淇。但如淇看了，扑哧笑了起来："天哪，这种字也叫书法，驴子小解也可与癫张狂怀媲美了。我看这个人是属稻草的，写的字就是稻草，要肉没肉，要骨没骨，甚至筋也没有几条条。"随即谈兴大发，通过举例，说现在的人把书法看得太简单，汉字丢一笔撂一划再扭上几扭就是草书，不知道磨墨用砚台才是正宗的书家态度，八体十二分，《笔阵图》《四体书势》，累累一通理论。自然也有"笔冢""墨池""铁门限"……自己正是下足了要命的功夫，才到如今这种火候的。

袁因脸皮子薄，因为赌一口气，自己偷着学写的这几个字被这么一损，真的不好意思再将它贴上墙去。"学习园地"便荒芜了一个学期。自此以后，他便再也不敢提书法的事儿，专心玩棋。

时间一长，经历的事情多了，于是就人说：如淇这人迟早要跌跟头的。瞧瞧他的这种卖弄，倒像是街上卖老鼠药的，没死没活地鼓吹。若是写书，一定叫读者非常倒胃口，甚至会误怪写书的人是一个喜欢堆砌卖弄的人呢；说如淇先前自己吹吹聊聊也就罢了，现在却变成了一个对别人危害不浅的人了，我们说话还真有点儿怵他；说窝在小学校里，终日里只见巴掌大的一块天，哪还知道天外有天，人外藏人？

如淇晓得了，并不暴躁如雷，只是极小声、却是极其毒辣地骂了一句："一群下里巴人！"

不久以后，学校里原先教美术的老师闹着回了家乡。学校费了不少的周折才找到一位别人推荐来的仲老师任美术老师。确实，出大批判专栏，开斗争大会，刷标语牌，是很需要美术的。

仲老师没有什么突出的地方。五十多岁，口齿不太清晰，人称仲老。却又不解他为何讨了这份苦差事来做。只是黑，只是小，只是瘦。朝人跟前一站，是一堆骨头。不干瘪，却始终给人一种病恹恹的感觉，叫你想起坎坷、艰难一类的词句。

伙伴们和仲老很快就熟悉了。他也是一个喜欢说说笑笑的小老头儿。常常备茶又备烟，和年轻人一起吹死牛、聊大天。

一天，几个小青年又到仲老家里去玩。墙上挂了几帧字画，有卷轴的，有横幅的，就默默地看一会儿。

许正兴致很好，努力地看得脑子上的筋一条一条突出，终于费解。于是说："如淇，给我们介绍介绍，哪一幅更好一些？"

如淇非常正经地看了半天，听了许正的请教，他又把头别过去，用审慎的目光看得空气将要凝固，才说："我看两边的好。"便再不言语。但别人看出他的喉结一动一动的。

袁因等得不耐烦了，便催道："别做正经相，倒是具体说说嘛。"

"我看字凭的是感觉。这幅字叫我看了悲哀，叫我看了愉快，或是叫我看了疯狂，这便是一幅好字。古人云：'风神者，一须人品高，二须师法古，三须纸笔佳，四须险劲，五须高明，六须润泽，七须向背得宜，八须时出新意。'这话很有一定道理。从字里可以看出人品，看出人的气质，看出人的情绪，看出人的悲喜哀怨、苦辣酸甜。所以古人又云，喜怒窘穷，忧悲愉佚，怨恨思慕，酣醉无聊……莫不在字的表现之中。看了这两幅字，我仿佛行走在一条凹凹凸凸、扭扭弯弯的山荫路上，清泉松声，悬藤峭壁，妙不胜收。中间的一幅，啧……"如淇咂一下嘴，表示否定。

这一通玄乎玄乎的评论，把在场的人弄得一惊一乍的。如淇比较得意。他看到仲老师也用认真听课的神色看他，便有点飘忽飘乎快活。他努力搜肠刮肚找最古奥的词句，又一通哇里哇啦，大家便不再吭声。

仲老微微一笑："其实啊，中间一幅正是一位大家的呢。"

"大家？哪一位大家？"

如淇不自在起来。凑过去想看个清楚。上面乱糟糟有好多的图章，不知哪一方是书家的，哪一方是藏家的。

仲老师便讲了好几遍，还是听不清，就拿笔来写了。天，这小老头为何偏要把苏东坡别别扭扭地说成苏子瞻呢？

如淇轻轻地舒了一口气："也难怪，苏的字是很迷惑人的。初看平平凡凡，细心品，才能把人带到他造的那种境界里去，方知不是一个个孤立的字，藏巧在稚拙天真之中。而且，才学书法的人，只知颜筋柳骨、癫张狂怀、王羲之、王献之，有谁去注意苏轼？宋代的书法与前代比起来已大为逊色，而苏东坡在宋代书家中并非一位……"算是挽回了一点面子。如淇其实是很要面子的。

仲老情绪似乎特别的好，一定要留如淇和其他几个年轻伙伴吃饭。即刻有人去食堂里买来饭，他又剌剌啦啦地炒了几个菜，有腿快的还跑去斜来堆堆一盘卤鹅。大家喝酒，吃鹅，于是又谈鹅。何如说，王羲之当初就是极爱吃鹅，常常用字跟斜老鹅的小贩换来鹅肉吃。许正说，王羲之爱鹅是真，却并非是吃。他买了鹅来，是为了练习腕力。他每天都到池边，细心观察鹅的划水动作要领。久而久之，总结出了一套模仿鹅掌运动的体操，是为“鹅掌戏”，历代书家对此爱得发疯发狂。唐颜真卿对鹅掌戏佩服得要命，一练起来，痴迷得连远道而来专访的老朋友都不想接待。

如淇微微一笑，把香烟在桌子边上舔了舔：“羲之养鹅为了写字是不错，但并非单是‘鹅掌戏’。他苦于‘之’字变化太少（古汉语里用到‘之’字的时候太多啦），就寻了鹅来，早晚细细相看，鹅额上肉瘤是一点，嘴、颈、身子便是‘2’字，这样他长期观察，‘之’字便写得出神入化了。你不见《兰亭序》中二十一个‘之’字体势各异吗？”

伙伴都不说话，仲老微笑着点了点头。

几个人出来的时候，大家说同仲老一道谈谈玩玩真是愉快。如淇就问：“在一起玩了这么多的日子，评评，这个仲老头的书法怎么样？”

“你看呢？”袁因反问他。

“凡！夫！俗！笔！”随后仰面大笑。

夏天的日子慵慵懒懒，无聊且乏味。一个暑期过去了，人们都黑了一层皮，瘦了一圈，各自带着夏天烦躁的情绪回到学校。

人们突然发现，不知从哪一天开始，如淇变得沉默少言了。串门依旧串门，练书依旧练书，嘴上却是没有书法了。直到你诚心去向他请教，他才告诉你一二三四。平时沉静得恁是可以。

好看的月亮挂在天上，清清的光把树枝树叶的影子写在墙上，真真切切的一幅水墨画。如淇老是欢喜和仲老在一块谈天，谈得很晚。只听得家庭什么，现状什么，学校什么，抑或出外游玩山水什么，名胜碑刻什么，甚至也谈到流浪、讨饭，什么什么……不清楚。有时偶尔听到书法之类，想必是如淇实在憋不住自己，想要谈论一番了，人们也就原谅了他。五六十岁的老男老女能谈恋爱，如淇偶尔谈两句书法过过瘾，又有何不可？

可是如淇到底是昏了头，终于是积习难改。如淇跟校长大吵了一场。

是一天下午。如淇上过最后一节课，可能是来了兴趣，踅到校长房间里去。平时他不太喜欢和校长在一起。校长老是在会上批评说，某某某某不像一个教师的样子，疯疯癫癫，发神经似的。多次提到厕所那一次“男男女女”的事。说某某某某犯自由主义，目无领导。特别是有好几次，如淇朋友来信告诉他说有什么大书法家来县城，千万别失了时机拜访。如淇态度诚恳地去向校长请假，校长先是嗯嗯呀呀地批评一通，然后脸色一沉，恁是严肃。这是在剐如淇的肉啊。他早憋了一肚子闷气，心里

不服啊。暗地里咬牙切齿地嘀咕说："你他妈的才是神经病。"（原谅如淇——他骂人了，违反了《中学生守则》第六条）

但是这一次，如淇心平气和地跟校长说："校长，刚才在课堂上，我反复研究了作息时间表，觉得能在午睡之后，安排一节习字课是很科学的。现在学生的字差！"

"这是很困难的。"静了好一会儿，校长说。

"校长……我们在小学时候就是这样的。现在还是可以这样的。"

"你还年轻，不晓得，事情具体起来，困难也就具体了。"

"书法是中华民族古老的传统艺术，它发源于中华，却见日本在穷追不舍，大有甩下中华之趋势。围棋，围棋你不是晓得吗？它亦是我国传统棋种，现在我们却远远不如日本。在书法上，这个悲剧不能再重演了。"

"如淇老师，道理谁都是懂的……可光凭你一个人……"校长静静地让烟从口里冒出来，变成稀奇古怪的形状。

"校长，教美术的仲老师也非常乐意这样的。"

校长终于不耐烦了，脸色骤然冷下，说："你安心教书才是正道。我这学校不是烟馆、茶馆、戏院、公共厕所，凭各自的兴趣办的……"说了会儿，他停下来，手抖抖地把烟蒂儿接到一颗新香烟上去，老是不能成功，便更是带了脾气说："眼见得课都上不成了，还谈什么书法。真是丢人不看天势！"说完了，便埋下头去看一份红头文件，把如淇冷在一边。

如淇火撞撞地看校长的嘴唇一张一合，说出的一字一句，像是一盆一盆的冷水，浇灭了他一点一滴的热情之火，就是这条把椅子弄得吱吱扭扭的身子，曾给了他多少致命的扼杀啊。这个不会书法，字写得像捣麻叉的家伙却当上了校长，把会书法的自己冷在一边……如此，越想越不是味，亦难以抑制地激动起来，说："我至少在我的数学课里要抽出两节来，作为书法课！"

校长用莫名其妙的眼光瞥了瞥如淇，用十分肉人的口气说："我随你！"

如淇简直是受了被摧残处女贞操一般的侮辱，抖抖地站起来，抖抖地把手竖起来，又抖抖地击在桌子上。桌子上茶杯里的水便抖抖地晃过来晃过去。

结果，事情闹得挺僵。

……

好在如淇没有兑现，没有抽了两节数学课来讲书法。有人就讲，如淇啊如淇，你真是簸上天了，开不开书法课，与你有什么相干？如果都像你这样，凭各人的喜欢，各人拿出两节自己的课讲棋、讲写诗、讲玩九节钢簧，那还不乱了套了？自己爱好就摆在心里，发育发育，能生出新的东西。像你这样学一点吹两点，学三点倒六点，多现世呢。你如淇值吗？唏——

如淇到底是不稳重，如淇是吃饱了撑的。

这一次，真真正正地杀了如淇的不少威风。当天，从放学到吃饭，一个人闷在宿舍里不见出来。年轻教师都出动，劝了校长又劝如淇。劝不住，如淇只是气。最后，仲老也去劝，劝了好长时间，方才跟到仲老宿舍里，吃了些晚饭。

从这一天开始，如淇就大大地变化了。像是对书法淡泊了许多。跟何如去学跑步跳跃，练起拳来。何如马步，如淇亦马步；何如玩五抓子，如淇亦要玩五抓子。那种专心、那种劲头，就是靠武术吃饭的人亦不过如此。

袁因同别人玩棋，他也用两手撑住膝盖，弯了腰在旁边看。不但饶舌，还时时伸出手替人家挪棋子儿，比临坪的人还要着急几分。袁因坐在个很矮的木墩上，头刚刚超过桌面，提醒说："观棋不语真君子。"

"没法不语呀！"如淇说，"陪我玩一盘，好不好？"

如淇是个臭棋篓子，袁因对他是不屑一顾的。这一次见他用的是哀求的口气，心先自软了："十五步内，结束，再杀你一个'秃驴推磨'。"

如淇不在乎。一回两回，还真学到了不少。晓得下棋要左右顾盼，要造"势"，止对方入势，铺下自己入势什么什么的。能与袁因杀上三五十个回合了。

如此等等。

人们便觉得有点压抑。觉得有股淡淡的、失落般的惆怅。往后我们再有写写画画的事情请谁呀？如淇啊如淇，当初你学狂草怀素"寺壁里墙、衣裳、器皿，无不书之"，在厕所上写"男男女女"，把自己床上的一片席子抽出来也练了书法，现在怎么就中断了？遗憾遗憾，痛哉惜哉。

有人说："如淇……如淇……"

有人说："如淇噢……"

有人更是叹气带摇头地说："唉，如淇……"

如淇真正是不可救药了。往日清晨，是他练书法的金子时光，现在竟如癫了一般，不知从哪里找了一条大扫帚来，挥着比普通家用扫帚长一倍的把子，哗哗哗哗地扫起卫生来。时候太早，搅得人睡不安静。扫了学校边边角角，又到宽阔的操场上去，东南西北地乱舞一通。一贯早起的何如也落后了。

校长的话是不错的。不久以后，学校有点乱了。学生可以把袖子卷起来，毫不胆怯地坐在课桌上去。上面来信要组织"红色红缨枪队"，学生会自己亦收到一封信，是十几所学校联合倡议"到田间大学"去的。校外更是动荡，似乎有人想把地球偷回去一人享用。广播里"反击……风"叫得震人耳膜。烦的人是，到学校来求写标语、口号、语录牌的人似流水一般。本来，那样的标语是不值得过分虔诚的，但各派与各派之间要较场子争脸皮，只得四处访求书法名人——当时中华书苑确实也是萧条。

学生学工、学农、学解放军，半日制读书。如淇的时间充裕了，却整日地被溺于书写标语的旋涡里，甚至有十里外的单位也来找他。布置什么工程指挥部，什么万人大会标语坊，什么革命委员会招牌，什么什么，都需要体面的字。

起先有人对前来求字的人说，如淇已经多时不写字了。出外游玩过？玩牌刻？玩天下第一泉？玩天下江山第一楼？玩桂林敦煌？玩苏州杭州？不错，不错，但那不是汲取书法营养。他字早已不玩了。

别人说，这是不能相信的，他以前写的不是很好嘛。寝室里的笔正阴湿，砚池也是润润的潮，怎能说不写字了呢？扫地不错，下棋不错，练功夫不错，但不是有“功夫在字外”的说法吗？说完，又挥了一下手，我看呀，扫地就是大地做纸，扫帚做笔，在练大大的字呢。如淇老师我们晓得的，是一枝未放的玫瑰。

写，帮帮忙！

如淇茫然无助，抬头四望。隐约只见仲老一个淡淡的背影，似乎还有一声轻轻的叹息。

之后，如淇就大开书戒，发疯地写。就连该写宋体字、黑体字的牌子，标语坊，也一并用“如淇的字”书写，有求必应，替好多不明不白的人写了字。

人们细看时，如淇的字比先前精了，脱胎换骨般地进步了。这才知道他并未曾撂过一天的笔。

“真是功夫在字外！”

标语写了，请的人很满意。如淇的字也越写越突出，他本人也很满意。但当他偶然瞥见仲老那难得一现的背影时，偷偷地掉了两粒眼泪。

此后不久，公社革命委员会来了民兵部长，找到校长说，后天上级组织的规模不小的参观团来参加我们公社的农田基本建设的情况。我们正在改造梯田，一架土山来年可望收入一亿元左右。现在红旗已插到山顶之上，喇叭也通到工地上，只是缺少一点远观的气派。领导们研究到深夜，兹决定：要在山崖上刷一行大标语，用以表示我们公社人民学习大寨赶郭庄的昂扬斗志。你们学校是个藏龙卧虎之地，这一次，要累累书法大师的手啰！说完，掏出一支烟，散给校长抽。

“卧……龙？藏……虎？大……师？”校长先是莫名其妙地愣了半晌，心噗噗地跳。之后，像是明白了似的说：“啊啊，是的是的。不过这几日他替别人写标语，累得几乎成一摊泥了。”

部长淡淡一笑：“据我们所知，他到了这里，是一直没露手段。日子过得平静得很。”

“？”

听的人一惊，人人都成了一个巨大的问号。

“多年来，他一直就替人家几十丈高的烟囱或高楼等高大建筑物写高大的标语口号，写‘备战备荒为人民’，写‘深挖洞，广积粮，不称霸’，写‘普及大寨县’，写了很多。现在到他家乡去看，许多的陈迹隐约可见。五年前，因为他拒绝到轮窑厂的大烟囱上写‘打倒……’被民兵抓到万人大会上让他喝小便醒醒头脑，自己吃了自己会写字的亏，吞了二十粒安眠药，昏睡两天两夜，竟又醒了过来……后来便失踪了，不知了去向……”

“校长，别看他瘦骨嶙峋，卧龙啊！”

人们沸沸扬扬，细心的人静静地回想了好久，似乎猛然在纷繁杂乱中理出了点头绪。

但还没等部长、校长把事情议定，许正、袁因他们急急来到校长跟前，转来仲老一份病假条。

众人齐齐转身望去，远远扬起的灰尘深处，是仲老一副枯槁且瘦且小的背影，隐约有咳嗽声不断地传来。

刚刚送走仲老的如淇脸颊上似有泪痕，其他人也堵得慌。觉得一个老人孤身在外已经很不简单了，现在却染了病回去，心里的滋味很不好受。

当年，书法家沈尹默先生及舒同先生的认罪书、大字报及标语，经常被人揭去，视为珍品藏之高阁。既然如淇能写标语口号，想必亦是个书家。是书家字必是没得话讲，能写没得话讲的字亦必能在陡崖上写非常大的字的嘛。

下午。

依然是部长来请，后面带了几个民兵。这回口气软和多了，说：“也实在是没得办法哩。我们跟县革委会下过保证，是要把‘红旗’竖起来的。后天，光是大报纸、小报纸的记者可能就要来一卡车呢。还要在报纸上来两张叫人大吃一惊的照片……家乡人的脸面啊，如淇老师……”随后又对民兵一挥手，“好生护着张老师！”

几个民兵像行刑的一样贴在如淇的身后。

如淇没有说话。他看了看削平的一面山崖。陡且高。他似乎看到了上千万灰土色的农民，用虔诚的腰板叠起来的梯田的未来。这架山如淇和仲老常常来玩，谈谈说说散散逛逛不知不觉就来了。一到下大雨，泥石沙俱下，树的根一条一条地裸露着。一架土山可收一亿元？如淇想到这儿，苦苦地一笑，将两边嘴角极丑地撇下去。

山崖做得很考究。上面都垂直叠起了一道石岭子。抹了水泥砂子，呈屋檐状，知道是为阻挡从上往下的流水的。平面上又均匀地漫了一层白土泥。吸水性强，若宣纸。还打了九个格子，格子很大。如淇心里清楚，若是一笔一画不慎，是无法补救的。

每个格子下面挖了一个不大却又不小的坑凹，便是九个砚池，里面都咕嘟咕嘟地煮上了石灰。又有人依照吩咐，早已找来一支修长的木棒，用刷草、老母猪鬃、麻丝、少许竹枝及大量的碎布条，做成一支大斗笔，又有几个做过瓦匠的农民，眨眼间在每个格子前面搭上了脚手架，跟人家起楼房的那种一个样，又有一个民兵扯开喉咙，竖起拳头来，带领千百个民工把要写的“愚公移山，改造中国”八大字，连同感叹号，响彻云霄地呼叫了八遍。红旗扑啦啦飘，喇叭哇哩哩唱，山谷尽是回声，气势宏大，只等石灰熟了下笔。

一时，工地上沸腾起来了。都说今天要看一件一生中从没见过的天下奇事了。单说这样大的笔，简直比大扫帚还要大；每个字要写成一丈见方。我的乖乖，听学校老师讲，汉代有一个叫什么师爷官（师宜官）的也只写过一丈见方的字啊。梯田最终造成造不成、能用不能用我们不说，看看这样大的字就中了、值了。

更有人担心，这么大的字能写出来吗？先用笔画个框子，再用石灰涂上不是蛮好的吗？何必要独特？人家都是那样做的，我们为什么不可以？当然，张如淇老师我们是晓得的，字写的是蛮噱头的，但这么样个大字我们可是从来没有听说过啊。

山上山下看者林林，挤得大叫。到处是黑喳喳的人头，到处是挤挤挨挨的身子，到处是碰碰撞撞的窃窃议论。一棵树上如果子似的结满了孩子，“咔嚓”一声脆响，早就压得树杈断了，孩子一个个把嘴先歪咧过去，然后去用手揉屁股。

何如、袁因、许正及校长他们突然回忆起如淇种种可爱的地方，都暗暗地替他捏了一把汗。

太阳开始落山，晚霞洒得满天都是。山坡上也落了晕晕的一层，极远处云天阔阔，有小鸟叽叽叫着飞过，叫人涌起一些慨叹。慨叹人之卑微，慨叹生之艰难。

说石灰熟了。就有人递过大斗笔给如淇。千儿八百的眼睛睁得白花花的，数也数不清的嘴巴充分准备地张着，随时会喝出太阳一般的彩来。紧张、兴奋、惊奇、担忧……

如淇把衣服脱得只剩一件背心，露出一抓一抓的肌肉，是长期练武的结果。风飕飕地冷，如淇如注了硫喷妥钠般丝毫不觉，却把大笔擎起来，若耍九节钢簧，恰又如丈八蛇矛，前前后后呼呼噜噜一顿好耍，抡得圆了，唰地插到“硕池”里，一个翻身上了脚手架。又猴了腰，用力往池子搅了一气，眼睛盯着第一格子，猛地抽出大笔，正如那一次写“风神”一般，第一笔硬如一颗流星坠去，烁烁地拖一条灿烂的尾巴。这一笔，便在人们的心里拖下一道深深的痕迹，看过的人永生难忘。

太阳疲乏地一动，掉到山下去了。远处的行人也驻足远远地看。看如淇的大笔咬住山崖，杆儿似龙尾上下左右晃动。

“啊呀，飞白！这么大的笔能写出如此绝妙的飞白！”突然许正喊了起来。

人们先是提足了精神看如淇，根本没注意许正的惊叫。等如淇舒一口气，大家才都舒了一口气。急忙转头望许正，又望望天上。

“飞白，飞白在哪儿？”完完全全认为飞白可能是一种新式飞机。

如淇写“愚”字底的时候，做了飞白书，“心”字也便是虚空的了——愚者当然缺少心计。心便是头脑，没有头脑的当然是愚。

刚才不少人心里还是替如淇着急：怎么一笔写空了，功夫未到吧？许正说那才见功夫呢，如何如何。众人晓得自己原来是孤陋寡闻。于是老人说“乖乖”，小孩也说“乖乖”，女人也说“乖乖”，年轻小伙更是加进一些力气喊：“我的亲乖乖哟！”全场是一片“乖乖”的赞叹。

如淇又抄起了大斗笔，人们不再说话。见他先是默默地立在脚手架上，眼睛微闭。侧面看去，小腹一起一伏。

有人说，是在运气，上次在街上看打拳卖狗皮膏的人就这样运气；有人说这是在酝酿情绪，写字必须等情绪足了才行；也有人说正在想主意呢，电影上鬼子在想主意时就是这样的。正面红耳赤地争着，如淇一抖大笔，七绕八画，叫人眼花缭乱的眨眼工夫，“公”字便稳稳地坐在了格子里面，正如一个仲老仲翁仲公，人们便想起在什么地方见过的那个形影相吊的老头，瘦、小、黑，似乎是秋风中的树桩。但是瘦而不弱，小而不拘，依旧神采奕奕，精神矍铄。且相当浓、厚、重。

真是无一字无来处，无一笔无来处啊！

这是活脱脱如淇的字。只有如淇才这样写标语，只有如淇才能写出这样的标语！

人们正兴味浓浓地想看一看如淇怎样写“移”字，看怎样写出“移”山之气势，耳听得“咔嚓”一声脆响，大斗笔恍惚间变成了两截！

知道吧？这是书家的功夫到家了。书家的功夫到了家，外拙而内精。凭的全是内功，内功由笔传给字，那才是真家伙。晋朝王羲之有入木三分一奇。字写在木板上，竟让墨渗浸深达三分，三三得九，一寸深！这是千儿八百年的旧事了。瞧瞧如淇，功夫也是炉火纯青了，笔都玩断啦！啧啧！

人丛里便又叫起乖乖来。

如淇未动声色。没事一般地和部长说了一些什么。部长就转过身子对大家说，余下的明天才能再写了，已经写好了的，大家要爱护一些啦。

众人就嗡嗡嗡嗡地站在那儿议论了好久。知道如淇底细的人都说明天有戏看了，等如淇今夜养好了身子，有了好力气，就能看到又奇又怪叫你舌头吐出来收不回去了的花招，知道吗？如淇的花招多哇。那一次，“风神……”

拖了铁锨，担了畚箕回家。道路弯弯扭扭通往四处八方各个村子，每条路上又都牵连不断地挤了好多人。依旧是吵吵哄哄，依旧是啧啧称叹，依旧是议论纷纷。分手时相约，明天早一些来，把老妈妈、小孙女也背来……

然而，第二天，人们简直是惊呆了。

在昨天写好的“愚公”两字的后面一连跟了七个感叹号。部长派去寻的民兵说，如淇的门锁着，人是影子也没见到……

其时太阳还没升起，只有一片阔阔的无边的蓝天。

（原载《青春》1986年第10期，《小说月报》1987年第1期转载）

/同窗共读/

老高同学

老高在中文班年龄最大，个子最矮，所以看起来修养很好，走路有板有眼有标点符号，像拎着黑皮包的组织部部长般老到。他若有事去向辅导员请假，年轻的辅导员倒成了他的学生似的。老高一点也不拿架子，等老师批准了，才松一口气，边倒退着走边把手搭在耳边给老师敬礼：再会再会。

其实老高已经四十多岁，是班上拿过结婚证的“老牌运动员”之一。听讲妻子没有工作，天天在街上帮人看自行车挣得一些用项，有个女孩已四虚岁，小小年纪就做了妈妈的帮手。

老高平时很沉默。同学们照顾他个矮，把前面的好座位留给他。他则夹了一本书，阴森森地坐在最后一排座位上，让来上课的老师老是误以为是教务处来听课的，弄得比较紧张。推其缘由，可能是胡子拉碴地坐在前排感到不好意思。其实后来老师也常找他回答问题，他也恭恭敬敬地站起来，老师说请坐下，他才坐下，一点也不卖老资格，就是平时话少得叫人着急。我们下围棋、打桥牌、踢足球从没他的事，他一个人呆巴巴地缩在床的一头发愣。有时我们也撂下手里的事情，陪他抽几支烟，玩玩，谈谈，但主要是他听我们一个个乱侃。只有一次他说了一句话：唉，想家。

后来，我们和他慢慢地热络起来，渐渐地晓得了一些事情。他说，他来上学完全是赌一口气，尽管他教了二十年的语文，在单位却不来派，分房、调资实行打分制，一个本科学历就是二十分，他排队似的挤上去最后却被粗暴地捋了下来。去年眼看调资兑现，客也请过了，末了却又被一笔画到杠子以下，丢人呀。只好花上两千元来“摸”一张大学毕业证书。

由此可以想象，老高的“银根”非常吃紧。他老婆老是写信让他回家算了，她常年有病，家里实在磨不开。他总是咬咬牙，写一封长信回家。字写在老婆信的反面，老婆写几页，他也写几页。每次信寄了就能安宁一阵。老婆又来信，老高就又发呆，咬咬牙，再在老婆信纸的背后如法炮制长信一封。后来，老婆又支起病弱的身子抓着女儿的手写了一封歪歪扭扭的信给“爸爸”。老高受不了了，向我要了两张上好的信笺，给女儿写了一封抒情长信。

他说，我不能回家，我回去就来不了，我绝不回家。

老高的饭吃得很俭省。我们每天菜金是二元钱左右，老高每天早晨五分钱一块豆腐乳，晚上五分钱咸菜，中午两角钱炒豆芽。我们曾经在同学中暗暗募捐来一些钱塞给老高。老高涨红了脸说，我把你们当知心朋友才把心里话告诉你们，你们这样不是损我吗？

我们只好连声说：对不起，对不起。

有一天，老高同学不知从哪儿弄了一批面包来卖。事情来得太突然，很多同学都被搞蒙了。老高不好意思地说，我看功课不太紧，就弄来了。

同学们立即停了下棋、斗牌，把足球踢到床底下，背起书包帮老高去卖面包。“旺盛的精力来自——老高面包！”嘻嘻哈哈，轻轻松松，老高的面包眨眼就销完了。第一批面包卖完。老高把那只黑皮包倒扣在席子上，把半边屁股挂在床边，扭过身子，蘸着唾沫把钞票点得嚓嚓地响，听说赚头不小。第二天，老高把钱从邮局汇给老婆，又搞了一批面包来。同学们把寝室让出小半间，让老高堆纸板箱。出人意料的是，面包特别不好销。其实老高不知道，第一次面包就很不好销。同学们用书包背出去，多数是自己吃了，回来如数付钱给他，但谁也不好意思告诉老高。所以时间一长，第二次弄来的面包开始腐变，寝室里终日充斥着一股甜酸气。中文班的同学一哄而上，三个五个买来处理。女同学听说了，也走下女生楼，裹了一些别的女生来买面包，还当面掰开，吃得眼皮直翻，一个劲地说味道又酸又甜，很地道。其实第二天到垃圾堆一看，成团的苍蝇围着发腐的面包嗡嗡打旋。

老高的面包兴衰史前后不到一个月。老高一个人躲在蚊帐里发呆。我暗地里用加减乘除帮他算了一笔账，他至少亏本八十元钱。其实八十元钱也算不了什么，但这是发生在老高同学身上呀。

大一读完，老高的女儿也能上幼儿园了，老高的老婆求他别念了，回家算了。老高只好去跟老师商量。同学们首先不干了，给老高下通牒说：老高，你这样干我们感情上实在接受不了呀。老高说，我本来也是为了赌一口气来的，小孩子脾气，无所谓读与不读。老师、同学均表示不能接受。同学们还集体写了一封信给老高家“亲爱的大姐”，老高眼泪在眼眶里转了好几个来回。

家里又接着来了加急电报让老高速回。那几天我们过得真不是滋味。

学期大考时，班长牵头每人筹一些钱买点礼品给老师，让老师批卷时手下留情。这事没让老高晓得。老高后来不知从哪儿听说了，急急忙忙地一个人跑到膳食科退掉一些菜票，拿着几元钱来找班长说，我年龄大一些不错，但这些集体活动不能把我撇下，硬是把他的那一份加了进去。

老高就这样撑着读完了大学。

开毕业联欢会那一天，同学们一致推他来第一个节目。老高站起来，同学们热烈地鼓掌，老高哆哆嗦嗦的一句话也没有说出来，然后当着我们的面，手抖抖地捧着毕业证书，大颗大颗的眼泪滴在学院红彤彤的公章上。

谁能想到他的老婆在两年前已经病逝了呢？

这事只有我们少数几个人晓得。老高让我们别说，我们也就没有说，说不上为什么。

在以后的生活里，我常常跟我的学生闲谈，我总要说："以前我有个同学，名字叫老高……"

梅琳

梅琳在中文班入学成绩最高，比录取分数线高一百八十多分，是文科状元。我们第一回听说这个成绩时，吓得跳了三跳，没有一个不惊得大叫一声："乖乖龙的冬！"

严格来说，梅琳算是一个漂亮的女生。中文班审美有个标尺，叫作女孩白脸七分俏，男孩高个俏七分。男孩高个，1.80m，自然风度翩翩；至于女孩，即使丑得赛似八戒他娘，只要细皮嫩肉，也会流出几分俏丽。梅琳五官我们撇开不谈，单说皮肤，那是很地道的又白又嫩，我们班评委亮分结果是九十分，教育学院纪录。曾有一段时间，学院沸沸扬扬，说我和梅琳谈上了，赶以后两个大白皮一定生一个雪似的小白皮。我还被强行押到学院小卖部买过一回喜烟。其实和我处得真正贴心的朋友都晓得：无稽之谈。

梅琳学习玩命，这一点叫很多人害怕。多数人一进大学，就养成一种及时行乐的意识，轻轻松松玩儿几年，捞一张文凭开路。梅琳不同，她把复习参加高考的干劲一点不漏地打进背包，背到了学院。不少女孩在学院的日子过得有滋有味的，没有几天，已经褪尽土色，一天一天勃发起来，跳舞、郊游、恋爱，在树影下噼噼啪啪接吻，技术日臻成熟，美其名曰：青年运动的方向。梅琳却一天一天暗淡下去，俏丽的披肩发变成了"二刀毛"，一副圆眼镜压掉了大半边脸，不少人在背后称她为"二嫂子"。

"谁还在教室呀？"

"二嫂子。"

作为她的同学，我好几次用兄长的口吻提醒她注意风度，别把自身弄得太那个。她抬起头微微一笑说："谁敢与我比一比成绩！"我恨不得用巴掌给她重重两记，让她晓得"学海无边，回头是岸"的真义。

当然，这也只是我的一点不成热的看法。梅琳在学院很受宠爱。院长做政治报告时不断受到学生们"热烈掌声"的袭击，梅琳谈学习心得时台下掉根针也能像弹吉他一样很响一声，都晓得中文班有个女生梅琳了不得，所以梅琳活得挺滋润的。她说，我也弄不清为什么要这样，这样挺快活的嘛。

的确，梅琳的成绩很好，每次考试对她来说是真正的玩儿。大考时，不少男女生都附带干些“时迁”的勾当，有把公式写在皮鞋尖上的，也有女生把大题写在雪白的大腿上用裙子盖着的，听说外文班不少人用二分硬币在桌上打旋，让上帝来帮忙填空。梅琳交卷最早，得分高得吓人。我笑她是考试鬼投胎，她便笑，尖瘦苍白的小脸调皮地迎向我问：“有考试鬼吗？”我说，有，我国去年从美洲森林进口一批，你是其中之一。

梅琳两颗小拳头便咚咚地捶得我肩膀痒。我其实也是高兴，因为暗地里辅导员告诉我，学院想把梅琳留在附属师范。

梅琳嘴一瘪：我不想，还是回去的好。

关于我和梅琳谈上的谣言就是那时候兴起的。我也不晓得从何而来。我晓得梅琳对“青年运动的方向”其实是一无所知。我常一个人呆呆地想，即使我真的和她谈上了，她会有像其他女孩那种叫人美得散掉骨架的情感体验吗？从某种意义上来说，我只是喜欢梅琳，她有很多的地方和我的小妹一模一样。

关于她毕业留校的事，弄到尾声时忽然出了枝杈。同时，想留校的同学一下子冒出了六七个。其中女生占了五个。据知内情的人透露，这几个同学都有相当的后台，而且那五个女生中没有一个是“完璧”了，都付出过很大的甚至是惨重的代价，事情一时弄得挺僵。最后，学院为增加透明度，研究决定：除看平时表现、成绩之外，每个人到附师主讲一周，以求最后定夺。

梅琳这时没了底。因为梅琳是从师范学校直接考到教育学院来的，根本没有一点教学积累。她说，我本不想要留校，我算了吧，我不参加这样龌龊的争夺。可是辅导员的心思我晓得，这种事情的本身已经超出了寻常的意义，不仅仅是留校之争，而主要是后台们的势力的较量。我劝梅琳，你不该让辅导员失望呀，也可以检验一下你自己的能力嘛。

上台的女孩子们课讲得似淙淙流水——这也当然，因为教育学院的学生百分之九十以上是当过老师的，身上的气息也如馨馨春风，眼波增强了功率直往评委身上扫荡。一堂课下米，多数评委精神矍铄，赞不绝口。

轮到梅琳时却冷了场。梅琳紧张得两腿直颤，虚汗沾湿了她的头发。她除了谈过一点学习心得，根本没有上过讲台呀。当时我们辅导员要求暂停，抱着殷切的希望给她打气，让她在必要时来一点女生的魅力。和学生把话谈到这个地步，足见辅导员的内心非常着急。可梅琳并没有进步多少。翻来覆去只会说“大概……”“也许……”“好像………”“可能……”“差不多……”“仿佛……”之类，总之是糟糕透了。要不是评委们都熟悉她，不定会得出什么评价来呢。

最后把评委们的表收上来，在《听课意见》这举足轻重的一栏里，全是空白！

后来宣布分配方案时梅琳回原单位。其实我们班多数都回原单位，很正常的事儿。临走的那晚，我打好了背包，想去跟班上的女同胞们告个别，并请她们给我签名作为“毕业留念”。

我的那本《毕业留念》册上写满了大学同学的赠言，独剩梅琳的那一页是一片空白，一直到今天，谁也不知道她在哪里，是不是在干着教书的事。后来女生们拿过我的本子，在梅琳的名字下面每人点了一个点儿，一共十六个，一个长长的省略号。

我老记得梅琳皮肤雪白，很多的地方跟我的小妹一模一样。

孙开平大姐

孙开平的年龄很不好猜，看样子有三十来岁，可登记表上是二十四岁，但女生说学生证上明明是三十六岁嘛。后来我们忍不住问孙开平。她笑吟吟地说：“我嘛，1到100之间，随便哪个数都可以。”

不过不管怎么轻松，她一笑，眼角密密的鱼尾纹就显得特别突出。很多人都对她的鱼尾纹有过议论，于是我们零零星星知道她的家庭负担很重，丈夫是半残废，她来教育学院学习是卖了一头猪并贷了一笔款才交齐学费的，平时靠卖粮或给人打一点毛线活挣得一些零花，已有一个小孩叫毛毛。孙开平常把毛毛带到班上一同上课。下课了我们就把他弄过来，用糖纸包一块橡皮逗他喊我们“爸爸”。毛毛挺乖，奶声奶气叫我们“爸爸”，倒弄得我们面面相觑，谁也不好意思答应。再见到孙开平，无端地便有一种尴尬的感觉。

同学们都说，从某种意义上讲，孙开平是我们班每一个人的贤妻良母。孙开平的针线活很潇洒。我们一有装被子、钉扣子缝缝缀缀的活儿就跑到女生楼跟前，仰头喊一声“孙开平——”不用多说，她就会自带针线、扣子什么的跟到男生宿舍，一样一样帮我们做好。有时我们牛仔裤从裤裆那儿炸成了大口子不好意思说，她也能看出来，大大方方地拿过去用线绞好。临了，习惯性地用牙从裤裆那儿咬断连线，一点也不嫌弃。

有一回，有个同学买了点毛线请孙开平织件毛衣。没出三天，女生就递过话来，让他去女生楼试毛衣。当时我吃了一惊。因为我以前听我姐姐说过，一件毛衣紧赶紧织也得一个礼拜才成。这个同学想买点东西给孙开平，却不知道送什么好。后来想既然她家庭拮据，干脆带来二十元钱。

试衣服的时候，女生这边扯扯，那边拽拽，都说合身得不得了。并用诡秘的眼光看着孙开平，弄得那个同学脸子红来脖子粗。他赶紧把二十元钱掏出来摆在桌上说是“小意思”。叽叽喳喳的女生唰地噤了声，气氛一时被“小意思”弄得挺尴尬。孙开平笑吟吟地走过来把钱收下说："这钱又不是阶级敌人的糖衣炮弹，我为什么不能要？"才使气氛又轻松快活起来。

后来，孙开平用这二十元钱买了一双皮鞋给那个同学，说："托我买的皮鞋给你买到了，试试合不合脚。"

她就是这么一位大姐。

她说："我家境窘一点，年龄大一点，那是历史的原因。但我的心和你们是一样的。想笑，想闹，想跟你们一起玩玩、谈谈，你们可别嫌弃我哟。"

我们说："说到哪里去了嘛。"

一般地说，礼拜六孙开平要么回家，要么做些活挣些零花。但只要班上有舞会，你用枪顶着她脑袋她也不走。她总显得比别人高兴，搬桌子，清场地，借彩灯，找录音机，忙得比谁都卖力。舞会开始，她总是第一个到场。其他女生很懂得一点"艺术"，有意来得迟一点，而且都经过精心修饰。描眉，打眼影，涂口红，搽"霞飞"增白粉蜜，浑身有一种淡淡的清香——我们常常在舞会后的第二天早晨，手上还留有女孩子的芳香。孙开平也努力修扮，但总也抹不平脸上的皱纹，和女生在一块有很大差别。中文班多的是浪漫小生，所以跳舞时总是对孙开平笑笑，孙开平正欲起身相迎，人家却邀请另外一个傲傲的女生旋入舞池。凭良心讲，在我们班男生中受过孙开平好处的是绝大多数，但舞会上竟这么把她晾在一边。其他女生应接不暇，香汗透体，孙开平却基本上尴尬地坐在那儿看一对对舞伴旋得脸色潮红。有一回，那个请她织毛衣的同学穿着她织的毛衣和买的皮鞋也这样做，孙开平受不住，以后开舞会就看不见她的影子了。有时听人说她正扒在舞厅窗口望呢。我们赶紧去，并没人，只见窗下有一堆垫脚用的砖头。

她深深感到她们那一代人被下一代人甩了。

有一回搞新年舞会，也是我们在一起的最后一场新年舞会。我们特别跟她说一定要来呀。她也答应来。我们约了一批男生到时注意挨个找她跳，让她跳个尽兴。

但她终于没有来。我和一个同学去女生楼邀她。走过她们寝室窗口的时候，我们看见她正弓着腰，拉着毛毛走舞步。嘴里有板有眼地哼着《友谊地久天长》的旋律……

毛毛逗得直笑。我们却看见一行眼泪顺着孙开平的脸颊淌了下来。

后来我常常一个人对着我们的毕业照发呆。在我们班一群窈窈窕窕的女生中间，我总是一眼就能看到孙开平那张有密密鱼尾纹的脸。

丁玉芹

丁玉芹个子不高，但长得非常匀称，符合"黄金分割"。所以浑身有一种城里女孩特有的潇洒。上街或郊游，其他女同胞背的包只有一只耳朵那么大，丁玉芹却挎一只女式“OK”。据我们上了年纪的古代汉语教授保守估计，那包至少可以装得下五十斤大米。

“我就喜欢阔阔大大的东西”，丁玉芹边走路边仰着小脸跟我说，“我恨那些鬼头鬼脑的玩意儿。”我本想笑，但还是端出老大哥的架子，把脸唬得跟砖头一样。丁玉芹背后悄悄地跟女同胞说我是“一本木刻的竖版的繁体字的没有注释没有标点符号的古典文学”。

没办法，丁玉芹从小就是在爸爸妈妈的蜜罐里泡大的。

早先就听好多男同学说，跟丁玉芹跳舞很愉快。她总是有一种很强的依附性，像个小妹妹那样贴着你，有时甚至还傻不拉叽地盯着你望。后来，跳舞时我就专找她，可并不像所说的那样“感觉异常”。她的胸脯离我总有一颗拳头的间隔，大腿也严肃得要命，完全符合市公安局颁布的《关于举行舞会的有关规定》。我倒觉得这个女孩子挺倔，雪似的很纯洁又有点调皮。

学校每换一期板报，她总要捧个红缎面的小本子站到黑板跟前抄诗。学校旮旮旯旯统共二十多块板报，她按顺序逐一研读。一些不成样子的小诗也能叫她激动得失态。有一回我们踢足球路过我们班办的那块板报，见她眼角挂着一颗瓜子大的眼泪，便吃惊地问她：“怎么了？怎么了？”她说：“只有你们男孩才这样悲观地看人生。明明是明月轻风流水小桥，你们为什么打上一个蓝色的‘×’？”

我们先嘻嘻地笑她——到底是女孩子嘛。笑够了又把皮球一脚蹦出去说：“因为你还小。”

丁玉芹学习很认真，很呆气。这是她爸爸妈妈对她的严格要求。一架眼镜像一本古代汉语似的终日压在她的脸上。平时我们很少做作业，老师叮得紧了就抄女生的——好像女生普遍都胆小。有时我们“公务繁忙”，就把本子“叭”地摔给丁玉芹让她代劳。她鼓鼓腮帮子，乖乖巧巧地帮我们抄好。

有时她也不无羡慕地说：“你们活的真是潇洒啊。”

我们平时在教室里喜欢抽点烟。一看到我们掏烟，丁玉芹嘴就噘起来啦。边走边推开窗户边说：“你们真不文明！”我们就笑，她一个人坐在座位上，但并不走。有时她也表现出少有的兴奋问我们：“这烟是什么味道呀？”

我们说：“甜丝丝的啦。”

“还有甜丝丝的香烟呀？”

我们说：“你尝尝就知道了嘛。”

开始她犹犹豫豫的。我们把香烟递到她跟前逗她说：“来吧来吧。别客气。”她将信将疑地接过去来了一口，一下子呛弯了腰。我们说：“你吸的方法不对嘛，像我们这样，从鼻孔里冒烟。”她咬咬牙又试了一回，结果把我们高兴得嘴都笑歪了。

但谁也没料到毕业后她申请去了牧区！

这事开始时还晓得一点。因为听辅导员说学校一直为去牧区的名额派不下去非常头疼。弄得不好要请党员同志带头。一时气氛弄得挺紧张。同学们也提心吊胆地过日子，生怕这种倒霉事落到自己头上。暗地里竞赛着搞了很多小动作。但平时在一起依然嘻嘻哈哈，谈起牧区来又轻松又自如，认为那里才有真正自由的人生。丁玉芹说："既然这样，你们怎么不去牧区？"

我们说："谁说不去啦，申请都交了嘛。"

"真的吗？"

我们哈哈地笑："难道还能是假的吗？"

丁玉芹过二十岁生日那一天，我们全班给她开生日晚会。第一个节目请"老寿星"丁玉芹讲话。她说："我嘛很快活。因为我爸爸妈妈说到了二十岁我就可以按照我自己的主意干事情了。"同学们报以热情的掌声向她祝贺。

"我给自己决定的第一件事，"她有点激动地说，"报名去牧区。"

我们一格愣，耳朵竖成了兔子的模样。

会后我们赶忙找到她说："别瞎扯，我们那是说了玩玩的！"

丁玉芹说："谁瞎扯了，我申请都交上去了，这一回我要离爸爸妈妈他们远远的。"

……

后来我收到过丁玉芹的一封信和一张彩照。依然背着那个夸张的"OK"包，背景是一望无际的草原，非常辽阔。隐隐看见她眼角有几条皱纹，干裂的嘴唇微微卷着，似乎仰着小脸惊奇地问我："香烟还有甜甜的呀？"

长腿同学

叫他长腿，自然是因为他腿长。原名张存伟。一进中文系，姓名就被革了命。开始叫他"水泥杆"，一般；后改称"长瘦"，又长又瘦，他把嘴噘得老高；女同胞给起的"大圆规"，曾经风靡一时，老远地一叫起来，笑眯眯的，软绵绵的，香喷喷的。长腿很高兴，很文雅地笑笑。"长腿"这绰号是我在大二时候给他起的。我的理由很一般，叫他长腿自然是因为他的腿长。

长腿虽然没有戴眼镜，但显得斯斯文文的。据讲他的姐姐也很好看，皮肤雪白，眉毛是青黛色的。看得出，他姐姐对长腿非常好。长腿有一面椭圆镜，那是来大学时姐姐送给他的。镜子后面有一张他姐姐的生活照，自然是美得绝伦。长腿把它高高地挂在墙上。每天对着它呆看，是长腿必修的功课。我总怀疑镜子里有什么看头，发誓要搬张凳子站上去看看。长腿笑笑，很有点不好意思。

长腿一进大学就被同学们嘻嘻哈哈地选作生活干事。但开始有不少人打过他高个头的主意。篮球队队长老是想让长腿去抓篮板球，长腿双手一摊：“篮球是方的是扁的，我还不知道。”

长腿很爱干净。这一点能把很多女生比得脸红。他的洗脚布和脸巾一样雪白，一样有一抹淡淡的香味。长腿有很多的手帕，叠得很整齐地装在衣袋里，打一个哈欠都要用手帕把嘴唇轻轻地抹上好久。如果有一点儿小小的污染，对于长腿来讲，那简直是大难临头。有一回。他有一方手帕洗好晾在绳子上，不料被风吹落，沾了一点淡淡的唾液。这可了不得了。长腿龇着牙用两根手指拈着手帕的一个角儿放到脸盆里，用水冲了足足二十分钟。换了水，再放进“海鸥”高级洗衣粉，用筷子搅了大半天，拧干，又用电热杯煮上一滚。我对他说：“一块破手帕，把它扔掉不就得了？”长腿只是笑笑，后来又补充一句：“我喜欢这样干。”

对于长腿来讲，大规模地整理卫生是他最快活的事情。他说，在家里姐姐常带他这样干。他干得特卖力。认真地指正同学们不该把袜子和衬衫泡在一个盆里；不该用脸盆当脚盆洗脚；更不该把掉在地上的肉再捡起来，看看四周无人，在汤里晃晃又送到嘴里一顿大嚼；优等的环境才能产生高洁的人，等等。不过，这样舒心的时刻在学院难得碰见一回。平时，学院到处脏得没法比喻。树叶、灰尘夹着血斑的卫生纸随风飞扬；食堂里苍蝇嗡嗡嗡嗡直打人的脸；厕所里更是常年黄货横流……除非有政府要员到达本校。全校才大动干戈。不过事过之后，一切又恢复了老样子。该放桌上的东西吊到了头顶上，水槽里剩饭、剩馒头很快堵塞了下水道，晚上一双双汗气熏天的臭脚从鞋子里拔出来就直接捅进被窝里……长腿不断地整理他自己的小环境，床上、床底下、写字桌上……同学们不断地打乱他的阵脚。长腿心里窝气，有时火气盛得不得了。我了解长腿。长腿有话一般憋在心里不说。我喜欢多事，每逢这时，我就大声疾呼：“同志们，是清醒的时候了！”但得到的响应漠然。不少人怪长腿太不潇洒，乱就乱了呗，上头再有人来检查，不就又整齐了？还有人故意把裤衩和长腿的背心缠挂在一起呢！

长腿还是那样，有苦无处说。

有一回，一个同学稀里糊涂地拿了长腿的脚布当脸巾洗脸。长腿晓得了，就叽叽咕咕地，对此举表示不能忍受。那同学暴跳如雷，责怪长腿把脚布和脸巾高高地挂在一块，从而导致他用脚布洗了脸的严重后果！那同学受够了长腿的苛刻，当下把长腿的脚布扔在地上，用脚一踩一旋！

这事后来很不愉快地弄得动起手脚来了。别看长腿长得很高，打架却不内行。他被那个同学逼到墙角，要不是同学们七手八脚地把他们拉开，那个同学手中的凳子恐怕要使长腿的头上开花了！长腿气得直抖，手在他的那面镜子上抹来抹去。

后来，本校新上任一位副院长，听说，以前是市里的环卫局局长。根据一般的规律，此公上任的拿手好戏自然从环境卫生开始。很快，校报、校刊、宣传橱窗、黑板报、广播、录像统统掀起一股环卫宣传热潮，就像从人体垃圾来判断一个人身体的状况一样，从环境垃圾可以看一个国家和民族的素质，等等。本校很快变成了市里的文明单位。这在本校历史上可是亘古未有的事。领导们乐得脸都变了形，副院长更是为自己新的政绩而扬扬自得。在环卫局那个小小的政治舞台上被打败了，想不到又能在学院重整旗鼓。复查那天，来了很多人。“路透社”消息，副院长还意味深长地特别请来了他以前的对手前来参观验收。那一天，阳光很好，较量的双方心理极其微妙。那可真叫严格！床上的被叠得要用尺去卡，厕所收拾得跟女孩的房间似的，飘着缕缕淡淡的香水味，有不少同学在检查前舍不得糟蹋了厕所，拎着裤子把大小便送到外单位的厕所去了。

复查的人一律戴着白手套，脸色特别严峻。门楣、窗棂、床角、水槽等角角落落均无可挑剔。学院领导跟在检查人员后面，不卑不亢地介绍情况。副院长不时用得意的眼光瞧瞧渐渐变得有点沮丧的对手。

当时，我们都到球场上看球去了，只有生活干事长腿在寝室迎接检查。谁也没有料到，他把不少同学藏在垫席里面的一双双臭气熏天的袜子和污迹斑斑的三角裤全翻了出来。一件一件地吊在屋子当中的绳子上，把吊扇打开。右腿架在左腿上坐在床边，吸着香烟，酷像一位等候顾客的个体户。微风习习，送来阵阵刺鼻的气味，检查团里一个患感冒的女干部招架不住，一连打了好几个喷嚏退了出去。沮丧的对手立即精神焕发，指使市报记者镁光灯一顿乱闪，一连干了十几张。

长腿则抖抖衣服站起来说，欢迎光临。

这事是我们后来听说的。当时，我们都呆啦。学院很快臭名昭著。副院长气得在办公室里来回乱走，外界一盆一盆污水很快泼到学院的校牌上；全校几千名师生的唾沫自然又吐向长腿……长腿很快成了过街老鼠，人人喊打。

开始长腿若无其事，一个人对着镜子从容不迫地看着，后来忽然对着镜子笑了起来，笑声越来越高，最后似乎有点变了形。

我们猜想他在镜子里一定看到了什么名堂。我连忙搬过一张凳子想站上去瞧瞧。长腿一劈手把镜子摘下来，一个弧旋，只见很多物体从镜子里一晃而过，“哗”的一声成了一摊玻璃碴儿。在一摊碎屑中间，他姐姐的照片姣美绝伦地笑着。

长腿的事。我后来多次讲给别人听。听的人对长腿变得有点神经兮兮一点也不奇怪，一个劲地问我关于他姐姐的事。

我说，我怎么能晓得呢？

老朱素描

初见老朱，是在火车站。教育学院的行李车刚开过来，老朱就背着大背包往汽车上蹿。他双手扒着车厢，两脚吊在半空中乱蹬。我从他屁股底下托了他一把，他就把我看作了知心朋友。他非要我抽根烟不可。他说："你这轻轻一托，把我送上了新的征程。"硬按着我的头把一支"过滤嘴"栽进我的嘴里。

晓得老朱底细的人都说他是"牺牲人民币来买苦吃"。老朱上过师范学校，后来参加汉语言文学专业自学考试，已经通过了十五门课，完全不该再来教育学院受罪。老朱则严肃地说："别过早地给我下结论。等毕业那年，你们就能发现我的这一招意义非凡。"同学们直骂他是疯子、傻子，是神经病。老朱无奈。他私下里跟我说："这实在是个没法公开的绝密嘛，我来教育学院不是为了混文凭的嘛。"

据他讲，以前上师范的时候，有个女同学爱过他，爱得深极了。差点就要"那个"了，但后来没分到一块，黄了。每每谈到这里，老朱总要沉默一阵。后来，便告诉我："实话跟你说了，我听说她这次又考到教育学院来了，我才来的。可是后来我才知道，她考的是另外一所师范学院。"

我就说："再碰吧。现在的女孩子多得撵也撵不走，何必在一棵树上吊死。"

他说："现在的女孩大大地狡猾。大学里早就该开门《恋爱技巧》课来指导男同胞俘虏女孩。"我们都笑笑，抽烟。老朱深深地叹了一口气说："路漫漫其修远兮，吾将上下而求索。"

老朱有一头很好的头发。碰到女同胞迎面过来，他总喜欢夸张地摆一摆、甩一甩，那派头嘛蛮足。据他自己说，先前他是梳成老K形的。十分之三向左，十分之七向右，眼镜一挎，很艺术儿。但后来他们班的那些女孩说那样老土，土得掉渣儿，所以他改了革。

"呶，现在这样，"他"唰"地一甩脑袋，"艺术不艺术？"

我们说："当然当然。"但老朱的头皮屑特多，上了油，更是脏得令人反胃。老朱晓得这个，但绝不脸红。很从容地吭了头，十根手指一起扒动，头皮屑便纷纷飘落。之后用梳子刮得很光，见到女同胞迎面走来，仍然夸张地摆一摆、甩一甩，两只眼睛锥子似的直往女同胞的身上锥。从老朱跟前走过的女同胞无一例外地会感到胸脯酥酥一麻。女同胞低了头，快快地走过去了，老朱的眼光便慢慢地柔起来，柔成一根情丝，被女同胞越拉越长。我们称为"不绝如缕"。

老朱得意地颠颠脚。晚上，熄灯后拼命地把话题往白天见过的女孩身上拽。一旦从别人嘴里拽出了女孩的档案，就开始给女孩写信。寄了信，老朱就天天在寝室里来回乱走。这些信一般都是肉包子砸狗。有一回，有一封信竟被一个女生贴到黑板报上的"好人好事"专栏里。老朱那几天便像只小瘟鸡，一颗头西瓜似的在肩膀上从左边滚到右边，又从右边滚到左边。有个"促狭鬼"有心让老朱彻底清醒一次，就模仿一个女孩子的口气写了封信和老朱约会，时间、地点说得有鼻子有眼。那一天老朱就有点魂不守舍，抄着两手在寝室里来回乱走，惹得楼下的小子们直骂我们是人类的败类。

晚上，老朱早早地出去了，恰巧那晚大雨倾泻。我们睡在床上，是说不尽地好笑。直到很晚，老朱才一头撞进门来，浑身精湿，却兴奋得在寝室里又是一阵乱走。我们把嘴都缩到被子里窃笑。不过事后证明：这一次我们的窃笑笑得豁边了。因为大雨成全老朱做了回男子汉，他把另一个被生活弄得失魂落魄的女同胞劝回了寝室。

这下轮到那个“促狭鬼”在寝室里乱走了。天下之大，真的“无奇不有”吗？不过这小子马上又掉转风向，硬说自己是老朱的大媒人，让他赶快买烟来犒赏大家。

老朱显然是甜蜜得要化成水了，吹着口哨搽头油成了他每天的功课。一切收拾停当，就坐下来开始给女孩写情书——因为女孩要求他每天约会开始，必须向她读一份情书作为开幕式。

我们在惊呼这种浪漫生活的同时，不能不对我们的爱情观进行严肃的反思。

他们爱得发疯、发狂、发癫、发痴。也弄不清那女孩用了什么妖术。老朱很快成了她俯首帖耳的俘虏，日子过得面目全非。老朱每天要到深夜才回来，第二天再重要的课也一律免修，拱在被窝里呼呼大睡。同学们称他上的是“恋爱系”——昼伏夜出。当时教育学院风声很紧，连续几次贴出告示，男女生禁止串门，并把《大学生守则》八条修订为九条，添上“严禁在学习期间恋爱，结婚，生小孩”。

当时有个知道底细的朋友对我说：这事让老朱小心点。知道那女孩是谁吗？院办主任的花儿。为了能毕业留校，她同院办主任已处得如火如荼。而且听人讲，有人想抓住这条尾巴搞掉院办主任，院办主任正急得溜溜转呢。让老朱冷静点，别当替死鬼。

老朱没听完就跳了起来，我不管我不管。他爱谁就跟谁，他天大的官，老子也不在乎！

没办法。最昏庸者往往就是热恋者。

有一天晚上，外面月亮很好。老朱破例没有出去找女孩，坐在那儿发愣。当时我正在刮胡子，我悄悄地问他怎么了。他说坏了，出了事了，那女孩的肚子大了。我惊得一下子跳出去好远。他嘟囔着说：“这事不知谁捅到学院去了，女孩都吓坏了。有一点我把你当知心朋友才告诉你，这事太蹊跷！”

我不由自主地哆嗦起来。按我所受过的教育，我还没有切实地经历这样大的事。刀片把我的手划了不知多少条口子，鲜血满手。我大叫：“这不可能，这绝不可能！你应当挺出来把真相揭露清楚！”

老朱抱住我，说：“这种事情能说清楚？我只感到有人在背后把我往坑里推。我拼命想挣脱出来，可我感到孤立无援！”

我被吓蒙了，只是一个劲地说：“这可怎么得了，这可怎么得了！”

老朱慢慢地平静下来，他转着桌上一张那女孩笑眯眯的相片说：“既然能到世上来做一回男人，就得为女孩担待起一切责任！人，最重要的不就是有一颗高贵的头？！”

不久学校贴出告示，勒令老朱退学。

……

我们毕业那年，全班同学写信向老朱告别，告诉他我们在各地的工作单位，并顺便提到因为老朱揽了全部的干系，女孩一点也没受损失，活得快快活活的。至于女孩分配留在附师的事，我们觉得这里面本身很复杂，所以没有说。

后来，我们收到过老朱来的一封信，写得挺简单。只说当初我们一块扒一辆汽车去教育学院，想不到落得这么个结局，这一生大概再没进大学的机会了，很惭愧。不过他在这两年里也没白过，除了教教书，业余时间继续自学，已经考完了自学考试的最后三门课，转眼就能拿到本科文凭，在这一点上，我和你们是一样的，对不对？

我们中文系有那么多才子，谁也不晓得怎么给老朱回信。

女生沈雪

沈雪是中文系最黑的女生。她一进班里，明亮的教室似乎会“轰”的一下暗淡下来。她的照片很多都是模糊的一片。有经验的同学讲，此乃皮肤反光效果不佳，引起曝光不充分所致。据考，沈雪的母亲也是黑得当地闻名。照生物系的小子解释，黑皮的遗传能力特顽强，因此可以推断，以后沈雪生小孩子一定比墨汁还要黑。这可把中文系的奶油小生们吓了一溜跟头，大家都是深谙近墨者黑的要义的，所以平常和沈雪相处，总是非常的谨小慎微，路上与沈雪碰面，便将头从肩膀上往右边拗过去、拗过去，目光深深地射向远方。不过沈雪似乎一贯地不在乎，依然哼着歌子，大方地递给男同胞一个黑黝黝的笑。

当然一个女孩被父母弄成一个黑皮，可不是一件喜事。开始沈雪也用过不少黑皮世界的“克星”：大宝增白粉蜜、凤凰胎盘膏、上海庄臣出的洗面奶……牌子都是顶呱呱的。可镜子里依然是一张光泽黯淡的脸朝沈雪眨眼睛。沈雪叹一口气，抓起镜子就从窗口撂到楼下的草坪上。不过第二天沈雪就有点后悔了，作为补偿，沈雪买了一双雪白的高跟鞋穿上。黑皮的全身就这么一处白色，沈雪觉得，白色果然让人十倍的精神。

因此，平时看沈雪，小日子过得还是蛮快活的。沈雪的床上有一个彩色布块拼的洋娃娃，大小和一个真的小毛头差不多。他的眼睛和嘴巴是半自动的。高兴的时候，沈雪就给他装上一副眯眯着的小眼睛和咧着笑的大嘴巴；心里不自在了，沈雪给他换上一副嘟着的嘴唇和斜乜的双眸。不过，多数时候那洋娃娃是笑眯眯地躺在沈雪的枕头上。有时还戴上一顶红色的贝雷帽。沈雪睡觉，无论中午还是晚上，都要搂着他进入梦乡，被女同胞誉为“恋子情结”的活标本。

不过，沈雪的有名主要是她有副好脑子。一篇《离骚》，别人边翻《辞海》边咬着牙啃一个礼拜，照着课本念还磕磕绊绊。沈雪只用三天，游戏似的，就能把三百七十三句佶屈聱牙的楚方言背得滚瓜烂熟。即使数学系的“π”，她也能脱口背出一百六十位，后来看过电视表演，她一眼就能找出规律，于是 π 值在五百位之内，随便你点哪一位数，沈雪立即告诉你这位数是几，令人咋舌。不过沈雪对这么好用的脑子似乎无所谓得很。除了完成老师规定的作业，课余时间，沈雪绝不去碰课本。常常独立坐在她那收拾得极其素洁的床单上，想着法儿把洋娃娃打扮得新鲜又滑稽。有时她会歪过头对天天拱在课本里用功的女同胞说：“女孩子太要强，当心日后没有先生敢和你同床共枕啊。”

闲时沈雪会下围棋，会打桥牌，还会打一手好网球。若是有舞会，可就成了沈雪的天下。布鲁斯、伦巴、探戈、华尔兹、恰恰、吉特巴……拎得起，放得下。舞会开始，很多国色天香的女生傲傲地坐在舞池边上等男士来邀。沈雪却在乐曲一起，主动邀请男士旋入舞池。沈雪晓得自己相貌不吸引男士，与其最后被挑剩下还不如豁出脸皮攀男士的肩膀。偏腿，旋转，加花，把中文系的男士们个个累得满头热汗，一致称沈雪是“黑旋风”，被“黑旋风”卷过一遭的舞伴交谈起来，咻咻叹息说：“前不见古人兮，后不见来者也。”所以沈雪在舞场上总是占尽风光。会跳的来找她过舞瘾，不会跳的来拜她为师，沈雪一概地不拒绝任何人。沈雪内心自卑惯了，别人来找她，她总有点受宠若惊。有的男同胞喝足了酒，或者叼根烟儿，完全是来舞场胡闹的，沈雪一样地跳得认真。有女同胞就怪沈雪“太贱”，丢掉了女性本来就少得可怜的一点点自尊和骄傲。沈雪则晕红着脸说：“女性来到人间，就是为了让烦躁不安的男孩子平静如水的。”倒显得其他女生太小家子气了。所以一场舞会下来，沈雪一双雪白的皮鞋总是被踩得乌黑不堪，小脸却累得有点苍白。

不过，热闹总是瞬间就过去了。沈雪舞场上舞伴如云。舞场外却显得有点孤寂。有一回去饭厅买饭，竟被几个狗熊似的小子挤了个大跟头，饭碗叽里咣啷地摔出去一丈多远。中文系的男生见状，哄上去就要打架。几个横小子把胳膊抱在胸前，说：“真对她有意思的就站出来帮她把碗拾起来，我趴下给你做孙子！”当时竟没有一个人大胆地站出来。有人就愤愤地说：“他妈妈的，像沈雪这样绝好心肠的女孩子在当今世界戴着眼镜也难找。中国的男子汉都死光了吗？”当然也只一时愤慨说说而已。以后在路上碰到沈雪，依然一本正经地使头在肩膀上向右边拗过去，拗过去。沈雪一如既往，很谦卑地递出去一个黑黝黝的笑。

所以沈雪虽然正值青春年华，却一直没有爱情故事，平时只能在书中欣赏别人爱人或被人所爱。沈雪读过大量的爱情小说，《费得里哥的故事》《星期三的紫罗兰》，武者小路实笃的《初恋》都曾使她泪流满面。看得累了，便一个人抱着洋布娃娃倚在被子上想心思。同室的女同胞一个一个地跌进了爱河，年轻轻就饱尝了被男孩子抚爱的滋味，晚上熄灯后的“卧谈会”多数内容是谈自己的那个“他”的故事，个个谈得脸红心跳，睡在被子里炽热难熬。沈雪在灭了灯的暗夜里愣愣地抱着洋布娃娃，两行眼泪无声地从眼角挂下来，挂下来，打湿了软软的枕头。

不过第二天醒来，沈雪依然是那股风采，上课，参加社会团体活动，郊游，生日派对……有时也陪着已谈了恋爱的女生去男生楼玩玩——当然，沈雪和男同胞处得也是蛮好的。恋人相会了，相携着下楼去了，沈雪就留在男生楼，掏出她尽有的瓜子、蜜饯、加应子……引得男同胞一抢而空，吃着，聊着，沈雪倍觉男性世界的奇异。有时也有尖嘴的小子开玩笑："沈雪，我们可声明在先，我们可都是有了女朋友的人了噢。"沈雪则歪着头亦半真半假地说："塑造一个真正的男子汉，光靠一个女朋友就够了吗？"

如果有男生到女生楼玩，沈雪便忙得不得了。找凳子，倒茶，买点香烟来让男生抽。其实人家是来找女朋友约会的。女朋友就坐在旁边，傲傲地织着毛衣。沈雪看不得男生被女友这么冷落，甘愿做他们的"电灯泡"。等火候差不多了，一对恋人亲热地散步去了，沈雪便空落落地发一会儿愣，然后打扫果壳，倒掉烟缸，整理被弄皱了的床铺，像他们小两口的保姆似的。如此这般，每次走出女生楼，男同胞们无一例外地都要向女朋友极力夸赞沈雪，半真半假地让女朋友向沈雪学习待人的风范，直说得女朋友醋意大发。等下回男生再来，沈雪刚买回香烟。女朋友便攀上男友的肩膀说："沈雪，香烟还是留着给你男朋友抽吧。至于这位，由我负责，用不着别人费心思！"说完噔噔噔地相携着下楼而去。

叫沈雪怎么说呢？

沈雪终于彻底地脆弱了一回，伤心得谁也劝不住。女同胞一方面纷纷谴责那小姑娘太没有教养，另一方面怕沈雪图省事从四楼跳下去。沈雪说："你们放心，我还贱不到那份上，为这点小事否定我美丽的一切。"说完，把脸擦净，厚厚地搽了一层"大宝增白粉蜜"。

在场的女生无不觉得自己几年大学活得有点单调和苍白无力。

说起来毕业后和沈雪分别亦有好几年了。听讲她已结婚，有一个小孩，却白得像雪。

刘夏

刘夏：男。民族：汉。年龄：二十二。家庭出身：贫农。政治面貌：团员。

一九七四年以前，玩童；一九七四年以后，读书。

一九八八年九月考入大学，入学成绩中等。

刘夏五官端正。低档西服配牛仔裤，有时洗得很勤快，有时一个月难得洗一次，脚上一双老K皮鞋年近古稀。同学们亲昵地叫他"老夏"，女生也这么叫。"老夏，排球来了！”“嘭！”排球正掉在老夏头上。“对不起噢，老夏！”甜甜的，香喷喷的，老夏总有点受宠若惊。

刘夏在班上是平头百姓。去饭厅吃饭一步三晃，有时也暗暗使劲，跑得飞快。刘夏吃饭的茶缸子特大、特深，连我们的古汉语教授也大为惊叹，说保守估计，其舀一缸水能浇二亩地。刘夏吃起饭来很吼，一头拱在缸子里，直吃得满头大汗才把头从缸子里拔出来，喘一口气，再吃，被同学们戏谑为“饿死鬼”转世投胎。但他学习努力，上课认真听讲，考试不偷看。第一学期末，被同学们嘻嘻哈哈地推选为“三好学生”，得塑料笔记本一册。刘夏用它做了“流水账本”，记录每天钱和饭菜票的开销。

因此，刘夏觉得自己应该有点“三好学生”的风度。劳动，出操，开会，植树造林都起带头作用。课余看些武打、侦探小说，对言情内容直接睨之。有时也打打扑克，输了，把搭档抱怨得满脸通红，要死不活；赢了，高兴得又喊又叫，用脸盆当锣敲。晚上熄灯后参加“恋爱·婚姻·计划生育”专题讨论。刘夏点到为止，一般不说流氓话。

一九八九年四月，任班级体育委员，篮球十分出色，独创“加马溜”带球过人，在学校无人能敌。他的球队作风强悍，且以最能吃苦著名，号称中文系的“刘家军”。一九八九年“五一”节，刘夏率球队“出访”学院外语系，以143比43大获全胜。

同年“七一”节，班上很多同学向党组织递交申请书。刘夏想了想，也写了一份交给党组织。

这以后，刘夏处处以党员的标准严格要求自己，认真贯彻执行《大学生守则》，不打人，不骂人，不乱谈恋爱。遇到同学生病，他主动带同学看医生，回来在寝室偷着用电炉帮助熬中药，曾被评为“五讲四美三热爱”标兵。

一九九〇年九月，刘夏在班委选举中以一票之差落选。

刘夏没有气馁。更加刻苦学习，成绩有大幅提高。当时班里有人写小说拿稿费，刘夏看看挺实惠，便开始爱好文学，偷着搞些创作。

一九九〇年十一月，因年龄关系退出团组织。

刘夏平时艰苦朴素，思想纯洁，努力带动后进生，一九九〇年底，学院学生拒绝去食堂进餐，全涌到学院旁边的一家小餐馆里去了，抗议食堂克扣学生伙食。刘夏写信征求家长意见，被爸爸劈头盖脸训了一通。刘夏想了想，没有参加，每天孤单地缩着头，把缸子夹在腋下偷偷去食堂进餐。后来根据切身体会写了一篇随感《我们都是读书人》在校广播上播出，针对一些有享乐倾向的同学提出善意劝慰，被同学们骂成学院走狗。

刘夏笑笑。刘夏说：这很正常。

一九九一年五四，“路透社”消息，学院党委准备讨论刘夏组织问题。刘夏很高兴，被同学们榨了一回香烟。

后来，学院领导忽然接到上级机关转回的一份关于学院种种问题的揭发材料，署名：刘夏。

刘夏脸色骤变，说："不是我，绝不是我。"

他气得嘴里白沫直喷。他拉着我的手，受了极大的委屈般地骂："太卑鄙，太卑鄙呀！"

刘夏于一九九一年七月从大学毕业。他送给我们每人一张照片留念。照片上他拎着一个水瓶，拿着两个碗正朝饭厅走。我们这些学生出身的一下子看到了自己在学校里度过的一千多个日日夜夜。酸甜苦辣咸，一言难尽。

刘夏同年九月被分配到皖东的蚂蚁湾中学任教，离老家近千里。

至今。

（原载安徽《清明》、吉林《小说报》、山西《作文周刊》、安徽《蚌埠教育学院》等报刊）

/毕业留念/

那一年，我高考落榜。我想这肯定是弄错了。爸爸说："该怎么还是怎么的吧，你高中生了。"

我捏着鼻子，去二十五中找到老康。康宝林在初中和我是多头之交，他听说我落了榜，非常高兴，用拳头狠狠地砸在我瘦巴巴的肩膀上说："哈哈，都落榜了才叫人过瘾呢！"然后：用力把我的衣领揪成一撮，拖着我去找韩奶奶。韩奶奶是韩主任的妈妈，老太太啦。韩主任是老康他们的语文老师，又是教务主任。瘦高个，刀条脸，说话一点也不幽默。没有人不怕他。所以求他办事的人都从韩奶奶那儿凿眼儿。韩奶奶是个好人，一点不吹牛皮，那真是个好人。她的一句话能叫你由黑变红，由土匪变成主席。老康有个同学，因为和一个女生早恋，暗地里玩出了漏子，韩主任主张学校报请县教育局开除他。韩奶奶把脸一丢，事就走样儿啦。结果这孩子后来上了上海复旦。是真的嘛，一点也不吹牛嘛。走的那一天，这孩子特地赶来，当着很多人的面给韩奶奶磕了三个响头呢。

老康拖着我走进韩主任家里。韩奶奶正戴着老花镜削土豆。我扯着嗓子叫了声"奶奶"。老康指着我的鼻子告诉他说："他叫宋立恒，落榜生。"我像十六岁的少女第一次被男孩子摸着了手一样羞得小脸刷红。

老康添油加醋地把我的事跟她说了，我听着我自己一条一条失败的故事，沮丧得一塌糊涂。用袖子拖了拖脑门上的细汗。她慈祥地笑笑说："你既然想来插班，就要规规矩矩的，学习得赶得过陈涛才行。"

那时我还不认识陈涛。从韩奶奶那儿出来，天正下着雨，是那种能弄湿你头发却又不易察觉的雨。老康说要带我到留园走一走。留园是二十五中后面的一个小公园，有水池，有假山，有草坪，还有一棵旗杆！先前有很多树，树下面蹲着不少石凳。后来因为老是有社会上的年轻人坐到石凳上搞恋爱，快把学生都带坏了，学校就一咬牙，嘁里咔嚓地把树砍了，仅留了两棵笔直的泡桐站在那儿。这两棵泡桐就是那个上了复旦的学生栽在这儿的，学校舍不得铲了，挂了块白牌在两棵树中间，白牌上写着"毕业留念"四个红字。

这个园在慢慢地被废弃，往日里十分清寂，草坪上的草长得像小青年的头发一样疯狂。

老康说："因为日后我们经常要到那儿去玩，所以我要带你龟孙去参一下观。"

我不高兴地用手捏住鼻子，我想我那具有良好教养的爸爸妈妈听了这话一定是不高兴的。老康没有注意我，用拳头捅了捅我的腰眼，下巴壳子往前一翘，说："瞧，陈涛，龟孙子。"我当时也没太注意，只记得他的脸很白，似乎戴着一副白边眼镜，正打着一把雨伞。边走边翻着一本什么书。

就这样，我像个次品似的被退到二十五中回炉处理。

一正式上课，像马儿上了嚼子，整天弄得像个窃贼，看人时眼光像有什么阴谋，偶尔地笑两声，笑得又特别怪，赛似鸭子。老康见我学得那么认真，便挖苦说："你龟孙子别穷烧包了好不好？明天把北大的通知书递到你手上，你要不？"我差点儿说出"要"字，最终只是尴尬地笑了笑。

老康伸出手把我的领子揪成一小撮，让我跟他们到留园去练拳。我说我不能练拳。我不像你们一个个长得像铁塔，阔嘴巴，连脖领都比我的腰粗。瞧我这身板儿，螳螂似的。

老康连连摆头："No，No，你No懂的。螳螂腰练螳螂拳，Very good，Very good！"

停了停见我没吱声，他又说："假如有一天晚上，你和老婆去轧马路，有几个小流氓要亲她的嘴，你怎么办？"

我说："不会有那样的事情的。"

老康他们笑了起来，一个个嘴巴子咧到了耳巴子那儿："这个你还嫩得很！"他们用手很流氓地衬了衬我下身羞处。老康又把手从下面移到上面，摸摸我的鼻尖，一甩手，把我的《高考复习指南》夺过去："别他妈龟孙子的假装认真喽。"

我没有办法。我当时只觉得"恼"不得老康他们，只好跟他们到留园去，很滑稽地跟他们学站桩，学马步，学鲤鱼打挺。深夜回到宿舍，一个人悄悄地拱着被窝，打着电筒把落下的作业写上。

每回练完拳，我们都要仰八叉儿瘫在草地上说会儿话。老康让"长颈鹿"到留园四处转转，看有没有人在搞恋爱。长颈鹿每回总是令人灰心地说："他个龟孙子，半个搞恋爱的也没有。"老康说："我操他龟孙子的都在认真学习，就我们垮了。"大家莫名其妙地有点怅然。老康停了一会儿说："算了算了，我们玩我们的。来，先说说我班哪个长得最好看。"

长颈鹿"骨碌"咽了下口水说："当然苏宁嘛！"

老康鄙夷地说："唏——你可知道她不是'完璧'了嘛！"

一直到现在，我也没弄清，康宝林他们那时候对男女间的事怎么懂得那么多。在我的记忆里，老师在课堂上是丁点儿也没教过这些。而他们还都二十岁没到。

"明天你上课不要老盯着课本看就是啰！"老康往回走的时候对我说。

那一堂课一开始就显得很乱。后面几个老留生低低的说话声如来自地狱般嗡嗡隆隆作响，好几个女生回过头，眨着美丽的大眼睛不解地望着这群同窗。老康神经似的大声说：“我们班有个女生在等待那啥人，请各位同窗密切注意。”

女生被这一说，都埋了头不吭声，都怕污水泼到自己清清白白女孩的身上。只有苏宁高高地把头昂着，一副不屑在乎的姿态。苏宁是服装厂职工子弟学校转过来的，像个大姑娘了，头发高高地盘成当时流行的式样，穿的全是好衣服。当时在班上，龟孙子吹牛，那真是最好看的。

这时恰巧陈涛夹着一本书急匆匆地从讲台上穿过，我想他当然不知道是怎么回事。班上已笑成一锅开水，女同学也埋着头在桌子底下递着羞怯怯的眼神。老康兴奋着打了一个尖锐的口哨。

我估计韩主任是听到了那一声口哨的，但他吃不准是谁，他只好假装没有听见，他晓得没把握的事最好别问。这正如苏宁面对这宗事情，她完全可以去报告老师，但我晓得她是不会去的，宁愿自己受点委屈。

老实承认那节课我没认真听讲。我发现老康说得不错，整整一节课，韩主任的目光蝴蝶似的从这个女生身上飞到那个女生身上，讲一段落换一个女生。每个女生的脸颊上、肩上、胸脯上都密密麻麻地停满了韩主任的目光，最后那目光落在苏宁身上，更如蝶恋花似的翕动翅膀，久久不愿离去。我已经说过，苏宁在我们班美得绝伦。至于学习，虽然其他科很差，但语文龟孙子吹牛，在班上回回第一。有不少人说，嘿嘿，这成绩恐怕来路不正哇。

老康在下面和几个大个子频繁活动，用手指打成数字核对他们统计得来的韩主任看着苏宁笑的次数。最后老康竟兴奋得滋溜滋溜地笑出了声。

韩主任慢慢地踱到老康跟前，不阴不阳地说：“是，成绩赛过陈涛了，应该笑一笑。”

我想老康这家伙脸皮确实厚到一定境界了，听了这刀剐般的挖苦，他照样笑，两排牙齿白闪闪地像铝制拉链。

韩主任转过身，边往台上走过边说：“我看今年你恐怕是不行了。我想把你开除回家，明年再来考重点大学。”

说完他端着教科书就走了。男生轰地一下把老康围得贼死，都说老韩说出来就做得出来，老康你这回可是玩蚂蚱把大腿玩掉了。女生们一个也没有幸灾乐祸，反显出无限的同情，忧心忡忡地看着康宝林。我从那时候就开始反复地想一个问题，男孩子为什么总是那么心硬，而女孩子真是水做的骨肉，天性心软？

最后还是陈涛走过来推推眼镜，很真诚地说：“康宝林，还是找韩奶奶去求个退路吧！”

老康“乒”地一脚踹翻了前面的桌子，扯着嗓子喊道：“滚你陈涛的蛋！”

我想老康是错怪了陈涛。他虽被当成镜子照亮了康宝林身上的黑疤，可……怎么说呢？把话扯回来讲，你老康到底还是去找了韩奶奶嘛。

有一天练完拳，老康他们先走了，让我帮助他们把衣服收回去。我把一件一件像狗皮一样扔在地上的衣服拢在一起正要抱走，陈涛拖着瘦长的影子走到我眼前，双脚踩在我地上影子的脑袋上。他一定是嗅到了我怀里衣服上的汗酸味，抽了抽鼻子，望着我的脸说："宋立恒，你不该像他们。"

我当时脑子一片空白地站在那儿，心里很难过。我心里难过的时候不是很多的，但那一天，心里是真的很难过。

不管怎么说，也就是从那一天起，我说什么也不去留园了。老康先是显得很难过，他说你已有了这么好的武术底子，不坚持下去会荒了。我说荒了就荒了。现在证明我那时真是受了上帝暗中的点拨。要不，现在的景况恐怕完全是另外一番样子了。

老康见我决心是铁定了的，也无所谓了。他说："说实话我也挺羡慕陈涛的。都是从妈妈身上掉下来的肉，都是妈妈一口奶一口奶喂大的，谁没个羞耻心？可就不知道这龟孙子的学习如何这般的好？"

如果我没记错，这是我听到的康宝林仅有的一句像个高中生的话。

长颈鹿把头皮屑抓得纷纷扬扬地说："天生的，娘老子生得好呗。"

我反对他说："那主要是陈涛心地干净，除了学习，别无杂念。"

"？！"老康粗鲁地用手掌劈断我的话，"越是干净，越容易受到侵略！"

我用手捏住鼻子，嘴躲在掌心里窃窃地笑。我想把"侵略"换个更精当些的词儿。想想老康连个词都用不准，还假充哲人似的讲有哲理的话！嘴在掌心里笑得更加起劲。

我晓得老康最容不得这样。果然，他抱着胳膊抵到我的鼻尖前面。问我："不信？"

我没说话，我想我要赢到老康，我最好一个字不说。

老康抱着胳膊晃了两圈，手摸着下巴上的胡子仍在想着什么。突然他独自地笑起来。

我下面要说的那个玩笑就是这样引起来的。我保证那真是为了玩一玩。

当时我们几个人七嘴八舌地讲定了由老康仿苏宁的语气和字迹压一封信在陈涛书里，约他礼拜六晚上在留园见面，再依样用陈涛的语气和笔迹压一封信在苏宁书里。相信苏宁这方不会有问题，她对陈涛羡慕得要死。假若老康是对的，那么，陈涛一定会来。我就得输掉爸爸刚给我的汇款二十元，那是寄来给我看脑神经衰弱的钱，二十元。

从留园往回走的路上，我们高兴地不断用拳头把老康的肩膀砸得下塌。快走出留园的时候，他关照我们说："万一事情败露了学校要查，你们得替我做证那完全是个玩笑，玩玩的。"

我们说："得了得了，本来就是一个玩笑嘛，玩过撂过嘛。"

第二天，刚下晚自修，老康鬼鬼祟祟地凑上来用手套着我的耳朵说："事情我办了，宋立恒，等着把二十元钱拿出来吧。"

我已经把这事给忘了，不解地望着他。他从口袋里掏出两张苏宁的照片说："龟孙子才骗你，瞧这个……”他把我拽到厕所跟前的路灯下，把两张照片摊在手掌上，让我看。这个我相信，因为我似乎听谁说过，苏宁天天晚上自习课一个人留在教室里记日记，日记本里常夹张照片当书签。可女孩子照片是随便拿得的？

“这有什么嘛，见她好看，一喜欢就拿了呗。给你一张怎么样？”

我高兴地说：“这回看到底谁是对的。”

回回礼拜六我们学校要放电影。不知学校是从什么地方逛回来的破机器，一到周末就搬到操场上摆开架势乱放一通。那一天“长颈鹿”下午只上了一节生物课就开溜了。我想他一定和我一样把这事给忘了。后来片子快要放完了，我就被老康连拖带拽地从人丛里弄出来。

一走出人圈子，老康就高兴地说：“宋立恒，拿二十元钱，你输了。”

“什么输了？”

他打了一个榧子说：“我才从留园出来的，见到陈涛和苏宁了，嘻嘻……嘻嘻……”说完就动手来掏我的钱。

“干什么干什么，一个人就说了算啦？”我说。

我现在才晓得，我那时候不是心疼那二十元钱，绝不是，在我的潜意识里，那时候就有了深深的忧虑。

从那天起，我着意观察陈涛和苏宁的两张脸色，结果我什么也没有得到。这挺奇怪，都说初恋如毒蛇猛兽不可抵挡，为什么被他们遮得那么天衣无缝？康宝林认为主要原因是主角是陈涛，我则越想越糊涂。

再到周末，我和老康两个早早地埋伏在留园里。那天晚上，月亮很亮，像一块大手表。我们像两张皮紧紧贴在离两棵泡桐不远的草坪上。夏天的草坪像小青年的头发似的长得非常疯狂。蟋蟀们唱着细碎的恋歌，星星像戴着小眼镜，迷惑不解地望着我们。我的腰眼在一刹那间被老康狠狠地戳了一下。我一口把从喉咙里往外嘣的声音咬死在牙齿上。

事情的发展似乎很自然。先是一个白影子很有弹性地停在“毕业留念”的白牌下面，微风把一阵又一阵淡淡的馨香送到我们的鼻子里。我肯定这是苏宁。她那条白裙子我们老见到晒在女生楼阳台上的竹竿上。后来又是一个瘦长影子夹着一本书晃了过来，两片眼镜在月光下一闪一闪，这当然是陈涛。

我的气慢慢地粗起来。老康又戳了戳我的腰眼。苏宁向陈涛走近了一步，两手绕住他的脖子，并踮起脚步。我低头猜想她一定是闭了眼睛的。如果月亮有太阳那么亮，一定能看到她的睫毛，而且做这事她一定很在行。我觉得陈涛没有替我挣赢这口气，二十元钱要喂猫了。

我相信这是陈涛第一回吻苏宁，初吻。

我无端地对苏宁恨得要死。当时就把口袋里她那张老康给我的照片撕烂了，埋在一棵蒿草的根下面。我想陈涛学坏了完全是她的缘故。从服装厂子弟学校来的女生对搞恋爱的事都在行得不得了。

“陈涛这下子完了！”老康望着他们离去的背影对我说。

“去你妈龟孙子老康，总说得这么阴森森的像见了鬼，什么完呀完的？！”

“这事我懂，一上手想脱也脱不掉的。”

尽管老康这人粗鲁不堪，对于这事，我想他说的也许是对的。因为有时老康简单得什么也没有，有时候又复杂得没法说。

不久以后期末大考来临了，留园那儿颇为热闹了一阵。好多学生一大早就兔子样地钻到那里去复习，直到夜深了还有人在里面捧着书叽叽咕咕地转来转去。

那一天黄昏，油黄的夕阳正沉重地向山脊压下去。在留园自习的不少人都往回走了，老康他们也从泡桐树那儿经过。当时苏宁正独自一人坐在那儿啃着一块面包看书，见到老康他们她脸还羞红了，臊得夕阳“扑通”一声掉了下去，溅起一天的血红的胭脂。老康把书揣到牛仔裤后面的口袋里，抱着胳膊从她身边晃过去，偏过头旁若无人地说：“用得着这么刻苦呀？”苏宁没有睬他。我一直不知道苏宁对她的这位男同窗是什么态度，总之那天她没理他。好像脸还红了一下。老康就更大声地说：“到时候就有高分送来了嘛，啊？”

几个男生中“扑辘辘”腾起一阵浪笑。

不料苏宁在他们身后把书“唰”地掼在石凳上，用变了调的喉咙喊：“康宝林，你站住！”

康宝林的笑“骨碌”一声咽到了肚子里。他回过头眯起一只傲慢的眼望着她。

“你敢把话再说一遍，你才是真男人！”

康宝林这才走回来：“我说你语文成绩那么好，肯定有我们不知道的肮脏的秘密，怎么啦？”旁边的男生又开心地笑起来。谁知那苏宁走到康宝林的眼前，一巴掌甩在康宝林的耳巴子上，把那一阵笑声全打哑了。

康宝林完全被弄蒙了，其他人也蒙了。大家思想上都毫无准备。不是为康宝林挨了耳刮子，而是为了——苏宁竟出手打人？

你看这事闹的！这事依我看应该报告给老师处理，不知苏宁为什么没有那样做。

苏宁打了康宝林的耳巴子以后并没有走——在这一点上我想苏宁该算得上条女汉子！她转身伏在石凳上哭了，哭得身体打战。我第一次看见美丽的女孩子哭起来依然美丽动人。

关于这事后来我们弄清楚了，我觉得苏宁哭得有理。因为我听陈涛说，苏宁其他科成绩固然是劣等，但语文成绩绝不是用身体换来的。她把别人花在八门科上的功夫用在一门科上，成绩自然要好。至于她为什么这么严重偏科，这就不晓得了。

我后来常把这事讲给我大学里的同学听。他们说，一个女孩子，不容易。

当时老康也算得上一条男子汉。他揉揉被打麻了的半边脸颊，说：“以后你和陈涛散了这事就算了，我康宝林认触霉头。不散，这账我要记在陈涛头上！”

然后他沿着两棵树转了两圈，踮起脚尖，从腰上掏出一把工丝攮子，在两棵树上各划了一个大麻叉，两棵泡桐立刻淌下丰满的“眼泪”。至于老康为什么要划两个“×”，为什么要转两圈后才划，这对于我们一直是一个谜。我以后的那些才华横溢的中文系的同窗们也说：莫名其妙！

我跟老康闹翻是后来的事。

那时高考快要开始了。好像那年夏天特别热，家家电扇整天都在痛苦地摇着头，我便晓得了痛苦的夏天真正来了，那种落榜的羞耻像胡汉三一样又回来了，我便认真起来。可老康他们想组织一个“皮带帮”与街上的“龙纹帮”对抗。我磨了一把刀子，说如果你再来搅扰我，我就用攮子攮掉你的命。他说：我耐心等着，等你高考以后看结果。考不上，你走你的道；如果要考上去嘛，嘿嘿……他用力一抖，直听得“唰”的一声，他手里的皮带削下一段胳膊粗的树枝。这样，我们的多头之交就算结束了，只是偶尔地在一块玩一玩。那是一个闷热的夏天。

那是个倒霉的夏天。那个夏天霉头特别多。韩奶奶不明不白地就死了。谁也说不清是何等原因。不少学生忘不了老太太的恩德，从伙食费里扣了钱自发地买了黑纱和白花戴上。我记得老康不知从哪儿买了个大花圈，中间的那个“奠”字特别显眼，书法功夫十分老到。从韩奶奶家里出来的时候，他低低地对我说：“一个人活到这份上值了！”

韩奶奶出殡那一天，陈涛和老康都哭了，按说情绪差得很。但陈涛一定要约康宝林晚上到留园去算账。至于陈涛为什么等了这么长的时间才和老康动手，我实在说不清——说不清的事就让它说不清吧。

这事我是晓得的。开始老康说韩奶奶刚刚出殡我们就这样，是不是对不起她老人家？陈涛听了这话有半天没吭声，在我的记忆里是取消了这次斗架的。但不知后来怎么又勾连上了。到了晚上，陈涛和老康终于在留园见面了。

我当时算不上是哪一派的，完全是为了看热闹。陈涛由苏宁陪着，老康后面也跟着好几个“皮带帮”给他助威。我只是为了看看热闹，我当时说不上是哪一派的。

这事当时要是被老师知道就好了，可是龟孙子才去告诉老师！而且哪个老师晚上没事到这荒寂的鬼地方来呢？

那天老康特别自信。他斜乜了一眼瘦叽叽的陈涛说：“哥哥我是练过三拳两脚的，念你单薄如蚂蚱，先让你三拳，三拳以后我可就不客气了！”

我想那天陈涛一定是被鬼迷住了。他把衣服脱下来让苏宁抱着。苏宁怕陈涛输，很紧张，抱衣服的手直抖。“长颈鹿”他们把胳膊抱在胸前等着看笑话，等着看老康怎样把陈涛像掐蚂蚱似的捏个半死。我当时算不上是哪一派的，完全是为了看热闹。

我想那天陈涛一定是被鬼迷住了，结果完全弄错了。陈涛上去一拳就把康宝林打仰在地上，永远没有起来。

后来到大学里学了点哲学，我才慢慢弄清了，老康的死完全是因为他练了螳螂拳；而陈涛赢了，也完全是因为没有练过螳螂拳。

那年夏天，我考上了南方一所大学。我想这回同样弄错了。我很多起眼的或不起眼的同学都上了南方或是北方的许多大学。而陈涛，这个远远跑在我们前面的优等生当晚就被警察带走了。

昨天在镇上我碰到了“长颈鹿”。他现在在服装厂大门口摆了个肉案子卖肉。他掏烟给我时我看见烟盒上苏宁的照片一闪。他冲我笑笑。当时老师晓得了陈涛和苏宁的事，便要开除苏宁——那晚上消息还没宣布，苏宁就很自觉地离校了。走的时候，她向每个同学要了张毕业照留念，她还哭着向“长颈鹿”要康宝林的照片。我当时一下子记起那个夏天我撕了她的照片埋在一棵蒿草下面的事，我觉得我错了。我们都要等事情过去了才能知道错的还是对的，我想这是我们作为人的悲剧。

至于后来苏宁怎样同“长颈鹿”结的婚这就不得而知了。他们现在已有一个小孩，女孩。

我觉得这事错得让人灰心，错得一点道理也没有了。你想陈涛当初如果没有老康这个同学，或者那年他不去二十五中插班，或者苏宁不是服装厂子弟学校的，或者学校后面没有留园，或者……可是现在你瞧……

“长颈鹿”晃晃手里的刀条子，然后腕子用力一抖，刀条子“嗖”地斜插到肉案上，刀条反射着太阳刺目的光。他说：“天，二十年徒刑！”

我说：“出来近四十岁了！”

“长颈鹿”说：“如果当初韩奶奶让韩主任开除了康宝林，现在一切恐怕……”

可是，谁又能知道后来的事呢？

我两手插在口袋里，仰着头站在这两棵高大的泡桐跟前。我老是不能忘记在它们很年轻的时候，老康用刀子叉了它们。我眼前老是晃着老康踮着脚用刀子划“×”的那个黄昏，夕阳如血。

出事那天，我看见韩主任也抹了抹眼睛。他踮起脚想把那一块“毕业留念”的牌子摘下来。可是，树长高了，白牌也长高了，他没能够到。

现在树又长高了不少，两个“×”字咧得又粗又大，像笑咧了的嘴唇。两棵树枝杈交错，叶子繁茂地招摇着，亲昵地轻轻地碰着脸颊。但我还是能清楚地分出哪一片叶子是左面一棵树的，哪一片叶子是右面一棵树的。复旦大学生的那块“毕业留念”的木牌完全被枝叶覆盖了。那个学生该参加工作了吧？

下课的钟声响了。教学楼里涌出一片高个子的学生，男生一边走，一边用粗粗的男低音争论着什么，神情是那么认真，还夹着手势；一群女生穿着丝袜、裙子、高高地绾着头发，嘻嘻笑着，踮着很有弹性的步履从我面前走过。

正午的阳光正烈得发白。

（原载湖北《金潮》1989年第10期）

/ 真相追踪 /

一

校长室的卫生还没有搞好，局纪检科的“扬子皮卡”就滑进了学校大院子。宿校长满头灰尘，手拎着一把扫帚就赶忙往外跑。这时，纪检科的同志已在开门下车，宿校长几米开外就把胳膊伸开，把手掌摊平，整个人活像一只行进中的大茶壶。纪检科的同志轮番逮住宿校长的手一阵乱握。宿校长边握边假装失望地问丁科长怎么没来？话音未落，只见市教委纪检科科长老丁笑眯眯地弯着丝瓜瓢一样又干又瘦的身子从“扬子皮卡”里往外拱。宿校长立刻像见到一张讣告，一脸的热情顿时变成悲怆。老丁却一如既往地笑得像一锅开水，站在那儿做诺罗登·西哈努克亲王状，也长长地把胳膊伸开，把手掌摊平，等宿校长去握。“老丁一笑，鸡飞狗跳。”想到大家对纪检科科长的深切体会，宿校长又一次乱了方寸，头“嗡”的一家伙变得不晓得有多大，两条腿像栽在地上的树似的拽都拽不动。倒是老丁笑眯眯地走过来，用手亲热地拍了拍宿校长瘦骨嶙峋的双肩，宿校长立刻有种大刀劈来的感觉，下意识地闪身躲过，激起在场的人一阵哄笑。宿校长却在这无遮无拦的笑闹中，感到危机四伏，杀气腾腾。

果然，落了座，刚开了几句玩笑，老丁便开始清理喉咙。随着他的一声干咳，所有人的笑容都像被抹布用力一抹，没了一丝痕迹。纷纷从包里拿出《工作日记》，把钢笔帽子扭开，一脸严肃地摆在桌子上。偌大一个校长办公室，刚才还是谈笑风生，噱头连台，眨眼间就又变成了一个庄严肃穆的法庭。老丁喝了口茶，把茶叶吐回杯中说：“我们这次来。主要是调查一下……”老丁停了一下，似在竭力选择最恰当的词语，最后还是咬了咬牙，豁出去了似的说：“调查一下男老师摸女生胸脯的事情真相。”老丁像是有点难为情，说完了这句话便低下头去盯住桌子上的一只来历不明的小爬虫呆看。旁边的同志便补充说：“男老师叫胡永进，女生叫鲁英子，写信反映情况的同学叫……”边说边下意识地把夹在本子里的一封信抽出来。宿校长赶忙起身欲抓信来看。那位同志却不慌不忙地把信重又夹回本子里。宿校长尴尬得进也不是，退也不是，顺势一巴掌，狠狠地把老丁面前的那只小爬虫拍死了。

场上的气氛被这一拍，立刻有了些许松动。旁边的办公室主任便赶忙把手中的一串钥匙别到裤腰上，起身往每个茶杯里兑开水。一阵杯盖叮当乱响之后，老丁又笑眯眯地说："宿校长，是不是请有关人员来这里谈谈？"

宿校长脑子这才转过弯来，他猛拍藤椅的扶手想站起来，腿却软得像两根面条，但藤椅的吱呀表明了他强烈的愤慨。他低声骂了句"他妈的"，手指利剑般地朝旁边的办公室主任一挥说："去把这个畜生给我叫来！"老丁赶忙伸开胳膊拦住办公室主任，重又翻了一遍《工作日记》说："还是让鲁英子同学先来谈谈！"

二

如果不是亲耳所闻，用枪抵住脑袋瓜子办公室主任也不会相信，他胡永进会做出这等下作的事。毕竟这事关系重大，又有宿校长暗示在先，办公室主任便多了个心眼，便没有直接去找鲁英子同学，觉得十分有必要先跟初三（5）班的班主任方传海老师通个气为要。

方传海老师在初三年级组办公。办公室主任找到他时，恰逢胡永进老师正在跟他索要一节课。前不久因为老婆带环怀孕，胡永进老师请假带老婆上医院做"人流"，有一节课请班主任方传海老师安排，说好是借给他的，可方传海老师当时以为是"外快"课，拿过来开班会开掉了，现在胡永进老师逼他从自己的语文课里抠出一节来给他，便死活不答应。正吵得比较严重，办公室主任甩着一串钥匙过来，拍拍胡永进老师的肩膀说："即使老方把课给你，也不一定上得成了。"胡永进老师以为他是来捣蛋的，没理睬他，继续和方传海老师讲理。办公室主任便来了个现场发挥说："哎哎哎，教委的领导让你去谈话呢。"胡永进老师吐了口唾沫，没好气地问："找我能有什么话谈？"当初学校配办公室主任的时候，民主评议推举的是胡永进老师，因为胡永进老师是学校的业务尖子。但校委会的意见是业务骨干都去当领导了，教学一线没人扛梁不行，最终换了人。大家便替胡永进感慨："这个年头就这逻辑，有本事的做草民扛大梁，没本事的当大官享清福。"所以办公室主任虽然官是当上了，但一口窝囊气却一直憋在心里。看胡永进老师钻他的话口袋，便阴阳怪气地说："让你升官呗。"一听又有人要升官，钻在作业堆里用功的老师们全都冒出头来。办公室主任霎时成了焦点人物，颇是得意地说："胡老师这回玩大喽，想当穷酸书生也当不成了。"大家便纷纷打听到哪里去，办公室主任说："大概是典狱长。"把大家的胃口越吊越高，争先恐后地聚到跟前来问究竟。办公室主任却就此打住，拉了方传海老师挤出初三年级办公室。

方传海老师听办公室主任一说根由，大吃一惊，立刻去班里找女生鲁英子。见鲁英子和几个差生一起又被上课的老师撵出教室，心里就比较来气，怨老师们处理问题总是喜欢简单化，动辄把学生逐出教室停课罚站，但开口却变成了批评学生们不争气，尽给老师找麻烦。学生便都纷纷不服气地申辩自己的冤屈，鲁英子也小声嘀咕说昨晚因为肚子疼得厉害，没能背外语单词，曲老师不问青红皂白，揪着耳朵就给驱逐出来，其实……方传海老师打住她的话头，把她拽到一边，正欲问她写告状信的细枝末节，纪检科的同志在楼下不远处很原则性地催他们快点下去。方传海老师只好小声关照鲁英子凡事跟上级领导不要瞎说，办公室主任也跟着吓唬说，弄得不好是要把你学籍开除的，便眼巴巴地看着办公室主任甩着钥匙把鲁英子带走了。

尽管有组织纪律约束，方传海老师还是没敢违拗办公室主任代表校方的暗示，想尽快把这事和胡永进老师交代一下。找了几圈没见人，说是上街剃头去了。方传海老师回身把正用黑板擦拍着桌子跟学生发老火的曲老师从教室里招出来，说要借课开座谈会。长着一对过时酒窝的曲老师一听，怒气顿消，嗔怪道："讲'借'多难听，要用课，只管拿去用好了。"边说边给方传海老师发射大功率的眼波，见方传海老师反应漠然，她也不计较，踮着高跟鞋"的笃的笃"下楼去了。

方传海老师站到还残留着曲老师香水味的讲台上，重新面对几十双熟悉得不能再熟悉的眼睛，感到从未有过的陌生。

三

鲁英子同学被带到校长室的时候，所有人的思路都被干扰了一下，场上出现了短暂的寂静。虽然鲁英子皮肤黝黑，扎着两条较土气的辫子，典型一个农村女孩样，但周身洋溢的那股女孩子的青春美绝不像是个只有十六岁的初三学生。丁科长下意识地扫了一眼她的胸部，确实十分丰满、挺拔，让他自然地联想到杂志封底上给健美丰乳霜做广告的那位青年演员。丁科长的脸不由自主地发起烧来，想到自己如此想象太缺少长者风范，便及时调整自己，干咳一声，吓得旁边都有点走神的同志们也下意识地一抖，纷纷招呼鲁英子同学不要拘束，来，坐下，坐下。丁科长停了一会儿，考虑到这样的局面不利于开展调查工作，便提议让宿校长留下来，其他同志是不是回避一下。虽然心里都觉得此项决定并不英明，但大家嘴上却都纷纷说："甚好，甚好。"呼呼隆隆找了两副扑克，跟着办公室主任到隔壁的工会活动室玩"斗地主"去了。

校长室又一次陷入了寂静，只隐隐听见一只苍蝇在窗台上时而起飞、时而降落的嗡嗡声。丁科长亲自给鲁英子同学倒了一杯茶，笑眯眯地说："鲁英子同学，请你把今年五月三日那天上数学课的情况给我们回想一下。”鲁英子同学的头一直局促不安地低着，只敢用半边屁股挂在椅子拐角上，头一回见大人用这么温和平等的语气跟她讲话，显然有点受宠若惊，立刻忘记了办公室主任的警告，抬起头，坐直身子，丰满的胸部又一次撞弯了丁科长的目光。

“五一”节过后的第一节数学课，胡永进老师翻了个小花样，开课前，很大方地拿出来十分钟时间，让学生上台演讲《我是这样度过“五一”的》，说让大家撒开了谈，主要是培养同学们的口头表达能力，这对数学课来讲当然是新鲜事。刚刚休整过几天的学生个个精神焕发，纷纷抢着上台献艺，无一不是口若悬河，一泻千里。胡永进老师嘴角挂着一抹微笑，用手很惬意地把玩下巴上浓密的胡子，但他没让一个演讲后的同学下台，齐刷刷地在讲台上按高矮个子站成一路横队，只有学习委员宋保红演讲后被允许归位，坐下。胡永进老师“嘿嘿”笑过两声，脸“叭”地往下一掼，像洞开的城门刹那间落下千吨大闸，用李小毛的话讲那天是上了“共军”的当了。

原来胡老师培养大家口头表达能力是假，不动声色地来摸大家的底是真。因为放假前他嘱托又嘱托，让大家饭吃不成也要把数学书上讲过的例题从头到尾再做一遍，大家也信誓旦旦拍了胸脯保证的，但胡老师还是不放心，怕有人说谎才想出如此绝招来摸底。大家哪能洞察胡老师如此用意，上台后只图嘴巴过瘾，大谈特谈如何如脱缰野马、出笼虎豹，吃喝玩乐，钓鱼摸虾，学习数学的事边都没有沾上，这能不让老师作气吗？胡永进老师把数学书往讲台上一摔，让大家自己说惩罚的办法。

老师生气本属正常，头发永远像雀窝一样乱七八糟的李小毛说，哥们儿当堂被老师刮鼻子也不是一两次了，脸皮早已厚得赛过屁股。虽没了演讲时那股意气风发，但头却还都是高高地昂着，而且李小毛还代表全体没完成作业的同学向胡永进老师表示：和以前一样，不完成作业，中午决不回去吃饭。大家连忙点头称是。

看大家都一副可怜巴巴的稚气样，胡永进老师的火熄了些许，他理理圆规三角板正准备讲课，站在队尾的鲁英子却嘟哝了一句。胡永进老师听出了她的不服气，便斜过眼问她怎么回事。鲁英子同学用从来没有过的勇气说：“我数学作业已做好了，中午可以回去吧？”刚刚熄下去的火像又被扇子扇了两下，胡永进老师只觉得满脸火辣辣的，下巴上的胡子根根支起，像一把皮鞋刷子。他只好停住翻书的手，让鲁英子去把作业拿给大家看看。因为是真的做好了，鲁英子腰杆挺得笔直，脚步很是袅娜多姿地到座位上拿作业。

可翻过来翻过去，见鬼，就是没有！鲁英子的汗下来了，全班同学的目光都盯着她，都暗暗希望她能争口气，给胡老师一个嘎巴嘣脆的响亮回答，以重塑差生之形象。可鲁英子到底是让大家白高兴了一回，鼓捣老半天也没从书包里翻出什么名堂，大家只能惋惜地摇头叹气。

当着全班学生的面竟敢戏弄老师，浪费大家的宝贵时间，师道何在？尊严何在？校规校纪何在？胡老师的火终于又旺盛起来，大骂鲁英子看起来是三面光，本质上却是鬼话连篇。鲁英子同学不卑不亢地回敬说："就是做好了！"胡永进老师说："我听不见你在说什么，你到我跟前来说。"鲁英子同学麻了爪子了，竟真的站到胡老师跟前，一字一顿地说："我就是做好了，放在家里了！"这不是往正着火的胡老师头上浇了桶汽油又是什么？当时气得胡永进老师伸出手当胸用力一推，怒吼："你给我滚出去！"鲁英子同学一个踉跄，羞愧难当，捂着一脸泪水站到了门外的楼道上。

那天数学课后来没再上，当天的数学作业是：每人在课堂作业本上写一份《检讨书》，深刻反省自己在数学学习方面的缺点和错误，挖一挖数学成绩进步不了的根子。这便是那篇据讲有史以来，唯一一篇在数学作业本里出现的作文。

四

为郑重起见，方传海老师让同学们把教室的窗子全部关严，闩好门，让学生齐集于前四排。教室里的气氛一下子变得紧张而神秘。方老师没敢直奔主题，而是做了个话头说："最近有好几个同学在作文日记里写到和老师之间存在些小误会，老师们也颇感苦恼。所以今天想让同学们谈一谈，意在消除隔阂，卸掉包袱，把各科学习搞得更好。怎么样，可以开始了吧？"

尽管方老师说得很诚恳，因为有过胡老师的教训，大家都未敢轻举妄动。班长铁东问："如果我们发言不当，不是更加恶化了我们同老师之间的关系了吗？"方传海老师打包票说："这请大家放心，好的意见我们会虚心采纳，不妥当的我这个班主任会代表大家单独同有关老师交换意见。我保证，所有同学的发言到我这里后都是绝密！"

于是，底下嘁嘁喳喳一番之后，便连推带搡地把一向老实巴交的顾国山拽了起来。一阵扭捏之后，顾国山便说起了一件压在心底好长时间的事。

有一回，李小毛、鲁英子和顾国山几个人外语书没有背出来，放学后曲老师便留下他们罚抄课文二百遍。我的妈哎，一遍就相当于四五百字，二百遍差不多有十万字，这不要人命吗？几个人便猴在教室里想对策，商定好都不抄，看你曲老师有什么办法！三个人相互壮了胆子，未经允许，收拾好书包就回家了。如此践踏老师的绝对权威，第二天怎么能过得了老师的关卡？曲老师脸都气歪了，酒窝里盛着的不再是美丽，而是两窝愤怒的火。她一一扭住三个人的耳朵揪到讲台上立正站好，当着全班同学的面让三个人各自打自己的耳刮子，打一下子要喊一句："我不是人！"三人无奈，伸出手抚摸似的打自己亲爱的脸蛋、手掌和脸颊相亲，脱不了"本是同根生，相煎何太急”的私情，“我不是人”的自贱也是那么不服地透着一股强烈的反问语气。曲老师冷笑一声，声明变换个方式，让三个人站成一个圆圈，按顺时针方向轮流打，顾国山打李小毛，李小毛打鲁英子，鲁英子打顾国山，口号变成“你不是人”。大家说到底是差生，素质低，虽然同是沦落人，下手打起别人来比打自己有力了许多，打完了一圈按逆时针方向又来了一次。因为鲁英子是女生，下手较轻，相比而言，两位男生各讨巧一次，而鲁英子是着着实实地挨了几巴掌，嘴角渗出了血丝。听着噼里啪啦拍打的声音，鲁英子眼泪簌簌下落，曲老师却笑了起来，同学们居然也跟着嗤笑。曲老师说：“今天乘这个机会，我代表所有的老师给你们打个招呼，衡量教师和学生好坏，全国只有一个标准。那就是：分数。如果今天一个耳刮子能提高一分，那么，受点皮肉之苦也是上算的。我主要是想用这种特殊的方式让你们明白：分数是我们所有学生和老师的生命！不想苦练基本功又想拿高分进大学的好事我教了十几年的书还没听说过！”结果，三个人赔了耳刮子，课文还是一遍不少地抄了二百遍，耗时近一个月。

说到这儿，顾国山有点哽咽，但他还是大声地说：“我一直想问问方老师和同学们，我们到底是不是人？！”

教室里异常寂静，顾国山同学的声音在教室雪白的墙上撞了两个来回，消失了。方传海老师让他坐下，他不能回答顾国山同学的疑问。这涉及“人”的标准问题，对学生，曲老师是有道理的。升学率上不去，老百姓要打校长的屁股，校长不得不打老师的屁股，逼得老师只好来打学生的耳刮子。你是学生，即使你各方面都好，学习成绩却是瘸腿子，怎么能让老师承认你是“人”？至少不好承认你是完整的人吧。

看一向老实巴交的顾国山同学敢打头炮，大家便一个个跃跃欲试。班长铁东未经允许，呼地跑到讲台上，快言快语地给物理老师提了一条意见，说物理老师上课提问只把目光盯在女生身上，即使像鲁英子这样一窍不通的人一堂课也能轮到次把机会，男生一堂课下来，把手举酸了，一滴毛毛雨也淋不到头上来，学习委员宋保红有时候不举手老师也笑眯眯地请她回答提问，这不是重女轻男的思想在作怪又是什么？

铁东的发言引起大家哄堂大笑，方传海老师也忍不住笑了起来，但他没忘记做些正确的疏导。他说：老师有老师的想法。找些差生回答问题不是更容易发现问题吗？铁东却紧咬住不放：那男生中的差生也很多，为什么捞不着机会？像李小毛，本学期以来，物理课上竟没给过他一次回答问题的机会！

一句话似乎触到了李小毛的痛处。刚刚还嘻嘻哈哈的李小毛竟抽泣了起来。方传海老师走过去拍拍他的肩膀说：“李小毛同学，有什么心里话就痛痛快快地说出来，这样婆婆妈妈的样子向来不是你李小毛的风格，是不是？”大家齐声回答：“是！”整齐划一的回答似乎一下子冲跑了李小毛的眼泪。“说就说！”他用藏满污垢的指甲抓了抓雀窝般的乱发站了起来。

李小毛说的是一次考试之后的事。李小毛卷子上有道考试前刚刚讲过的计算题做错了。老师让他上台领试卷时，一脚踹在他的腿弯处让他跪下，手捧试卷，用膝盖当脚在教室里“走”一圈，每到一排座位前，像捧圣旨一样把卷子举过头顶，让那些考高分的同学讥嘲一番。那些考高分的幸运儿，却早已忘了鄙视李小毛，所剩的只是恐惧、震惊、关切、同情。李小毛当时真想站起来跑回家，但没敢。他曾被课本上的英雄们的“宁愿站着死，不愿跪着生”的大无畏的气概深深感染过，但这时李小毛的信条却只能是“宁愿跪着生，不愿站着死”。如果爬起来跑回家，信奉“惯子不惯学”古训的爸爸的麻绳和鞋底不把他抽得皮开肉绽才不是他的亲爸爸呢。

当时，李小毛发誓下了课一定要到校长那儿去告状，抗议这种“变相体罚”给身心造成的极端伤害。但从地上一站起来，转念一想，在这个由大人说了算的世界上哪有我们小毛伢子张嘴的地方？便只好罢了。掸掸膝盖上的灰尘，照常搬起一条腿，跳跃着冲进了同学们“斗机”的阵地中去了。

大家为李小毛如此精神麻木疲软而叹息，又怀疑这件事的真实性，印象中好像没有过，便纷纷让他把时间、地点、人物交代清楚。李小毛这才想起交代是小学四年级时教数学的杜老师，现在已经调回上海去了。一时课堂上哗然。大家纷纷奚落李小毛和写作文一样犯了“走题”的毛病。李小毛却不依不饶：“走题？事情虽然过去好几年了，但它给我造成的心理的伤害是刻骨铭心的！”见李小毛不但不认错，反而讲出与他差生身份极不相称的“哲理”味颇浓的话，教室里又一次“嘘”成一片。

这回方传海老师没有出声。孩子们是一潭清水，却镜子似的照出了大人们身上或大或小的疮疤。这么样的一种生长环境，怎么能不让孩子们出现这样那样的心理失衡？自己做班主任不也常像其他老师一样，给学生灌输“要想成人才，必先当奴才”的思想吗？有这样的指导思想，工作方法便常常简单到专断粗暴的程度。每学期开始，学生们总要为班上座位的编排闹一阵子。大概全国的班主任都有个不成文的约定俗成：成绩差的学生一律往后面排，从最后往前数，成绩越来越好，坐教室前几排的无疑是班上的精华之精华。于是有学生就闹，眼睛近视、个头矮小、听力不济之类的都是理由，甚至有学生说，我们交一样的费用给学校，大家平等，即使“轮流坐庄”也该轮到“前排就座”了吧。班主任却一言以蔽之：你不服不行，等到哪一天你成绩超过第一名、第二名，要我把讲台让给你坐，我也绝不说二话。我敢打这个赌，有谁敢响应呀，咹？

一提成绩，大家的头全部中了弹似的耷拉下来。学校有学校的规矩，从上到下有“升学率”这根杠杆在那儿标着，评判优劣的标准只唯成绩是也。也有个别同学提出现在国家不是谈搞素质教育吗，老师怎么还“唯成绩是也”呢？这叫班主任怎么跟他们说呢？上面确实早就喊要搞素质教育，不允许再搞“分数挂帅”，可一到关键时刻，上面却把脸一翻，拿着计算器给你统计平均分的名次，升学率占百分之几，这不是主人有病，让佣人吃药吗？

所以，只能“唯成绩是也”。可坐在前排的同学却不承情，得了便宜卖乖：坐在前面有什么好处？天天吃粉笔灰，老师讲课来了情绪，唾沫星子直往书上、脸上乱喷，有苦难言哟。真应了大人们常讲的一句话：城外的人想冲进去，而城里的人却想冲出来。每学期一开始就这样给差生来个下马威，好多人有很长一段时间上不来情绪，侈谈成绩提高，哪有失败的开头能成功的道理呢？罢了罢了。

大家本来是谈了玩玩的，没想到方老师还真的认真起来了，竟如此深刻地做自我批评，大家便有点不自在。还是班长铁东反应迅速，带头给方老师鼓掌。一阵如潮的掌声果然缓解了大家心理上的压力，倒让方老师有点手足无措了，但他并未忘掉开座谈会的初衷，他很快调整好自己说：“其实，老师们身上是有很多优点的，是不是？”大家齐声回答：“是！”方老师说：“那好，宋保红同学，你能不能谈一谈？”方传海老师话音刚落，底下立即有同学做“嘘——”状。虽很轻微，但方传海老师听得却异常清晰，他不知道这些学生为什么总是喜欢“嘘”宋保红。

五

见鲁英子讲得丝丝入扣，丁科长十分满意，《工作日记》上密密麻麻地记了一页又一页。他抽空站起来，又亲自往鲁英子的茶杯里兑了些开水。鲁英子显然有些激动。望着杯中翻腾的茶叶冉冉落入杯底，眼里不禁有泪水涌出。一旁的宿校长却如坐针毡，心里十分不舒服。宿校长晓得，一般是扼住了别人的什么要害，丁科长才这么心情舒畅，这之后做出的决定往往是会将人“送下水”的，便不断地给老丁撒烟来扰乱其视听。老丁却鬼精得很，烟抽得丝丝入味，思路却一丝不乱，整个脸严肃得像一份文件。宿校长只好给鲁英子同学使眼色，气人的是鲁英子完全被丁科长的和蔼可亲所蛊惑，瞟也不瞟宿校长一眼，对丁科长却有问必答，乐得丁科长不断将话题引向深入。

宿校长只好紧张地拈一棵烟在桌上“的笃的笃”地顿来顿去，一脸的沧桑活脱脱如商代的甲骨文。

丁科长问：“胡老师把你推出教室，你有没有感觉到……”要触及问题的核心了，丁科长却不得不又一次停下来。虽然自己也五十多岁了，儿女成群，但要当着一位初三女生的面说出某些字眼，却还是十分的嘴拙，他恨不能立刻变成女的，那样问起来就方便多了。他可以直截了当地问：你有没有感觉到他的手碰到了你的乳房，而且是故意揉捏？但自己这么大年纪的一个半老头子了，怎么可能变成女的呢？所以只好改口说：“你有没有感觉到很羞辱？”他希望鲁英子能体会他话的深意。

但鲁英子同学毕竟还是个孩子，一点也没体会到什么深意，而是快言快语地说："没有。学生犯了错误，老师骂两句，打几下子理所应当！"

听鲁英子同学这样说，宿校长很满意，这才放心地掏出打火机来把烟点上，鼓鼓地吸满一口，又徐徐地吐出一串圆圈。丁科长却恨不得骂一句："他妈的。"为老师竟敢对学生动手动脚，更为受辱的学生却如此麻木地宽容。如此一想，倍感肩上责任重大，正色道："鲁英子同学，你并没有说出事情的真相，是吗？"

像是不小心碰着了某处机关，鲁英子的眼泪顿时涌了出来，弄得丁科长竟有点不知所措，便很拙劣地在身上掏手帕，掏了好久，没掏着，只好起身再给鲁英子满满的茶杯兑开水，水立时洒了一桌子。

那天被推出教室，鲁英子也是这样哭了，不是为自己的被冤枉，也不是为胡老师吓人的粗暴。胡老师发火是恨铁不成钢，和父母望子成龙的心情完全一致，这个谁都理解。鲁英子感到羞辱难当的是自己一个少女的胸脯，这方从某一天开始小心伺护，令所有女孩子羞赧而又无比骄傲的高贵圣洁之地，几乎在眨眼之间，竟这么轻易地让一个男老师那么粗鲁专断地抹上五条乌黑的手印，澄碧的水中突然被倒进了一瓶腌臜的墨汁怎么不让人伤心至极呢？越想眼泪越是汹涌，并且哭出了声。胡老师拉开门，吼道："你号啕什么，咹？要是你真有血性，你现在就回家去把作业拿来给大家看一看，我当着全班同学的面跪下向你道歉！"作业，鲁英子是真的做好了，她想起来了，昨天做完后忘了收进书包，现在就放在家里那张老式"福柜"上的香炉旁边，但它现在已没有了任何意义，所以鲁英子没有动。胡老师又一次占了上风理似的，把门哐啷关上，愤怒的声音顽强地钻出门缝，刺进鲁英子的耳朵："像这样既不学知识，又不学做人的学生，我们老师是最嗤之以鼻的了！"

下课后，写了检讨的同学幸福地去做课间操了，胡老师夹起教本走过她身旁时，眼睛斜了一下，停也没停，"咚咚咚"地下楼去了，只有学习委员宋保红留了下来，她把鲁英子劝回教室，边帮她擦眼泪边说："你应当通过学校让胡老师对这件事有个说法！"

宋保红显然说的不是作业问题，被擦干的眼泪又一次汹涌而出，鲁英子一头扑到宋保红柔弱却很让人信赖的怀中，禁不住失声痛哭。

鲁英子第一次真正感觉到他们这些所谓的差生同宋保红他们之间的差距不仅仅是学习成绩。

这一天，鲁英子和其他几位同学一样没能回去吃午饭。被胡老师留在教室里补做未完成的家庭作业。做完后食堂饭卖完了，她便跟同学借了五角钱到学校旁的杂货店里买了袋干吃面，接了杯自来水就着吃。刚吃了两口，胡老师来检查，见鲁英子竟在变相吃午饭，便命令她扔掉。鲁英子什么话也没说，扔！等胡老师走后，她铁了心地将上午的情况写成一份汇报材料，放晚学时乘校长室没人，悄悄从门下缝里塞了进去。走在路上时鲁英子把这事告诉了宋保红。宋保红没吱声，鲁英子说："不把我当学生，还能不把我当人吗？"

六

这天上午，前去初三（5）班上课的老师都被班主任方传海挡了回来。大家悻悻地回到办公室，都在猜测老方搞什么名堂。议论来议论去，总之对老方有点不满意，怪老方对那些学生太姑息迁就。按照大家的想法，对那些明知升学无望而又特别难缠的“木头”，应强制实行“人工流产”，随便找几条理由让他们滚回去算了，什么义务教育不义务教育，扶不起的“阿斗”就该剥夺他的受教育的权利，免得一颗老鼠屎坏了一锅粥，在班上产生负面影响，把好学生也带坏了。即使“流”不掉他们，也得来点强硬措施嘛，道理并不是适用所有的人，国家遇到那些不讲王法的罪犯还舍得收监关押，舍得动刀子动枪，对学生中那些冥顽不化分子为什么不可来点适当的体罚？于是便闲谈些治理学生的办法。从道理上面讲，每个学生就是颗含油的菜籽，教学过程就是榨油过程。怎么榨？这里可有学问：光讲道理，太软；全来硬的，危险，关于老师失手打坏学生的事传媒也是有过强烈反响的；最好的办法是“软刀子割肉”，这里的学问主要是“刀”要藏在“软”中：迟到一分钟罚站半天，一题作业没做罚抄五百遍，考试不及格别发火，差一分罚款一元……罚的最终目的不在于站半天，抄五百遍，罚一元十元小钱，主要是让他的心理始终处于一种恐惧状态。打蛇为什么要打七寸？攻其心脏之所在也。如果学生不怕老师，则校将不校了！大家谈得兴浓，便又问一旁一直猫在作业堆里的胡永进用过什么妙招。胡永进用手指梳梳刚理过的头发说：“我们老师的自我感觉总是好得不得了。其实，真正懂得管好学生的，却正是学生自己！”

的确是这样。当宋保红谈到胡老师时，只反复说一句话：胡老师总是让学生自己认识自己，自己谴责自己。方传海老师说，你这样讲有点空洞，举个把例子。宋保红歪头想了想说，那就举个例子。

有次上数学课。胡老师查作业时又抓住几个拖拉的“老油条”，照例让他们站在讲台上。当他在黑板上写好例题，准备喝口茶开讲时，便愣住了，他的茶杯里被人放了一个粉笔头！澄清的白开水“滋滋”地冒着白色的小气泡。大家都觉得这个恶作剧太过分了，胡老师却笑了，同学们也讨好地跟着笑起来。笑过之后，胡老师便温和地问：“是哪位同学给老师的茶添加了‘微量元素’啊？”大家的笑声便低下去。表面的轻松里暗藏一股杀气。没有人回答。胡老师便兀自地笑。随着胡老师笑声的深入，很多同学的心理防线开始崩溃，全都紧张得耷拉下了脑袋，不敢正视胡老师的眼睛。看看火候差不多了，胡永进老师开始用锐利的眼光细细研读班上的每一个人，然后一指坐在前排的学习委员宋保红。像是一根钉子从头顶嵌入。宋保红本能地一颤，脸色煞白，同样机械地用一根钉子似的手指指向李小毛。李小毛还想抵赖，胡老师亲切地捉住他的右手高高地竖起来，虽然大家距离远近不同，但都清晰地看到了他右手拇指和食指肚上两点隐隐约约的粉笔灰。胡永进老师哈哈大笑，笑过之后又向大家征询处理意见，大家研究出一条特馊的主意：让李小毛把这杯茶喝下去。但胡永进老师却没有这样简单处理，而是给了李小毛一次逃脱惩罚的机会：让他把黑板上的例题做出来可既往不咎。这是新课的例题，讲了李小毛未必能懂，况胡老师还未讲乎？直到这时，胡老师才水到渠成地宣布：让大家声讨这种无视师道的恶劣行径。前排的宋保红近水楼台先得月，端起茶杯像酒桌上罚酒那样。把一杯略显浑浊的茶顺着李小毛的头发汩汩地倒下去，一滴不洒地全灌进了李小毛的衣领子里。活该！

例子举完了，就如刚刚发生过一样，大家禁不住又笑起来。以前，方传海老师也是晓得这些事的，也觉得站在老师的立场上情有可原。但他没有想到由于处理方式的不当严重恶化了师生关系，最可怕的是在同学之间造成难以弥舍的隔阂。他一向以为小孩子们都带点情绪化，事情过去也就算了，哪料到学生们也有其复杂的一面呢？就在这以后好多次，李小毛有事没事总爱到宋保红跟前丢下一句威胁味很浓的话："你耐心等着看好戏吧！"宋保红向方传海老师报告过，但他总会说："别把李小毛的话当成人话，怕他搬石头砸天？嘁！"

后来，班上搞"一帮一,一对红"助学活动，为防止个别人乱说乱话，一般是男生配男生，女生配女生。因为顾国山成绩太差，又太老实，就采取特殊政策，让班上成绩最好的学习委员来给他"帮学"。宋保红虽然成绩顶尖，又是街上人，家境优裕，但一点也不歧视整天邋邋遢遢的"乡巴佬"顾国山，在她的耐心帮助促动下，进步很快。但李小毛他们却拿这事大做文章，说他们是"小两口"，好得快要分不开了云云。因为只是私下嘀咕，顾国山也就忍了。李小毛因此而得寸进尺，竟把这事在砖墙上写成标语。开始顾国山不晓得，但很多同学都追着他的屁股喊："顾国山和宋保红亲嘴喽！"连小学生也这么喊。有什么比这事还丑？顾国山气死了，揪住一个喊得最凶的小学三年级的学生掴他的耳刮子，掴得小学生嘴角流血也不松手，逼他交代是谁造的谣！顾国山这才晓得街上供销商场后边的砖墙上用粉笔写了一行字：顾国山和宋保红在这里亲嘴……旁边还画了一男一女搂抱着亲嘴的插图。顾国山边骂边用手擦，但因粉笔字吃得太深，手皮都擦破了还是隐约可见。后来看看四下无人，便掏出一泡小便来才泚干净，泚到"宋保红"三个字时顾国山下意识地有点羞赧脸红。他刚系好裤带，李小毛和几个调皮猴子嗷嗷叫着从拐角处蹦出来，一齐叫道："顾国山，不简单，对着'宋保红'解小便……"顾国山一把薅住李小毛，伸拳头就要恶打他。李小毛开始还说大话，见铁塔似的顾国山玩的是真的，便瘫在地上求饶，主动叫顾国山"大爷"："大爷大爷，饶小的一次吧！"看看李小毛已垮得不像一个未来能立得起来了的猥琐样，顾国山也觉得没了意思，没意思没意思，都讲我们是祖国的未来、希望、栋梁，说到底就这副德行吗？

回校后他就找老师坚决地同宋保红调换了帮学对象。

现在旧事重提，顾国山还是深深内疚。为调换帮学对象的事，宋保红后来问过顾国山原因，顾国山说不出，只好用玩世不恭的语气说："小人受用不起您老姐的关怀。”顾国山不过是学了李小毛他们的口气掩饰内心虚怯，可宋保红却待在那里，愣怔片刻又转身哭着跑了。作为班干部、优等生、学校里的焦点人物，宋保红害怕的不是难题、批评，而恰恰就是这种阴阳怪气、冷嘲热讽，而常遭这种钝刀子所割，恰恰源于老师的“捧”。宋保红在日记中不止一次地写道：“捧杀，捧杀，比扼杀却厉害千万倍，不亚于曾让鲁迅先生齿冷的‘无主名无意识的杀人团’。”在班里，宋保红最害怕同学犯错误了。同学犯了错误，老师咬牙切齿批评一通之后，总要用宋保红的品学兼优当照妖镜，折射出别的同学身上的疮疤。“你看看人家宋保红”，所有的老师都这么开头，而同学们总在这句开场白之后，小声地“嘘——”一阵子，老师便不依不饶，接着说，“嘘什么，如果哪一位同学能超过她，我立马跪在针尖上给你磕三个响头！”如此反复多次。班上好的、差的同学便疏远了她，有什么比受到众人的疏远还令人难堪难受？宋保红便常常恨自己没有缺点，恨自己不迟到早退，没有做不出来的试卷，不犯大家都容易犯的小错误。有时真想好罐子破摔一次，犯个把不大不小的错误来点刺激。比如劳动时坐在树荫下偷懒，老师提问时不举手，上课用脚踢前面铁东的屁股，打扫卫生后把垃圾倒在隔壁初三（4）班门口的走廊上……可真的要把那只完美无缺的“罐子”举过头顶时，却又迟迟下不了手。所以，每当老师对差生发过老火，向她投来赞许的目光，宋保红感觉到的不是骄傲、自豪、轻松，却是一根根的针、麦芒、刺，身上无处不痛痒难熬。好多次，她真想大胆地站起来，大声地喊一声：“老师，请您别这样！”可真的要站起来，却又是那么那么艰难！渐渐地，再也不能像一个正常的中学生那样无忧无虑、烂漫天真，像是遭受过奇耻大辱的女孩子那样变得沉默寡言、老气横秋。

七

当丁科长又一次起身往鲁英子茶杯里兑开水的时候，宿校长终于忍无可忍了。他很不满意地批评鲁英子讲话抓不住要领，信马由缰，浪费了上级领导的宝贵时间。丁科长却当着学生的面否定了宿校长的说话，表扬鲁英子谈得不错，接着往下淡。当然，事情已经过去这么长时间了，鲁英子也忘得差不多了，她不知道上级领导现在这么严肃地调查这件事目的何在？所以她颇有点犹豫。丁科长说：“你不把事情说清楚，对老师反而不利；说清楚了，说不定一点事情也没有。”

这个鲁英子可以办到。当天回家以后，鲁英子看到昨天做好的那本家庭作业果然就放在家里那张老式“福柜”上的香炉旁边，封面上的孙猴子似在嘲笑她的马虎，竟把作业丢在家中。鲁英子气便不打一处来，烧晚饭时一把就把它扔到火里烧了。看着渐渐打着黑卷又彻底变成灰烬的家庭作业本，鲁英子想到那没意思的学校生活，便起了辍学的念头。第二天她没有按时起床，赖在被窝里睡了一个美美的懒觉。醒来后太阳已升起老高，她便坐在那儿发呆，她感觉到胸脯隐隐作痛，想想昨天的情景，禁不住又一次哭了起来。

这时，早起做活的爸妈已从地里回来，见此情景吃了一惊，忙不迭地来问原因，她便把这事的前前后后一根一底说了一遍，不想遭到妈妈一顿劈头盖脑的臭骂："你真是昏了头了，老师和父母一样，为了学习跟你发发火，你竟学刁民告状，你真是气死我们了！"

鲁英子狡辩说："我人身受到了侵害！"妈妈说："见他妈的大头鬼，你个毛孩子，什么人生（参）胡萝卜的，我们让你到学校去念书的，考上学才是正道，不是让你去惹是生非做恼人事情的！菜籽大的毛孩子什么男女有别，我看你本身脑子有问题。马上你给我到学校，立即把那封信给我追回来，否则，这学你就不要上了，明天上街我买几十只小鸭回来，给我放鸭子去算了！"爸爸也说："民斗官向来是落不到好处的，你一个小小的学生跟老师较劲，有你什么豆芽子呢？别听风就是雨，拿颗石子当座山，就按你妈妈说的办吧。"一顿杂七杂八，连荤带素，骂得鲁英子摸门不着，一股英雄气概荡然无存，想连父母都不愿给自己撑腰，势必自己是真的有点小题大做了。所以，后来学校找她谈话时，她也未坚持，检讨了自己不够冷静，把小事扩大化了，影响了班级的荣誉、老师的名誉、学校的声誉，对不起，并顺手拿过那份举报材料，撕了。尽管这样，当天课间操结束后，宿校长还是不点名地批评了一下子，希望同学们多学知识，学做好人，不要整天乌七八糟地学社会上某些刁民的一套。当时鲁英子被说得低下头，恨不得变成一只蚂蚁钻到地缝里去，全班同学也斜过眼来睥睨她。

只有宋保红站在那儿一动未动，像一棵树那样直直地昂着她洁白鲜润的脸。

"那这事后来真的就算了？"

"在大人们的手下，能有我们小孩子什么名堂？大人说算了，就算了呗。"

"那怎么又冒出了一封信到县教委呢？"丁科长眼光犀利，试图从鲁英子那张疲惫却掩不住青春光泽的脸上看出点端倪。

这时，办公室主任及时赶到，让丁科长去政教处接电话。宿校长把办公室主任拉到一边说："看来事情不很简单，中午饭，好好安排一下，烟要好，酒要烈，不惜一切代价！"办公室主任讲不吉利的话说，如果事态真的是严重的，恐怕单靠这些也难以摆平。宿校长经验丰富地说，这你就不懂了，烟的功用神奇得很，见了面，扔出烟，打着火，只要他凑过来，两人间再大的距离也一律变成只有一支烟长短；酒更是厉害，一碰上杯，什么间隙也没有了。这就叫香烟一逗，两人紧凑；酒杯一碰，严丝合缝。这么一抽象，办公室主任完全懂了，低着头笑眯眯地去办了，宿校长也舒展得一脸的甲骨文变成了简化字。这时丁科长已接完电话，他像是觉察到了什么似的，郑重声明说："老宿，中午饭就在学校食堂安排个工作餐，要符合规定，你知道的，我们是纪检科，身不由己。"

八

鉴于问题的严重性，午饭后，方传海老师权衡利弊，又一次找了胡永进老师，把上午纪检科进行的秘密调查透露给了他。胡永进老师却没有意料中的震惊和慌乱，他撑起一只胳膊边给腋窝咯吱咯吱地抓痒边学究气十足地说："不会吧？"方传海老师说："我跟你不能急，贼上梁了、火上房了，你还这么四平八稳的，这可是一等一的原则问题，弄不好你是要丢饭碗的，学校也要跟着蒙污受辱！"一着急，方传海老师开始犯文科老师的通病，凡事都喜欢搞普遍联系，批评胡永进老师平时性子躁，动不动就骂学生是"木头"。胡永进老师不服气地说："那不过是用了比喻的修辞手法，还不是恨铁不成钢嘛！再说，搞点激将法，多少能使升学率往上飙一点吧。"方传海老师说，这个学生都已提到了，只是你对学生的期望值太高，能有个大差不差的就行了。你倒好，学生有了点起色，你就来劲了：好了，"木头"上终于长出两片绿叶了。什么时候开两朵小花给大家看看啊？开了两朵小花，你又说，什么时候结两个果子给大家看看。这不是欲壑难填又是什么？比喻确是精当，但学生体会到的却是揶揄，冷嘲热讽，心理上的抵制可想而知！你以为从长叶子到开花结果那么容易啊？葡萄一年长叶牵藤到开花结果还要两三年呢，别说梨树、桃树、杏树了，况是一个有血有肉有情感受诸多因素影响制约的人呢？想想初中也就那么两三年，很多人也不指望走升学就业这条路，他怎么就会那么顺心顺意服你老师管束呢？学生吊儿郎当，老师责任心强不服软，打呀骂的全来了。很多学生的智慧活生生地被我们这些好心人的教育方式扼杀了！这回倒好，你竟失去理智地把罪恶的手伸到女生胸脯上去了！

胡永进老师嘟嘟囔囔地说："我又不是故意的，再说，老师就等同父母，甩她两个耳刮子都没事，况只是推推搡搡乎？"见跟他说不出名堂，方传海老师只好说让他尽早有个思想准备。作为老同学，顺便提醒一句，到时千万不要说什么无意不无意的，干脆一推二五六，直截说没有。这回胡永进老师还不算糊涂，指出这可能够呛，学生都看到他推鲁英子的。方传海老师说："学生方面的工作已经做好，你放心，学校也有过明确交代，问题出在谁身上，一切后果自负！大家心里都是有数的，关键时刻，学校和老师的利益高于一切！"方老师无可奈何地叹一口气，"唉，委屈了这些孩子啰！"于是两人又说些闲话，书难教，大家都晓得进了误区，可又都不愿自拔，都知道搞素质教育才是正道，可人都心甘情愿地在高考的指挥棒下翩翩起舞！于是都不切实际地幻想把每一个学生的文化课成绩教成宋保红的水平，尽管心血耗尽，伤了和气，可最后能如宋保红那样出类拔萃者，又有几何哉？

根据纪检科的安排，下午要组织初三（5）班的学生对本班教师评教。依学校意见，召集几个学生代表到办公室谈谈算了，但纪检科坚持以书面形式进行。老丁有自己的一本账，他觉得书面形式有两个好处：一是可以力保公正、客观，学生嘴上不敢说、不便说的话可以尽情地写在纸上；二是想通过书面形式对对笔迹，找出给纪检科写信的同学。有人提出异议，说这样没了面对面的压力和责任，学生随便写几句应付差事怎么办？丁科长把握十足地说：“我们这是替学生们自己撑腰说话，他们总不会麻木到分不清好歹吧？”于是忙着搞了一通动员工作，强调注意事项，编了号，把调查表发下去，纪检科的同志只等着收网捉鱼了。

初夏的阳光斜斜地隔窗射过来，恬淡、雅致而又不失明丽、灿烂，小风鼓足劲一阵阵吹拂，调皮地把书呀本子什么的弄得哗哗作响。学生们奋笔疾书，纪检科的同志都有种重回当年的感觉，想想自己也曾经在教室里这么坐过，眨眨眼睛就是中年人了，不禁都从心底里有些许不同程度的感慨。当然，和他们这一辈比起来，现在的学生脸上少了不少天真稚纯，多了较多的少年老成，乃至于沧桑、憔悴，看不出当年他们曾拥有过的“青春万岁”的风采，便再一次怀疑起我们现在教育的方式是不是很对头？都正呆想着，忽然有学生举手问可不可以交卷？当然可以。于是呼啦一家伙全都涌到台前来，一阵嘈杂喧闹之后，讲桌上留下了厚厚一沓问卷。这时，老丁从外面进来，一见这样子，便有些不满意，怪纪检科的同志没有逐个收缴，造成工作被动。大家便都小声却自信地说，就在这翻一翻，翻出问题来给它来个现场办公，效果不是一样吗？但大家很快发现丁科长是对的，因为大略一翻，便跳出一张刺目的白纸来。大家只是不敢吱声，继续翻调查表，翻着翻着，兴趣骤然淡去，大家先前的担心并不多余，学生的评教调查表似一娘生的多胞胎，一律地盛赞学校如何是自己第二温暖的家，老师如何是自己的再生父母，丝毫找不到会发生老师摸女生胸脯这类恶性事件的可能性。大家只能在心里狠骂几声学生麻木、愚蠢，却是无计可施，只好再从字体上下功夫，于是又一阵乱翻，可是翻来翻去还是找不着那种大家都熟稔于心的、阴柔中掩饰不住些许阳刚之气的字体。细心的同志把调查表数过一遍，加上那空白纸，正好与学生数吻合，显然，这张白纸是有意为之，便硬着头皮抽出白纸交给了科长。丁科长顾不得生气，清清喉咙，问：“这张空白表是谁交上来的？”一连问了好几遍，无一回应。大家这才意识到此举的愚蠢，这时站出来承认，不是望着火坑往里跳吗？丁科长却露出一丝不易察觉的微笑，让学习委员宋保红去办公室把作文本子捧来。

但检查作文本的结果没有两样，没见纪检科所需要的那种字体。

纪检科的同志退出教室，大家简单地碰了一下，认为：这封检举信很可能是别班对学校真有成见的学生根据道听途说材料，捕风捉影杜撰而成，以此来“参学校一本”，水分很大。加之未署名，真实性更值得怀疑，调查可以作结。纪检科已做到仁至义尽，工作可以说圆满完成，再大的责任已与纪检科无关。丁科长也颔首赞许。

丁科长的话就是红头文件。但为慎重起见，纪检科还分别找了胡永进和初三（5）班全体学生谈话，希望大家珍惜难得的学习机会，理解老师的一片苦心，劳筋饿体，刻苦自砺、自律，把学习搞好，做一个合格的跨世纪的栋梁之材。

大家热烈鼓掌感谢上级领导指教。

……

当纪检科“扬子皮卡”驶出校门的时候，已是晚霞满天，彤红的太阳将最后一抹余晖斜射在美丽动人的校园里，直到“扬子皮卡”的影子在远处消失，空中扬起的灰尘已经散尽，宿校长和其他学校领导们还站在学校大门口，久久舍不得离去。

这一切，站在楼道上的学习委员宋保红看得清清楚楚。好久，好久，她才把手从插袋里抽出来，把自己那册揪成一团的作文本，一片一片撕成碎屑。让它们恣意地在晚风中纷纷落入楼下。两行泪无声地顺着粉嫩美丽的脸颊淌下来。

救救孩子！

（原载《胜境》1994 年 1 月号）

/今晚有约会/

雪还在下。

一片一片的雪花轻轻地飘下来，石凳上已积了厚厚的一层。他这回相信了妈妈说过的，雪花是害羞的女孩，总是温柔而下。悄悄地，天就远了，地也显得辽阔无边。

他有点紧张，第一回约会嘛。他早早下了班，天没黑就在这棵老树下面等着。

可是她迟迟不来。

昨天，老许跟他讲，明晚在公园那棵老树下面，七点钟，手里拿《中国青年》第十期的就是，别忘了。

当时他的脸通红，这老许干吗把声音扯得那么高，而且，他觉得这样的约会多少有点像特务接头。

远处霓虹灯光照过来，雪地成了一片美丽的胭红。对面那棵白花花的路灯下，一个系着红围巾的女孩撑着一把小黄伞。看来小城是真小……她一直静静地坐在那儿。

雪在她身边无声地落着。

他把眼光收回来，努力不往那儿看。和她比起来，他觉得自己很猥琐。

今天他乱了一整天，脑子里反复想象着她的样子，都说百货公司的女孩最温柔，最会笑。他实在太兴奋了。可是黄昏时大雪纷飞。他从衣橱里拿出大衣的时候，妈妈叫了起来。“这大雪飘飘的，人家会来吗？别去了。”“她会来的，我必须去。”他说。

可是她到现在也没来。

雪还在下，小城一片洁白。

手表的指针像小虫一样啃着他的手腕。快十一点了。他把头往大衣领里缩了缩。他开始有点后悔没听妈妈的话，第一回约会闹了这么个结果，回去怎么跟妈妈说？而且，一看到浅黄的小伞、鲜红的围巾和白雪，他就觉得自己很猥琐。

他决定再等五分钟，五分钟再不来，他可要走了。

他沿着金鱼池踱起步来，洁白的雪上他有一串弯弯的脚印。他走得很慢，还假装往池子里看看，池子里一条鱼也没有，水是墨绿墨绿的。

但是，五分钟过去了。他真觉得冷了。他真想一走了之。可想了想。决定再等五分钟。这次要再不来，那他可真的不客气了。

他又顺着金鱼池走动起来，他走得很小心，努力使第二回的脚印傍着第一回的脚印，他回头看看，笑了，真像一对恋人散步后留下的。

雪还在下。

时针无情地滑过十一点。他很累，准备往回走。可看到那女孩静静地一动不动，他又改变主意。这有雪的小城的夜这么动人，不好好地领略一番可就太亏了。

他又在原地慢慢地走动起来，不知过了多久。他提起头，不由得微微吃了一惊。

那女孩不知什么时候已经走了，她坐的那块地方只留下一块还没积上雪的空地。

他的心也一下空了。

……

他轻轻地推开家门。

妈妈果然在焦急地等待着。他心里猛地有一股委屈涌上来。努力装得很平静，喊了一声："妈！"

妈妈笑眯眯地问："见到她了？"

他脱下大衣："见到了。"

妈妈松了一口气，嗔怪说："冰天雪地的谈到现在，把妈给忘了吧。快给妈妈说说。"

"她很漂亮，围着一条围巾，撑一把小黄伞，文文静静的。"

"真好。"妈妈说。

"是好。"他说。慌乱地把脸转过去，对着玻璃窗子。

雪还在下。

（原载《蚌埠日报》1989 年 2 月 9 日）

/ 围墙谣 /

一

女生来玲是在晚上九点多钟被流氓……

据和她一块上厕所的女生毛小浪说，当时晚自习下了有近半个钟头，班上的其他同学已经走光了，她和来玲锁好教室的门，准备回女生宿舍睡觉。来玲说，顺便去趟厕所撂撂负担。毛小浪老滋老味地说，可别浪漫，假如出了事，我不好向大班长老赖交代。来玲见毛小浪拿她心里的小秘密开玩笑，也很不老实地指着毛小浪发育得十分丰满的胸部回击说，即使真有歹徒作案，首先看中的一定是你，谁叫你这儿长得这么流氓……两个女生都说得自己又兴奋又有点羞涩。毛小浪象征性地推了来玲一下，两位女生边说边笑着走进了厕所。

天黑得真像要吃人，四周寂静得只听见来玲松开裤带子的窸窣声音，毛小浪真有点紧张，她一个劲地催来玲抓紧时间，不要磨洋工。话刚说到一半，一只瘦长的黑影鬼似的踅进来，没等毛小浪有丁点儿反应，女生来玲就从厕所里毫无声息地消失了。毛小浪完全吓蒙了。过了好一会儿，她才想起扔掉紧抱着的一摞课本，一路惊叫着朝老师宿舍楼狂奔而去。

几乎是在眨眼之间，毛小浪的惊叫像是在阒寂安详的校园撂下一颗原子弹，老师的宿舍楼被炸得乱成了一团，楼道里到处是杂沓的脚步声，十几只铁锤似的拳头一齐砸在高校长家的门上。高校长正一边洗脚，一边翻着《工作日记》，看看明天要做的重要事情。边看边还和老婆子讲，乡政府关于学校围墙的那笔款子迟迟下不来，总有一天会酿成大祸。老婆子正要骂他嘴损，就听见外边杀人一般地惊叫，待把门打开，披头散发的毛小浪一头撞进来，吓得老婆子一下子躲到了高校长的背后。高校长也被吓呆了，《工作日记》“叭嗒”掉进了水盆里。他木然地坐在那儿，问：“出了什么事了吗？”便立刻有十几张嘴冲着他报告，哇里哇啦地像一锅杂烩汤，但“强奸”这两个字像尖细的篾子戳进了高校长的耳朵眼里。他高叫一声“不好”，一脚踢翻了脚盆，便光着脚，火烙了一般毫无节奏地从屋子里跳了出来。

中学的厕所坐落在校园后面大操场的西北角上。

当初捐资修厕所的，是一位叫黄毛的屠户，由乡政府出面拉的赞助。讲好建了厕所，还要顺着厕所两边分期圈建学校围墙。学校当然是快活得没地方抓痒。可厕所修好后，郭乡长就骂骂咧咧地来找高校长，说他妈的黄毛贼精，捐资建校原来有个附加条件，就是想租用学校临街的两间教室做屠宰坊搞肉类加工，租金另算。高校长眯起眼睛，盯住郭乡长右眼睑下那颗逗号大的小黑痣反问："你认为可不可以？"郭乡长说："改革年代，很多事情我也吃不透，所以来听听你们的意见。"高校长想也没想就断然回绝说："先不谈这事传出去让老师们脸上晦气；即使我们不要这个脸皮子，让他开起了屠宰坊，天天把猪整得鬼哭狼嚎，我这还叫学校吗？"郭乡长说："可达不到要求，狗日的要立即撤销捐款计划！"高校长把解开的中山装纽子一一扣好说："即使他用一捆捆的钞票当砖头来给学校砌围墙，我也不能答应条件。"最终把郭乡长气得又一路骂骂咧咧地走了。厕所东边是一排钻天杨，往北，就是果农的那一大片桃树林子。除了摘肥桃的季节，平时谁也不到这鬼地方来。厕所窝在这么个瞎旮旯里，加上没有围墙，到今天才出事就算对得起大家了。

高校长赶到的时候，来玲还坐在地上，嗓子像被丧心病狂的罪犯用力扎了个结巴，一个劲地咳嗽着。来玲身上几乎一丝不挂，两腿还分开着。透过人丛里射过来的手电光，高校长看见周围的茅草被压倒了一大片，旁边扔着断成三截的裤带子。看得出，出事时，来玲进行了最强烈的反抗。看到高校长，来玲的眼泪更加汹涌地流下来。几个女同学边往她胸部穿衣服边陪着抽泣。高校长晓得坏了，罪犯肯定是……头"嗡"的一下变得不晓得有多大。来玲是全校都知道的一位好学生，班上学习委员，每天下课总是捧着一摞一摞的作业本子送往各个办公室。正处在长身体的时候，全校那么多青春茁壮的女生，就数来玲最具有女孩撩人的勃勃春情，一举手一投足顾盼有姿。告诉别人也不相信，看见男老师和来玲谈心，高校长就担心年轻老师把握不住自己在她身上犯错误。所以多次强调，绝对禁止男老师在宿舍里做女生思想工作。左看管右注意，谁能料得到今晚却让绝八代的流氓得了手呢？

高校长让女生把来玲扶回去，让她今晚和老婆子睡一床。这时一伙年轻老师都沉默着从桃树林子里陆续地回到原地，最后，班主任和班长老赖也拎着棍子一无所获地回来了。高校长用手帕把自己流血的脚指头包好，说："报案吧！"班主任一一照办，并安排两位老师连夜赶路把信往来玲家里送。

二

派出所到现场进行了仔细的勘查、取证、推测。从现场情况看，犯罪分子是早已有此预谋，而且，至少提前二十分钟等候在作案现场，作案后从容地离开现场，是否惯犯倒也不能肯定，但有一点确凿无疑：犯罪分子之所以如此的色胆包天，是因为利用了没有围墙这一极便利的条件。其实这个结论和高校长早已做出过的分析完全一致，但听到派出所的推论时，高校长还是气愤得跳了起来，他一边打自己的嘴巴子一边骂："我怎么不早点死掉，这么昏庸无用，连一圈围墙都圈不起来。还有什么脸在校长的位置上赖着啊！"

大家赶忙过去稳住激动得有点失常的高校长。其实，圈围墙这么大的一件事，怎么能怪高校长一个人呢？当初黄毛把捐款计划撤销之后，学校确实很难堪。这不是盛在碗里的肉又变成猪跑掉了吗？但高校长没有服这口气，他在校会上慷慨激昂地说："缺了黄毛，地球还是从东往西转，教育这挂大车照样吱吱呀呀地往前面滚！"说得全体师生信心十足。围墙大约要围成长1000米、高2.5米，以每平方米132块砖头计，需砖约33万块，加上沙子、水泥、工钱，预算六万元钱。学校和政府共同筹建，不相信压不扁他一个小黄毛。学校这头好办，可以发动学生家长投工投劳，挖墙根脚，挑泥，找碎砖头打墙基，相信学生家长不敢不听。可到了乡政府，高校长却遇到意想不到的冷落。郭乡长和分管教育的副书记赖在会议室里就是不肯出来和高校长面谈。高校长一气之下回到学校，让各位班主任把郭乡长和其他乡干部的子女立即统统撵回家，不把家长喊到学校来见高校长就不要再来学校读书了。

这一招果然厉害。郭乡长等几位乡干部只好坐着小吉普，噎着气到学校来见高校长。高校长看见小吉普就来气，稳稳地坐在校长室里睬都不睬他们。郭乡长这回乖多了，弯下腰颇是难为情地逮住高校长的手狠狠地握了一阵说："老高，因为我没有钱给你。所以不敢见到你！"其他人也连忙说："是的，是的。"高校长可不想和他们磨嘴皮子。把学校做好的圈建围墙的预算案和要求拨款的申请报告往郭乡长面前一撂说："你乡政府即使穷得当裤子，也要把教育这碗饭给我盛上。"郭乡长一边捋着头发稀疏的秃顶一边咂着嘴翻开预算案和申请报告。其他人也苦着脸，跟在郭乡长后面此起彼伏地咂嘴。

空气始终僵硬着，教室里不时传来孩子们错落有致的读书声。高校长便觉得有一股温情从心底升起。高校长说："就冲你们的子子孙孙都要在这里生活三年，你们也要给我抠一点钱出来，把围墙圈好。"郭乡长翻过一遍材料，把一沓纸叠叠齐，咂着嘴说："待我把报告带到党委会上研究研究，你看如何？"其他乡干部也说，一定敦促乡委会尽快研究好给予答复。高校长动情地说："诸位，再苦，我们可不能苦孩子们啊。"郭乡长连连点头称是，气氛也就慢慢地活泼起来。大家便都嚷嚷着说这半天过得太紧张，肚子已经饿了个大洞，要立即撮一顿。高校长说："学校没有这项开支。要撮，那就到我家里，让老婆子给搞个忆苦思甜吧。"乡干部可不管你什么公啊私的苦的甜的，呼呼隆隆地提起包就涌到校长家里，一律地把酒盅喝得像吹哨子。

高校长不死心，趁大家把酒喝得呜里哇啦的混乱时刻，指使老婆子拱到小吉普里，把郭乡长的公章掏出来，重重地敲在申请报告上。

三

第二天上早读课时，来玲的爸爸才赶到学校。因为上头的安排，来玲的爸爸妈妈和大批大批的农民一样，都被征到水利工地上扒河去了。两位老师由热心的邻居带路，连夜追到工地上的窝棚里才把信送到。两位老师只说是来玲得了急病，没说被强奸的事，所以来玲的妈妈对老师深夜赶路送信过意不去，又实在找不到好的东西，就把口袋里巴掌大的一小块锅巴分成两份来款待老师。两位老师哪里吃得下，各自攥着一小片锅巴催着赶路。当时，这件事已轰动了整个蚂蚁湾镇，除了来校的学生，市民和附近的果农也三五成群地涌到学校来打探详情。厕所那边的作案现场更是如新辟的旅游区似的被一批又一批的人参观。高校长一夜没睡，干干地坐在桌子边心急火燎地苦等来玲家长，一张老脸憔悴得像一团抹布。见来玲爸爸远远走来，便慌忙用双手捧一支烟献给他。这可把来玲爸爸吓得不轻，几乎是像接圣旨似的用双手把香烟捧了过去。高校长又忙着给他擦火，因为手抖得厉害，一连擦了七八根火柴才把烟点着，还把家长的胡子燎了一小撮。这时，来玲在房间里潮乎乎地叫了声“爸爸”，便软软地又哭了起来。

不知过了多久，来玲的爸爸才从房间里出来，像小时候抱着襁褓里的宝贝女儿那样抱着已是十六岁的来玲。来玲的头用手帕扎着，脸贴住爸爸的胸脯剧烈地抽噎着。来玲的爸爸走到校长身边时停了一下，满是灰尘和汗渍的脸写满了农民终日劳作的艰辛，耳朵上还夹着刚才那支抽了一半的香烟。他用衣袖抹抹湿润润的眼睛，便头也不回地出门而去，留一个被扁担压得变形的背影给大家。

因为事情比较严重，郭乡长很快被小吉普从工地上拉了回来，破旧的军用吉普喘着气，透出一股极度的疲惫，满身是肮脏不堪的黄泥浆子，郭乡长远远地看见高校长顶一头白发，站在乡政府对面的一家杂货店门口等着他。每回来乡政府，高校长都要自掏腰包，在这家杂货店买上一包好烟去给乡政府的大小头脑们散一散。虽然一阵轻烟飘过之后并没有特别地带给学校什么，但高校长从不敢大意，仍然咬着牙坚持买。现在地方实行财政包干，学校的喉管就捏在乡政府的大拇指和食指中间，乡政府气不顺了，两指一用力，能让学校几天上不来气。所以高校长常给老婆子讲：“我是一校之长，学校的事弄不好，你走出去也丢人。所以你必须认真地给我从饭桌上抠出足够的活动经费。”但高校长今天一点也没有“活动”的意思。他正在和卖肉的黄毛赌气。其时日上三竿，正是黄毛卖完猪肉，蘸着唾沫数钞票的开心时刻，看见自己的老校长站在旁边，便故意把声音吊得老高："郎当一个五呀，嘀哩那个十呀，又哩唧那个十五……"神情间充满了对高校长的嘲讽和蔑视。这可把高校长给气死了，这个社会简直是反了，学生有了钱，就敢瞧不起自己的老师了，堕落呀真是堕落！他强捺着羞辱把身子背过去，风儿更是强劲地把黄毛一阵饱含猪油味的大笑灌进高校长的耳朵，似乎眨着帽檐下的两颗老鼠眼在问："高校长，又来跟乡政府要钱了吧？"高校长气得直抖，他真想拎块砖头上去对黄毛的后脑勺重重地来一家伙！郭乡长晓得高校长是个老教育，人格受不得如此的锤炼，赶忙过去拉高校长的手，高校长便把一股怨气撒到郭乡长身上，把他推了个大趔趄。郭乡长说："老高，有话慢慢讲嘛。"自己的学生都被强奸了。怎么能慢慢讲呢？高校长一脚踹开乡长办公室的门，指着郭乡长骂道："我这个学生，就是被你们这些东西糟蹋了的！"

郭乡长站在那儿不知如何是好，眼睑下的小黑痣变得有黑纽子那么大。如果国家允许乡政府办个印钞厂，学校即使想圈个"万里长城"做围墙，乡政府也照拨经费。可国家不允许，还天天扭着耳朵关照大家：百年大计，教育为本！一代又一代教育上的"一把手"都曾这么奔走呼吁过。可教育，这副张了几十年的血盆大口靠政府的那点瘦骨嶙峋的拨款就能填满吗？所以高校长拿着那叠老婆偷盖了公章的材料找到郭乡长时，他急啦。他说："老高，我不但没有钱给你，还要追究你偷盖公章的罪！"高校长在这种事情上精得很，他说："你不给我钱，我就拿着这张纸一级一级上访，不但让你乖乖地把钱拨给学校，还要让上级知道你郭乡长光顾喝酒，把人民交给你的大印都弄丢了，看谁上算！"郭乡长狡不过高校长，便耍赖皮，死活不开口。高校长只好退一步，说："你账上有多少，你就给我划多少过去。"郭乡长便叫来瘦得像一张相片的乡财政所所长，要他老老实实地报出账上还有多少钱。财政所所长晃晃手里那架用细绳箍了好几匝的算盘沮丧地说："还剩二角六分钱！"高校长跳起来，说："你们合伙欺骗我！"

郭乡长真心实意地说："老高，我们不骗你。"我们这个乡全年农业上的收入才八九万元钱，光教育上一年的投入就要七万五千元钱。还有办公、宣传、文化、计划生育……个个都把嘴噘得尖尖的，乡政府财政每年都这样子被叮得面黄肌瘦，更没有钱来挽救呈半死不活状的乡镇企业，恶性循环，越弄越穷。现在都快过年了，农业税上缴才收来几千元钱。今年的情况你该晓得，粮价大跌。中央刚刚通报处理了湖南一起因催收上缴逼死人命的案子，我们哪敢再来硬的？农民手里确实没有钱！郭乡长说着说着，眼睛里湿润了起来。如果你能找到销路，你把我的头割了去卖，我真的眼睛眨都不眨一下。

高校长看看真的榨不出什么油水，说："那你们也不能眼睁睁地看我们学校这么裸着，好歹也给它套上件衣服，长的短的好的孬的得有个打算，对不对？"

郭乡长拍拍高校长略驼的背说："其实，黄毛那座桥我已给你们搭好了，可你们自己抽掉了木板！"高校长说："我们即使穷得年年做要饭花子，也不能把孩子们跟屠宰坊混在一块。”郭乡长见高校长这么顽固，和他始终尿不到一个壶里，就带了点情绪说：“那你们回去就耐着性子慢慢等吧。”便再也不理睬高校长了。这叫什么话，嗯？高校长也来气了，说：“我们等着没有问题，但要是学校在围墙上出了事，你们要负全部责任！”

谈话自然是崩了。高校长闹了一肚子气回到学校。大家听了他的遭遇，便点拨高校长说：“我们也不能整天窝在学校里来正规的，要学点社会上的野路子！”高校长气愤地说：“圈围墙又不是什么丑事，凭啥要来野路子！”大家见他倔强得这么可爱，也不好强勉。可围墙一天不圈，学校简直就一团糟。附近的农民让成群的猪牛鹅鸭在校园里乱窜，不但一次又一次啃坏了大家辛苦辛苦培植起来的草坪，猪们还用尖尖的嘴把校园耕出一道一道的坑坑凹凹，而且随地大小便，弄得学校简直成了个猪圈。特别是到了摘肥桃的季节，来自各地的水果贩子把校园当成了跑车场，一辆一辆的汽车拖拉机和小三卡轰轰隆隆地穿过校园开进桃园。不但严重影响了正常的教学秩序，危险性还特别大。有一次，一辆“五十铃”差点把一群抢足球的男生全轧成“肉饼”，吓得全校师生都倒抽了一口凉气。治安也成了大问题。眼看着初二、初三的女生一个个在变成大姑娘，身上该长的地方都长起来了，社会上不三不四的二流子喝了酒，便三五成群地来学校闲逛，馋涎的眼光像两只贪婪的手在她们的大腿上和胸脯上掠来掠去，晚自习时还敢趴在窗台上望着女生吹口哨，辅导老师出来阻止，他们竟同老师伸胳膊动腿！警报一个接着一个地来炸高校长的耳膜，弄得高校长整天头晕目眩，只好对总务主任说：“你去银行贷点钱，到乡政府主要负责同志家里去打打招呼。不圈围墙，这日子看样子一天也过不下去了。”

总务主任哪敢怠慢，考虑正值狗肉上市，便贷了点款子买了一批火锅分头送出去。总务主任顺便给高校长也买一个，被高校长劈头盖脸骂了一顿，逼着总务主任把火锅给退掉了。

总务主任被深深打动了。他咬牙切齿地说：“这回款子要再下不来，我就把狗日的火锅一个个地再收回来。”

四

郭乡长见高校长骂人，也有点急了。他恨不得上去就给高校长一个嘴巴子。正无计可施，乡政府门外一阵大乱，各办公室留守的同志纷纷涌到走廊上来了。郭乡长出来看时，见中学的老师和学生黑压压地在乡政府大门外聚成一片，举着大幅标语，高声喊着口号呼吁社会“救救我们！”这么一弄，使一直掌握着主动权的高校长有点处于劣势了。刚才还驯服地被高校长詈骂的郭乡长立即变脸，挥起胳膊命令高校长立即出去解散非法的示威队伍。中央三令五申不许胡闹，你们竟把乌七八糟的一套弄到政府的大门口来了，这不是反了是什么？边说边把一只烟缸摔到外面的台阶上，碎了。高校长气坏了，几大步冲过去，把班长老赖那只高举着呼呼口号的拳头扳了下来，并下令全体师生立即散开。全体师生眼泪汪汪地看着凶得像要吃人的校长：难道我们就这样认了？高校长沙哑着嗓子又大吼一声："都给我滚！"便气冲冲地在前头走了。

密集的全体师生便迅速做鸟兽散。

回到学校，高校长立即召开了全体班主任会议，严格规定：谁再带着学生采取这种过激的方式把事情恶化，就立即开除公职！即使这样，也还是遭到全体老师的一致抗议！高校长只好慢慢地来讲道理：大事当前，我们一定要冷静、理智、克制、秩序，不能僵化学校同乡政府的关系，很多的事情要指望乡政府牵头处理，等等。说得大家茅塞顿开，都才明白过来自己为什么苦苦奋斗多年却没能坐上校长那把藤椅。

但事情并没有因为大家的冷静而平息。傍晚的时候，来玲的妈妈扛着一把铁锹冲进学校，呜呜哭着一把揪住高校长，一边擤鼻涕一边要学校赔她一个女儿。好好的一个女孩送到学校，眼看着长成大姑娘了，却被畜生糟蹋了，学校不赔就行了吗？大家都被吓蒙了，眼看着来玲的妈妈揪着高校长的头发竟无一人想起来上去拉开。倒是高校长的老婆子一时变得十分勇敢，冲上去掰开来玲妈妈的手。即使这样，高校长的头发还是被拽了一小绺下来。高校长没感到疼，翻来覆去地说一句话："有话好说，有话好说。"纠缠了好一阵子，双方均才慢慢地平静下来。高校长用手捋捋被揪得乱七八糟的头发对来玲妈妈说："我们正在全力和乡政府交涉这件事，还希望你能和我们保持一致，给政府那边加大压力，尽快将围墙圈好，以免类似的事再度发生。"

高校长说着说着动情了，他抹抹眼睛声音有点哽咽："学校里的孩子哪一个不是祖国的花朵呢，我们怎能让任何一朵花遭受如此的强暴？！"来玲的妈妈被高校长打动了，对刚才的事也十分歉疚，使劲地点了点头。

可到了乡政府一见郭乡长，来玲妈妈又哭闹起来，把事故的责任又一下子全推到郭乡长身上，弄得郭乡长十分难堪。高校长只好动手来拉她，来玲的妈妈又把嘴转过来，对着高校长怒斥道："如果学校早点把围墙圈好，我女儿不就……"家长说不下去了，呜呜地哭起来。虽然她喷了高校长一脸的唾沫星子，但提供给高校长发挥说话效果的空间是巨大的。高校长无言地望着郭乡长。郭乡长说："如果我手里有一分钱，敢不给学校圈围墙吗？"

都已经到这时候了，郭乡长还说这种窝囊话，这可把高校长真弄火了，他厉声地问："你老是弄不到钱，又赖在乡长位置上干什么，嗯？"好了，这算是指着秃子骂灯泡刺眼了，把郭乡长说得跳了起来，逼着高校长一定要说出他当乡长究竟"赖"

在什么地方？家长不知不觉地退让到一边，让出地方来让两小老头为真理和信仰而开仗。

当初实指望送了火锅，各个关节打通了，钱会顺利地往学校账上划了。郭乡长的态度也明显地和善了，见到高校长去乡政府，也不躲不让了，耐心地解释乡政府的财政状况。高校长便帮他出主意说，可以向农民筹一点，向上级要一点，自己到银行贷一点，现在很多地方流行这种“三点式”。郭乡长说，这不是解决问题的根本办法，要来的饭只能管一顿饱，下一顿呢，下下顿呢？高校长当然回答不了郭乡长的疑问。但问题不解决，那就天天往你乡政府跑，不管平时假日，不管白天晚上，不管晴天下雨，只要有机会，就来乡政府要钱，弄得乡政府的走廊上全是高校长的脚印子。虽然钱没有要到，但凭良心讲，高校长发现郭乡长应当是一位好的农村基层干部，尽职尽守，克己奉公，是个干实事的人。即使这样的鞠躬尽瘁、披肝沥胆，每回上级评先进，郭乡长却是榜上无名。作为老同学，也曾和高校长推心置腹地交谈过。叹基层工作难搞。不是人变坏了，是商品经济把世界弄得面目全非了。别说一个人没有钱到处受气，我们一级堂堂的乡政府，钱少，乡干部在大会小会上胡子被县老爷们刮得生疼，再大的功劳苦劳全淹没在一片批评指责声里了。

没办法，中央就这精神，下面不捧着干行吗？不行。尤其是《中华人民共和国九年制义务教育法》(以下简称《义务教育法》)颁布以后，从省里到市里再到县里，一律实行“教育一票否决权”，其他工作再红火，教育不行，一票否决，所有的评优都与你无缘。怪谁？谁也不敢怪，只怪那些制定教育法和实施细则的人没把下面的情况摸清楚，火候未到。就放马扬鞭，而不管前面是什么样的穷山恶水。只好让下面搞执行的同志受点委屈。郭乡长相信，只要意志不垮，总能找到解决问题的办法的。可谁承想，办法还没想出来，流氓却抢先一步，把那么好的一个女生给毁了呢？

一席话又勾起家长的伤心事，她禁不住又抹起眼泪来。

郭乡长下定了决心说：“我们这次即使剐大腿上的肉，也要把围墙圈起来。”

五

事后回想起来，那真是一个让众人饱受时代洗礼的夜晚。

乡党委领导班子扩大会一直开到深夜，所有的委员都被迫举起了沉重的拳头，做出一个“败家子”的决定：拍卖吉普车。

那是怎样一个滑稽而又令人无奈的场面啊！郭乡长亲自上阵当拍卖人，拎着一只木槌站在乡大会堂的主席台上，旁边就是那辆曾经为乡政府工作立下过汗马功劳的小吉普，已被勤杂人员冲洗得干干净净，前面的挡风玻璃上，还用一段红绸子扎着一朵大蝴蝶结。好像一个待嫁的少女正羞涩地站在众人面前接受着一道道苛刻的目测。

高校长带着十分沉重的心情向到场的“大款”们通报了学校近况。因为强奸案的发生，学校的女生开始纷纷流失。本来这些女生的家长就不愿让将来的“赔钱货”来读什么书，是被《义务教育法》压来的。这回好了，有了这么大一个借口，便纷纷往家里拽孩子。受女生的消极影响，有些男生也开始流失。老师们既要备课、上课、改作业、搞辅导，下了班还要去各村各户做流生工作，个个弄得心力交瘁，已经不成个学校了。在校的学生，成绩也备受影响，即使像老赖这样的最优秀的学生，因为心的创痛，成绩也呈直线下降，下了课喜欢一个人坐在桃树林子里发呆愣神。每当大家想到孩子们竟变成了这个样子，心如刀绞，扼腕叹息。同志们，救救教育，救救孩子啊！

高校长说不下去了，他蹒跚着走下主席台，他希望这一番真情的呼唤为今天的拍卖起一点推波助澜的作用。全场掌声如潮。

随着一声槌响，拍卖开始，小吉普开价是六万元人民币，到场的人谁都晓得，这是学校修围墙的预算额，不能再低了。可出人意料的是竟无一人应价。郭乡长连叫数声“六万”，声音在四壁上撞了撞，又原样回到郭乡长耳朵里。只好下减。五万五、四万、三万八……五千、四千……减到这么一点点，别说修围墙，连砖头也买不回来了。高校长坐在那儿，只觉得胸口发闷、两眼昏花。他真想会场立刻爆炸，让他和大家同归于尽算了。这么多蚂蚁湾镇的小老板，竟没有一个肯为教育出点血的仁人志士，这个民族发展下去还有什么意义呢？

会场上是令人难堪的沉默。

大家正不知如何是好。这时，黄毛却出人意料地从人丛里站了起来，全场立刻像被风儿吹过一遍的田园，人头攒动，如荡起一层层绿绿的麦浪。黄毛“嘻嘻”笑了两声说：“郭乡长，你别白费口舌了，据我所知，即使你不要钱，谁也不想要这种毫无实用价值的小吉普车回去白浪费汽油。这不是解决问题的根本办法嘛。”会场上似乎响起了一片赞同声，显然，黄毛已左右了全场的局势。高校长连回头望一眼的勇气也没有了，他闹不清是什么东西使他们师生之间变得这样尖锐对立？什么是解决问题的根本办法？黄毛没有代表大家把它说出来。他只是用帽檐下那两粒老鼠眼不易察觉地和郭乡长会意地对视了一下，郭乡长微微地点了点头，两人又同时转过眼睛看了看坐在那儿一动不动的高校长，便重新坐下，像先前一样在人丛里消失得再也找不着。

拍卖宣布失败。当会场里变得空空荡荡时，郭乡长过去扶起高校长说：“老高啊，我们已经被时代的大潮推到海边上了，敢跳不敢跳啊？”

高校长木然地往前走，他只觉得他这副扛了几十年教鞭的脊梁一瞬间被什么击得粉碎。

六

不久后的一天早晨，高校长借来乡政府那辆没人要的小吉普车去来玲家家访。走到学校门口时，正是早读时分。黄毛屠宰坊里猪的嚎叫正嘹亮地响起，回荡在空气清新的校园里，和学生们琅琅的读书声交汇在一起，高校长心里说不出是什么滋味。

他催促司机把油门踩大点，快点离开这令人头昏的嘈杂声。让受伤失学的来玲重回课堂才是最重要的、真实的。

否则，他死也不会瞑目。

（原载安徽《清明》1993 年第 5 期）

/ 淬炼 /

办公室主任老葛同志擢升为副部长后，部里搞了次民意测评，就拟任新的主任人选摸了下子底。办公室在部里说是核心科室，干的其实全是伺候人的事，特别是经常有没完没了的材料要搞，谁见谁都头脑发胀，哪个科室的人也不想从米箩往糠箩里跳。所以摸来摸去，还是摸在了办公室原来的几个人头上，其中副主任张手同志得票最高，几乎是其他几个人票数的总和，用大家的话说，张手同志政治上有焦裕禄的基础，思想上是孔繁森的苗子，能力上有可能成为郑培民第二，办公室主任非他莫属，把一个小小的部办公室交给他，别说是部里的几十个人，就是全国人民也是十分放心的。

开始张手同志也是这么认为的。屈指算来，张手同志到部里也有些年头了，从打杂的办事员，到一般秘书，到综合秘书，到副主任，写秃的笔也有一大把了，兼着办文、办电、办会、办事，脸瘦成了鞋拔子，头发成把成把地落成了“地方支援中央”，说句不中听的话，即使是太监也该轮着他娶妻生子了。所以张手同志对民主测评的结果很满意，认为群众的眼睛果真颗颗是雪亮的，自己这么多年吃的苦大家是记在心里的，当场弯下从来没有弯过的腰，向大家鞠了一个九十多度的躬。

可是，接下来部里却没了动静。别说是例行谈话、行文任命，连个口头说法也没有。没有说法，张手同志就不好主动进入角色，办公室很多事情无人牵头过问，推诿扯皮现象比较严重，机关运行质量一时就不高，这对张手同志来讲是一件很不能容忍的事，又不好对人讲，只能拼命地给办公室里一盆已经开了花的马蹄莲浇水。越浇，心里就越是憋气、发毛，说话像射子弹一样，十分呛人，有一天还把部人事科来缠着他盖公章的刘兰弄哭了。刘兰是位刚毕业的大学生，还没有找对象，丰满挺拔的胸脯在部里被公认为足以“笑傲江湖”，你张手同志怎么能这样搞呢?

刘兰一闹，部里当然不能没有反应，分管办公室的副部长老葛同志的电话立刻就搂过来。用十分严肃的语气，让张手同志跑步去见他。

张手同志没有跑步，而是先到四楼上了趟厕所，然后抄着一只手，斜扛着头，一步一步慢悠悠地晃过去的。也不敲门，径自闯进老葛同志的办公室，歪坐在沙发上，盯着茶几上一个来历不明的小虫子绕着烟灰缸转圈子，望也不望老葛同志一眼。

老葛同志显然还没达到副部长的火候，举手投足脱不了办公室主任的痕迹，特别是泡茶，简直让张手同志睨之。三根细长的手指捏着一撮茶叶放到塑料杯里，如果有散落在桌上的，他一定要用大拇指和食指做成镊子状，一片一片耐心地捏到杯子里。这样的茶端过来，张手同志当然是不可能喝的，所以气氛一时有点僵。

老葛同志笑了一下，长叹一口气，秃头秃脑地来了一句："看来部里的决定还真是不无道理啊！"

这句话还真把张手同志震了一下子。他微微抬眼，斜乜了一下老葛同志。

据老葛同志讲，民主测评后，部党组会集中了一下意见，原则同意张手同志为办公室主任的人选，可都一致认为，张手同志虽然政治合格、业务过硬、思想纯洁、作风果敢，但还是不够成熟，身上还有一些脾气，具体表现在一是火气，二是怨气，三是傲气，四是还有一点痞气，生活上有些细节经不起反复推敲……老葛同志还没有说完，张手同志就有点炸，当场伸手让老葛同志拿依据来。老葛同志连忙用双手很沉稳地做下压状："你看，你看，你这不是不成熟又是什么？咹？你还当真逼着我把你和小瓦的事拿出来举例子吗，咹？"

这么一讲，张手扭动的身子还真被老葛同志压住不动了，老葛同志很满意。老葛同志接着说："张手啊，你我在办公室搭手这么多年，老实讲，我心里对部党组这个决定是持保留意见的。不过话说回来，党要培养成熟一个干部，是一定得有个修炼、磨炼、锻炼、锤炼和淬炼的过程的，讲究每一个细节的完美。一关又一关的你都熬过来了，不就差个'淬炼'吗？况且部里的意思是很明确的，先主持工作，条件一旦成熟，立即磨正，到时候领导和群众都没有意见，不是件完美得一塌糊涂的事吗，咹？"

老葛同志说话和在办公室时写材料一样，总是绕几个大弯子才能点到正题，但中心思想张手同志听得十分清楚。张手同志在部里混了这么些年，虽没成机关油子，但路子是透熟的。"主持工作"与真正意义上"一把手"的概念是有天壤之别的，实际上的"一把手"只要没什么大毛病，你本人假如想在这个位置上一直坐下去，可以说稳如泰山，谁都难以撼动；而"主持工作"，即使好得身上连一个细菌也没有，可在他前面塞个正职，世界上恐怕再也没有比这个更容易的事了。

"所以呢……"看对张手同志的思想工作取得明显成效，老葛同志信心大增，适时让张手同志喝一口茶。张手同志没有异议，喝了一口茶，"所以呢，我代表部党组跟你先吹个风，你现在最重要的是，在政治上严格要求，思想上不断改造，业务上精益求精，作风上慎之又慎，不要堂也拜了，亲也成了，洞房的门槛也跨进来了，临到最激动人心的上床了再出什么岔子啊，啊？"

这些话在办公室的时候，张手同志经常听到老葛同志用来教育刚进机关的小青年，老葛今天将其整体移动到这个地方，似乎是光脚穿皮鞋，有点不伦不类。但张手同志听来，大有醍醐灌顶之感。如果没有老葛同志在办公室处下的倍儿铁的关系，今天讲出这么一番语重心长的话来，差点就坏了大事。

张手同志不禁惊出一身冷汗，恭恭敬敬地起身给老葛同志冲了满满一杯茶，又顺手把那只正在绕圈子的小虫子摁死了。

“进入角色倒是挺快”，老葛同志边开玩笑边从一堆材料中抽出一叠纸，撂到张手同志面前的茶几上，“赶快把这份材料盖上章，给刘兰送过去，再给小姑娘说两句开心的话，以挽回已造成的不良影响。”

张手同志二话没说，以最快的速度把刘兰那份要盖章的材料弄好，又颠颠地亲自给刘兰送了过去，弄得刘兰倒有点莫名其妙似的。

就这样，部办公室工作由张手同志牵起头来。

当然，分管部长老葛同志代表组织召集办公室全体人员宣布一下的程序也是少不了要走一走的。老葛同志宣布部里的决定时，像他以前写年终总结里“主要成绩”时一样，稍微发挥了一下说：“跟你们公开讲，部党组这样定的目的是要给张手同志一定的时间，物色一个过硬的副手。”老葛同志真正的意思是帮张手同志往每个人的鼻尖抹一点糖，好让大家都有些想法，这样干起工作来张手同志就会得心应手些。

“我相信”，老葛同志深深地喝了一口茶，把误吸到口里的两片茶叶慢慢吐回杯中，提高声调说，“在张手同志的带领下，一定能使办公室工作再跃上一个新的台阶。”大家条件反射似的报以热烈的掌声。

其实老葛同志也知道，要谈工作，对张手同志来讲早已具备主持工作的素质了。原先老葛同志当办公室主任的时候，因为经常在下属单位有点喝酒、打牌或是钓鱼之类的小活动，坐班不太正常，办公室的家交给张手同志当的时候也不少。现在让他名正言顺地主持工作，不正如蛟龙入海吗？办公室工作做什么，谁来做，怎么做，何时做，张手同志总是安排得板板掖掖。思路是清晰的，要求是具体的，措施是得力的，作风更是严谨笃实的，有时甚至有点“一根筋”。处理公文时文号中的年份规定是六角括号就绝不能弄成方括号，更不能是圆括号；落款日期党口行文用阿拉伯数字，政口行文用汉字那是不能混淆的；用印不但要端正，而且一定要上不压正文，下要“骑年盖月”。“这是办公室工作的‘童子功’。”张手同志经常这样告诫办公室的小青年们。有一次，部长老庄到办公室来交办一个急件，顺便提到部里发出去的文件仿宋字体不大气，而且字号有点小，如果用二号楷体，大家不用戴老花镜也能看得清了。

张手同志一听这话，赶忙从抽屉深处拽出一本《公务员手册》，蘸着唾沫翻到第219页，捧到老庄同志面前，用手指头钉钉子一样指给老庄同志看：“庄部长，这个中共中央办公厅和国务院办公厅是有严格规定的，您瞧，无论《中国共产党公文处理条例》还是《国家行政机关公文处理办法》都规定，‘……行文标题用三号黑体，正文用三号仿宋体’。”老庄微微点头，浅浅一笑，走了。

坐在一旁的小瓦就用又大又黑又亮的葡萄眼温柔地剜了张手同志一刀说：“部长只是简单点一下，你这么较真干吗呀？”

张手同志把《公务员手册》正正地放回原处说："你这个看法和你皮肤一样，嫩。在机关，简单点一下，就是批评，如果感觉是批评，就是严厉批评，如果你听出是严厉批评，那已经是发火，乃至于暴跳如雷了，懂吗？"

小瓦不知懂没懂，反正她对张手同志的这段话没有发表任何意见。

搞办公室工作，无非是为同级领导服务，为下级和上级领导服务，为人民服务。以前老葛同志总结过，说，如果把"三服务"具体一下子呢，无非就是接待来访，布置会场，行文盖章，给同志们捶腰挠痒。领导姿态高，好伺候；下级胆小，也好应付；最难缠的是各科室的同僚。部里每年发出去的文件、材料成千上万字，每个字按规定要走办公室主任核稿的程序。职能科室做职能的事，比如安排项目、考核干部、划拨经费、分配评优晋级的名额等，像捡取母鸡下的蛋，兴趣还可以，而如涉及本部门工作要搞材料，说句不文明的话，就有点像让他去清扫母鸡拉的屎，动力就比较小，搞出来的材料就不太像样。审核到这样的稿子，张手同志就有点头疼。他也知道人家根本就没把他这个"办公室主持"真正放在眼里，并不是真心来让你斧正稿子，只是走个形式好到部长那里去签发。这样，人家的意思同张手同志的原则就比较冲突。特别是看到全篇毛病的稿子，张手同志就忍不住要发火。按张手同志以前的脾气，这样的稿子一定要打回去，重搞。自从副部长老葛同志跟他谈话后，张手同志在办公桌的玻璃台板下压了一张初号黑体的字条，上书"制怒"二字，每临怒火欲喷，他就定定地盯着那张字条平定心绪，然后喝口茶，抽出一支烟，也给人家一支，点上，长长地荡出一口，这才开始核稿。为避免对稿子大修大改闹出不愉快，对诸如此类问题的处理，张手同志不得不经常运用些办公室主任的艺术：第一步先修改一些地方，让起草文稿的同志送到机关文印社去打印；一校时再改动一些地方，再打印；二校时改掉其余的毛病。这样虽然心里十分别扭，老是有一股火往上蹿，但能让工作一步一步地做下去，一次一次地也强忍了下来。当然，老是这样，人家自然少不了有点怨气，说改来改去的怎么没个完呢？张手同志就顺着人家的话说："机关文印社人员要提高素质，整天弄的是黄头发，绿眼皮，红辣椒嘴，打印几页纸的稿子，让人一遍又一遍地校改，不整顿怎么得了？"然后郑重地签上个"核"让人家高高兴兴地拿到部长那去签发。五次三番地这样，可捅了马蜂窝了。机关文印社的那些小姑娘，虽然平时都是没心没肺的样子，个个却都是天不怕地不管的胆，有好几次，这些个"新新人类"直接冲进部办公室，向张手同志讨说法。要是按张手同志的一贯风格，直接是不屑一顾，或者是发一通老火，让她们滚蛋。但是……制怒，制怒！每一次都是以张手同志举手投降而告终。小姑娘们得胜还朝时总不忘丢下一句："张手，我们告诉你，别以为你真是什么大领导，不要弄得自己认不得自己！"

"秀才遇到兵，秀才遇到兵。"张手同志总是这样自我解嘲。办公室的其他同志也纷纷喝口茶，一迭声地唉声叹气，说："秀才遇到兵，有理说不清，有理说不清。"帮助张手同志这样一位大学中文系毕业生摆脱败在一个勉强完成基础教育的丫头片子手里的尴尬，或者说是——难堪。

只有小瓦对张手同志的这种做法很不感冒，说他是“不知不觉地变得这么窝囊废了”！

机关文印社的那些“新新人类”们一语成谶，张手同志主持办公室工作不久，还真遇到了一件十分棘手的事。

这天下午，副部长老葛同志亲自来到办公室跟大家讲，不久省里一位老领导要率一批老领导来我市考察有关工作，因为是考察而不是检查，又是一批已经离线的老同志，规格相对就弱些，但市领导到时是一定要出场的。至于具体事务，市里就下移，主要由部门承担。我们部主要是搞好汇报材料，因为这些工作涉及的部门是我们口内的嘛。关于材料的形成，老规矩，先把任务分解到各部门，然后由部办公室综合一下子，统个完整的东西出来。以前老葛同志当办公室主任的时候，最烦、最怕又最恨的就是什么统稿，一遇到这样的事，总要骂那些来考察的老领导，说没事在家钓钓鱼，滚滚门球，哼哼《夕阳红》多好，他说这么跑一趟，一路下来要麻烦多少人！然后分步做张手同志的思想工作。说张手啊，你要有个思想准备，这个事呢可能要麻烦你一下子。如果张手有点为难，老葛同志就手一挥，说，随便搞搞，不要那么太当一回事，一批老家伙而已，把他们哄高兴，在你张手还不是小菜一碟？

搞统稿张手同志历来不怕，怕的是众口难调，所以没吱声。

办公室的其他几个同志一听老葛同志没有明确叫谁统稿，就比较紧张，生怕老葛同志眼线瞄不准，歪打到自己的头上。空气一时就十分凝固。

“叫谁搞合适些呢？”老葛同志肯定晓得大家脆弱的心理，故意卖个关子，见都不敢抬眼望他，他心里一阵舒坦，说：“这个事我看还是张主任来搞合适些。”

哇噻！大家立即齐刷刷地转过头来，目光牢牢锁定张手同志，一迭声地附和：“只有张主任最合适，换了谁也搞不来。”而且主动领去了向下属单位催要材料的差事，并立即纷纷打电话开始给他们布置任务。一时办公室里一阵哇里哇啦地向下级发指示的声音。

张手同志心里猛地一堵，想说点什么。老葛同志手臂有力地一挥，劈断了他的话头。小瓦定定地望了他好长时间，也没让他顺过气来。

……

张手同志笔头子快，没过几天，一稿很快就拢了出来。按照惯例，统好的稿子一定要召集各部门的负责人听取意见。以前因为是老葛派的差，张手总是拖，拖到没有退路了，才把材料拿出来，一般除了个别词句的修改，基本是一致鼓掌通过。这次情况有所不同，等于是张手自己的事，主持工作就要有主持工作的新气象。也怪张手经验不足，惹出了大麻烦。

第一稿在讨论时竟被一致否定！

会上大家说了些什么，张手根本就没听清，也没有这个思想准备，无非是各说各的理由，强调本部门工作的不可替代性，材料中占的比重少了什么的。会议很快就结束了，留给张手的只有一句话：材料要全部推倒重写。

回到办公室，张手呆坐着，望着那盆开得正恣意的马蹄莲出神。把会场的情景在脑子里细细滤过，分析了一下缘由，觉得第一稿之所以没有被认可，主要是有几个人喊得凶，左右了其他人的思路。想到这一点，张手顺手把稿子拿过来翻了翻，用笔勾勾画画，也算是修改。这次张手遵循的原则是，第一次喊得凶的，材料上相对就倾斜些，那些没说什么话的，相对就偏离一点。这好像有点不地道，不是他张手同志的一贯风格，但你要在狼群中生活，你首先要成为一只狼！这是张手在读大学时抄录过的一则名人名言。如果说这是工作的艺术呢，张手认为，这也能算一条吧。

可事实证明，张手同志改正错误的方法本身就是极端错误的。第二稿一拿到会上，令他没有想到的是引起更强烈的反响。那些先前没有说话的同志听完修改稿后，没有立即吱声，张手同志认为，这回大概差不多了，八九不离十了。可他没有料到的是，等老葛同志让大家发表意见时，那些老实人说出来的话比蛇吐出来的还要毒："这是谁统的稿子？简直是狗 ×！以前葛部长主持统的稿子从没有过这样的事！"而且故意说，张主任啊，你要拿出你"主持工作"的威信，好好整一整你手下的那些小青年，不学无术，统个材料整个一个"四不像"！这样的材料如果不推倒重写，拿到省领导面前去汇报，整个就是丢我们市里的人！

张手同志的心情一时变得极坏，主持办公室工作的最后一点新鲜感已荡然无存，连与生俱来的一点自信也被击得粉碎。他这才体味到当初老葛当办公室主任时的艰辛。那时候自己真不该像个一般的小青年一样跟他怄气。反过来又怪那些在会上指手画脚的人，有什么值得又喊又叫的，整天就晓得为蛇蚤大小的多少争过来斗过去，这一回，他妈的学回乖，搞平均主义，每家的字数一样多，连标点符号别想多要一个，我看你们还有什么话讲！想到这儿，心里倒也亮了一亮。

在第三次讨论会开始前，他先找了一下老葛同志，让他别当面糊帚子，关键时刻要拿点部级领导的威风，不能让那些"号头鸭子"信口雌黄。老葛同志当时是回答得很坚定的，可一到会场上真刀实枪干起来的时候，根本就无法控制场面。

张手同志这次是下了决心的，不能就这么让大家说来说去的。所以当大家说这个稿子有点平淡，还需要好好地动一动手术的时候，张手同志站了起来。

张手同志这么一站，还多少有点出乎大家的预料之外，都有点狐疑地望着他。张手同志慢悠悠地喝了一口茶，问："不知大家生过孩子没有？"一句话把大家逗笑了，说，你张主任亲自生过，我们没生过。但这次张手没有接这个玩笑，而是一脸严肃地说，如果你们的孩子生出来以后，你嫌他鼻子歪了，眼睛斜了，耳朵长得不是地方，要你的夫人退回肚子里复生一次，你们说，夫人能办得到吗？大家不晓得张手同志葫芦里卖的什么药，都没搭腔。张手用眼睛扫视一遍会场说，道理是一样的，已经形成的东西要全部推翻重写，各位领导，办公室恐怕是黔驴技穷了。

尽管张手同志说得十分认真，甚至还比较严肃，但大家根本就没把他当一回事。纷纷说，别人没有办法，你张主任肯定有办法。并嘻嘻哈哈地自行散了会，临走时还都拍拍张手同志的肩膀，张主任辛苦，辛苦、辛苦。

这回张手同志被气得比较严重，有一种被羞辱的感觉。刚进家门就把材料揪成一团，扔在门后的废纸篓里。上幼儿园的女儿看见了，跑过去把它拾起来，一脸庄重地用小手展开抹平，放到张手旁边的桌子上，被张手同志用胳膊猛地一扫，材料便像一片刀似的劈出去，吓得女儿哇哇大哭。

这天晚上，张手同志简直有种生不如死的感觉。直到夜很深了，也没有睡着。想想对女儿的粗暴，后悔得不行，又轻轻地跑到女儿的房间，看见熟睡中的女儿脸上还有泪痕，心里一软，禁不住亲了亲她湿润的脸蛋。

稿子几次没有通过，老葛同志就有点慌，要来帮助张手同志分析分析原因。张手同志知道，老葛同志只是个姿态，他自己写的材料都找不出原因，外人怎么能找出原因呢？老葛同志不过是借这个姿态给他下压力罢了。部长老庄不知怎么也晓得了这个事，也来过问，这样事情就显得有点严重了。张手同志在那一瞬间真有一种万念俱灰的感觉，他木然地望着部长老庄，竟然一句话也没有说出来。

部长老庄说，下次讨论会，我要听听大家的意见。

当然，稿子最终还是顺利通过了。一直到考察组要来的前一天下午，张手同志才把材料拿出来。当张手同志念完材料，部长老庄让大家谈谈看法的时候，大家连连叫好，并像以前的无数回一样，一致热烈地鼓掌通过。

他们不可能注意到，这回大家一致认可的材料，其实就是张手同志一字未改的第一稿。他望望部长老庄，想起老葛同志要找的原因，张手同志不禁哑然失笑。

那天晚上，在部机关文印社，看几个小姑娘加班赶印材料，张手同志始终一言未发。他想得很多。他想人和人真是有差别的，你认为你的一字一句乃呕心沥血而成，可在并没把你当一回事的别人眼里呢，不好说。而那些他平时不大看得起的小姑娘们，对他的材料表现出了少有的崇敬。看着她们印刷、分页、装订、入袋，做得小心翼翼，张手心里涌起一股别样的东西。他破例请她们吃了一次烧烤。小姑娘们个个都洋溢着一脸的满足，张主任长，张主任短地围着他，用餐巾纸帮他擦脑门上的汗。张手同志想，以后一定要像待亲妹妹一样善待他们。

张手同志变了。

首先有这个感觉的是小瓦。张手同志在办公室最先配了一部和弦响铃的手机。从那时起，办公室总时不时响起《秋日私语》或《致爱丽丝》什么的悦耳的乐曲，给严肃而又有点单调的机关生活增加了一点“清风拂过琴弦”的效果。音乐响起，小瓦总要和着节奏颠颠脚或是点点头。这是一种难得的松弛。这种享受突然间没有了，小瓦就叫起来：“张主任同志，这段时间你好像有点文雅耶。”小瓦这么一说，大家的感觉就很强烈。张手同志以前经常乱蓬蓬的几根不多的头发突然刷了齐了，且油足、贼亮；原来龟壳一样年近古稀的皮鞋，现在居然天天晃动着张手同志本人的倒影；原先动不动就喜欢掏出手机来朗读个把“黄段子”，带着大家放浪甚至有点淫邪的坏笑，斜着眼看办公室里有几个女同胞的一脸潮红，现在连手机都搞成振动了，真是怪哉！怪哉！对这个问题，张手同志是这样解释的，说经常代表部领导到市里参加一些活动，在公共场合手机太响显得太张扬，容易引人侧目，影响我部机关形象，不改振动行吗，咹？

小小的手机响铃里居然蕴含着这么深的学问！大家还真没有好好地动脑筋想过。

有一次，部办公室几个人要一同到下属一个单位去搞个活动，大家紧张准备之余，都高兴地说，跟张手同志外出快活是快活，就是喝酒受不了，因为张手同志酒量大，酒风强悍，实在，叫你想玩点小动作都不忍心，所以经常把大家灌得东倒西歪的。当然喽，大家的感情也正是这样一步步地加深了，这也是不争的事实。

其实大家不知道，这段时间张手同志心里老是为这些事发愁。经常是忙完了办公室的事回到家，还一刻不停地在屋子里乱走。在职读研的老婆就比较来气，说他淬火淬到今天也没淬出个样子来，还是那么不成熟。张手同志说，正因为“样子”要出来了，所以凡事才担惊受怕的。

老婆这才渐渐知道，市里不久前下了一个文件，给全市党员干部定了个“四不准”，其中有一条就是工作期间不准饮酒，有一点公安部“五条禁令”的意思，处罚无疑是很严厉的。这不是不让人混嘛，无酒怎么能成席呢？你比如说，明天的午饭摆在那儿，喝酒，明显违反了纪律，而且市里这一段正安排督查组带着电视台什么的在下面暗访。张手同志最担心的是，如果大家正在推杯换盏，暗访组的一个镜头扫过来，再到电视上向全市人民一播……毫无疑问，一杯酒就很可能喝歪自己的人生。不喝，你张手同志自古以来的一位悍将，想的、说的、做的都大气得很，突然变得这么的羞羞答答，理由呢？还没有混出个人样来，就搞假正经，更不好向大家交代。

“也不要自己吓自己，哪有那么巧就碰上电视台暗访的？”老婆抖一抖全是外文字母的书，说。

张手说：“假如个别有些想法的同志给上级领导简单地搂个电话呢？”

“哪有这么坏的人，一直都处得跟兄弟姐妹一样的，是你自己把人家想歪了吧？”

实在找不出妙招，就关照老婆再把文件拿过来研究研究，要求她要像分析名著里名句的深刻含义一样，看能不能从字缝里找到些弹性做做文章，比如，变通一下，以私人名义上些个酒什么的，关键时候能有点说话的余地。可研究生学历就要拿到手了的老婆逐字逐句地抠，也没发现丝毫可以钻的缝隙。看到老婆比自己还着急的小样，张手同志倒呵呵笑了起来。

因此，每一次张手同志最终还是小脸喝得通红。到吃饭时大家兴奋地在桌子边刚刚坐好，老婆按事先约定的电话就搂过来了，理由都是被中央办公厅文件还要难以抗拒的，张手同志就可以在大家的歉意中很舍不得似的离桌回家。老婆总是边给他倒酒边说，你这样做有点不正宗，假若今天恰好暗访组过去了，你心里怎么对得起大家？

“那只能听天由命，看各人的造化了。”张手“吱溜”一声喝了一大口酒后，说。

其实，办公室只有小瓦才能真正感觉到张手同志的质变。小瓦在办公室分管文书档案，张手同志搞材料，经常要看些上面来的最新指示，所以来文处理时，小瓦就格外照顾张手同志一些，无论办公室主任老葛同志签给哪个领导批阅的文件，归档前小瓦都要送给张手同志看一遍。有时赶材料，碰到一些印象朦胧的，张手同志还要麻烦小瓦翻一翻原文，小瓦从没有任何怨言。时间一长，张手同志心里对这个傻乎乎的小姑娘就有点异样，小瓦也觉得心里有点不对劲。有一次，在档案室翻材料的时候，汗呀灰的有点多，小瓦就老打老实地说：“全是为了你，害得我今晚要洗澡。”张手同志明知小瓦的话纯净得像玻璃一样透明，但他还是笑了一下。小瓦说：“你笑什么，难道不是吗？”张手同志说：“小瓦，你大哥我告诫你一句，以后你们女孩子在我们男的面前不能说‘洗澡’这两个字。”小瓦扑闪着又大又黑又亮的葡萄眼问他为什么。张手的胆子突然膨胀了一下，说：“这很容易让我们联想到你们女孩子身体的某些部位。”话刚说完，小瓦下意识地用手理了一下被挺拔的胸部撑开的衣领，惹得张手同志又一阵好笑。这样两人的心一下子就贴近了许多。小瓦就问张手同志：“张手，有个问题我一直想找个人问问，你们男的每在办公室说到‘洗澡’时为什么总是异样地笑？”张手同志想小瓦还没结婚的一个小姑娘，不能把她带坏了，就说：“等你结婚以后我再告诉你。”“死样！”小瓦骂了他一句。“你肯定在里面干过坏事，所以说不出口！”小瓦这样说，张手同志心里就有点慌，眼睛开始躲闪小瓦。一时无语，只听见两人哗哗翻材料的声音。后来张手同志想小瓦虽然单纯，但知道深浅，绝不会把他们俩私密的谈话随随便便地说出去，就索性说了自己唯一一次酒后洗澡，被“小姐”拉下水的事。小瓦说：“我平时就比较注意你，晓得你张手没有那么简单。”张手同志就又啰里啰唆地解释说是本只想让“小姐”正规按摩一下，没想到那个小姑娘一两天没做生意了，本身也有强烈的需求，结果硬把他给“办了”。不过因为当时弄得很和谐，事后她并没有要钱。“没有现金交易，这应当不算‘嫖娼’吧？”张手有点呆里呆气地问。“当然不算，应当算古今中外最最伟大的爱情！”小瓦讥讽道。

两个人谈话达到这个深度，关系自然是越来越近，快要达到不一般的程度了。小瓦很喜欢和张手相处时的那种随和、不设防、有一种书呆子气的境界。但近段时间，小瓦已没有了这样的感觉。在办公室里跟同事好像有点“摆谱”，跟小瓦讲话也好像有点拿拿捏捏的。最气人的是最近一次。知道张手同志晚上在办公室加班，小瓦吃过晚饭就去了办公室，上网听听音乐，玩玩“助大地”游戏，她没看过张手弄材料是什么样子，第一次知道原来是这么辛苦，心里好像蛮有一股温情，就不断地起身给他倒茶。后来天下雨了，小瓦就说，我要回家了。张手就说，要不要我送你？小瓦说，要。张手说，那你再稍等一下子。小瓦心里的温情更浓郁了，又起身给他倒了一遍茶，清掉爆满的烟灰缸。一直陪着他忙完，已经比较晚了。雨也越下越大。张手说，没有伞，怎么送呢？小瓦说，我小时候，下雨没有伞，妈妈就把我搂在怀里。张手说，雨下这么大，到什么地方找你妈妈去呢？一来一去，气氛被小瓦弄得比较暧昧。

可刚走出机关大楼，不知躲在什么地方的副部长老葛同志打电话找张手同志，说三缺一，让他立即跑步去凑把手。张手同志接电话时腰弯得像一张弓，头不住地直点，好像老葛同志就躲在他手机里揪着他耳朵似的，只顾一迭声地说："就到，就到。"不是跑步，而是打了个的。几乎是离弦的箭般飞走的。把小瓦一个人晾在雨里，连个招呼也没打。可把小瓦气得不轻。

第二天在办公室，张手同志让小瓦找份文件。小瓦想使点性子，说："没工夫。"目的是让他反思一下昨晚的事。他竟想都未想，公事公办地说："这是庄部长要的，我叫不动你，要不要让庄部长亲自来请你？"气得小瓦把文件柜钥匙摔在桌子上，跑了。

"怎么像瓦斯一样，说炸就炸了？"张手同志边拿钥匙边自我解嘲地说。

这一次，办公室的其他同志没有用唉声叹气来附和张手，帮助他摆脱难堪，而是兀自看报、抽烟、喝茶，办公室里一片静谧。那盆马蹄莲已经凋零。以前老葛同志跟大家说过的，它已经进入休眠期了。至于马蹄莲为什么在自然界万物生命力最旺盛的六月休眠，大家一直不明白，老葛同志也从来没有跟大家说过。

转眼夏天过去。暑气也一天一天地消退得差不多了。

这一天，部办公楼大厅的宣传栏里贴出一张《公示》，内容是这样的：

公示

根据市委有关文件精神，经民主测评和组织考核，现作如下公示：

张手，男，1970年生，汉族，中共党员，大学文化。1992年9月分配至部办公室工作，历任办事员，秘书，办公室副主任。拟任部办公室主任。

（公示时间7天，即日起至11月6日，欢迎监督。其间安排有专人值班，值班电话：6901405）

部人事科

《公示》贴出以后，引来很多人观看，便都好奇地询问张手是谁，却没有人能说得清。看见部人事科的刘兰在不远处打羽毛球，便大声招呼她过来询问。刘兰咯吱咯吱地扭着小腰过来，却也说不清。大家便讥讽她是人事科不干人事。刘兰边用手拎拎胸前汗湿的衣服边说，上面不是写着办公室的吗，到办公室问一问不就知道了？站在旁边的小瓦说："别吹老牛了，我们办公室根本就没有叫张手的。"大家一起回过头来望小瓦，见她一脸纯洁，不像是说假话，而且旁边还有好几个人也七嘴八舌地这样讲。便都说，人家升官，跟我们有什么关系，回家回家。

便都一齐回家去了。

（原载《醉翁亭文学》2003 年 9 月号）

/初一（1）班学生志/

潘启山

潘启山个子不高，眯眯眼，估计到初二要配眼镜。排座位时，我把他放在中间，他指着黑板上的“7”问我是“1”还是“9”，我就把他排到最前排。

潘启山学习很不错，进校成绩是第三，现在每次考试都拿第一。字写得很平常，而且小，像女孩子写的一样，密密地从本子的左面排到右面，从顶头一格连到最后一格。但是作业从来不出差错。同学做完作业，非偷偷地把他本子翻开对对得数不可。我总是用他的本子对照着改其他学生的本子，每回都这样，保险不会有错的。

我很想让他干学习委员。语文老师老卜说，这孩子很老实，可能干不来，弄得不好让他为难，反倒害了他。我想想也是，就没让他干。

他上课举手也像女孩子。其他学生一听说上黑板演算，手举得像树林，还把身子离开座位，尽量把手伸长，还一招一摇如旗帜，前排几个矮小学生还是小学时的习惯，身子一耸一耸的，喊：“我来，我来。”

潘启山举手时把臂肘收在桌子下面，只露出一点手掌，头也是低着看桌子，满脸通红。

我上数学课时一般不让他板演。我想他板演不会有错，评改时不能发现问题，也就失去了提醒学生注意的机会。跟老卜说，老卜说他上语文课也是，一般有最难问题时才找他，平时总是舍不得用他。

有一天，老卜高兴地对我说，上作文课时他出了一道题，雪化了以后将出现什么？有的同学答“水”，有的同学答“看见泥土”，有的同学答“雪化了天就晴了”。叫潘启山答时，他红着脸说：“雪化了春天就要来了。”看看！

我心里也替潘启山高兴。兴之所至，一次老师们听我的代数课时，我让他板演了一次，谁知他竟出了差错，我刚评完他那道题，他就伏在桌上抹起了眼泪。

事后他找到我说，你给我板演的机会太少了，一上黑板我就心慌，我想多板演，你允许吗？

我心一软，答应了他。但到时却又舍不得让他板演了。

我退休时，买了两本书和一只文具盒送给他做纪念。他不好意思地翻了翻书，又疑惑地望望我，很认真地问："俞老师，你送我书和文具盒干什么？"

我一个老头子竟想要掉眼泪。他真不晓得是什么意思，他还是一个孩子。

听说现在他板演的机会更少了，成绩依然像以前一样好。已经戴上了眼镜。

王天峰

王天峰，男，1973年生，汉族，出身小商家庭。

王天峰穿衣服不考究，上面有很多墨水，头发乱蓬蓬的，穿的是一条小牛仔裤，膝盖上纳着两块大补丁，喜欢撸起袖子，在手腕上画手表。

王天峰看了很多课外书。连环画、少儿书刊、优秀作文选，连他妈妈用来包白糖的《参考消息》，他也要歪过头来看看，后来竟读起厚厚的长篇小说来。语文成绩相当不错，回回考试都是班上第一，可是数学很差，回回又都是倒数第一。有好几回，我发现他连很简单的解一元一次方程都错了。

班上学生都仿效他爱好广泛，看课外书，下棋，用扑克玩二十四点游戏，严重影响了学习。

我和老卜感到有点惊慌，就商议要认真地禁止一下。班会上我严肃地强调严格控制看课外书，也禁止把棋、扑克带到学校来，还当场收缴了两盒象棋、五盒军棋、一副海狮牌扑克。学生们都低着头，很怕的样子。我特别指名王天峰要小心一点。

可是第二天，王天峰还是带了书来在外语课上看，被外语老师没收了。

我问他："作为一个学生不能偏科，你可懂？"

他说："懂！"

我说："你语文考一百分，数学考零分，是升不了高中、大学的，你可懂？"

他说："懂。"

"那么……"我用征询意见的眼光看了他好久。

他头低下了，脚在地上交叉着画线条。

可第三天晨读课刚上，班长来报告说，王天峰把小说书贴上外语书皮来蒙混班干部。我去一看，果然外语书像被剥了衣服，很惨的样子。我没客气，把书没收了。

学生说，他还有。不客气，没收；如果再有，那就再没收；果然还有，依然没收；依然还有！

我把事情通知家长，家长当场对他的头就是一巴掌，回去让他跪在门槛上，说："只要你数学和外语考到六十分以上，就给你买只手表。"又说："你妈妈为了挣钱给你上学吃饭，辛辛苦苦地东奔西忙摆摊子挣钱，你可懂？”

他说：“懂！”眼泪簌簌落下来。

好像他真懂了，课外书果然不看了，认真学数学、外语，还不时找疑难的问题来问我。

我正想在班会上表扬他一下，却有学生向我报告，说王天峰放学不按时回家，躲在学校南面的大桥下面看小说。我问王天峰有没有这回事，他老实地说，有！为什么？他说，他感到他数学、外语成绩没有一点点进步，语文也后退了，他实在受不了。

期中考试时，他语文得八十四分，其他几科均没超过六十分，数学才二十分多一点。

家长看看禁还不如不禁，也不再为难他了。放了学就让他到街上去帮母亲照顾杂货摊子。

我上街常常看见他站在摊子旁边歪着头看小说，心里很不是滋味。

不知这孩子长大了究竟是什么样子。

赵囡

赵囡是个女生，她姐姐也是我的学生，去年毕业的。我常常把她俩搞错了。

这孩子很逗人喜欢。穿的全是她姐姐的剩衣服。看到老师时躲躲闪闪。有一回我带初一（1）班学生去看电影，遇到一个很漂亮的女孩子说了几句话，我看到赵囡跟其他几个女孩子挤眉弄眼了好几回。

班上的女孩子很喜欢围着赵囡聊天。有时早上一到校，书包放下来，几个女生就聚到一堆去了，像一群麻雀，叽叽喳喳，打了上课铃也不散去。自习课更像是进了茶馆，说说笑笑，浪费了不少光阴。

我严肃地指出：“我们班上有人一早来就聊天儿，这个坏习惯要坚决改掉！点点儿大的一个人跟谁学的一嘴谈天的功夫？”

男学生都幸灾乐祸，说还有还有，赵囡她们天天吃零食，一点不注意节约。

我脸色更加地冷下来。我很反对吃零食。我多次提醒学生，零食很不卫生。有很多细菌和灰垢。我有意把零食说得倍儿腻歪。况且，都读中学一年级了，抓根油条边跳毽子边啃，像什么？

男生说，像幼儿园小朋友。

可是听说赵囡还是吃，无所谓的样子。

其他女生本来不好意思吃了，见赵囡不在乎，于是又都去吃。惹得男生十分有意见，纷纷向我报告。

我很生气，在班上点名训了赵囡一顿。

赵囡当时就哭了，哭得很伤心。其他女生也低了头，很羞愧也很后悔的样子。男生表面没什么，但看出来内心却是乐坏了。

我知道，女孩子脸皮儿薄，受不了我的这么不讲情面。但我当时太生气了。

哭也哭了，认错也认错了。据悉，赵囡还是没有改掉这个习惯，有时上自习课还把瓜子儿嗑得咯咯地响。

我只好温和地说，以后不准再吃学校门口老头老太太拎着卖的零食。真想加点餐儿，可以到学校开的小卖部去买大面包吃。那面包又酸又甜，泡泡松松，营养也是很好的。

赵囡她们还真的去了。但是没多久，就一齐涌到我跟前说：

"俞老师，这面包你吃吧，我们不喜欢这种味儿。这种味道太严肃了。"

我差点儿要笑起来。味道严肃？这太新鲜啦。我努力地板起面孔说："就你赵囡的新鲜事儿多。"

赵囡说："我们女生吃饭少，离了零食就活不下去啦，你再禁止我们，我们可就都不高兴啦。"

我后来看了一篇资料，知道吃零食是女孩子的天性，她们需要零食，也就不那么严厉禁止她们了，但要她们注意卫生。

赵囡她们就快快乐乐地吃着零食。

武基林

武基林是第二组组长。穿一件米色拉链衫，两手喜欢抄在插袋里，脸皮很白。

这个学生最大的特点就是不肯承认错误。他个子不高，但辩起理来声音却同大人一样，学生说他是收音机，体积小，嗓门大。

我听了很想笑。但仍没忘记喝令禁止给别人起绰号。

武基林很喜欢插嘴。别人回答老师问题卡壳时，他会不失时机地代人回答。为这事我曾给过他几个警告，可他就是改不了。同学在一起讨论问题，他会热情而又主动地凑上前去插入其中。别人说："你走开。"武基林就做出一种鄙夷不屑的神情让对方受不了，还粗起脖子来和人争辩。鬼使神差，本来很有理的事，一句来两句去，竟让武基林占了上风，别人怎么提高声音也挽不回。

翻开他作文。大道理小道理一章章一段段，成绩却一直停留在中等水平。我好几回发狠要撤掉这个组长，和老卜说，他也有同感，两个人又谈谈这个学生，最后又舍不得撤掉他。

班长在《班级日志》上多次记道："武基林上课大声喧哗，和 ××× 同学吵架。"我把日志丢给他让他自己看。他只读了一页就哭起来。哭得很委屈，呜咽着说："我和他们小声地商量几个小问题，为什么记我是吵架？"

我说，武基林同学，我原谅你这一次，你以后可要注意一点！

我笑着把这事讲给老卜听，老卜说，吵架其实是潜在智力的一种突发形式。这孩子的才华可能要到高中、大学甚至更后来才能显示出来。对他来讲，这是难得的优点，也是致命的弱点。

我以为这话说得很在理的。

终于有一次，武基林在课堂上同外语老师争辩了起来，气得外语老师直发抖，把他书包撤了，一定让他回去把家长叫来。

我赶到教室时，武基林已拎着书包回家了。我只好对班上的学生说，以后请多多让着武基林一点，少跟他抬杠，以免影响了班级纪律。

文宏良

文宏良是班上少有的大块头，和我站在一块，要高我十厘米。组织班委会时，学生们一致选他做劳动生活委员。一到周六，他就活跃起来。周六全校卫生大扫除，要记分评名次的。他对同学要求很严。有一根稻草也要拈起来送到垃圾堆里去。有少数参加检查的学生干部互相包庇，互赠分数。文宏良撇着嘴说："下等！"

这个孩子很光明磊落的。

在他做劳动委员期间，班上卫生名次总是在全校第一、第二名上。

文宏良对老师很有礼貌。无论在食堂、走廊，还是在班级里、大街上，甚至在厕所里，只要见到老师他都要请教的。即使他伤风咳嗽得喘不过气来，见到老师也要偷个换气的刹那间打个招呼的。有时半天里他能跟我打四五次招呼，太阳都落山了，他还问："俞老师吃过中饭啦？"

先前他经常迟到。他家离学校远，每回我上班去抓迟到，总有他一个。我问："你为什么总是迟到？"

他手摸摸头，非常不好意思。

我晓得他没有母亲，家务很多，一家人的衣服都要他洗，就多次原谅了他。但总得有个措施呀。

他说，他想保管班上的钥匙。我同意了。

每天放学，他总要等候值日生扫完教室，然后锁上门再走。其实他也闲不住，天天帮助值日生把凳子搬上桌子，扫了地，又把凳子放下来，回家很迟。

为了抓紧时间，他全是夹着书包跑步回家，第二天早晨又夹着书包一头热汗跑步到校，早早地开了教室的门，果然很少迟到了。而且得了一个“长跑冠军”的绰号。

学生又选他做体育委员。

文宏良带操时很严厉，他可以当着老师的面把学生训得哭鼻子。别班的学生说他比俞老师还狠。

他当体育委员没多长时间，学校的体育循环红旗就挂到了初一（1）班。

可是他学习很平常，我也感到没什么特别的办法。

初一下学期，他参加了校运动队。天天去训练跑步，学习更加不行了。我婉言地规劝他。他说等参加了运动会，一定下功夫把学习搞好。

果然，运动会上他得了三千米、五千米和一万米的冠军，使学校声名大振。他回校时，赵囡她们几个女生还送了束花向他祝贺。他很激动，但同时发现自己学习怎么也跟不上趟了，便退了学。

现在文宏良在家里开手扶拖拉机。我常常半路上搭上他的车到学生家去家访。

糜晓玲

糜晓玲是全班最小的女生，才十虚岁。个子很矮，皮肤很黑，头发很厚、很乌、很长。女生劝她扎两条辫子，她偏要让它披着。

她第一回来报到，我误以为她是跟姐姐来玩的小学生，对她说：“小朋友，请到外面去玩，大哥哥、大姐姐们要开会啦。”

她当时就急了，委屈地说：“俞老师，我是你班上的学生呀！”

糜晓玲是班级里性子最急的学生，学习用功，成绩优良，对自己要求很严，喜欢给学生和老师提意见，非常珍视班级荣誉。

初一（1）班被评为先进班级，别的班有几个学生不服气，背后对糜晓玲说是初一（1）班弄虚作假，还刮鼻子羞她。

糜晓玲哪能容忍得了这个，毫不谦让地用难听的话讽刺别的班级，一来二去，两个人动起手来，滚得满身是泥，揪到我的宿舍。

糜晓玲气鼓鼓地说了事情的经过，又严肃又认真，引得我笑了起来。

背后她跟女同学说：“这么大的事情俞老师还能忍受得了，还笑！当的什么班主任呀！”

直到现在，我还担心她的这种性格会害了她。

（原载上海《少年文艺》1988年第9期）

/ 美丽的刀 /

这一天终于来了。

得知市纪委监委工作组正在进行秘密调查的消息时，让军和朱小油两个正伸长脖子凑在电脑前修改一个材料。那天犹如鬼使神差，让军的脑子异常好使，妙句迭出，引得打字的朱小油一个劲地用咂嘴、摇头表示赞叹，也更刺激得让军头脑风暴疯狂地呼啸，文思汹涌如大河奔腾，一泻千里，朱小油实在无法再表达他的佩服，不得不用上“绝对堪比《人民日报》社论的深度、敏锐和犀利”这样极端的评价。就是在这个时候，隔壁职训科的老汤夹着一支烟阴阴地踅进来，对着半空里没头没脑地说：“局里有人要倒霉了！”

让军和朱小油正为材料一惊一乍着，老汤这句话没头没脑，但却像兜头一刀“唰”地将他们的思维一劈两截，两人同时抬头愣怔地望着老汤。见起到了预想的效果，老汤吐出一口烟，愈加神秘地告诉他们，听说市纪委监委派来的人已秘密调查了好长时间，外围取证工作已全部结束，下一步将正面接触局里有关人员：“更好看的戏就要鸣锣开场喽！”

轻轻的老汤走了，正如他轻轻的来，他从让军的桌上拿走了一支香烟，却留下他们两个人愣着眼睛发呆。特别是老汤临走时对让军和朱小油俩意味深长地泛泛一“瞥”，让军感觉到一丝凛冽的寒意。

许是纪委监委总是同处分、开除、坐牢之类令人恐怖的词紧密相连，朱小油明显地乱了方寸，咂嘴的声响明显加大，手脚不易察觉地颤抖起来，碰得键盘上敲出了一串乱码。但毕竟年轻，脑子转得飞快，短暂的慌乱之后，很快恢复了他的敏锐和一连串的质疑：如果是我们局里的事怎么会绕过了县里驻局纪委监委组而让市里的人来调查？涉及的是什么级别的人员？这个案子有多大？结合老汤讲话时潦潦草草的样子，朱小油认为，老汤故弄玄虚的成分比较大。

也许是心里的事多，又是人事科科长，让军竟没显出什么异常。让军认为，老汤平时虽然有“听风就是雨”的毛病，但这样重磅的消息，无中生有的可能性不大。调查组到局里工作这么长时间，连老汤他们那么“冷”的职训科都知道了，却没有一个人透气给人事科，结合老汤说话时不阴不阳的表情，特别是临走时对他们俩那不深不浅地一“瞥”，让军觉得事情应该“与人事科有关”。让军声音不大，属于自言自语，但让还沉浸在猜想中的朱小油一下子跳了起来，咂着嘴说：“科长你说什么！我们人事科这几个可怜人、整天提心吊胆，小心翼翼，走路都怕把蚂蚁踩着，查遍天下也不该查到我们吧？”

让军用手背轻轻碰了碰朱小油瘦削的肩胛让他坐下，眼光“唰”的一下直逼着朱小油的双眼，问：“好好想一想，我们到人事科来做的每一件事、每一个细节，都能经得起反复推敲吗？”

让军的庄重严肃和咄咄逼人的目光并未让朱小油胆怯，瘦瘦的肩胛连着的小胸脯反而骄傲地挺了起来，咂着嘴说：“科长你又来了，我再次严肃地向你重申一遍，保证我们人事科每个人干的每一件事绝对洁白无瑕，忍得住各样委屈，守得住各种秘密，顶得住形形色色的说情托请！”让军摇摇头，又用如炬的目光盯着朱小油：“我说的不是这个意思！”朱小油再年轻也听得出让军话里的深长意味，许是对让军的担忧和怀疑感到实在冤枉和不服，反应明显比较强烈：“科长你想到哪里去了！你一直扭住我们的耳朵反复叮嘱，谁还能有那个胆！如果你发现我们谁做了什么见不得人的事，你直接用双手把我们‘掐死’，谁咂一下嘴就不是人养的！”

再次确认无误！让军觉得朱小油话虽然说得乱七八糟，但让人心里却十分的踏实。

时候已是深冬，凛冽的风从窗子看不见的缝隙顽强地钻进来，不易察觉却又让你感觉阴冷无处不在。天空一片昏黄，有点捂雪的样子。隐隐的声响里，一场大雪正遥遥而来。

后来的一切皆源于那个下着小雨的早晨。

让军原先在局综合科干了近二十年，工作驾轻就熟，虽然在别人看来综合科事无巨细，杂七杂八，每天埋在各种材料堆里，接电话，发通知，处理来文来电，安排大大小小的会议，管理机关繁杂的事务，堆着笑脸迎来送往，不是摆茶杯碗筷勺，就是扫烟蒂瓜果壳，店小二一样做的全是侍候人的事，但让军觉得，这个社会纷繁复杂，自己做不了“兼济天下”的大事，只想“独慎其身”，综合科基本是和上级、同级和下级联系，不怎么和形形色色的社会人打交道，少是非，多纯粹，很干净，对自己无疑是再恰当不过；而且让军同时觉得，真正做好“独慎其身”，不给这个世界添乱，也是另一种形式的“兼济天下”。所以，多年来在综合科让军干的是一派的怡然自得。

那个早晨除了下着小雨没有任何征兆。

早上一上班，局长老郜拎着包，路过综合科的时候，像往常一样吩咐让军，立即通知局党组成员开个短会，随后还要召开机关全体工作人员大会，并且交代事情紧急，由让军直接安排开大会的事，局党组会让朱小油参加记录。一切安排没有任何反常，让军更没想到与自己有什么关系。等他知道一切的时候，已是在局机关全体工作人员大会上，局长老郃亲自宣布，让军从综合科主任调整为人事科科长，大家热烈鼓掌。随后，分管综合科的丛副局长亲自安排，下发任命文件，工作交接，调换办公室，有点像“陈桥兵变”，硬是黄袍加身，眨眼之间，让军已坐在了局人事科办公室的窗户边上了。

“肯定不能有一点风声外泄！”事后说起这事，丛副还是得意自己给局长老郃建议的极端正确性，“这个位置这么敏感，有多少人盯着，要安排一个合适人选的难度可想而知！如果之前有一点跑风漏气，你可能就摸不上了。”

“祸兮，福之所倚；福兮，祸之所伏。”每个人都沾沾自喜于自己的所谓得意操作中，没有人真正在意让军的真实感受，更没人会想这么深、这么远，都认为老天有眼，对让军在综合科二十来年遭受的所有酸麻苦辣咸予以回报，所以才委以重任。当时老婆央红也是这样认为的。早上出去是综合科的人，中午回来就变成人事科科长了，其速度堪破“朝令夕改”纪录。为表明自己坚决支持的态度，一向对夫妻生活十分考究的央红居然很豪爽地在中午主动安排了一次“慰问”，并且比较粗俗地点评说人事科科长的滋味和综合办主任的感觉相比到底还是有些不同……同学朋友亲戚什么的电话一时间也是此起彼伏，一律让让军“好好干”。看着床上已经干得有些凌乱的场景，让军觉得这些电话多少有些不伦不类。

那天晚上，我们的“小圈子”也小聚了一下，既是发自内心的祝贺，也真真假假地对让军有“苟富贵，勿相忘”的蛮横告诫，七嘴八舌地跟他讲，不要老是抱着什么“独慎其身”的陈词滥调，你在政府机关里行走，不做“兼济天下”的事行吗？今后找你办事，不要和我们耍官腔，一定要把我们兼济到位：“铅球大的雨点直管往我们头上砸噻！”

自始至终，让军显得有些忧心忡忡，郁郁寡欢。最后借着醉意含糊不清地嘀咕道：即使想做自己的那么“一点点”，也是这样艰难！

和综合科相比，人事科是个完全不同的全新岗位。外人眼里掌管着全系统的干部任免、人事调配、职称评聘、新员工招考聘用、评先评优等炙手可热的好事，也是个最容易“升官”的位置，但似乎没有人对其潜在的风险进行过理性评估。此前几任科长，一个背了个处分被直接免职，一个揣着七年有期徒刑的判决书进了班房，最近的一个干了不到一年实在难以忍受直接撂了挑子，辞职的理由是“体弱多病，精神濒临崩溃，无法胜任”，但让军知道，其辞职的“背书”是“坐在这个‘滚头毛’的位置上进大牢是迟早的事”！

和大家的看法一样，原先让军也有点简单地认为“背书”对人事科的说法多少有点夸张，毕竟人事科只是一个工作岗位，与“进大牢”相提并论应该有吓唬别人，标榜自己的嫌疑。一个普通的工作岗位，如果自己不“作”，谁能扭着你硬往大牢里送？但当自己真正进入角色，才真正体会到什么才是“人事科干的不是人事”！日常工作千头万绪，矛盾纠缠重重，遗留问题异常繁杂，牵藤拉瓜越扯越乱，隔三岔五的来人来访不断，而且个个脾气暴戾，动不动拍桌子、摔茶杯，边高举手机录视频，边喷着唾沫扬言不给满意答复就上传网络，没有一个是省油的灯；让军特别感觉到，由于多年来方方面面插手干预，整个系统人事生态遭到严重破坏，元气大伤，“人乱事更乱”。特别是“人员借用混用”现象乱象丛生，该是社区的人借到了镇上，编制在镇上的人却到城郊上班，城郊的则拼命往城里挤，原在城区下属单位的则长期被借用在机关。让军认为，要真想将人事工作做出点眉目，其当务之急是“恢复整个系统的人事生态”，所以，当让军提出要想将目前整个“人事”工作这一团乱麻理出一个头绪来，必须从“人员借用混用”这个“顽症”上动刀不可的思路时，得到科室里所有人员的赞同和支持。

找到了“痛点”，说干就干。让军让朱小油将系统内所有“人编分离”情况一一登记造册，列出详细清单；自己则让管理档案的郦姐将国家、省、市和县里有关规范人员使用流动方面的所有文件收集整齐；连刚参加工作，总是穿着“你无权过问我”T恤衫的藤仔和顶着一头花白头发，快要退休的老曹也被发动起来，帮助让军在网上搜索、向外地联系相关信息；让军则在他们的基础工作之上认真埋头研究，细细研读文件精神，弄清实质，吃透精髓，着手制定出整个系统清理借用人员、规范人员流动工作的《实施细则》和《行动方案》，并揥住局长老郃，专门找了个无人打扰的星期六向他专题汇报。

老郃对让军的主动作为非常赞赏，并且认为让军对人事工作一出手就能“扼其要害”，声若洪钟地表示肯定“大力支持”。但当让军一步一步将事情做实，做具体，做出眉目，让老郃审核经过反复甄别的清理名单，签发文件时，让军感觉老郃态度暧昧起来。面对让军的急不可耐，老郃有点闪烁其词地说，这个事恐怕不能急，要适时开个党组会，必须高度统一口径，彻底消除杂音，方能收到一锤定音的效果。

让军知道事情会是这样的走向。夫“祸患常积于忽微”，局里人事工作没有分管领导，一直由局长老郃直管，整个系统的人和事弄到目前这个地步，老郃不会不知道个中的来龙去脉，现在让他“以子之矛陷子之盾”实在是不臣之举。

“领导的战略设计高屋建瓴，不可挑战，但不该妨碍我们有自己的战术设计对不对？”又一次我们“小圈子”聚会的时候，喝了不少酒的让军顶着一头乱发，红着眼睛问我们。我们没法回答他。我们认为，作为下一个下属，领导怎么说就怎么做好了，何必自寻烦恼？可让军说，现在把我硬放到这个位置，我就是一个守门员，如果守不好门，让足球肆意洞穿，“独慎其身”都做不好，谈不谈“兼济天下”也毫无意义。

现在看来，让军不是真正地要我们给他一个正确的答案，而是用另一种方式表明他破釜沉舟的坚决态度。否则，老郃就不会把他选到人事科科长的位置上。

此后又拖了好长时间，就在大家以为这个事已“胎死腹中”的时候，市政府

"市民问政"栏目突然出现了一则帖子，指名让军他们单位请直接回答：在憋什么大招吗？你们清理用人乱象的"那只靴子究竟什么时候能落地？"帖子写得很长，不但点了他们整个系统用人乱象，还语焉不详地举出一些混借人员或缺姓有名或有姓无名的名单，尖锐地指出每一位混岗借用人员其实并不可怕，但每一个人后面的靠山才是真正的乱象推手，是不折不扣的"撼人易，撼靠山难"！中国从来不缺少围观者，网友一下子"哄"了起来，帖子很快发酵，跟帖短时间内拉了几十页长，七嘴八舌说什么的都有，但有个声音一直以主流的姿态贯穿始终，那就是：一定要弄清楚每一个人背后的那个靠山是谁？并且让大家擦亮眼睛看，竖起耳朵听，开动脑筋想，求证帖子里网友猜想的混借人员和"后靠"的匹配度，打蛇掐七寸，最主要的是必须找出这个乱象中靠山"寡头"！看看到底是谁还在坐拥"车厘子自由"的特权！

一竿子直捣马蜂窝，弄得鸡飞狗跳。各级领导一下子被弄得十分被动，带着怒火地质问手机、电话、微信似乎都挟着青烟愤怒而来……我们私下里都替让军担心，事情还没做成，却一下子把大家一齐推到了舆论的风口浪尖，足够让军喝一壶了。政府办事有政府的规矩，这事不弄个水落石出就无法给网友一个最好的交代。

但这件事后来的走向有点出乎大家的意料，完全没有按照大家设定的那些个程序，该动怒的却没一个敢出来讲话，更多地却都在私下里忙着与网上那些模糊不清的名单断然切割。

最让人没想到的是这天上午，郜局长亲自拎着公文包到让军他们人事科现场办公，从公文包里掏出让军起草的文件，大笔一挥直接签发，明确要求用实际行动回应网友关切，以尽快平息舆情。同时更是显现出一贯的强悍甚至霸道，严格要求此事从速从快，无论涉及什么人、什么背景、什么情况，一切只按文件办，概莫例外："正气不树，邪气岂能自走哉？"局长老郜将右手拇、食、中三指紧聚在一起，利剑般地往他面前的空气猛戳了一通。

有点惊喜过度的朱小油躲在郜局身后，飞速同让军短暂对视一眼，露出一切均未超出设计预想的表情。

很快，上级纪委监委来局里进行秘密调查的事成了大家私下里议论的热点，所有人谈论起来都有一股莫名的兴奋，对即将到来的"正面接触有关人员"充满了变态的期待，几乎所有人都在压抑着兴奋，用内涵丰富的眼光相互询问：他会是谁？

"虽天地之大，万物之多，而惟吾蜩翼之知"。让军就是这样将他做事"抓关键"的心得带到了局人事科，有点反常地从清理"混借人员"推开，整个系统的人事工作也因此慢慢地打开了局面，同时也使让军深刻体会到"人管人，累死人，制度管人是灵魂"这句话的妙处。让军觉得，要想将逐渐恢复起来的人事生态维护好，坚决扼制外部势力对我系统内部人事生态的粗暴干涉和破坏，除继续实行"休养生息"的方针，让军深刻认识到，"必须将权力装进制度的笼子"这句话的极端重要性，唯有如此，才能真正划出禁区，使整个系统的人事工作处于“免打扰”模式。于是他不厌其烦，对干部任免、人事调配、职称评定、新员工招考聘用、评先评优等方面进行全面梳理，已有明确规定的，严格按文件要求执行；没有现成制度的，去外地参观、学习、借鉴先进的经验做法，无数的“五加二”“白加黑”的煎熬之后，在上级文件框架下一整套适合整个系统实际的人事规章制度建立了起来。当他把一大本装订成册的《人事制度汇编》送给局长老郜的时候，局长老郜拍拍他的肩膀说：“摸得不丑！”还感慨说一切事在人为，你看看，再复杂的事，被让军这么一捋，变得简约、清爽、顺畅。

让军没有受宠若惊，而是抖了抖厚厚的一本《人事制度汇编》，讲了一句不深不浅的玩笑话：“只有领导鼎力支持，它才是真正的制度呢！”

所以，隐隐地就有人总结说，后来的一切都是让军自找的。

因为有很多事情说归说，做起来就是另外一回事了。大家都认为，制度是死的，人是活的，从没听讲有活人被尿憋死的。所以，每逢办事的时节，朋友、同学、亲戚、邻居什么的总要带着他们的朋友、同学、亲戚、邻居什么的来找让军，帮帮忙，行个方便呗；当然更麻烦的还有局里同事还有领导，名义是来“了解了解有关情况”，实际一来就将“请多多帮忙”的烫手山芋扔到了让军的怀里。而且只要讲话，每一个人都很快使让军陷入两难：符合规定的，不需要帮什么忙；需要帮忙的，那必须突破文件，洞穿规定；如果生硬地回绝，大家都是低头不见抬头见的，自己不是生活在真空里，也要正常地生活、工作、为人处世。每遇此，让军总是耐心地给他们讲述每一项工作严密的操作规程，从开始到结束，不计琐碎，不厌其烦，条分缕析一番后，自以为说得十分清楚了，便总结说：“你看看，这些环节设计得如此严密，彼此制约，相互掣肘，可以说无懈可击，你说谁能帮上什么忙呢？”

来人虽然一律听得非常认真，但对让军做出的结论自有自己的判断：“反正不管怎样严密，只要是人为操作，它就不可能是铁板一块，就一定会有回旋的余地。”这种只囿于自己的思维，从不顾别人感受的不是赤裸裸地逼迫让军愤怒吗？但人家并不恼，临走时又是握手又是感谢又是拜托的弄得十分隆重。

其实让军知道，事情并没到此为止，他们要走一个固定的升级程序，或者说任何人都无法逃脱已经约定俗成的文化。

果然，让军办公室电话很快响了，局长老郜简捷利落：“来一下。”去了局长办公室老郜也没说什么，只是叫让军将刚从人事科办公室出去的人重新带回人事科，但此时所有的人都知道，大家都已经不再是原先的自己了。

坊间的逻辑就是这样的简单而可怕，不管事情多么复杂和微妙，一个轮回下来，坊间很快抽象成一个明确的结论：“在这个局，想要将人事方面的事办成，必须将那个姓让的摆平！”局长比较通情达理，原则上都不会有什么意见，就这个具体办事的让科长喜欢死搬教条，话特别难讲。

我们小圈子居然也有了“让军的话特别难讲”的感觉，认为他已经开始“小膨胀”，更有点“一阔脸就变”的意思，说话做事“柴”得很，有亲戚朋友托来找他办点事，动不动就搬出一摞文件，一张一张地翻给我们看，找出种种规定，支撑事情不能办的理由，让好多人在亲戚朋友面前失了面子。我们便“瞎”他，如果真的与文件规定丝毫不差，还拜你这个老同学什么咸味呢？有权不用过期作废好不好？所以，后来“小圈子”的聚会，往往成了对让军的声讨与批判，有的甚至恶毒地说：“再这样下去，你很快就让我们失去了和你做朋友的欲望！”

一向比较平和的让军这时却变得十分好斗，责问这个世界到底怎么了，总有人想方设法洞穿规则，捞到些规则限制着但自己想要的东西，全然不顾假如这个世界真的没有了规矩后果会怎么样！

“真的没了规矩，这个世界的这么多好处会轮到我们这些没钱、没权、没地位的平头百姓吗？！”

说到激愤处，让军额头上青筋暴突，更高声地声讨我们太不是玩意儿，你们自己出面都办不成的事，还不死心，居然退居身后，指使亲戚朋友干那些让人匪夷所思的送钱、送物，甚至送洗澡、送按摩那一套！这是你们作为老同学居然这样看我吗？我没帮你们办成事就是你们理解的“香没烧到位”吗？今天我打个招呼，以后谁再这样认为，别怪我让军真的翻脸不认人！这倒也一下子捏住了大家的“七寸”，“小圈子”的哥们都感觉到自己确实被亲戚朋友带入俗套，将事情想歪了，乱七八糟地授意亲戚朋友送……送……送……呃，确实丑陋，丑陋啊。于是，纷纷举杯致歉，啥也别说了，喝酒喝酒。

第二天酒醒，一切完好如初，生活继续向前，咱“小圈子”什么都好理解，人家不让那样干，咱还真不能干。但“小圈子”之外就不是让军所能控制的了。他们做起事来想法简单，动作生猛，让军称为是“赤裸裸的围猎”！你们知道什么叫“围猎”吗？让军总是顶着一头乱发，红着眼睛问我们，但并不要我们回答，而是自己解释说，“围猎”就是四面合围起来捕捉动物！我的眼前立即出现了非洲草原上一群狮子“围猎”角马的情景，群狮们猫着腰，眼露凶光，包围圈慢慢缩小，活蹦乱跳的角马顷刻间被撕成了碎片！

看来让军对这些问题是认真想过的。一件平常的事，被他这么一描述，总变得让人毛骨悚然。

也许正是有了平时的胡思乱想，才使让军变得格外敏感多疑，这倒也让他在那么纷繁复杂的境地里能始终保持点头脑的清醒吧。

但如果就此认为让军可以远离是非，那就大错特错了。

其实我们都知道，人在江湖，很多事情由不得让军的。尽管他总是想像乌龟一样，缩起头来，尽量少与外界纠葛，只做爱做的事，可别人不是这样想的，他不想搭理别人，想要将事情办成的人却费尽心机地主动追着他。而且，人家有一整套源远流长的理论支撑："不怕你原则强，就怕你没爱好！"越是半生不熟的人，电话追过来的时候越是亲热得不行，让你无处躲藏。早晨、中午、晚上、节假日，无论你在哪里，在干什么，人家的要求只有一个："有事要当面向领导汇报啊。"让军知道见面意味着拉拉扯扯，意味着剪不断，理还乱的麻烦，所以尽量不会让自己同他们面对面，有事在电话里说就行了。"一两句话说不清楚，请求领导给个机会见个面详细汇报。你在哪儿？只就去找你！"其穷追不舍的韧劲逼得让军不得不经常撒谎。其实此时让军就在家里，人家也已堵在了楼下，让军只得在电话里把自己的位置一下子支到几十千米外的乡下老家，当着老婆央红的面也这样，不断地将谎扯得滚瓜烂熟，手到擒来，甚至到了脸不红，心不跳的麻木地步。

老婆央红看在眼里，疼在心里，看让军当个破人事科科长，弄得整日猥琐不堪，连个准确的定位都不敢光明正大地告诉人家，当初让军从综合办主任变成人事科科长的那一点点喜悦早已荡然无存，嘲笑且后悔自己那天中午居然主动安排"慰问"！多次劝让军干脆别干了，回过来过一过正常人的生活。让军站在窗边，遥望楼下那个正在给他打电话要求见面的人，只能无奈地摇头。

躲过初一，躲不过十五。尽管让军有过这样的心理准备，但当麻烦真正来临的时候，还是超出让军的想象。

让军不愿见面，人家一点也不生气。下一个电话来的时候，不得不叫让军主动约人家见面了。人家在电话里轻描淡写地告诉让军，今天上午到办公室找你，想当面将所托之事汇报清楚，不巧你在八楼开会，看你办公室没上锁，就放了个档案袋在办公桌右下角第三个抽屉里，一点土特产云云。没别的意思，主要是拜请领导对本人事情的关心。

"嗡"的一声呼啸，让军全身的血液一下子全冲进了脑子，他颤抖着双手拉开办公桌右下角第三个抽屉，果然有个牛皮纸的档案袋躺在里面。不用看，肯定不是什么土特产，在让军看来，是个不折不扣的大当量的"炸药包"，而且现实情况是无法扔出去，即将在手中爆炸！

一味置气肯定无济于事。让军只能强压怒火，一转拒人千里之外的态度，主动打电话恳请人家回头，来办公室面谈。但恁是怎么饶费口舌，人家一味地嘻嘻哈哈，说也是受人之托，自己只是个"二传手"，不成敬意，万望笑纳！

这是敬意吗？这是活生生地要将他往牢房里送啊！越想让军越觉得后背阵阵发凉。还要叫让军笑纳？好话说尽，让军终于再也装不下去了，冷了脸霸气吼道："今天你不把东西拿回去，如数还给人家，明天就到局纪委监委组去拿收条吧！"几乎是暴怒的声音在电话里撞了几个来回，才换得对方一声有气无力的"好吧"。

冷静下来想一想，让军觉得，自己可能真的想多了，其实人家并无恶意，是人家那个层面自然的认知，就是单纯地想额外加点筹码，叫让军为人家办事的时候多多费心而已，甚至真的是内心真诚的谢意，更没有和什么“围猎”沾边的事。

当然，无论幕后怎样的电闪雷鸣，遇到具体事务的办理，让军会丁是丁卯是卯地做。他经常对朱小油说，我们做人事工作的，要想替这么多人服务好，最重要的就是一定要找到原则性和灵活性的最大公约数；当规定和个人在某个区域内的关系模糊，掰扯不清，公婆各说其理时，一定要将砝码倾向于个人，让个人利益最大化，尽量让出一点空间，将原则模糊的底线明晰，不是双双得益的事吗？

但很多事情想象得很美，实际上，有时底线就永远不会有明晰的时候，时不时地总会有些特殊人物、特殊渠道交办的特殊工作，想要真正做成其实非常棘手，但又不得不办。每到这样时刻，连一向比较顺从让军的朱小油也会跳起来：“科长，你讲的这件事原则性和灵活性都是质数，没有公约数！”让军知道朱小油说得没错，但还必须让他硬要“抠”出公约数出来，还不能和他说得过细过深。朱小油反而不跳了，用他这个年龄少有的平静语气评价说：“科长，你好像变了！”朱小油说，你一直不断地提醒我们，在人事科，做每一件事最重要的是有理有据。依据的是哪一级文件精神，哪几个部门印发的，有着怎样具体的规定，文号是多少，要办的事和文件的关联性有多大，契合度……符合规定的，一定要办透、办到位，跟规定背道而驰的，坚决不办，之间界限模糊的，不能简单地一推了之，要一个字一个字地分析研究，尽量用活用足政策，最大限度地让个人得益。你刚才讲和这件事属于与文件完全背道而驰，不能办！

简单透明的朱小油倔强起来固然可爱，但有些事情不能办也要“创造条件办”！因为这些事往往不是一小件具体孤立的事，而是与上级、与下级之间，兄弟单位之间，整个系统内外人、财、物等复杂的牵扯关联。

一般人不会知道其中的风险，一旦引起质疑，形成舆情，就会变成活生生的“好心办坏事”，将事情纠正回原点容易，牵扯人和单位的麻烦才是真正的麻烦。所以，如果真要办有这样风险的事，让军会格外慎重，总要和朱小油俩站在一正一反的角色，立论，驳论，再立论，再驳论，反复推演，直到无懈可击；当然，如果推演的结果总是根基不牢，有瑕疵，那让军也毫不客气，当断必断，再特殊的情况也不能办理！

所有这一切，让军做得兴趣盎然，不亦乐乎。也自然引得好事者们的直接怀疑：“这家伙在这个位置上肯定‘捞了不少’。”这个位置上干部任免、人事调配、职称评聘、新员工招考聘用、评先评优叮叮当当的，哪一样不是“金光闪闪”？如果没有好处，他每天这样忙得旋风一样就解释不通！但我们知道，在这一点上，让军还真是彻底颠覆着世俗的认知，他就是单纯地认为“在干一份正常的工作而已”。更没将岗位同计算什么“含金量”扯在一起。

当然我们也知道，这样说很不接地气。世俗的认知永远是那么现实和可怕，甚至始终有股血腥味。坊间隐隐约约与让军有关联的负面议论似乎一直就没有断过，而且，逐渐变得稠密起来。不具体，听得见，摸不着。而且这样的传言具备一切传言的特征，隐去一切前因后果，只留下最吸引人眼球的“核心事实”，传递一次就自动放大一次，甚至言之凿凿地说让军是个“爪子很长，来者不拒”的家伙。但真要有一个较真的人来刨刨根，问问底，刚刚还说得头动尾巴摇的家伙却又讳莫如深，要么笑笑，摇摇头，要么轻描淡写地说，也是听人这么一说，处在那么一个呼风唤雨的位置，要权能用权，要钱会来钱，也没什么奇怪的吧。

“实在让人无奈！”我们“小圈子”相聚时，让军常常在酒桌上叹息，“世俗会将一切庸俗化，你找不到人说理！”想想也对，嘴长在别人下巴上，你总不能听到什么就上去薅住人家衣领，让他拿出事实依据来对不对？打不得，躲不得，让军就这么稀里糊涂地被拖入一个怪圈。我们都知道，不管是正常工作还是非正常的倾力相助，让军在人事科科长的位置上“活人多矣”，干部提拔、工作调动、评聘职称、考试录用、评优晋级……总是在人生最关键的时刻助人插上腾飞的翅膀。但让军却始终救不活自己，组织上对让军晋升副科的事因为坊间的传闻便有点投鼠忌器，一拖再拖，这就将让军长期陷进“花非花”的荒诞境地。用他自己的话说“拎着自己的头发就是飞不上天”。

这样的状态有很长一段时间一直伴随着让军。

时间久了，让军可以麻木，可以不理不睬，爱谁谁。但他知道，这样的伤害带给家人的痛苦是尖锐的、钻心的，毒性大，刺激性强，而且有愈演愈烈之势。让军所在的单位摊子大，涉及面广，几乎与每个家庭都有关联，酒席上、牌桌旁、茶吧间、公园散步的人群里，一不留神，就能听到与让军他们单位有关的话题，有的议论毫无遮拦，有的还直接指名道姓：“八千元钱，找一个姓让的家伙，保证摆平。”当然也有人迟疑地提出质疑：“不会吧，现在这样的形势，胆子这么大？”“千真万确，我朋友前不久刚刚办过一个……”

记不得多少次，老婆央红都是气得浑身颤抖着回来的，完全没有了坚决支持的姿态，最痛苦的时候逼着让军要么退职，要么离婚；已经退休多年，早不问世事的岳父虽然年龄大了，耳朵也不好使，但对坊间的这些信息十分敏感，专门打来电话，把他在修鞋摊上听到的议论告诉他，让他给岳父解释清楚；从小就崇拜让军的表弟在街头的象棋摊上看呆，居然为这些杂七杂八的传闻同一个棋友动了拳头……似乎有一股看不见但难以抗拒的力正一步一步地将让军往一个旋涡里面拽。

痛不欲生，痛不欲生啊！让军只得找到局长老郃，请求组织上来个痛快的，要么不要在乎那些捕风捉影的无稽之谈，还让军真正的清白；要么动用手段，把这些流言查清坐实，使让军“按罪量刑”。局长老郃见过无数的大风大浪，而且从来是雷厉风行，说一不二，但对这件事却也很是无奈：“没举报，没信访，没交办，你总不能秃头秃脑地追着纪委监委让他们来空对空地查案吧？再等等，机会终会到来。”说完意味深长地拍拍让军的肩膀。看似亲密无间，让军明显感觉到局长老郃对他身后那些传闻并没有达到坚信全无的地步！

让军强烈感觉自己离真相似乎越来越远，越来越陷入孤立无援的绝境。唯有一向相信哥哥的小妹让玲从来就不信邪，更没被传闻轻易裹挟。让军真的没有白疼这个小妹，她以一个女孩的细腻、耐心和韧劲，充分利用在市电视台跑“社会纵横”栏目的一切机会，付出难以想象的努力，终于帮助让军把坊间那些来无影，去无踪，却似是真切的“爪子很长，来者不拒”的线索一一捋顺、明晰、坐实，什么人，什么时间，什么地点，为什么事，有过什么往来……每件事的五个“W”一样不缺，然后将一张写得密密麻麻的A4纸重重地拍在让军面前，让他说清楚：到底是怎么回事？

让军长时间地一一看过，心中五味杂陈，知道事情的复杂程度远远超出自己的想象。他没对小妹说一句话，但他知道自己该怎样做了。

深冬的风越刮越紧，把一片又一片的枯树叶从四面八方吹向各个角落，又急不可耐地把它们从各个角落里吹出来，聚成团，狂狂地卷向空中，一场漫天大雪看来不可避免。

该来的终于来了。

这天上午一上班，县纪委监委派驻局纪委监委组的蒋书记和丛副局长一道来到人事科，似乎是随意似的叫让军同他们走一趟。蒋书记和丛副来局人事科时，相信大家都看见了，因为让军强烈感觉到，虽然走廊上空无一人，但他分明感觉到有无数双含义非常复杂的目光在每扇门窗背后在送着他们，而且大家都清楚，八楼的会议室里，局班子所有成员和传说中来此异地办案的上级纪委监委的工作人员正静静等候着。

朱小油显然受到强烈的刺激，濒临崩溃的边缘，想不到与自己朝夕相处的科长让军竟是这样的人！恁郦姐怎么劝说也没用，无声而汹涌的眼泪淹没了他苍白的小脸，说不清是伤心、愤恨还是蕴含着难以说清的兄弟情义；顶着一头白发的老曹和穿着“你无权过问我”T恤衫的藤仔丢了魂似的各自站立在一边，呆若木鸡。

但一切却又出乎所有人的意料。

没过一会儿，隐隐地就有消息不知通过什么途径传遍了局机关的各个科室：通过上级纪委监委的缜密调查，终于弄清，之前举报让军的信上所列密密麻麻的事实其实均与让军无关，倒是有一批私昧了很多钱财的“二传手”从暗处被一个一个地抠了出来。但因这些“二传手”成分复杂，不少是社会“油子”，还不在纪委监委的辖权之内，所以会议充分尊重郃局长的建议，只为通报基本情况，匡正传言，以正视听。

不一会儿，在局办公大楼上所有人的目光注视下，上级纪委监委的人拎着公文包，坐上一辆喷着白字的黑色公务车疾驰而去。让军又回到了局人事科办公室，这让泪迹未干的朱小油喜出望外，一个劲地追问让军到底是怎么回事，到底是哪个狗日的借上级纪委监委的手从背后捅了科长这么一刀？

让军似是不易察觉地一愣，但很快轻笑着掩饰过去，很坦然地用手背轻轻碰了碰朱小油瘦削的肩胛，说：“一切都过去了，咱们干活吧。”

窗外，满天的大雪被狂风搅动着，带着尖锐的呼啸挥洒下来，不用多长时间，浩渺的四野将是无边无际的一片洁白。

（原载《安徽文学》2020 年第 2 期）

/ 小城事 /

一

说是小城，也真是小。一条路带子似的从小城西郊的小山口牵过来，串起铺铺拉拉的巷子，屋子和各式各样的摊子，直扭到城东的一片湖里。夜深人静的时候，倚在城东大桥的栏杆上，可以听见城西山下的公园里恋人们接吻的“啵啵”声。小城是很小的。

小城有不少小巷，一条一条横竖地卧着，窄窄的、深深的。巷道铺着长长的石板，板缝里有青苔痕。两边的屋子又黑又瘦，拼命地挤在一起，而且低低地压着巷道。高个儿的男人踮踮脚板，就能把一根竹竿搭在两边的瓦檐上，晒起水沥沥的蓝衣服、白围巾和红裤衩。水径自地滴下来，石板就永远是潮阴阴的。小心地从巷子里过，旁边门里不时会突然“哗”地一盆水泼出来，吓得头一缩。

“啊哟，对不起，对不起。”

“没事的，没事的。”

吃了一吓的人跺跺鞋子，摆摆手，无所谓地迈步踱去。皮鞋踩在青石板上，的笃，的笃，声音好久才消失在巷口。

巷口有一盏路灯，高高地挂在一条水泥杆子上。巷外就是那条带子似的街道，终日热腾腾的，街的两边，有不少书摊，棋摊和扑克摊（这是小城一怪）。每天总是有那样多的闲人蹲在街道上看小图书，下象棋，打扑克。天晚了，夜岚飘了起来，每个摊子上都点上一支电石灯，继续。大着嗓子为一张牌或一步棋吵得要打架。

巷内却很安静。收酒瓶的，修伞配锁的，捏糖人的，或是卖老鼠药的，很少到巷子里来。直到那铲刀的聋子摸进来了，才能听到巷子里的一点点说笑声。

那聋子一进巷口，便扯开嗓子叫将起来：“铲刀——磨剪——子补胶鞋，”声音一伸一缩。

这时巷子里便有人家把门吱吱呀呀剥开，翻出灰蒙蒙的破鞋、剪子或是钝菜刀。

聋子把磨刀凳和盛家什的小木箱放在七奶奶的门前。七奶奶颠着小脚帮着舀来一瓢水，于是聋子就弓起腰来，开始一样一样地小心做着，直到黄昏沉沉的，才收拾了摊子，弓着腰一步一步地往回走。

巷口的路灯亮得很迟。有风的晚上，灯上的铁罩叮当叮当地打在水泥杆子上，人的影子就从石板道上跳到墙上，又从墙上跳到石板道上，鬼似的又黑又长。阿黄和几个哥们儿搽得喷香，哼着小调到同学家跳舞去了。巷子便十分安静自在。巷子两边的人家把晚饭摆上，一家人围了慢慢地吃。

后来，电视连续剧开始了，一家一家的人在电视机前围成半圈，伸长了脖子细细地看，小声地跟着哼唱电视上不断重复的音乐。直到夜很深了，缠缠绵绵的恋人从西郊公园回来了，每扇门里照例是“哗”地泼出一盆水来，很响地浇在石板道上。

小巷的日子真是不错的。

二

常林不知是什么时候来的。

常林很瘦，高高的，两条腿很长。一件淡拓拓的人民装阔阔的，像挂在衣架上。裤管短短地吊着，露出很瘦削的脚踝，脸窄狭狭的，像刀条。眼镜老是从鼻梁上滑下来，他也就老是用手摸眼镜。没见过他的人问见过他的人说：“那个常林怎么样呀？”见过他的人回答没见过他的人说：“太瘦，喜欢用手摸眼镜。”七奶奶看了一眼心就软了，对小胖说：“去，让瘦叔叔来我家吃肥肉。”小胖想了想，跑回家，从抽屉里翻出他爸爸给他配的食谱：“瘦叔叔，你照这个做饭吃，准胖。”

常林笑了笑，用瘦骨嶙峋的手摸了摸小胖的头。小胖只觉得头顶上不多不少有五条搓衣板似的棱子。

这天晚上，小巷子的人家正吃晚饭，耳听得常林那屋里乌鸦似的尖叫一声。人们一悸，把饭含在嘴里，偏过耳朵来听。原来是那瘦子在屋里吹笛子，于是巷子里的小孩一窝蜂地冲出米，朝常林那屋子里拢去，纷纷地仰了头，很崇拜地看着他。

常林的舌头一舔一舔的，两腮鼓成两个气球。越是笛子不响，越是加大力气，那声音就格外刺耳，老远就能听见哧哧的漏气声，有时还夹着瘪子，像是手指甲划在水泥地上的声音。

小孩们便有些骚动。有几个鞋子也不脱，爬到常林的床上站着，嘴无意地学了常林的样子噘起。小胖竟大胆地去拽了拽笛尾上垂下来的黄穗子。常林的眼镜便也向下一滑，险些打碎。

小胖说：“你吹得没有广播上的好听。”

常林有点尴尬地笑了笑，说：“才学的。苏老师刚给我上过一节课。”

“吹笛子还有老师呀？哪个苏老师啊？厉害吗？”

常林还是笑了笑：“你们不知道苏老师有多好。真的，很好的，就是太苦了。”

小孩们都重仰了脸，莫名其妙地望着他，等着他讲个苏老师的故事听。

常林愣了会儿，翻过腕子看看手表说：“和苏老师约好的时间到了。”

孩子们“噢——”的一声从门里轰出来，下了学似的。常林把门吱吱呀呀带好，拎着笛子，低了头，的笃的笃地朝巷口走去。

各家门口都站有人，纷纷喊自己的孩子回去把饭快快吃了。孩子们可不理，轰轰轰径自打仗去了，剩下大人便站在那儿唠些闲话。

“这么瘦能吹笛子，不容易的。”

“听说是在郊区一个乡镇办的什么厂里，厂子不景气，干的又是重活，这么瘦。”

“一点点也看不出，还会吹笛子。”

“不是说了吗？想学好了笛子，考歌舞团呢。”

“真的呀？”

听说那小厂很远，中午一般不回来。直到下午，常林那瘦瘦的影子才出现在巷口，脸色很疲惫，见到人笑笑、点点头或是摇头跟人打招呼。巷子里的人差不多很早就下班了的，在门口歇着，剥些毛豆，喂个孩子，唠些闲话。见了就很客气地招呼他：“回啦你？”“吃啦你？”常林笑笑，点点头或是摇摇头；有时因为忙，点错了头，就赶忙摇头，那幅度就大一点，以示纠正。

他老是喜欢把右手的食指和大拇指叉开，呈八字状，对着两边口角，用力往下压。走路的时候，不管有人没人，差不多都这样。重复的次数一多就不免叫人有些疑惑。有一次，他走进巷子，那瘦棱棱的手刚接上口角，七奶奶就赶忙上前，关切地问：“乖儿，你这是干啥呀，牙疼吗？”

常林不好意思地笑了笑，摇摇头。想想，又偏过头，说：“练口劲。”

七奶奶一愣，还没弄懂是怎么一回事，那瘦子的另一只手亦已伸开来，一边走路，一边按在腿上，一攥一松，一攥一松。幅度不很大，却夺人的眼。七奶奶疑惑了好长日子，忍不住又问，才知那是练什么手指功夫。

很多人晓得了，很是佩服。回去教育学习成绩不好的孩子说：“看看那新来的瘦家伙，那才叫学本领，你他妈的别整天老是玩玩玩！跟人家学着点儿！”

一回两回很多很多回，聋子也晓得了。远远地看见常林走来，显出高兴的样子，扬起手招他。常林走过来，聋子把胶水移到地上，拍拍小木箱让常林坐。常林坐下，聋子就嘿嘿笑着。突然，他笑容一敛，拍拍常林脱了线的鞋子。常林把脚缩了缩，聋子又拍拍。常林便跷起腿脱下鞋子。

聋子很认真帮他用锥子扎好。

常林也把口袋里当晚饭的烧饼掏出来，掰开，递一半给聋子。

聋子抖抖地接过来，一边细细地吃着，一边细细地端详这个瘦瘦的年轻人。

三

小巷里有不少的年轻人。他们结交了不少巷外的年轻人。看到聋子走来了，手指一弹，一个烟蒂拖着一尾烟，落到聋子的头发丛里。聋子一边赶紧用手挠去，一边慌慌地踅到一边去，让他们笑哈哈地走过。他知道，倘是扫了他们的舞兴，那是很了不得的。

他们是一群舞迷。有时没有舞伴，搂过巷子里扫地用的长扫帚，就能舞上一圈。一到晚上，阿黄在家里团团转，又是抹头油，又是擦皮鞋，常常让来串门的七奶奶皱起眉头，说："阿黄啊阿黄，你一天到晚都这么扭来扭去，什么时候才学点正经正道？"阿黄扑哧一乐："我的七奶奶哎，这叫迪斯科，懂吗？迪！斯！科！"说着撩起屁股扭了两扭，拍拍手说："八十年代啦！"

七奶奶可真的生气了，愤愤地一把夺过阿黄手里的皮鞋油说："什么八十年代九十年代，巷子里数我年纪最大！"

巷子口又杀猪似的叫了一声。阿黄没有办法，朝皮鞋唾了两口唾沫，找了根布条拉锯似的使劲擦了擦，一边慌慌地往外走，一边摇着手说："哼，出土文物！"

七奶奶和阿黄妈妈对望望，没说话，默默地听常林的笛声发愣。

常林真不错，吃饭的时候还把头歪过来看谱子，用筷子敲在碗边上，脚在地上一下一下地拍着，引得巷子里的人们纷纷仰慕，不时还有几家送些鸡蛋或是肥肉给他吃。

那聋子也跟着高兴。常林一吹笛子，他就把摊子停在他的门前，手指如飞地忙着。

有不少闲人到这巷子里来。来了便问：哪间屋子里住着那个瘦老儿？有人指了，便踱到常林门前左看看，右看看，满足地走了。有一个穿风衣的记者居然还摸到这小巷里来采访了一回，虽没有什么消息发出来，却越发有更多的人有事没事地来小巷里走一走。

小巷的人露了脸了。小巷安静的日子被吵破了。

那笛子便如受到了鼓励一般，越发得意地昂扬起来。

日子一长，人们的新鲜感淡了。不知从什么时候开始，突然间觉得日子有了些异味，馊了似的。渐渐地只觉得那笛音如一只苍蝇似的绕着耳朵飞，甩也甩不开了。

每天晚饭过后，巷子里差不多安静了下来。一家一家的人好容易熬到连绵不断的电视广告播完了，电视连续剧开始了。恰在这时，那笛声陡的一声长啸，格外地挠人的心。只觉得电视上歌也跑了调了，对话兑了水了，整个一部片子掺了很多的假了。

第二天，下了班的人坐在门前，便有了些议论：说小胖儿常常从梦里被吵醒，把被子蹭开了；说我妈她可怜吃了十几剂的中药，病没能好，那瘦子该晓得的；说巷尾张家新娘的肚子日益地显山露水了，听见笛子就……

七奶奶瘪着嘴，脸色严峻地一句一句听大伙说完。

晚上，她颠着小脚，推开常林那门，两只小脚并在一起坐到常林的床边。待那号叫的笛子歇下来，就说："天天这么吹，真是不简单的。"

常林笑笑，不自然地颠倒着笛子。

"很苦吧？又是一个人，爸爸妈妈在哪儿上班呀？"

常林的眼睛暗淡了一下，说："苦是苦了一点，跟我苏老师一比，就不算什么了。苏老师才苦。"

"不要把自己弄得太苦。晚上瞧瞧电视。电视连续剧好看得很呢。家家都在看。"

常林没说话，慢慢地翻过一张谱子。突然他眼睛一闪说："苏老师说我学得很快，我吹一段给你听听。"

七奶奶坐在那儿，揪着心，麻着头皮，好容易听完。见他又翻谱子，就赶紧站起来，拍拍衣服走了。

再有人议论的时候，她就严肃地说："他也怪可怜的，工作条件又那么差，想考歌舞团，没好本事行不行？不行！这么用功也是为了混碗饭吃吃。随他去吧。"

邻居们也就不好再说什么，只好怨在心里头，每个人无端地都火气旺旺的。黑暗里不失时机地朝着那窗子狠狠地瞪一眼。关门或是开门，赌气似的摔得山响。

四

这一天，阿黄下班挺早，两手插在口袋里，勾着头，情绪十分消极，正走着，只觉得脖颈上有些凉。抬头看时，是谁家晾的衣服在滴水。又有几滴落进他眼睛。他火旺旺的，"叭"的就是一口唾沫吐了出去。想想，又猛地一把把它扯下来扔在地上，嘴里还低低地骂了一句。

真是他妈的祸不单行啊。近来小城里忽然兴起了什么文凭热，男的女的老老少少都在忙文凭。棋摊、书摊、扑克摊的生意明显看跌。女朋友很坚决地对他说："大狗叫，小狗也得叫。涨工资、评职称、工作调动、选女婿、嫁姑娘都要文凭，录音机可以没有，但是没有初中毕业文凭，咱们不能结婚。从今以后，每礼拜只能约会一次。还有……"她拧了下他的耳朵，"特别是你得戒了跳舞，不然……"她哼了一声，头也不回地走了。

阿黄虽觉得窝囊，也没有办法。吃了晚饭，硬着头皮翻开女朋友塞给他的一叠书。妈妈在一边说："早该这样了。你瞧人家常林，比你懂事多了……"

阿黄很仇恨地把书翻得"哗啦"一声响，妈妈便不敢再说了。

这时，常林那笛子又吹了起来。先是悠悠地试探似的，渐渐地大了胆子，终于像一只肥嘟嘟的红头绿翅的苍蝇恋在耳边，搅得阿黄烦透了。

他窝着火，拽开门，大着嗓子喊道："喂喂喂，自觉些好不好！"粗粗的声音在小巷里撞个来回，灭在酽酽的夜岚里。

那笛子停了一下，又响了起来。有几个邻居在门口颇有些火气地说："早晓得这样，也不该让他到这巷子里来。越来越不像话了。"

一连几个晚上都是这样。阿黄书是一页也没有看下去。车间的伙伴们都说，他们在女朋友的辅导督促下，进步很多。还故意用些刚刚学会的数学题考阿黄。阿黄沮丧透了。人家的女朋友这么疼男朋友，阿黄的呢？

阿黄终于忍耐不住了。待到常林又吹起笛子的时候，就径自地走过去，连踢带踹地咚咚咚地打门。常林拨开门，还没弄清是怎么回事，手里的笛子就被阿黄劈手夺了去，使劲摔在地上，耳听得"咔嚓"一声脆响，笛子被踩成了两半。

站在门口的邻居们一抖，心拎了起来，怕真的闹了起来就不好了。有几个胆小的已轻轻地掩了门，退到自己家的窗子底下去了。掀开窗帘一角看看，那常林沐在一片灯光里一句话也没说，更没有动手跟阿黄干上一架。望望阿黄，眼光怯怯的。

阿黄的拳头也慢慢地松开了。

……

第二天，有人看见常林又从街上买了一根笛子来，上面缠着一道一道的丝线圈和黑漆，只是没有先前的那根耀眼。

五

北风吹了过来，天渐渐冷了，那铲刀的聋子已经穿起了棉袄，太阳照在巷子里的时间缩短了。那巷子道上的石板更显得湿漉漉的。

一连好几天，好几个月，好长日子，巷子里很安宁，不再有吵吵声了。那常林的门锁着，人很少见到，只有很好的阳光停在门前。聋子就骑在磨刀凳上，耐心地做着活。常林还是没有回来。聋子收了摊子，从七奶奶家里借来扫帚把摆摊子的地方细细地扫了一遍，之后就扛起凳子，慢慢地走出巷子。

直到阿黄同女朋友到公园里会了几次面，情绪好了起来的时候，才带来消息说：那瘦子常林是隐到城西的山上去玩笛子了。

"哟——学梁山好汉啦。别是阿黄吹老牛吧？"

"啧——"，阿黄急了，"那一天晚上，我们看到他围在一盏电石灯旁边，笛子上吊着一个秤砣，手抖抖地托着，那不是练功夫又为啥呢？不信你们问问她？"他指了一下她的女朋友，"是不是听到有人吹笛子的？"

那女孩脸红地连连点头。

七奶奶听完，抹了抹眼睛。等到下一次看到常林的时候，就走上前去问："乖儿，天这么冷又上哪儿去？"

常林笑笑，那笑干巴巴的："我去替苏老师买药，她病得很厉害。"

"别瞒我，是上山去吹笛子吧？这么冷的天，好好的人都经不住，你看你……"七奶奶捏了捏常林单薄薄的衣裳说。

"练功夫哪能不吃苦呢？跟真正苦的人一比，我算什么？"

"以后啊，你听七奶奶的话，就在家里练功夫，谁再说闲话，奶奶就去和谁说道理，啊？"

常林笑了笑："七奶奶，我读一篇故事给你听听。"

七奶奶眼睛睁得老大，这个连话也说不好的宝贝还能说故事？

在一个晴朗的日子里，耳聋的贝多芬踽踽独行。交响乐在他的耳际轰鸣。突然他在路当中单腿跪下，伏在膝上写了起来。他的身体有节奏地颤动着，微风吹乱了他的头发。一队送葬的队伍被这怪人挡住了去路，但人们很快认出了他，默默地等着他写完，直到他站起来为止……

说完了，常林把书放到人民装的口袋里，轻轻地叹了一口气。

七奶奶莫名其妙地望着他。

"希望有这样高尚的艺术家，希望有这样尊重艺术、珍视美的人民，希望有一个能处处培养美感的环境——这正是多少年来我一直喜爱这个故事的缘由。"常林眼盯着湿漉漉的石板道说。

过了会儿，他的眼帘垂下去，自言自语地道："他也是一个聋子，可惜是个聋子……"

七奶奶更加莫名其妙，拽了拽常林的衣角。

常林猛然醒过来似的，笑笑："我的小臂功夫还不行，还得练，不是说，夏练三伏，冬练三九吗？"

以后的日子里，常林几乎不再在巷里露面。只到了每天夜深深的了，在梦里才听见那石板道咔嚓咔嚓被踩响的声音。

人们便知道那常林从山上回来了。

小巷的日子依然是不错的。

六

快过年了。

真正的冬天到了，小城落了雪，到处是白花花的。

小城歌舞团三年一招工的考试结束了。小城的人纷纷传说，有一个瘦家伙，笛子是吹得盖了帽了。

小巷里重又热闹了起来。

大伙儿纷纷地到常林那屋里去坐坐。阿黄的女朋友把阿黄的初中毕业文凭带给他，两人约定了结婚的日子，阿黄很高兴。女朋友也一定要阿黄带她去看看瘦子。

七奶奶笑呵呵地把糖和烟散给众人。众人都坐在常林床上，床被压得吱嘎吱嘎地响。常林哆嗦着嘴唇说："感谢邻居们的帮助。"一支曲子便飞扬了起来。

人们都竖起耳朵来听。笛子确实不错，比广播上还好听。

"要是聋子在，让他唱一段就更妙了。"有人略带遗憾地说。

"管他呢。那公鸭嗓子不定会败味呢。"

有人有点不高兴地说："还是听听常林的。常林，再来一段。"

常林真的又吹了一段，眼镜滑下来也没顾上推一下。那眼镜便径自地趴在鼻翼上。

那天晚上，他确实很高兴，坐在床上吹了一支又一支的曲子。

……

可是，还没等到他喜悦从脸上退尽，就有人写信到歌舞团说那瘦子连初中毕业文凭也没有，根本不够"高中毕业"这一项报考条件。报名时，弄了假证明。

歌舞团经过反复调查核实，结论是：情况属实，只好忍痛刷掉了。

常林只好笑笑，那笑有点惨。

那个街道小厂终于"黄"了。巷子里也不见了常林。听说他到乡下小戏班去了，听说那小戏班吹吹唱唱，很来钱；又听说他已经结了婚，妻子就是那个苏老师；还听说，那苏老师是个盲女人，才二十多岁。

七

转眼冬天又到了。

巷口有暖和的阳光，有人搬了凳子去坐坐，看来来往往的行人，看重又热闹起来的棋摊、书摊和扑克摊。远远可见，扑克摊前的人竖起胳膊，用力往下一掼，喊："老K！"

便感到这个小城的确不错。

小胖已经上了学。放了学，一手按着书包，一手拿片瓦瓷按在小巷的砖墙上划过去。小巷深深的，有青苔的墙上留下一条暗暗的印痕。

有人截住他问："这里有没有一个叫常林的人？"

小胖想了想，说："没有。"再问来来往往的人，也没有说得清的。

人们把常林的事给忘了。

很多以前的事，都被后来的人忘了。

（原载《淮河》1987年9月—10月号）

／规矩／

一

综合会议室里黑压压的，椅子上坐满了人，每人膝盖上摊着会议记录本，本子上放着脱了套的签字笔，做好了记录领导重要讲话的一切准备。全场一片寂静，只听见四个墙角的几台大空调吱吱吹着暖气的声音，偶而一两声的咳嗽更衬出全场的肃静，用别样的方式宣示着局长老谈几年来对局机关超强的掌控能力。但我知道，其实在场的人一个都没闲着，每颗脑袋里潮奔浪涌，念头纷飞，都在拼命猜测：市里来了这么多人到底要干什么？

带队的“舒大部”大家都认识，市委组织部分管干部的副部长，个高，头大，声音洪亮，做的最多的事就是提拔干部，谓之“舒大部（长）”，全市人民都无异议；紧随“舒大部”的是组织部干部科的支科长，只要“舒大部”出行就肯定少不了他；但将另三位放在一起就让大家十分费解：“一枝刘”是市委宣传部的大笔杆子，写稿树“正面典型”是他的强项，纪检监察委纪检一室的“笔架韩”，从来都是一身正气，专门查处“反面典型”，市政协教科卫体委的寥副主任人称“探照灯”，一向行使监督谏议职权，将这几个“相克”的人弄在一起，给人一种花非花，白马不是马的滑稽感。

一行五人统一整齐地将手里拎着的黑色公文包齐刷刷放在面前桌子上，悠闲地喝着冒着袅袅热气的茶；局长老谈带着局党组全体成员坐在会场第一排，给大家一种局整个班子被市里来人赶下了台的感觉。老谈也明显的没了一贯的尖锐，面色归于平静，还不时和身边党组饶副书记小声交谈着什么。市里的人组团来我们区级部门，很少见，虽然大家都不知道将会发生什么，但都一致认为，局里即将有什么不同寻常的事必须要发生了。

要“搞掉”局长老谈的传闻一直甚嚣尘上，似乎从老谈担任我们局长那天起就从没断过。因为大家一致认为，老谈同志“一直就没个局长的样子！”局长应该什么样？沉稳老辣，外圆内方，左右逢源，指挥若定？其实大家也没个标准，但肯定不是老谈这个样子。老谈做我们局长，似乎就是来者不善，大会小会只要有机会就评点局机关给他的强烈感觉：松，散，乱，规矩意识淡薄，乱象荦荦，说“礼崩乐坏”一点也不为过！天天嚷嚷头等大事就是要把“规矩立起来”。

说实话，以前我们局的秩序看起来是有点小乱，但乱得“井井有条”，上下班相差个几分钟，考过勤去吃个早饭，上班时打个小穿插取个快递，去兄弟单位办事顺道剃个头，开会时手机响了电话不能不接吧……鸡毛蒜皮，司空见惯，全中国哪个机关哪一时哪一刻没有这样的现象发生？机关上班的隐形福利好嘛，司空见惯。可老谈不这样认为，硬是上纲上线，说这些行为表象是不拘小节，根子就是不上规矩，这样子疲疲沓沓，松松垮垮的状态能做好事吗？必须坚决彻底纠正之！怎么纠正？讲规矩，定规矩！守规矩！说这话时，老谈右手拇指、食指和中指做成手枪造型奋力挥动，如在半空连放了三枪，虽没看到手指头有青烟冒出，但大家都闻到了老谈话里一股浓浓的火药味。而且也不开班子会议一议，直接在大会上宣布，“上规矩”就从上下班考勤这个“牛鼻子”牵起，朝九晚五，《考勤簿》到点就收，一分钟也不许有误差！

老谈像是知道讲到此处，下面会有议论，所以故意停顿了一下，等一阵嗡嗡的嘈杂过后，又接着说，知道大家会质疑“差个分把钟有什么了不起？”那你先回答我：“你为什么偏要差个分把钟呢！”堤溃蚁孔，气泄针芒，把人绊倒的不是大山，而是小小的土坷垃！认识到了这一点，请你告诉我，机关里还有什么是小事吗？这个事请驻局纪委监委组的烈山书记牵个头，相关股室立即安排起来，不许和稀泥，眼睛要翻到脑壳上去，要敢于较真碰硬，有什么人非要你得罪那就必须得罪，每天考勤情况月底公布，纳入年终综合考核记分。也请所有人立起规矩，不要为难具体办事的同志。否则……

老谈是用右手的中指钉着面前的桌子这样说的，我们一帮小青年从来没见过这么严厉的阵势，脊背发凉，当场就有点“两股颤颤，几欲先走”的恐惧，一点不差地将谈局长说的每一句话都记到“老板油”上去了。但局里有一批号称“不是省油的灯”就有点“你说你的，我做我的”的意思。没过不久，局项目办的亓司长来签到时恰恰因为时间就差那么一分钟，同办公室主任葵阳杠起来了。

亓司长是局里几任局长的司机，年轻气盛，跟领导跑的码头多，从来没把局里什么人放在眼里过。公车改革以后，连时任局长都偏袒着，由他自己选择去了传说中“最有油水”的局项目办。据亓司长讲，那天迟到，主要是在半路上碰到个做项目的，也没谈什么私事，人家咨询的全是相关政策，属“上班途中办公”，所以才耽搁了分把钟，但葵阳认为，既有规定了，就不能有任何理由洞穿规定，否则，松了第一张多米诺骨牌，一切会土崩瓦解，而且，要将已经收进办公桌抽屉的《考勤簿》再拿出来，那得经谈局长同意。这不是拿领导压人吗？“我先签了，再去向谈局长报告。”亓司长说。年轻的葵阳显然牢牢记住了老谈大会上定过的调子，眼睛已经翻到脑壳上面去了，说：“你先向谈局长报告，再签。”两个人就这样争执起来，看看《考勤簿》

就在还没关好的抽屉口，亓司长以“松离合放手刹给油提速”一气呵成的动作，直接将《考勤簿》抓在了手中，年青葵阳的抢夺则更加迅捷而生猛，毫不含糊，当天的《考勤簿》自然被撕成了两半，当然也把两个人的脸皮也撕破了。亓司长索性扔了半截《考勤簿》，临走时撂下一句话：“今天我就不签了，倒要看看月底谁敢公布我的考勤！”葵阳用胶带将撕成两截的《考勤簿》粘好，说，别讲这些没用的，到时候看！

此事在私下里传的沸沸扬扬，大家觉得真正的好戏已经开场了，都在兴奋地等着看“一局之长”老谈到底会怎样收场。没想到了公布当月考勤结果的日子，首先Hold不住的是葵阳，从统计情况来看，除了亓司长，还有好几个局里公认的“功劳和苦劳俱高”的老资格，似乎并没有将老谈说过的话当一回事，平时考勤一直还是有点稀稀拉拉的，也有可能是故意为之，放一点尺寸，让你老谈知道一下深浅。如果公布结果，他们联合起来闹，很可能要出事。葵阳便有点拿不准，犹豫了半天还是跑去请示老谈怎么办，同时声音很小地建议，新制度刚刚实行，给大家一点缓冲时间，这一次就算了，免得引起群情激愤。

老谈那天脾气好得很，没有发火，看看有点焦头烂额的葵阳，不易察觉地笑了一笑，让葵阳如实公布，谁有意见，让他直接来找我好了，并大笔一挥，罕见地在《局月考勤情况公布表》上烈山书记的签名后面写上又粗又黑的“谈家林”三个字。

不知是“谈家林”三个字的强大气场还是传达出的强硬态度，反正，结果公布以后，没有出现葵阳担忧的责问，吵架，甚至撕掉《局月考勤情况公布表》之类的事情发生。据坊间传说，表面平静，背后其实是炸了锅的，更有挥拳捋袖想直接找老谈扳一扳理的。但又据讲，经过反复斟酌，一致认为，老谈这样做虽然十分过分，甚至称得上是小题大做，但就这件事而论，“理”不在大家手上，没法把话摆到桌面上来讲，最终只能认可考勤公布的结果。只是暗地里咬牙切齿的评价老谈，说这个人寡情薄义，是“酷吏一个”，是“暴政异化”，早晚一天要让他从局里滚蛋，当然更猛烈的是将葵阳斥之为“走狗”“奴才”“爪牙”什么的。

所以，几乎没有什么铺垫和过渡，我们局机关就进入了“谈”时代。老谈的“气息”以不可抗拒的浓度迅速弥漫开来，渗透进了机关运行的每一个环节和细节。没过多久，日常考勤直接越过“指纹机”进入更方便、快捷且规范的“刷脸”时代；局机关很多束之高阁的规章制度被重新翻了出来，修订，印发，张贴上墙，开会学习，倒逼着每个人不得不按照老谈设计好的线路慢慢进入“凤凰涅槃，欲火重生”的修炼。当然，有关老谈的信访、市长信箱留言什么的毫无疑问接踵而来，口诛与笔伐中勾勒出的老谈是“嚣张任性，天马行空，一点也不像个局长的样子！”。为什么让这样的人来当局长？有关部门必须要给个说法！大概上级有关部门也知道背后对老谈的议论像风一样刮得沙尘满天，多次组织人来局里调查了解过，但最后似乎都不了了之，让人感觉屡次三番的不管怎么“搞”就是“扳不动他”，而且，似乎“搞”一次，老谈的位置坐得就更加牢固。不知不觉间，整个机关以不可阻挡的趋势发生了奇妙的变化，有一股无形但很强大的什么力不断在周边蔓延，抓不住，摸不着，却似乎又无处不在，原来那么自由舒适的机关，渐渐的让大家感觉陌生起来。

外单位的很多人听说了我们局的事，倒也见怪不怪，有知道老谈底细的人幸灾乐祸说，等着吧，你们的好日子才刚刚开始。

二

像是终于厘清了纷乱的念头，“舒大部”狠狠地喝了一大口茶，用锐利的眼神同左右随行的几个人会意一下，几个人下定了决心似的，不约而同地狠狠地喝了一大口茶，会议便宣布开始。背景介绍，会议要求，几项议程，采取方式，注意事项什么的，啰啰唆唆一大串，但像闪电一样从头顶将大家击穿，让大家措手不及的，是“舒大部”传达的市委经慎重研究做出的决定：推荐一名副处级干部人选！

再对照支科长宣布的几项必要条件，这个人选不是老谈还会是谁呢？

不会搞错吧，不但没如大家所料将老谈免掉，还更没如大家所料将老谈提拔副处？短暂的寂静之后，会场出现了一阵风吹麦浪一样的悸动，而且，在眨眼之间，好像有一股看不见的力，很快将这麦浪般的悸动集聚起来，又重新如麦浪一样起伏着向四周散开！因为舒大部分明看见黑压压的人群相互间不易察觉的纷纷点了点头，似乎都明白了什么似的在推荐票上急速地填写起来。

黑压压的会场重归寂静无声，静得使“舒大部”一行觉出台上彼此间呼吸的粗重。

这正是“舒大部”最担心的事。作为组织部的干部，带队参加过的推荐会不计其数，其中最重要的一条原则就是要让组织意图顺利实现。如果经组织慎重研究过的“意向人选”没能推荐出来，将事情弄成了夹生饭，对主持推荐工作的人来说，那无疑是最大的失误。而据他的感觉，从市委将任务交给自己起直到现在，他就一直提心吊胆着，今天的推荐会不会出现他意想不到的问题，甚至会成为他的“麦城”？

因为对于老谈，他知道的不比别人少。

其实，机关里所有的风吹草动，老谈一清二楚。但有些事，只能意会，不可言传。也有不少旁观者好心地规劝过老谈，所作所为应该适当照顾一下大家传统的机关文化心理和多年形成的习惯，事缓则圆，适当的时候可以以适当的方式适度的变通一下，不要搞的那么生硬，连严肃的法律都强调“谦抑性”呢，现实里哪有什么真正的对与错？大家都是错的，只你一个人对，那么你就是错的。放下执念，饶过自己，也给别人一点方便，岂不两全其美？老谈没说行还是不行，依然只是笑了一笑，但让人感觉那种笑意味十分复杂，反衬出规劝者对老谈了解的肤浅和苍白，更像是做了让老谈“变本加厉”的推手。

渐渐地，大家那种无形的感觉终于变成了具体而实在的别扭。原先很多很平常的事，现在这样不行，那样也不管了。科室以前换个办公电脑，空调，橱柜什么的大件，右手一挥跟局办公室的葵阳说一声，抓紧时间给我换喽！现在要填写《申请表》，还要爬梯子一样层层申批，虽然也很快，时间上也没耽误什么，但手续繁琐，弄得大家毫无尊严；领个打印纸，订书针，胶水，长尾票夹什么的小玩意，以前这些物品就摊在局办公室的杂物间，自己拿，想拿多少就拿多少，但新的规定必须把科室，领用人，用途什么的先填写清楚，数量也严格控制起来了。这些办公用品，不能吃，不能喝，也不能送人，更不可能卖钱，有必要搞的这么刻板么？这不是把我们当贼防着吗？嘈嘈杂杂，议论纷纷，先是对着被斥之“走狗”“奴才”“爪牙”的葵阳吵，慢慢涉及局里最近发生的种种之怪现状，当然最终是要将矛头直接指向老谈，都什么年代了还是这些落后陈旧的思维，还用这些影响机关运行效率的陈规陋习进行管理，高调建议应该“实现治理方式和治理能力双提升”。也不知老谈知不知道大家的怨气熏天，反正没听老谈正面回应过什么。只在一次机关大会快结束的时候淡淡地说，说到底，所谓的规矩只是个无形而阔大的概念，它不会故意去束缚谁。正常的感觉应该是身处其中而不觉，如果你已经感觉到了它的存在，其实你已经触碰到它了。换句话说，规矩对一向守规矩的人不会有什么约束，感到规矩束缚的，恰恰是想突破规矩、不守规矩的人，懂啊？

但局里似乎“不懂”的人还有不少。每过一段时间，我们都要对落实中央“八项规定”工作进行自查自纠并形成总结材料上报。应该说，我们局落实中央“八项规定”工作做的还可以，只是有些细节末节没法整改到位，比如人均办公用房面积有少部分科室因为工作人员级别不够有点超标，但也就是三五个平方，办公楼建的时候就这么个标准，没办法整改，其他单位有搞过变通的，在办公室里打个橱柜加个玄关什么的占掉多余的面积，算是纠正，但因为大家都觉得从实际来看，这确也不能算什么大不了的事，甚至还有人言之凿凿的认为，“八项规定”严厉的风头已渐渐过去，而且最终肯定会松下来，不必这么斤斤计较，而且真要学其他单位那样整改，还有形式主义之嫌，也就一直没人当回事，每次上报的自查自纠材料都是“整改得很到位”。

但老谈却较起真来，说这是弄虚作假，犯这样的错误按照规定是要“处理人的”，并在主席台上用锋利的眼光把驻局纪委监委组的烈山书记盯得满脸通红，然后告诫大家一定要懂得“轻者重之端，小者大之源”的道理，执行规定不能有一点含糊，指定烈山书记牵头，今后，每件事务必纠正到符合规定才能形成材料上报。

烈山书记似乎很感激老谈没当面让他回答“为什么会这样”这个注定回答不了的复杂问题，给他留了面子，会后赶忙召集葵阳几个人想办法补救，商量的整改结果是将我们这个办公室撤掉，改成来人来访接待室，将办公人员分散到其他几个还需要整改的办公室去，占掉还多余的办公面积，一箭多雕。我们一帮小青年没说的，领导让咋办咱就咋办，当天就搬走了，最终工作卡在快要退休的老柴那儿。老柴已不怎么正常上班了，在家天天帮长病卧床的老婆煨中药。便有平时和他走得比较近的老金几个老同志手捧泡着枸杞的茶杯来七嘴八舌的告诉葵阳，老柴说了，还有几个月就要退休，哪也不去，就在这个办公室不走了，并拉瓜扯藤地替老柴愤愤不平起来，说老柴同志工作一生，临了连副科也没混上，肚里一直有怨气，最后时刻想硬一下显示点个性给人看看也能理解。老金几个人说着老柴，想到机关的事，火气不由自主的就冒起来，在桌上把泡着枸杞的茶杯盖子顿得哐哐响，你看看机关现在成了什么样子，我们上了这么多年的班，没有什么时候像现在这样难受！葵阳看越说越远，赶忙把话重扯到老柴身上来。其实这样的情况以前司空见惯，岗位任职时限到了需轮岗调整有意见不愿动的，工作变动像手提电脑、相机什么的贵重物品去向模糊交接不出来的，退休后办公桌迟迟不收拾，好几个月钥匙都交不出来之类的情况也不是一两起，历任领导里也有拍桌子较过真的，但看起来很严肃的规定要么从理上说不通，要么从情上说不通，为避免激化矛盾，最后很多事都是不了了之，该调整职位的没有调整，该交接的东西没交到位，机关照样还是正常运转，天也没有塌下来。之于老柴，葵阳觉得如果硬搞，难免会伤了和气，甚至再次影响老谈的口碑，但他又知道老谈“凡事必究”这一关肯定过不去。忧心忡忡的葵阳只好去找烈山书记，烈山书记也觉得这事确实两头为难，只好又带着葵阳去找饶副商量办法，事情就慢慢拖了下来。

没想到老谈对这事的反应明显超出大家预期，一次局党组会上突然就问起了这事。一向忠厚少言的饶副咂咂嘴，硬着头皮代表大家条分缕析地谈了顾虑，谁知老谈不但当面否定了饶副代表大家的一致看法，还对局党组全体成员在关键问题上畏首畏尾、优柔寡断直接提出批评，指出偏差的情义观已经钝化了大家对是非判断的敏锐性，长期的“好好主义”更是扭曲了大家对很多事情的正确处理，大家有没有考虑过老柴的事“仅仅是挪一张办公桌”吗？究竟想没想过这件事在全局整体工作中的指向意义？而且进一步请大家必须弄清：像这种靠回避甚至掩盖问题与矛盾得来的所谓口碑、稳定、和谐、一团和气有没有价值？

大家觉得也许老谈说的是对的，也确实感觉到一个人只要讲规矩，就令人敬畏，不怒而威，所以谁也觉得无法反驳老谈。赞成不是，反对也不是，只能无奈似的摇头叹气。但作为办公室主任的葵阳却是没有退路的，会一散，再次大幅度将眼睛翻到脑壳上，喊来几个保安，硬生生地将老柴的办公桌从八楼掀到五楼去了。

这可不得了了，老金便伙了几个平时和老柴处得近的老同志手捧泡着枸杞的茶杯直接冲进局办公室，红着眼，浑身冒着烟找到葵阳，直接指着鼻子让葵阳说清楚，这样做是不是他老谈的意思？故意大声地在楼道里喊，让葵阳带个信给谈家林，这样对待一个在机关里干了一辈子快要退休的同志，我们大家都觉得心寒！一定要给个说法！扬言让葵阳必须“怎样将桌子搬下来的要原样地送回去！”被骂得狗血喷头的葵阳并不生气，甚至还有点挑衅地建议说，谈局长现在就在办公室，可以直接去找他“当面要说法！”

据讲老柴对这些老朋友借他的事发泄对老谈的不满，手忙脚乱且终不得要领大摇其头。老柴边用筷子搅着药罐边说，自然万事自有其道，坤女乾男，春播冬藏，不可逆之也，但人们总喜欢囿于自我甚至自大而乱了方寸，看见桌子脏了，总用抹布去将它抹尽，却未觉可能在原来的错误上又加一错，你的抹布是干净的吗？大家不懂他说的究竟是什么意思，老柴也不解释，只是一个劲地把药罐搅得热气腾腾。等老婆喝上了药，又给老金他们泡着枸杞的茶杯续满水才说，我的意思是，你们思考和处理问题的方法本身就是错的。现在看来这个老谈不是等闲之辈，很“毒”，毒就毒在没像其他领导同志那样把“制度”与“情”、“理”混在一块。大家知道，进入执行层面的“制度”总是铁板一块，无懈可及，即使错了，在没修改前，也必须遵照执行，也就是说，制度永远是对的，在中国，能撬动它的只有“理”和“情”，再好的制度，如果用“理”和“情”去慢慢观照，制度最终肯定会变得千疮百孔，土崩瓦解。而在行政机关里行走，“情”和“理”什么的只能是约定俗成，不能摆到桌面上来讲，谈局长他不按套路出牌，只和你谈“制度”，不和“理”啊“情”的掺和，走到哪里他都没有错，那你只能“打掉牙齿和血吞！”，你们的出发点是想把制度和理、情去绑在一起，然后用这个框框去对照，只要是和自己期望不相符的，就定为不是“机关应该有的样子”，这样的格局和境界都没法和人家比，怎么能斗得过他呢？

老柴的劝说没能消除老金们的怨气。他们原来一直认为，老谈这样搞，很不符合机关多年来的惯例，肯定走不通，总有一天会灰灰溜溜地回过头来。没想到老谈不但走得势如破竹，而且还越走越远。不把这样的人“拱”走，大家永远就别想有好日子过。你老谈不讲理，天下总有说理的地方，便直接手捧泡着枸杞的茶杯去了市里有关部门。因为到了脸皮撕破、刺刀见红的程度，此事影响很大，版本各种各样，比较一致的是组织上各打五十大板，答应找老谈再当面谈一谈，但对老金一帮老同志这样动机不明，像小青年一样莽莽撞撞抱团上访进行了严厉的申斥。

组织上找老谈怎么谈的谁也搞不清，但好像没谈出什么效果，回到局里的老谈一点也没要停止的意思，且似乎还加快了节奏，干得更欢了，大会小会各种场合讲话还总是夹枪带棒：办好事要得罪坏人，办坏事要得罪好人，只要动手做事稍不注意就会犯错误，什么事也不干，什么人也不可能得罪。但我交个底给你们，我老谈一直还就是眼里揉不得沙子！看见不合规矩的事肯定要管起来，不可能得过且过，我当一天和尚还一定要撞一天钟。指望我睁一只眼闭一只眼，没门！这更刺激得老金们要将愤悱青年的“一根筋”进行到底，气得摔碎了泡着枸杞的茶杯，私下里在机关搞起了串连，鼓动大家要团结起来，坚决抵制老谈的胡作非为，维护机关“应该有的样子”。不然，你就慢慢等着，下一个挨刀的，就是你！

许是大家已领教了老谈不按常理出牌的厉害吧，也知道老金们要维护的所谓

"应该有的样子"的含义，就没什么人敢理会老金们的鼓动。由老柴的事引起的风波渐渐偃旗息鼓了。老柴被掀到五楼的办公桌并没像老金们说的"怎样将桌子搬下来的要原样的送回去！"慢慢的落满了灰尘，并且按照新的规定，没来上班的最后几个月考勤奖被扣了也没再见有人替他出面讲什么话，到时间便办理了退休手续，也不再有人提起这事了。用我们一帮小青年私下里的话说，老金一帮老家伙被老谈搞得彻底趴了窝。

应该说，不能简单地用谁对谁错来评判，一切的解释，最终可能都得归结到俗套：任何地方任何时候都是"正"终归会赢了"不正"吧。

三

书面推荐表很快收了上来。"舒大部"的不安也跟着强烈起来。现在能做的，就是让小支他们抓紧时间统计，如果书面推荐结果达到相应指标，才能进行下一步口头推荐。"舒大部"不敢想的是，如果书面推荐没能将组织意图体现出来，那他接下来该怎样收场！他散淡又漫漶地看了一眼坐在台下第一排的老谈，老谈依然淡泊平静，和旁边的饶副居然谈的津津有味，似乎对"舒大部"的担忧毫不领情。作为打过多年交道的老朋友，"舒大部"从心里就有点责怪老谈太"轴"，大家都知道多年来的机关文化浸濡过的"人"和"事"是怎么一回事，有时也只能无奈地"睁一只眼闭一只眼"呗，何必偏执于碎碎念念，搞得大家都不愉快？但老谈总要翻出他那一套理论，声称无论做什么，那肯定必须"要留一点什么下来"，有点"人过留名，雁过留声"的意思。就有人七嘴八舌地夹着讥讽问他，如果大家都这样想，做什么"都想留一点什么下来"，那历史能承受得了人类千万年留痕之重吗？老谈眼睛放光，露出大家所熟悉的年轻时才有的那股咄咄逼人：如果大家到世上一遭，都"不想留一点什么下来"，那历史又能承受得了人类千万年无痕之轻吗？

大概基于此吧，"我就不信那个邪"似乎成了他做什么事的目的、动机甚至是动力，很多事明知不可为却执意为之，弄得机关"鸡飞狗跳"，从他当了这个局的"一把手"，追着他屁股的信访一直不断，几乎没有一封信访不请求组织"重新考虑适当局长人选"，或者说得极端一点，到这个局做几年局长，差不多把人得罪光了，搞得几乎成"老鼠过街，人人喊打"的程度了。

很多事情大家以为过去了，其实一直像"达摩克里斯之剑"在自己的头顶上悬挂着。没过多久，大家明显地感觉到老金们当初似乎并不完全是无理取闹。

最先感到压力山大的是各个部门的科长们。以前我们局的工作机制是，科员向科长汇报工作，科长向分管领导汇报工作，分管领导向局长或党组会汇报工作，层次等级规规矩矩，清清爽爽。老谈却认为，在机关里，科长这个层次虽然官不大，但承上启下，举足轻重，从某种程度上讲，决定了整个系统工作的质量，所以，他说要破掉所谓的规矩，直接来抓科长，并要求，以后分管领导汇报工作，必须带上科长，并且主要听科长说。这也没有什么，科长们普遍认为，当了这么多年的科长，很多事情都是大姑娘走娘家，已经熟得不能再熟。但后来的事实证明，如果这样理解老谈的意思，那就大错特错了。

老谈好象故意要为难大家似的。首先你得跟上老谈的工作节奏，周六、周日被从家里叫来开会的事经常发生，有时晚上已经拱到被窝里了，也可能被老谈叫到局里来"赶个急"。大家很快受不了了，便有人私下里说，老谈一向讲规矩，其实这已经破坏了规矩，让人家工作休息没了谱。老谈像是知道大家的议论，居然罕见的不合常规的进行了解释，老谈说，这是为了维护另一个更大的规矩，只能让小的规矩服从大的规矩。并高调宣称要不断颠覆大家，让大家都"不知道怎样当科长"！机关大会上明确宣布三条原则：没有创新思路的，不要来我这汇报；没有改革措施的，我不听你汇报；不能让人耳目一新的，你就不要向任何人汇报！等大家战战兢兢准备好了去向他汇报，常常才讲两句，他便打住话头，说："讲重点！"当科长们告诉老谈讲的就是重点时，一切便到此为止，所以汇报工作常常半途而废。时间一长，科长们便学乖，不主动去找他汇报工作了，惹不起我躲你不行吗？

老谈也不找你。等下一次召开系统全体干部大会的时候，让科长们直接在大会上向大家汇报！汇报就汇报，谁怕谁啊。等科长们有理有据，条分缕析地向大家汇报完毕，自以为狠狠地将了老谈一军的时候，老谈的点评跟着就来了，既毒且刁，什么人事科工作思路陈旧，懒婆娘的裹脚布又长又臭；发展规划科采取的措施老套，全是生锈的陈年旧迹；财务科整天将算盘夹在胳肢窝里算小账，目光短浅，看不到一丁点的大局意识……当着全系统所有人的面，不留一点情面，让你尊严尽失，颜面扫地，科长们被" "的全身是汗，不敢抬头看任何人。然后老谈话锋一转，全体参会人员一网打尽，@所有人听清楚：我们工作的法宝是什么，创新，创新，还是创新！在现今形势下，没有创新，来差办差，你就是尸位素餐，木头人一个！

这样一搞，果然把大家的威风全煞尽了，个个变得胆小如鼠，干什么事再也不敢轻举妄动，大事小事全都向老谈汇报，即使是正常工作，必须得到他明确的意见才去办。但老谈却不领情，一针见血地指出，这样做，表面是尊重领导，实际是怕担责任！又掉过来给科长们打气说，不要怕，凡事放手去干，天塌下来由大个子撑着，出了事你又不是局长你有什么可担心的？

就是这样，我们局的那些科长们慢慢变得和我们小青年一样，以前那种自信夹着自负，意气风搅着颐指气使逐渐销声匿迹，当然并没有完全躲过老谈的板子和批评，大家私下里便相互打气，脸摆老一点，皮放厚一点，渐渐的，大家神经也被磨钝了。但即使这样，组织科的问丽科长还是被老谈逼哭了。

问丽是大学生村官，年轻，貌美，泼辣，从最底层的村官干起，一步一步做到我们局的组织科科长，看起来还像个大学女生，但敢于承担急难险重任务，善处棘手矛盾和问题。有一次，组织科组织在全系统选拔年轻干部到局里来任职，这是一项舆论关注度高，且非常敏感的事，不能有一点差错，否则会陷进全民皆媒的舆论旋涡，偏偏考试中途出了岔子。不知怎么搞的，离考试结束还有30分钟的时候，广播错误的发出考试结束的信号。当时问丽正陪局分管领导和纪委监委组的烈山书记在考场上巡视，一听广播，脑袋如被重锤猛的一击，她知道坏了。虽然考生经过正规培训，都知道信号是错的，事实也确实没对考试造成实质性的影响，但考场上有这么一出，肯定会有落选的考生做文章，必须立即要将这个“不幸的情况”向坐阵在考务办公室的主要领导老谈报告。问丽没有乱，调看录像，评估错发信号给所有考场带来的影响，到广播室弄清信号错发的原因，预估考试结束后可能出现的舆情该怎样应对等，相关事宜一一做好，谈到向老谈报告的人选时，大家胆都打起战来，这种事谁汇报谁捣霉，老谈肯定会火冒三丈，被骂个狗血喷头应该是轻的。大家没有想到的是，问丽不但主动揽去汇报的差事，而且让应该会“爆炸”的老谈连“烟”都没冒一缕。当然，事情的结果也正如问丽向老谈保证的那样，处理得干净，彻底，没有一点拖泥带水。这样一个优秀的美女干部，居然被老谈气哭了。

后来大家弄清了，其实也不为什么大事，只是组织科的一项常规工作需要老谈签发一个文件。老谈翻翻文件，将它朝旁边一扔，说这个文件核心内容跟去年的差不多，没创新，老套套，我不能签发。问丽开始还能耐心解释，这都是组织科日常工作，而且这些日常工作有它固有的规定和套路，是很多年形成的规矩，不但不能创新，而且必须按照套路走，否则会在社会上引出乱子。

而老谈认为，很多人动不动就说“以前就是这样的”，这是为自己墨守成规找堂而皇之的借口，“从来如此，便对么？”这句振聋发聩的百年之问却一直没有问醒“装睡的人”。在我这儿肯定不行。然后抖抖手里的文件说，没有突破原有条条框框的文件，我不能签发，这是我老谈早就定过的规矩！

文件一天不签发，工作就没法进行下去，事情越拖就越被动，心急如焚的问丽气得哭了起来。哭着的问丽并没有服输，你老谈喜欢规矩，那你给你好好谈一谈规矩。她看见老谈桌上一堆资料中间正好有一本十分眼熟的学习用书，顾不得擦掉泪水，一把抽出来，熟练地翻到《加强纪律建设，把守纪律讲规矩摆在更加重要的位置》说：“连总书记都说过……党在长期实践中形成的优良传统和工作惯例也是党的纪律和规矩。谈局长是要让我们将在长期实践中形成的工作惯例也改掉啊？”不知是问丽引用的文章分量太重，还是老谈确实感觉到了什么不妥，居然没有当场反驳什么，只是小声地说了一句，我再考虑考虑吧。

当然，问丽的那份文件后来虽然很快就签发了，但老谈“必须创新”的要求无时无刻都如鞭子一样天天抽打在机关每一个人的屁股上，夹在中间的科长们无疑承受了来自上面和下面的双重压力。所以，所有的科长们天天做的事不是揪乱了头发冥思苦想，就是上网，翻资料，或是打电话给兄弟县市区的同仁，每天在床上翻来覆去睡不着，想方设法抠新东西，想新点子，反正什么东西最新鲜，最前沿，科长们总能在自己的工作中第一时间活学活用起来，以我们一帮小青年的看法是，老谈这条“鲶鱼”把局里搅的“叫嚣乎东西，隳突乎南北……虽鸡狗不得宁焉”。但工作却开展得红红火火，很多做法变成了典型被上级写在考核简报、情况汇报、督查通报里，大范围的印发给全省、全市学习，借鉴，到省里、市里作典型发言也不是什么新鲜事了，这在以前是不敢想象的。而且特别奇怪的是，工作做得这样好，局里没有一个人居功自傲，更没谁敢去找老谈提个要求、调整个位置或落实个待遇什么的，每天的想法变得非常简单，朴素，如果不被老谈这只紧叮在屁股后面的“杀人蜂”“咬”一口，堂堂正正有点尊严地把班上好，精神抖擞地拎着公文包来机关，下班时头正常能抬着，没有被老谈“搞”得耷拉下来，这一天就是成功的一天。

于是，时间一长，机关反“谈”传言更如大雾弥漫，说再这样下去，老谈滚蛋是迟早的事。这些科长在局里可都是中流砥柱，人的忍耐也是有限度的，像老谈这样长此以往地只顾榨油，不顾大家死活，总有一天会把他们给惹恼了，到那时候不搞掉你还留着做“种”吗？

这样的话来无影去无踪，看上去也符合局里的实情，但我认为，这应该经不起严密的推敲吧，主要因为这样说话是对我们局的科长们应该是不了解的。工作之余，科长们私下经常有些小活动，他们同情我这样的小卒子在局里处于食物链的最低端，干的是牛马活，受的是猪狗气，快四十岁了连个副科都没弄上，居然也毫无怨言，而且平时口风紧，手脚勤快麻利，所以有饭局娱乐什么的就喜欢带上我，自然科长们背后对老谈的真正态度我就有点发言权。

之于老谈，无论喝没喝酒，科长们都认为，从某种程度上讲，老谈应该称得上是一个别具一格的优秀局长，总想用制度的光芒好好地照亮他认为应该照一照的地方，而且总想让光们最好“咆哮”起来，将那些已长久没有映过光亮的黑暗深处穿透。如果都能像他这样义无反顾地干下去，所有机关中枢应该会有别样的情形吧。当然，科长们的牢骚怨气当然是少不了的，一说起老谈是一片的“嘛呢嘛呢吽”，尤其对老谈的火爆脾气更是咬牙切齿，很多人都用“痛不欲生”来形容在老谈手下工作的感觉。有一次，谈着谈着，有人就向在场的饶副开玩笑说：“吾等戮力，彼可取而代也。”吓得一向谨小慎微的饶副忙掩其口，曰：“毋妄言，族矣！”大家便一笑了之。大概基于此，有科长们总有一天要“搞掉”老谈的传言就不怎么奇怪了吧。

但酒过三巡的科长们对一切的分析则更加透彻。被酒精烧得脸红脖子粗的科长们认为，现实情况下，老谈所作所为更像有将“人参”栽到了“胡萝卜”地上的不合时宜，水土摘情不服，所以弄出了一出又一出的动静。其实大家心里都清楚，在现有的文化心理和现实背景条件下，老谈做这样的事，要么密不透风，要么空空荡荡。所以，老谈想要做点什么，机关“鸡飞狗跳”在所难免；当然也可屈服于世俗，按照大家认可的路线图走下去，一切会相安无事；想要找个两全其美的法子，在强大传统形成的现实条件下，科长们一致认为，没有！

但老谈似乎从来没有像大家这样将事情想得那么复杂，而是按照自己的理解，硬是将很多复杂的事做得出人意料的简单。这期间，没有任何征兆，我已经心灰意冷、早已不报希望了的“副科问题”被老谈虾不动水不跳地给解决了。后来我听讲这个指标是老谈到市委组织部硬“要”来的，人家问他要理由，他说，这个小青年在单位里天天忙得昏天黑地，累得已感觉不到什么叫累了，根本没有工夫过问自己的事，我倒要请组织上给我一个理由：组织上本该正常解决这样优秀同志的“进步问题”，为什么变成我来跟组织上“要”？是不是什么东西如果不“要”就不可能有呢？那么复杂的事被老谈这么一捋，还真让人觉得正常的认知在这里被颠覆了一下，当然冷静下来想一想，事情不是本该就这么简单吗？也还是大家认为的这么一个“只顾榨油，不顾别人死活”的老谈，居然“独辟蹊径”，再一次将复杂问题简单化，帮我们机关办起了一直办不起来的食堂。城区扩建以后，我们单位因为还在老城区，不符合“单位在新城区，住宿在老城区”才能办机关食堂的有关规定，多年来食堂一直办不起来，看人家机关都能幸福地享受着这样的隐形福利，个个眼睛馋得淌出了口水。老谈再次显出他不拘一格，对负责审批这事的区纪委监委的领导说，我们局“单位虽然在老城区”，但大部分职工“住宿在新城区”，你说符不符合办食堂的基本条件？

四

书面统计结果很快出来了。最先知道结果的是支科长。支科长也最清楚“舒大部”此时的心事，但他没急于将结果告诉他，而是不厌其烦地和临时组成考核组的其他几个人又核对了一遍，才带着疑虑向“舒大部”报告：除了几张弃权票和一张写着“继续留用”的票，几乎全票推荐的人选只有一个：老谈。

“舒大部”简直有点喜出望外，心里的一块石头总算“咚”的一声落了地，他急忙有点颤抖着操起手机准备将情况报告给市委邓书记。支科长用力的从后面拽了拽他衣服的下摆，示意说：“你不觉得这个结果有点反常吗？”“舒大部”正沉浸在兴奋当中，认为支科长那种组织干部首鼠两端的老毛病又犯了，这都是选票一张一张填出来的结果，有什么反常的，咹？便直接向市委邓书记作了报告，还特别提到那张“继续留用”的票。一向果敢利落的市委邓书记却略微停顿了一下，说：“先看看口头推荐和谈话情况再说吧。”

有书面推荐结果作基础，接下来的事一切均在意料之中。事实也的确如此，口头推荐结果与书面推荐一样，无一例外的人选都指向老谈；接下来谈话了解到的情况和推荐的结果并无二致，都是“一致请求提拔谈家林同志”。这倒让一直兴奋着的“舒大部”渐渐冷静下来，心中的疑惑慢慢升腾起来，因为据他所知，平时坊间对老谈的谈论都是滑稽可笑甚至荒诞不经，几乎没有什么像样的正面评价，怎么到了“摆上桌面”来谈全都变成了“一致请求提拔谈家林”同志呢?

我们局在整个区里的科局中虽然摊子大，下面的“腿”很多，但干点事情所需要的人、财、物什么的全求着人家。换句话说，老谈在我们局里他的“利斧”可以任意挥动，但到局外去，常会遇到难以想象的掣肘，手脚有时很难施展开来。用老谈的切身体会说，我们的“蒜鼻子”全捏在人家手里，区委编办捏着我们编制一个鼻孔，人社部门捏着人员招录一个鼻孔，财政部门从上至下捏着钱这个鼻梁子，他们任何一个人手指用力一卡，我们就有半天喘不上来气。所以，像老谈这样的一局之长，“协调”是他工作绕不过去的一个重要的组成部分。

按我们的理解，协调必须打破惯常，走点野路子、打些情感牌什么的，变通变通搞个茶局啊小饭局啊钓个鱼啊参参伍伍的，和人家联络联络感情，火候一到，再难的事也会出现转机。

但老谈最切齿痛恨的莫过于所谓的协调了。老谈认为，任何单位都有责任按照文件规范办事，如果什么事都要协调，那才是不正常的，甚至是错误的！所以如果有事必须让他出面协调，他就很恼火，认为是人家没有按规矩办事，说去协调，不如说是去问责更准确。去之前，他总是让相关科室将有关的文件啊规定啊甚至法律法规啊什么的一一找齐放进公文包里，还没出门嘴里就是叽叽咕咕甚至还有点骂骂咧咧的说着人家的不是。我们一看，按这种基调设计的协调注定要失败。

果然，到人家那里没一会儿工夫，火药味就弥漫开来了。其实人家本来是顾着场面的，看老谈一个局长亲自登门了，又是让座，又是倒茶，又是握手的弄的很热情，但老谈似乎并不领情，一说话火药味就很浓：“你个大领导整天忙得跟总理一样，早把我们局里的事情丢到脑壳后面去了。”人家知道他的意思，便顺着他的话说：“不是我跟你要功，这一阵子我一直在帮你跑这个事。”老谈一句感谢的话也没有，而是咄咄逼人地说：“我这里要功肯定没有，也不要给我谈那些没用的，我只想知道，结果如何?”“可能还要等一等。”人家实话实说。老谈认为人家有推诿扯皮的意思，便用人家搞不清真假的话说：“按照市政府制定的工作规程，应该在15个工作日内给我们办结，你看看，我不但要自己守规矩，还要监督你们这些不守规矩的家伙。这事给我们拖了这么长时间了，还要等，请问你个大领导，我这就回去把整个系统的大门全关上算了?！”人家本来好好的心情被他这么一搅，不得不烦躁起来，看他这样上纲上线，便也正襟危坐，说：“老谈你要讲点良心，我一直在帮你忙这个事，拖了这么长时间不假，但不是耽搁在我手里，得领导同意才行啊。”一来二去，把老谈好斗的情绪调动起来了，老谈便追着话问是哪一个领导，而且为了证实人家没说假话，“讹”着人家我们现在就去找他。这就让人家很为难。人家不去，你老谈像狗皮膏一样黏着人家不放，去吧，那人家不就成了和你老谈下属一样，你老谈说什么，人家就得干什么了？最终弄得很不愉快。也严重伤害了人家的自尊，人家所在位置代表的是一级政府意志，你老谈这样没上没下，没大没小的，消弱的不单单是人家坐在职位上的优越感和权威性，其实是最大的没有规矩！你老谈到这里来哪是什么协调，直接就是胁迫嘛！当然这样搞下来，老谈也很受伤害，经常咬牙切齿地骂现在风气真的坏透了，我们只想一心一意地做些事情，正常的工作弄出一个什么协调来，有规定不遵守，有文件不执行，倒过来还怪你没去协调，不会协调，这是什么世道，什么强盗逻辑！

所以，有了这样的认知，我们局和其他科局的关系，不但不润滑，有时还显得另类，甚至还走入极端。有一次，饶副陪老谈一起去找区财政局长要一笔项目款，因为钱迟迟不到位，项目进展缓慢，老谈心急如焚。人家财政局长耍无赖，两手一摊，要钱没有，要命有一条。老谈不和他废话，直接拽着他去找区长。财政局长“老油条”一根，你老谈怎么说，就怎么做，被老谈拽着一起找到区长。正值新城区大建设，要钱的多得数不过来，国库里还有多少银子区长是清楚的，当然财政局长也是清楚的。正准备上车外出的区长，看到财政局长和老谈互相拽着来签字，当场就将财政局长熊了一通，财政局长涨红着脸没吱声，老谈火了，老谈一把把财政局长拉到身后，直接朝区长的小车前一站，说：“我们大小也是一个局长，你区长大人把我们熊得像个要饭的，我们是为项目的事才来求你，我自己又不要你一分钱！”同去的饶副从身后死劲地拽他，让他注意规矩。老谈明显失态了，仰着头大声地说：“今天签字给钱就有规矩，不签字给钱就没有规矩！就是天王老子他也不能不讲规矩吧。”

短短一瞬间，区长似乎被什么狠狠地触动了一下，就那么散淡地看着老谈，好久，好久。突然，又毫无征兆地拨出笔，趴在公务车前盖上，飞速地在老谈的报告上签上了大名，并交代财政局长以最快的速度将钱拨付到位，让老谈赶快将项目抓紧推进。还开了一句玩笑说：“现在我才知道民谚说的‘宁差阎王债，不欠小鬼钱’的精辟了，老谈啊，你可比魔鬼还凶啊！”老谈也笑着说，只要你区长给我钱，说我是什么都无所谓。区长边关车门边笑着说：“老谈你有句话讲的不准确，你要是要饭的，应该拎个打狗棍，手上再拿个破碗，而不应该夹着个破了的公文包。”一场危机到最后居然被弄得比较温馨。据讲被老谈弄得几乎下不了台的区长背后多次提到，如果所有科局长都能像老谈那样当局长做事，把规矩守好，我这个区长就有得当了。

五

按惯例，市委常委会之前要先开个“书记办公会”，将上会的议题先碰一下，在讨论人事任免事项时，“舒大部”将推荐老谈的情况作了比较详细的报告，同时也谈了考核组一致的疑惑：认为得票这么高，会不会存在拉票嫌疑。当然这样的疑惑也让大家有了不小的争论，比较一致的认为，像老谈这样的性格应该不存在拉票，那张“继续留用”的推荐票应该就是明证。但得票这么高又怎么解释呢？莫非是全局职工暗地里联合起来要将老谈……考核组的同志想到这里，都不约而同地出了一身冷汗，一致请求“舒大部”一定要将这些情况向“书记办公会”汇报到位。邓书记从短暂的恍惚中回过神来，没头没脑地问：“底下把老谈传的沸沸扬扬那个年终考核到底是怎么回事，有没有正宗的版本啊？”

一年一度年终综合督查考核到来了。上级部门每年都要在年终对县市区党政领导干部全面工作进行综合考核，其中针对我们系统人、财、物的履职情况督查考核是组成综合考核的一项重要内容。会干不会干，全在这一“看”。全区 60 多万勤劳勇敢的人民捋起袖子淌了一年的汗水，在全省全市是个什么位次全在这年终一“看”，其重要性不言而喻，不但关系到所有人的年终奖励，更关系到所有人的脸面，还有大家在心里说不出口的重要性，就是考核结果和所有相关官员的升迁是绑在一起的。有关领导对我们系统履职情况在整个考核中所占比重还比较大，历年来也是备受关注，区里和市里的要求一向不容置疑，关键时刻谁掉了链子，接下来就让他戴上“链子”！大家都知道，只要这一年在年终考核上出了问题，那下一年的日子就可想而知了，局主要领导都会在区里市里的大会小会上被无数的领导作为反面教材“ 胡子”，反正整整一年不会有好日子过，直到下一个反面典型出现来顶替你为止。所以当直接负责考核工作的饶副来询问今年工作怎么开展时，老谈严肃地说：“一切按规定办！”。

开始饶副没弄清老谈此话的含义，认为还是像以往一样，有些有缺陷的工作该艺术处理的要进行艺术处理，说那就需要老谈协调一下。一听说协调，老谈就问是什么意思。饶副实打实地说，年终综合考核看起来是考区里的领导干部，但实际上材料是分配到各个局去做的。具体到我们局，主要还是与编制、人社和财政有关，说白了，实际是考核他们对我们系统人、财、物的到位情况。老实讲，要是实打实的搞，肯定不行。老谈就问以前是怎么搞的。饶副说，平时打归打，闹归闹，但一到年终，大敌当前，那肯定要将平时没有做好的工作艺术处理为全部完成。老谈一听就炸毛了，你这样说我就很费解，这上级来考核工作，应该相当于我们的娘家人来替我们说话的，如果平时婆家人对我们这个小媳妇有欺负，正是娘家人来替我们做主的时候嘛。饶副说，是的，但也要综合考虑，娘家人走了以后，我们的日子还要过下去。这样讲老谈就不能同意了，说："也就是说，以前受他们欺负，有人来问责，还要帮助他们说好话？"饶副无奈地说，应该是这个意思，以前年年这样，平时找他们要人要钱要物，没有，但年终考核，还要帮他们造假文件，假进账单，假的编制函什么的，把材料做得天衣无缝，也是无奈啊。老谈说，这不是帮助他们靠造假出成绩出名吗？以前怎么搞的我不管，今年按规矩办。做了就是做了，没做就是没做，实话实说。

饶副一听这话急了，那就没法搞了，因为这里有非常复杂的牵连，如果出了纰漏，那不是一般的小事，看似部门工作没搞好，其实影响的是区委区政府的主要领导和分管领导一大批人。区里要打你板子不说，那在全区造成的影响也将是空前的。真那样搞，算是把天捅个大窟窿！

老谈说，我就是要把天捅个大窟窿，让暴雨倾盆而下，好好冲一冲他们生锈的脑子！

消息很快被大楼上那边知道了。电话也适时搂了过来，先是几个有关部门的主要负责人，希望老谈通盘考虑一下，我们可以先打个欠条，等缓过这一阵，加倍偿还，保证让你老谈满意。老谈这次倒蛮有耐心，扳着手指头一年一年的替历任领导数过来，说据了解，每年这个时候你们都这样承诺过，但你们事后一次都没认过帐，其他人我不管，但你们知道我老谈，超出的我从来没想过多要，但该给我们的一点也不能少，不按规矩办事，不好使！见说不通，人家便半真半假的问老谈这样较死理，以后还处不处了呢？老谈一点也不生气，还很巴结似的说，处啊，肯定要好好相处，还希望你们看得起我们这个穷单位。人家见话不投机，只能撂了电话。当然，事情不会就此结束，来电的层次越来越高，分管区长，常委，直至主管考核工作的副书记让老谈到大楼那边当面汇报。

老谈这次跑的比谁都快，副书记的电话才放下，老谈就到了跟前了。

副书记详细了解了相关情况，对老谈能实事求是的看待年终督查考核问题给予了充分肯定，说老谈有一个很健康正确的政绩观，不像那些个滑头局长，既不想掏腰包出血，还想要好名声，是真正的无赖。当然话说回来，有些事情也可能有些特殊情况，一时半会儿还可能来不及补救。自古以来，守正与达变其实并不矛盾，还望老谈以大局为重，同大家一道克服困难，渡过难关。副书记说的苦口婆心，姿态也放的很低，认为应该会得到老谈的认同，老谈也是这样说的。老谈说："副书记的话我肯定听，面子不敢不给，但他们科局长的面子我无法给。事情办了就有大局，事情不办，我就不好谈大局。"这不是废话吗？只给副书记面子，不给科局面子，这事情不是还是办不成呀？事情就这样僵了很长时间。其间据讲居然有人一级一级的将状告到了邓书记那儿，想请邓书记出来转个弯，但不知道邓书记究竟怎样想的，反正他没有打电话给老谈，也没让老谈到大楼上去汇报。上级年终考核督查组快来的前夕，之前欠下的人啊财啊物啊什么的全到了我们系统的账上。老谈居然表现出像个小孩子一样高兴，咬牙切齿地说，对这些无赖，就得这么治他们。但饶副似乎更加担忧了，说这样搞下去，我们算是彻底把他们得罪光了。

老谈看看这个搭档很长时间，笑了笑，说："我还真不懂你们了，明明我们是对的，你却害怕人家来报复你，你放心，有规矩立在那儿，他们翻不了天的。"饶副看老谈那么高调，不忍心扫他的兴，就没有说一句话。

邓书记在一边只顾喝茶，耐心地听大家你一言我一语地谈论老谈的种种之怪行状。渐渐的，一个有血有肉的老谈慢慢在邓书记面前站立了起来，倔强，孤独但十分坚韧，顽强，大有撞了南墙也不回的狠劲，虽然在现实条件下让他这样的坚守显得吃力、无力甚至是不合时宜，但他要么不干，要干，就必须"要留一点什么下来"的劲头，在什么时候也都显得难能可贵！而且，综合看来，他还不仅仅满足于自己"要留一点什么下来"，还试图用个人微小甚至孱弱的力想让别人也要"留一点什么下来"，不自量力的努力着，总是想撬动一些根深蒂固的东西。

邓书记觉得眼睛有点温润起来。他不易察觉地抹了一下眼睛，深深地喝了一口茶，像是自言自语又像是做出评判似的叽咕道："这个老谈……"

不久，市里的任命下来了。让大家没想到的是，这次大家合力要将老谈"捧"走的意图终究没能逃过组织上的火眼金睛。老谈被任命为区政协副主席，但依然兼着我们的局长。据讲邓书记说了，一定要让老谈同志提拔得风风光光的，不能让这样的风气滋长。至于是滋长什么风气，大家也无法用准确的词描绘。而且，过一段时间后，大家也认可了这样的任命。甚至还嘻嘻哈哈地说，多亏老谈这几年粗砺、野蛮甚至近乎炼狱般的煎熬，大家硬是把大大小小的委屈用牙齿嚼碎，当成营养强咽到肚子里，一个个不但强壮起来，还变得像从桐油里沤过多年的野藤，皮实，坚韧，工作上无论面对多么复杂棘手的矛盾和问题，恁是能举重若轻，处变不惊，有申请调动到其他单位的，人家听说是我们局出去的，个个抢着要，局机关整个的风气也有了脱胎换骨的变化，否则，一路混下去，大家不定会变成什么样子呢。

大概就是那话说的吧，只有永远改变的改变，没有永远不变的不变。

（2020年5月最新创作）

/浪漫生活/

像做梦一样，我和陈康终于进了学院。我们是从东面那扇大铁门进去的，淡淡的阳光照着正开的紫罗兰。我们的皮鞋一下一下地踩在宽阔的水门汀路上，有一行雪亮的鸽子正从天上啷啷晃过。这时，我就看见你淡淡的影子远远地飘了过来。

小平，我们就是这样开始的，是吗？

六琳曾经说，初吻是爱的公章，恋爱成熟了，就盖个公章吧。可我的心总是紧张得咚咚跳个不停。六琳就走过来，双手绕住我的脖颈，仰起她带露的花瓣样的唇。那是我们高三时一个有月亮的晚上，残酷的高考正冷笑着等着我们。六琳事后哭了，哭得很来劲，我问她为什么？她说，也没有什么，我只想让你记住这一个晚上。

于是，我们就慢慢地开始了。那个晚上你记住了吗？小平，就是庆祝元旦的那个晚上。我抓到一个阄：让我和左面的同学掰手腕。我看也不敢看左边的你，同学们的呼叫差不多要掀翻了楼顶。你大大方方地把手伸给我说："来吧。"你柔弱的女孩子的手告诉我，你我的力量是显而易见的。但结果我输了。你挺奇怪。后来在我们好的时候你问过我为什么。

小平，你现在知道了吗？力量强大的男孩往往输在最柔弱的女孩子手里。

六琳曾经说过，衡量女孩子必需男孩，而要改变男孩则必需女孩。

其实那时我一点也不懂。但就是从那一天起，我开始觉得远天有一阵啷啷的鸽哨遥遥向我飞来。我开始喜欢用一个毛孩子的头脑想一些大人的事情。陈康说我尽管装得天衣无缝，还是不够味老。我老气横秋地拍拍他的肩膀说：我总得有个过程，总不能一生下来就老奸巨猾。他就麻麻地笑，我也笑得差点打碎他的眼镜。有点老味是不是？但我第一回在东面那扇大铁门边见到你，你只轻轻一笑，我全完了。

六琳也总是这样对我轻轻一笑。可惜，永远地只剩了轻轻地一笑。那时候，六琳她们的女生楼正对着实验楼的一个厕所间，我为了多看她两眼，常常扒着厕所里那个高高的窗条呆呆地发愣。我顶喜欢看她穿一件透明的连衣裙，把水淋淋的女孩子的小玩意儿凉到铁丝上。铁丝很高，她就那么挺着胸脯踮脚站着。我被她煎熬得在厕所里来回奔走。我恨不能立刻卷了铺盖睡到她的床上去。

终于有一天，我被老大和陈康两个人堵在厕所里。

所以，我一直对女孩子的卧室充满了一种向往，很多男孩把女孩的卧室想象得神秘莫测，我能理解。新学期开始不久，我们第一回去女生楼玩，那天你回家了，我背着手在里面踱了两圈。我说，我来猜猜你们的床铺，女同胞便有点夸张地拍手。我第一个猜的是你，一言中的，小辛她们说我的眼力很好，但我其余几个全搭配错了。后来你晓得了好像很奇怪。我说，我凭的是感觉。你笑起来，你说，太叫人费解了，感觉是什么样的？是淡蓝色的吗？

小辛她们在我们背后又是一阵窃窃的笑。

我又羞又恼，我把厕所的门一脚踹出去老远，我说："我希望别人不要干涉我的私事。"

老大和陈康就望着我嘎嘎地笑。他们一个在我左边，一个在我右边，先是认真劝我，让我别五迷三道。为了加强效果，陈康把着一根一根指头，一口气讲了十几起流产的早恋故事，连一贯很沉着的老大也编了一串谎言，说六琳已不是一个"原装"的女孩子了。我很矛盾，我恨死了这些朋友，在我最需要他们做我高参的时候，却用了成吨的炸药来轰炸我只有半块砖的堡垒。我不管，我用加倍的热情去轰炸六琳，每次约会都把她弄得如痴如醉、发癫发狂。

陈康他们没有办法，只好把这事用电话捅给我爸爸。他们都是我小时候起爸爸帮我一手培养起来的好朋友。后来他们说启子，别怪我们，我们也是被你逼得束手无策了，我们不忍心我们都去上大学，而把你一个人孤零零地扔在高中这个站台上。

我知道我也许是错误的，但既然已经开始了，即使我错得头从肩膀上滚到地上，我也绝不停止。

你摇摇手让我别说话，一行雪亮的鸽子正翩然地滑落下来，清清爽爽的鸽哨漫满一片灰色的楼群。

小平，这是我多年以前听到的那种鸽哨吗？

你说："如果你是一个好男孩，你一定记得每一件事情的开头。"

记得那一回排球赛吧，我对球们一直没什么情绪，但那一次我们班女排的一场决赛，我捧着茶杯第一个站在那儿，陈康嘻嘻地笑了一阵，然后问我这是为什么，陈康就是有点傻不拉几的。其实我也说不出为什么，为什么要把解释原因放在第一位呢？你们都只穿了短袖的淡红运动衫在拼杀。我为你跳起来一记重扣得分而使劲鼓掌，两个巴掌拍得贼红。喉咙干了，也舍不得喝茶。你一定是记得对方有个小矮个二传手，那球传得真绝。她总是蹲下身子，很有弹性地将球弹起，不少人为她的绝技而像泼妇一样欢呼，我恨死了这个二传手，我当时恨不得跑上去用一块砖头对她的后脑勺来一家伙，然后扒光她的衣服示众，看她还神不神气！你望我一下——无意地望我一下吧，我的声音就要颤动一下，最后我忍不住带头扯起嗓子，像个痞子那样狂叫："加油！加油！加……"

我这粗粗拉拉的喉咙，串起我们班几十条气势雄壮的男声，彻底摧毁了对方的阵线，我们终于成功了。

女孩们含着泪搂成一团，我也想上去紧紧抱住你，用毛巾替你擦去脖颈上的汗水，我把茶杯从口袋里掏出来，满满地倒了一杯热茶，我希望你能洞察我的用心。

我站在那儿默默地等你，旁边马元望着茶杯直咽口水，我没理会他，我看你高挑挑的头转过来了，你笑了是不是？你轻轻地跑过来，我把茶杯伸给你说："喝一口吧！"

你用了十八年来积存的一个女孩子的所有力气攥住我的茶杯。我看见你富有青春气息的胸脯急剧起伏，我真想将我的脸轻轻地靠在上面。

就这么一件事情，爸爸和班主任进行了秘密会谈，他们这种鬼鬼祟祟的行动注定了他们干的是勾当，而不是壮举。他们叫我当着朋友的面讲几句感想，我一言不发。当时我们学校实际上恋爱成风。到初中二年级没对上象的就算是"晚婚"了。他们这样"官僚"，不可能知道，老大和陈康他们可怜巴巴地坐在一边陪着。他们一定为当了我的叛徒而深感不安。

那片灰色的楼群被夕阳抚得胭红。小平，我绝没有想到它后来成了我心上的"野麦岭"。

我曾在你高兴的时候说，我们该有自己的生活方式，你为什么要去？你笑了是不是？后来，你弄着我的胡须说："你还是一个孩子。"

小平，难道你是大人了吗？

我被搅得很狼狈，爸爸像个老牌记者那样步步紧逼，要我回答："有什么证明六琳是爱你的？"我说："真正的爱是不要证明的！"爸爸哈哈大笑，他撇着嘴说："你一个小毛头晓得什么叫爱？"

我受不了爸爸的这个否定，我差点儿要伸手给他一记耳光，我只才晓得我是深深地爱着爸爸的，但在六琳面前，我对爸爸的那点爱又是多么的寒碜和可怜！

后来，陈康和老大去找了六琳，把六琳劝得泪流满面。我晓得了，我用一把刀子指着陈康和老大，我说："你们胆敢再做走狗，我攮掉你们！"总之，我和他们进行了痛苦而又顽强的斗争，直到六琳在一次交通事故中，为把我推到路边而被一辆瞎了眼的汽车撞……

高考以后，我那些很好的朋友差不多分离了。只有陈康和我考进了同一所大学。爸爸给我来信说："事实证明，那女孩是值得你爱的，我向你道歉。"我把他的信烧成灰烬装到信壳里又寄回了给他。陈康他们对六琳的事也一直很不过意，他说："启子，你小子要是一个真男人就原谅了我们。"

我说："我早已原谅你们了。"

可我越是那样吊儿郎当，他越是不相信。我耸耸肩，我说，那不过是少年时代的一场游戏。

陈康笑了，他像长辈一样轻轻拍着我的肩膀说："这才是一个真正的男人！怎么样，眼下有新的头绪了吗？”

如果我当时有一支“五四式”，我一定紧紧按在他的太阳穴上扣动扳机。

小平，我们俩的第一回就是从那天开始的，是吗？

你说，并不是从那一天晚上开始的。

为什么偏要弄清开始和结束？其实我们一生下来就是开始，根本就没有结束的时候，即使你告别了这个世界。你定定地望着我：“你说下去，你说下去。”

小平。

我给你讲个很遥远的故事吧。

从前，人有四只脚、四只手、四只耳朵、两个头，力量当然是很强大的，弄得连神仙也无可奈何。众神首领宙斯就用斧头把人劈成两半，纷纷撒向人间。人被切成两半之后，这一半想念那一半，于是就苦苦寻觅，这就产生人类的爱情，直到找到了，就疯狂地合拢在一块，互相拥抱不放——这就是婚姻。所以，所谓美缘佳姻，都是上帝捉对配好的。换句话说，世界上有一个男人，必有一个女人是他的妻子。

你马上不相信了，你说：“为什么世界上还存在光棍汉呢？”

你的问题确实是很有趣的。我说：“那是因为他们的两半被宙斯抛得太远，一个在繁华的都市，一个在遥远的农村，他们没有机会碰到一块，即使有一天走到一起了，一个身上珠光宝气，一个却土得掉渣，没法结合到一块。”

你若有所悟地点了点头。你觉得我的话挺合理是不是？我想一定是的。你觉得不合理的时候，从没有那么安静过。

那天晚上，睡梦中我大哭了一场，小平，你知道我说的就是我们俩吗？

以后，我就去找陈康，他正把头拱在一本二斤多重的精装哲学书里，我追得紧了，他才把眼镜摘下来用衣角擦拭着说：“问题的要害在于你不能留在这个城市！”

我一拳把他掏出去老远，跌坐在草地上莫名其妙地望着我，我猫下身，就着他躺在草地上望天，天上正有一行雪亮的鸽子飞过，唧唧的哨音叮叮当当地落在我们身边的草地上。我们写了一封信给老大，那时候老大正热恋着，他的回信足有半斤重，他说：“多研究研究先辈的哲学著作吧。”

我很失望，但我还是跑到图书馆借出一摞爱情论著，整齐地码在我的床头。睡觉前逐章逐句地研读，重要的段落用笔抄在笔记本上。我在床头贴了一幅陈康书写的横幅：“学习，学习，再学习。”字写得像蚂蚱打架。但它使一摞又一摞厚厚的经典著作哗哗地翻了过去。

读得苦了，我便走出来。一个人在学院后面的桑园里乱窜。那时候我们俩已经很好了，用句书面上的话讲是“战略反攻”了吧。我总想拉拉你的手，说几句贴心的话。我恨不得像北方的狼一样嚎叫几声。

这时，你淡淡的影子从那一片灰色的楼群里飘出来，我便不作声。你哭了是不是？我看见你的背影一抽一抽的，我躲在树后面，一直目送你消失在图书馆楼的拐角处，你可能没有注意到天上正有一行雪亮的鸽子唧唧飞过。

晚上，我便去找你，你依然快快乐乐的，你我在一起的时候从来没有一点点忧伤，我不忍心揭破你，我只好编了一个故事。我说：我有个朋友叫老大，有一回他的女朋友送了一对鸽子给他，那鸽子又肥又白，两个眼睛就像你的两个眼睛那么好，可后来在一个周末，这对鸽子被同学杀掉做了下酒菜……你一下子跳过来，捂住我的嘴："这个故事太残酷了，我不听故事的结尾了，你们总是这么残忍。"

应当说，从那时候起，我们已在一点点地失去我们自己，马元告诉过我，但我因为……怎么说呢？我总觉得马元这个人是不足为信的。还记得那一次搞篝火晚会的事吧，准备的时候。我拟了一个谜语讲给你听的，不巧马元晃过来也听到了，我就说，你们可要替我保密谜底。马元打了一个榧子说："当然。"而你只是笑，笑着说："我非戳穿你不可。"那时动人的太阳停在你的脸上，你轻轻的笑声一如我听过的唧唧鸽哨从半空里摇过。

可是当我在篝火旁边一说出这个谜语，马元遽然站立，对着天空从容地打了个喷嚏之后，提了答案。那天他头一回穿上那件高级马裤呢西服，很潇洒地领了一份奖品：一支白色签字笔。这本没有什么。但我始终有一种被出卖的感觉。事后马元也跟我说了，闹了玩玩的。主要是想使小辛高兴高兴。你看到了是不是？你笑眯眯的。晚会下面的舞会你总是用眼光叫我：来吧。

我走过去，你几乎是扑过来抓住我的手。但我的情绪实在糟糕。我的膝盖老是蹭着你的大腿，我看见你的脸色潮红。我说，不跳这个了，你用手轻轻地暗示我：我就要跳这个。

我看见马元老用眼光睃我，他正架着小辛，他的心不在焉，把小辛的舞步弄得大乱。当然，小辛配他那身西服太委屈了马元，我心里说：马元，你敢过来，小心折断了你的腿！

我搂着你一直跳到《魂断蓝桥》轻轻响起，你说：我好几次差点晕在你的怀里。

过后想一想，我却痛苦得想从四楼上跳下去。我欢欢乐乐送走一天回到床上，床头的那些哲学大师天天用平静的语气给我以教导。小平，你一定感觉得出，有很长的一段时间，我不想跟你说话，为什么宙斯先生把你抛在繁华的都市而把我随便扔在一个遥远的乡村？我整天游荡，风把我的头发吹得跟火炬一样，我开始有意离开你了。

那以后，我也有过自己的浪漫时光。有一天，礼堂放原版外国录像，礼堂爆满。我搬了一张方凳挤在门口。弹簧门轻轻地拍着我的屁股。人真多，黑汪汪的一片，我刚站上凳子，有个声音从人丛里挤出来问我："可以让我站一站吗？"

我什么也看不清。我把手伸出黑暗里说："请上来吧。"

黑夜是我的情人，让我走进她的怀抱。

我和那个女孩站在一张长凳子上。开始我们身体还有些距离。像两个并列的感叹号。我看不清她的脸，只感到她身上勃发的青春气息让我的血液奔流。她只有我的肩膀高，头发用白丝帕缩成一束。一动一动地把我的下巴弄得须须发痒。我的感觉是这个女孩子长得特别娇美。我忍不住用手摸了摸她的肩膀。她只是伸手撩了撩挂下来的头发，没有动我的手。我想照我现在来讲，那时我的胆够大的，皮够厚的，够流氓的。她的肩非常柔和——所有女孩子的肩都那样柔和吧。我全身的血管像炸裂了一般灼热。慢慢地我的手从她的腰边揽过去，她呢喃了一声，身子倾了过来，地道的女孩子的气息弄得我直发晕。我把脸侧过去，周围同学的眼睛都狠狠地盯着屏幕。这时，电视上出现了一个流氓用刀逼着一个少女，另一只手一层一层剥开少女衣服的画面。我感觉得出她簌簌发抖，手在下面死劲地揪住了我的手掌。我把手从她的腰边滑下去，抚摸她的身子，她一把捉住，再也不肯松开了。约翰·盖伊教导我们说：青春是欢乐的季节，那么，恋爱是我们的责任。

小平，这有点“那个”是不是？我也觉得有点荒唐。当时我除了晓得她戴个眼镜之外，再也不能更多地体味到什么。我在口袋里掏了好久，终于摸到一个来历不明的粉笔头，我乘同学们为一个好镜头鼓掌的时候，在她的衣服靠近肩膀的地方狠狠划了两道印痕。后来录像轰的一下散了，她牵着我的手跳下凳子，试图想说点儿什么，她走得很快，我迈开大步跨出弹簧门的时候，她像红狐一样消失了。

第二天，买饭时我就多了一个心眼，对每个戴眼镜的女孩进行逐个审视。虽然学院有那么多戴着眼镜的女孩，但我一眼就能看到一个背上背着两道粉笔痕的那个女孩。只可惜她身材奇丑，一下子破坏了黑暗里我的感受。陈康悄悄地问我：“就是那个全身都是屁股的女孩？”

我早饭都没吃完，我把馒头扔进了水槽里。我脑子里只有两道淡淡的粉笔痕一晃一晃，为什么很多东西从黑暗里走出来就失去了它的本色？

黑暗是我的情人吗？

老大晓得了这件事，又寄了一封有半斤重的信过来安慰我：既然小平给你的感觉那么好，你就要了她吧。

我说：老大，正因为我要不到她，我才有意离开她，除非我爸爸是国家主席，专门在《人民日报》第一版发一道主席令，分配时把我留在这个城市，可他妈的他才是一个小小的银行管事。

机会终于来了。

有一天课外活动，马元在教室里捧着歌本唱歌，有个泼妇般的大嗓门喊他出去踢球。他就扔了歌本，扒下西服放在讲台上用报纸盖好，我不动声色。等他“噔噔噔”下楼去了，我便很老到地走上讲台，抽出我那支老牌“派克”笔，对准西服的两片驳头，不慌不忙地把黑油油的墨水挤下来。我的本意是为了艺术一点，我一共挤了八点，平均一边四点。可挤完后我的笔还没有挂好，它们就全都在洁白的衣服上浸濡开来。驳头上成了两块奇形怪状的黑斑。

我抖抖衣服，很潇洒地走出了教学大楼。

那天马元真急了。整个宿舍楼被他跺得直晃，我能理解他。这件西服是小辛一点一点从菜票上抠下来的，当时我半躺在床上平静如水，我一句话也没有劝他，我在认真研读美国杰克·D.道格拉斯和费兰斯·C.瓦克斯勒合著的《越轨社会学概论》第四百一十三页：认识越轨。

从那以后，我难受了好长时间，我开始写小说。小平，这你该是知道的，那时候教授举行文学创作讲座喜欢举两个人的作品为例，一个是鲁迅，另一个就是我——启子。教授有一次在厕所里边系裤带边对我说。鲁迅的小说深刻，我的小说是因为好懂，这就够了。假期里，我穿着一条短裤在家里的小方凳上写小说，写了启子和一个叫小平的女孩的故事，我妹妹看得泪流满面，她还是一个学生，她说："那么好的女孩启子却不去爱她，他是神经病吗？"我说："这是一个只能写而不能实践的故事，懂吗？"妹妹边擦眼睛边说："看得出来的。"我说："而且，启子已经有过两回失败。"妹妹说："启子这个人挺可怜的，是你自己吗？"我说："这并不重要，重要的是他的开头都很美丽，但最后都是悲惨的失败。"她说："我想他不会是你自己，你不会失败的，是吗？"

小妹，难道我喜欢失败吗？

后来我把小说给你看，你哭了是不是？哭得挺凶，我劝也劝不住。

小平，女孩真是水做的骨肉？

那是我做学生以来一个最痛苦的暑假，开学前，我和妹妹去街上散步，顺便把自己过了一磅，我瘦了足足七斤。

你说："照你这么讲，启子和小平的事无可挽救了？"

我说："自然，如果他卖掉了自己的膝盖，也许能行，但启子的血液里注定了他不是那样的人。在未上大学前，启子为了买一双好皮鞋，他到一个中学替学生补课，最后付钱的时候，他因为没有掏两支烟和会计意思意思，会计就卡住一点可怜的经费不发，他吭都没有吭一声就走了。后来有人带了好几次信让他去，他也没有再去。他把他那双年近古稀的老K皮鞋刷了一层油又穿到了大学。"

你又说："假如小平替他办这件事呢？"

当时正有一群闪亮的鸽子在那片灰楼上空啷啷而飞，彤红的夕阳把灰楼们照得深不可测。

小平，如果需要卖掉小平的人格来换得启子和小平故事的完满结局，那么，启子情愿不要这个结局。

你走过来，我看见你的泪还在睫毛上，你哆嗦着把我的手抓过去按在你的胸脯上，你说："启子……"你泣不成声。

一九八七年元旦，我和陈康一道去老大那个小城，老大幽默地说：既然两位巨人来到本城，就让我用结婚来表示欢迎吧。老大的妻子挺漂亮，陈康说，她一从客厅里消失，他就有一种陷入暗无天日的旧社会的感觉。老大很满足，他成熟了，他说，启子要回到现实里来，怎么样了？

什么怎么样了？一无所有。

我们在老大家待了一个礼拜，老大向我们讲了他们那个美丽而又深刻的爱的故事，把我们听得面黄肌瘦，老大的妻安静地陪在一边，有时实在忍不住了，就倚着老大的肩膀哭一下。有一天她突然郑重问我："小平真的去那灰色的楼群？"我说："是的，快毕业了，面临分配的同学都拎着礼品往那里去。"她说："这不符合你的原则呀。"老大说：我们不能太理想主义了嘛。我说一个故事给你们听听。我们师院有一批教授痛感师院黑暗，联名写了一份材料给上级机关，可是签名的时候都怕牵头，最后一个哲学老师提出把名字签成一个圆圈，圆圈是无头无尾的，开始就是结束，结束就是开始——可他们都是白发苍苍的教授呀。

老大的妻起身去倒茶，我跟老大说，要不是看在旧日的友谊，我一定要把你的妻弄到手，你凭什么得到她？老大嘿嘿地笑，我和陈康临上火车时，她把一只女性味特别浓的手递给我说："敢握一握吗？"

我一边用力握她的手，一边胆怯地用眼睛睃老大。

火车一声惨叫，把我们拖跑了，我的心很难过，我才晓得了小平，你一直贴在我的心里，让我时时有一种幸福的伤心。

不久，我读了一个叫的猫的女孩给我的信，我的心才好受了一点，我觉得我走出来了。

你真任性。

我说你别这样，小平。我害怕别人看见，你说就不就不，一把把我的手抓过去，我被你这种大胆烫得叫了一声，你却毫不理会我说："我要……"

我在深深地吻着你的同时，小平，你知道我在想着的猫吗？

其实，按照自然规律的发展，的猫应该一直过一种像她在家里的那一种娇生惯养的生活的，的猫是一个很美丽的女孩，一个美丽的女孩往往就是一个伤心的故事。她原来在一家银行做出纳，总喜欢围一条白纱巾，一跑起来，浪浪漫漫的，我认识她也纯粹是一个偶然。那时候我还在中学代课，有一天，我们几个青年教师玩排球，玩着玩着没兴趣了，把排球当足球踢起来，我一脚就让排球飞出围墙，正好落在的猫的头上，那时候她大概下班回家，我吓得老远就把腰哈成括弧，请她多多原谅，可的猫弄明白了球的来历后，只是轻轻一笑，笑得很有教养。

后来我妹妹也和我谈过的猫这女孩，我妹妹说："的猫的笑很有女孩味。我若是一个男孩也会受不了的。"我假装糊涂问她什么受不了？她就用手使劲刮我的鼻梁，她说："的猫晓得怎样使男孩在她这里得到女孩的温情，的猫没有枉做一场女孩。"

女孩子的话常叫我莫名其妙。

想得多了，心境就开明了许多，我深深理解了你作为一个女孩子为了一个一钱不值的启子而做出的仅有的一点点努力，我浑身热血沸腾，我要告诉你：小平，你就像一个真正的女孩子那样，等着男孩子来为你做好一切吧。

我在楼下大声地喊："罗平！"

小辛走到阳台上，我说："让罗平下来好吗？"她说："启子，罗平出事了，你不知道？"

正有一行雪亮的鸽子在楼顶上盘旋。

我把的猫的信拿给陈康看，陈康把眼镜抵到了信纸跟前看了看说："实在没什么兴趣。"他在准备考哲学研究生，我差点儿又要用手掌劈他的脑袋，陈康，你要学会用哲学解释生活。陈康呆巴巴地望着我。我说，问题的关键是的猫在做女孩子的时候，好歹和我好过一场。

啊呀，真麻烦，他说。

我说，是麻烦。那时她妈妈恨死我了，她妈妈笑着说，一个老师能有什么名堂？喝杯开水都是要贷款的，别把我家猫子的头饿滚了。我诚恳地说，的猫，你等我一年，行吗？

的猫那天哭了，以前她一直是笑眯眯的女孩，那几天把我们的日子都哭得湿漉漉的。我迈着大步走了。

等待，是无期徒刑。

的猫不是一个很坚强的布尔什维克，她的致命弱点在于容易接受别人的意见。

这个故事的前一部分很多人知道，陈康说，再深邃的哲学在这种现实面前也会显得苍白无力，马元穿着那件马裤呢西服改成的一种款式怪模怪样的衣服也做思考状，他一个劲地要我说一说后来。我说，什么后来？没有后来，他们就自己构思了十几种结局，结局都很浪漫，只有马元的那一种很惨，他们为此打赌，赢的人要被罚去蹲马步吸一支香烟，那么，马元被他们反薅了手臂，可怜巴巴地蹲下马步，头顶一碗凉水衔了众人点好的一支好烟，过了近十分钟非人的日子。

我对他们这种设赌方式很费解。为什么允许错误的存在，而不允许正确的存在？是因为我们都是悲观主义者吗？

的猫后来把自己给了一个男孩，大概是她的一个同事吧。

小平，我一直不相信这一切是真的，有什么值得你为了一个启子而那么简单地将一个女孩最好的东西轻易地丢在了那灰色的楼群里？

我考上大学的那一段日子，我找过的猫，的猫的妈笑盈盈地让我和的猫在她那个小房间里谈心，老实说，要不是看在的猫的份上，我一定会杀了这位老妈子的。但那一天我原谅了她，也许这是我作为一个男孩的致命弱点：我太容易原谅别人了。

我说："猫子，我……"

的猫很平静，她说："我们已经结束了。"

我说："不。我们还没有开始！"

的猫刚洗过澡，身上淡淡的女孩味使我发抖，她背过身子去推开窗叶，我能清楚地看见透明的连衣裙里白色胸罩的小挂钩。我恨不能立刻把她娶回家，但她说："如果你不是大学生我蹬了你，而一旦你是大学生了我却来攀上你的肩膀，我还是一个人吗？"

我不相信这是真的，这绝不是的猫的心里话。

的猫现在过得并不如意，那个男孩因为账目有问题被隔离。的猫带着一个小孩住仓库间。

我替那个男孩脸红，既然你没有本领使女人幸福，那么你为什么又要娶她？

毕业前总是那么又乱又糟。我去过好几回你们女生楼，都没有找到你，最后一天晚饭后，女生楼人基本走完了，小辛才告诉我，陈康把小平大骂过一顿，还把那么厚的一本哲学书对她头上砸了！

真的吗？

小辛，这个四年大学里一直不起眼的一个女孩平静地给我讲了你的故事。小平，我终于彻底明白了这四年大学你是怎么过来的，这四年没有能给我们后来的生活带来辉煌的转机，却把一个纯洁多情的小平葬送在了那片灰色的楼群里。小平，我一定要亲口问一问你，在你希望得到一种生活的时候，没有想到在悄悄地失去一种生活吗？

小辛说，小平让你别找她了。你快快乐乐地走出校园，潇潇洒洒地过好属于你的那一份日子。

我笑一笑，我转身走出学院，我早已想过我也许要后悔。当我有一天与我的妻有点哀怨的时候，我一定会想到我曾经和一个叫小平的女孩好过一场，那是一个待人真诚赤纯的女孩。但因为宙斯的错误，把我们分得太远，所以我们天意难违，从我那个小小的乡村到她那个繁华的都市距离很长，远远不是一生抑或一代人能走完的。

我把背包背在肩上，我和陈康走出学院，我们是从东面那扇大门走出去的，我在门边站了一会儿，回过身向空荡荡的学院挥挥手。

我们看见有一行雪亮的鸽子拖着唧唧的鸽哨渐渐远去。

（原载《醉翁亭文学》2005 年第 2 期）

/杨林事件/

后来，据同学们回忆说，那节课开始时十分平常。班长喊过“起立”，老师就开始检查作业。杨林作业没有做，也没有什么。对于杨林来说，不做作业的事是经常发生的。老师让他滚出教室，他狠狠地盯了老师一眼。仍旧坐着。老师过来揪起他的耳朵就把他拖出了教室。有个女生从窗口递一支钢笔给他，他摸了摸被拧得生疼的耳朵。开始趴在窗台上写《检讨书》。

“他好像很厌学，是吧？”

“也许。但我们也不是特别喜爱上学。”

那节课确实平常。杨林晓得不做作业，过不了老师这一关。本来，小学升初中，杨林考得很惨，按规定他上不了中学，他很高兴。他想他该接过爸爸手中的铁锨了。他的心里豁然铺开一片宽阔的土地，一轮红日慢慢升起，淡蓝的薄雾四下弥漫，他扛着铁锨跟在爸爸身后，露水弄湿了他的裤腿。一行雪亮的鸽子拖着哨子冉冉而来。

但到开学那一天，爸爸却把一只书包套在他脖子上。他急了，把书包扔出去老远。双手死死抱着一棵桑树耍赖。爸爸抬腿摘下那只打了后掌的布鞋，对着他的屁股劈手就抡，偏让他自己把书包捡起来。奶奶也踮着小脚，硬是把他的手从树上掰下来。熟透了的桑葚被摇得纷纷打在杨林的头上。他的小屁股被鞋底揍得受不了了，只好一边哭着一边把书包拾起来，拍拍灰，重新挂到脖子上。书包还是他上小学时的那一只，已经打过两块补丁，曾多次做过他打仗用的“炸药包”。后来，奶奶挎着老花镜，在上面戳了两行歪歪趔趔的字儿：好好学习，天天向上。他似懂非懂。不懂的事儿从来不想弄清楚。爸爸脸色非常可怕。他跟在爸爸身后，低着头把一团土块从半路上一直踢到中学。

那天报到的人很多，都高高兴兴的。爸爸拉着他很自卑地站在一棵树下面，树上面是半截做铃子用的钢管。看到铃子他就想到上课、作业、课本什么的，他就头疼。他把跟了他一路的那团土块一脚踢出，土块带着一阵烟飞了。

杨林心里一直想着广阔的田野。天幽蓝幽蓝。土地泡泡松松。他和爸爸到了田边，卷起裤腿踩到水里，黑土滋滋地从脚丫冒出来，痒兮兮地又难受又十分好受。他对爸爸一笑，露出两颗很逗人的虎牙。鸽哨越来越响，“啷啷啷啷……”非常好听。

后来人都走完了，他被爸爸拽到一个大胡子老师面前。老师跟他要《录取通知书》。杨林说："你们没有发通知书给我呀。"老师笑了起来，还摸了摸他的头。爸爸从杨林身上摘下书包，双手捧给老师，请老师帮帮忙。老师正狐疑，一只像刚睡醒的鸭子老大不高兴地从书包里探出头来，粗啦啦地叫了一声。老师笑得树上的鸟都吓飞了。结果鸭子没有收，但老师帮他弄了个旁听的名额。

以后，每提起这一段故事，他总是对同学们说："就这么的，我就又被判处三年'有期徒刑'。"

"他家经济很困窘吗？"

"什么。困……？"

"困窘，就是很穷……"

"说不上。农村家庭过日子，都差不多。"

严格来说，这是一个非常普通的农家，爸爸种了几亩地，弄得很棒。杨林上学或是放学都要经过那儿，总看见爸爸蹲在地里默默地忙着。他晓得爸爸不容易，光他一学期的学费，就要卖好几口袋大米才能交够。这些白花花的大米是他们的口粮呀。爸爸不吭一声。一听说老师要收订书的钱，爸爸就扛着米上街去卖，然后，把一卷汗津津的钱塞到他手里。爸爸喜欢抽烟，在杨林的印象里，爸爸天天晚上都坐在那儿慢慢地冒烟，像一段烧不着的树桩。他晓得爸爸手头很紧。他穿的衣服都是爸爸穿了十几年的下脚货，每件褂子都长得盖住膝盖。杨林常偷着去看电影，他看电影从来不买票。人家不让，他把脖子挺得笔直，用手在头顶上一比一画说：才平你的肚脐眼高嘛。当然，没有人发现他被褂子盖住的膝盖，狡黠地弯了许多。但一旦被人发现，轻则扯烂衣服，扭疼耳朵，重则一拳把他顶在墙上，书包没收，褂子扒下来。有一个下雪天，他因为蹭了一张《小兵张嘎》的票而被把门的人剥了棉袄，冻得浑身打战，后来还是被逼着从人家的裤裆里拱过去才把衣服要回来。这些事他从不告诉爸爸。爸爸当然不晓得自己的一个十来岁的儿子因为没钱而干自己想干的事受到这样的欺侮。

不告诉爸爸，一是怕他伤心，更重要的是胆寒爸爸的鞋底。应当说，爸爸先前待他还是不错的。记得有一回，他因为和几个同学抄近路从人家麦地里走，被人家关了一夜仓库，爸爸找到他的时候，爸爸哭了。哭得虽很节约，只是用手不易察觉地抹了一下眼睛，但是他看到爸爸是真哭。那是他小学二年级时候的事。爸爸从仓库的窗棂上摘下书包为他挂上脖子的动作特别温柔。

每回上街去，爸爸总要到新华书店给他买参考资料。爸爸跟他说："老师讲了，要考上中学，光靠课本远远是不够的。"上初中以后，还是这样。看到很多学生围着书店的柜台抢购资料，爸爸总要在口袋里挖呀挖呀挖出一些钱来给他买些资料——那是一组令人难忘的镜头：在一堆娃娃里面，一个满面皱纹的老头夹在其中。伸着皮肤皴裂的手在拿一本雪白的书。可是。凭良心讲，杨林连课本也吃不了，怎么谈得上去读课外书？杨林就又把书转手倒卖给同学，用所得的钱给爸爸买两盒香烟。当然，每回把烟递给爸爸的时候，总要接受爸爸没完没了的盘问。不过杨林总是撒谎说：“路上拾到的。”爸爸就不再问了，很珍惜地捏出一支烟来抽。爸爸从来不谈“拾到的东西要缴公”之类的话。他觉得从某种意义上讲，爸爸思想蛮落后的呢。

但后来就不行了，杨林被爸爸罚跪门槛的事经常发生。考试挂了“红灯”，得预先把衣服穿厚点，以免那鞋底烙在屁股上生疼。连一向很疼杨林的奶奶也说：“惯子不惯学！古书上就是这么讲的！”弄得杨林实在是想不出点子对付。后来，高年级一个叫老大的留级生教他，以后拿了成绩单要做些技术处理：比如 15 分，可以改成 75 分；20 分，可以改成 80 分。杨林真的这么做了。骗得爸爸前所未有地向别人炫耀：“我家那小子开窍啦，开窍啦。”奶奶也瘪着嘴说：“刀不磨要生锈，脑子不用要落后；脑子开动就能做王侯！”但也正如老话所讲：卦多则不灵。有一回，老师检查学生背书，正巧爸爸去找老师——爸爸常常到学校找老师了解杨林的学习情况。杨林晓得要坏事了。他只好强装镇静，仰脸对着看了不知多少年的天空。“啷啷”的鸽哨充满了耳朵……他用锹将一洼洼肥沃的泥土翻将过来，汗顺着他的脊梁唰唰地流下来。爸爸说：“歇一会儿。”杨林也说：“歇一会儿。”就走过去和爸爸并肩坐在田塍上。爸爸悠闲地抽烟，杨林把两只脚插在水里晃荡。爸爸说：“来，你也吸一口。”杨林就高兴地趴在爸爸肩上吸了一口香烟。从此，他就开始了一个正式男人的旅行。后来长胡子了，后来胳膊像腿，腿像腰，腰像柱子了——有缸那样粗的柱子。他是农民的儿子，他的一切都在美丽肥沃的土地上。太阳把田野照得一片温柔，远处的歌声隐隐传来：“荷把锄头在肩上，暮归的老牛是我同伴……”

前面几个同学顺溜溜地过关了，嘻嘻哈哈笑着走了。轮到杨林背书时他傻了眼，从头到尾不停地干咳，有一声还咳得老师满脸唾沫。老师边擦脸边往记分册上记分数边对爸爸说：“你家杨林啊，又吃一个大零蛋！”

爸爸显然是气昏了。抬腿摘下那只鞋子，只一下，就把杨林冲到墙上，鼻血直流。老师手忙脚乱地来阻挡。老师说：“怎么能这样打孩子？他还是一个孩子。”爸爸咳得快喘不出来气了，说：“今晚回家我揭了他的皮！”

那天杨林没敢回家，在一座大桥下面蹲了一宿。直到第二天，班主任晓得了送他回家，爸爸还气得一手扶墙，一手捂着胸口，半天直不起腰来，地上不一会儿就有一大摊黏稠的老痰。

“他平时都有些什么朋友？有处得很好的朋友吗？”

“别的我们不清楚。在小学五年级的时候，好像有一个叫‘老鬼’的，但没到小学毕业就辍学回家了，现在也不晓得怎么样了。”

上学以后，他着实高兴了一阵，主要是那么多的孩子在一起，他觉得非常好玩。夏天他们几个人联合起来，乘老师转身在黑板上写字的工夫，偷喝老师放在讲台上的茶；天冷了，在墙根下挤麻油渣，“噢”地叫成一片。他总跟在老鬼后面，先是较足了劲，顶上了火，老鬼就用手捅捅他，他立刻和老鬼俩一脚跳开，和他们对抗的敌方全部倒在地上；他在朋友们当中，弹小球的本领最棒，一下课在地上甩着屁股爬来爬去，眯起一只眼，百发百中。在枪毙老鬼的“弹子”时杨林总要向老鬼拱拱手说一声“sorry”，再一枪崩了他；有一时，学校里流行“斗机”，两手搬着一只脚，膝头做成箭状，另一只脚跳向对方。他和老鬼分在一组，他让老鬼抱着胳膊帮他观敌瞭阵，他包圆场。谁也不晓得他那么一点高的个子竟那么的勇猛。人人都害怕，送他一个外号叫“中程导弹”。就他这枚“中程导弹”，曾把一个同学从坡上冲到坡下，腿骨粉碎性折断。那同学现在上小学五年级，天天拖着一条跛腿。

到后来，和他玩得很好的一帮朋友差不多都被家长弄回家了。家长们说，与其最后学了一肚子知识回家种田，不如趁早回家学点种田知识。朋友们快快乐乐地拍着他的肩膀和他告别，把军棋、扑克、弹弓什么的全丢给了杨林。他呆呆地看着他们相互捶着肩膀，一蹦一跳乐乐颠颠地走了，他心里非常难过。留下来的同学也似乎一下子懂得了许多，“好好学习，天天向上”，成绩一天一个样子。杨林很孤单。一个人玩也没意思了，把那些玩具全藏到一个石缝里，再也没去动它们，后来怎么也找不到它们了。他跟爸爸说：“我想回家，不念书了……”话还没说完，爸爸胡子就竖了起来。而且，他看见爸爸那天穿的那双鞋是新打的掌子，特别厚。他吓得转过身快快地走开了，边走边慌张地回头看爸爸。爸爸恶狠狠地对奶奶说：“以后他再三心二意，我要他的命。”这话杨林听过好多遍。奶奶也嗫嚅着嘴说：“这孩子，等大了后悔就迟了。”

杨林没办法，每天只得向学校走。一天那么长的时间，他和书俩默默无闻，书不爱他，他也更不爱书。那些公式、字母在别人的脑子里顺顺溜溜，排着刷齐的队伍，到杨林这儿就云里雾里乱翻跟头，整个儿一锅面糊。大考时很多人都喊时间不够用，没法安排复习，杨林却觉得时间多得没法打发。放学了，他不想回家，回家就得硬着头把脸埋在书里。他想帮爸爸做点什么，他讨厌课本。可爸爸总是挥挥手：“读好书才是你的正道。”杨林只能背着书包在路上一摇三晃。一个人为路上一堆蚂蚁的聚散而激动得发抖，用小草梗给它们设置障碍；放一只青虫给它们当晚餐；有时也来得干脆，一泡尿就让它们人仰马翻。后来他觉得也太残忍，就大大地失了兴趣。

一个人默默地躺在草地上看天。书包扔在一边。天上有一行又一行带哨的鸽子飞过。他闭上眼睛就那么躺着。空气凉爽如水。平板的土地在他们的锹下变得黢黑，浓重的泥土的香气扑鼻而来。他晓得了爸爸为什么这样珍爱土地。用一句书面上的话讲：他们都是土地的儿子啊！土地给了他们房屋、衣裳、儿女。杨林抓起一把潮润潮润的泥土，只觉得它又暄又酥。溪水从田边哗哗地流过去，弄湿了他们的裤腿。晚风柔柔，送来渺渺的歌声：“蓝天配朵夕阳在天上，还有一短笛在吹响……”

老鬼也多次帮他跟爸爸说，杨林升学怕是没有半点希望，让他别念书了。爸爸说：“升不了学，学点东西在肚子里回来种田也不差。”老鬼说：“可是杨林的脑子什么也装不进呀。在学校多待一天，只能让他一年老似一年。”爸爸说，你是看我们杨家笑话是不是？我偏要让小子念个出息给你看看不可！

杨林觉得对不住老鬼。他要有朝一日买一包烟，最好在一个有月亮的晚上，把老鬼请出来，和他并排坐在田边，把它们一支一支地抽完。

可惜，老鬼后来外出做工时死在一次塌方事故中，才十八岁。

"老师对他是不是有点严格了？对这种毫无升学希望的学生，老师不能高抬贵手，马马虎虎地放他们过关吗？"

"哪儿的话呀！我们的老师都很严格，我们也习惯了。上学嘛，哪有老师不严的？"

杨林懂事以后，就开始害怕老师。后来到了学校，他觉得老师果然名不虚传。没做作业，不准吃饭；犯了错误，要站墙角；迟到了，得罚站在门外。有一回冬天下雪，他因为上厕所迟到了几分钟，老师让他在走廊上冻了整整一节课。穿堂风钻进皮肤里，细细的雪花像玻璃碴割在脸上。后来还揪着耳朵把他押到办公室，一路上很多学生看他的热闹。当他被交到班主任手里，他受不了了，眼泪无声地流满了面颊。

班主任就是报到那天摸他头发的那个大胡子老师。班主任一直把杨林看作好朋友。找他谈话，从不让他站着，总是拍着他的肩膀说："坐下慢慢说。"然后把他自己的茶杯递过来说："呶，喝一点茶。"那一回，班主任帮他画了一张《攀登图》，图上是一架高高的木梯。班主任跟他讲，木梯代表一个班级，五十七个横档代表五十七个学生，最下面的一根是杨林。班主任说，每次考试你登上二级，到初三毕业就能登到顶上，到了顶上，你就能看到你没看过的东西。什么东西？班主任说："到时你就知道了。现在讲你也领会不了。"并在杨林名字旁边画了一个上升的箭头。让他贴在座位旁边的墙上。但好长时间过去了，箭头原位未动。班主任总是安慰他说："还有下一回呢。"

这是杨林从小学到中学唯一个不歧视他的老师。其他老师就没什么保证了。查背书，查作业，查默写生字词，单元小考，期终统考等。每一回他想，反正就那么回事了，让老师别再管他。可老师生来就喜欢管闲事似的。没写作业，没说的，站到教室外面先写一份深刻检讨书。杨林写了多少检讨书？反正贴在教室后面的墙上密密地挤了大半边。告诉人也不会相信，有一回，班主任突发奇想，让杨林抄了一份检讨书参加"中学生生活"的征文，竟拿了奖。那检讨后来作文课上同学们学习过，老师说杨林的检讨是以情感人啊。

这是他做学生以来唯一一件很潇洒的事情。

可是，这件潇洒的事他没能保持好。以后班上有学生犯了错误，为写检讨书犯愁时，杨林便主动地拉他说："我来帮你写。"写，当然不是白写，一份检讨书收费五角钱——当然杨林有一些收入的。后来这事不知怎么捅到学校去了，班主任被领导严厉地批评了一顿，并扣了班主任当月的"班主任津贴"。

这件事发生以后，他就变得十分的乖巧了。每天像影子一样飘进教室，又像影子一样飘出教室，来来去去，默默无语。谁又能想得到他做出那样的事？

学校那边是宽阔的原野，原野那边还是原野。淡淡的炊烟升起来了，像奶奶的手在摇。好看的晚霞洒得满天都是，拉下杨林和爸爸俩长长的影子。他就和爸爸一前一后扛着铁锹回家了。淡淡的歌声远远地留在他们身后："啊噢啊噢啊噢他们唱，缤纷的云彩是晚霞的衣裳……"

"在这之前，他有过什么反常的举动没有？说过什么吗？"

"没有。他从初二年级开始就有点痴痴的，什么事全摆在心里。死活不开口，神仙难下手。老师最烦他这一点了。"

那节课确实十分平常。

杨林趴在那儿写检讨书。下课了，他把检讨书交给老师。老师说写得不深刻，重写！杨林浪费了一节课弄好的检讨书老师看也没看就被枪毙了，杨林感到从未有过的委屈。同学们都幸福地坐在教室里，为什么单单把他一个人揪出来？一股愤怒陡地蹿上来。他嚓嚓几下把检讨书撕掉，书包也没拿就走掉了。

杨林一个人在蚂蚁湾镇上乱转了大半天。天色渐渐地黑下来了，同学们才背着沉甸甸的书包匆匆地往家赶。他对自己说："杨林，动手吧！"

他很快地埋伏到了那片小树林里。手里攥着半块砖头。有一刹那他手有点软了，他想回家。但就在这时他听见老师那一阵熟悉的自行车哐哐啷啷的声音。他想也没想就用力地让手里的砖头飞了出去。

他本意只想用砖头小小地警告一下。谁知道对面响起的惨叫非常瘆人，明显地掺着粉笔灰和血腥味。他晓得坏了，出了人命案了。

他吓得拔腿就跑。

"好了，对这件事，你们作为杨林的同学，都有些什么看法？"

"能有什么看法呢？"

一个灰黄的下午，爸爸来学校拿杨林的书包和凳子。凳子长久不坐，落了厚厚的灰尘，旁边那张《攀登图》已经卷起了一角，杨林名字旁边的那个箭头动也没动，不知哪个调皮鬼在上面画了一只耗子。班主任伸手将它撕掉了。后面墙上的一大片检讨书已经全揭了，换上了一期清新活泼的《学习园地》。爸爸把书包背在肩上走出教室的时候，同学们都围了上去，伸出一双双手，递上笔记本、铅笔盒、字典、钢笔和计算器什么的。那个被杨林卖掉的白纸本也在其中。班长拿着一个大信封走到爸爸面前说："这是我们全班同学写给杨林的五十六封信。"爸爸说："都出了这么大事故了，要这些又有什么用？"同学们说："班主任说，杨林很快会回来的。我们都真诚地等待杨林早日返回学校呢！"

（原载北京《东方少年》1992 年第 2 期）

/ 姑娘今晚回家 /

晚间走路本来就不保险，偏偏她又是一个单身女子，并且连一只手电筒都没有。这在她是从来没有过的。

而现在她没有心思想这些了。他们一定焦急得要命，一定是不一会儿就出来张望，不一会儿就翻腕子看表。她非常内疚，抱怨自己多批改了几本学生作文耽误了时间，使那么多大人物空空地等着她。

见了面，该怎么致歉意呢？

昨天，上班路上碰见王书记在买香烟，跟她讲定："明天晚上，你一定回来呀！"

她等他把一支香烟点燃后说："就不了吧，我实在……"

"那可不行啊！明天可是特意为你准备的喽！你是主角，主角不到，戏就唱不起来啦！"说完，他竟拿出一支烟给她抽。

她尴尬得要命，急忙抬起步子转身就走。

"明天可一定得回来，我们等着你！"书记提高了声调，对着她的背影喊。她不得不又转过身子："不能来哩！"

书记仍不罢休："你不来，我们就不开席，冷落了大家的兴致，你要负责任！记住啦？"他还将手高高举起，在空中使劲划了一下。

她觉得作为邻居，完全不必这样客气。仅仅为了女儿考上初中，就办一桌酒席，实在没有这个必要。

夏夜并不寂寞，蛙和蝉的歌声此起彼伏，远处有几十盏灯光围成一圈，拖出夜幕下村庄的轮廓；有一两声狗吠遥遥传来，有拖拉机或是汽车远远从一处公路上驰过，这些使她原先那颗绷得很紧的心宽松了不少。

土路不平，却也不坑坑洼洼。有时踩着一簇青草，软乎乎的；有时踩着板板的路基，十分实在。她觉得自己十分可笑。

一个姣姣的女子，在夜色里匆匆穿行，为了什么？她不好意思再往下想。从学校毕业参加工作之后，她不曾赴过一次酒宴，甚至连别人家的一顿便饭也没有吃过。她实在没有在外边吃饭的习惯。每每遇到吃饭时间或者别人请客，对方总说："就在这里吃吧！来来来，筷子都添上了。"她总是微微一笑："情领了！"便款款而去。一次两次，如此多次，别人都晓得她的脾气，倒是也乐得做个“顺水人情”。明明锅中并无一点剩饭，明明已满满围了一桌，还是说：“来！来来！”有的还伸出胳膊拉她。结果，照例被她谢绝了。

只有一次例外：她到一个学生家里访问，正逢那学生十分懊丧，就和她多谈了一会儿。家长说：“一定要在这儿吃饭，米已经下锅了。”

她执着不肯，男主人说：“别见外啦，孩子费了你的心血，我们街上人都夸哩！别拿架子嘛！你不留下，我们的饭都剩下啦——我家不吃剩饭。”

她执拗不过，于是留下吃饭。而真到吃饭的时候，却使她尴尬透顶：学生的小弟弟到灶间盛饭，大声喊：“妈妈，锅里没有了！”还用铲子铲得锅底吱吱响。女主人忙起身走去，不久就听见孩子嘤嘤的哭泣，弄得她几乎下不了台。可是后来她又谅解了主人，人家毕竟一片好心哪！

晚风轻轻地吹。天上没有月亮，星星却不少，紧紧地挨在一起，一颗一颗地闪着光；风停了，蛙声正浓。山路尽头是弯弯的田塍，碧绿的秧禾；腿边是柔柔的草叶子，还有一跳一跳撩人脚面的小虫子。夏天的夜啊，很动人。

按理说，请客也不是一件大不了的事情。今年村里形成了一种风气，谁家孩子考上初中，差不多都要请村里的老师吃喝一顿，以示对孩子复习期间精心辅导的报答。现在小学毕业生很多，而能上初中的，在这里只能有四分之一。但自己是一个中学老师，又替人家小学生做了什么呢？

招生考试前，王书记就跟她讲：“初中招生不是由你们出题吗？初中招生不是由你们监考吗？初中招生不是由你们阅卷吗？初中招生不是由你们录取吗……？我家小莉成绩不大照哇！”

她说：“我想，凭她的成绩是能考取的。”

“但愿如此，可谁能保证她不出意外？”

“我想不会的，”她说，“凭她的成绩……”

王书记弹了一下烟灰说：“防患于未然嘛！假如生米已成熟饭，让我去拔‘后门闩子’，那可就不好喽！这话，我可只给你一个说的噢。”

“凭她的成绩……你就放心地等着通知书吧！”

这一回，王书记十分满意了。因此，每一次碰见她，都要叙两句小莉什么什么，说等女儿上了中学，一定要办一桌酒席答谢她。

一次、两次、三次……她就晓得：作为书记的宝贝女儿——小莉的进步与落后，在他王书记的心里有着怎样的分量啊！王莉如果落榜，不仅对王书记是一记沉重的打击，而且她这个中学教师，也未免要承担一定的人情责任。

好了，王莉终于如愿以偿。那天，录取的消息刚刚传出来，她就急不可耐地告诉了小莉。当时王书记高兴得甩出一支烟来让她抽，弄得她窘迫无比。

“乖乖，在这么多的孩子中间，抢到一个初中上学的机会，多走运呀！”

"那是凭她本领考中的。"她对感慨万千的书记说。

"嘘——"王书记长长地吐了一口烟，"话是这样说，可没有你的关照和帮助，怕也会落空的。"

那么，她究竟帮了什么忙？给她多加了几分？她不会那样做的。只是那一天批改作文试卷时，有一篇题为《我与老师》，通篇感情之真切，叫你觉得，人世间除了师生情谊，其他诸如母爱、情爱、同志之爱，实在都是苍白无力的。以至于作者觉得，在"六一"那一天，老师给她的糖一颗一颗都是无法比喻的甜，吃了一颗还想吃一颗。那种甜，是老师亲手酿出来的蜜，那甜里有老师的抚爱，有老师的心血，永远滋润着她的心田。

评分的时候，教师们的意见很不一致。有的说，这篇作文以情感取代了叙述，有些地方交代得不够清楚；有的说，语言太成人化了，缺乏儿童情趣：有的说这种水平的文章也许是作者背过的范文……她据理力争，终于给这篇作文打上三十八分——离满分只差两分。她无法不打这个分数，她被那个学生真挚的情感深深地打动了。以后查对编号，竟是小莉的。

这算帮什么忙呢？所以她一再说："她凭自己的本领考上的，我未能帮上一点点的忙。"

她想，事情过去也就算了，王书记不会再挂在心里，不会再请她抽烟，多少使她解脱一些。但见面依然是点头，依然是意味深长的微笑，夸奖的话说得多如夏夜的星星。现在竟要请她去吃酒，而且是专门为她准备的。

"您不能这么客气！"她实在觉得自己不能接受这份热情。

"哎——"书记的声音拐了一个弯，"好啦好啦，小莉就要在你手下念书了，权且是她拜师的酒吧！你可一定得来！"

她说："到时候看吧，我尽量争取回来。"

后来，她想开了。想到王书记的殷切希望，想到作为一个普通教师，王书记这样再三邀请，不是在带头提高教师的地位？自己有什么值得摆架子的呢！

到了学校，她郑重地用铅笔在台历的下一页写上：今天回家，还用力在下面画了两道横线……

一只青蛙突然跳到她的脚面上，一种突如其来的软软的冰凉，使她的心嘣地一紧，身子一斜，一只脚滑进了秧田里。她吓得浑身上下汗淋淋的，那种本能地弓下去的身姿多狼狈，好在只有她自己晓得。

她就着秧田的水，慢慢洗去凉鞋上、脚背上的湿泥。想到仅仅为了吃一顿饭，不由得直想苦笑。

她忽然记起了一件事：能不能让王书记出面活动一下，增设一个初中班？只要乡党委开会通过，这事就拍板了。想到这儿，她的兴头又高了，刚才受的惊骇也不当回事了，心里又恨自己来晚了。

简直是枉费了大家一片好心！大家那样着意邀请，难道想你的什么好处？不曾答应人家也罢，既然答应了，却又姗姗迟来，让人家好生等待，好生心焦！他们一定从六点就开始等她，看着时间到了却不见人影；又挤命给自己打气：再过一会儿她准会来的。等到八点半，兴许有人说：我去叫她，也就六七里路。别人劝道：马上就到了呀，你何必呢？老师是很忙的。而到九点，有人主张开席，王书记说：怎么这样性急，再等一等，这么长时间都等下来了嘛！

就这样，他们经历着一场漫长而焦急的等待。等车子难，等电影开场难，而等吃饭难中之难。

于是她决计不再想别的，十分虔诚地把吃酒这件事放在心里，生怕思想再开一个“小差”，就会忘了它似的。

穿过一片林子，是一条小溪，溪水有点发凉，在星光的照泡下，忽闪忽闪地发亮。碰掉的土块落在溪水里，便有一种好听的声音响起。

前面不远处有灯火闪烁，一点一点连成一片。她长长地舒了一口气。这些越来越近的灯光，破开朦胧的夜色，给人以光明和慰藉。

她的家就在这一带。平时一想起自己的家，便有一种十分亲切的情感从心中升起，但现在，离家越近，她的负疚感越深。

想起等待她的人，一见她便会如释重负地舒一口气，有的埋怨她迟到，有的给她端茶，有的用手拍她一记。反正，他们不会轻轻松松地放过她的，甚至会罚她吃酒……想到这里，她的脸上烧得厉害，而心里除了自责还含着一丝丝被抬举的快活。

她先到家里。母亲戴了老花镜子对着灯在穿针，妹妹伏在桌边专心地用橡皮擦本子，爸爸可能睡了。蚊香吐着弯弯的一缕烟，电灯洒下柔和的光。她觉得家里这么美妙，简直不相信自己走过了那么长的夜路，想来真有点后怕。

她把自己回来的原因简单地对母亲说了一下，特别强调了自己让人久等的抱歉之心。

“我怎么招呼呢？妈！”

“……”母亲在补衣服。

“妈！”她像电影上那些撒娇的女孩子一样，把声调说得很动人，“妈，你出个主意嘛！”

母亲咬断了一根线。

“哎呀，都急死人了！”她说着，在口袋里掏了起来。

“你自己看着办吧！”母亲只顾低头缝衣服，看来她心情不好。

她顾不得安慰母亲，伸手拿过妹妹的笔，在刚刚掏出的一本笔记本的扉页上写下：赠给王莉妹妹，祝学习进步，姐姐玉茹。

她合上笔记本，顺手撩了一下遮住眼睛的几根发丝说：“妈，我这就去了。”

母亲只是叹了一口气，木然地抬起头望着灯……

一会儿她就回来了。母女俩相对许久，她扑在母亲怀里哭了起来。那哭声虽不高，却让人着着实实地感到那里面饱含悲伤、愤怒和失望。

刚才，她局促不安地来到王书记家门，先镇定一下自己，然后悄悄推开虚掩着的门。

里面没有焦急的等待，也没有吆五喝六的碰杯。见到的只是一片杯盘狼藉、满地的骨头，空气里弥漫着浓浓的酒气和烟草味。堂屋里没有一个人，只有头顶上的日光灯哧哧地响。王莉妈妈的大嗓门从里屋传出来："请的正客没到，自己倒灌得跟死猪一样，看明天怎么有脸跟人家说话！"

"她嘛！我晓得……她不会来。一再请她，是因为她帮了……我们，总得讲几句人情话。人情债还了，而她又不占席位！银行老卜、粮站老詹、会计小杜，他们……才是正客哩！教师嘛，知识分子，好对付……呃呃……"

接着是大口喝水的声音。

她把准备送小莉的淡绿色笔记本放在靠门的一张小凳子上，奔跑着离开了王家。

母亲理了理她有点乱的头发，绞了一个湿毛巾递给她擦脸，慈祥地说："别当真，那是酒话！"

她努力不把这件事往心里记，居然做到了。这夜，她做了一个美丽的梦，梦见大家并没有计较她的姗姗来迟；王书记还说：关于增设初中班的事，我们要尽快办……

就这样，她美美地睡到了天明。

（原载《清流》1986年复刊号）

/ 一言难尽 /

名涛和海平经过六年艰苦卓绝的恋爱，终于结婚了。

从两个人第一回睡到一张床上，漫长的日子就算吹响了第一声号角。因为名涛正读电大，这两年的家务自然由海平来料理。

两个人交缠了一段日子之后，便各自进入角色。每天下了班，名涛一头扎进书房，吭哧吭哧地啃电大课本，两只腿吊在藤椅上像钟摆一样悠悠晃荡。海平这边可就热闹了，早上起床，第一件事就是起开炉门，把早饭坐上煤炉，然后收拾好晚上弄得乱七八糟的床铺，再潦草地把自己梳扮一下。原先海平有一头乌黑的长发，是二十岁时她们几个师范女生约好一块留的，后来，名涛和海平都被分配代初三课程，头绪多了，没了那份闲情逸致，海平就瞒着名涛到发廊剪掉了它们。当两条记载着浪漫青春岁月的辫子“嚓”地滑到海平的手中时，海平的眼泪“哗”地就下来了。现在早上起床，只要用梳子简单地划两三下子，就能飞快地挎着篮子上菜场买菜。如果方便，比如毛豆、扁豆、茄子之类，在回来的路上，海平边走路边就能把它们掐好。回到家，饭锅正好煮滚了。移掉锅，坐上水壶，便开始坐在盆边吭哧吭哧地洗衣服。名涛常常从背后看见海平两肩一耸一耸地在卖力地忙着，心里便有一股东西往上涌。他对海平说：“海平，你真辛苦！”海平捋捋脑门上挂下来的几缕乱发说：“这是女人们应该做的。”说完还让名涛往窗外看。不远处的水池边，正有一群女老师叽叽喳喳地搓着衣服，五彩缤纷的衣裳在盆里旋出朵朵水花。名涛觉得海平是个很优秀的妻子，同时，也暗暗庆幸自己投娘胎时没有投成一个女人。

等每家阳台上都晾上衣服，学校里已是人声鼎沸。太阳升起来了，三三两两的学生纷纷往教室里走。海平赶忙盛好早饭，招呼名涛来吃。别看名涛走路像位中央首长，吃饭却没有什么修养。一顿早饭呼呼啦啦几大口就完了。推开碗，便优雅地坐在桌边，开始抽一天中的第一支烟。海平在他的对面把脸拱在碗里细细地喝粥，一副大眼镜趴在她小巧的鼻梁上。名涛心里便又有一股东西直往上涌。

他们俩的工资虽然不高，加起来二百元钱还不到，但海平把它们编排得像计算机的程序一样严密。每个月存30元到银行，这是为以后生小孩专门准备的，这事海平没告诉名涛，海平觉得，一个优秀的内当家，不该用这些小事去分散名涛的心。名涛除了干好教学的一摊子事，应该好好地去完成电大的学业。海平说："名涛，我当这个家，我的话就是圣旨。"名涛说："随便吧。"海平对名涛当然像个内当家一样百倍地体贴他，吃饭时忙着给名涛夹菜，吃鸡时夹鸡大腿，吃鱼时撕鱼脊梁，吃鸡蛋时蛋白全部归名涛。海平认真读过《新婚手册》，晓得男同志体内的蛋白质有时候损失是相当严重的，一天三餐总把名涛的两片嘴唇喂得亮堂堂的。名涛吃饱喝足了，就开始激动，心里又有一股东西往上涌。有时想主动地做两件事让海平高兴高兴，但他刚收了碗筷去洗，海平便叫起来："你放下。"刚一摸到扫帚，海平又叫："你放下嘛。"倒弄得名涛有点不知所措。

除了忙家务，名涛发现，海平有很多时间是和学校的女老师们扎在一堆的。海平皮肤嫩白，依然像一滴水滴在一串葡萄上那样清爽，扎着红丝巾，轻风一吹，在一堆满脸皱纹的女同志中间是那样的不协调。她们在一起，净谈一些鸡毛蒜皮的小事情：洗裙子，做饭，打毛线衣，买东西怎样讨价还价，小菜园里该种些什么时鲜的菜蔬……有一回，几个人为炒鸡蛋放不放味精吵开了。一个说："放味精的目的是让菜味鲜美抒情，鸡蛋是鲜物，所以用不着放味精。"另一个说："要放，一定要放。放味精的主要目的是增加营养，不单单是增加鲜味。而且，菜谱上明明白白地在那写着呢。"一来二去，声音渐渐地高了起来。后来竟跑回去找了菜谱来用手指蘸了唾沫来一页一页地翻找。海平就那么扎在中间，闪着两只大眼睛津津有味地看着女同志们吵过来吵过去。名涛在玻璃窗后面都替她有点惭愧。吃饭的时候，名涛就对海平说："海平，这不好，你不能太平庸。"海平笑着说："名涛，不要主观地说什么平庸。告诉你，我所有的一点过日子的手段，就是满脸皱纹的老大姐们教给我们的。"这样名涛就没有什么可说的了。沉默了一阵，又说："海平，你应该多看点书。"这回海平点点头，还给名涛夹了一片鸭脯。但不多久，她又上班似的和女同志们扎一堆去了。而且渐渐地，海平在女人堆里不再那么显眼，红色的丝巾慢慢褪色，慢慢地灰不溜秋了。名涛不得不再次警告她。她说："名涛，慢慢地，你就晓得了。"

春天的时候，他们的小菜地里有一批"雪里蕻"成熟了。小菜地是班上的几个男生帮助海平开垦出来的。巴掌大的一块小地方，在海平的精心安排下，倒也成了这个小家庭称职的"菜篮子"。一有空闲，海平就像一只小蚂蚁似的蹲在菜地里忙碌。雪里蕻是处在菜园的一角的。别人家的经验，是把成熟的雪里蕻弄回家腌成咸菜。名涛嫌那样不科学，烦琐。海平说："不行，人家有，我们也要有。是家庭，就得有个小家庭的样子。"而且，她很快地学会了腌制的方法。于是，乘了一个礼拜天，名涛跟着海平，带了锹、竹篮、扁担之类去菜园铲菜。

菜们长得非常的肥嫩。海平对名涛讲：要腌制的菜是不能用水洗的。用水洗后的菜腌不长久就会腐烂。所以铲菜时要特别注意，尽量不要把泥、草屑或是黄叶子裹进去。名涛就弄得格外的小心，像绣花一样细。两人弄了老半天，总算把菜们都抬回家来。名涛又捋起袖子把菜刀磨得霍霍发亮，让海平来切菜。雪里蕻又有人叫作"辣菜”，果然名不虚传，不一会儿，那气味儿便直往眼里、鼻孔里乱钻，海平的眼泪被熏得直在眼眶里打转。于是，名涛又帮她翻出早已洗尽晒干入柜的口罩戴上，又找了一副墨镜挎在她的眼镜上。海平对着镜子照过说：“我快成侠女了。”嘻嘻哈哈地一堆菜慢慢地被切碎了。下一道工序是“滗卤”。先放少量的盐，把菜串一串，稍等片刻。滗卤是力气活，名涛不让海平上手，他捋起袖，把木盆一头垫高，另一头抵着端，开始像用搓衣板搓衣服一样一把一把地把菜揉倒，弄得自然是一头的热汗。不过名涛毕竟是男同志，很快菜们在他的铁掌下全熊包了。名涛体会了劳动的愉悦和灿烂，盆里的卤也已是汪汪洋洋的了。海平便找了干净的盆来，把揉倒的菜们一把一把抓起来，两手用力一压一旋，大批的卤汁就从指缝间哗哗地流了下来，有一种痒酥酥的快感。听着那滴落声，连海平也相信了自己的力量。但就这样快弄到一半时，两个人的手也有点发酸了。名涛开始想改良的办法，两颗眼珠在眼镜框里滚了好几个来回也没想出良方，倒是海平受电视里榨豆腐的启发，找出一个干净的化纤口袋，用干刷子刷一刷，把菜们装进口袋，扎紧袋口，在上面压上木板。名涛站上去，那卤便土崩瓦解般汹汹地往下流，效果是十分的奇特。后来还有少量的卤十分顽固，海平也跳上木板，拽住名涛，那卤在菜里再也藏不住，纷纷下落。名涛见海平站上来，便有点不老实，动手动脚，海平便躲，后来名涛干脆架起海平，在板上走起了“华尔兹”。

海平感到兴犹未尽，卤却已滗干了。海平便开始往菜里拌盐，5千克菜半千克盐，又让名涛去街上买只坛子。因为是腌菜旺季，家家都在忙碌，坛子早已卖脱了。名涛便看准一个矮矮墩墩的砂缸拎了回来。还没走到家门口，就吃了好几位老师的批评：“这么大口的砂缸怎么能装菜？就怕过不了五天，菜就全烂啦。”“就是，给名涛老师做浴缸倒还差不多。”

名涛变得十分的沮丧，早已没有劲头把砂缸拎回家中。海平也没怪他。这时恰有几个学生来问老师作业。有个女同学说：“没有坛子，用广口瓶也行。”广口瓶一时难找，但海平忽然想起在家时妈妈腌辣椒的情形，便让名涛帮学生解决疑难作业，自己去找来十几只装“麦乳精”的玻璃瓶来，洗净，空干水，一勺一勺地把咸菜装进瓶子，用筷子一层一层地压好。后来，这件事传出去，人们都说：“这种装法，比用坛子腌制的效果还好。”海平听了，心里甜得又一股蜜要往外涌。

菜腌完了，两人都有点疲劳，名涛想早点拱进被窝睡觉。海平说：“今天你一整天都没看书，晚上得补上。”名涛想耍赖皮。海平说：“我陪着你。”名涛没办法，只好抽出书来。也很奇怪，慢慢地就钻了进去。

名涛电大面授去外地的日子，是海平最难熬的时光。结婚以后，她基本没离开过名涛。白天和学生们在一起，那是非常热闹的。晚上一个人睡在席梦思上却倍觉孤单无依。有一天梦里还流了眼泪，把枕巾打得湿湿的。不过还好，名涛一般到中途就跑回来了。小两口在床上温习过功课以后，海平就开始批评名涛不是电大的好学生。名涛说：“一个人即使遍游四方，最终他要回家。家，才是真正重要的生存环境和文化氛围。”海平便嗔名涛是冒牌哲学家，喜欢卖一张嘴皮子，好在名涛是个大事不糊涂的人，每次考试成绩在学员中都是优秀的。而且，期末评议，还装模作样是个“三好学生”呢。

海平老滋老味地拍着名涛肩膀说：“你总算没辜负我对你的一片希望！”名涛便说：“哪里哪里。”又在奖状上名涛的名字下面，添上海平的名字，然后把奖状挂到墙上。

其实海平也并不孬，她教的学生在期末大考中名列年级总分第一名。

在春季将尽的时候，小家庭碰到建制以来的第一次重大打击：鸡瘟。

他们本来有六只鸡，是海平花钱从市场上买的，那时还是没脱尽稚气的“鸡崽崽”，其中有只鸡身上脱毛，露出一块一块的嫩肉，是海平从理发店里要了点“101生发精”搽在患处治好的。经过海平几个月的精心喂养，鸡们长得又大又漂亮了。爸爸妈妈到他们这儿来时，又带了两只大鸡来，其中还有一只公鸡。名涛说：“公鸡又不会生蛋，养它干什么？”海平在旁边便笑。后来没人的时候海平告诉名涛：“没有公鸡，母鸡生下的蛋是‘瞎蛋’，是孵化不出小鸡来的。”这样公鸡便被留下来。八只鸡既雄壮又不缺少温情，鸡们过着幸福而又美满的日子。

不久，鸡们便陆续下蛋，每天三到五个不等。他们每天都能吃到新鲜的鸡蛋。

这么好的日子还有什么不称心的？鸡们却来毛病。开始有点晕晕乎乎的，后来就不吃不喝了。海平不晓得如何是好，又不敢声张。因这种事总是不好的，对小家庭的名誉是有影响的。后来还是名涛在一张科技报上看到，说“避孕药Ⅰ号”能治鸡瘟，海平也不顾得羞愧，赶忙向一位女老师要了几粒来，急急地让鸡们服下。即使这样，已经有五只母鸡还是不幸去世了。而且，大概是“避孕药”的作用，鸡们绝育，一个蛋也生不下来了。

海平非常难过，眼泪在眼眶里打转。名涛便撂下书安慰海平说：“生老病死，乃生物之常理，也不必太小家子气。不就几只鸡嘛。”海平说：“有只毛角鸡是最忠厚的，下蛋勤快，而且个儿大，临死前还下了只蛋在窝里。睹物思情，难免让人伤心。”

见海平这么投入，名涛便建议说：“你把鸡们生的蛋们捡出来，送到孵化场里，不就又有它们的子孙了？”

这么一说，海平一下子从感伤中挣脱了出来。于是，家里叽叽喳喳地多了一群毛茸茸的鸡雏，似乎是表达对它们母亲的歉疚，海平对鸡雏们倾注了特别的关怀。为防止小鸡们同邻居的混杂，海平用红墨水把每只小鸡的头染得通红。后来听学生讲有好几家老师的小鸡也是用红墨水染的，海平赶忙把小鸡捉起来，又用蓝墨水把小鸡的尾巴染成蔚蓝，红头蓝尾的小鸡在地上跑来跑去，像种新式武器，别说混淆，邻家的小鸡见到它们，老远地就躲开了。

日子就是这样地蔓延向前。有这样坚实的大后方，名涛终于以优异的成绩从电大毕业。海平系着围裙，挥着铲子，刺刺啦啦地弄了满满一大桌饭菜为名涛庆贺。名涛激动得站起来，挥着手对海平说：“这仅仅是万里长征走完了第一步，我的下个目标是攻研究生！”

海平让他坐下，倒了六杯葡萄酒，和名涛一对一杯地喝完。之后海平忽然向名涛宣布：“从今天起，我要复习考省教育学院函授！”

一块鸡大腿立刻卡在了名涛的舌头下面，意气风发的名涛一时竟有点不知所措，一只筷子叭地掉在桌上，骨碌碌地滚到了地下。海平帮他拾上筷子，用水冲干净说：“名涛，仅仅有中师的水平我觉得在生活中力不从心。特别是我们这个人才济济的中学里，精神上的重压，使我活得有点委琐。”她把一块排骨夹到名涛面前的碟子里说：“名涛，支持我一把！”

名涛当然也希望海平有一张硬呱呱的大学文凭。可是，这样的一个小家，缺了内当家的怎么行？

海平说：“从今天起，你就继任我的内当家。三年以后，你考研究生我一如既往地做你的后勤保障。”

这一顿饭，名涛吃得很慢。倒是海平一改往日的女孩的文雅，呼啦呼啦几口就扒完了，推开碗，立即拱到书房里，坐上了名涛坐了三年的那把藤椅。

名涛的情绪灰灰的，每顿饭都有点无精打采。海平对他说：“我也只是试一试。其实，还不一定能考中呢。”

海平这样一说，倒使名涛怜爱起她来。他觉得海平作为一个女同志，倒也挺不容易。退一步想一想，在过去的三年里，她像牛、像马、像只小鹿一样为名涛操劳。作为她的丈夫，该给她打气才对，况且人家不是说了，还不一定能考中呢。这样想，名涛立刻转过弯来，主动地帮海平找复习材料。临考前更是像保护国宝似的捧着她。睡到床上碰都不敢碰她一下，倒要海平主动来抱名涛。名涛说：“别动，你明天考试。”海平说：“你个呆子，书上讲，阴阳相通，才能所向无敌！”名涛一下子又变得十分的流氓。名涛说：“海平，和你在一起，我学到了不少的床上技巧。”海平羞得用脸拱了一下名涛的胸脯，更加地抱紧名涛。

海平果然马到成功，一考即中。家的担子就这样落在了名涛的肩上。

疙瘩了一两天，名涛便开始进入角色。他到医院的同学那儿，“顺”了一套行头回来，一双白护袖、一件白大褂、一只白口罩、一只护士帽。下了班便穿戴整齐来忙家务。名涛做事不像海平那样麻利，他讲的是稳扎稳打，每天做几样菜，事先都要写在纸上贴在厨房的墙上，然后依次来做，而且每个环节一定要在书上找到理论依据。比如烧一条鱼，鱼一定要鲜活的，细细地剖开，洗净，然后放到酱油里泡半小时。这期间他把姜、葱、蒜、白酒、辣椒、油、盐、醋、味精之类一一备好，放着待用。动手之前，把菜谱翻过来再读一遍，就像学生考试前的突击复习一样。油烧至六成热，把鱼从酱油中捞出来，投到锅中，翻动几遍，再倒进酱油、盐翻动。搁点白酒杀腥，再放入生姜、葱、辣椒之类，煮半时许。鱼煮千滚，要不断翻动，且要文火。及至起锅时，略搁点碎蒜叶、味精，些许食醋……至于味道好不好，那可不是他名涛的责任了。名涛就是这样每顿饭都做得像医生动大手术一样讲究严密的程序，倒也觉得乐在其中。而且，名词也多了起来。比如说书房提供精神食粮，厨房提供物质营养；比如炉子是一个家庭的心脏，炉子灭了，这个家瘫了……为了防止意外，名涛又让瓦工支了个铁锅。海平说："这么长时间，我没有支铁锅，不也过得挺好吗？"名涛说："那只能说明你做事没有计划性，是个极端的'左倾'盲动主义者。"大帽子扣下来了，吓得海平赶忙躲进了书房。果然第二天，小煤炉灭了。名涛说："看看，过日子就是要有非凡的预见性。"于是把战场拉到大铁锅上。

这个小家三年的建设蓝图慢慢地在名涛的脑里铺开了。"菜园"是块战略重地。名涛一有空闲便像只工蜂似的蹲在那里忙碌。果然，种什么，长什么，菜们跟班上的学生似的，个个优秀，名涛只恨地里长不出鱼、鸡蛋和猪肉。名涛天天早上拎着篮子去掐菜。但是，附近农家的猪常常来骚扰。而且，猪们很精，专拣优秀的菜糟蹋。有个冬瓜，长得有小孩子那么大，安详地躺在瓜叶下面。当初有水瓶那么粗的时候，有老师就建议快摘回去，名涛说，等等；后来长到有举重运动员大腿那么粗的时候，又有一个女老师提醒名涛，名涛说，再等等。渐渐地，有枕头那么大了，有小孩子那么大了，却被贼猪们发现了。它们也不是真吃冬瓜，而是用嘴拱着它，像足球运动员盘球过人一样，一直把冬瓜拱到菜园门跟前，然后用脚把它踩得稀烂。看菜园以前是海平的业余爱好，现在人家是大学生了，金贵了，还在乎这些小事吗？该着名涛拖着棍子去撵猪。名涛把棍子别在身后，笑眯眯地走到猪跟前，"嗖"地就是一棍子，"叭"！猪们叫一声，立刻四下逃散，而且肆意践踏，菜们可遭了殃了。这还在其次，每个猪各自把篱笆拱了个大洞！名涛不知道追哪只猪是好，眼镜也跑丢了。找到眼镜，数一数，篱笆共被穿开七个大洞！名涛只好沮丧地拿来铁锹，和些泥浆，逐一把洞补好。名涛睡觉时把这些事讲给海平听，海平笑笑说："这还不算恶劣，这才刚刚是个开头。"

果然正如海平所说，第二天，名涛还没到菜园，就远远地看见猪们上早班似的已经到齐了，个个像只穿山甲似的把菜畦拱成一道一道的土岭子，名涛气愤至极。老远地就抬起土坷垃用力扔过去，猪们毫毛没伤着，均做鸟兽散，又把篱笆拱了几个大洞！名涛拎着篮子站在那儿气得发晕。辛辛苦苦弄出来的菜难道是让猪们享受的吗？猪固然可恨，而纵猪为患的人何其可恶！不过，真要名涛跟着猪撵到主人家，名涛还拉不下老师的脸皮呢。于是，名涛只好回家写了一封《致猪的家长的一封公开信》，又拿到菜园来，猪们果然又开始向篱笆聚集。名涛看中一只拖着一排丰满乳房的猪婆，用手把它挠得直哼哼，然后把《致猪的家长的一封公开信》拴在它的尾巴上。那猪迈着步子，甩着尾巴，忠心耿耿地做名涛的信使去了。

果然，菜地从此无战事。

每一天都是这样的琐碎。

但有名涛这样给顶着，海平的小日子过得自然是很好。函授期末考试，海平的成绩门门优秀。

海平函授专科毕业，已经快十月了。名涛一大早就开始忙碌，使出三年里学到的浑身看家本领，也弄了琳琅满目的一桌饭菜为海平庆贺。名涛还有个意思，就是庆幸自己终于又可以躲开一切杂事，继续做他的书生了，所以这一桌饭菜有点告别的意味。拿到毕业证书的海平已经和三年前大不一样了，虽不再像一滴清水滴在一串葡萄上那样鲜嫩了，但那良好的知识女性的气质使她依然年轻、漂亮。名涛明显地有点衰老了，黑发中夹杂着几根弯弯的白发。名涛有点可怜巴巴地说："海平，你再不毕业，倒能做我的女儿了。"

海平啜了一口酒，愣了愣说："名涛，我想继续读本科函授！"

名涛一下子又跌到三年前的那一顿午饭上。海平的一个小决定，让他苦苦地跑了三年的龙套。

"可是，海平，你说过三年后让我考研究生的！"

海平拍拍名涛的肩膀说："这并不矛盾。对高层次精神境界的向往和追求是日常生活的动力，而不应该是其他。我们可以各干各的专业。至于家务，一人一天，轮流值日。"

名涛霎时有一种被欺骗的感觉，饭也没吃完就离开了饭桌。海平却依然是笑吟吟地走进书房。名涛一句话不说，只是一个劲地在书橱里翻研究生用书。但用知识武装起来的海平是不怕他不开口的。第二天，便有一张值日表贴在了墙上。一个礼拜中，除星期日是两人共同料理家务外，其余一三五是海平，二四六是名涛。

不过平静下来，名涛也想过，主要是海平没受过什么挫折，认为读书真是什么轻松愉悦的事，相信海平是一时冲动，不久就会迷途知返的。所以名涛在关键时刻，比如海平行经的日子，比如小两口"那个"的日子，比如电视上有做爱镜头的日子，这是海平意志最薄弱的时刻，名涛加倍地给她以温存，软化她的意志。海平对温存自然是全部地笑纳了，但意志却是丝毫地也没有瓦解。逢到她值日，事情做得又爽快又利索；但逢到"二四六"，她真的把一切杂事扔在一边不管。眼看着学校大院里一家一家的小日子过得有滋有味，他们这个小家却像一堆草上泼了一盆凉水，不见火烧，却见一股浓烟袅袅地冒在空中。有一天，一盆衣服从早上泡到中午，又泡到晚上，名涛瞟也不瞟一眼，一直泡到第二天海平值日，才连着第二天的衣服一块洗了。当海平拎起一盆衣服时，一股发了酵似的怪味差点把她熏倒。

晚上，海平要和名涛进行一次长谈。名涛说："谈与不谈你先得放弃本科函授考试！"

海平尽量委婉地问："凭什么要让我放弃本科函授考试呢？"

不问还好，一问把名涛的火问上来了。他用手在桌上边擂边讲："你看看，我们家现在成什么样子了？我身上这件毛衣还是结婚前一个女同学帮我织的，多少年过去了，这毛线已经脱毛了，难道你没有看见吗？”

海平说：“名涛，我不逼迫你放弃追求，你也没有权利逼我。男女有别，但对精神的追求也有别吗？”

海平不愠不恼，用的还是反问的语气。名涛整个身子缩在藤椅里，把书翻来倒去地弄得哗哗作响。

别扭归别扭，第二天还是必须要过日子。但因为管理不善，炉子不久便灭了。灭了，也就再没有生起来。海平去食堂买了饭票，小两口便开始吃食堂。外界议论纷纷：“瞧这小两口，这叫过日子吗？”“海平也真是……”“唉，结婚这么长时间了，没有个小孩，唉……”矛头多是指向海平。名涛得到支持，回来要和海平谈话。海平说：“谈话我接受。但有个前提，我不放弃本科函授考试。”名涛一时气泄。渐渐地小两口的话就少了。晚上睡觉，原先是两人一只被筒，像蛇缠在一起，现在一个盖一条被子，中间的距离也越来越大。

有一天，他们的饭票吃完了，海平让名涛去买一点。名涛不但没去，还把钱揣到一个单身老师那儿喝酒喝掉了。当海平下课回家，见名涛正坐在藤椅里看书，便问他饭票的事。名涛说：“我已经吃过了，饭票的事，与我不相干。”海平说：“可是，我还没吃呀。”名涛说：“你的事跟我有什么关系？”海平听罢，眼泪“哗”地就淌下来了。中饭也没吃，睡到床上竟一病不起。名涛竟不知好歹，又补充一句：“你尽可以睡在床上，女人的这一套，我见多了。”发了烧的海平听到这些，两行眼泪汹汹地打湿了枕头。

后来还是有位心细的女老师发现，找了几个年轻的老师来，才把海平弄到医院里去治疗。

海平此后住了好长一段时间医院。妹妹海玲来过一次，劝海平回家过一段日子。海平没有答应，只是让人带信叫名涛去医院看看她。名涛拗了一段时间，想想终究是夫妻，便去医院悉心地照料海平。需要输血的时候，他便让医生把棒针那么粗的针管儿扎进他那只有黄瓜那么细的胳膊里。红色的血液一滴一滴无言地融进海平的血液中。海平苍白的脸上大滴大滴的眼泪滚下来。她用另一只手紧紧抓住名涛的手说：“名涛，我想通了。我不考本科了。”

名涛无言地望着已经疲惫得近乎憔悴的海平，心里有一股不可名状的东西汹汹地往上涌。他颤着嘴唇想对海平说一句什么。

但他终于没有说出来。

（原载《广西文学》1993年第1期）

/ 深蓝的天空 /

商红和老鼠闹翻，是在一次舞会上。

那天是中秋节，作家班同来自首都文学界的名流们欢聚一堂。因为先生们手里都握有文学刊物稿子的终审权，学院关照大家一定要小心伺候，各显神通，好为自己在北京这片文学的圣地上谋一条生路。作家班的女士们个个弄得含露乍开，衣着简约，裙衩一直开到髀间，身上的某些小秘密时隐时现。果然把先生们弄得眼花缭乱，心猿意马。刚跳了几支曲子，一个脸瘦得像根雕的老先生提出日光灯太亮，刺眼，缺乏情调，不如搞个烛光舞会。建议一出，立即赢来一阵喝彩。浪漫本该是不分年龄和性别的，但过早地熄灭了浪漫因子的却往往是年轻人。很快，二十几支刺目的日光灯立即被拉灭。在烛光就要被点亮的一刹那，舞厅里此起彼伏地响起一片女士们的惊叫，立即有正义者叫道："怎么了，怎么了？"旁边有人肯定地答道："被摸了！"摸了就摸了吧。都是摇滚青年，都是为了刻苦学习点文学创作知识抛妻别子，来到北京，多日没尝过夫人香喷喷的滋味了，摸一两下子来点精神会餐，也不是什么原则问题。但没料到那位"根雕"先生也老当益壮，浑水摸鱼。当时他的舞伴正是商红，跳着跳着，他的目光就钻进商红被晃晃的胸脯顶得高高的胸罩里，手也慢慢地从商红腰部滑到她丰满的臀部上去了，而且还柔柔地来回摩玩，恍恍惚惚地把舞厅当成了婚房。商红受不了了，红着脸把他的手轻轻拎回腰部。过一会儿，那只铁叉似的手爪子又滑了下去，前面的腿也开始进攻，而且越来越放肆，膝盖已经完全钻进了商红柔软的丝质超短裙里。当时大家都拥着舞伴，沉浸在幸福的遐想之中，只有老鼠目睹到了这惊心动魄的一幕。

整个一个作家班，就数这个小子精力最旺盛，耳朵上整天架着一支铅笔，手里掂着只计算器，替作家们计算大笔小笔的稿费收入，从而科学地得出当事者应当拿出百分之多少供众人喝咖啡或抽烟。全中国大概只有他一个人能脱口说出苏联总统的全名叫米哈伊尔·谢尔盖耶维奇·戈尔巴乔夫。老鼠曾狂言，只要有女孩子从他面前走过，他能立即用眼睛把她的衣服剥光，从而准确地量出她的胸围、腰围和臀围。"真的"，他说，"连大观园的丫鬟每月拿多少两银子我也清爽得很。"有这么一个活宝在，"根雕"的那点雕虫小技怎么能逃得了他的眼睛？老鼠先是不动声色，看得兴味盎然、脸红心跳，像是在欣赏一盘原版的三级带子。看着看着，感到商红的情况越来越不妙。“根雕”一个劲地把舞步往烛光照不到的角落里带，这才晓得这个老东西要搞烛光舞会，根本不是什么浪漫，完全是出于下流。老鼠终于忍无可忍，一个箭步射过去，噼噼啦啦地将日光灯重新拉亮，这才把“根雕”的手掌和膝盖从商红的臀部和裆下拉回到公安局允许的位置。

莫名其妙的众人感到十分扫兴，刚刚酝酿成的一点点情调被这突然的一刺毁得干干净净，便纷纷蹿回到墙边的椅子上坐下来休息，颇带了些愤懑地谴责老鼠坏了众人的胃口，此恶劣不亚于古代文论中提到的“焚琴煮鹤”“鲜花枝上晾裤衩”之类大煞风景，还有人大声地建议立即将这种没教养的家伙轰出舞厅。全仗着老鼠有一张厚脸皮，对这些蝇蝇之音充耳不闻，用一种渴望的眼神期待商红站出来，用她那高昂而不失动人的声音为他平反昭雪。

可是商红没有。商红只是用眼睛的余光剐了一下站在开关旁受着众人唾骂的老鼠，然后把身子欠向“根雕”，不失时机地从她那只小拎包里掏出一叠厚厚的小说稿，敬请老师多多指教。

令人心醉的舞曲重新响起，商红挽着“根雕”的双臂再次旋入舞池。

每每说起这些，老鼠禁不住悲恸欲绝，总是连用七八个“不知廉耻”来表示自己的一腔愤慨。我们则躲在袅袅的烟雾后面挤出冷冷的一笑。记得刚来作家班的那一天，几个人聚在商红她们宿舍里喝过一次酒。大家虽说都是头次见面，但彼此的小说、散文之类的作品在全国报刊上同台唱戏的情形已远不止一次两次，称得上是神交已久，商红给大家的印象应当说是相当好的。当时，商红的床头贴着一张麦当娜的生活照。不知麦当娜欲去浴室或是上床，她正在脱衣服。上衣已经撩起，刚好露出结实丰满的乳房的一半，裤子刚下滑到小腹的下半部分。整个画面就此定格，充满一种洒脱而挑逗的现代气息。大家举着酒杯，对这幅画大加赞赏，商红兴奋地用手指点点画面说：“这就是我的生活态度。”大家还为她的坦率拍了两下巴掌。她的穿着也为这句话做了刚劲有力的注脚，透明的超短裙，没戴胸罩的乳晕，怎么也难以让我们把眼光从她身上挪开。再回头想想老婆，整个的一无是处。后来大家都承认：从看到商红的第一眼起，心里就有一股挥之不去的和她搞一场婚外恋的念头。

酒喝到半酣，剃着光头的老鼠一本正经地要求每个人毫无保留地将此次来作家班的动机说出来给大家听听。别看都喝得耳热心跳、目色迷离，但一提起这个，每个人都唰地露出了高度的警觉。有说怕兜出来最终实现不了，丢人；又有人说纯粹是来玩玩，确实没什么可讲；更多的人则说不喜欢搞计划那一套，过一天了一日而已。没办法，现代人都这毛病，不轻易地相信一个人，在座的又都是些高智商的作家先生，怎么能指望大家毫不设防地抖出心里的那串小秘密呢？老鼠看出苗头，“咕嘟咕嘟”把每个酒杯塞满说：“都不要来酸的，这是谁跟谁啊？”气氛便有点僵。商红把有点冲动的老鼠按在座位上，用她那双纯情而不失热烈的眼光看过每个人，大家立时觉得有一缕轻风盈盈吹过自己的面颊，心里顿时好受了许多。商红提出一个折中办法，也不要大家当场说出此行的目的，但要真实地写在一张纸上，然后把它们密封在一个大信封里，等毕业那一天再拆开，看看在座的理想都实现了没有。不晓得商红是位女性，说话动人，还是她的想法确实富有刺激性，刚才还遮遮掩掩的酸文人们再也找不出借口，纷纷找地方一五一十地画出了心之深处的那点蛛丝马迹。只是为谁是这个大信封最可信赖的保管者有较大分歧。商红又一次用手掌果断地劈断大家的七嘴八舌，指指我问大家："就他，怎么样？"大概我鼻梁上那副呆里呆气的眼镜和一张木讷的、不善言辞的嘴做了无可辩驳的佐证，大家也就不再说什么，纷纷将纸片写上名字，折得密不透风，瞪着双眼盯住我把纸片一一装入信封，并当场将封舌封牢，大家又都纷纷伸出左手中指，一本正经地按上罗印，这才松了一口气。大家都有一股莫名的兴奋。商红关照说："等毕业那一天，还在这个宿舍，还是这一批人，再好好地聚一次，要当场拆开这个神秘的纸囊，看看每个人的这两年是否对得起党和人民。"大家再次叮嘱我一定要做一位守口如瓶的无产阶级战士，像爱护自己的老婆一样爱护这信封，并建议我把它天天压在身下。商红羞涩地笑了一下。然后大家把左手叠成一堆，右手举起酒杯，"当啷"一声一饮而尽。

就这样，全国各地一批水平不一、真假难分的作家们乱哄哄地弄到了一块，读起了作家班的课程。别看一个个长得相貌各异，程度不同地都带了点神经质，但当初进作家班却都认认真真地经历了一场艰苦的跋涉，首先得有一定的作品字数垫底，然后再由有关单位向中国作协鼎力推荐，还要缴上数目可观的培训费，作协再指派有关专门小组认真细致地审核。所以，最后能跻身于全国这个赫赫有名的文学院作家班的，应当是中国文学后备队伍里的佼佼者。

实指望作家班是人世间自由极乐的伊甸园，大家都能来一次潇洒的浪漫之旅，哪晓得作品背后的作家们同样是些丑陋的中国人，脏、乱、差、窝里斗一样不缺。这倒也罢了。重要的是在地方上自由散漫惯了，现在来到首都北京，犹如老虎被装进了铁笼，简直是缩手缩脚。来作家班授课的都是全国文艺界有头有脸的人物，上至中央主管意识形态的要员，下至稍一跺脚也能让全国文艺界乱颤一家伙的著名作家、文艺理论家，无论从哪部门来的先生，都共性地对大家有一条铁的要求：绝不能发表不符合坚持四项基本原则的言论。有一回，中宣部文艺局一位老师在讲课时提到诗人海子的卧轨自杀，底下竟有人递纸条子请求老师暂停讲课，让大家为海子默哀一分钟。老师语重心长地说："海子的死有着极其复杂的原因，作为一个长者，我绝不能同意你们这样做！"有几个诗人当场就有点冲动起来，手指像一支支利剑纷纷指向老师，小声地骂他是"右倾"机会主义的原液滋养成的顽固不化分子，有人还故意让一只墨水瓶摔在地上，很响的碎裂声立刻把气氛弄得异常紧张。

眼看就要出事。那时商红也是出于好心，她知道事情激化了的严重后果，便于混乱中不易察觉地从教室后门溜出去，极迅捷地绕了一圈，又踅到教室前面，敲着茶色玻璃门喊老师出去接越洋电话。当老师一脸学究气地去接了个空头电话回来，场上已默哀完毕。事后，有人跷起大拇指盛赞商红这事帮得够档次。一个人活着嘛，就是为了说自己想说的话，做自己想做的事。商红只是凄然一笑。其实内情哪里会有人知道？“默哀”一事最终还是捅到中宣部去了，账却全部算在了商红一个人的头上。有关领导指示学院劝请商红同志回她所在的地方文联好好检讨思想上的问题，人民不需要深造这样无组织、无原则的作家。商红哪见过这阵势，吓得把条手帕哭得透湿。她更难以相信当初在课堂上一副激进斗士派头的诗人们这时竟成了缩头乌龟，没有一个人出来澄清事实，为她洗清冤屈，甚至还有人说，到这地步了，不如英雄到底，把责任全部揽过去，以一人之危换得大家平安，岂不两全其美？老鼠气得光头上青筋暴突，大骂那些狗屁诗人是杂种，总有一天要像拍自己的屁股那样扇那些家伙的嘴巴子。多亏学院领导可着嗓门据理力争，本着“惩前毖后，治病救人”的原则，才将大事化小，小事化了，让商红写份检讨在作家班上公开宣读，再在中国作协的《作家通讯》上发表一下，以示惩一儆百。当学院疲惫地将最后处理意见告诉她时，她只报以木然的一笑。也只能这样，难言之隐，一笑了之。

直到过了相当长的一段时间，商红才从这次所谓的“默哀事件”的惊悸中，慢慢地回过神来，也原谅了那些缺少真诚和义气的所谓诗人们。其实，随着课程的深入讲授，作家班的每个学员都经历了一个从幼稚单纯到成熟深刻的过程。如果再回头反思那次为海子的默哀，很多人都觉得面红耳赤，内心里也着实愧对商红待人的真诚，暗暗发誓绝不再做这种有失男士风度的事。但即使再成熟，课堂上那种作家高度的责任感、使命感、拘束感依然压得很多人透不过气来。所以，真正快活的，是课后满宿舍地乱窜着聊天，唾沫飞溅地为一些只有一毫米那么大的小事争辩得脸红脖子粗。

商红长得媚人，而且很懂得一些做女人的艺术。当北京城的北风刮得旋起来开始割人的时候，大多数女孩子为了支撑俏丽，依然着中裤，穿呢裙，大街上一站，猴肩缩背，小脸冻得乌紫，给人的感觉不是潇洒而是寒酸。商红却不。一有点风吹草动，就拼命地加衣服，到了大雪纷飞的冬季，身上已是花团锦簇，拥着一团富贵气。商红不学其他女孩子喜欢来点艺术家的浪漫，不修边幅，衣服上油渍斑斑，还抽烟。商红喜欢搽芭蕾丝肽膏，走到哪里，身上的一缕淡淡的香气总是让人神清气爽，内心感到有力的一振，更加上她那一副伶牙俐齿，刺激得许多自命不凡的同学都同她力争、力吵过。大家共同的感觉就是，当自己已经理屈词穷而商红却还在那娓娓动听地表述的时候，恨不能用优质的电焊条把她的嘴牢牢地焊上，再加上一把二斤重的大锁。有一次，商红同老鼠交上了火，这可不得了了。老鼠是男同胞中有名的铁嘴，自称从三岁起就练“吃葡萄不吐葡萄皮，不吃葡萄倒吐葡萄皮”的绕口令，能把几千年前发生的事情说得像在大街上刚刚看到过的一样鲜活和真实可信，一根鸡毛被说成一只鸡的事情经常发生，嘴上功夫应当是相当了得的。当时，学员间正热炒巴金的《随想录》，商红读了，便羡慕得要死，曾不止在一篇作品里借主人公之口表示什么时候如能像巴老那样在作品里真实地毫无忌惮地展示内心将是自己这一生最辉煌的时候。当商红端着那只足有小水桶那样大的茶缸一口接着一口喝着，睒着大眼睛，侃侃而谈的时候，老鼠像只真正的老鼠那样蹲在椅子上一声接一声地冷笑。老鼠每写一篇东西，都曾殷勤地献给商红指点，出于礼节吧，商红的作品也时常让老鼠斧正过，老鼠当然晓得商红的弱处，所谓最厉害的敌人是自己最亲密的朋友。大家晓得有好戏看了，都幸灾乐祸地等着。等商红稍一停顿，老鼠便发起凌厉的攻势。老鼠说："真有那么一天，将是你断气完蛋之时！"老鼠把商红作品里的那一份纯真和诚实贬得一钱不值，对这个世界讲真心话，简直简单得跟一张卡片似的！由作品态度推及生活态度，老鼠恣意发挥，认为商红毫不设防地生活在这个龌龊的世界上，必会受到别人的明攻抑或暗算。所以，老鼠主张商红应当悟得"回头是岸"的真义，从今天起就要戴上一副面具来待人处事，"像我这样"，老鼠一边说一边演示，"口袋里装着几种档次的烟，针对对象和要求不同而出示不同档次的烟。"现代社会人际关系的特征就是相互应付——谢谢老鼠没有用"相互欺诈"这个词，否则我们就没法活了——谁还给你来说真心话，再把你的真诚当成一回事？

老鼠一向自我感觉良好，从不顾及别人的感受。这一番宏论，实际上无情地否定了商红所活过的二十多年烂漫的青春时光。老鼠的结论是：人活着，不必太认真！事实上老鼠是这样说的，也是这样做的。如果他求人办事，无论爷爷还是孙子，让他舔痔疮他也干。商红就斥责老鼠丧失了一个人类灵魂工程师起码的道义和良知，这样游戏人生的态度出现在作品里会误导多少世人？商红也全然不顾老鼠这个男子汉的脸皮子，专揭他的疮疤。看老鼠已经受到众人的鄙夷，她更加得意地说："老鼠先生连这一点都体会不到，难怪作品里会出现些莫名其妙的下三烂了。"

商红的这一拳可以说是打个正着。老鼠一时脸色发灰，竟说不出一个字来。老鼠曾经在作品里写过一个"流氓"细节：有处公园新塑了一座石像——裸体大卫。因上级领导要来参观，公园负责人便让几个女工把大卫周围扫一扫、刷一刷。青年女工们怀着羞涩的心情做得十分细致、小心，但还是因为一时慌乱失手，扫帚把子把大卫的那物弄断了。在这关键时刻，弄坏了这物件可如何是好？有个刚结了婚的女工便和了点泥巴，把那半截物件粘回原处，但又再次疏忽把它粘反了，那物便高高地挺在那儿。这时领导已经来到跟前，见这情景，便疑惑不解：这儿怎么会这样呢？那位新婚的女工走到领导跟前，很老到地说："我们女人见过的这物都是挺着的！"——有哪件那物见了女人不是挺着的呢？——场上立时刷静，又爆发出一场大笑，震得那半截物件再次断裂，落在领导的头上……

老鼠的原意是要借这个细节来表现当代女性对男性美崇拜心理的外化，但这个精彩的片断在课堂上被北师大来的一位享有盛誉的一级教授斥责为"痞子制造的下三烂"！一言九鼎，一度使老鼠在作家班变得如灰猫、如死狗。老鼠坦诚地给别人解释过，可谁相信一个写了那么多黄色小说的三流作家的作品里能有这么高的立意？众口铄念，老鼠最终无法申辩，这个曾经狂极一时的才子自卑了好长一段时间。现在重提这个多少有点不光彩的事，老鼠心疼如剥皮。不过老鼠有的是刻薄和诡辩术，见商红如此的张狂，便急了眼：“商红小姐如果真的主张不要任何伪饰，你能裸出你真实的玉体吗？”这一回，老鼠算是把身上的刀拔出来反刺进商红的心窝里了。大概是本能的羞涩，商红双臂护了一下自己的胸部。老鼠抓住这个旁人不易觉察的细节，讥笑商红是“吹个老牛快快口，说句大话宽宽心”，嘴里说说罢了，那种胜利的得意伸手可掬，唾沫星子像细雨一样溅到每个人的脸上。商红被刺激得粉脸涨红、嘴唇乱颤，双手猛地一拉衣服，嘣嘣嘣，外套的纽扣立时被拉开。当她再次去解裙子的拉链时，吓得我们在场的男同胞扔掉烟蒂，拔腿而逃。

但是，现实对待商红这样一个纯净得几乎连一个细菌也没有的女孩子并不格外垂青。商红虽是巧舌如簧、观点奇异，但作品写出来却颇遭刊物的冷遇。在作家班学员收到的邮件中，商红的退稿数量总是高居榜首。大家都还是半吊子的作家，成名成家的思想终日在头脑中作怪。还有什么事比卖不出稿子更让人难堪呢？似乎有意要给商红一记响亮的耳光，老鼠的那些所谓的胡编乱造的“黄货”在当时的文学市场上却格外走俏，稿件录用通知单每天追着他的屁股飘然而至，而且稿酬恁是丰厚，弄得老鼠挺不好意思，一面抽着稿酬换来的好烟，一面率领大家骂那些录用他稿子的杂志和编辑先生是瞎了双眼，良莠不分。老鼠稿子发得心安理得，但骂得也绝不是言不由衷。每回商红有退稿，他都要拿过去认真研读，有时读到得意处，会猛击桌子叫好，震得桌缝里的瓜子壳像弹片一样“嗖”地射出来。终于有一回，老鼠读得坐立不安，硬把气得捂在被窝里的商红拽起来，非让她立即和他一道去编辑部送稿子不可。

那一个下午，老鼠立志要让商红在他这缸高浓度的碱水里来一次彻底的洗礼。老鼠说，你要战胜别人，就得学会表演各种角色，要学会狡猾，学会斡旋。你是女性，占有绝对优势。有哪一位男编辑不喜欢和年轻漂亮的女作者靠得近一点来谈稿子？要你近一点，你就近一点，衣领开低一点，裤带子勒紧一点，只要不被他捂到被窝里去，靠的就是贴在一起，你也不折本。等他眼色迷离的关节，及时地把稿子给他送上。老鼠边说边凑近商红，装着无意地蹭了一下商红丰满坚挺的胸部。商红用眼光削了他一下，老鼠视而不见，进一步抓起了她的那双小手。商红甩了两下，没甩开，就不甩了。老鼠挺得意，继续借题发挥。不要太认真，世界上怕就怕认真二字，要学会推销自己，你稿子即使是一张白纸，你也要言之确凿地说这是部《红楼梦》，再来点女性身体语言，没有不成的道理。说着，老鼠进一步试探商红，想亲昵地搂着她，被商红坚决地推开了，但这并不影响老鼠继续借题发挥。社会在一日千里地发展，很多女孩子开始时髦不戴胸罩，不穿内裤，卖淫嫖娼就要合法化了——真有老鼠的！——谁还喜欢你这样长褂长裤，一脸的严肃认真？

老鼠算得上苦口婆心，努力想让商红改变自己，可商红的眼光始终没离开过北京街头上那些袅袅婷婷的女孩子和英俊潇洒的小伙子。老鼠有些生气地拉拉她。商红回过头来，说："干什么？"老鼠的一切便在顷刻间灰飞烟灭。商红见打了他的气焰，以同样认真的口气规劝老鼠不要这么悲观地评判社会，尽管这个社会某些地方已经烂得脚底流脓，但进步和健康永远是主流。可是我们对这个社会的发现往往是弊端，以本身切近的利益是否受到损害为标准来评判它。于是片面的甚至是暂时的现象变成了这个社会的全部。这时你把握不住，吃亏的可一定是你自己。游戏社会的人哪一个不遭到社会的游戏？

一到辩论，商红马上容光焕发，遭受退稿的晦气一扫而空，也把老鼠仅存的那么一点点幻想荡涤得干干净净。于是两人争起来，从电车上争到地铁里，站在红绿灯下也不闲着，各不相让，被警察拉去好一顿训斥，骂老鼠是小肚鸡肠，到大街上来跟女人斗气，有出息也不大，就差用电警棍支他，气得老鼠再也没了去编辑部的兴致。如果嘴上说说倒也罢了，后来两人在一个山西削面馆吃饭时，过来一个要饭的乞丐。老鼠一眼就看出是个冒牌货，厉声叱喝了他。商红却满身掏口袋摸零票子丢进乞丐手里的纸盒子里。强烈的对比使得乞丐离开时鄙夷地向老鼠脚下吐了一口唾沫，其中一部分已溅到了他的裤脚子上，这可把老鼠气了个半死。老鼠说："看样子生活不给你下个毒招，你永远不会晓得天有多高、地有多厚、人有多坏。"商红毫不在乎地说："如果真有那么一天，我一定会跪在膝下叫你声'老师'。"

老鼠冷笑一声，愤然地甩下她独自回学院去了。

创作论课程授完，学院给学员们十天创作假，这可乐坏了生性浪漫的作家们。很快以寝室为单位组成了若干旅游采风小组，有的要去东北拜访赫哲族的兄弟们，又有人提出到西南走一走，那里的泸沽湖畔的摩梭人都二十世纪九十年代了还保留走婚习俗，孩子只知其母，不知其父，也有懒得说哪儿也不去，就在北京逛一逛，搞个"九二北京睡觉节"，睡几个有头有尾的懒觉。七嘴八舌，莫衷一是。酸文人都有个毛病，嘴皮子利索如刀片，行动起来可就有点拖泥带水了。最后，当得知女同胞们打算去北戴河时，所有的小组立即合成一个大组，空前一致地跟着女生上了北京站。没有女性参与的旅游采风，还谈什么旅什么游更哪有什么风可采呢？

好了，这些疯子弄到一节车厢里，旁人就别想过安稳日子了。开始还都算文文雅雅的，做作得颇像从文明的首都下去的。时间一长，大家都有点憋不住了。广东汉剧、青海的平弦戏、云南花灯、浙江婺剧、安徽的黄梅戏相继登场清唱，吸引得左右好几节车厢里爱热闹的旅客一齐蜂拥过来。其中最夺人眼目的自然是商红。

因为车厢闷热，商红脱去了外套，领口处露出深深的乳沟，透明的"高丽宝"更是无法遮掩内里那件淡蓝的胸罩，黑色裙带腰中一卡，那女性味儿无法言说。淡淡的芭蕾丝肽膏的香气使很多人的眼神失去了控制。商红和东北老乡表演了一段二人转，那媚眼一飞，可怜有不少男同胞羞得满脸通红，身体的某个部位阵阵发紧，赶紧自责思想太肮脏。

坐在一角的老鼠见这情景，便掐灭烟蒂，"嗖"的一下蹿到座位的靠背上，拍了几下巴掌，让大家肃静肃静，说也想玩个有作家特色的节目给大家助助兴。等众人怀着好奇心安静下来，老鼠便得意地让商红面对窗外，抓过笔在自己手心里歪歪扭扭地写下我的名字，让大家看看清楚，然后用力攥紧拳头，对商红说："你可以向我提十个问题，除了答案，我均可回答你'是'或'不是'，十个问题问完，你要说出我手里捏着谁。"有人被老鼠的最后一句话逗得笑了起来。尽管老鼠这人心理阴暗得如浸过千年墨汁，曾自诩为"阴谋家"，但明眼人一看便识破他的鬼把戏，他是要乘此机会，刮刮商红的脸皮，好出出心里的那口恶气。很多人都替商红捏了一把汗，车厢里乱哄哄的有一二百人，要想猜出老鼠任意拈出的一位，没有作家那种过硬的观察人、分析人、把握人、刻画人的素质是不行的。从商红这方面来讲，如果在这件事上栽了，那么她的外表一切美丽和动人便立即一钱不值。

车厢里静极了，只听得车轮撞击铁轨的哐啷哐啷声，车窗外闪电般地掠过一望无际的山水田园。商红的目光向人群里扫了两个来回，突然问："他穿着皮鞋，是吗？"

火车汽笛一声长鸣，老鼠和大家一样，没料到商红提出这个问题，显然有点慌乱，商红紧逼他回答"是"或"不是"，众人也指着老鼠让他立即回答。老鼠没法，只好用他那闻名全院的"鼠目寸光"瞟瞟我的脚说："是。"商红则在老鼠打量我那双四十三码的大脚时，紧紧攥住老鼠的眼光。老鼠回答完商红，商红实际上已判断出了正确的答案。然后又随意地问了问是不是穿着文化衫，戴着副钢边眼镜之类，无一不赢得众人那震人耳膜的掌声。老鼠在众人的嘲笑声中灰溜溜地缩回原先待的座位一角，心里冷笑了一下。商红则高挑挑地站起来，袅袅婷婷地走过来，那双纤柔的女性的手拖着腼腆得一塌糊涂的我。人丛里立刻有镁光一闪，我和商红同时被嵌入相机的镜头。

兴奋过去之后，我对商红的看法发生彻底的转变。老鼠的阴暗心理我也曾有过，认为商红的魅力不过是因为胸脯挺拔而已。现在我才晓得自己错了。所以车到北戴河站，我便有意落下几步等着商红，她似乎很高兴，把她的行李往我肩上一扣。我便说："别太得意，被你蒙了一回而已。"商红敛了笑，挺严肃地说："那关口，凭瞎蒙能过得去吗？"说这话时，商红微微颤抖，颇有点逃脱劫难后的惊悸。我明白我这时最好什么也别说。她拉开一罐"雪碧"，边喝边解剖那一瞬间的内心活动。车厢坐那么多人，最关键的是要把你缩小在一个小范围里。我问鞋子，如果在老鼠目所能及的范围，我便可抓住他的眼神，这你已经看到过了。如果你在人丛里，老鼠不能回答我的问题，因为有他"必答"这个前提，势必有你周围的人代为回答。不用我多讲，你也该能品味出我提的这个问题的妙处了吧。我有点担心地问："假如有人做点手脚呢？"商红说："不要总是怀疑别人，真是那样，为什么还有这么多人有滋有味地活在这个世上呢？"她有点像女中学生那样粲然一笑，一股细细的清香沁入我的心脾。芭蕾丝肽膏！老婆在家天天搽这个，我立时有一股十分贴近的感觉。

时候已是十月，海风正在逐渐加强它的势头，海水也慢慢地变凉。当初大家发烧来北戴河，是因为我们对它陌生，感到神秘，果然来得不是时候，海滨浴场基本已经关闭，海边的简易更衣室都挂着沉重的铁锁。为找旅馆，大家颇费了些周折。我想只要别人有了，总不会把我一个人落下。所以，下了中巴后，我径直去了海边。虽然祖祖辈辈土生土长在长江岸边，也忝居在弄潮儿的行列，但对大海，确实是第一次遇见。看见自己在作品里多次用夸张的笔调描写过的浩渺的大海第一次出现在眼前，不禁心潮难平。我正要扒掉衣服跳进去，猛见商红在不远处向我招手。我连忙跑到她跟前。商红举起一团火红色的泳装调皮地晃了晃。我说："还有工夫来这个？"她说："要的就是这个情调。怎么样，帮个忙？"我有点为难地说："这……不太方便吧？"她象征性地推了我一下说："特殊时期，什么方便不方便！"我就把她那件长外套撑开，做成一幅帘子，把脸转向苍茫渺远的大海深处。我知道，布帘的那边，有着一团我渴望已久的巨大诱惑，而且，我轻易地就可获得一半的满足。但是我没有。美，有时是唾手可得，但用不光彩的方式得到的就绝不对不是什么美了。所以，当我和商红手拉着手跳进大海里的时候，我觉得心情是特别的愉快。

游累了，我们便躺在海浪上，让宽阔的大海做我们的摇篮。天空蓝蓝的，似海的倒影，一行大雁冉冉南飞。我觉得这是挣脱方格子束缚后巨大的身心的安闲。侧脸看看商红，淡蓝的海水柔柔地从她乳沟里滑过，腿间、腹部及胸部的曲线摄人魂魄。我实实在在有些迷离。商红笑了笑说："像你这样的呆子现在真不多见了。"我便半真半假地说："想对你非礼也得找个没人的地方！"她用水戽了我一气说："其实你不知道吧，刚才，我并没有立即换装，而是用了足有两分钟的时间考验你，可惜你愣是没往布帘这边瞧一眼。"

我惊出一身冷汗，又立即被海水冲刷干净，一张卡片似的商红变成了一本尺把厚的古典名著，我们只欣赏过它的设计简约的封面，而未能真正翻开过它厚实的内文。见气氛这么好，我便真有点发呆了，我便问她和老鼠之间到底是怎么回事，同学之间弄得这么认真，整天像两口子吵架似的谁也不让谁。

她的神情有些异样，说："还是以后告诉你吧，免得把你吓得在海里抽筋。"说时眼里已是温情脉脉。

我几下划到商红跟前，疯狂地抱住她。两人身体在水中相贴，就跟裸体时的感觉差不多。我受不了了，手发疯地在她身上摸来摸去，正要将手伸进她的泳装内，她来了个"倏尔远逝"，一行海浪轻轻带来她的歉意："在我和老鼠没有正式离婚前，我不能做对不起他的事。"

几口咸涩的海水猛地灌进我惊得滚圆的口中。

北戴河几天，我感到一直恍恍惚惚。直到回到北京，脑子里还在想着老鼠一定要和商红离婚的缘由。作为一个对生活看得十分透彻的商红，宁愿忍受长达一年的分居，却又为什么偏要傍着他不愿分离？这一对活宝，竟瞒得作家班那么多感觉力超常的锐利的眼光，不露半点夫妻的痕迹。现代人的婚恋观真是让人摸不着头绪，不因为性和贞洁，只因生活观的不同，却弄得一个要死要活要离，一个却又不死不活不离。那么，在北京的一切争吵，闹死闹活，一定是家里的那场战争的继续了，只是变成了两个纯而又纯的真理信徒，夫妻间的那点温馨已经淡得如同很久很久以前的一缕炊烟了。

玩了一圈回来。大家都像机器似的拼命地将所见所闻往方格子里填。我也只将这事摆在心里，继续听世纪末的两个呆子形同路人似的争得硝烟弥漫。商红曾经说过，如果北京这块中国最文明的土地不能彻底改变老鼠的世界观，回去她只能在那张被揉皱了的离婚协议书上签字，不然拖久了，老鼠这人真的什么都能干出来。

她知道老鼠早累了，没心思再玩游戏。我也曾想用点傻劲，做一回佩雷斯·德奎利亚尔，从中调停一番，让他们握手言和。过日子和坚守信念之间毕竟相去甚远，用稀泥和和算了。可我这两片厚嘴唇是他们的对手吗？信念支配行动，信念怪异，行动自然荒诞，谁能整天生活在怪诞行动的折磨之中？老鼠脸色的憔悴就是对商红的血泪控诉。

所以，中秋节的舞会，老鼠一定是受了强烈的刺激。好长一段时间，他和商红基本没什么接触，躲在角落里一个劲地抽烟，写稿子，光头上倒也长出一层毛茸茸的黑发。有时情绪尚好，在外面旅馆里订过几回房间，想让商红去重温重温夫妻生活，但商红均未应邀。当然，中秋的圆月也绝对没有给商红带来什么赏心乐事，交给“根雕”的那部中篇小说，多次地沉浮起落，直到作家班快要毕业的那年元旦，“根雕”才来电话约定商红晚上去SOD宾馆面谈稿子。商红很高兴——自然是高兴的，这篇小说是商红写给老鼠的，是内心里对老鼠的全部忠告。只是对面谈的地点有所犹豫——因为老鼠在外面订房间，好几次都在SOD宾馆。“明天去编辑部不行吗？”“根雕”显然有点不耐烦，说你这样子累不累啊，啊？边跳舞边谈稿不是人间一大乐事吗？

当然是一大乐事。商红梳扮一新，紧身的内衣绷出身上的全部曲线，外面套件裘皮大衣，淡淡的芭蕾丝肽膏的香味动人魂魄。那也是一个疯狂的良宵，整个北京城沉浸在巨大的节日欢乐之中，作家班也搞了个联欢，大家尽兴地跳、唱、喝酒，男生、女生都变得有点放荡不羁，手脚间摸摸捏捏的小动作时有发生，直狂狂地玩到凌晨。刚刚躺下不久，却又被一颗惊雷轰得掀下床来：商红因卖淫被派出所收审。

大家都不相信自己的耳朵，连问了几十个：“真的吗？真的吗？真的吗？……”“能有这么回事吗？”当然是难以令人信服。为什么“根雕”跑到SOD宾馆去开房间？为什么恰巧那晚有人打电话报告派出所说SOD宾馆暗娼活动猖獗？谁能说清，商红能说得清吗？不能！为什么晚上单身一人来宾馆？谈稿子？谈稿子为什么不在上班期间去编辑部，而且穿得这么这么，咹？露，这么这么，透？

一切都是那么荒唐。学院领导也气死了，说早知这样，当初早点让她回文联写检查算了，这一弄，麻烦了。北京是什么地方？伟大祖国的心脏，怎么能容忍这种污泥浊水？活该商红倒霉。

大家边忙着收拾东西边议论这些事。想想商红和那些真操皮肉生意的暗娼们关在一起，大家心里都觉得不是滋味。也只能来两句一钱不值的同情而已。我忽然想起了老鼠那一回在山西削面馆说过的话。如果那句话是挂在墙上的一支猎枪，现在商红的一切就是那支枪射出的子弹，符合契诃夫大师关于小说要前后照应的谆谆教诲。

我立即去找老鼠，我觉得他不能等闲视之。可是他已登车起程，走了。千里搭长篷，没有不散的筵席，大家都忙着打点行装，不断地有人来握手、点头、再见。我也开始打点行装。天上下起了好大的雪，对面的阳台上有人在吹口琴，是那首《深蓝的天空》，让人想起悄然流逝的两年多的作家班生活。忽然，一只大信封呈现在我的眼前。当初大家让我对它要像待老婆，我就压它在褥子下，天天用身子压着它，他们笑我说真把它当老婆了。可现在都已忘却了当初与商红的约定。封舌上的十几只罗印依然那么鲜艳，我犹豫了一下，用力撕开大信封。奇怪，当初商红和老鼠分头写的两张纸竟变成了双双签名的一页故事。老鼠名字后面是这样一些字（显然是借一个现成的故事阐发什么）：

有位父亲带着刚懂事的儿子去公园散步。走到一个高高的花台前，父亲把儿子抱上花台，想给他上课，于是就说："跳下去！"孩子说害怕，太高。父亲说，不用怕。我在下面接着你！儿子很高兴，不顾一切地跳下去，可是父亲并没有接着他。儿子摔痛了，大哭，父亲却不易觉察地笑了笑

故事后面原是一串省略号，可商红把省略号画掉了，用她那特有的特细专用金笔把故事接了下去：

过了一会儿，父亲帮助儿子揉揉痛处，说，来，男子汉，勇敢点，再来三次，这回，我真的接着你。儿子看看父亲那慈祥而又坚决的眼光，豁出去了，眼一闭，屡次跳下。这一回，父亲三次都用他那有力的双臂把儿子稳稳地接住。

故事到这儿就没有了，大概是当时大家催促的缘故。但也足以让我发呆。难道这两个呆子来北京，就是为了来证明这个社会命题的吗？我这才晓得，无论作为一个作家还是一个普通人，我还远远不够层次。我把这张纸重新装入信封，连同其余的十几张一齐撕得粉碎，丢到窗外，让它们和新年的雪花绞在一起，纷纷落下。雪这么大，也不知兆的是否丰年。

从那以后再未见过商红。

直到不久前的一天，在中央电视台一部关于电视剧的拍摄动态的专访中，我忽然看见商红，依然那么年轻，那么美轮美奂。她正对着记者侃侃而谈。她说："生活总是以特殊的方式报答我！"记者请她谈具体点。她歪头笑了一下。镜头立即摇向她旁边的老鼠。老鼠微微颔首，没说一句话。

画面由此定格。

（原载《清明》1994 年第 6 期）

/后记/

2004年，我出版了第一部短篇小说集《浪漫生活》，这部小说集后来还获得了滁州市政府首届文艺奖二等奖，并在一定范围内，特别是在教育系统，学校、教师和学生中获得比较好的认可度，时任《滁州日报》副总编、作家，也是老师出身的王连侠还写过一篇题为《草根知识分子的呻吟和挣扎》的评论，精准地解读了《浪漫生活》小说集中所收录作品的总体基调和风格，我从内心里是非常认可王老师的这一篇评论的。作为作者，能有一个真正懂你的人是幸福的。

多年来，我本人的创作基本上是随心所欲、率性而为的。有闲有兴，便捉笔写上几篇，工作事务繁忙起来，则近乎偏执地沉湎于工作之中，小说创作自然就被冷落到一边去了，有时候一丢就可能是好长时间，甚至一两年没发表一篇像样东西的情形也时常发生。但值得庆幸又骄傲的是，我和我的一帮文友们却是一天也未曾离开过文学，日常读书，时常雅聚，惯常评点文坛，臧否文字，互荐刚读的好作品，品评各自创作的得失，几乎贯穿了我们交往的整个过程。十多年下来，不知不觉地又发表了一批新的作品，现择优编辑成集，也算是让零散在天南地北的孩子们集中起来开个小会，总结前段的得失，以启新的未来。

未来，当然还会有新的作品。

自学习创作以来，和小说纠缠多年，一直特别苛求三个要素：语言、细节和通篇表现出的灵慧。作家曹乃谦说："细节、语言搞好了，才能把读者灌醉，细节是下酒菜，语言是好酒，缺一不可。"吾深以为然。

读别人的小说，非常期待有睿智的语言、闪烁着灵气的细节和通篇的才华闪闪；自己写小说，这三个要素没预设好，一般是不动笔的，可以毫不夸张地说，有时，撩起自己强烈创作冲动的，很可能就是一两个自己十分得意的细节、三两句让自己激动得乱走的语言和难以抑制的想写的感觉。无论阅读别人，还是自己习作，很多年过去，作品的故事、情节、人物什么的可能完全忘记，但经典的语言、绝妙的细节和文中闪烁着聪慧之光的气脉断断是不会忘记的。文友们聚在一起回眸经典，更多的是咀嚼回味悠长的语言、屡品不厌的细节和灵气四溢的才华。

当然，一件作品，让人拍案的细节、张弛自如的语言、不着痕迹的起承转合、巧夺天工的谋篇布局之类只是形式而已，有血有肉的思想才能真正让作品丰满并挺立。作家阎连科说：“思想是射向目标的箭和缠箭而绕的风。”也就是说，思想有显性的“箭”的表达，更重要的是还有被显性的“箭”裹挟着的、隐性的“风”的内涵，一件作品，只有有了显性的表达和隐性的丰富内涵，才能变得既锐利又丰厚，才能有无穷的魅力和无限的张力。但思想的表达，离不开合适的载体、恰当的形式和“羚羊挂角，无迹可求”的呈现方式，其中，呈现方式之于作品的艺术品位非常重要，也是最难把握的，不能是生硬地表述，更不能直白地道出，我一直以为，让人难忘的语言、细节和活灵活现的人物形象使作品的思想和哲理润物无声地浸润到读者的内心深处才能深深地撼动读者。如果你能在我的习作中对上述我一直以来的追求有一点点的体味，作为作者，我会很欣慰。

感谢许兄春樵主席在那么繁忙的情况下拨冗为我的这本小书作序！这不仅是三十余载他于我亦兄亦师亦友之历久弥深的感情，更是以他为代表的安徽省作家协会多年来对基层作者们一以贯之的实实在在的关心、支持和帮助；感谢这么多年来帮助我成长的各级文联、作协的领导们、诸多文友们和省内外的报纸杂志，特别是那些充满文学情怀，始终“捧着一颗心来，不带半根草去”的编辑老师们，很多像季宇、高玉超、胡家柱等老师编发过我多篇稿件，到今天甚至连一面也没见过！唯有各位老师付出了千淘万漉的辛劳，经过报纸杂志一道又一道过关一样的披拣、过滤，才能让我们这些基层的业余作者们的作品从堆积如山的自然来稿中脱颖而出，并历经多年，依然还能站得住脚；更有了他们一如既往的关注、帮助和鞭策，这么多年，我们这些身处最基层的作者在文学上的追求、创新才从未停止。

谢谢大家！

作者

2020 年 1 月 29 日于天长